HONRA OU VENDETTA

ROMANCE - VERDADE

Sílvio Lancellotti

HONRA OU VENDETTA

ROMANCE - VERDADE

L&PM EDITORES

1ª edição em formato 16x23: outubro de 2001
2ª edição na Coleção L&PM Pocket: janeiro de 2003
3ª edição em formato 16x23: março de 2009

Capa: Ivan Pinheiro Machado sobre ilustração e idéia de Daniela Lancellotti e Vivian Cury
Produção: L&PM Editores

ISBN 978-85-254-1169-3

L247h Lancellotti, Sílvio
Honra ou vendetta / Sílvio Lancellotti. -- 3 ed. -- Porto Alegre: L&PM, 2009.
542 p. ; 23 cm

1. Ficção brasileira-Romances policiais. I. Título.

CDD 869.93872
CDU 869.0(81)-312.4

Catalogação elaborada por Izabel A. Merlo, CRB 10/329.

Rua Comendador Coruja 314, loja 9 – Floresta – 90220-180
Porto Alegre – RS – Brasil / Fone: 51.3225.5777 – Fax: 51.3221-5380

PEDIDOS & DEPTO. COMERCIAL: vendas@lpm.com.br
FALE CONOSCO: info@lpm.com.br
www.lpm.com.br

Impresso no Brasil
Verão de 2009

Sumário

Prefácio – As diversas faces de um Siciliano / 7
Homenagens / 9
Observação indispensável / 11
Prólogo – O absurdo / 15
Ato I – A armação / 58
Ato II – O aviso / 101
Ato III – A bomba / 143
Ato IV – O estopim / 174
Ato V – A explosão / 230
Ato VI – O terror / 298
Ato VII – A vingança / 385
Epílogo – O rescaldo / 468
Glossário – Quem-é-quem / 494
Índice remissivo dos personagens reais / 534
Bibliografia / 538

Prefácio

As diversas faces de um Siciliano

Nunzio Briguglio Filho *

Quase todos conhecem Sílvio Lancellotti (com dois eles e com dois tês, *prego*!). De branco, na *giacca* que o destaca como *chef-de-cuisine*, dos mais renomados. Mas, bem poucos tiveram o privilégio de apreciá-lo em camisas de mangas curtas e em calças jeans, diante de uma máquina de escrever, com os cabelos brancos, que já rareavam, eternamente desalinhados, a batucar ferozmente num daqueles pré-históricos e duríssimos teclados de metal.

Eu me refiro à segunda metade da década de 70, quando convivemos na redação de "IstoÉ". Já então, o Lança, ele fervilhava de idéias. Era um redator capaz de transformar um acontecimento trivial numa verdadeira epopéia. Era, e ainda é, capaz de discorrer, com a mesma fluência, sobre uma cebola ou sobre um golpe no Congo, uma partida de futebol ou uma ópera de Puccini.

Hoje, qualquer um percebe, na sua expressão risonha, mesmo diante da adversidade, a imponência dos seus queridos ancestrais sicilianos, gente da sempre ensolarada Mazzara Del Valo. Aliás, para entender esse espírito, tão característico de quem tem suas origens na pequena ilha da Sicília, é preciso, antes de mais nada, compreender o seguinte: quem merece o belo privilégio de vicejar no meio do Mediterrâneo se transforma, mesmo, num ser especial.

Não, ninguém se engane. Os sicilianos são abertos e expansivos apenas quando lhes convêm. Na realidade, são reservados e guardam para si, de uma maneira quase impenetrável, aquilo que vai no âmago de suas almas. Por outro lado, são pessoas passionais, capazes de odiar e amar com o mesmo mergulho absoluto e com a mesma intensidade profunda. Mas jamais alguém poderá dizer que os sicilianos são previsíveis ou de fácil convivência. São complexos na entrega e sempre exigem, em contrapartida, a lealdade e a fidelidade.

Vulcânicos (os sicilianos nascem junto às fraldas do Etna), passam da

* N.B.F. é jornalista e provém de ancestrais sicilianos. (N.A.)

euforia à depressão em poucos segundos. Românticos, invariavelmente se dispõem a transformar um ideal numa norma de vida. Conseguem passar toda uma existência sem jamais revelarem, afinal, o que de fato queriam dela.

É uma fórmula que os distingue. Um pouco árabes, um pouco gregos, mais longinquamente celtas, ou descendentes de normandos do século XIII, o que Sílvio Lancellotti descobriu tardiamente, numa viagem à Ilha, depois de atravessar algumas décadas se acreditando um calabrês. Os sicilianos, aliás, foram dominados por diferentes invasores quase duas centenas de vezes só nos últimos 2.500 anos. Pacientemente, porém, logo aprenderam a tomar as melhores qualidades dos seus invasores – e nunca abdicaram da sua própria identidade. Nunca se esqueceram de se ufanar da sua Ilha – que é formada de praias, de pedras e de cabras. Nesse cenário agressivo, os sicilianos esculpiram vinhedos e olivais, hortas e laranjais. Retocaram a sua realidade em tantas ocasiões que poderiam se perder na história. Jamais o fizeram, porém.

Sílvio Lancellotti é um ser siciliano.

Tipica e honestamente siciliano.

Quando ele se debruçou sobre o computador com o objetivo de escrever um romance, certamente teria de produzi-lo com personagens envolvidos na aventura da Máfia. A mais importante e multinacional organização criminosa deste século XX. A Máfia de raízes tão antigas quanto as rochas da Ilha.

A pena do novelista, entretanto, se misturou à do jornalista. É muito fácil identificar, dentre os personagens de Sílvio Lancellotti, figuras que de verdade se envolveram na história recente da Máfia e da justiça da Itália. Trata-se de uma obra de ficção, de um livro praticamente cinematográfico. Mas também se trata de uma grande e bem acabada reportagem – que obrigou Sílvio Lancellotti a uma pesquisa gigantesca. Reportagem nas minúcias e nos detalhes, na descrição fidedigna dos protagonistas e de seus sentimentos.

Enfim, um retrato cruel mas real do que se poderia chamar de a queda do mais eficiente império criminoso de toda a história da humanidade.

(2001)

Homenagens

À minha *Famicchia.*

Ao verdadeiro Leonardo Regazzoni, cujo nome real eu utilizei, num dos melhores personagens fictícios deste livro, apenas para eternizá-lo – o Lindy de fato morreu em Palermo, Sicília, em janeiro de 1987. Sem o seu estímulo, eu não teria desenvolvido a idéia de pesquisar a Máfia e eu não teria chegado a tantas pessoas que me concederam entrevistas e informações cruciais.

Ao meu querido mano de Mediterrâneo, Nunzio Briguglio Filho, com quem eu gastei centenas de madrugadas debatendo os temas da Ilha dos nossos ancestrais. Sem a sua atenção, sem as suas releituras, sem as suas pertinentes e sagradas opiniões, inúmeros equívocos estariam aqui impressos e cristalizados.

A Don Massimo Ferrari, que um dia me apresentou John Gotti, numa revista "Time", meio sem saber de quem se tratava, e também sem imaginar que, naquela data, a base deste livro nasceria.

Aos novos *capi* da Comissão que, no ano de 2000, me propiciou rasgatar as paixões da juventude: Don Affonseca, Don Fanizzi e Don Fàvero, *tante grazie.*

E a David Banchs, que crucialmente me ajudou com as suas investigações, feitas lá nos Estados Unidos.

Observação indispensável

Na medida do possível, claro que sem trair ou comprometer a História, este livro romanceia fatos e personagens rigorosamente verdadeiros. Muitos deles surgem no texto com os seus nomes reais. Num glossário, ao final do volume, o leitor encontrará a síntese das suas biografias e poderá compreender melhor, se for o caso, as razões que levaram o autor a manter as suas próprias identidades. Também encontrará uma vasta relação de obras, das quais o autor retirou as informações que conectam tais personagens ao enredo do livro.

Quando deparou com dados conflitantes ou controvertidos, por exemplo nos assassinatos de John Kennedy e de seu irmão Bobby, ou ainda na morte misteriosa de Marilyn Monroe, o autor optou pela versão que lhe pareceu mais interessante ao desenvolvimento do enredo – ou mais correta, principalmente por advir de testemunhas ou mesmo de participantes confessos dos crimes.

Outros personagens, como os integrantes da Família Castellamare e os seus adversários da Família Tucci, igualmente existiram, ou ainda existem – embora com diferentes identidades, aqui modificadas por razões de segurança. Finalmente, há no livro personagens que o autor livremente criou – inspirado em figuras reais. Dominic Pignatello, Sissi Sparapani e Vito LoRusso, por exemplo, nasceram da soma de pessoas que o autor, particularmente, pôde conhecer e entrevistar, ou pessoas sobre quem leu durante a sua pesquisa.

Enfim, qualquer semelhança é absolutamente proposital.

Um mau espírito só pode ser
destruído por um outro...

Provérbio Egípcio, 2000 a.C.

PRÓLOGO

O ABSURDO

Descomunal estupidez, aquela, colocar uma bomba no motor da BMW. Francesco Tucci não era mesmo o rei do raciocínio e da inteligência na cidade de Palermo. Um preposto sem história, apenas um intermediário nas manobras dos verdadeiros tubarões do narcotráfico, Tucci exagerava o tamanho da sua relação com John Gotti, *capo di tutti i capi* de Nova York – e essa vanglória lhe garantia um cargo razoável na Nova Máfia que fermentava na Itália. Havia exorbitado, porém, principalmente nos limites do seu presumido poder. Queria matar um homem. Grotescamente, porém, trucidaria uma mulher e três crianças...

A explosão aconteceu na Via Dante, bem no centro da capital da Ilha da Sicília, às oito horas da manhã de uma quinta-feira, 10 de novembro de 1988. Quatro capangas de Tucci participaram da execução. Na madrugada, um deles montou o artefato, enquanto outro vigiava. Depois, um disparou a bomba, por rádio, o controle remoto, enquanto outro esperava, numa motocicleta Cagiva, sem placa, atrás dos muros de pedra da Villa Malfitana-Whitaker, duzentos metros além. Um jornaleiro presenciou o fogo – e testemunhou a fuga.

O automóvel havia saído de uma garagem particular, entre a Via Serra e a Via Malaspina, na direção do Oeste, contra o caminho do porto de Palermo. Chegou a andar vinte segundos. Então, como descreveu um operário veterano, encarregado da reforma dos telhados da Galeria de Arte Moderna, cerca de um quilômetro distante, ocorreu a maior erupção da região desde a Grande Guerra Mundial. De fato, pedaços do carro se espalharam em um par de quarteirões. Dos quatro corpos, as pobres pessoas, se resgatou praticamente nada.

Mais doze transeuntes se feriram, mais quinze veículos se arruinaram com os ricochetes virulentos e brutais. Napalm e nitrol, dinamite gelatinizada, imediatamente diagnosticou o promotor Giusto Sciacchitano, encarregado das investigações. Sciacchitano descartou a tese de uma *vendetta* direta. Mesmo os pistoleiros mais cruéis e mais cretinos da Nova Máfia evitam atingir o ramo inocente, infantil ou feminino, das Famílias em conflito na *Cosa Nostra*.

O superior de Sciacchitano, o juiz Paolo Borsellino, o maior especialista em banditismo no país, concordou com o promotor. Correto seria imaginar a hipótese de um equívoco de alvo, erro impiedoso. Sim, o mandante assassino planejava arregaçar um homem – e não matar uma mulher e três crianças.

Pela placa da BMW se conheceria o dono do automóvel. Pelo dono se descobririam os infortunados passageiros. Um batalhão de agentes varejaria as redondezas em busca de quem auxiliasse na identificação. Uma questão de minutos, asseverou o juiz Borsellino. Aliás, uma desnecessária previsão.

Logo se apresentou ao juiz um rapagão no estilo *playboy*. Vestia uma calça de brim branco e um camisão de malha floreada, mocassinos sem meias, um conjunto incongruente com o outono e a situação. Provavelmente, a roupa em que saboreara o seu desjejum, roupa agora toda suja de fuligem, os punhos do camisão maculados, irregularmente chamuscados. Contraste, imagem dramática: o rapagão exibia cabelos ultracompridos, cabelos de uma cor anormal, fulva, acobreada, reluzente, exótica, extraordinária, uma cor de incêndio – e uma cor absolutamente natural. Não existiam marcas de tintura nas raízes. E quando o *playboy*, enfim, falou, a sua voz saiu roufenha, domada, quase inaudível:

– Eu preciso conversar com o doutor Falcone...

▼

O sobrenome representava um impacto na Itália daqueles idos. Falcone, Giovanni, o magistrado solene, líder no combate penoso ao crime organizado da nação, numa tarefa absurda, desafiar a Nova Máfia. Temido Falcone. E odiado Falcone – o incorruptível Falcone. Naquela mesma quinta-feira, na prisão do Ucciardone, em Palermo, 474 prisioneiros amargavam a sua autoridade.

Num longo sobretudo azulado, os gestos contidos e a expressão serena, Falcone atravessou o oceano de jornalistas presentes – e, automaticamente, se transformou no *padrone* das investigações. Com um aceno leve, o magistrado isolou a turba, Borsellino, Sciacchitano – e, num beco vizinho, se trancou com o *playboy*. Lá, sozinhos, cabisbaixos, ambos conferenciaram por um instante, um átimo surpreendentemente diminuto. Apenas o rapagão falou, enquanto o magistrado escutava. Então, de retorno à Via Dante, Falcone informou:

– Senhores da imprensa, farei uma declaração formal. A BMW pertencia a um *brasiliano* de origem siciliana, Antonio Salvatore Castellamare, de trinta anos, diretor, aqui, das empresas de seu pai, um comerciante de vinhos e de azeites em São Paulo. Morreram, no carro, a jovem esposa de Castellamare, a duquesa Marina Schilacci di Salaparuta, e os três filhos do casal, Calógero e duas meninas gêmeas, Alessandra e Graziella. Antonio Castellamare pede que todos respeitem a sua dor. Não tem idéia dos motivos do atentado. Estará, de qualquer modo, à disposição da imprensa, quando depuser no tribunal.

Obviamente, pulularam os boatos e as fofocas. Todos os jornalistas já conheciam a fama de Antonio Castellamare, o boêmio, o *bon vivant*, o excelente jogador de Bridge, o velejador dominical. No burburinho da Via Dante, porém, também pulularam as intrigas a respeito dos seus supostos casos com amantes adolescentes, de dívidas no jogo, o contrabando de pedras preciosas do Brasil, até de lavagem do dinheiro sujo da Velha Máfia na América do Sul.

Um baixote brusco e barrigudo, igualmente encardido pela fumaça do atentado, impediu que os jornalistas importunassem Castellamare. Empurrado pelo baixote e rodeado pelos *carabinieri*, o ruivo se refugiou atrás de um portão de barras de ferro. O magistrado Falcone apaziguou a perseguição:

– Senhores, senhores, por favor, não perturbem as investigações. Todos os senhores já gastaram as suas oportunidades. Sinto, muito, mas eu determino que esta área seja protegida, por favor, da imprensa – e dos bisbilhoteiros.

Detetives paisanos e uniformizados afastaram os intrusos e circundaram a BMW num raio de cinqüenta metros. Principiava o episódio mais infame da manhã, recolher as sobras, encaminhar os restos de Marina di Salaparuta e dos seus filhos aos legistas de Palermo. De um canto despontou o prefeito Leoluca Orlandi, o aguerrido fundador de um novo partido político, La Rete – que pretendia, afoitamente, destruir a Nova Máfia e os seus meandros todos.

Num tom de teatro, aos brados, Orlandi lastimou a explosão, as mortes e os feridos que, uma outra vez, envergonhavam a capital da sua Ilha. Culpou o governo, sem discriminar. Acusou comunistas e democristãos de ladrões de galinhas. Verberou a miséria, a corrupção e a impunidade que conspurcavam a placidez da Sicília. Detrás das grades do seu palacete na Via Dante, escoltado pelo baixote barrigudo, Antonio Castellamare não escutou as últimas palavras do prefeito. Precisava ficar sozinho. Mais. Precisava raciocinar.

▼

Na Nova ou na Velha Tradição, a montagem da Máfia segue uma regra radical, infalível em qualquer parte do planeta. O *capo* tem sempre razão, até que um outro líder abocanhe o seu lugar. Debaixo do *capo*, uma pirâmide de gente obedece, cegamente, silenciosamente, sem discutir. Exatamente como ocorre num exército, hierarquicamente, do general ao simples recruta.

Inovativamente, no entanto, essa estrutura rígida dispõe de um apêndice inusitado, uma figura independente do organograma principal – e, ao mesmo tempo, indispensável à sua sobrevivência. Simplificando, um personagem sem o poder de decisão do chefe do clã – mas capaz de orientá-lo em todas as suas resoluções, da compra prosaica de um terno ao fuzilamento de um rival.

Os sicilianos romanticamente apelidam tal personagem de *consigliere*. Na teoria, se trata de uma figura de imensa jurisdição. Em tempos de paz, nada ocorre sem a sua aguardada opinião. Quando eclode uma conflagração, porém, a importância do *consigliere* se dilui. O *consigliere* pensa – mas, o *consigliere* não luta. Por isso, na prática, no campo de batalha, o seu peso vale zero.

Quase um oitentão, poeta, leitor de Shakespeare e de Albert Camus, um estudioso do fatalismo, Marco Iago era o *consigliere* de Francesco Tucci. Era, por remota afinidade – e por acidente. Moleques ainda, em 26 de julho de 1956, Francesco e a sua irmã, Bruna Maria, tinham perdido os pais no naufrágio do Andrea Doria. Pestinhas incontroláveis, depois de muitas reviravoltas em que nenhum dos seus avós ou dos seus tios aceitou acomodá-los, os dois acabaram num orfanato. Um primo apartado, eremita de gorda grana, Marco Iago adotou a dupla, enfim alojada em sua mansão oitocentista, nos altos de Palermo.

Iago já convivia, então, com a gente da Tradição. De modo platônico, quase inocente, mas convivia. Os consultores aposentados e os agregados mais vetustos da entidade costumavam alugar, uma vez por semana, na segunda-feira, um privê do restaurante do Iate Clube da cidade. Comiam, bebiam, gargalhavam, gastavam horas no baralho – sem compromissos. Amigaço de vários chefes defenestrados pelo tempo, senhores que apreciavam a sua cultura e insistiam em convidá-lo, Iago se deliciava com a *caponata* agridoce de berinjelas do lugar, com o seu assado de peixe-espada no manjericão, com o vinho sensacional de Pantelleria, com as rememorações dos feitos de Lucky Luciano na expulsão dos nazistas, com a alegre mesa de Scopa ao final daqueles convescotes.

O eremita freqüentava aqueles piqueniques sossegado e sem nenhum temor. Afinal, em Palermo, não se matavam e não se prendiam os veteranos da Máfia. A proximidade da bandidagem, no entanto, incentivou Francesco e Bruna Maria a se fascinarem com o crime. Normal que ambos, em plena adolescência, escolhessem a escola das esquinas da cidade, o doutoramento na punga e na ponta do punhal. Iago agüentou a rebeldia dos dois pentelhos até o comecinho da década de 70. Então, cansado de consumir a sua influência e as suas liras pressionando e subornando policiais, desistiu de acobertar os refugados.

Uma visita a Nova York solucionou o seu problema. Iago se hospedou, com os pupilos, na casa de um contraparente bonachão, Robert Di Bernardo, apelidado DiBi, da Família do antológico *capo* Carlo Gambino. Destino. DiBi arrecadava a maior parte da sua bufunfa com a pornografia, os cabarés e os filmes de baixíssimo calão. Interessou-se pela boniteza loira de Bruna Maria. Estimulou a garota a um teste. Logo a moça se tornou estrela do *strip-tease*. E o moço se tornou cafetão – e garanhão. O sucesso, graças à sacanagem.

Bruna Maria ainda virou amante de um *gangster* em ascensão, um certo Eugene Gotti. Claro que Francesco, cobiçoso, disso se aproveitou. Grudou-se em Eugene Gotti e em John Gambino, um primo distante do *capo* Don Carlo. John Gambino havia morado em Palermo e lá consolidado uma complexíssima rede de fornecedores transoceânicos de drogas. Depois de atribulações e de peripécias que incluíram uma estada na América do Sul, em 1986, os Tucci assumiram a representação de Gene Gotti e de John Gambino na Itália. Narcotráfico, o pivô da conexão do cartel da Colômbia e das suas exportações via Brasil. Embora avesso àquelas aventuras, Iago se transformou em *consigliere*, também.

▼

Assim que soube do atentado da Via Dante, da morte da duquesa e dos seus bambinos, Iago solicitou uma imediata ligação internacional à sua fiel secretária, Gemmima. Em Palermo, já passava das nove da matina. Em Nova York, no outro lado do globo, uma voz grossa atendeu – e disse apenas:

– 02-03-41.

Iago examinou um caderninho preto, fez uma conta e respondeu:

– 02-01-76.

Números, um código, seguro e original. De modo a evitar os bedelhudos de plantão, do FBI ou do magistrado Falcone, a Nova Máfia se correspondia pelos números. Uma conta aritmética, subtração. Cada interlocutor dispunha de um algarismo, que variava a cada dia. A data da comunicação menos a data do seu nascimento. Perfeito, irrepreensível. Iago viera ao mundo em 08-10-12. Retiradas aquelas três dezenas de 10-11-88, bingo, 02-01-76.

A voz grossa de Nova York conferiu as suas listas e desferiu:

– OK, Otello, voltamos a chamar de uma linha limpa.

Iago, codinome Otello. Sempre o bardo Shakespeare da empolgação do *consigliere* venerando. Iago aguardou vinte minutos, um charuto apagado no canto da boca. Placidamente cochilava, quando o telefone tilintou:

– Gene falando. Seu grande filho da puta, você ao menos imagina que horas são em Nova York? Aqui faz um frio do caralho, no cu da madrugada, seu troço fedorento. Desci do meu apartamento atrás de um telefone público, seu pedaço de cocô. Você ao menos imagina que o FBI está no rastro de todas as minhas conversas, você imagina, ahn, seu porra? Pois seja rapidinho, e seja sério, muito sério, seu monte de má digestão. Caso contrário, hoje mesmo eu mando arrancar o que ainda resta desse seu saco esturricado e desnecessário...

O *consigliere* não reagiu. E Eugene Gotti continuou:

– Não basta, Otello? Arrancar o seu saco esturricado não basta? OK, OK, eu mando que alguém enfie um belo sabugão de milho no olho do seu velho rabo. Você vai adorar. Pelo que eu sei, você delira com uma vara no seu cu...

Iago se arrepiou com a insinuação. Na sua menopausa de varão, tinha lá as suas idiossincrasias sexuais. Obviamente, detestava que aquelas maniazinhas se transformassem em motivo de chacota dentro da Família. Mas, muito pior, o *consigliere* desprezava Eugene Gotti e se sentia repugnado com a lembrança de Bruna Maria, numa cama, ao lado daquele imbecil sem vocabulário – um *gangster* apessoado, bastante rico, porém de linguagem obscena e primitiva.

De todo modo, infelizmente, Eugene era o seu patrão, mano mais jovem de John Gotti. Com um pedaço de asco na ponta do seu charuto, Iago reportou a Eugene o que sabia do atentado da Via Dante. Admitiu a sua fragilidade: não conseguira evitar a precipitação de Francesco Tucci. Pior, havia se tornado um cúmplice vil de uma enorme, absurda parvoíce – de repercussão universal...

O quase oitentão engoliria, desalentado, a sanha de Eugene Gotti:

– Seu *cazzo* mole! Seu duplo *cazzo* desocupado! Vocês, sicilianos, são uns bostamerdas! Que cagada, Otello! Que cagada monumental! Uma mulher e três crianças, ahn? Putaquepariu, putaquepariu, eu fodido até o pescoço no processo da cocaína, o Johnny atolado até os olhos no processo do porra do O'Connor, e vocês me batem o recorde mundial do disparate! Caralho, por que se meteram nessa boceta de operação? E por que não usaram profissionais? Putaquepariu, eu vou ter de localizar o Johnny. E você reze para o Johnny não estar trepando ou não estar dormindo nesta madrugada. *Minchia*, o Johnny vai adorar a genialidade do Tucci. *Minchia*, eu volto a chamar, minha mula diletíssima...

Iago assimilou, humildemente, a fúria tonitruante de Eugene Gotti. Sim, deveria ter orientado e deveria ter controlado Francesco Tucci. Matar Antonio Castellamare, por quê? Pior, errar redondamente a pontaria e arrebentar uma mulher e três crianças? Bem Marina di Salaparuta, uma duquesa! Sim, Iago deveria ter controlado Francesco Tucci e evitado a sua estupidez descomunal. Iago compreendia a reação de Eugene Gotti, uma besta a quem desprezava. E Iago concordava com os palavrões de Eugene. Sim, uma cagada grossa...

O setentão reacendeu o seu charuto, um Montecristo de Cuba, ridículo resquício das suas pobres satisfações. Que indícios Francesco Tucci acumulara das interferências de Antonio Castellamare no seu *business*? Sim, OK, muitas cargas de *crack*, e de cocaína, andavam desaparecendo, no caminho do Brasil até a Sicília. Sim, OK, algumas pessoas, que a Nova Máfia havia infiltrado na promotoria de Palermo, suspeitavam de Antonio Castellamare como um dos informantes do juiz Falcone. Reles, insignificantes indícios, porém.

Iago via Antonio Castellamare com outras lentes. Já tinha conferenciado com bastante gente da Velha Tradição na capital. Para as fontes em que Iago efetivamente confiava, o rapagão não passava de um oportunista audacioso, um arrivista capaz de aplicar um golpe do baú na bela duquesa de Salaparuta. Além disso, Antonio era o mano mais jovem de Ruggiero Castellamare, um dos homens de Eugene Gotti no Brasil. Ruggiero, Iago sabia, não gostava de Antonio – e também considerava o seu irmão apenas um bolha, um chato, um puritano sem estofo para se envolver em situações de grande risco.

Naquela madrugada, absolutamente nenhuma dama, nem mesmo a sempre discreta, dedicada e paciente Victoria DiGiorgio, a sua única e formal esposa desde 62, dividia o leito com John Joseph Gotti Jr. O *gangster* curtia, solitário, a sua residência familiar de Howard Beach, junto ao pacato Ozone Park, em Queens, quase no extremo leste da subúrbia de Nova York. Uma residência que Victoria recebera de presente dos pais, numa das detenções do marido.

Para o global estupendo da fortuna do casal, aliás, era uma propriedade surpreendentemente trivial, de três pavimentos compactos. John Gotti colocara nas janelas o mais rijo blindex à prova de balas. Dispunha de um avançado sistema de vigilância dos arredores, um circuito completo de câmeras de TV – e ainda se fiava nos latidos retumbantes de um atento, altivo, aguerrido mastim napolitano, de nome Charlie. Nas vizinhanças da casa, contudo, não se percebia nenhuma proteção aparatosa além da rotineira ironia dos carros de vigia do FBI e da polícia de Nova York – nas esquinas do seu quarteirão.

Um típico patriarca italianado, John Gotti detestava expor a privacidade da mulher e dos seus quatro filhos vivos – Angela, Victoria, John III e Peter. Acossado por uma pressão impiedosa da promotoria estadual, da polícia de Nova York e do FBI, preferia que a esposa, Vicky, e os filhos, permanecessem longe do alcance das campanas oficiais. Curiosamente, muito ao contrário, ele, John Gotti não temia se expor em público. Adorava cortejar a imprensa e se considerava onipotente, indestrutível, imune a qualquer tipo de perigo. Não hesitava em passear a sua vaidade pelas calçadas do seu bairro, sob a adulação frenética da comunidade local. Numa ocasião, dopado pelo prestígio, chegou a se comparar a Jesus Cristo. Dois guarda-costas meramente lhe bastavam.

Para a perplexidade do FBI, radicalmente contra as opiniões dos seus auxiliares mais contíguos, o mano Eugene, o *consigliere* Sammy Gravano e o sub-*capo* Frankie LoCascio, John Gotti se exibia muito além do necessário e do devido. De segunda a sexta, fazia ostensivas reuniões diárias no Ravenite Social Club da Rua Mulberry, Manhattan. Nos sábados, recebia os amigos e os subalternos no Bergin Hunt & Fish Club da Avenida 101, no Ozone Park. Freqüentava, abertamente, boates e restaurantes sofisticadíssimos. Distribuía autógrafos e beijos aos fãs de plantão. Claro que os telefones do Ravenite e do Bergin viviam grampeados. Pior, em diferentes ocasiões a promotoria e o FBI haviam plantado microfones clandestinos nos dois templos de Gotti. Ele, de todo modo, o "*Teflon Don*", confiava na sua sobrenaturalidade divina e no talento de Joe Watts, o seu perito em eletrônica, cujos *gadgets* dispunham da propriedade de emitir vários sons e de interferirem nos microfones oficiais.

Os seus encontros mais privados, mais delicados, John Gotti realizava num apartamento despretensioso, de entrada independente, dois andares acima do Ravenite, propriedade de Nettie Cirelli, uma inofensiva velhota de 74 anos, de quem a promotoria e o FBI não desconfiavam – embora fosse a viúva de Mickey Cirelli, um leal soldado do clã Gambino. Sempre que necessitava travar uma conversação particular, John Gotti mandava que alguém entregasse uma nota de US$ 100,00 à doce viúva – e ela se submetia a sair às compras ou a visitar algum parente. A inocente Nettie Cirelli imaginava estar propiciando mansos momentos de justo descanso ao seu protetor provodencial. Era na saletinha do apartamento da velhota, no entanto, que se discutiam, de fato, as coisas da *Cosa Nostra*.

Ah, na sua residência em Howard Beach, o *capo* John Gotti apenas tratava de assuntos exclusivamente pessoais – ou de emergências cruciais. Quando o mano Eugene chegou, John Gotti se divertia com o seu maior prazer. Na sua escrivaninha, em seu escritório, de costas para um janelão e diante de uma foto emoldurada de um quinto filho, Frankie, morto seis anos antes, páreo a páreo o *capo* analisava os cavalos em que apostaria de manhã. Curiosamente, John Gotti não tinha vícios além de desperdiçar dinheiro com os *bookmakers* de Nova York. Fumava apenas charutos e bebia pouco, um Dry Martini, uma taça de espumante. Moralmente, era um conservador. John Gotti fazia questão de obedecer, religiosamente, a um dogma que Don Carlo Gambino estabelecera em 1962: *"You deal, you die"*. Ou: "Você vende drogas, você morre".

O mano Eugene, em Howard Beach, em plena madrugada. John Gotti se enfureceu com a visita não programada. John Gotti detestava as surpresas e as más notícias. E Eugene, certamente, levava uma jamanta delas. De todo modo, John Gotti ouviu o relatório do *fratello* com o respeito que Eugene gostaria. No meio da transcrição, marchou até o barzinho do escritório, encheu um copo de gim Boodles, tomou um gole farto – e se encaixou, molenga, num sofá de rubro tecido farfalhante. Fez uma pergunta, então, que embaraçou o irmão:

– Mas quem, diabos, Genie, é esse porra de Francesco Tucci?

Sim. Francesco Tucci adorava simbolizar o grande *capo* John Gotti em Palermo. Só que, na realidade, o *capo* John Gotti sequer conhecia Francesco Tucci. Ah, John Gotti intuiu: mais uma cagada de Eugene. Sim, efetivamente, com John Gambino e com dois outros integrantes da Família, John Carneglia e Angelo Ruggiero, o Angie, o mano Eugene havia construído, por sua própria conta, aquela conexão no narcotráfico. O *capo* fitou seu irmão com o olhar de um dragão – segundos antes de liberar suas chamas. Constrangido e apavorado, Eugene começou a se explicar como podia, um boi na reta do matadouro.

▼

Em maio de 1973, John Gotti não passava de um *pisciotto*, um peixinho de 33 anos, soldado limítrofe da mais portentosa Família da Máfia, então, aquela do antológico Carlo Gambino, apelidado de "Rei do Vulcão". Queria, de todo modo, uma chance de progredir na organização – e, cotidianamente, solicitava essa chance ao seu padrinho pessoal, Don Aniello Dellacroce, o sub do monarca. Determinada tarde, Dellacroce conduziu o afilhado a um encontro com o "Rei". Na presença do seu cunhado Paul Castellano, do seu *consigliere* Joe Armone, e de Dellacroce, o *capo* Gambino mostrou a John Gotti o retrato de um bonito rapaz – e, compungidamente, a sua voz bem baixinha, afirmou:

– Meu sobrinho, Manny. Foi estourado por um maldito irlandês, um tal de James McBratney. Quero o cara, Johnny Boy. Faça-me esse favor.

John Gotti concordou na hora. Primeiro, por uma questão de caráter. O irlandês, líder do seqüestro de Manny Gambino, meses antes, ainda em 1972, havia solicitado um resgate de US$ 350.000,00 pela libertação do rapaz. Um resgate que o "Rei" prontamente pagou. Em vez de soltar o garoto, todavia, McBratney optou por fuzilá-lo – e por desfigurá-lo. Pior ainda, lançou o corpo num humilhante e fedorento depósito de lixo do Estado de Nova Jersey. O clã Gambino consumiu um semestre até encontrar o cadáver do sobrinho do *capo*. E até identificar o torpe McBratney como o mandante daquela traição.

Caráter à parte, agradar o "Rei" também permitiria a John Gotti evoluir na hierarquia da Família. Paul Castellano, porém, não gostava de Dellacroce. Sonhava ele, Castellano, com o cargo precioso de *underboss*. E, para não se diminuir, Castellano exigiu que um capanga seu, Ralphie Gallione, assassino furioso, um compulsivo cheirador de cocaína, acompanhasse o protegido de Dellacroce. John Gotti objetou. Preferia alguém sem vícios. Como Salvatore Gravano, o Sammy, então um dos executores mais habilidosos da Família. De todo modo, John Gotti sucumbiu à imposição de Castellano, o seu azar.

No dia 22, num botequim obscuro da Staten Island, John Gotti localizou McBratney. Idealizara um plano seguro para eliminar o desafeto de Gambino. Fingiria ser um receptador, carregaria McBratney até um beco – e lá cumpriria a sua tarefa, sem testemunhas. O dopadaço Gallione, no entanto, se antecipou e fuzilou McBratney, com um furacão de chumbo, diante de sessenta pessoas. A cretinice de Gallione enfureceu John Gotti. Uma semana depois, apesar de todas as advertências de Dellacroce, John Gotti destruiria o doido Gallione.

Norma elementar de qualquer Família: absolutamente ninguém, de um escalão inferior, comete um assassinato sem uma autorização formal de cima. Castellano solicitou que o *capo* Gambino punisse John Gotti pelo desrespeito. Consultado por Gambino, o *consigliere* Joe Armone observou que John Gotti tivera motivos justos para executar Gallione. Mas, infelizmente, a hierarquia da Família fora maculada. John Gotti merecia um castigo, a morte.

Dellacroce gastou uma noite inteirinha de argumentos até salvar o seu afilhado rebelde. Generosamente, o *capo* Gambino cedeu – e abrandou a punição:

– A fim de aprender a sua lição de humildade, Johnny Boy, você terá de se confessar cúmplice na eliminação do irlandês. Mas, em nenhum momento, você envolverá nossa Família no crime. Cumprirá alguns anos numa penitenciária. Em absoluto silêncio. Nós o protegeremos – e, então, Johnny Boy, quando sair da prisão, você será premiado com o título de capitão da Família...

John Gotti já fora detido algumas vezes, acusado de brigas de gangue nas ruas, arrombamentos, roubos de carga, até mesmo tentativa de homicídio. Nunca, porém, correra o risco de uma longa condenação. A Família contratou um advogado excepcional para defendê-lo, Roy M. Cohn, o braço-destro do senador Joe McCarthy nos idos da fúria anticomunista nos Estados Unidos de duas décadas antes. Cohn, de fato, aliviou a pena de John Gotti. Encarcerado em 3 de junho de 1974, John Gotti permaneceu na reclusão de Greenhaven até 28 de julho de 1977, quando reganhou a liberdade por bom comportamento. Na cadeia, nada lhe faltou, nem o *prosciutto crudo* – importado da Itália.

No interregno, outubro de 1976, o coração frágil de Gambino matou o "Rei. Em seus estertores, demolindo as esperanças de Dellacroce, o chefe da Família indicou Paul Castellano como sucessor. Paul Castellano aposentou Joe Armone e escalou um certo Frankie DeCicco para o cargo de *consigliere*.

▼

Existiam diferenças essenciais entre Aniello Dellacroce, um homem das ruas, amado pelos soldados do seu clã, e Paul Castellano, um mero burocrata de raciocínio lento, exuberantemente gordo, que detestava se locomover e que preferia distribuir as suas ordens à borda de uma piscina coberta. Não fosse o cunhado dileto de Gambino, sem dúvida Castellano jamais conquistaria o topo da pirâmide. A base da Família fervilhou com a sua aterrisagem no poder.

Em 29 de julho de 1977, uma festança, promovida pelo clã, saudou a libertação de John Gotti. O posto de capitão, no entanto, já fora entregue por Castellano a Thomas Bilotti, um pistoleiro da linhagem de Ralphie Gallione. A aleivosia enfezou John Gotti. Uma punhalada nas costas. John Gotti apenas não reagiu porque aprendera a se disciplinar na cadeia. E porque Dellacroce, quase que diariamente, acalmava o seu temperamento incendiário:

– Siga as normas. Obedeça, caladinho, como eu.

John Gotti não saiu da rota nem mesmo quando o seu bambino Frankie faleceu num desafortunado acidente, 18 de março de 1980. O menino voltava de um jogo de futebol-americano, nas imediações de sua casa, de bicicleta, devidamente uniformizado com a camiseta azul dos Dolphins de Miami. Num cruzamento, atravessou sem olhar. Acabou atropelado pelo automóvel de John Favara, o pai de um colega de escola. No velório do garoto, amigos de John Gotti lhe propuseram detonar John Favara. John Gotti, porém, replicou:

– Não, não, foi involuntário. O Favara é um bom cara...

Sammy Gravano e Eugene Gotti não concordaram. Por sua conta, sem o conhecimento de John Gotti, atocaiaram e espancaram Favara. Mais. Eugene ainda perfurou o peito de Favara com um tiro. Consta que, depois, colocou o corpo dentro de um automóvel abandonado num cemitério de veículos. Favara desapareceu quando o carro virou um mero bloco de metal amarfanhado.

John Gotti jamais admitiu qualquer tipo de responsabilidade no sumiço de Favara. Ao contrário, durante quase seis anos, calculista, viveu na moita, de forma discreta, sem exposições desnecessárias, submisso às ordens de Aniello Dellacroce. John Gotti literalmente adorava Dellacroce. Já tinha decepcionado o seu padrinho querido uma vez, no fuzilamento de Gallione. E não pretendia frustrá-lo de novo. Então, em 2 de dezembro de 1985, vitimado por um tumor no cérebro, Dellacroce faleceu. Desaparecia de cena o derradeiro obstáculo entre John Gotti e Castellano. Entre John Gotti e o cume da *Cosa Nostra*.

▼

Naqueles idos, dois superproblemas desmoralizavam Castellano dentro da Família. Uma sufocante campana de agentes do FBI, que inclusive haviam plantado um microfone de escuta em pleno *hall* de sua casa, em Staten Island. E um mal-camuflado caso de amor com a sua própria empregada doméstica, Glória Olarte, uma colombiana miudinha. De personalidade forte, intrometida, Glória não hesitava em se envolver nas discussões de Castellano com o clã. E os anspeçadas de Castellano destestavam aquela sul-americana petulante.

Certa ocasião, Glória enfrentou, num bate-boca, o *consigliere* DeCicco. O *consigliere* decidiu trair o seu chefe e aderir aos integrantes mais nervosos da Família, que queriam eliminar Castellano. No dia 16 de dezembro, DeCicco agendou um jantar, com Castellano e Thomas Bilotti, numa casa de grelhados da Rua 46, Manhattan, a Spark's Steak House. Quando o Lincoln preto de Castellano estacionou, nas duas calçadas da rua apareceram seis homens de capotões de lã, casquetes de cossaco nas cabeças – e armas nas mãos. Bilotti e Castellano tombaram trespassados por uma dúzia de balas à queima-roupa.

Uma concorridíssima assembléia geral do clã fez de John Gotti o seu novo líder, por aclamação. E John Gotti rapidamente iniciou a edificação de uma Nova Máfia nos Estados Unidos e no planeta. Uma entidade à sua exata semelhança, particularmente agressiva, uma Nova Máfia de princípios claros, determinada a evoluir depressa – e a qualquer custo. Mas, uma entidade ainda romântica e passadista no departamento das drogas. John Gotti continuou obstinadamente contrário a qualquer envolvimento da sua gangue com o narcotráfico.

Detalhe acessório: ao contrário de Carlo Gambino, Paul Castellano e Aniello Dellacroce, os ancestrais de John Gotti provinham das imediações de Nápoles, não da Sicília. Natural que, durante o seu processo de ascensão, se esgarçassem as suas relações com os donos da Máfia no Mediterrâneo.

O mano Eugene Gotti e os ambiciosos John Carneglia e Angie Ruggiero espertamente se locupletaram da situação. Por sorte, num acaso feliz, Eugene se enroscara numa estrela de filmecos sexuais, a *sorella* de um palermitano, o intempestivo gerente de um dos cabarés de Robert Di Bernardo. Paralelamente, Eugene Gotti se tornara um contumaz companheiro de noitadas de baralho do traficante John Gambino e do palermitano – um certo Francesco Tucci.

Determinada madrugada, Eugene Gotti, John Gambino e Francesco Tucci se defrontaram, numa suíte de hotel, no Bronx, com um cacique das quadrilhas porto-riquenhas de Nova York – uma jornada de pôquer. Eugene apostou US$ 12.000,00 numa *full hand* de ases e reis. O rival topou a parada – e exibiu uma quadra de valetes. Como? Na sua troca de cartas, Eugene havia descartado um dos valetes. Logicamente, chamou o latino de ladrão. O latino se alçou, arma na mão. Antes que atirasse, Tucci o atravessou com uma bala de 38. Pela presteza, e pela lealdade, Tucci conquistou o posto de guarda-costas de Eugene.

Na mesma época, Eugene e John Gambino resolveram estabelecer uma conexão do seu negócio na América do Sul. Para montá-la, Eugene selecionou um certo Broderick Villapiano, um matador brutal de sua integral confiança. E Villapiano escolheu Francesco Tucci como o chefe da sua segurança. Tempos depois, quando Eugene e John Gambino precisaram refazer as suas ligações na Sicília, nada mais óbvio do que enviarem um palermitano de fato como o seu embaixador. Bravo, logo o diplomata se provou digno das melhores expectativas de Eugene e de Gambino. Apoiado por dois bandoleiros da

Ilha, Luciano Liggio e Totò Riina, o ascendente Tucci neutralizou e dizimou a Velha Tradição.

▼

A longa dissertação de Eugene reconduziu John Gotti à sua órbita. O *capo* recuperou a forma. Ofereceu um Fernet ao seu mano. E Eugene engatou:

– *Minchia*, uma cagada, Johnny Boy. Eu sei que o Tucci cometeu uma cagada. Mas, eu devo proteção a ele. E eu quero trazer o Tucci pra cá...

John Gotti recusou. Radicalmente:

– Impossível, Genie. Eu não posso correr o menor risco de me expor ao FBI e à promotoria. E nem você, Genie! Putaquepariu, Genie, faz dez anos que eu proibi você de se meter nessa estupidez dos tóxicos! Putaquepariu, por causa das drogas, você já foi preso uma vez, caralho! Faz seis anos, Genie, que o caralho do seu processo se arrasta! E você continua um cretino! Porra, Genie, nessa você me sacaneou! E me sacaneou para se associar a esse idiota do Tucci! *Minchia*, matar uma mulher e três crianças! Por engano! E você me diz, caralho, que foi uma cagada? *Cazzo*, *cazzonaccio*, Genie, foi a cagada do século...

Eugene baixou a cabeça à espera de um bofetão. John Gotti, no entanto, manteve a sobranceria. Em vez de bater, John Gotti resolveu pensar:

– Quem é esse Antonio Castellamare? Você conhece o cara?

Eugene não sabia muita coisa. Marco Iago se mostrara muito confuso e muito tenso na descrição do alvo real da estupidez de Francesco Tucci:

– Talvez um *maverick*, aquele sujeito que age por conta própria. Nenhum vínculo conosco. E, aparentemente, nenhum vínculo com as outras Famílias de Nova York. Negócios limpos, legalíssimos, no mercado de alimentos. Casado com uma duquesa, a tal mulher que explodiu. Gente das colunas sociais...

John Gotti não suportou:

– E por que o caralho da bomba, diabos?

Eugene apenas especulou:

– Segundo o Iago, excesso de zelo do Tucci. Uma suspeita de laços do Castellamare com a promotoria de Palermo. Carregamentos do Tucci sumiram entre o Brasil e a Itália. Aliás, o merda do Castellamare nasceu no Brasil...

Mais um gole de Boodles. John Gotti quase engasgou:

– O Brasil, porra? Mas *cazzo*, Genie, que tenho eu a ver com o Brasil? *Minchia*, Genie, que sei eu do Brasil além de Pelé e Carnaval? Caralho, Genie, todos os meus negócios estão aqui, aqui, na América! Eu me desdobro, todos os dias, para manter a *Cosa Nostra*, a nossa Família, limpa desses estrangeiros bostamerdas, os judeus e os irlandeses e os dominicanos e os colombianos e os jamaicanos e os chineses e os japoneses – e você ainda me fala de Brasil?

Sem saída, Eugene admitiu:

– Johnny Boy, o Brasil é indispensável no comércio das drogas...

O *capo* já imaginava. Aliás, John Gotti já sabia:

– Genie, eu não agüento mais acobertar você. Puta que pariu, faz dez anos que você me fode com essa coisa de narcotráfico. *Minchia*, eu proibi, Eugene, eu proibi! E mesmo assim, às minhas costas, você me fode, você me trai...

Eugene Gotti permaneceu calado.

– Caralho, Genie, por que você me engana, Genie? *Minchia*, Genie, eu não minto jamais. Só mente quem tem medo, Genie. E eu, porra, eu não tenho medo de ninguém. Por que você me engana, Genie? Tem medo de mim?

Eugene continuou calado, enquanto John Gotti se exasperava:

– Putaqueopariu, Genie. Por causa da porra do cigarro, do cigarro, Genie, o Angie está morrendo de câncer lá no sanatório de Santa Bernadete. E você me fode com a maconha e com essa desgraceira da cocaína? Caralho, Genie, Genie, meu irmão, você não aprendeu nada comigo, ahn? Você não aprendeu nada mesmo? Eu deveria ter estrangulado você, o Angie e o Carneglia dez anos atrás. Larry, Curly e Moe, os três patetas – *minchia*, eu deveria...

▼

Desabado no sofá, Eugene esperou que o *capo* recuperasse um mínimo de tranqüilidade. John Gotti raciocinou por três minutos. E perguntou:

– Como funciona essa porra da sua conexão no Brasil?

Enfim salvo, agilmente Eugene Gotti se alçou do sofá e caminhou até uma mesinha em que havia depositado uma maleta de couro. Abriu. E exibiu um *laptop*. Ligou o aparelho e acessou o seu arquivo mais privado. A tela multiletrada do micro, em pb, logo lhe solicitou a sua senha obrigatória.

– Que dia é hoje, Johnny?

Dez de novembro de 1988.

Num guardanapinho de papel, Eugene rabiscou uma subtração. Só ele conhecia a senha de entrada em seu arquivo: os números da data da publicação da revista "Time", com a imagem de seu irmão na capa, 29 de setembro de 1986, menos a data de cada utilização do *laptop*. O seu programador, a quem pagara um batalhão de dólares, lhe garantira que, a qualquer outra tentativa, o aparelho não funcionaria. E que, na insistência de uma intrusão, o programa se apagaria, automaticamente. Sossegadíssimo, Eugene teclou: 91-02-02.

Bingo. A tela se preencheu com o organograma do seu ramo na Família. Eugene digitou algumas palavras e pediu à memória que lhe mostrasse os seus contatos no Brasil. John Gotti interrompeu, subitamente, a operação:

– Que *cazzo* é esse monte de nomes, Genie?

– A minha lista de contatos, Johnny Boy.

– Porra, num computador?

– É seguríssimo, Johnny Boy. A tecnologia mais moderna...

– Você é mesmo um imbecil. Com a tecnologia mais moderna, o FBI, hoje, escuta uma cobra peidando no Caribe. Se a promotoria confiscar essa sua mala, me acusa de ter contatos nos anéis de Saturno e eu acabo. Putaqueupariu, Genie, você está se fodendo nesse processo da cocaína porque o boca-mole do Angie contava todos os segredos dele num telefone de cozinha, porra...

John Gotti tinha razão, uma integral e absoluta razão. Já indiciado com Angie Ruggiero e com Carneglia num vasto processo de tráfico de drogas, o mano Eugene corria o risco de enfrentar o seu julgamento em meras semanas, no máximo em dois ou três meses. O risco de pegar uma cana bravíssima.

Eugene tentou apaziguar o *capo*:

– Eu juro que é super-seguro, Johnny Boy. Eu juro...

– Você perdeu os parâmetros, Genie. Não aprendeu nada comigo. Porra, você imagina por que as pessoas me adoram? Imagina, ahn, você sabe?

Perplexo, Eugene negaceou. Esbaforido, furioso, John Gotti desandou a caminhar através do escritório, rodeando o irmão e o seu computador:

– Você não sabe, Genie. Mas, eu explico. As pessoas me adoram porque, a cada nova noite, eu derroto o sistema que ferra com elas durante o dia. E você imagina por que o sistema não me pega? Porque eu não deixo rastros, Genie. Eu não escrevo bilhetes. E eu não uso um computador, meu irmão de bosta...

– Mas, Johnny, só eu conheço a senha do meu *laptop*. Se alguém tentar interferir, o programa se autodestrói. Eu juro que é seguríssimo...

– Tá legal. E pra que serve essa, ahn, sua lista de contatos?

– Olhe comigo...

Numa primeira tela, dois nomes despontaram:

• Broderick Villapiano – São Paulo, 55-11-581-2879. Contger Amsud. M. C. Orç 145mi/m plus ex. Fach cab. Niv aval +B/N. Ris 0.

• Khalid Haissa Khwyis – São Paulo, 55-11-577-3130. Oper r. Contvic. M. C. Orç. 30mi/m plus ex. Fach conf. Niv aval C/+D. Ris 2.

Minuciosamente, Eugene explicou a John Gotti os significados daqueles nomes e daqueles códigos. O *capo*, ao menos, já conhecia Brodie Villapiano, um soldado suficientemente confiável do clã Gambino desde a década de 60. Eugene informou que Villapiano funcionava como o seu representante direto na América do Sul. Quanto a Khwyis, era um jordaniano, recrutado nos meios subterrâneos do terrorismo, que, eventualmente, se associava às ações da *Cosa Nostra* na Itália. John Gotti pensou em decapitar o irmão, envolvido com um jordaniano e com o terrorismo. Preferiu, entretanto, aguardar um tiquinho mais.

Eugene mudou de página – e John Gotti quase morreu de susto.

• Leonel Pavone – Rio de Janeiro, 55-12-286-5653. Lotercland. Lenoc. Essamba. Lav din. Orç com 25%. Niv aval C/-D. Ris 3.

• Ruggiero Castellamare – São Paulo, 55-11-820-0582. M. C. Orçam via BV plus 15% oper plus ex. Fach dan. Niv aval D/-D. Ris 5.

– Castellamare! *Minchia*, Genie, quem é Ruggiero Castellamare?

Depois de um instante de perplexidade, Eugene empalideceu:

– Caralho, o mesmo sobrenome! Antonio e Ruggiero...

Rubro de raiva, John Gotti domandou:

– Caralho digo eu! Quem é Ruggiero Castellamare, porra?

Atônito, apalermado, Eugene não se lembrou.

Esbaforido, quase apoplético, John Gotti cobrou:

– Putaquepariu, você não sabe? E os tais códigos, caralho?

Trêmulo, apavorado, Eugene decifrou as informações:

– Ele trabalha com o Villapiano, na base da comissão, ganha 15% a cada transação. A sua fachada é uma danceteria. Merda. O Villapiano avaliou o cara na faixa D sobre menos D. Ele é um bosta. *Cazzo*, um risco no nível cinco...

John Gotti achou melhor refluir, para não infartar:

– Putaquepariu, Eugene, me traduza essa coisa de risco cinco...

– Nas minhas tabelas, o máximo risco possível...

Antes de esganar o seu mano, John Gotti pensou em espancá-lo. Chutou uma cadeira, socou o tampo do bar. Respirou bem fundo – e ordenou:

– Ligue já pro tal do Villapiano. Quero saber se esse Ruggiero é parente do Antonio. *Cazzo*, *cazzo*, mas que *cazzo* de Família comando eu...

▼

Doze minutos depois, a ficha completa dos Castellamare desembarcaria no cerebelo de John Gotti. Antonio e Ruggiero eram irmãos, como Eugene e ele. Irmãos, todavia, bem afastados. Ruggiero dirigia a boate que servia como ponto dos negócios de Villapiano. Útil, mas um babacão, a ovelha desgarrada de um grupo de comerciantes. Quase deserdado pelo pai. Sem se desligar de Eugene, num outro aparelho, Villapiano também se comunicou com Ruggiero. Ocultando a participação de Francesco Tucci no episódio, Villapiano contou a Ruggiero da explosão de Palermo. E, então, sossegou Eugene. Pela surpresa sincera de Ruggiero, Villapiano duvidava do seu envolvimento naquele atentado.

Sobre o tal do Antonio, Villapiano conhecia muito pouco. Antonio vivia na Sicília desde o comecinho da década. Aparentemente, cuidava somente de coisas legalizadas. Villapiano não imaginava por que motivo Francesco Tucci havia perpetrado tamanha estupidez, matar a mulher e as crianças de Antonio Castellamare. Erro de alvo? Sim. Villapiano, todavia, também não imaginava por que razão Francesco Tucci quisera assassinar Antonio Castellamare. ..

O relatório satisfez e alegrou John Gotti. Um plano malicioso começou a se formar no seu raciocínio habitualmente irretocável, um plano perfeito – que livraria o seu clã de Francesco Tucci e, talvez, até, do misterioso Antonio Castellamare, fosse ele inocente ou culpado de atrapalhar os negócios da Nova Máfia. Um plano que levaria as conseqüências do atentado da Via Dante para bem longe da Sicília – e para bem longe da sua sagradíssima Nova York.

– Genie, e quem é Leonel Pavone?

– Uma espécie de *bookmaker* no Rio de Janeiro. Amigão do Villapiano. Faz toda a lavagem do meu dinheiro no Brasil. Um cara ponta firme...

– OK. Enfim, uma notícia agradável. Genie, chame o tal do Iago. Mande o tal do Tucci ao Brasil. Que o Villapiano trate de escondê-lo por lá. Primeiro, no Rio, através do tal do Leonel Pavone, *capisce*? O Pavone vai acobertar o tal do Tucci por você. Eu quero esse Tucci de molho, no Rio, durante meio ano, *capisce*? Depois, eu quero esse Tucci em São Paulo, sob o controle integral do Villapiano. Sem um pio, e sem um único movimento suspeito. Que se foda a sua conexão em Palermo, Eugene. E, se for preciso, que se foda a sua conexão no Brasil. Eu também exijo que o Villapiano nos mande informações semanais sobre o comportamento desse Tucci e desse tal de Ruggiero, *capisce*?

O irmão assentiu, em silêncio. E perguntou:

– Mas, por que meio ano no Rio, depois em São Paulo?

John Gotti deu três tapinhas no rosto de Eugene. E explicou:

– Um truque, Eugene, um truque. Eu penso, e eu leio Maquiavel, e eu sou inteligente – e por isso eu sou o chefe desta Família, Eugene. Meio ano no Rio, sem um pio e sem um único movimento. Sem que ninguém, além de nós dois, do Pavone e do Brodie, conheça o paradeiro do Tucci. Em hipótese nenhuma o tal do Ruggiero Castellamare deverá saber da presença do Tucci no Rio...

Eugene fingiu entender:

– *No problems*. O Ruggiero não sabe que o Pavone trabalha pro Brodie. Aliás, Johnny, eu não acredito que o Ruggiero sequer conheça o Pavone...

Despreocupado dos detalhes, John Gotti prosseguiu:

– Depois de hibernar no Rio, que se foda o tal Tucci, e que esse idiota não tenha a ousadia de reclamar, o Tucci vai aparecer em São Paulo, de surpresa. Raciocine comigo, Eugene. O tal Tucci some do cenário. O universo se esquece dele. E, então, o Tucci ressurge, plim, como se nada tivesse acontecido...

Eugene, embasbacado, de novo fingiu entender.

– E daí, Johnnie Boy?

– Daí o Tucci ressurge, caralho. E daí o Villapiano põe o Tucci no colo do tal do Ruggiero, em São Paulo. Diz ao Ruggiero que caberá a ele, Ruggiero, cuidar da proteção do Tucci em São Paulo. Botamos merda total no ventilador. O Ruggiero garantindo a vida do cara que estourou a mulher do seu irmão...

A trama, definitivamente, desnorteou Eugene:

– Sinto, Johnnie Boy. Estou voando...

– Porque você é burro, Eugene. Os três, o tal do Tucci, o tal do Ruggiero e o tal do Antonio, vão ficar mais confusos do que você está, agora. Merda no ventilador. Os três vão quebrar o maior pau. Vão se matar, Eugene...

O mano mais jovem desistiu. Mas John Gotti ainda disse:

– E Genie, caralho, chega de drogas – ou eu te afogo, *capisce*?

▼

Eugene realizou as suas tarefas com uma precisão aritmética. Villapiano asseverou a sua compreensão do projeto do *capo*. Pavone se envaideceu com a honra concedida por Nova York. Francesco Tucci nem pensou em contestar as ordens de John Gotti. Grossa cagada. No mínimo, meio ano de molho no Rio, entregue à vulgaridade de um bicheiro, explorador de prostitutas e de favelados. Numa academia de ginástica, caçou Bruna Maria. Convocou os seus guarda-costas e o seu contador a uma reunião de emergência. Destemperado, não se conteve. Explicou a situação, minuciosamente, uma outra grossíssima cagada. Francesco Tucci distribuiu inúmeras informações que deveria preservar.

Ao contador, fez recomendações escancaradas. De como se venderem as suas propriedades na Ilha e de como remeter o seu dinheiro ao Brasil, aos cuidados de Leonel Pavone, o liame de Eugene Gotti. Observou que todos os seu capangas, também, necessitavam desaparecer de Palermo. Ao escurecer, com Iago e Bruna Maria, tomou o bimotor de um amigo do seu *consigliere* na pista de uma fazenda das colinas da Cammarata. Rota inicial: Atenas. Daí, da Grécia, o trio voaria até Londres. E, da Inglaterra, sua desdita, viajaria até o Brasil.

Tucci não imaginava que John Gotti queria a sua destruição.

▼

Numa janela do seu apartamento da Via Dante, os olhos ainda ardentes pela fuligem e pelo choro, Antonio Castellamare acompanhou os derradeiros movimentos da perícia de Palermo. Cinco homens calados mas atentos faziam sombra à sua solidão. Castellamare abandonou o parapeito e se reintegrou ao grupo. Distribuiu algumas ordens já esperadas e algumas outras menos óbvias. Talvez nem precisasse. Lá, todos os cinco já imaginavam o que fazer.

Calados, circunspectos, os homens se despediram simultaneamente do rapagão. Castellamare dispensou a histeria da arrumadeira e da babá, fez três ligações, monossilábicas, e então se afundou numa banheira de água quase fervilhante. Bebeu duas doses de puro uísque norte-americano. Resistiu – dez minutos. Até que o seu pranto desabasse, numa cascata, turbilhão. Então, em sua suíte, reaceso pelo desabafo, fez uma outra chamada, internacional.

Atendeu uma voz de baixo-cantante, vibrante mas sonolenta:

– Sim?

– Lindy? Tony. Você está bem?

– Tonino? A esta hora? Aqui, ainda não amanheceu...

– Eu sei. Mas é urgente, urgentíssimo...

– Tá. *Aspetti un attimino*. Eu vou lavar o meu rosto...

Quando a voz retornou, sólida, polar, Tony Castellamare lhe relatou como pôde os seus infortúnios todos daquela trágica quinta-feira. Ao menos três vezes, durante dez minutos de conversa, o choro pesado cortou a sua fala. Do outro lado da linha, um choro também triste escorria, paralelo, um sinal de confiança, de gigantesca intimidade, entre aqueles dois parceiros via satélite. Tony encerrou o seu esforço com uma seqüência radical de determinações, diretrizes:

– Quero que você vá imediatamente à casa do meu pai, quero que você conte tudo ao Don Caló, nos detalhes possíveis. Leve gente para protegê-lo, se houver necessidade. E, por favor, Lindy, em hipótese nenhuma se aproxime de meu irmão. Não dê ao Ruggiero nem um milímetro de informação, OK?

– OK. E... ahn... Tonino... eu sinto muito...

– Eu sei, Lindy. Eu sei... *Ciao, caro mio*...

Com uma suavidade impactante, Tony Castellamare se desconectou da voz fraterna. Suspirou. Espreguiçou-se. E, por mais um instante, que lhe pareceu um infinito, conseguiu dominar os seus humores. Logo, porém, se atirou sobre a cama e, novamente, se entregou a uma tempestade de soluços, abraçado ao travesseiro da mulher. Dilacerado, repetiria a cena nos quartos dos seus três filhos. Por quê? Por quê? Onde, onde a sua segurança havia fracassado?

Sofreu enquanto a sua razão permitiu. Depois, aos poucos, a sua energia passou a comandar o seu espírito. Tony não podia sucumbir. Precisava reagir e analisar as suas suspeitas, cristalizar as suas certezas. Precisava completar a sua missão, no mínimo em honra de Marina e das suas três crianças mortas. Como pensar, porém, naquela tensão colossal? Decidiu relaxar. Aliás, Tony sabia como relaxar, mesmo na pior manhã de toda a sua vida tão atribulada. Lentamente se encaminhou ao salão do apartamento e se instalou ao piano que a mulher herdara de uma avó, um magnífico Boesendorfer, austríaco, de cauda, um instrumento praticamente centenário. Nele, durante quase uma hora, tocou e retocou a "Valsa Triste", do finlandês Jean Sibelius, um tema lindo, que Marina idolatrava.

▼

Por volta de meio-dia, todo de preto, óculos escuros, chapéu, Tony desceu ao sub-solo do seu prédio. Vazio, como havia combinado, horas antes, com os seus cinco homens. Escapuliu através de um portão bem camuflado nos fundos da escuridão. Instantes depois, ressurgiu, cauteloso, num beco pegado à Via La Mantia. Uma Tempra espreitava, os cilindros ronronando. Um automóvel bem diferente, de vidros espelhadíssimos, esfumaçados como as roupas de Tony. De fora, ninguém conseguiria ver o que existia dentro daquele carro estranho.

O rapagão se alojou no banco de trás. Três senhores, formalíssimos, lhe propuseram condolências. Tony se desvencilhou de um pigarro e, enquanto a Tempra partia, fisgou da alma um fio de graça, pateticamente amarga:

– Uma bomba, neste motor, faria um estrago muito maior...

O mais solene dos senhores colocou a sua mão esquerda na manga de Tony – e pensou numa frase que, um dia, havia cunhado, sem imaginá-la tão terrível: "Eu não quero ter filhos. Para não fazer órfãos". O homem acariciou o tecido da blusa do recém-viúvo e lhe disse, com um respeito afetuoso:

– Sentimos muito, muitíssimo, meu caro. Caso nós imaginássemos que aquilo, um dia, poderia acontecer, ah, nós não teríamos recorrido a você...

Tony não moveu o braço. Apreciava, sinceramente, aquele personagem de voz macia, um contraste curioso com o seu vigor e com a sua coragem absurda. Um personagem marcado para morrer, um tiro na sua tocaia em cada esquina da Sicília. Respirou bem fundo e, profissionalmente, devolveu o comentário:

– Eu entrei nesta eventura porque quis, em defesa do meu nome e da Família Castellamare. Entrei e, apesar de tudo, eu não me arrependo...

Do banco da frente, ao lado do piloto, um cidadão de topete rebelde e de olhar valente revirou o torso para compartilhar melhor daquele papo:

– Tony, você pode sair do esquema, já, se desejar...

Tony. Ah, Marina adorava transformar o Antonio em Tony.

– De modo nenhum, principalmente agora. Eu vou até o fim. Apenas quero a autorização de vocês para fazer algumas alterações no plano original...

O piloto aderiu à conversação:

– Nós já lhe demos carta-branca, Tony Castellamare...

O solene confirmou:

– Carta-branca, Tony. Você está livre para agir.

– Da minha maneira, mesmo depois do que aconteceu?

– Da sua maneira.

Com um esforço razoável, Tony vasculhou os bolsos da calça de veludo em busca de um isqueiro de laca. A Tempra saltitava na estradinha esburacada da tumba de Santa Rosalía. Tony acendeu um cigarro mentolado e abaixou dois dedinhos da janela para diminuir a poluição. Tragou. E, então, pediu:

– Preciso de mais algumas informações.

Por quase uma hora os três senhores deslindaram as dúvidas todas de Tony. Ninguém, melhor do que eles, conhecia em profundidade a história da Velha Tradição e dos meandros da Nova Máfia. Nomes, e datas, e endereços, e perspectivas. Quando a inquisição se encerrou, a Tempra já se reaproximava de seu ponto original de partida, na Via La Mantia. Tony consumiu os últimos momentos do encontro ambulante com a descrição do seu projeto de combate ao mandante dos assassinos de sua mulher e das suas três pobres crianças.

O piloto da Tempra e o cidadão de topete desceram antes e examinaram a redondeza em busca de espias ou de repórteres. Nada de excepcional. Tony saiu do automóvel – e, na calçada do beco, ainda fez uma última observação:

– Não se esqueçam, nenhum vazamento à imprensa a respeito de meu irmão. Aliás, qualquer que seja o resultado desta confusão, ninguém toca no Ruggiero. Eu vou cuidar dele, da minha maneira. Além disso, eu seguramente vou precisar de passaportes falsos para o meu pessoal. Os senhores sabem que as fichas dos meus colaboradores não são as mais transparentes deste país...

Complacente, o solene concordou, quieto, triste, com um simples aceno de braço. Confiava cegamente em Tony Castellamare. Sim, havia selecionado o homem perfeito para aquela missão infame – destruir a Nova Máfia.

▼

Velha Tradição. Nova Máfia. Onde acaba o real e o mito principia? Que diferença existe entre o antigo e o moderno nessa coisa fascinante pelos seus mistérios nebulosos, muito mais do que pelas suas verdades todas?

Uma invenção dos sicilianos, que sequer utilizam o seu nome, em vão ou ostensivamente, a Máfia se tornou uma hidra pública nos Estados Unidos do comecinho da década de 50. Dentre os italianos da América, no máximo se dizia, aqui e ali, a *Cosa Nostra*. Então, Estes Kefauver, um importante senador do Partido Democrata, presidiu um comitê de investigações sobre o chamado crime organizado, em particular no departamento do jogo. Sabia-se, naqueles idos, da existência de inúmeros cassinos clandestinos na América. O comitê de Kefauver apenas confirmou um antigo fato que a nação, portentosa, já conhecia.

Apostava-se abertamente em roleta, bacará e vinte-e-um. Apostava-se, também, basicamente, em números, a versão saxônica do Bicho do Brasil. Um procedimento ilegal, porque não carregava os impostos e as taxas ao governo – embora enriquecesse gente da polícia, das prefeituras e, por extensão, dos governantes de plantão. Sem saída, o comitê de Kefauver atirou no alvo mais ostensivo. E denunciou a existência dos malfadados sindicatos do crime.

Na falta de uma outra expressão que generalizasse os tais sindicatos, entronizou-se nos anais das investigações a palavra Máfia, como se coubesse aos sicilianos a responsabilidade integral pelos problemas de sonegação. Ora, a busca da sorte nos cassinos clandestinos, como a procura da agiotagem, são fatos da condição humana, que desafiam a ética, a moral e a legislação. Parece muito melhor oficializá-los, e controlá-los, do que esperar a desistência da população. Os Estados Unidos já tinham atravessado dificuldade equivalente durante a época da ridícula Lei Seca, aquela proibição tola e imbecilóide das bebidas alcoólicas. Conseqüência, estimularam o contrabando – e, pior, a falsificação dos produtos destilados, uma merda balofa que levou à morte de milhares de pessoas.

Quando a população, rica ou pobre, não estabelece uma demanda desses serviços, obviamente, eles fenecem. Ao contrário, quando a população torna a procura muito maior do que a oferta, ah, se prende um bicheiro e surge um outro, com a inevitável conivência da polícia – e dos governantes. É fatal...

A Velha Tradição nunca negou o seu envolvimento no contrabando de bebidas ou nos cassinos clandestinos. De maneira sintomaticamente filosófica, os *capi* de antigamente sempre se defenderam das acusações de contravenção com uma observação curiosa: "Entendemos as ansiedades dos homens e lhes damos aquilo que eles nos pedem". Sim, a Máfia do passado jamais foi uma instituição estruturada com o objetivo do crime. Para os sicilianos da Velha Tradição, a sua Máfia nunca passou de um sistema de relacionamento entre os seus membros. Uma maneira cotidiana de estimular, e de aproveitar, por que não?, os valores naturais do povo da linda Ilha: a amizade, a honra, o respeito, a lealdade. Um modo de pensar e de agir. Ou, convenhamos, um código de conduta.

Pena que, num determinado momento, as drogas, o narcotráfico, tenham ocupado o lugar do jogo e das bebidas nos cenários da mera transgressão.

É impossível determinar uma data para essa transição. No seu excelente livro "The Godfather", inspirado no verdadeiro mafioso Giuseppe Bonanno, o escritor Mario Puzo coloca o período crucial entre as décadas de 30 e 40.

Provavelmente o mais significativo dos *capi* de todos os tempos, figura que dominou a Máfia na América e na Itália dos anos 30 até meados dos 60, Bonanno prestou o seu cândido depoimento, numa ótima obra autobiográfica, co-assinada pelo jornalista Sergio Lalli, em 1983: "A Man of Honor". Uma obra, aliás, que levaria Bonanno à prisão, aos quase oitenta de idade, por causa das audaciosas declarações que fez, sem camuflagens, ao seu entrevistador.

Trecho suficientemente explicativo da confissão de Bonanno:

Quando homens como eu, homens do oeste da Sicília, decidimos nos transferir ao Novo Mundo, acalentávamos as mesmas aspirações de todos os outros imigrantes europeus. Escolhemos a América em busca de uma vida melhor. Não tínhamos nada. Dinheiro? Ah, nem pensar. Não sabíamos falar inglês. E a América necessitava de mão-de-obra barata. Necessitava de nós, ainda que nos recebesse de péssimo humor. E o povo da América adorava nos ironizar, como se fôssemos bugres. Não perdoava, até, os alimentos que nos nutriam. Nós éramos sozinhos – mas um por todos, e todos por um.

Conduzíamos a nossa Tradição dentro dos nossos corações.

Em nenhum momento nós planejamos construir uma corporação. Não dispúnhamos de uma norma, um estatuto, uma constituição. A nossa Tradição não possuía as intenções vorazes que viam em nosso comportamento – ora, nenhum de nós pretendia dilapidar a civilização ocidental. Apenas queríamos sobreviver, numa terra antagônica, inóspita, numa terra adversária.

Considerávamos natural, e indispensável, a nossa união. Os imigrantes sicilianos meramente fantasiavam o futuro dos seus netos. Fantasiavam que eles, um dia, se tornassem grandes advogados, doutores, presidentes....

Só que, lentamente, irreversivelmente, a nossa Tradição se deteriorou. Os ideais que nos moviam depressa se corromperam. E se corromperam por causa das pressões que logo surgiram, por fora e por dentro do nosso universo.

Aceitamos que muitas pessoas, sem os nossos princípios, entrassem em nossas Famílias. Aceitamos que o nosso conceito, aquele do clã, do grupo impenetrável, paulatinamente se submetesse às imperiosidades do mercado e dos gostos do Novo Mundo. Na América, o povo não ama o coletivo como na Ilha da Sicília. O povo da América ama, bem ao contrário, a individualidade.

Os valores da América, paulatinamente, conspurcaram os princípios da nossa Velha Tradição. Conseqüência: gente da nossa Tradição passou a crer na individualidade como a solução dos seus problemas. E gente da Tradição deixou de acreditar no nosso tema histórico – do benefício geral de cada clã.

Desastre. Na Sicília do passado, o espírito da união e da harmonia da Família, da sua manutenção, sempre pairou acima dos simples desejos de quem pregava a individualidade. Mas, na América, em vez de um por todos e todos por um, o lema dos imigrantes dissidentes mudou. Virou cada um por si.

Isso solapou a autoridade do capo. *Isso destruiu o* capo *como o símbolo da ordem e da responsabilidade. No lugar das relações de amizade e de afeto, começaram a vigorar as relações deletérias do dinheiro e da conquista.*

Foi quando o culto dos entorpecentes arrasou a Velha Tradição.

E introduziu no planeta a impiedade da Nova Máfia.

▼

Don Calógero Castellamare se orgulhava do seu currículo limpíssimo no Brasil. Claro que, na Sicília dos seus ancestrais, todos eram, de algum modo, mancomunados com a Máfia. Don Calógero, porém, seguia os ditames da Velha Tradição, longe das drogas, do abuso de menores, da exploração de mulheres, da sacanagem da pornografia. Um romantismo antiquista e quase burguês. Ícones de Don Calógero? Salvatore Bonanno, Salvatore Maranzano, Salvatore Saracino, interessante coincidência, os salvadores, os *uomini d'onore*, todos da mesma extração, do oeste da Ilha, da nobre região dos cruzados normandos.

O pai de Calógero também se chamava Salvatore, integrante discreto de um clã antigo da Velha Tradição na região de Punta Raisi, a vinte quilômetros de Palermo. Quando irrompeu a Primeira Guerra, a casta se dispersou. Milhares de migrantes rumaram ao norte da Bota, aos Estados Unidos, à Argentina e ao Brasil. Da Família da sua terra, apenas Salvatore Castellamare permaneceu na Sicília, rigorosamente fiel às suas plantações de alcaparras e aos seus pomares de laranjeiras. Sem competidores, lógico, inevitavelmente ele enriqueceu.

Aderiu ao afluente comércio do atum fresco. Montou uma linda pensão que logo se transformou em um hotel. Encheu os bolsos e inflou também o seu prestígio com a generosa distribuição de comida aos desprivilegiados dos seus entornos. Um líder natural, inevitavelmente entrou na política, ao lado dos antifascistas que temiam as idéias de Benito Mussolini, o *Duce*, nos anos 20.

Um dia, informantes lhe contaram que Mussolini, já no comando de toda a Itália, encomendara a sua cabeça, a sua destruição. Apoiado pela população que patrocinava, Salvatore Castellamare decidiu enfrentar todos os abusos e todos os riscos. Por precaução, de qualquer modo, enviou ao Brasil o seu compadre mais fiel, Luca Regazzoni, incumbido de aplicar dinheiro num negócio de azeites, frutas secas, salames, queijos e vinhos. Com Regazzoni, partiram da Ilha o seu filho Pietro e o único bambino de Salvatore, o adolescente, terno Calógero.

Numa tocaia, Mussolini conseguiu fuzilar o líder que incomodava o seu poder em Punta Raisi. Em compensação, no Brasil, depressa a empresa montada por Luca Regazzoni se aprumou. Luca morreu muito cedo, num dos primeiros acidentes de carro do Brasil. Determinado como seu pai, porém, impecavelmente assessorado por Pietro, Calógero absorveu o comando do negócio e se tornou o padrinho da sua comunidade, o árbitro de todas as causas entre os seus vizinhos. Até mesmo os sacerdotes e os policiais lhe solicitavam as suas bênçãos. Calógero se elegeria deputado, quisesse um dia se candidatar. Preferiu se tornar um Don.

Em São Paulo, na Moóca, o plácido bairro de adoção dos Regazzoni e de Castellamare, não havia assaltos e nem safadezas. Calógero, prazerosamente, sustentava as quermesses e garantia a segurança dos lojistas. Zelava pelos seus parceiros leais. Depois da Segunda Guerra, numa visita de negócios à Itália, bateu-lhe o *fùlmine*, o raio, o amor à primeira vista – e Calógero, já pertinho dos quarenta de idade, se apaixonou por uma palermitana, Alfreda Fragalc. Com ela Calógero se casou e teve três filhos: Ruggiero, Antonio e Regina. Ao seu modelo, Calógero tentou educar e moldar Ruggiero. Inútil. Aos ensinamentos do pai, o primogênito preferia a molecagem. Pena. Em vez da dignidade latente da Velha Tradição, sorvia só os seus defeitos, a parte obscura do mito da Máfia.

Natural que Calógero, ou Don Calógero, ou Don Caló, elegesse Antonio como o herdeiro predileto. Sempre, logo depois do jantar, convidava Antonio e os seus melhores amigos, Leonardo e Massimiliano Regazzoni, filhos de Pietro, para lhes falar das lendas da Ilha tão distante. Conseguia discorrer uma semana a respeito de Giuseppe Garibaldi, sem repetir um episódio, ou uma única ação.

Antonio e Leonardo estudaram juntos, num colégio de religiosos magiares, o Santo Américo, do Mosteiro de São Geraldo, e então na FGV. Também juntos, conquistaram bolsas nos EUA, em Stanford, na bela Califórnia. Antonio cursou marketing. Leonardo, importação e exportação. No interregno, Pietro Regazzoni faleceu de leucemia. E Leonardo, Leonard, Lenny, Lindy, virou mais filho de Don Calógero do que o desregrado Ruggiero, um estróina, incapaz de se aplicar a um ofício – ou a alguma atividade minimamente útil ou produtiva.

Apesar de toda a frustração que o seu primogênito lhe proporcionava, Don Calógero não lhe tolheu as mordomias. Aquilo que Antonio arrebanhava com o trabalho, a veloz transformação do negócio do pai numa rede de supermercados, Ruggiero consumia em automóveis e em mulheres. Em 1983, enfim, Antonio sugeriu ao pai que instalasse um escritório na Itália, Sicília. A Ruggiero caberia coordená-lo. Talvez, na Bota, Ruggiero se regenerasse. Nas vésperas da sua partida, bebadaço, Ruggiero esmigalhou a sua Mercedes num *guard-rail* da Marginal do Tietê. Na trombada, faleceu uma garota, dezoito anos. A Justiça impediu Ruggiero de sair do Brasil. E Antonio viajou em seu lugar...

▼

Em pouquíssimos meses de operação, Antonio consolidou o negócio. Ele, na Sicília, orientando as remessas. O caro *amico* Lindy, em São Paulo, regulando a distribuição. Massimiliano, o Max, supervisionando os novos investimentos. Enquanto isso, sempre repleto de rancores, Ruggiero não perdoava o sucesso da empreitada, ressarcia a sua raiva no álcool e até na cocaína. Depois de uma briga que fez Don Calógero pensar em deserdá-lo, o primogênito ao menos se encheu de coragem e se transferiu de casa. Generoso, o pai lhe comprou um apartamento nos Jardins e ainda lhe entregou uma valise repleta de dólares fresquinhos:

– O dinheiro é seu. Você faz o que desejar com essa grana...

Ruggiero abriu uma boate, discoteca, cabaré. Na verdade, dissimulação de um brinquedo bem maior, o tráfico de drogas. O primogênito sonhava em superar Antonio, no sucesso e no poder. Batizou a boate de L'Omertà, a lei do silêncio entre os mafiosos. Apenas raramente surgia na residência de Don Calógero, já aposentado num sítio delicioso da Granja Vianna, nas imediações de Cotia, um subúrbio povoado por recentes milionários. Para a estranheza de Don Calógero, às sete da manhã de 10 de novembro de 1988, o primogênito lhe telefonou – e lhe anunciou que tomaria o seu café, em breve, no sítio, com os pais.

Alfreda, a Mamma Freda, ainda dormia. Don Calógero, porém, já estava de pé desde as seis. Adorava caminhar em jejum, examinando o subir do sol, ladeado pelos seus pastores-alemães. Não foi o carro de Ruggiero, contudo, que o patriarca viu atravessar o portal do sítio, um pouquinho antes das oito. Não, não. Com um aperto na alma, Don Calógero percebeu que uma perua Veraneio, escura, escalava a estradinha de pedregulhos, vários homens em seu interior.

Polícia. Um acidente com Ruggiero, ele pensou, contraído. Só quando a perua encostou diante da garagem da propriedade o patriarca reconheceu o seu afilhado Lindy Regazzoni na direção. Alívio? Não, um novo aperto, mais forte ainda. Que faria Lindy na Granja, sem nenhum aviso, àquela hora? O afilhado desceu tenso, descomposto, literalmente atordoado. Don Calógero preparou o seu espírito. Uma tragédia, sim, sim, sim, sim, com certeza, havia acontecido.

Lindy beijou a mão direita do patriarca, lhe deu um abraço de troglodita e, por uma eternidade, escondeu o seu rosto de Don Calógero. O velho sentiu o afilhado tremer – porém, não conseguiu se desvencilhar. Bem à distância, três homens, que Don Calógero não conhecia, vasculhavam as imediações da casa. Outros dois permaneciam no portal. Uma guerra. Ah, sim, explodiu uma guerra, o patriarca intuiu. Como nos tempos da perseguição do *Duce* ao seu pai.

Poucos instantes depois, Lindy se restabeleceu e revelou a Don Calógero o motivo da sua aparição inesperada. O patriarca acendeu o primeiro cigarro do dia e se sentou, dilacerado, num dos degraus do acesso à varanda da casa:

– *Dio mio*, que estupidez, que brutalidade. E como está o Tony?

– Péssimo, mas reagindo, Don Caló. É o filho do pai...

O elogio não consolou Don Caló. Com a cabeça entre os braços, o velho começou a lacrimejar, bem baixinho. Respeitosamente, Lindy se afastou até um dos cantos da varanda, onde um grandalhão indescritível testemunhava a cena em silêncio absoluto: Elia Grazie. O grandalhão regulava, na idade, com Don Caló. Trabalhava com a Família desde os tempos de Luca Regazzoni, que o tinha trazido de Punta Raisi nos meados da década de 30. Fazia de tudo – arrumar o jardim, tratar dos cachorros, pagar as contas, acompanhar a Mamma Freda nas suas compras de padaria. Elia Grazie ostentava uma face rústica e duas mãos enormes, capazes de quebrar um taco de beisebol com a tranqüilidade de uma meninota de pré-primário que arrebenta a ponta do seu lápis de cor.

Sem despregar os seus olhos de Don Caló, aterrado com a desolação do velho, Elia Grazie puxou a lapela do paletó de Lindy e, ríspido, comentou:

– Esquisito, muito esquisito, Don Leonardo. O Ruggiero nunca se abala a vir aqui. Pois hoje, cedinho, telefonou prometendo que tomaria o café com os pais. Eu não gosto nada, não, dessas coincidências. Muito esquisito...

A observação do grandalhão se cravou no peito de Lindy como um raio. Ele também odiava aquelas coincidências extraordinárias. Não respondeu a Elia Grazie – mas, imediatamente, realizou que Ruggiero já sabia do atentado da Via Dante. Deus! Alguém avisara Ruggiero. Alguém da Sicília, alguém de Palermo? Lindy sacudiu a sua cabeça e afugentou a reflexão com nojo da possibilidade. Sim, *càspita*, Tony lhe solicitara que ficasse longe de Ruggiero. Tony, de certo, suspeitava de algum envolvimento do seu irmão na tragédia. Lindy, porém, não podia, não, não podia aceitar que Ruggiero quisesse matar o próprio mano.

Preferiu convergir para uma outra hipótese. Por causa da sua discoteca, Ruggiero se recolhia bem tarde. Recebera a informação pelo rádio. Ou, sendo o mais público e o mais famoso dos Castellamare, já fora procurado na boate pelos repórteres em busca de uma repercussão do crime. *Dio mio*, que absurdo! Só a chegada de Ruggiero ao sítio interromperia as suas doídas especulações.

▼

O primogênito escolhera um veículo inusitado para a sua visitação – não um carro, mas uma negra e ruidosa Harley-Davidson. Ruggiero fez questão de acelerar várias vezes o motor da moto, antes de alinhá-la à Veraneio de Lindy. Apesar do calor no Hemisfério Sul, vestia calça de veludo e jaqueta de couro. Na cabeça, envergava um escandaloso capacete bem ao estilo da Fórmula 1, personalizado pela arte do celebrado Sid Mosca: sobre um fundo amarelo, o desenho de uma hidra mitológica – com as suas sete cabeças sanguináceas.

Lindy analisou por alguns instantes o significado daquela figura cruel e provocativa, coisa típica da personalidade iconoclástica de Ruggiero. Então, achou melhor investigar, nos mínimos detalhes, a atitude do primogênito. Lindy não dispunha da percepção vivaz do seu amigo Tony, que detectava um inimigo em potencial durante um mero contato de pele. Possuía, de todo modo, uma qualidade bem diferente. Conseguia julgar as intenções de uma pessoa através da sua postura, dos seus movimentos, dos seu cacoetes, seus tiques nervosos.

Como Elia Grazie, o patriarca Don Calógero também havia considerado insólito, e bem esquisito, o auto-convite de Ruggiero para o desjejum no sítio. Depois da notícia da morte de Marina e das crianças, a desconfiança de Don Calógero se quintuplicara. O velho cumprimentou o filho, formalmente. E não disse nada, além de um bom-dia. Ruggiero optou por quebrar o *iceberg*:

– Puxa, *babbo*, faz mesmo bastante tempo que eu não venho até aqui...
Don Calógero não encaixou a ironia. A sua resposta saiu curtinha:
– Pois é...
Teatralmente, Ruggiero estendeu os braços à sua volta:
– E por que tanta gente, meu pai? Um comitê de recepção?
Lindy decidiu se intrometer no diálogo:
– Gero, eu trouxe notícias péssimas. Não aborreça Don Caló...
Os olhos azuis de Ruggiero enfrentaram os olhos verdes de Lindy. Fera à cata da sua presa, sem sequer piscar, Lindy mensurou a reação de Ruggiero. O primogênito ganhou tempo. Retirou as luvas, o capacete e a jaqueta de couro. Depositou-os numa espreguiçadeira da varanda e, num gesto calculadamente lento e relaxado, esfregou a cabeça para soltar os seus cabelos molhados de suor. Filou um cigarro do pai, tragou três vezes – e só então Ruggiero perguntou:

– E que péssimas notícias são essas, meu caro Leo?

Leo. Don Caló interceptou a irritação de Lindy. E explicou:

– Alguém, em Palermo, colocou uma bomba no carro do Tony. Só que o seu irmão não estava no carro. Tinha emprestado o carro à Marina. A bomba explodiu, *càspita*, assassinando a minha nora e os meus três netinhos...

Um berro, às suas costas, impediu Lindy de dissecar Ruggiero:

– *Madonna!* O quê? Uma bomba? Marina? Os meus netinhos?

Pobre Mamma Freda, acordara com o rumor e descobrira a desgraça da maneira mais insólita e mais selvagem. Ainda estava de camisola, apoiada no batente largo da porta da casa. Lívida, a Mamma apenas não tombou ao chão porque Elia Grazie, num reflexo, a agarrou pela cintura. Don Caló, mesmo transtornado pela súbita aparição, disparou na direção da esposa. Impossível missão, confortar a mulher. Os brados da Mamma logo se transformaram em gritos lancinantes, assombrados, que assustariam meia vizinhança.

Ruggiero permaneceu afastado da cena. Da cozinha da casa, despontou uma jovem morena, esbelta, de lábios grossos – Nícia de Souza, mescla de governanta da propriedade e confidente da Mamma Freda. A jovem ofereceu à Mamma, já desabada numa poltrona, um copo de água açucarada que a senhora temperou com um choro cada vez mais comovedor. Um pranto que ficou ainda mais volumoso quando entrou na varanda a linda caçula do casal, Regina, num alvo pijama de cetim. Arruinada, a Mamma se agarrou à pimpolha:

– Mataram a Marina! Mataram os meus três netinhos...

Incrédula, Regina fitou Don Caló:

– Pai, é verdade? É verdade?

O patriarca apenas assentiu, com um trejeito.

– Mas, por quê, pai, como, por quê? Por quê, pai?

Lindy interceptou a explicação de Don Caló:

– Não temos idéia, Gigi. Provavelmente, um erro de alvo...

Regina escapuliu da mãe e galopou até um aparelho de TV, acomodado num canto do *living* do sítio dos Castellamare. Com o controle remoto, zapeou o aparelho – até se fixar num programa jornalístico. Dez minutos de paciência bastaram. Depois de um intervalo comercial, um locutor anunciou uma notícia de última hora. Exceto Ruggiero, ninguém naquele *living* sequer suspirou, as atenções dramaticamente pregadas no relato conciso do apresentador:

– Uma bomba mata a mulher e os três filhos pequenos de um empresário brasileiro, radicado na Ilha da Sicília, ao sul da Itália. Aconteceu hoje, pela manhã, num dos bairros mais nobres de Palermo, capital da região. A duquesa Marina di Salaparuta, esposa do milionário e *playboy* Tony Castellamare, negociante de vinhos e de azeites, saía do seu palacete, numa BMW, quando o carro se incendiou. Apesar das negativas da polícia, que não acusou ninguém, a imprensa local suspeita de ligações do empresário com a Máfia – e de um ajuste de contas malplanejado. Quem colocou a bomba imaginava assassinar o marido – e não a duquesa e as três crianças. O *playboy* é filho de Calógero Castellamare, proprietário de um rede de supermercados com sede na cidade de São Paulo. Abaladíssimo, Tony Castellamare se recusou a prestar declarações. Até agora, não existem pistas dos autores ou dos supostos mandantes do atentado. Veja a reportagem completa, logo mais, no jornal "Perfil do Meio-Dia".

Esfacelada, Regina desligou a TV e encarou o patriarca. Don Caló não se moveu de seu lugar. Num surto, a moça se livrou do controle e estourou:

– Pai! Que coisa horrorosa! Assassinaram a Marina, os meus sobrinhos, e ainda acham que o Tonino tem de dar entrevistas? Pai... Pai... Pai...

Don Caló cometeu uma insolência que ele mesmo, alguns anos antes, havia proibido à Família. Fumava exclusivamente ao ar livre – mas acendeu um cigarro em pleno *living*. O patriarca só falou depois de uma tragada longa:

– Freda, você está bem?

Lentamente, a Mamma se reaproximou do marido. Comprimiu forte as duas mãos de Don Caló e recomeçou a lacrimejar. A governanta se juntou ao casal, com um abraço manso. A Mamma tremia, incapaz de se conter.

– Caló, as crianças, por que as crianças, por quê?

O patriarca não poderia responder. Foi Gigi quem comentou:

– Meu Deus! E o Tonino cuidava tanto da segurança da Mariù...

Gigi se recordou de uma viagem que fizera a Palermo, anos antes. E se recordou da preocupação que Tony transmitira a ela e a Marina. Cuidem-se as duas, dissera o irmão. Fiquem atentas, vocês duas podem sofrer uma agressão, quem sabe um seqüestro. Tony até mesmo juntara as duas, ela e Mariù, numa espécie de cursinho intensivo de sobrevivência, coordenado pelo seu melhor amigo, Paolo Garzya, também o seu braço-direito, ou o seu advogado.

De todo modo, embasbacada, Gigi não se satisfez:

– Mas, pai, por que as crianças, pai, por quê?

Don Caló se esforçou absurdamente para não se desmanchar:

– Por favor, fiquemos calmos. Vamos esperar que o Tony se comunique. O Tony, com certeza, vai nos ligar a qualquer momento. Vamos esperar...

Repentinamente, Don Caló emudeceu. Um relâmpago atravessou o seu pensamento. Ora, por que Tony não tinha telefonado? E por que Tony havia usado Lindy como o emissário da notícia da tragédia? E por que a imprensa ainda não tinha procurado alguém dos Castellamare à cata das repercussões do atentado? E por que Ruggiero não compartilhava da surpresa e do impacto da notícia? Como já ocorrera com Lindy, outro raio, ah, Don Caló compreendeu. Sim, Ruggiero já sabia. Por isso Ruggiero se dignara a viajar tão cedo de São Paulo até Cotia. Fuso horário. Manhã em Palermo, mas madrugada no Brasil. A imprensa, ou alguém, claro, já havia contactado o seu *maledetto* primogênito.

Inoportuno, intempestivo, Ruggiero enfim se imiscuiu na cena com uma observação que enfureceu Don Caló e confirmou as suspeitas todas do *babbo*:

– Não será melhor que nós procuremos o Tony, meu pai?

As pupilas indomáveis de Don Caló enregelaram o primogênito. Don Caló capou a intromissão com uma frase brutal, trepidante, abrasiva, cruel:

– Interesse tardio, meu caro Gero. Não, eu já disse. Vamos esperar que o Tony se comunique. Por enquanto, nós não faremos nada. E ponto final.

Apenas à uma da tarde Elia Grazie sossegou os Castellamare:

– Chamada internacional, Don Caló. É o Tony, de Palermo.

▼

De volta à Via Dante, depois de um novo mergulho na sua banheira em quase ebulição, Tony Castellamare mais uma vez cedeu ao choro copioso, aos solavancos. Então, trocou de roupa, o preto do passeio na Tempra por um cinza nebuloso. Mal-e-mal comeu um sanduíche de presunto San Daniele com queijo de Gorgonzola e bebericou um vinho forte, o Corvo di Salaparuta, paixão de Don Caló, mágica obra dos primos de sua mulher. Calculou que, seguramente, àquelas alturas, os seus pais, devidamente informados por Lindy Regazzoni, já tinham digerido o choque da tragédia – e decidiu, finalmente, telefonar ao Brasil.

Primeiro, Tony perguntou se o pai estava só. Não, Don Caló atendera no *living*, a família, evidentemente angustiada, ao seu redor. Tony pediu que Don Caló deixasse Lindy na guarda do aparelho do salão e utilizasse a extensão do seu escritório no sítio de Cotia. O patriarca não contra-argumentou. Explicou à Família que Tony, emocionado, necessitava da máxima privacidade. Além de Lindy, também colocou Elia Grazie de vigia ao lado do aparelho do salão. Ruggiero, polar, não manifestou nenhum agastamento pela sua exclusão.

Como pôde, tocado, e plangente, Tony retratou a Don Caló o seu dia terrível, o desjejum, o beijo em Marina e nas crianças, o aceno derradeiro da sua cobertura na Via Dante, a cena da explosão, a correria prédio abaixo, a sua tentativa desesperada de salvar os pequeninos do fogaréu, o heroísmo dos seus homens, Filippo Carotè e Ropertino Pellegrino – que, enfim, arrancaram o patrão da rua, queimados nas peles e nos corações. Tony apenas sonegou de seu pai o episódio do seu encontro secreto com os três senhores da Tempra blindada.

Don Caló abriu ao filho a sua surpresa com a aparição de Ruggiero no sítio, e a sua suspeita assustadora. Ruggiero, com certeza, soubera do atentado bem antes dele e de Lindy. Tony, porém, não se abalou. Escutou, sem comentar. E encurtou cruamente a ligação com um discurso que pareceu uma ordem:

– Pai, mande o meu amor à Mamma e à Gigi. Diga a elas que, na medida do viável, eu estou bem. Não quero, por favor, que vocês venham ao enterro. Um esforço inútil. Pai, eu prefiro ficar comigo mesmo. Eu tenho as minhas razões. Necessito, no entanto, que o Lindy me ajude em duas coisas. Peça que ele se encarregue da imprensa, se os jornalistas aparecerem por aí ou na empresa. Eu vou escrever uma declaração formal. Envio em minutos, no fax. Peça também ao Lindy que tome o primeiro avião possível. Há uma montanha de problemas a se resolverem por aqui. E o meu pessoal, pai, tem outras tarefas a realizar...

Don Calógero abençoou o filho. Don Calógero se orgulhava de Tony, da sua impressionante competência no enfrentamento de todas as crises, da sua capacidade absurda de ressurgir das derrotas, impávida ave fênix, mais siciliano do que o pai na sua absorção espontânea de tantos séculos de atavismo. Daí, de retorno ao seu *living*, executou quase exatamente o roteiro que Tony lhe sugerira. Diferença única, sutil, o *babbo* incluiu Ruggiero na mensagem de amor de Tony. O patriarca também possuía as suas manhas. E não se arrependia delas...

▼

Horas depois da sua ligação, Tony Castellamare ressurgiu, impávido, no elegante e formoso jardim suspenso da cobertura da Via Dante. Os seus longos cabelos ruivos, molhados por mais um banho quase fervente, delicadamente presos em rabo, numa fivela de Marina, se demonstravam mais vermelhos, a cor magnífica do ocaso nas jornadas de outono do golfo que dominava a paisagem à sua frente. Quatro dos cinco homens que haviam escoltado a sua mágoa, horas antes, nas vésperas do seu passeio secretíssimo na Tempra, já se acomodavam nas espreguiçadeiras do terraço. Aliás, todos se levantaram ao mesmo tempo.

O mais magro da brigada, precocemente careca mas supercharmoso, de bigodinho enrodilhado nas pontas, trajava um blazer original de Giorgio Armani, uma gravata borboleta de pura seda Roxy – e mantinha, ao alcance do braço, uma bengala de castão de prata e um Borsalino de feltro luzidio. Sobrepujava os outros na hierarquia do time de Tony. Oficialmente, era o seu advogado. Amigo de infância de Marina, um dândi, Paolo Garzya apadrinhara o namoro do casal, segurando todas as velas e se tornando o confidente fundamental de Tony, o seu filtro de idéias nas ações mais complexas, o seu parceiro de Bridge nas noitadas de domingo, o seu *consigliere* antártico, pragmático – e sempre disponível.

Tony percebeu que Paolo Garzya também tinha chorado.

O baixote do pelotão, igualmente careca mas bem barrigudo, desajeitado e muito brusco, condividiu com Paolo Garzya as honras maiores da saudação do líder. Comovidamente, o baixote pegou o punho direito de Tony e beijou o seu anel de ouro, jóia excêntrica e intrigante, duas mãos entrelaçadas. Chamava-se Filippo Carotè, apelidado Pippo, um antigo verdureiro na Moóca, descendente de sicilianos do vilarejo de Punta Raisi, a quem, ainda em São Paulo, Tony havia promovido a tarefeiro, a mordomo, a motorista e a secretário – e a quem havia carregado, como o seu faz-tudo cotidiano, na sua mudança para Palermo.

Completavam o quarteto um gordo sisudo de cabeça branca e um jovem muito alto e muito bonito. O gordo, Sílvio Sparapani, exercitava os seus dedos, sem cessar, numa bolinha de borracha. Cozinheiro, segundo os seus documentos, na realidade Sparapani, apelidado Sissi, coordenava a segurança do patrão. Não existia, na Sicília, ninguém mais rápido e mais expedito no manejo de uma faca. O jovem, anteposição ao físico de Sissi, exibia o perfil de um anjo e um prenome de papa, Dominic Pignatello, ou *Domini Canis*, o cão de Deus. Era, contudo, o demônio da equipe. Aos 27 anos, o suave Pignatello já acumulava exatas 38 mortes no seu currículo de finalizador gelado das conspirações alheias.

Sobranceiro e polido, Tony Castellamare aceitou os cumprimentos e os pesares dos quatro homens. Em pé, mesmo, indagou de Paolo Garzya:

– E o Pellegrino, cadê? Eu queria agradecê-lo pela sua valentia...

O *consigliere* considerou a intensidade da questão, mediu a entonação de Tony e se sentiu aliviado. Tony ao menos se controlava, apesar da bomba e da ira que devotava, naquela tarde, aos matadores da esposa e das suas três crianças. Mais relaxado pela serenidade do amigo, Garzya caminhou uns cinco passos até o bar – e lá catou uma garrafa de vodca ultracongelada. Nenhum outro membro daquele exército mínimo, nenhum, naquele instante, ousaria uma tal invasão:

– O Pellê está com o contador do Tucci. Já pegamos o cara...

Tony Castellamare investigou o seu relógio. Cerca de dez horas desde a explosão. Tony se orgulhou da eficiência da sua brigada. Os seus cabelos rubros respingaram gotas de excesso de xampu quando ele se virou, rispidamente. Contra o crepúsculo do golfo, e contra a luminosidade que principiava a emanar das avenidas da cidade, o seu belo rosto pareceu, então, fantasmagórico:

– E daí? Todos nós intuímos que o atentado foi coisa do Tucci...

Paolo Garzya encaixou a frase como uma autorização. Em mais de meia década de convivência cotidiana, densa e entranhada, aprendera a conhecer os tiques todos de Tony bem melhor do que Don Caló e a Mamma Freda, juntos. Liberou o bar a Carotè & companhia. O motorista escolheu uma dose dupla de Grappa de arruda. Pignatello selecionou um Campari. Constrangido e cheio de remorsos prévios, na espreita da cobrança do patrão, Sparapani se enfronhou exatamente no destilado preferido de Tony Castellamare – o Jack Daniel's.

– Meramente confirmamos, Tonino. Aliás, melhor, nós constatamos que o atentado foi uma idéia exclusiva do filho da puta do Tucci. O contador cantou tudinho. O Tucci deu a ordem, pessoalmente. Contra a opinião do

Iago e sem o aval do John Gambino ou do Eugene Gotti. Evidentemente, o Tucci queria pegar você. Mas, quando soube do equívoco, o Iago ficou traumatizado. Perdeu as estribeiras e telefonou ao Eugene, atrás de uma saída. O Eugene pediu ajuda ao John Gotti. E o John Gotti ficou maluco. Acho que o John Gotti nem sabia da sua existência. O John Gotti deixou claro que só não arrasava o Tucci, hoje mesmo, por causa dos problemas dele, John Gotti, com a Justiça em Nova York...

Tony Castellamare esperou, sem piscar, o fecho da frase:

– O John Gotti mandou o Tucci desaparecer de Palermo...

▼

Pausadamente, Tony Castellamare também deslizou na direção do seu bar. Paolo Garzya percebeu que o seu amigo estava apenas de meias, sem sapatos. Pacientemente, Tony se estimulou a despejar um Jack num *baloon*:

– E como vocês acharam o *cazzo* do contador do Tucci?

O líder, habitualmente, não se interessava pelas sinuosidades de cada operação. Tony meramente mandava. E exigia o cumprimento dos seus objetivos. Durante aquela crise, porém, havia relegado o comando a Garzya. Não dispunha de firmeza para governar. Tony temia que a emoção enfraquecesse o seu juízo. O *consigliere* não se surpreendeu com a curiosidade infantil do seu amigo.

Avaliou a tensão de Tony. E considerou mais confortável ganhar alguns segundos, o seu cachimbo Savinelli cheirando cerejas na palma da mão:

– O equívoco desnorteou o Tucci. O Tucci se descuidou da segurança e andou falando bem mais do que devia. Foi fácil capturar o tal contador...

Tony Castellamare analisou a ironia da situação. A sua segurança, gente fidelíssima, treinada por Sissi Sparapani, supervisionada por Paolo Garzya. Mais a proteção distante dos três homens da reunião deambulante na Tempra. E, ainda assim, Francesco Tucci explodira a sua mulher e as suas três crianças. As pedras de gelo trepidaram no *baloon*. Tony mordeu um gole longo e cuspiu o gelo que sobrou em sua boca. Num ímpeto, decidiu reconfortar os seus soldados:

– Parabéns a todos. Foram exemplares. Nem a polícia do *dottore* Falcone conseguiria, ahn, assim, tão depressa, colher os dados que nós acumulamos. E você, Sissi, não se torture. Por favor, Sissi, não se torture. Eu estou sacando o seu tormento. Esqueça, caro Sissi. Ninguém escapa de quem pretende, ahn, mesmo, assassinar. Você e o pessoal da segurança não têm culpa nenhuma.

Imbecil fui eu, que permiti à minha mulher sair, com o meu automóvel, sem imaginar...

Com um carinho deslumbrante, o *consigliere* impediu que o seu amigo se mutilasse. Garzya interrompeu Tony e o conduziu até uma banqueta no bar.

– Tonino, até isso nós verificamos. O Sissi vasculhou os seus outros dois carros. Merda, ambos os motores sabotados. Os carros não pegariam, jamais. Os caras do Tucci tomaram todas as precauções para que só a sua BMW pudesse funcionar. Não imaginavam que você, ahn, infelizmente, emprestasse...

Tony guilhotinou a frase que não desejava escutar:

– Sabotados por quem, Paolì?

– Quem colocou a bomba. Com a cumplicidade do faxineiro do prédio e do zelador. Durante a madrugada, lá na garagem. Eram nossos colaboradores – mas nos traíram pela grana. Descobrimos que eles evaporaram. O contador disse que o Tucci, ontem, fez um saque extraordinário de uns US$ 120.000,00...

Tony se armou de um charutinho, um esbelto Davidoff.

– Esqueça, Paolì. Eu não quero caçar esses bostamerdas. Agora, sejamos práticos. A mim mais interessa, agora, saber o que o Tucci vai fazer...

Como um professor, Garzya se explicou:

– Eu já sei. O Tucci já fez. Está fugindo para o Brasil, com a irmã e o Iago, via Grécia e via Inglaterra. O contador recebeu recomendações expressas sobre a venda das propriedades do bando na Sicília. Aliás, praticamente todas em nome do contador e de outros laranjas. A propósito, Tonino, eu também já sei quem vai abrigar o Tucci no Brasil. Você está preparado, você está, caro Tonino?

Garzya sentiu de longe a pressão se ampliar nas veias e nas artérias de Tony Castellamare. Afirmou, bem devagarinho, quase sílaba por sílaba:

– Leonel Pavone, o bicheiro do Rio de Janeiro...

O *baloon* de cristal se estraçalhou entre os dedos de Tony. Fulminante, o *factotum* Carotè recolheu um paninho do bar e estancou a hemorragia. Garzya produziu, então, um novo copo e uma enésima dose do uísque americano.

Tony Castellamare sorveu um gole. E xingou:

– Filho da puta, Paolì, o napolitano que sacaneou o meu pai...

– Precisamente, Tony, ele mesmo. O contador jurou...

Tony Castellamare esquadrinhou o machucado e produziu um curativo mais correto, com o seu lenço de cambraia e um punhado de gelo picado:

– Paolì, por que, por que o Tucci tentou me apagar?

Paciente, o *consigliere* sintetizou o que imaginava.

Aquilo que o amigo, evidentemente, também já sabia:

– Tony, faz meses e meses que nós ferramos com o Tucci. Faz meses que nós açambarcamos os carregamentos dele, em pleno mar. Uma *vendetta*...

Claro, claro, Tony realizou. Claro, claro, Tony já sabia.

Apenas fantasiava que despertaria daquele pesadelo.

Daí, ressuscitou. De novo *capo*, fez uma pergunta mais radical:

– Paolì, o meu irmão participou dessa cagada?

A domanda não assustou o *consigliere*:

– Sinceramente, Tonino, eu acho que não. Eu prefiro acreditar numa triste coincidência. Pelo que nós sabemos, o Gero não passa de um mini-peixinho, um testa-de-ferro do representante do Eugene Gotti no Brasil, aquele grosso do Villapiano. Em minha opinião, o Eugene Gotti nem deve se lembrar que tem um Ruggiero Castellamare no esquema dele. E, em minha opinião, o John Gotti, até hoje, mal sabia da ligação do Eugene com o narcotráfico daqui e do Brasil. Aliás, mais, em minha opinião, até hoje, eu repito, o John Gotti, com certeza, não sabia da existência de um Tony Castellamare neste planeta. Estou seguro, *fratello*...

Tony fitou Garzya, à espera de uma conclusão.

E Garzya desfechou:

– *Fratello*, foi uma puta cagada. Pense comigo. O John Gotti mal escapou da perseguição da Giacalone. E está sofrendo uma nova caçada da promotoria de Nova York e do FBI, no caso O'Connor. Ora, *cazzo*, o John Gotti não cometeria a estupidez de ordenar a morte de ninguém. E o Eugene, claro, mesmo sendo um *sciccareddu*, obviamente não autorizaria o Tucci a colocar uma bomba no carro de um cara que ele desconhece. O Eugene está fodido. No processo das drogas, vai pegar, no mínimo, uns vinte anos de cadeia. O Tucci entrou nessa sozinho. Depois, quando soube da cagadaça, o John Gotti se apavorou com a repercussão – e inventou essa doidice inacreditável de despachar o Tucci ao Brasil...

Tony ignorou o palavrão e a imprecação dialetal do *consigliere*:

– Eu nao concordo, meu caríssimo Paolì...

O grupo estacou, impressionado. Já fazia séculos que Tony Castellamare evitava contestar Paolo Garzya diante dos seus subalternos. Estaria Tony tão desmantelado com a morte de Marina e das três crianças? Lógico, Tony sofria. A sua cabeça, no entanto, permanecia um milênio à frente de Garzya e do seu time todo. Com certeza, Tony já dispunha de muitas outras informações:

– Eu não concordo, ahn, com o final da sua análise, Paolì. O John

Gotti pode ter ficado muito puto, mas não aflito. Respeito a cabeça dele, Paolì. O John Gotti raciocinou com velocidade, precisão, e encontrou uma solução brilhante. Não, Paolì, não se trata de uma doidice – mas de uma solução brilhante. Pense você comigo, Paolì. Ponto um: você me disse que o John Gotti, com certeza, até hoje, não sabia da minha existência. Eu repito: minha existência, OK?

Tony enfatizou explicitamente a palavra minha. E prosseguiu:

– OK. Ponto dois: o John Gotti, com mais certeza ainda, ao descobrir que eu nasci no Brasil, contatou o Brodie Villapiano, e investigou a minha vida e a minha história. Ponto três: no percurso, achou um outro Castellamare, ahn, o Ruggiero – na folha de pagamento do Eugene. Ponto quatro: descobriu que o Gero e eu somos irmãos, mas somos antagonistas. Perfeito. Depressinha o John Gotti montou um plano infernal. Mandou o Tucci ao Brasil simplesmente para eu me expor. Vai conduzir o Tucci ao Gero. E, através do Gero, vai me jogar contra o Tucci. O John Gotti vai me usar para foder o Tucci e, como gorgeta, lógico, para me destruir. O John Gotti não sabe quem eu sou. E isso me torna um perigo, principalmente neste momento difícil. Eu não sou o único esperto deste mundo, Paolì. *Cazzo*, o John Gotti também utiliza o cérebro, meu caríssimo Paolì...

▼

Admirável Tony Castellamare. Paolo Garzya invejava, saudavelmente, a inteligência dedutiva do seu amigo. No calor de uma crise, na iminência de uma batalha, ninguém, na Velha Tradição e nem na Nova Máfia, sobrepujava Tony Castellamare. Tony conjuminava a inferência e a decisão. E, além disso, Tony sempre dispunha de bem mais informações, que não dividia com ninguém:

– O contador não sabe quem é o Ruggiero, certo, Paolì?

O *consigliere* assentiu, com um aceno.

– Inclusive, Paolì...

Garzya arregalou os olhos e comeu a isca:

– Você adivinhou, meu caro Tonino. Eu admito. Eu perguntei ao contador, bem clara e diretamente, se um tal de Ruggiero Castellamare estaria envolvido na explosão. E eu repito, *fratello* – o contador nunca ouviu falar do Ruggiero. Sabe do Villapiano – mas, nunca ouviu falar do Ruggiero. Ele jurou e re-jurou...

Com um gesto distraído, Tony soltou dos seus cabelos a fivela da sua mulher. Afagou a peça linda, de coral, e pelo seu vão, devagarinho, despejou a fumaça do seu mini-charuto. Ninguém, naquele grupo, se mexeu, enquanto Tony não arrematou. Sim, Tony já dispunha de muito, muito mais informações:

– O contador não sabe quem é o Ruggiero. Embora o Ruggiero seja uma conexão do Tucci e do Eugene Gotti no Brasil. OK. Melhor assim. Isso mostra que o Tucci não é um imbecil total. OK. *Benone*. Ahn, Paolì, eu conversei, uma hora atrás, com o meu pai. Nós dois não chegamos aos detalhes. Porém, pelas observações de Don Caló, eu não duvido que o Gero tenha sabido das mortes da Marina e dos meus filhos muito antes do meu pai. Don Caló me disse que o Gero ligou bem cedinho, se autoconvidando para um café-da-manhã no sítio. O *babbo* ficou encafifado. O Gero raramente vai ao sítio. Claro, isso não torna o Gero um cúmplice. Mesmo o meu pai, no entanto, ahn, ficou bastante encafifado...

Tony se dirigiu à grade da varanda e aspirou o aroma do mar. Por cerca de três minutos fitou a paisagem, estático e extasiado. E meditou, sem inclusive fumar. Então, retornou ao seu bar, selecionou uma caneca de prata, previamente refrigerada – e a encheu de cerveja, uma Moretti, *rossa*, como os seus cabelos bem compridos. O grupo entendeu o recado. Tony dizia adeus ao consolo pesado do Jack Daniel's. Em cena, ali, um diurético. Tony deixava para trás a figura humanizada do recém-viúvo e se retransformava no líder daquele time. Tony Castellamare sinalizava que havia chegado o momento de agir. O *capo*:

– Muito bem. Eu nunca confiei no meu irmão. E, sinto reafirmar, eu não gosto dele. Peço a vocês duas coisas. Silêncio total sobre o meu irmão. E, no fim de tudo, eu mesmo vou cuidar do Ruggiero, OK? O Ruggiero é meu...

No terraço da Via Dante, ninguém piscou. Tony manteve o comando:

– Gordo, além do tal contador, sobrou alguém da cúpula do Tucci aqui na cidade? Exemplo: algum namorado da galinha da Bruna, a mana dele?

Sissi Sparapani aguardava aquele tipo de pancada, mansa e lubrificada com os melhores azeites. Uma pergunta típica de Tony, em plena guerra:

– Ninguém, Tonino. Escafederam-se todos, até os seguranças do Tucci. Namorado? A Bruna tem duzentos. Uma galinha? *Bah*, é uma putana...

O *capo* mudou de tema:

– Só um fato ainda me intriga...

O *consigliere* perguntou com o olhar. E Tony continuou:

– Como o *cazzo* do Pavone foi desembarcar na quadrilha do Gotti...

Paolo Garzya pediu novos dados:

– Desde quando o Pavone parou de trabalhar com Don Caló?

– Faz tempo, uns vinte anos, acho. Mas tudo bem. Por enquanto, vamos deixar esse filho da putana de lado. O *cazzo* do bicheiro me parece um problema muito mais simples. Dia desses, eu bato um papo com o meu *babbo* sobre o Pavone e encontro um jeito de descobrir que apito ele está tocando, OK?

O *consigliere* concordou – e Tony sacudiu a sua cabeça, os seus cabelos desenhando uma pirueta no ar. Num impulso, o *capo* atirou longe a fivela de Marina. Que horror, US$ 120.000,00 por quatro vidas, US$ 120.000,00...

Garzya achou mais conveniente relevar Tony à realidade:

– Fazemos o quê, então, *fratello*?

Tony Castellamare se recordou de um trecho da ópera "Tosca", de Puccini, quando o impiedoso Scarpia orienta os seus esbirros na perseguição de Cèsare Angelotti. As ordens do *capo* atingiram os seus pupilos – musicalmente:

– Alguém avise o Pellegrino para libertar o contador. Ele não vai dizer, jamais, que traiu o porra do Tucci. O Lindy deverá viajar do Brasil, ainda hoje, ou no máximo amanhã, para cuidar do enterro da Marina e das crianças – e para, digamos, algumas providências de caráter comercial. O Paolì se incumbe de investigar com mais profundidade as conexões do Eugene Gotti na Sicília, e de como essas conexões se aderem ao Tucci – e ao Gero. Não economize um tostão, Paolì. Caso necessário, enriqueça aqueles velhinhos, amigos do Iago. Enquanto isso, o Pippo e o Sissi correm as ruas. Quero que os dois reúnam fofocas, boatos, todas as bobagens que puderem obter, nos pontos de droga do Tucci. O Domi fica comigo. Preciso, por favor, de uma companhia suficientemente silenciosa. Tenho de telefonar aos pais da Mariù – e tenho de visitá-los, ainda hoje...

Os quatro responderam com meneios de obediência.

– Mais. Vocês pensem, por favor, pensem que eu estou montando um plano. Preciso amadurecer certas idéias. Mas eu estou montando um plano, um plano que talvez me exija bastante tempo. Um plano que talvez nos leve para longe da Sicília, do nosso conforto, dos nossos amigos, dos parentes de vocês. Um plano que atingirá muitos alvos – bem além desse bostamerda do Tucci...

Tony se calou – e se reinstalou ao piano de Marina.

Com uma serenidade inacreditável, a melodia a brotar das profundezas do seu espírito, começou interpretar o prelúdio número quatro de Frédéric Chopin, o predileto da mulher e também das crianças – que emudeciam, instantaneamente, quando o pai se dispunha a entoá-lo. A sua canção de ninar, todas as noites...

Garzya, Carotè e Sparapani partiram, atordoados pela atitude do *capo* – enquanto Pignatello, mergulhado na linda melodia, fantasiava a sua participação no projeto. Ah, por Tony, Pignatello seria capaz de degolar a Sicília inteirinha...

Um ano depois, o plano de Tony principiaria a borbulhar. E, efetivamente, redundaria numa erupção muito maior do que a explosão da Via Dante.

Ato I

A armação

Os dois homens se pareciam bastante no talhe, no porte, na altura – e até mesmo na idade. Havia algumas diferenças essenciais entre eles, porém.

Um era vigorosamente morenaço, no volume afro da cabeça e no teor de seu bigode, robusto, os longos pêlos a desabarem, rudes, no topo dos lábios, tornando qualquer beijo uma razoável complicação, no mínimo um embaraço. Bastava analisar o seu comportamento para perceber que se tratava de um policial. A lapela esquerda do seu jaquetão azul, aliás, sobressaía do seu peito num relevo ostensivo, camuflando a presença de uma Walther PPK.

O outro parecia bem mais cotidiano e trivial, na verdade uma mistura de esperteza com discrição, a esperteza meticulosamente aprimorada, a discrição exaustivamente treinada, uma combinação de charme e *nonchalance*, desde as jeans esgarçadas nas barras até a malha de tricô macio, em cujos ombros tombavam compridos cabelos de cor cintilante, um inédito acobreado. Bastava analisar o seu jeitão ousado para perceber que se tratava de um *playboy*.

Os dois homens trombaram no corredor da classe turística de um avião, já estacionado num *pier* do aeroporto de Guarulhos, vizinhanças de São Paulo, Brasil. Antonio Castellamare, o ruivo da malha de tricô, acabara de aterrissar de um demorado vôo multicontinental, uma viagem esgotante. Castellamare, apelidado Tony, tentava consertar o seu chapéu, de suave palhinha panamá, grotescamente amarrotado, num porta-malas interno do avião, pela bagagem da sua vizinha de poltrona, uma jornalista de tênis sujos e desamarrados. Uma jovem, porém, exuberantemente gostosa, de boca sensual e de seios vastos, as suas retinas brilhantes, impositivas, num magnetizante teor de verde.

Jornalista? Assim a moça se apresentara a Tony, na conversa inevitável de uma noite inteirinha quase sem sono. Jornalista. Tony gravou a informação. Mesmo emputecido pelo esmagamento do seu chapéu, ele fixou na memória o nome e o local de trabalho da garota. Melhor. Auxiliou a moça a resgatar as suas tralhas todas do porta-malas do avião. E as tralhas todas que ela ainda acomodara debaixo da poltrona. Um bravo *gentleman*, aquele Tony...

Notificado por Palermo da viagem do *capo*, Telônio Meira, o policial de sangue negro, ansiosamente aguardara a chegada do avião, lá no *finger* da empresa, exclusivamente para interrogar Castellamare, o ocupante do assento 27A. No corredor do avião, contudo, também o policial se fascinou pelo corpo balouçante da garota. E permitiu que o lado direito do seu peito, aquele sem a arma, roçasse nos seios da moça. Um instante que durou um século. Mas um instante suficiente para que Tony Castellamare reajustasse o seu plano.

Quando Telônio Meira lhe exibiu a sua insígnia, o *capo* já sabia o que fazer. Imaginara a possibilidade de uma recepção inoportuna e desagradável. Não acreditava que ela ocorresse, assim, daquela forma, no avião, em pleno aeroporto. Tony dispunha de traquejo, todavia, para se redirecionar.

– Senhor Antonio Castellamare? Meu nome é Telônio Meira, delegado especial. Eu lhe peço que venha comigo. E sem reações, por favor...

Tony Castellamare não pestanejou. Bem ao contrário, no coração, Tony sorriu. Uma detenção pública, em pleno aeroporto, favoreceria o seu projeto. Ou, ao menos, anteciparia a sua necessidade de exposição. Num aceno breve, acalmou o seu guarda-costas, Filippo Carotè. E então sorriu no rosto. Telônio. Thelonius Monk. Na cabeça, Tony elogiou a inspiração dos pais do delegado. Deveriam adorar o velho jazz. Com o seu humor mais refinado, Tony assobiou alguns compassos de "Round About Midnight". Desarmado, Telônio Meira riu pela boca, num gesto de agradável perplexidade. Muito melhor assim, Tony concluiu. Afortunadamente, seria engaiolado por um policial civilizado...

Confiantíssimo na eficiência da sua ação e no constrangimento de Tony, o delegado não percebeu que, algumas fileiras à frente, na primeira classe do avião, escapulia sem transtornos e sem tensão um tipo magro, prematuramente careca, ultra-elegante no seu paletó Armani e na sua gravatinha borboleta de seda Roxy, um Borsalino acomodado no castão de prata da sua bengala. Tony apreciou a fuga sutil. E sorriu pela alma. Claro, a promotoria de Palermo não notificara o Brasil da viagem paralela do seu *consigliere* – Paolo Garzya.

▼

Nos entornos de Guarulhos, uma tempestade desabava, tenebrosamente. Caíam as águas de março de 1990. Os rios lotados, as suas avenidas marginais intumescidas, o trânsito completamente ensandecido naquela manhãzinha de fim de verão, São Paulo amargava as árvores caídas, os esgotos transbordados – e as buzinas da sua Zona Norte ecoavam, dolorosas, até as redondezas do lugar em que o delegado Meira acomodara a sua equipe, gente e mais gente a investigar as bagagens daquele ruivo acusado de mafioso e do seu parceiro de viagem, um baixote barrigudaço, identificado como Filippo Carotè.

Supercontraste, o parceiro de Tony Castellamare não passava de um tamanho trivial, 1m65, um palmo menos do que o seu *capo*. Pior, a pança farta do baixote se debruçava bem por cima do cinto da calça, tornando inviável um movimento mais veloz ou eficaz. Ainda pior, esbaforido por aquele flagrante no corredor do avião, Filippo Carotè suava além do que a umidade calorenta da atmosfera propunha. Raios de *gangster*, raciocinou o delegado, sem grana para comprar uma passagem de primeira classe. Raios de guarda-costas – ora, como poderia tal figura, à imagem de um tonel, proteger o seu patrão?

O *capo* leu o pensamento do delegado – e de novo sorriu, no cerebelo. Ingênuo Telônio Meira. Fizera parte do plano de Tony Castellamare engordar Filippo Carotè a um ponto absurdo, um estágio capaz de demonstrar ao mundo que, depois da morte de Marina e das três crianças, a sua suposta organização, tão brutalmente ferida, e desmoralizada, havia mesmo desabado numa quadra de decadência inevitável. Aliás, melhor, Tony quase gargalhou, na cabeça, ao perceber que a sua vizinha de poltrona no vôo, a jornalista gostosa, examinava aquela cena toda com o máximo de atenção profissional. Enfim, pela primeira vez, em quinze meses de angústia, acontecia uma coincidência providencial. Sem saber, a jornalista começava a se envolver inexoravelmente no projeto do *capo*. Um dos auxiliares de Telônio Meira ainda tentou impedir que a garota se aproximasse do recanto onde o pessoal da lei revirava as malas do rapagão de cabelos fartos e do baixote rotundo. Tentou. Não conseguiu. Determinada, e expedita, a garota sacou da sua bolsa uma credencial – e disparou:

– Sou Lídia Brandini, repórter do Grupo Perfil. Ou vocês me informam o que está acontecendo, ou eu invento uma confusão monumental...

O delegado pensou alguns segundos e sucumbiu à vaidade. Vislumbrou-se um astro no horário nobre, o currículo enriquecido pelo feito majestoso que sonhava desde a informação de Palermo – achar nas bagagens de Castellamare ou de Carotè um indício que lhe permitisse detê-los. Mais, sem uma só mulher nas últimas trinta semanas, Meira fantasiou a perspectiva de um flerte:

– Tá bem, tá bem, eu digo. Com uma condição. Por enquanto, a senhora apenas olha, sem perguntas. Depois, eu lhe darei os detalhes possíveis...

A repórter quase assentiu. Preferiu, porém, reabrir a questão:

– Eu topo – depois de o senhor me contar o que está acontecendo...

Num súbito reflexo de raiva, Telônio Meira sentiu saudades dos tempos da ditadura militar, quando a força da censura oficialesca sufocava a imprensa e garantia a impunidade e o arbítrio dos encarregados da ordem suposta. Dez anos antes, um dos seus anspeçadas, talvez aos bofetões, já teria expulsado a repórter daquele lugar. Resignadamente, porém, Meira se acomodou à nova democracia. Os seios da garota compensariam a intromissão aborrecida:

– OK. Vou-lhe presentear com o furo da sua carreira. Acabo de capturar Antonio Castellamare. Você sabe quem é Antonio Castellamare?

Abismada e atônita, Lídia Brandini açoitou a sua desmemória. Ah, tinha viajado desde a Itália, numa noite inteirinha, bem ao lado de uma celebridade internacional – sem reconhecê-la. Sim, o *brasiliano* que perdera a mulher e os três filhos num atentado mafioso na Sicília. Lídia Brandini havia desperdiçado a chance de uma entrevista espetacular. Descomunal estupidez. De qualquer modo, Lídia raciocinou, ainda podia se recuperar. Graças àquele delegado, que lhe oferecia o furo da sua carreira. Talvez um furo digno de um Prêmio Esso. A jornalista também meditou alguns segundos e também sucumbiu à vaidade. Toparia o acordo. Num gesto jovial, que encantou Telônio Meira, lhe estendeu a mão, a fim de selar o pacto. O delegado sorriu, com todos os dentes.

▼

No saguão de desembarque do aeroporto, professoral e paciente, durante quase duas horas Don Calógero Castellamare investigou a fila das pessoas que saíam da alfândega com os seus carrinhos repletos de bugigangas adquiridas na *free shop*. Ao seu lado, inquieta, a cada minuto a Mamma Freda cutucava o marido, aflita pelo sumiço inesperado do seu bambino caro. *Dio*, que ocorrera ao seu filho Tony e a Filippo Carotè? *Dio*, por que os dois não apareciam?

Da saída da alfândega, em vez de Tony e de Filippo Carotè, o patriarca viu despontar Paolo Garzya, num trólei povoado por quatro belíssimas sacolas Vuitton, iguaizinhas no tamanho e no padrão. Uma dupla de PAs solenemente escoltava o *consigliere* de Tony, empurrando um segundo trólei, com outras quatro valises recheadas de mercadorias. A Mamma Freda não percebeu Paolo Garzya. E Don Calógero não fez nenhuma menção de cientificá-la. Claro, com certeza, o seu filho fora retido ao desembarcar. Garzya, no entanto, atravessara a aduana sem riscos ou contestações. O bendito *consigliere* carregava, no seu *blazer* Armani, um salvo-conduto diplomático, a sua crucial imunidade...

Tinham bastado, a Garzya, um minuto e vinte palavras:

– Seu nome?

– Riccardo di Portovenere.

– Profissão?

– Ministro do Comércio da República de Malta.

– Visita oficial?

– Mais do que oficial, meu senhor...

– Bem-vindo. E uma ótima estada, meu senhor. Vamos providenciar que uma guarda da Polícia da Aeronáutica acompanhe Vossa Excelência...

– Minha pátria agradece, oficialmente...

Ao vislumbrar Garzya/Portovenere, imediatamente Don Calógero pediu licença à sua mulher. Precisava fazer xixi. Deixou a Mamma Freda com Elia Grazie e com a pimpolha Gigi – e procurou as toaletes. O *consigliere*, por sua vez, solicitou que os dois PAs cuidassem das suas valises e rumou atrás do patriarca. Os dois se encontraram no fundo de um banheiro. Garzya confirmou a retenção de Tony e de Filippo Carotè. Tranqüilizou Don Caló, porém. Num acidente mágico, a melhor coincidência possível naqueles quinze meses todos de tensão, uma jornalista se sentara exatamente ao lado de Tony na viagem. O plano diabólico do *capo* ganharia aceleração, muito antes do programado.

Don Caló abençoou a sorte e contou ao *consigliere* que Sissi Sparapani, Ropertino Pellegrino e Dominic Pignatello, com passaportes falsos, já estavam alojados no Rio de Janeiro. Por que o Rio e não São Paulo, a base da Família Castellamare no Brasil? Simples. Antes de descobrir o esconderijo dos irmãos Tucci e de Marco Iago, o *capo* precisava neutralizar o bicheiro Leonel Pavone. Tony imaginava que só Leonel Pavone poderia fornecer as armas e os homens imprescindíveis aos assassinos de sua mulher e das suas crianças – no caso de irromper uma guerra entre os Tucci e os Castellamare. Pretendia usar os seus três soldados para expor Leonel Pavone – e, em conseqüência, destruí-lo.

O esquema, bolado pelo *capo* e por Garzya, depois de longos debates e de exaustivas reflexões, se baseava num passo-a-passo elementar e, ao mesmo tempo, delicadíssimo. Exigia, afinal, que Pavone engolisse várias iscas.

● Uma. Don Caló procuraria Pavone, via telefone – e, depois de alguns prolegômenos de baboseiras, lhe diria que o seu filho Tony, de volta ao Brasil, pretendia abrir uma rede de restaurantes de frutos-do-mar, principiando pelo Rio e, então, inaugurando várias filiais em Natal, no Recife, em Salvador e em Florianópolis. Jamais São Paulo, asseveraria Don Caló. Nada de metrópoles cinzentas. Nos seus anos de Sicília, Tony tinha se apegado às coisas praieiras. O filho adorava o aroma do oceano. O patriarca também diria que Tony havia importado, do Villa Igiea de Palermo, um albergue secular, freqüentado por monarcas, como o czar Nicolau da Rússia e o rei Jorge V da Inglaterra, três grandes profissionais: o *barman* Jean Belotti, o *maître* Clàudio Gianfredi e o chefe-de-cozinha Aldo Prìncipe. Na verdade, Domi, Pellê e Sissi, hospedados pomposamente no hotel Copacabana Palace, às expensas de Don Caló.

• Duas. Don Caló entregaria a Pavone uma inesperada responsabilidade – numa emergência ocasional, acudir os profissionais de Tony. Por sua tarefa, o bicheiro receberia uma vultosa recompensa da Família Castellamare.

• Três. Obviamente, a ligação intrigaria Leonel Pavone. Desde a sua drástica punição, a sua sumária demissão das empresas do patriarca, décadas antes, flagrado na posse de maconha, o bicheiro odiava os Castellamare. Em contrapartida, Pavone sabia, era desprezado por Don Caló. Naquela inusitada situação, que fato novo faria o patriarca recorrer a um desafeto? Estranho.

• Quatro. Lógica e evidentemente, Pavone notificaria Francesco Tucci e Brodie Villapiano da chamada de Don Caló. E lhes cobraria instruções. Muito provavelmente, a fim de sondarem o clima, Tucci e Villapiano determinariam ao bicheiro que topasse a proposta de Don Caló e estabelecesse algum tipo de contato com os profissionais de Tony no hotel – um convite para uma festa na quadra de uma escola de samba, ou uma visita a um cassino clandestino.

Minúcia fundamental: ainda em Palermo, ao informar os seus homens da possibilidade de um tal contato, o *capo* fora propositadamente vago – sem fornecer nenhum detalhe adicional. Deu algumas instruções especiais a Sissi – mas não queria que Domi e Pellê sequer se imaginassem participantes de uma trama, uma armação. Tony obrigatoriamente precisava que todos reagissem de maneira natural e intuitiva a uma eventual aproximação de Pavone. Confiava no seu caráter – e na sua lealdade. Não podia, porém, correr o menor risco de algum deles, involuntariamente, num instante de hesitação, forçar um gesto que estimulasse as desconfianças do bicheiro. Tony pensava em tudo. Aquele item do seu projeto, no entanto, se transformaria num bumerangue...

E quase afundaria o seu plano num lodaçal.

▼

Don Caló e Paolo Garzya se despediram com o afeto possível naquela cenografia. Lindy Regazzoni já esperava Garzya no calçadão do aeroporto – diante de uma floricultura. De paletó creme e um *foulard* vermelho por dentro do colarinho, Lindy saudou Garzya em dialeto, à moda dos sicilianos:

– *'n bucca luppu, Paolì...*

Garzya respondeu, conforme a tradição da Família:

– *Crepi il lupo, Lindotto...*

Na boca, o lobo. Que você tenha o poder de aprisionar a fera nos seus dentes. Não se preocupe, o lobo se ferrou. Qualquer pivete da Ilha conhecia bem aquele mote legendário. O *consigliere* agradeceu a recepção. Correra um risco terrível, afinal, ao embalar US$ 15.000.000,00 em notas de cem, nas suas lindas malas Vuitton. Com Lindy estavam mais seis homens, suficientemente portentosos, confiabilíssimos, a quem um batalhão de PAs não atacaria – seis detetives particulares, de hemoglobina italianada, a quem ele pessoalmente havia selecionado, sob a supervisão de Don Caló, e entronizado na Família.

Na calçada, duas peruas Veraneio encostaram para recolher Garzya, as suas malas, Lindy e os seguranças. No vidro de ambas, adesivos autorizavam o seu estacionamento livre em qualquer parte do aeroporto – e da cidade.

Paolo Garzya se impressionou:

– Don Caló pensou em tudo...

Lindy Regazzoni rebateu – com uma frase respeitosa:

– Como o Tony, o *babbo*, invariavelmente, pensa em tudo.

▼

Nenhum dos Castellamare havia entrado, antes, jamais, em qualquer espécie de cadeia, verdadeira ou informal. Tony e Don Caló se orgulhavam de seu limpíssimo currículo policial. Não deixavam rastros nas suas ações. Por isso, foi inócua e foi inútil a cirúrgica revista das bagagens do *capo* e de Filippo Carotè. Nada de drogas, grana contrabandeada, nada de ilegal.

Sim, o delegado Telônio Meira fora avisado, por Palermo, da viagem de Tony. Simples cooperação, rotina, porém – Meira sabia. Tony ostentava uma ficha translúcida, na Velha Bota e no Brasil. Mafioso através dos diários e das revistas da Sicília, um *capo* aparente nos boatos e nas fofocas da mídia, Tony ainda não sofrera, em sua vida, uma acusação, um processo judicial. Telônio Meira corria mais atrás do sobrenome do que do personagem. Sabia que um irmão do tal Tony, um certo Ruggiero Castellamare, comercializava drogas, a cocaína, na sua boate paulistana, imune às dissecações dos federais.

Diante de uma caixa pequenina de linda laca oriental, que Tony havia trancado com um cadeado de aço puro, o delegado chegou a rezar por um escorregão do rapaz ruivo, quem sabe um papelote de droga, uma bagana de maconha. Inflado de glória vã, o olhar em Tony e a pele impregnada de tesão pela jornalista, o delegado exigiu a chave do *capo*. Teatralmente, Tony fingiu procurar a chave – mas não conseguiu encontrá-la. Intempestivo, Meira não hesitou em arrebentar o objeto com a ponta de um canivete suíço. Ridícula manobra. A caixa apenas continha fotografias das três crianças mortas na Via Dante, imagens coloridas de Marina, algumas cartas de amor da mulher.

Tony baixou a cabeça, ensaiou um gesto de desalento – e, num lampejo viril, que surpreendeu o delegado, retomou dele o objeto arruinado:

– Feliz, agora, doutor? Cometo um grave crime, no Brasil de hoje, ao preservar as lembranças da família que me tiraram com uma bomba?

O delegado soçobrou. Pior. Repentinamente, o delegado se surpreendeu emocionado com a tragédia que abalara o rapaz. Também um viúvo jovem, a sua esposa recém-morta no aborto de um feto malformado, Meira realizou que Tony Castellamare merecia dele algum resquício de deferência, alguma solidariedade. Prosseguiu na sua missão exclusivamente para justificar o seu salário e para impressionar a repórter do Grupo Perfil que presenciava, calada, a operação. Uma forçação de barra, movida pela vaidade e pelo tesão...

– Seu nome?

– Está no passaporte que lhe entreguei...

– Você fala o português muito bem...

– Claro, nasci aqui...

– Seu nome!

– O senhor não tem motivo e nem respaldo para me manter aqui.

Meira pensou em citar Ruggiero – mas desistiu:

– Você é um criminoso internacional!

– Não, não sou. Saí livre da Itália e pretendo entrar da mesma maneira no Brasil em que moram meus pais. Caso o senhor insista em me acusar sem provas, caso o senhor insista em me humilhar sem razão, eu asseguro que vou processá-lo por cerceamento ilegal, por injúria e por difamação...

Visão periférica, Tony sacou que a jornalista se eriçava:

– Vou processá-lo, com o testemunho dessa senhorita...

A frase brotou tão inesperadamente que Lídia Brandini se apimentou e

Telônio Meira se sacudiu. Por ambição, glória vã, a perspectiva de um flerte, o delegado tinha se enrodilhado numa armadilha fatal. Enquanto Meira engolia a sua frustração, Tony Castellamare lhe desferiu um derradeiro golpe:

– Grupo Perfil, você disse. Uma empresa bem grande...

Lídia Brandini abocanhou o anzol numa mordida só:

– A maior empresa de multimídia da América do Sul. Catorze diários, 54 retransmissoras de TV, 125 de rádio, duas revistas semanais e 17 mensais, sem falar dos 39 gibis. Isso, ao menos, até antes das minhas férias...

O *capo* simulou não entender. E a repórter continuou:

– A maior empresa. E uma empresa em constante crescimento...

Tony sorriu outra vez, maciamente, como fazia com os filhos:

– Imagino que você deseje uma entrevista. Prometo exclusividade. Em troca do seu testemunho. Vou processar esse delegado, ahn, especial...

Telônio Meira, furioso, quase comeu o bigode. Desperdiçara o comando da operação. Era Gero Castellamare quem dominava as suas preocupações. Teria aquele mano Tony alguma ligação direta com o primogênito da Família? O delegado se calou. Corria o risco de perder, também, o respeito da garota – que, paulatina e docemente, se embriagava com as bazófias de Tony:

– Tudo bem, na data em que você marcar. De qualquer modo, por favor, entenda, eu não quero, não posso, perder esta chance. Você me concederia, ao menos, uma declaração? Explicaria os motivos da sua volta ao Brasil?

Tony explodiria de prazer, não fosse o seu treinamento milenar:

– Você me perdoe. Acontece que meus pais me aguardam, já faz tempo, lá no saguão do aeroporto. E eu, *scusi*, não gostaria de preocupá-los...

Meira ainda tentou recuperar as rédeas da sua charrete desgovernada:

– O senhor não dirá nada antes de me prestar depoimento!

Desabusadamente, Tony ignorou o delegado, acendeu um cigarro que a repórter mantinha, apagado, na sua mão direita – e arremessou:

– Lídia, você tem um gravador? Por favor, ligue o gravador...

Meira bem que lutou para preservar um tico da sua autoridade. Esboçou uma chispa de violência e deu um murro seco numa mesinha. Inutilmente. Lídia Brandini já tinha pescado um mini-equipamento da sua bolsa-tiracolo:

– Pode falar...

Tony ditou, passo-a-passo, a sua pequena e incisiva declaração:

– Nasci no Brasil. Sou brasileiro. Motivos de família, e uma ampliação dos negócios de meu pai, me levaram a me estabelecer na Itália, em Palermo, na Sicília dos meus ancestrais. Lá eu vivi, sossegadamente, dos meus quase 23 anos até os trinta, quando minha mulher e os nossos filhos foram assassinados no incêndio de um automóvel, incêndio criminosamente provocado por uma bomba. Eu não pretendo, neste momento, entrar em detalhes sobre o atentado. Somente afirmo que precisei de quinze meses para desfazer o meu comércio em Palermo. O choque me compeliu a abandonar o que eu possuía por lá. Nada eu tenho a esconder da Justiça. E nada mais eu tenho que me prenda na Itália. Enfim, não retornei ao Brasil, simplesmente, de visita. Vim para ficar. Vendi todas as minhas propriedades na Sicília. Lamento parecer piegas. Mas eu me considero um derrotado. Apenas espero resgatar a minha paz aqui em São Paulo, ao lado dos meus parentes. Depois, bem, pretendo inaugurar um restaurante no Rio, a semente de uma rede. Só isso, paz – e nada mais...

O *capo* havia ensaiado meticulosamente o seu discurso. Originalmente, Tony pretendia enunciá-lo em um depoimento policial. Ou numa entrevista coletiva, de gigantesca repercussão. Graças, porém, àquela oportuna jornalista, graças à coincidência providencial da intromissão de Lídia Brandini, a sua declaração seria revelada bem antes do previsto – e pelo Grupo Perfil...

A repórter checou e rechecou a gravação.

– Posso transmitir a sua fala na íntegra? Em viva voz?

Tony não pronunciara, nenhuma vez, o nome de Gero.

Desesperado, o delegado Meira tentou interceptar:

– Não! Você não vai revelar porra nenhuma. A fita fica comigo...

Novamente, Tony desprezou o delegado:

– Ela vai revelar, sim, e na íntegra, em viva voz! E também vai revelar, aos leitores, aos ouvintes e aos telespectadores, este embaraço a que o senhor está me obrigando, sem mandado. Nunca fui processado, aqui ou na Itália. E o senhor, delegado, ilegalmente, me impede de rever os meus parentes...

Telônio Meira desistiu de batalhar. E o *capo* arrematou:

– Qualquer que seja a repercussão da minha declaração, Lídia Brandini, eu lhe assevero o meu compromisso. Não direi mais nada a ninguém. Você e o Grupo Perfil têm a promessa da minha integral exclusividade. OK?

Lídia Brandini vibrou. Um Prêmio Esso. Beijou a face de Tony. O *capo*, dono da situação, desfrutou o tombo de Meira e exigiu, num brado:

– Agora, quero a liberação do meu motorista, o senhor Filippo Carotè! Ele também é um cidadão brasileiro, com os mesmos direitos que eu...

Bravo Tony. Chutava o pau da barraca, com gente dentro. Só então o delegado e a repórter se relembraram da existência do barrigudo.

Domado, e destruído, Telônio Meira conduziu Tony e a garota a uma saleta contígua. Porta aberta, o delegado quis morrer. Para o pasmo geral, três estúpidos meganhas, de concreto na cabeça, haviam algemado Carotè a um carrinho de bagagens – e pelo sangue que escorria, da sua boca e do seu nariz, se exacerbava o arbítrio daquela inquirição. Um tabefe atingiu o rosto dorido de Carotè no exato instante em que o delegado pretendia se explicar.

Em dialeto, Carotè reagiu, cuspindo gosma:

– *Du sciccareddu...*

Telônio Meira, Lídia Brandini e os três meganhas não compreenderam o significado da expressão. Tony delirou – e se fingiu de descontrolado:

– Publique, também, a descrição desta imbecilidade!

Meira achou melhor amaciar. Esculhambou os seus meganhas:

– Quem deu ordem a vocês? Quem autorizou essa besteira?

O próprio delegado soltou os punhos de Carotè. Com a jornalista em sua cola, Tony se aprochegou do parceiro e, como pôde, limpou-lhe a sujeira no seu lenço de pura cambraia. Ninguém notou que Tony e Carotè se deliciavam com a encenação. Às costas de Tony, demolido, Telônio Meira refluiu:

– Peço desculpas, ahn, por este abuso. E peço à senhorita Brandini que esqueça, ahn, este incidente muito, muitíssimo desagradável, ok?

Tosco, cambaleante, Carotè reprisou a expressão em dialeto:

– *Du sciccareddu...*

Tony e Lídia Brandini ampararam o baixote. Sem apoio, em plena corda bamba pela intromissão da jornalista, o delegado, puto, desembestou:

– E vocês que se mandem! Mas tomem muito cuidado! Eu vou ficar de olho pregado em vocês! Eu vou ficar de olho pregadíssimo em vocês!

O *capo* meramente balbuciou uma ironia impertinente:

– Obrigado. Nós precisamos, mesmo, de alguma proteção...

Filippo Carotè reuniu as suas valises e as malas do chefe num só trólei. Azarado Telônio Meira. O fundamental das bagagens de Tony já trafegava em duas peruas Veraneio, no rumo do bairro do Jardim Paulista – os milhões de dólares que viabilizariam o plano perfeito de *vendetta*, a vingança infernal do *capo*. Num esperneio, Telônio Meira seguiu Tony e a jornalista através dos corredores da aduana. Havia, naquele homem, um toque raro de carisma – que intrigava o delegado. Apesar da sua raiva descomunal, Telônio Meira tinha se magnetizado com o estilo do jovem mafioso de cabelos de cor cintilante.

Esquisito. Tony não lhe parecera um bandido comum.

Meira voltou a solicitar desculpas a Carotè. Voltou a solicitar a vênia e a compreensão de Lídia Brandini. Com um sorriso frágil, misto de derrota e de deferência, devolveu o passaporte de Tony. No instante em que o delegado partiu, Lídia Brandini religou a sua curiosidade. Agarrou Tony por um braço, como faria uma namorada – e, a sua sensualidade fervendo, observou:

– Eu lhe dou a minha proteção, Tony Castellamare. Quer?

O *capo* concordou:

– Estou com você, e não abro...

Lídia Brandini se arrebentou de gargalhar. A gíria de Tony, no mínimo, datava do século anterior. Permissivamente, a jornalista, uma outra vez, beijou a face do ruivo e ainda acariciou a sua nuca com as unhas compridas:

– Demais, você é engraçado demais, Tony Castellamare.

Simultaneamente, a moça idealizou:

– Eu ainda vou dormir com esse cara...

Idealizou, mas não disse. Apenas indagou:

– Tony, que significa, ahn, *du sciachireddu*?

Singelo Tony, professoral e paciente, sorriu:

– *Du sciccareddu*, Lídia. Dia desses, eu explico...

– Dia desses?

– Eu prometi a você uma entrevista exclusiva, não foi?

– Certo, certo. Mas por que um dia desses?

Tony devolveu o beijo à jornalista, num lugar mais apurado, quase no canto dos lábios expectantes da garota. Tony sentiu a garota tremer:

– Preciso rever meus pais, gastar as saudades todas. E preciso descansar. Você não me deixou repousar no avião. Espere. E eu procuro você...

No canhoto do seu *boarding pass*, Tony escreveu os números todos de Don Calógero no sítio de Cotia. Em letra miudinha, Lídia Brandini anotou o seu telefone caseiro num cartão do Grupo Perfil. Anotou – e disse, feliz:

– Eu espero, de braços escancarados...

▼

Lágrimas e lágrimas rolaram no reencontro já tardio do filho pródigo com a Mamma Freda e com Don Calógero Castellamare. O mano quase não reconheceu Gigi, crescida e atraente, celebrada modelo de moda, várias vezes capa da revista "Vogue". Tony também não estranhou a ausência de Ruggiero. Então, a um passo da irmã, ele viu Elia Grazie. Com o grandalhão de mãos absurdas, o *capo* trocou o seu abraço mais infantilmente emocionado.

Tony colecionava óperas completas. Só da "Butterfly", de Giacomo

Puccini, já possuía 23 versões. Tinha absolutamente todos os LPs e todos os CDs de Luciano Pavarotti, inclusive autografados. Paolo Garzya colecionava cachimbos e miniaturas de jogos de xadrez. Pippo Carotè colecionava *pins*, os distintivos de times de futebol. Sissi Sparapani colecionava livros de receitas culinárias do estrangeiro. Ropertino Pellegrino colecionava latas de cerveja. Dominic Pignatello colecionava namoradas e mortes. Elia Grazie colecionava facas, espadas e sevilhanas, adagas e punhais, navalhas e canivetes.

Ao receber o aperto de Elia Grazie, o *capo* imediatamente se relembrou do dia dos seus catorze anos. A família Castellamare morava numa casa muito boa do bairro da Moóca, com direito a um enorme quintal, galinheiro e pomar. Cerimônia de iniciação, Grazie deu a Tony uma faca de presente. Explicou que Tony precisava tingir de sangue o aço impecável do regalo. Atilado Tony, perfurou uma das carnes que a Mamma destinara ao almoço da família. Grazie analisou com Don Caló aquela solução fácil, encontrada pelo bambineto.

– Padrinho, seu filho é inteligente. Não machucou o próprio dedo. E seu filho é bom. Cortou um bicho já defunto. Vai-se tornar um *capo* correto, capaz de compreender a diferença entre o inevitável e a piedade. Vai-se tornar um *capo* justo, capaz de separar a obrigação da safadeza. Eu lhe imploro, meu padrinho, que o senhor me deixe cuidar desse menino. Eu lhe imploro...

Don Caló topou. Na universidade, Tony Castellamare aprendeu cultura e humanismo. Com Elia Grazie, absorveu frieza. Elia Grazie adorava Tony, tanto como desconfiava de Ruggiero. No dia dos seus catorze anos, Ruggiero havia espetado, numa torpe tocaia, um moleque pixaim das vizinhanças.

A família saiu, eufórica e enriquecida, da recepção do aeroporto. Na função de chofer dos Castellamare, um certo Vito LoRusso se incumbiu, com Elia, de aboletar as bagagens de Tony e Pippo numa *van* de aluguel. À entrada do veículo, o filho cingiu a Mamma Freda com um amplexo de sufocar:

– *Mammina, io t'adoro, mammina...*

Um metro além, Don Caló amaldiçoava os inimigos da Família:

– E que agora, meu caro Tony, *crepi il lupo...*

Tony escutou. E trocou um olhar soturno, glacial, com Don Caló. Sim, *crepi il lupo*, foda-se o lobo, Tony pensou. Naquele momento, pai e filho não necessitavam de uma outra forma de comunicação. Não. A eles bastava a idéia da *vendetta* que o projeto de Tony produziria. Pena que, com certeza, do plano do bambineto fosse sobrar muita tristeza para a pobre Mamma Freda.

▼

O Copacabana Palace já não rebrilhava como o hotel mais charmoso do Rio. Perdera o garbo de antigamente, cedido a um grupo multinacional – os novos proprietários que cruelmente deformavam o seu prumo de antologia. Primeiro, tinham acabado com a sua piscina infantil. Depois, tinham sumido com as telas estupendas, quentes e vibrantes, de Jorge Guinle, um dos pintores mais brilhantes e mais promissores do Brasil em toda a década de 80.

Muitas pessoas, mesmo assim, regressavam sem outros julgamentos ao lugar. O Copa estava repleto naquela manhã de março em que os jornais do Grupo Perfil publicaram, com exclusividade, a declaração de aposentadoria precoce de Tony Castellamare. Num vasto e perfumado apartamento duplo do hotel, um par de gringos compartilhava os quartos que se conectavam por uma saletinha justa e por um banheiro bem suprido de sabonetes e de xampus.

Ropertino Pellegrino anunciou a Sissi Sparapani:

– Don Tonino chegou. Está aqui, nesta gazeta.

Na verdade, eram três os homens de Tony abrigados no albergue. Sissi Sparapani, o mais gordinho e mais idoso, então se debatia com um barrigaço nos seus quase 48 de idade. Na ficha de hospedagem, sob um outro nome, ele não se aborrecera ao colocar a palavra cozinheiro no espaço destinado à sua profissão. Pellegrino, um tipo particularmente musculoso, de expressão triste e cabelos bem aparados, afetuosamente Pellê, tinha-se registrado como um *maître*-gerente, também, claro, sob uma diferente identificação. O terceiro dos homens, um certo Dominic Pignatello, havia sumido, misteriosamente.

Sissi e Pellê provinham da mesma vila, Selinunte, no sul da Sicília, quase África, como adorava ironizar Filippo Carotè. Apesar da diferença de gerações, Sissi quase o dobro dos anos de Pellê, eles tinham se transformado em amigos joviais. Pellê curtia a experiência toda de Sissi. Que admirava a humildade e a disposição do seu aprendiz crucial. O gordo, de fato, era um grande mago das panelas. Ninguém, na Itália inteira, superava os seus molhos irretocáveis na cor, no aroma e na textura. Por muito tempo o piloto dos fogões do Villa Igiea, Sissi aceitara trabalhar com Tony depois que o *capo* livrara o seu filho mais novo das drogas, fazendo sumir o traficante e pagando ao rapaz um longo tratamento de detox numa clínica caríssima da Suíça.

Sissi também fulgurava nas partidas de xadrez. Carregava eternamente consigo um joguinho eletrônico, um microcomputador falante que Tony lhe comprara numa viagem aos Estados Unidos. Viúvo, não desperdiçava as suas folgas com farras ou com damas da noite. Preferia testar, contra o joguinho, o seu repertório de aberturas clássicas, para as quais criava as suas próprias variantes. Conhecia a Defesa Siciliana bem melhor do que Bobby Fischer.

Exausto e tenso pelo seu enclausuramento no hotel, nervoso e ansioso pelo desaparecimento inexplicável de Pignatello, mais de 72 horas em algum limbo carioca, Pellegrino arremessou bem longe o seu jornal – e explodiu:

– Sissi, eu não agüento mais. Vou procurar o Domi...

O chefe-de-cozinha movimentou o seu bispo branco até o cavalo que restava entre as peças negras do joguinho eletrônico e recolheu o despojo com um meneio só. Não sacudiu um único cabelo de seu braço. Pellegrino aplaudiu o gesto feroz. Não conhecia ninguém, no universo todo, mais rápido num golpe de mão. Certa ocasião, abismadérrimo, testemunhara Sissi decepar todos os tentáculos de um polvo, ainda vivo, numa só e impactante cutelada.

– Pellê, o Dominic é assim mesmo. Enganchou-se em alguma camareira gostosa. Deve estar trepando com ela. Na última vez, o Domi ficou uma semana sem dar notícias. Agora, em vez de aporrinhar o meu xadrez, por que você não me monta um Jack com treze boas gotinhas de Angostura?

Pellegrino obedeceu sem titubear. Na hierarquia determinada por Tony, cabia a Sparapani comandar aquele pequenino pelotão. Pellegrino esticou o seu corpo e rumou até o frigobar. Sparapani examinou o companheiro sem denotar. Claro que Sissi se preocupava com o sumiço de Pignatello. Não podia, no entanto, abrir o seu temor ao colega mais jovem. Além disso, seguia rigorosamente as ordens do *capo*: que ninguém se afastasse do hotel enquanto Tony não se comunicasse. Pignatello já traíra a confiança de Tony com o seu desaparecimento inexplicável. Sissi não pretendia expor também Pellê.

Sissi bebericou lentamente o seu Jack com Angostura, um drinque que, envaidecidamente, batizara de Silvio's Special – e, então, remoeu a última frase de Tony, aos três, antes de embarcá-los na direção do Brasil:

– Não me procurem. Para todos os efeitos, vocês apenas me conhecem de nome, e porque eu contratei os três. Caso ocorra algum problema, todavia, Don Caló bolou uma saída básica. Telefonou ao Leonel Pavone e, entre outros assuntos idiotas, rememorações do passado, contou que a nossa Família quer montar uma rede de restaurantes no Brasil, começando pelo Rio. Contou ainda que estava importando três excelentes profissionais de Palermo. Exatamente vocês. Pediu que o Pavone ajudasse vocês, no que fosse necessário, OK?

Sissi sabia da ligação de Pavone com os Gotti e, por extensão, com Francesco Tucci. Também conhecia o seu *capo*, o suficiente, para desconfiar daquela história. Lembrava das suas instruções especiais. Sabia que o *capo* jamais incluiria Pavone diretamente em seu plano. A não ser, claro, como um instrumento involuntário de alguma trama sutil. Não, não, Sissi não recorreria àquela saída básica, Pavone, nem numa extrema emergência. Mais, ainda não considerava uma emergência o sumiço de Pignatello. Aguardaria, paciente e professoral, uma nova jornada, ou duas. Azar de Sissi, distraído do seu xadrez. A voz-robô do micro decretou um empate por repetição de lances.

▼

Descalço, mesmo, Dominic Pignatello se imiscuiu na profusão de siris que a maré descendente acabara de revelar. Chutou a água e as carapaças, esmagou um exército de patolas e, contudo, a massa fosforescente e famélica continuou a rastejar na areia, na direção da mulher. O corpo bronzeadíssimo lá estava, lindo, fremente, quinze metros além, temperado de praia e de sal, sem roupa nenhuma, os seus cabelos retintos a refletirem a orla e o belo luar.

Pignatello escutou um gemido, outro lamento mais, e compreendeu que a mulher vivia ainda. Na verdade, ela não se mexia, estrebuchava apenas, as suas convulsões se sucedendo ritmadamente, enquanto os siris escalavam a sua pele e vasculhavam os fios do sangue escorrido do seu pescoço ao ombro direito e ao seio hipnotizante que Pignatello, pouco antes, tinha beijado com fascínio – e uma absurda confusão. Ah, por que matar uma mulher?

Remorso, vergonha, ele sentiu. Havia disparado pelas costas, enquanto a mulher corria. Chegou mais perto, os siris escoltando os seus passos. Alçou o braço esquerdo. E percebeu que tremia. Sustentou na outra mão o seu punho armado e mirou, exatamente, entre os olhos – que lhe pediam piedade.

– Não, Jean, por favor, não, não...

Jean, a identidade falsa de Domi, um matador profissional travestido de *barman*. Domi segurou a sua respiração. Uma outra bala. Pronto. Três tiros para assassinar uma mulher. Pignatello não falhara nunca em suas missões. No passado, por 38 vezes, nos seus meros 27 anos de idade, ele cumprira as suas tarefas com desvelo e rapidez. Jamais hesitara antes de executar um traficante, inimigo de seu patrão. Nunca, porém, havia tirado a vida de uma mulher...

Remorso, vergonha – e uma linda mulher, recoberta de siris carnívoros, na solidão selvagem e apavorante da praia rústica de Maçambaba, RJ.

Pignatello investigou a noite muda e o mar. Enfiou a sua Magnum na cintura do maiô. Capturou um cigarro, o penúltimo, do seu derradeiro maço

Made in Italy. Acendeu. Tragou fundo, meia bagana de uma puxada. Lançou o toco longe. Também arremessou ao mar o isqueiro de ouro que a mulher lhe emprestara de manhã. Enojado, ele cuspiu tabaco. E cuspiu o seu pejo.

Tinha trucidado Joana com três tiros. E não sabia por quê. Pignatello não fazia perguntas. Aceitava as incumbências. No domingo anterior, recebera no hotel um estranho telefonema. De Leonel Pavone. Recordava-se do nome. Tentou passar a ligação a Sissi, que cochilava. Mas Pavone fora radical:

– Ordens diretas de Don Caló. E você, Jean, não dirá nada aos seus dois amigos. Realize a operação sozinho. Calado. E com muito cuidado, OK?

Pavone lhe pedira para assassinar uma mulher.

Ordens diretas de Don Caló.

Vagamente se lembrava daquele nome, Leonel Pavone.

Alguém ligado aos Tucci, no Brasil.

Também se recordava de uma frase de Tony:

– Don Caló pediu ao Pavone que auxiliasse vocês, no Rio.

Ordens diretas de Don Caló:

– Realize a operação sozinho...

Mesmo desconfiado, Pignatello obedeceu. Mataria Joana. E não saberia por quê. Encontrou-se com Pavone depois do almoço, na praia, numa hora em que Sissi e Pellê se entregavam à sua sesta habitual. Calado ele pegou os US$ 25.000,00 que o bicheiro entregou. Pegou também um envelope amarelado, com algumas fotografias e duas páginas de informações datilografadas. US$ 25.000,00 e a promessa de mais US$ 25.000,00, depois do serviço perfeito.

Brincadeira de criança, Pignatello idealizou o seu plano num minuto. A mulher apreciava os homens mais jovens, altos, fortes, de feições angelicais, os estrangeiros com certeza. Freqüentava a praia no Posto 4. Na segunda-feira, Pignatello vislumbrou a vítima num calçadão de Copacabana. Aproximou-se, confessou-se perdido, incapaz de reencontrar a rua dos seus anfitriões no Rio. Cercou a mulher de atenções. Ofereceu-lhe um coco e um cigarro de marca peninsular. E os dois invadiram a noite num motel. Na quarta-feira, Joana estaria morta, quilômetros além, na desolação de Maçambaba.

Mas, por que, por que Joana teve de desaparecer?

Dolorosamente Pignatello esculpiu um número, 39, na coronha da sua memória. Acabara com 38 homens, e uma única mulher. Por que matar uma mulher? Por que, de repente, uma mulher, como a esposa do *capo* Tony? Num relance, o pistoleiro detestou Don Caló. Ah, por que aquela vingança vil?

Não, não, Don Caló não ordenaria o fim de uma dama. Uma traição de Pavone? Mas o *capo* Tony não sugerira Pavone como a solução para qualquer problema que ele e os seus companheiros tivessem no Rio? Pignatello preferiu não pensar mais. O treinamento milenar lhe devolveu a frieza. Pignatello se esqueceu do corpo, lá desabado na areia, entregue à sanha dos siris.

Caminhou cerca de trinta metros na praia – e se enfiou no mar. Com as vagas na linha do peito, se desfez do silenciador. Retornou à areia. Novamente andou, até um aglomerado de pedras. Cavou três palmos de lama e sepultou a sua Magnum bem no fundo do poço. Reencheu o vazio e esperou que uma onda mais longa e mais caprichosa apagasse os vestígios do seu buraco.

Voltou ao carro alugado em que passeara com Joana. Empilhou as roupas e a sacola da mulher. Molhou tudo com gasolina. Preparou um rastilho comprido de folhas e de galhos inebriados pelo combustível. Subitamente percebeu que não havia retirado a aliança de casamento de Joana. Tudo bem, descartou a preocupação. A mulher acabaria identificada de qualquer maneira. Ninguém poderia ligá-lo, no entanto, a Joana e ao crime. Quando a maçaroca enfim se inflamou, Pignatello já viajava, corroído, no rumo do Rio.

▼

Da Nova ou da Velha Tradição, a hierarquia siciliana habitualmente não admite a ascensão de uma mulher ao topo da pirâmide de poder. Bruna Maria Tucci, no entanto, exercia uma influência diferente do trivial. Para o público externo, não passava da irmã de um mafioso de segundo escalão. No interior de seu clã, todavia, às vezes Bruna Maria mandava muito mais do que Francesco e o *consigliere* Marco Iago. De cabelos douradíssimos, três palmos de cachos insinuantes, falava pouco – mas falava com ênfase e com determinação.

Cartesiana, objetiva, deliberada, Bruna Maria havia herdado o gênio de sua mãe, a implacável Carminella Buccellato. O pai, Bindo Tucci, ficara cego aos trinta anos, um tiro pela culatra, o estouro de uma lupara mal limpa – e por isso se transformara num homem basicamente infeliz e deprimido. Pior, Bindo Tucci não sabia que, por trás da sua falta de visão, a mulher o traía com o seu melhor amigo, um aparente solteirão empedernido – Marco Iago. Natural que Iago adotasse Francesco e Bruna Maria depois do naufrágio do Andrea Doria e do afogamento dos seus progenitores. Uma dívida, digamos, moral.

Noites e noites a granel, a inesgotável Carminella se entregara a Marco Iago – para, ao final de seu prazer, solicitar ao seu amante compensador:

– Marco, trate da Bruna Maria como você cuida de mim.

Francesco jamais desconfiou da relação paralela de sua mãe com Marco Iago. Bruna Maria, porém, um dia flagrou uma trepada clandestina do casal. Embora três anos mais nova do que o irmão, ela já entendia, suficientemente, o que significava aquele amasso entre os lençóis. Guardou a informação para quando necessitasse de um favor de Iago. A idéia da chantagem lhe ocorreu vinte anos depois, quando o seu ex-amante Gene Gotti encarregou Francesco de costurar a sua associação com os monarcas do narcotráfico de Palermo. Francesco precisaria de um disfarce conveniente para sua operação. Foi Bruna Maria quem lhe sugeriu que se reaproximasse do seu antigo preceptor.

Marco Iago refugou. Afirmou que flertava apenas platonicamente com a Máfia. Que não desejava nenhum risco em sua vida de solteirão. Francesco se exasperou. Merda. Não conhecia mais ninguém, na Sicília, com um perfil tão adequado à sua empreitada. Coube a Bruna Maria convencer o velho a topar o encargo, numa conversa duríssima, no Cìrcolo Tennis de Palermo:

– Ou você nos ajuda, tio, ou eu conto tudo ao meu irmão...

– Contar o que, menina? Não seja impertinente...

– Eu conto ao Ciccio que você comia a minha mãe...

Marco Iago virou refém de Bruna Maria. Tornou-se o *consigliere* oficial de Francesco Tucci, o seu escudo, a sua proteção formal. Era Bruna Maria, de todo modo, quem de fato manobrava Iago, sem que o seu mano Francesco suspeitasse. Como o *consigliere*, Bruna Maria se opusera ao atentado da Via Dante. E se emputecera com a determinação de Gene Gotti para que os Tucci abandonassem Palermo. Mas, depois que Brodie Villapiano informou os Tucci da ligação de Don Caló ao bicheiro Pavone, ela literalmente se apavorou. Uma armadilha? Bruna Maria decidiu não se meter em mais nenhuma confusão.

Nasceu no cerebelo de Bruna Maria a artimanha que levaria o bicheiro a se antecipar aos movimentos dos Castellamare e a telefonar ao Copacabana Palace, para sondar a situação. Ao primeiro que aparecesse, a quem atendesse a sua ligação, em nome de Don Caló, Pavone solicitaria um favor irrecusável. Daí, pela resposta, pela reação do interlocutor, os Tucci mediriam as intenções dos seus inimigos. Um teste perigoso – mas, também, um teste infalível.

▼

Não foi estrondosa, trovejante, como Tony Castellamare imaginava, e desejava, a repercussão da declaração gravada por Lídia Brandini no aeroporto de Guarulhos. Infortúnio do *capo*, na mesma semana do seu desembarque no país, a pedido do sucessor eleito, Fernando Collor, o presidente José Sarney, do governo que se extinguia, decidira decretar um feriado bancário de três dias. Para a mídia em geral, a expectativa de um certo Plano Brasil Novo, uma promessa de revolução na economia, era um assunto mais palpitante do que a aparição, em São Paulo, de um suposto mafioso em franca decadência.

Tony estava tão seguro da reverberação de seu pronunciamento que, ao invés de se alojar no sítio de seus pais, em Cotia, preferira se acomodar num *flat* dos Jardins. Pretendia se esconder por alguns poucos dias, multiplicando a eventual ansiedade da imprensa. Aliás, preferira se acomodar no mesmo apart-hotel em que já se instalava um cidadão de nome Riccardo di Portovenere.

De qualquer modo, no lado oposto da cidade, em seu extremo norte, no topo da bela Serra da Cantareira, um texto cinematográfico da repórter Lídia Brandini, impresso na contracapa do caderno de assuntos gerais do poderoso rotativo "O Perfil do Brasil", ajudou a estragar o café da manhã de um outro siciliano, homem alto, bronzeado, de cabelos pretos e gomalinados na direção da nuca, o bigode e o cavanhaque de um mosqueteiro – Francesco Tucci.

Fluente e criativo, mais de revista que de jornal, o texto descrevia, com alguns detalhes impactantes, o episódio inteiro da detenção de Tony, desde o corredor do avião até o sangue no nariz e na boca de Filippo Carotè. Lídia Brandini não poupou a tropa do delegado Telônio Meira, acusada de abuso de autoridade e de violência indiscriminada, sem mandado e sem motivos. Claro que a repórter também publicou integralmente a declaração de Tony, pintando o suposto *capo* com tintas muito simpáticas: um jovem viúvo, carcomido pela perda da mulher e dos filhos, em busca de paz, de um refúgio bonançoso.

Depois de coçar, pela enésima vez, o seu queixo e as suas orelhas, o *consigliere* Marco Iago tentou apaziguar a excitação de Francesco Tucci:

– Ciccio, sem erro! Confie em mim. Nenhum *capo,* seja ele da Velha ou da Nova Tradição, assume assim, tão abertamente, a sua aposentadoria, a sua queda, e a sua humilhação. Tony Castellamare já não era nada quando você mandou matá-lo. Agora, Ciccio, Tony Castellamare acabou. Acabou!

Ciccio Tucci não assimilou o comentário com a serenidade que Marco Iago pretendia. E devolveu a Iago a expressão de sufoco que o angustiava:

– Marco, eu não vou confiar, jamais, nesse Tony Castellamare.

O *consigliere* não respondeu. Sumariamente, produziu um gesto brusco de desaprovação, um dedo bem assestado no rumo do céu. Com um gemido, ainda abalado, aflito, temeroso, Francesco Tucci remirou o seu preceptor:

– Marco, Marco, por favor, eu preciso ter certeza...

O velho levou dois anos para se virar noventa graus. Irritado, respirou uma dúzia de vezes. Não fez, porém, a concessão que Tucci lhe pedia:

– Ciccio, eu sou um homem idoso. Mas, não me tornei um cretino. Não concordei quando você mandou explodir Tony Castellamare. Esse cara jamais atravessou o seu caminho. Você tem dele uma raiva absolutamente gratuita, provocada por boatos sem fundamento. Eu investiguei. Suas cargas sumiram por qualquer outra razão – jamais por uma interferência desse bola-murcha. O seu equívoco, porém, meu caro Ciccio, representou a sua sorte grande. Tornar Tony Castellamare um viúvo foi muito melhor do que enterrá-lo. As mortes da mulher e dos três filhos destruíram Tony Castellamare. E eu estou seguro de que essa declaração à imprensa não passa do epitáfio do *cazzo* do Tony...

No conceito mafioso, Marco Iago tinha lá suas razões. Mesmo que Tony Castellamare pertencesse à Tradição, mesmo que Tony Castellamare fosse um informante da promotoria de Palermo, agora arrasado, no seu coração e no seu espírito, soterrado na sua alma, atestada pela mídia a sua queda, agora Tony Castellamare meramente consumia os últimos suspiros do seu poder. Depois de fechar todos os seus negócios na Sicília, só lhe restavam a solidão e a sua lenda de *playboy* – maculada pela desgraça, pelo seu fiasco. Nem os seus soldados mais fiéis aceitariam conviver com um fraco que assumia o próprio baque. Francesco Tucci aceitou uma parte da tese do seu *consigliere*:

– Tudo bem! Mas quem me garante que, numa esquina qualquer, o Tony não ressurge? E aquela idéia idiota da Bruna Maria – que eu, imbecilmente, comprei? E os três caras do Rio, aqueles que Don Caló contratou na Itália para trabalharem no tal do restaurante da Família Castellamare? Os caras que Don Caló recomendou ao Pavone? Como ficou a porra da história do teste?

Marco Iago apaziguou:

– Calma, calma, Ciccio. O bicheiro ainda não deu notícias. O Brodie já ligou pro Pavone, ligou da casa dele, daqui – e até mesmo lá da boate do Gero. Um esquema perfeito, que o Brodie combinou com o Pavone. Exclusivamente de chamadas a cobrar. Caso ocorra, ahn, um acidente de percurso, ninguém poderá conectar o Brodie, a boate do Gero, a nossa casa, ao *cazzo* do Pavone. Todos os telefonemas serão registrados nos números do Pavone. Ninguém vai saber da nossa relação com o bicheiro sem examinar as contas dele. Estamos seguríssimos, Ciccio. Além disso, meu caro, se o bicheiro não deu notícias, até agora, *cazzo*, é porque os três caras do Don Caló não são nada perigosos...

Francesco Tucci continuou angustiado:

– E nós, como agimos, o que fazemos?

O *consigliere* encostou a sua mão direita na face tisnada de Francesco Tucci. E a sua resposta escapou devagarinho, num meigo sussurro:

– Ficamos quietos. Já seguimos metade das ordens do Gotti. Seis meses de molho no Rio. Quase dez meses em São Paulo, escondidinhos, sem um pio, um único movimento. E agora, Ciccio? Agora, apesar das ordens do Gotti, nós continuamos quietinhos. Nos reaproximarmos do Ruggiero? Não, Ciccio, nem pensar. Desde que eu me tornei seu *consigliere*, e isso já faz mais de dez anos, nunca vivi tão sossegadamente. Nós temos grana para dar e para vender...

▼

O delegado Telônio Meira não se enraiveceu, como talvez devesse, ao ler o texto de Lídia Brandini. De certa forma, aquele texto lhe servia, tinha a sua utilidade – Telônio Meira explicou ao seu superintendente. Deixaria Tony mais relaxado, faria o suposto mafioso amolecer as suas defesas. Fosse mesmo inocente, OK, missão cumprida, e Meira arrefeceria a sua pressão. Tivesse Tony algum plano secreto, camuflado, a perpetrar, o delegado cobraria a sua culpa muito mais depressa do que o mafioso pudesse perceber. Fosse Tony um intermediário de Ruggiero na Sicília, ah, o delegado logo descobriria...

Meira depreciava Tony. Na sua opinião, o recém-chegado não sabia, nem sequer desconfiava, que o delegado já conhecia muito bem as ligações de seu irmão Ruggiero com o narcotráfico, já detectara a sua boate L'Omertà como um ponto de venda de cocaína. Na cabeça de Meira, Tony também não sabia que a Federal havia colocado um farejador em sua caça, o pupilo mais caro, mais feroz e implacável do delegado, descendente de alemães, Felício Brock, um espigado rapagão com a panca afrodisíaca de um bloqueador de voleibol. Brock se abrigara no mesmo *flat* de Tony, protegido por um disfarce que Meira considerava perfeito: lá, o espião se comportaria como um cretino. Para melhor enganar o *capo*, Meira ainda tinha instalado, na rua, diante do edifício, um ostensivo par de viaturas. Sua tese: mais preocupado com as duas viaturas, Tony não perceberia, naquele garotão, o seu vigia de plantão.

Em vez de se agastar, Meira se desoprimiu. Reconheceu a bobagem que cometera ao se fascinar com a jornalista de seios fartos. Admitiu a tolice de deixá-la presenciar o patético interrogatório do *capo*. De todo modo, extraíra lições do episódio. Por um outro ângulo, curiosamente invertido, Meira passou a considerar excelente a sua situação no caso. Era um policial muito mais competente do que se mostrara a Tony. Depois do episódio do aeroporto, o *capo*, com certeza, descartaria o delegado da sua relação de perigos iminentes. E Meira conseguiria espioná-lo de uma maneira muito mais eficiente.

O delegado bebericou um café amargo, que se resfriava em sua mesa. E examinou pela décima vez o relatório que a promotoria de Palermo lhe enviara por fax. Nada contra Tony Castellamare, nem um imposto sonegado, ou um cheque mal preenchido, um cigarro arremessado no asfalto, uma pedra na vidraça do vizinho, uma frase desairosa contra o zelador de seu prédio. Nem um espirro que transmitisse a sua gripe a um parceiro de carteado.

Nada. Tony dispunha de uma ficha sem repreensões. Caseiro, adorava a convivência familiar. Boatos e fofocas falavam da sua paixão por meninotas adolescentes. Rumores sem comprovação, porém, provavelmente frutos da ira de algum desafeto pessoal. Havia duas únicas anotações em seu desdouro. As suspeitas, praticamente atestadas, das conexões de seu irmão Ruggiero com Francesco Tucci, um dos líderes do narcotráfico na Sicília. Além disso, um de seus guarda-costas, Dominic Pignatello, fora preso algumas vezes, suspeito das mortes de conhecidos passadores de cocaína na região. Tony, contudo, publicamente desprezava o irmão. Quanto a Dominic Pignatello, Tony sempre lhe fornecera todos os álibis capazes de livrá-lo de quaisquer acusações.

Pela vigésima vez o delegado Meira releu a lista dos passageiros do avião que trouxera Tony Castellamare ao Brasil. Na intuição, procurava uma pista que sugerisse a presença de Dominic Pignatello naquele vôo. Viesse com Tony, claro, Pignatello utilizaria um outro nome. Mas que nome seria?

▼

Por precaução, os cuidados que sempre se acostumara a tomar, desde a Sicília, na sua infância, Don Calógero Castellamare ocultou da Mamma Freda e da sua pimpolha Gigi os periódicos daquele dia. Não queria, ainda, que as duas soubessem do encontro de Tony com a repórter do Grupo Perfil. Não lhe interessava que as duas se enfronhassem num assunto capaz de torná-las desconfiadas de um plano, suspeitosas de uma *vendetta* inexorável.

O patriarca, no entanto, não pôde evitar que Ruggiero se surpreendesse com a reação de alguns companheiros de sauna, no finalzinho daquela tarde. Ruggiero não se incomodava com a indiscrição dos amigos. Saber do retorno de Tony através deles, porém, lhe propiciou um susto monumental.

Quinze meses antes, ao receber a notícia da morte de Marina e dos três sobrinhos por Brodie Villapiano, fizera questão de repassar a informação a um editor de "O Perfil do Brasil", que freqüentava a sua discoteca para farrear e para comprar cocaína. Havia preferido se antecipar à repercussão inevitável do atentado. Um pragmático, o primogênito de Don Caló. Sim, claro, Ruggiero havia se chocado, sinceramente, com a explosão da Via Dante. Não imaginava por que motivo alguém desejaria assassinar o seu irmão babaca e puritano. Pior fora o terrível equívoco de alvo do atentado. De todo modo, consumada a desgraça, Ruggiero achou melhor utilizá-la em seu próprio benefício.

Ao mesmo tempo, deu ao editor um furo e um papelote grátis. Em troca, queria um favor irrecusável. Que a mídia não incomodasse o pai e a mãe. Ele, Ruggiero, exclusivamente, falaria em nome da Família, para protegê-la do assédio. Boa idéia, se fingir de santo. Ruggiero sabia que o seu irmão, o verdadeiro alvo da bomba, apenas telefonaria ao sítio da Granja depois de tomar algumas outras providências mais imediatas. Ruggiero iria ao sítio bem cedinho – e se encarregaria, ele mesmo, de notificar Don Caló e a Mamma Freda com o máximo de seu respeito, o máximo de seu carinho, o máximo da sua compaixão. Assim, recuperaria a sua posição na fé do patriarca.

Desafortunado Ruggiero. De fato, Tony não se comunicou com o sítio. Avisara Lindy Regazzoni, porém. Ao se defrontar com Lindy, naquela manhã, Ruggiero necessitou, velozmente, reformular o seu plano – em vez de um santo, se fingir de desentendido. Ao menos, até sairem os jornais com a sua declaração de piedade pelo irmão e de tristeza pelas mortes da cunhada e dos três sobrinhos. Caso o pai lhe cobrasse a declaração, Ruggiero inventaria uma desculpa. Don Calógero, no entanto, jamais tangenciou aquele assunto.

O pai sequer contou a Ruggiero que Tony voltaria ao Brasil.

O primogênito ficou sabendo, na sauna, do retorno de seu mano ao país. Ficou, através de um outro empresário da noite, que lhe exibiu "O Perfil". Um parentesco? O empresário liderava uma roda de bebedores de uísque e cerveja. Ruggiero tentou um gole, que caiu pessimamente na sua garganta seca. Estava perplexo. Com o retorno de Tony – e com o texto de Lídia Brandini:

– Sim, ele é meu irmão...

A frase saiu num murmúrio, sem nenhuma gentileza. Como um veneno que alguém expele, uma desfeita que não se digere. Ruggiero estava perplexo – e, aos poucos, começou a sentir medo, bastante medo. Por que Don Caló não lhe falara do retorno de Tony ao Brasil? E qual a razão do retorno de Tony, um retorno definitivo, conforme anunciava o texto de Lídia Brandini?

Ruggiero pediu um conhaque ao *barman* da sauna. Para o seu alívio, quando se reaproximou da roda, aqueles seus companheiros de clube já tinham mudado de tema. Especulavam sobre o Plano Collor, que o novo presidente implantaria logo depois de sua posse. Ruggiero pôde se concentrar melhor na sua preocupação individual. Lembrou-se de uma visita que fizera a Palermo, em 1986, especificamente para sondar o seu mano sobre negócios:

– *Fratello*, a minha boate é freqüentada por gente muito rica, uma turma bem adiante de seu tempo, você compreende? Milionários esnobes, artistas moderninhos, famosos em busca de novidades, os VIPs, o *jet set*, o pessoal do *beautiful people* et cetera e tal. Todos sabem que eu sou um siciliano, e quase todos sabem que o meu caríssimo *fratello* vive em Palermo...

O olhar paralisante, Tony decapitou a sugestão:

– Gero, leia os meus lábios: n-ã-o!

– Mas, Tony, espere um pouco, me deixe terminar...

– É não, Ruggiero. E digo mais: se eu souber que você está utilizando a *nostra* boate, a boate da *nostra* Família, como ponto distribuição de drogas, se eu comprovar que você está mexendo com cocaína ou coisa parecida, eu mato você. *Hai capito*, meu caro Ruggiero? Eu juro que eu trucido você!

O primogênito se engasgou com o duplo *nostra*, a boate e a Família. Considerava L'Omertà uma propriedade sua, exclusivamente. Que direito tinha Tony de tomá-la, assim, no papo, desfaçadamente? Naquela conversa, Gero desistiu de Tony. Em Palermo mesmo, secretamente, ele conseguiria o parceiro de que necessitava. Sem pensar no que o futuro poderia lhe trazer, sem pensar na felonia que macularia a sua existência e a sua Família, Gero se atreveu a encomendar as suas drogas ao bando reles de Francesco Tucci.

Com uma recomendação de Tucci, de volta a São Paulo se aproximou de Broderick Villapiano, o representante de Eugene Gotti no Brasil. Que Tony se danasse. Eugene Gotti, aquele sim, era um mafioso de verdade. De repente, Ruggiero se lembrou que devia satisfações a Villapiano. Embora sem nenhum saco, por descargo de consciência, telefonou a Villapiano e passou a novidade. Sempre atrasado, Ruggiero. Villapiano já sabia de tudo, pelo "Perfil".

▼

Nos momentos mais maçantes dos encontros que presidia, Luiz Alberto Vinhas, o diretor-geral do Grupo Perfil, apreciava equilibrar um lápis ultra-apontado na cicatriz que lhe sobrara, da extração de uma pinta, na ponta do seu nariz. Assim, demonstrava o seu enfado, a sua indisposição. Depois, lhe bastava derrubar o lápis para interromper o enchimento do seu saco.

Naquele começo de tarde de sexta-feira, Luiz Alberto Vinhas detestou, pela milionésima vez, a sua função inevitável, administrar o patrimônio familiar. Transcorria a reunião de pauta das treze horas, presentes os editores-chefes dos vários diários paulistanos da empresa, mais o principal homem do jornalismo da sua rede de TV, além de assessores, secretárias e um garçom. Vinhas odiou a sua missão – até que um dos editores-chefes introduzisse, na discussão, finalmente, o primeiro assunto de fato capaz de comovê-lo.

Pouco além dos trinta anos, José Renato Baruel não escondia em seus baús diploma nenhum de faculdade ou de coisa equivalente. Abandonara ao meio um curso de Geografia e um outro de Filosofia. O diretor-geral, contudo, certa ocasião se fascinara com a sua lucidez numa discussão de botequim. Num impulso, lá mesmo no bar, Vinhas convidaria Baruel para assessorá-lo. Carreira fulminante, em semanas Baruel assumiria "O Perfil do Brasil".

Baruel não foi nada sutil ao fazer a sua observação:

– Betinho, se você me permite, quero jogar cinzas na minha cabeça. Mas também quero dividir um montão de merda com esta mesa todinha...

Pasmado, Vinhas retirou o lápis do nariz. E Baruel continuou:

– Nós inventamos o tal Caso Castellamare. Incrivelmente, esquecemos de lhe dar uma seqüência lógica. Uma cagada monumental, Betinho. Assumo a minha responsabilidade. Eu me envolvi demais nessa história do tal do Plano Collor, e descurei do Caso Castellamare. Agora, caralho, não posso acreditar que, no meu alheamento, ninguém mais tenha pensado no assunto...

Dramaticamente, Baruel pausou. Lançou fora o seu chiclé. Ergueu-se da poltrona. E, deliciosamente, arremedou o novo presidente do país:

– Minha gente. Anteontem, obtivemos um furo mundial, descobrindo que um suposto mafioso, Tony Castellamare, se refugiava no Brasil. Depois, estacionamos o trator e permitimos que a colheita apodrecesse. Ora, a nossa obrigação, o nosso compromisso, era ficar em cima da história, ampliar a sua repercussão. E no entanto, minha gente, nós deixamos a notícia minguar...

Estacionamos o trator. Entre os risos da tropa, o diretor-geral arquivou a expressão. Prometeu-se utilizá-la, mais graciosamente, em uma outra situação qualquer. Concordou com a tese de Baruel, porém. Apenas o seu Grupo havia divulgado a informação da chegada de Tony Castellamare. Ao não lhe dar seqüência, a sua empresa entregava a primazia tolamente, numa bandeja, aos concorrentes todos. Betinho Vinhas recuperou o lápis – e perguntou:

– Cadê a Lídia Brandini? Localizem a Lídia Brandini.

Uma das secretárias desandou a fazer ligações frenéticas. Enfim, cinco minutos depois, anunciou que a repórter estava no DepaDoc, o departamento de documentação do Grupo Perfil, pesquisando a história da *Cosa Nostra*.

– A Lídia me prometeu que sobe logo...

Impaciente, Baruel recuperou a sua fúria:

– Enquanto isso, quero tratar de um outro mistério. O caso da morena de Maçambaba, entre o Rio e Cabo Frio. A tal que levou três tiros na cabeça e foi abandonada, peladinha, o seu corpo quase devorado pelos siris. A única pista esquecida pelo assassino: uma aliança de casamento, em ouro branco.

▼

De fato, a polícia do Rio não precisou de muito tempo para identificar a linda morena mutilada da selvagem Maçambaba. Esperteza de um detetive, leitor fanático das colunas sociais, que se aguçou com os dois nomes gravados no anel de casamento: Joana & Ferdinando, um matrimônio incomum. Só poderia se tratar de Joana Costa e Canto, uma dama com fama de promíscua, a esposa de um bilionário do ramo da construção naval. Ferdinando, o marido, estava na capital, Brasília, atolado em conversas com os economistas do novo governo. Um tio da moça, porém, logo se aprestou a reconhecer o corpo.

Enfim de volta ao hotel, dias depois do seu sumiço, Dominic Pignatello soube da descoberta de Joana pela manchete de um matutino sensacionalista. Suspeito: o marido chifrudo. O homem dispunha de um álibi aparentemente inabalável, a confirmação da sua presença, na capital, por dignitários da futura administração federal. A polícia, de todo modo, considerava muito viável o envolvimento do esposo no crime. Obviamente, como o seu mandante.

Pignatello se arrepiou. Assassinara a mulher de um cornudo.

Desde o seu regresso daquela tarefa infame, mal cruzara os olhos com Sissi Sparapani e com Ropertino Pellegrino. Quando Sissi tentou lhe cobrar o seu desaparecimento, Pignatello refutou duro, em grosseiro dialeto:

– Seu balofo! Seu cuzão! Não lhe devo satisfações!

Sinceramente surpreendido com a agressão verbal, Sissi sustentou por quinze segundos a vontade de esmurrar Pignatello. Jamais vira o companheiro naquele estado bruto de apreensão. Sim, Pignatello tinha se descompensado nos seus quase cinco dias de sumiço. E Sissi achou melhor se acautelar.

O matador desceu à piscina do hotel – e lá pediu um uísque duplo.

Duas da tarde, um momento terrível para alguém inaugurar uma ressaca. Pignatello logo se arrependeu das ofensas que arremessara ao seu parceiro. Meditou na cagada descomunal que cometera, se iludir com as determinações de Leonel Pavone. Não, Don Caló jamais lhe ordenaria que assassinasse uma mulher. Não, nem por *vendetta* Tony lhe ordenaria que assassinasse uma mulher.

Ridículo, arruinado Pignatello. Que fazer? Precisava contar ao seu *capo* que Leonel Pavone invadira o seu espaço tão preciosamente preservado. Não era o bicheiro um dos subalternos da Família Gotti no Brasil? Não era Pavone conectado a Francesco Tucci? Merda, Pignatello pensou. Traíra o seu *capo*. Entrara na fria da sua existência. Claro, Tony havia citado o nome de Pavone, no caso de uma emergência, exclusivamente para testá-lo. Tony sabia que Pavone iria procurar os seus soldados no Rio. E Pignatello traíra Tony...

Desabado, o matador pediu mais um uísque duplo. Sorveu a dose de um gole e se lançou nas águas turmalinas da piscina. Durante o longo mergulho, Pignatello decidiu: só lhe restava fugir. Pavone lhe pagara US$ 50.000,00. Ah, muita grana. O suficiente para fugir – e se esconder. Com a grana, Pignatello tomaria um avião. Em Marselha, na França, arrumaria um outro patrão.

Da janela do seu apartamento, Sissi Sparapani acompanhou como pôde os movimentos de Pignatello na piscina. Rebuscou o ponto mais fundo da sua intuição. Não, o companheiro já não representava uma emergência. Pignatello tinha se transformado num perigo gigantesco para o plano de Tony.

Também Sissi se armou de um gole de uísque, com as suas treze gotas habituais de Angostura. Também Sissi resolveu o que fazer. Dispunha de um trunfo escondido, que Pellegrino e Pignatello desconheciam. Ah, o *capo* Tony pensava em mais do que tudo. As instruções especiais que Tony transmitira a Sissi, e exclusivamente a Sissi, antes da partida de seus homens, na Sicília. Lutando contra a barriga, Sissi descalçou o seu borzeguim de camurça preta. Enfiou a mão no pé direito e dele descolou um estratégico *band-aid*. Havia um papelucho com diversos números de telefone camufladinhos no esparadrapo. Os números do sítio dos Castellamare. Da sede dos supermercados de Don Caló. Do *flat* em que Tony e o *consigliere* Paolo Garzya se hospedavam. E, até, de um sistema de recados. Optou pelo risco menor – o sistema de recados. Sissi desperdiçaria algum tempo, mas não enfrentaria nenhum perigo naquela comunicação. Cifradamente, enviou a sua mensagem a um certo Riccardo di Portovenere, ministro de Malta. Em nome de um certo príncipe Aldo.

Uma hora depois, Paolo Garzya ligaria de São Paulo. Pacientemente, o *consigliere* escutou a história preocupante que o cozinheiro lhe contou:

– Sissi, você tem como descobrir o que aconteceu com o Domi?

– Don Paolì, ele enlouqueceu. Confesso que eu estou perdido...

– Então, a única solução é neutralizar o Domi, até que eu converse com o Tony. Desça à piscina e encha a cara com o Domi. Talvez, bêbado, ele diga alguma coisa. Na pior das hipóteses, Sissi, o Domi vai acabar na cama...

– Já entendi, Don Paolì...

– E cuide para que ele não desapareça outra vez...

Assim que bateu o telefone, Paolo Garzya se fantasiou de exportador de avelãs e de vinhos. Precisava relatar o episódio, pessoalmente, ao *capo* Tony. Treinamento milenar, o *consigliere* já tinha se apercebido dos veículos de campana na rua, diante do *flat*. Meras iscas, simples engodos. Com certeza, o delegado Meira seguira Tony do aeroporto ao apart-hotel. Com certeza, um outro policial, disfarçado, estava agora alojado naquele mesmo *flat*.

Garzya idealizou uma maneira de se comunicar com o *capo*, sem que o espião desconfiasse. À mão, e à caneta, redigiu um bilhetinho codificado que só Tony compreenderia. Saiu de sua suíte, no nono andar do *flat*, e examinou o corredor. Ninguém. Por três minutos, esperou um movimento, um golpe de ar na janelinha do elevador. Niques. Desceu pelas escadas, calmamente, até o sexto pavimento, o andar de Tony. Examinou o corredor. Ninguém. Por baixo da soleira do *capo*, enfiou a mensagem. Rapidamente reprocurou as escadas. De gravatinha borboleta, desceu – e se aboletou no bar do apart-hotel.

▼

Na sua fortaleza de Bonsucesso, no Rio, o bicheiro Leonel Pavone se admirou – e se apavorou. Trabalho perfeito, aquele, realizado por Jean Belotti. Na verdade, magistral em demasia. Pavone fantasiara uma ação mais porca, um acidente forjado ou uma queda de precipício, nas encostas do Joá. Talvez, mesmo, um assalto falso na Barra da Tijuca, ou na Ladeira do Sacopã.

A precisão do tal de Jean, porém, o caráter profissionalíssimo da morte da morena de Maçambaba, obviamente induziria a polícia a pensar num crime encomendado. Pavone se apavorou. Ah, cometera uma cagada monumental. E tudo por culpa de Don Caló Castellamare, o patrão puritano que, duas décadas antes, ao descobrir Pavone com um tijolaço de maconha numa gaveta do seu escritório, não hesitara em demiti-lo da gerência das suas mercearias.

Siciliano de bosta, Pavone relembrou, o ódio transbordando através dos seus poros. Além de mandá-lo às favas, Don Caló ainda tocara fogo na erva. Um prejuízo descomunal, que obrigou Pavone a se esconder do fornecedor – e a roubar, matar, até resgatar a sua dívida e recuperar o seu prestígio. O ex-funcionário, no entanto, saberia aguardar pela esquina da vingança...

A oportunidade demorou bastante para acontecer. Enquanto Don Caló ampliava os seus negócios, no ramo dos alimentos e bebidas, Pavone teve de evoluir no submundo. Na porrada, atropelando rivais, conquistou uma banca de apostas em São Paulo. Depois, se instalou no Rio. Daí, quando Broderick Villapiano implantou uma filial da gangue de Eugene Gotti no Brasil, natural que visitasse cassinos clandestinos do país. Num deles, Villapiano e Pavone se tornaram amigos e se tornaram sócios. Pavone passou a lavar o dinheiro de Gene Gotti. Sim, Gotti, mafioso de fato. Não um merda como Don Caló.

Pavone bem que estranhou a ligação telefônica que Don Caló lhe fizera, no finzinho de fevereiro. Não mantinha nenhum contato com os Castellamare, desde duas décadas atrás. Escutou um papo mole – e, de repente, um pedido. A partir do Rio, os Castellamare pretendiam fundar uma rede de restaurantes. Já tinham contratado três caras, alojados no Copa – o *barman* Jean Belotti, o *maître* Clàudio Gianfredi e o chefe-de-cozinha Aldo Prìncipe. Ora, poderia o bicheiro auxiliá-los, caso os três enfrentassem algum probleminha?

Claro, Pavone prometeu. Imediatamente, contudo, o bicheiro informou Villapiano. Que informou Francesco Tucci. Que discutiu a novidade com Iago e Bruna Maria. Que teve a idéia de testar o comportamento dos três homens de Tony no Copa. Assim, através de Villapiano, uma ordem desembarcou no Rio: Pavone deveria procurar os três homens de Tony no Copa, para um teste. A quem atendesse, ele faria uma proposta, fingindo um ordem expressa de Don Caló. Cometer um crime. Se o interlocutor topasse, Villapiano obteria a prova de que precisava – de fato, Tony era um bandido, principiava a reagrupar as suas tropas. Havia uma *vendetta* em marcha contra a Família Tucci.

Enrolado raciocínio, aquele de Villapiano. Principalmente porque todas as suas ligações, desde São Paulo, seriam realizadas a cobrar. Explicação de Villapiano: "Assim, caso ocorra algum azar, ninguém conseguirá rastrear os nossos contatos, *capisce*"? Pavone, porém, bem depressa se esqueceu daquela exigência patética de Villapiano – que desejava economizar às suas custas. Numa coincidência fenomenal, dias antes recebera uma incumbência preciosa: freqüentador dos seus cassinos, um bilionário oferecia US$ 200.000,00 pela morte da esposa. Pavone se julgou mais brilhante do que Villapiano. Pagaria US$ 50.000,00. Embolsaria o resto – e ganharia as bênçãos da Máfia...

Pavone só não contava com o trabalho magistral de Jean Belotti. A obra porca que imaginara tinha se transformado num crime passional. E, pela fama de promíscua da mulher, o marido cornudo já fora carimbado com o título de suspeito. Como Pavone se safaria se o marido confessasse? Como Pavone se safaria se Villapiano e os Tucci descobrissem a sua cagada? E como Pavone se safaria se a Família Castellamare descobrisse a sua torpe sacanagem?

Dois brutamontes recrutados na favela da Rocinha acompanhavam, em silêncio, a tensão do bicheiro angustiado. Manelão tinha um pai português, mas carregava a pele mulata da mãe, porta-bandeira de enorme fama numa escola-de-samba dos anos 50. Petronilho tinha um pai futebolista, ferrenho fã de um craque de seleção dos anos 30. Pavone destampou uma garrafa de cachaça:

– E vocês, bebem comigo?

Os dois capangas preferiram recusar. Perceberam que o seu patrão se inflamava. Precisariam de um mínimo de lucidez para cumprir a missão que, seguramente, Pavone lhes daria – quando se acalmasse. O bicheiro se afundou na sua poltrona de plástico marfim. Atirou longe os seus sapatos e depositou os pés horríveis no tampo da mesa, sem se incomodar com o monte de papéis que revoaram pela sala calorenta. Refugou a hipótese de se comunicar com Villapiano. Não, não confessaria a sua estupidez ao *gangster* dos Gotti. Não. Jamais. Precisava de uma saída menos perigosa. E imediata. Bradou:

– Vocês dois têm de acabar com o tal do Jean Belotti.

▼

Meia hora bastou para que Lídia Brandini aparecesse na sala da reunião. Betinho Vinhas sentiu saudades da repórter, um namorico antigo, que o seu constante mau-humor havia detonado. Tratou a repórter com frieza:

– Por que você não está suitando o Caso Castellamare?

Lídia Brandini se enfezou. Mirou no nariz de Vinhas e atirou:

– Claro que eu estou suitando. Faz um dia que me tranquei no DepaDoc, atrás de material de arquivo sobre a história da Máfia. Uma bagunça...

O diretor-geral foi impiedoso:

– Não me interessa. Vou tirar você do Caso Tony Castellamare. Esqueça essa pesquisa. Quero você no Rio, cobrindo o crime de Maçambaba...

Lídia Brandini se reenfezou. Mirou no peito de Baruel:

– Porra, Baruel, e o acordo?

Enquanto Baruel imaginava uma resposta inteligente, Betinho Vinhas compreendeu. Um acordo. A repórter não perdera o controle do Caso Tony. Apenas, não podia se aprofundar. Acordo. Lídia Brandini esperava por algo maior do que uma seqüência de praxe. Vinhas redesenhou o raciocínio:

– Temos alguém do nível da Lídia no Caso Maçambaba?

O homem de Vinhas na TV explicou, safadamente:

– Ninguém assim, gostoso. Mas gente muito competente. Três pessoas, cada uma cuidando de um ângulo diferente. A história da mulher, ex-miss. A história do marido, um magnataço dos estaleiros. E a possibilidade de ter sido um crime passional, executado por um pro de alto coturno. A polícia suspeita do marido, o tal do Ferdinando. Parece que a mulher dava adoidado...

O diretor-geral tremeu nos citoplasmas ao escutar a expressão – dava adoidado. Mas, satisfeito, resolveu encerrar parte daquela reunião sacal:

– OK. Todo mundo embora, menos o Baruel e a Lídia...

Batalha vencida, a repórter se acomodou num sofá de puro couro e se serviu de um café sem açúcar. Vinhas se sentou ao seu lado. Baruel optou por permanecer na mesa de reunião, ao alcance de um cinzeiro. Sem largar o seu lápis de estimação, o diretor-geral mudou de tom e inquiriu, afavelmente:

– Lídia, me diga. Que acordo é esse?

– Betinho, me surpreende que o Baruel não tenha contado...

O editor-chefe do "Perfil" não se mexeu – e Vinhas insistiu:

– Que acordo é esse, Lídia?

A repórter acabou o café, suspirou – e lançou o seu torpedo:

– O Tony Castellamare me prometeu uma exclusiva...

Betinho Vinhas arrebentou na mão o lápis que segurava.

Lídia vibrou com a explosão do grafite:

– Isso mesmo, Betinho, uma exclusiva...

– Caceta, e por que você ainda não fez?

– Ele me pediu uns dias, para descansar...

– Porra, e quem garante que ele não mentiu?

Lídia Brandini não revelou ao seu chefe o que sentira por Tony, o beijo que recebera no canto dos lábios. Conteve a sua excitação. E o seu tesão:

– Eu asseguro, Betinho. Viajei ao lado dele, no avião, a noite toda. Pude conhecer o cara. Caralho, você não se dignou a ler a minha matéria?

Houvesse um buraco no carpete da sala, nele Betinho se enfiaria. O diretor-geral mal tinha passado os olhos sobre o furo internacional de Lídia Brandini. Aliás, apenas por uma razão ele sabia do texto da ex-paixão. Vira o título e a assinatura. Ao bater no nome de Lídia, desistira de continuar.

– Lídia, eu não tenho tempo pra tudo. Continue...

A repórter, dona da situação, assumiu a ternura de um jabuti:

– O Tony inclusive me deu os número dos telefones do pai, que mora num sítio, na Granja Vianna. Liguei. Só que o Tony, sei lá o motivo, inesperadamente, não está hospedado no sítio do pai dele...

Lídia Brandini enfatizou o advérbio inclusive, que Betinho detestava. O diretor-geral fingiu não sofrer o golpe. E prosseguiu, ultraformal:

– Você tem certeza?

– Sim. Falei, com o pai dele.

– E daí?

– O pai me disse que o Tony passaria uns dias escondido, para fugir da repercussão da minha reportagem – e da sua declaração inaudita...

Vinhas se arrepiou com o adjetivo:

– Inaudita?

– O pai dele, Don Caló, na casa todo mundo chama o velho de Don, o pai dele me disse que o Tony fica puto quando o chamam de mafioso. Decidiu prestar a declaração exclusivamente para desmistificar essa fama. Nenhum mafioso afirma, publicamente, que não conseguiu proteger as vidas da mulher e dos filhos. Nenhum mafioso assume, ahn, um fracasso tão gigantesco...

– E daí?

– Como, e daí?

– Você acreditou?

Lídia Brandini começava a se impacientar. Ironizou:

– Acreditei, Betinho. Tá com ciúmes de eu crer em alguém?

O diretor-geral desprezou a agressão:

– E daí, Lídia Brandini. Quando vai acontecer essa exclusiva?

A repórter sucumbiu à hierarquia:

– O pai me prometeu que o Tony me procuraria assim que lhe parecesse conveniente. Talvez hoje. No mais tardar, amanhã. Ele me prometeu...

– E daí?

– Ele tem todos os meus números. Sabe como me encontrar...

Betinho Vinhas se encastelou, a fim de meditar. Então, observou:

– Esses caras são muito vaidosos. Acho que o Tony Castellamare botou você no limbo a fim, mesmo, de medir a repercussão da matéria. Levou azar. Chegou nas vésperas da posse de um novo governo. Levou muito azar...

Baruel, reacordado, assentiu. A repórter, no entanto, provocou:

– E daí?

Betinho Vinhas espantou uma mosca – e arrematou:

– Juro que até a noite chegar o seu *capo* vai procurar você...

Lídia Brandini não necessitaria aguardar mais do que algumas horas.

▼

Tony Castellamare leu e releu o bilhetinho que o seu *consigliere* Paolo Garzya lhe havia entregue, sub repticiamente, por baixo da porta da sua suíte no sexto andar. Treinamento milenar, o *capo* rapidamente bolou uma maneira de rever o seu amigo, sem produzir suspeitas no espião eventual do delegado Meira. Nada melhor do que uma coincidência, um encontro fortuito do pai, dono de uma rede de supermercados, com um exportador de alimentos.

Convidou Don Caló para um drinque de *happy-hour*. O pai apareceu no *flat* por volta das dezoito horas. Pediu à recepção que notificasse seu filho. O *capo*, todavia, só desceria ao bar em torno das dezenove. Precisava dar tempo à coincidência, ao encontro fortuito. Gargalhou bastante ao relembrar que Paolo Garzya, na pele de Riccardo di Portovenere, com algum *pocket book* de ficção política à sua frente, já esperava por aquele acidente desde as quinze. Tony fez um esforço ingente para manter a seriedade quando entrou no bar e viu o pai e o *consigliere* num papo franco, fraternal, animadíssimo.

Don Caló apresentou o outro como um diplomata maltês, exportador de avelãs e vinhos nobres, integrante da Câmara Italiana de Comércio. Depois de alguns minutos de falso constrangimento, Tony aderiu alegremente à conversa – como se nada tivesse a esconder do diplomata e de um rapagão espigado, que lia um jornal de anteontem, bem na ponta oposta do balcão do bar.

Pela piscadela de Garzya, o *capo* compreendeu.

Em dialeto, bem baixinho, o *consigliere* explicou:

– O garotão passou o tarde toda aqui no bar. Fez umas dez ligações. Pelo menos duas vezes, foi até a rua e atirou pedacinhos de papel na calçada. Fiquei de olho. O motorista de um dos carros da polícia catou as mensagens. *Cazzo*, nem a CIA desenvolveu um sistema tão espetacular de comunicação...

Durante vinte minutos o trio bebericou os seus Dry Martinis geladinhos e devorou amendoins, castanhas, canapés de carpaccio. O bar pertencia a um restaurante singular, Fabrizio's, dos melhores no país. Tony subitamente se flagrou com muita fome. Pediu que lhe montassem uma mesa junto a um aparelho de ar condicionado. No momento em que o trio se encaminhou ao salão principal, o *capo* viu o garotão, aflitíssimo, convocar um garçom.

Azar do espião do delegado Meira. O Fabrizio's não estava cheio. Perto da mesa escolhida por Tony, contudo, já não havia mais nenhum lugar disponível. O rapagão teve de se acomodar a uns oito metros de distância.

Enquanto o *capo* se enchia de pão banhado num molho inesquecível de *vongole* ao vinho branco, Paolo Garzya lhe descreveu o que soubera por Sissi Sparapani. O *consigliere* não se surpreendeu com a reação de seu líder. Tony não admitiu a menor punição a Domi Pignatello, o seu subalterno fujão.

Sim, Tony Castellamare não machucaria Pignatello, jamais. Mas queria o máximo de informações. Antártico, Tony determinou ao *consigliere*:

– Paolì, ligue, já, pro Sissi. Ligue do bar, é mais seguro. O rapagão, com certeza, não está interessado em você. Caso o Sissi não consiga detectar o que de fato ocorreu com o Domi, faremos uma modificação nos prazos do nosso roteiro. Talvez corramos alguns riscos de percurso. Mas prefiro assim...

Num gesto de ternura, Don Caló segurou as mãos do filho:

– Você me perdoe, Tony. Discordo. Não podemos nos atrasar. Acho que o Leonel Pavone engoliu a isca e se comunicou com o Pignatello. Deve ter pedido alguma coisa ao Pignatello. Utilizando o meu nome – ou o seu...

Tony sacou a frieza experiente do *babbo*. Refluiu, porém:

– Pai, não acredito que o Domi seja um traidor. Ingênuo, sim, mas um traidor, jamais. Pedi a você que reprocurasse o Pavone exatamente pra expor o filho da puta. Pra assustar o Tucci. Na pior das hipóteses, confirmaremos que o Pavone joga contra nós. Com o apoio do Villapiano – ou da Família Gotti. Paolì, se for necessário, você vai ao Rio, pessoalmente, buscar o Domi...

De novo, Don Caló objetou:

– Não, o Paolì não. Vai o Pippo. Esta é uma crise de guerra, Tony...

O *capo* mordiscou um rabanete e bebeu um gole de cerveja:

– Pai, não se preocupe. Você ainda não conhece o Sissi e o Pellê. Caso o Paolì careça de força, o Sissi e o Pellê dominarão o Pignatello. Além disso, eu ainda não posso expor o Pippo. Pai, o Paolì será muito mais discreto...

Convencido, Don Caló se submeteu:

– OK, Paolì, ao telefone, já!

Tony acendeu um cigarro mentolado. Investigou o *babbo*. Esperou que o *consigliere* se afastasse e, respeitosamente, tentou um comentário:

– Pai...

– Tony, não me diga nada. Você tem razão. Eu envelheci. Não raciocino como antigamente. E eu não conheço, mesmo, esses seus homens...

– Pai...

– Faça do seu jeito, Tony. Me desculpe. Eu confio em você...

Paolo Garzya demorou uns oito minutos para retornar:

– Não consegui localizar o Sissi no apartamento. O Pellegrino me disse que o Sissi estava na piscina desde as três da tarde, ahn, enchendo a cara com o Dominic. Pedi que transferissem a ligação. O Sissi me garantiu que amolece o Domi. Precisa de mais uns goles. Daí, o Domi desembucha – ou dorme...

O *capo* se orgulhou do cozinheiro:

– Bravo, Paolì. Alguém mais de vigia?

– Não. Só mesmo o compridão com pinta de idiota...

– É. Agora mesmo ele está falando de um telefone portátil...

▼

No correr do dia todo, Felício Brock havia ligado inúmeras vezes ao delegado Telônio Meira com os seus relatórios exaustivos. Coisa de cientista, tantos eram os detalhes que o vigia no *flat* transmitia ao seu superior. Detalhes maçantes. E detalhes frustrantes. Tony Castellamare não recebia visitantes e não deixava o seu apartamento. Sequer descera para o almoço. O delegado não estranhou a reclusão. Tony Castellamare, claro, não queria confusão.

Igualmente lógica e coerente pareceu a Telônio Meira a visita de Caló Castellamare ao filho. Brock informou que o velho chegara numa Mercedes, sem guarda-costas. Na recepção, o pai se limitara a uma ligação interna, para notificar o filho da sua presença no apart-hotel. Uma atendente, enfim, encaminhara Caló Castellamare ao bar que servia o restaurante do lugar.

No Fabrizio's, Don Caló se sentou numa das pontas do balcão, no lado oposto do espião, e pediu um drinque transparente que Brock não conseguiu identificar. Enquanto brincava com a azeitona da bebida, Don Caló deglutiu um prato de amendoins e sugou um charuto. Fabuloso Brock. Posteriormente, fisgaria do lixo o selo do charuto do velho: um Partagas, cubano...

O delegado pensou em despedir o pupilo. Culpa sua, exigir do rapaz que não desperdiçasse a menor minúcia. Por exemplo: no balcão, entre Brock e Castellamare, havia dois casais parlapatantes e, bem no meio de ambos, um cidadão de blazer com brasão no bolso e uma roseta de condecoração no furo da lapela canhota. O cidadão lia um *pocket book* de ficção política, intitulado "Mongoose, R. I. P.", assinado por um certo William F. Buckley, Jr.

Meira simultaneamente se irritou e se deliciou com a precisão inútil de Brock, a vírgula entre o sobrenome e o júnior. Aliás, Meira adorava Buckley, o proprietário da revista mensal "New Republic", de estilo conservador-radical. Adorava a maneira com que Buckley escrevia, principalmente as suas obras mais descompromissadas. Ah, adorava Blackford Oakes, um agente da CIA, inventado por Buckley. O delegado sonhava em ser igual a Oakes...

Apenas depois que Caló Castellamare pediu o segundo drinque, algo de diferente e inusual aconteceu. O velho pareceu reconhecer o cidadão careca. Que pareceu reconhecer Castellamare. O cidadão se levantou, saudou o velho com muita educação – e trocou de banqueta, se aboletando ao lado de Don Caló. O espião teve o cuidado de examinar o relógio do cidadão careca, Rolex de ouro maciço. Marcava 18h37. Os dois conversaram em italiano, idioma que Brock não dominava mas conseguia compreender. Falaram de azeites, queijos doces e queijos picantes, vinhos tintos, vinhos brancos e espumantes. O careca até mesmo retirou de uma pasta um colorido catálogo de alimentos vários.

Tony surgiu no bar às 18h55. Beijou o pai com bastante ternura. E o pai lhe apresentou o cidadão. Brock gravou o sobrenome, Portovenere, diplomata e ministro da República de Malta. Seguiu-se um diálogo insuspeito:

– Desde quando Vossa Excelência está no Brasil?

– Apenas dias, desembarquei no começo da semana...

– Eu também, que coincidência. Veio de que cidade?

– Milão. Mais capital de Malta do que La Valletta. Aliás, tenho dupla nacionalidade. Meu bisavô paterno era um aristocrata do sul da Ligúria, daí o sobrenome Portovenere. Você deve conhecer a vila de Portovenere, na Riviera do Levante, pertinho de La Spezia. Meu avô se apaixonou por uma jovem de Malta e se casou com ela – só muito depois do matrimônio, descobriu que se tratava de uma princesa arruinada. Não ganhou nenhum dinheiro como dote – mas, em compensação, recebeu um encargo importante, embaixador de Malta no Vaticano. Meu pai, e eu, nasceríamos em Roma. O cargo de embaixador na Santa Sé, porém, se tornou, digamos, hereditário. Hoje, eu também sou uma espécie de ministro itinerante dos negócios de minha segunda pátria...

– Fascinante, Excelência, fascinante...

– Bobagem, meu rapaz. Malta é uma nação paupérrima. Menos de 320 quilômetros quadrados, menos de quatrocentos mil habitantes, uma renda per capita abaixo dos US$ 6.000,00 anuais. Preciso trabalhar para viver. Aliás, por causa do meu ofício, eu conheci seu pai, anos atrás, num evento da Câmara Italiana de Comércio. Você já comeu muitas avelãs vendidas por mim...

Inacreditável Felício Brock, capaz de reproduzir praticamente na íntegra um diálogo travado entre o diplomata maltês e os Castellamare. Por mais que os detalhes tolos o enfastiassem, Meira se reorgulhou do pupilo. Aquele nome incomum, Portovenere, acendeu um holofote na memória do delegado. Meira revasculhou a relação dos passageiros do vôo que trouxera Tony da Itália. Bingo. Portovenere, Riccardo, acomodado na primeira classe do avião. Seria aquele suave diplomata a camuflagem do terrível Dominic Pignatello?

Pela conversa que Brock testemunhara, pela sua descrição do tipo físico de Portovenere, absolutamente nada sugeria tal possibilidade. O fato de Tony e Portovenere viajarem no mesmo aeroplano talvez não passasse, apenas, de uma simples coincidência. Meira deixou a especulação em animação suspensa e retornou ao relatório de Brock. Após, investigaria o tal do Portovenere.

Brock lastimou haver perdido algumas partes do diálogo, embaralhado pelo rumor do bar. Eram partes pequeninas, porém. O delegado despreocupou o espião. Já se considerava feliz com o relatório. Ficaria ainda mais eufórico quando o rapaz lhe informou que, às 20h11, exatamente, Tony Castellamare se encaminhou até o telefone do bar e realizou uma ligação sensacional:

– Chefe, escutei o papo todo. E sei com quem o Tony falou!

O delegado fervilhou de expectativa e de emoção:

– Dominic Pignatello?

– Não. Lídia Brandini, a repórter que sacaneou o senhor...

▼

Naquele princípio de noite, o Fabrizio's propiciou a Paolo Garzya e aos seus companheiros da Família Castellamare um jantar inolvidável. Depois de saborear um pão inteiro com as *vongole* em vinho branco, o *capo* Tony pediu que o dono da casa, um florentino de nome curioso, Patrizio Po, lhe sugerisse um menu típico da sua região. Como *primo*, o florentino ofereceu um clássico da Toscana, *Pappardelle con la Lepre*, a massa de fios longos e espessos em um molho sumarentíssimo de coelho. Como *secondo*, Po levou à mesa uma bisteca na brasa forte, bem tostadinha por fora e sanguinolenta no interior, contornada por cogumelos gigantescos, assados também na grelha.

Tony e o *consigliere* dispensaram os doces apresentados num carrinho repleto de iguarias apetitosas. Não agüentavam mais comer. Don Caló ainda conseguiu bicar alguns nacos de uma manga opulentamente flambada. Então, durante o café, escoltado por goles de *grappa*, o *capo* teve uma idéia dupla e monumental. Tony se divertia com a atrapalhação do espião do delegado, indeciso entre engolir ou não a massa que embrulhava um *Faisão Souvarov*. Percebeu que seria facílimo comprovar se o aparvalhado garotão de fato trabalhava para Telônio Meira. Simultaneamente, Tony resgataria a exposição que a mídia lhe negara, mais envolvida com a posse do novo governo.

Tony chamou um garçom. E lhe entregou um cartão:

– Por favor, gostaria que você me auxiliasse numa ligação. Tente estes números todos. Eu quero falar com a senhorita Lídia Brandini...

Em três minutos, o garçom retornou:

– A senhorita Lídia Brandini, no aparelho do bar.

O *capo* gargalhou, de corpo inteiro, quando viu o garotão se dirigir até o bar. Vittorio Gassman, pensou. Como o Gassman representaria aquele papel? Ajeitou-se de maneira a ficar bem de frente para o espião. Perdeu uns quinze segundos para encontrar o seu isqueiro. Outros doze para acender um cigarro. Outros três para tragar. E então falou alto, de modo que o bar escutasse:

– Lídia Brandini? É você, Lídia Brandini?

– Sim...

– Lídia Brandini, aqui Tony Castellamare. Como vai?

– Oi, Tony! Puxa, até quem enfim...

Hipnotizado pelas contorções do espião, doído, desesperado na tocaia, Tony não mais levantou a voz. Falou, porém, com a máxima clareza:

– Me desculpe. Papai me contou que você está atrás de mim...

– Verdade, Tony, já deixei uns cem recados...

Tony riu, sinceramente:

– Uns cem recados? Você me perdoe. Eu deveria ter respondido antes. Ocorre, Lídia, que eu ainda estou exausto da viagem e daquela experiência grotesca na alfândega do aeroporto. Meu único consolo, desde então, foi a sua reportagem. Eu agradeço, mesmo. Você relatou exatamente o que aconteceu. E você usou um tom bastante respeitoso, aliás, até mesmo carinhoso...

– Dizer a verdade é a minha obrigação...

– Pois eu fico extremamente grato à sua obrigação...

O *capo*, propositadamente, repetia as sentenças da repórter. Não queria que o seu atlético vigia fosse privado de nenhuma etapa daquele diálogo:

– A propósito, Lídia, você tem alguma notícia do delegado Meira? Sabe, eu pensei melhor, e desisti de processá-lo. Como disse a você, no aeroporto, agora eu quero paz. Uma ação na Justiça só me traria aborrecimentos. E, hoje, eu preciso de tranqüilidade, para recomeçar a minha vida, aqui no Brasil...

– Tony, isso significa que você mudou de idéia quanto à entrevista?

– Não, Lídia, fique tranqüila. Eu vou dar a entrevista que prometi...

– E quando será isso?

Tony decidiu pregar uma peça na repórter e no espião:

– Quando você me disser o que significa *sciccareddu...*

Do outro lado da linha, Lídia Brandini rolou de rir:

– Ah, não, assim não vale. Até procurei no dicionário...

– *Sciccareddu*, no dicionário? Lídia, você não vai encontrar essa palavra em dicionário nenhum. É uma expressão em dialeto. Por exemplo, o cara que bateu no meu amigo Filippo é um *sciccareddu*, sem dúvida. Agora, guardadas todas as proporções, o delegado Meira, também é um *sciccareddu...*

– Tony, você é demais. Eu adoro conversar com você...

Sem perceber, insidiosamente, Lídia Brandini começava a se apaixonar por Tony Castellamare. Tony sofreu uma crise de timidez, mas prosseguiu:

– Tá bom. E já que você adora conversar comigo, vamos marcar a data do nosso próximo encontro. Quer dizer, do nosso primeiro encontro...

– Quando você quiser...

– Amanhã, às dez horas, no sítio de meu pai...

– Amanhã? Perfeito. Mas, você não estava...

Brilhante Tony Castellamare. Pensava em mais do que tudo:

– Sim, eu estou hospedado num *flat*. Mas me cansei da reclusão. Meu pai veio jantar comigo. E veio me buscar. Esta noite, mesmo, eu me mudo pro sítio. A minha mãe, Dona Freda, que você vai conhecer amanhã, é uma grande cozinheira. E eu quero homenagear você com um banquete siciliano...

– Ôba! Topado!

De esguelha, o *capo* examinou o espião do delegado, absolutamente incrédulo com aquele diálogo surrealista, improvável para um mafioso. Então, eureca, num relâmpago, Tony teve uma outra idéia transcendental. Cauteloso, soletrou as palavras, para que o garotão não perdesse uma sílaba só:

– Lídia, eu acho interessante que você leve mais alguém...

– Mais alguém?

– Sim, mais alguém, uma espécie de testemunha...

O garotão se arrepiou. Lídia Brandini não compreendeu...

– Bem, eu posso levar um fotógrafo comigo...

Tony preparou a forca e a guilhotina ao mesmo tempo:

– Eu não me refiro a um fotógrafo, Lídia. Penso em alguém diferente, alguém que, em princípio, não me respeite, ou me julgue um canalha. Alguém que me aperte na entrevista. Alguém, ahn, que conteste o meu caráter...

Lídia Brandini permaneceu em silêncio.

– Lídia, eu penso em alguém que valorize a sua entrevista. Alguém cuja participação amplie a qualidade do seu novo furo de reportagem...

A repórter entendeu que não tinha saída – e perguntou:

– E quem seria esse alguém, Tony Castellamare?

– Lídia, eu penso no delegado Meira...

Felício Brock quase morreu com o gole de água que, desavisadamente, penetrou no seu goto. Quanto à repórter, imediata e velozmente aceitou:

– Puxa, Tony, essa é uma idéia sensacional...

– Ótimo, Lídia, que você aprecie a minha sugestão. Você faria a grande gentileza de convidar o delegado? Diga, mesmo, que a idéia foi minha. Você terá a sua entrevista. E o doutor Telônio Meira terá o seu interrogatório...

– Eu falo com o delegado. Duvido que ele perca essa chance...

Tony riu. Abdicou de reprisar a sentença da repórter. O espião já tinha se afastado do bar. Na sua mesa, diante da ave enregelada, afogueadamente discava o seu telefone sem fio. O *capo* retomou o papo com a jornalista:

– Muito bem. Montaremos a entrevista em duas partes. Antes, eu quero desmistificar essa coisa de Máfia e de mafiosos. Vou relatar tudo o que sei de Máfia e de mafiosos. Pretendo, inclusive, desenhar uma espécie de genealogia da Máfia, das suas raízes ao ponto em que ela atualmente chegou...

Lídia Brandini delirou ao escutar o advérbio inclusive.

– Você publica, tintim por tintim. E, aí, eu falo de mim...

– É um acordo, Tony Castellamare...

– Palavra de siciliano, da Velha Tradição...

– Velha Tradição?

– Você aprenderá melhor, sobre ela, na entrevista...

– Legal. Amanhã, bem cedinho, eu caço o delegado...

– Certo. Nos vemos às dez...

– OK, amanhã, às dez, no sítio de seu pai.

Antes que a jornalista cortasse, o *capo* complementou:

– Ahn, Lídia... Um beijo, tá?

– Recebo e devolvo, Tony Castellamare, *ciao*.

– *Ciao, carina...*

De retorno à sua mesa, exageradamente encantado com o espetáculo do espião no telefone sem fio, Tony deixou que Don Caló pagasse a conta. Bebeu um cálice de *grappa* e relatou aos companheiros de jantar a conversa toda que travara com Lídia Brandini, para a perplexidade do garotão espigado.

– Bravíssimo, Tonino, um lance de gênio.

– E muito mais simples do que eu sonhava, Paolì...

Don Caló esboçou uma dúvida derradeira:

– E daí, meu filho?

– Daí, eu vou esperar que a entrevista e os seus reflexos me humilhem – e, enfim, penosamente, me destruam. Esse é o meu plano, agora...

Pela primeira vez em sua vida de quase oitentão, nos seus trinta anos de pai de Tony, o velho Don Caló Castellamare se assustou com a determinação do seu bambino querido. Quis continuar. Mas Tony se antecipou:

– Depois, meu caro papito, quando eu estiver totalmente desmoralizado, quando ninguém mais acreditar no meu poder, quando eu estiver moralmente morto, vou ressurgir das cinzas e vou acabar com todos eles: o Iago, o Tucci, o Pavone, o Villapiano, todos eles. Meu caro papito, saiba que eu não pretendo perdoar ninguém. Se ele for culpado, nem o meu irmão Ruggiero...

Naquele instante, Don Calógero Castellamare entendeu que já não tinha nada mais a fazer no mundo além de escolher um lado: Tony.

▼

Telônio Meira apenas aguardava que Felício Brock lhe telefonasse, ao menos mais uma vez, naquele dia, para soterrar o seu subalterno num esporro monumental. Pelos homens de guarda nas duas viaturas postadas na frente do *flat* do *capo*, o delegado soubera que Brock lhes enviara, através da calçada, dois bilhetes absolutamente idiotas. Num, ele havia escrito: "Nada de novo no front". No outro, ele tinha anotado: "Bem acima de qualquer suspeita".

Na sua última comunicação, entretanto, o espião literalmente empolgou o chefe. Ah, Brock se portara com um talento digno da sua profissão:

– Meu nome, Felício? Você jura que escutou o meu nome?

– Exatas duas vezes. Chefe, registre esta frase, absolutamente textual: "Ótimo, Lídia, que você aprecie a minha sugestão. Você faria a grande gentileza de convidar o delegado? Diga que a sugestão foi minha. Você terá a sua entrevista. E o doutor Telônio Meira terá o seu interrogatório..."

– Mas por que razão ele me quer na entrevista? Uma testemunha? De que, uma testemunha? E ele está seguríssimo de que vou participar...

– O Castellamare me pareceu absolutamente confiante...

– Pois eu vou topar, Felício. Claro que eu vou topar. Sim, sim, o doutor Telônio Meira terá o seu interrogatório. Sim, sim, eu vou participar...

– O senhor sabe o que faz, chefe...

– Claro que eu sei, Felício. A propósito, Felício, parabéns pelo trabalho excelente. E, ahn, se o Castellamare, efetivamente, se mudar do *flat*, eu quero você na cola do Portovenere. Ele me parece limpo. Precaução, porém...

– OK, chefe, eu fico de olho vivo.

– Uma última pergunta, Felício? E o tal do Ruggiero?

– Não esteve no restaurante. Nem foi lembrado na conversa...

Telônio Meira terminou o seu dia a imaginar o espaço que mereceria na entrevista de Tony Castellamare à jornalista do Grupo Perfil. Aliás, teria uma nova oportunidade de se aproximar da garota, de apagar a impressão horrível que transmitira à repórter naquela manhã lazarenta na alfândega de Guarulhos. Mal, com certeza, uma visita ao sítio da Granja Vianna não lhe faria.

Ato II

O aviso

Isolada no cume de um terreno de três hectares, a casa de Don Calógero Castellamare, na subúrbia da Granja Vianna, era integralmente inacessível pelo chão. De fora, a sua cerca de concreto ciclópico, cimento e matacões de granito só exibia dois metros de proteção visível. No interior da propriedade, contudo, um fosso estrategicamente profundo, engenhoso regato artificial, de água em circulação permanente, aumentava a sua altura para bem além das oito jardas, transformando aqueles rudes limites em uma verdadeira muralha medieval. Sem dizer que, nas abas superiores da cerca, corria de modo sutil uma linha metálica finérrima, eletrificada, capaz de calcinar um urubu.

Oito cães, pastores alemães, originários do canil de Tony e Marina, em Palermo, complementavam aquela operação de defesa. Cães adestrados por um exótico tratador cigano que Tony admirava e sustentava – uma mescla de romeno com espanhol, Raúl Argenteanu. Durante o dia claro, seis daqueles cachorros jamais saíam dos seus alojamentos de alvenaria. Soltos, o tempo todo, ficavam apenas Bill e Lola, ambos de *pedigree* estratosférico, as paixões de velhice de Don Caló, que ganhara o casal do seu filho e da sua nora.

Um campeão mundial na sua espécie, Bill ostentava uma musculatura opulenta e uma inteligência sideral. De peito cinza-chumbo, as quatro patas discretamente amareladas, o bicho imediatamente reconhecia o cheiro e a voz do jovem *capo*, a quem adorava com uma fidelidade cega, mesmo depois de meses sem nenhum contato. Lola era um tiquinho menor, e mais arredia – não permitia sequer que Elia Grazie, o seu cuidador no Brasil, a separasse de Bill. Lola se habituara a imitar o comportamento do macho nos seus mínimos detalhes. Em algumas situações, inclusive, superava o talento de Bill. Por exemplo, não avisava, não advertia, ou não latia, antes de avançar.

Com Bill e com Lola o patriarca Don Caló costumeiramente gastava as suas manhãs de aposentadoria em sua propriedade. Os belos cachorros lhe faziam rememorar o filho de uma maneira pungente. Tony ensinara ao seu pai todas as palavras de ordem que comandavam as ações daqueles dois animais espetaculares. Palavras sem sentido aos ouvidos dos humanos. Mas expressões que os pastores recebiam como sinais de repouso, de alerta – e de ataque.

Bill e Lola, obedientemente, sem uma menção de movimento, fitavam Don Caló, num cantinho da varanda, quando o gigante Elia Grazie anunciou as visitas que Tony já aguardava, o estopim da sua bomba de vingança:

– Eles chegaram. O delegado e a repórter estão lá, no portal...

O patriarca lançou nacos de salame aos cachorros – e observou:

– Podem entrar. A pé. Vá buscá-los, no jipe. Diga que não quero carros alheios em minha casa. E peça à Nicinha, ahn, que prepare a recepção...

Don Caló emitiu um rumor que apenas Bill e Lola absorveram. Os dois cães se levantaram e, atentamente, marcharam atrás de Elia Grazie.

▼

A casa dos Castellamare na Granja não sugeria a riqueza da Família, muito menos o seu poder. Quase prosaica, de paredes brancas e de madeiras esmaltadas em azul, dispunha de uma suíte e de quatro quartos compactos. Na suíte, conjunto de escritório, dormitório, banheiro e *closet*, se acomodavam o patriarca e a Mamma Freda. Os quatro quartos ladeavam a suíte, dois a dois, com uma toalete comum no meio. Nicinha, a governanta, e a caçula Regina, ocupavam a face norte, bem mais banhada pelo sol. Ao sul, mofavam dois aposentos vazios, aqueles reservados aos manos Ruggiero e Antonio.

Um *hall* zenitalmente iluminado conectava a parte íntima da casa a um comprido e rústico *living*, conjugação de sala de visitas e de jantar, com uma lareira e um pequeno bar. Não havia luxo, no *living*. Meros móveis de estilo interiorano, pesadões – mas, extremamente confortáveis, como antigamente. Única modernidade: num canto mais intimista, um gigantesco aparelho de TV, acoplado a um VCR. Noutro canto, imponente, pairava o piano Boesendorfer que Tony fizera questão de remeter de Palermo, algumas semanas antes.

Rodeava o *living* da casa, inteiramente, o efetivo primor da residência, uma varanda fartíssima, na qual Don Calógero e a Mamma Freda apreciavam acompanhar o entardecer. Daí, atrás da casa, numa curva de nível seis metros inferior, ficava uma edícula enorme, com os apartamentos dos empregados, a lavanderia e os depósitos obrigatórios. No mesmo alinhamento, a trinta metros de distância, havia, ainda, um simpático chalé – para os hóspedes eventuais.

Rente ao chalé, se impunha uma jabuticabeira monumental, a estrela do pomar que Don Caló pessoalmente plantara uma década antes. O patriarca idolatrava as frutas e, em fileiras decrescentes no seu terreno, mantinha várias estrias impecáveis de laranjeiras, nespereiras, tangerineiras e pessegueiros. Através do pomar, um caminho de cascalho levava à área de lazer, dotada de uma piscina oval e de um caramanchão com sauna, vestiários, churrasqueira, um forno de pizza e uma mesa inglesa de sinuca, um *hobby* do patriarca.

Depois de um mergulho na piscina, a governanta Nícia de Souza se pusera a colher mexericas temporãs para a recepção de Tony aos convidados. Tinha uma história fascinante, Nícia de Souza. Baiana do perdido vilarejo do Gavião, na região das Brotas de Macaúbas, crescera paupérrima os seus oito primeiros anos, de pés literalmente no chão. Então, um câncer de pele, a doença ruim, matou o seu pai agricultor. À sua mãe, Dona Zica, só restou a alternativa de vender a fazendola, reunir os filhos e as tralhas – e procurar uma nova sorte em São Paulo, no lombo duro de um caminhão de carga.

Na cidade grande, Nícia evoluiu muito mais do que os irmãos. Estudou fervorosamente, a ponto de escrever e de ler em francês e em inglês. Até mesmo se diplomou em Sociologia. Tornou-se uma líder política da sua categoria profissional. E, enfim, determinada noite, numa cervejaria da moda, freqüentada por gente das mais diversas ideologias, se envolveu num bate-boca com um vizinho de balcão, Max Regazzoni, o mano de Lindy.

Da discussão, sobre as qualidades e os defeitos do ascendente PT, o Partido dos Trabalhadores, e o seu líder maior, o operário Luís Inácio da Silva, nasceu um consenso, favorável à importância de Lula no país – e nasceu um namorico, que a convivência transformou em paixão. Don Caló fez questão de oferecer a festa de casamento no seu sítio. Tony presenteou os noivos com um apartamento de três quartos, num alentado condomínio do Morumbi.

Foram felicíssimos, Nícia e Max, até que o rapaz adoecesse. Um exame de rotina constatou uma forma rara de anemia, somada a um espessamento do sangue, talassemia, moléstia típica de povos do Mar Mediterrâneo. Don Caló, evidentemente, bancou todo o tratamento do afilhado, no Brasil e nos Estados Unidos. Desafortunadamente, porém, num fim-de-semana chuvoso, o carro de Max atolou, numa das ribanceiras do sítio do patriarca. Muito forte, desafiado por amigos a resgatar o veículo no braço, Max sofreu um infarto fatal.

Por avião, Tony Castellamare remeteu a Nícia a maior homenagem que o seu respeito, então, lhe permitia: um cravo vermelho, com um bilhete escrito no dialeto que a viúva, enfronhada na Família, já aprendera a decifrar:

– Soube que o nosso querido Max partiu como gostaria. Num lance de ousadia, a sua coragem característica. Partiu depois de um almoço feito pela Mamma Freda – e de escutar o Nicola di Bari que ele tanto adorava. Por favor, não tema pelo seu futuro. Você é uma Regazzoni. E você é uma Castellamare. Guarde na memória, Nicinha, o lema que o seu marido carregava no coração: "Os sicilianos não precisam melhorar. Porque eles são quase perfeitos".

Na noite do enterro de Max, a Mamma Freda obrigou Nicinha a dormir no sítio da Granja. Dias depois, lhe pediu que ficasse semanas mais. A jovem viúva, paulatinamente, se acostumou à vida na casa dos Castellamare. Don Caló, então, lhe ofereceu uma mesada, robusta, de compromisso e reparação. Exatamente o mesmo que Max recebia de salário. Assegurou a Nicinha, ainda, a total liberdade de a moça escolher, claro, o seu percurso, o seu destino.

Nicinha retrucou, com incrível determinação:

– Quero o emprego do meu marido. No seu lado mulher...

Don Caló, pasmado, não entendeu:

– Lado mulher? Que coisa *pazza* é essa, menina?

– Simples, Don Calógero. Meu marido foi um dos seus colaboradores de maior confiança. Agora, eu quero ser o mesmo para a Mamma Freda...

Don Caló e Nicinha se abraçaram. Max, no céu, chorou.

▼

Contra a solicitação do pai, em confronto com as fantasias da mãe, que desejava a sua presença permanentemente ao seu lado, Tony Castellamare não quis se alojar num dos aposentos da casa principal do sítio da Família. Optou por ocupar o chalé dos hóspedes, ao lado do pomar de Don Caló:

– Mamma, me perdoe, mas eu preciso de privacidade, tá?

De passagem, no trajeto da piscina à varanda, uma cesta de mexericas na sua mão esquerda, pela janela do chalé Nicinha percebeu que Tony se atribulava com a arrumação do lugar. Interrompeu o seu percurso, bateu na veneziana, colocou a cesta num patamar – e decidiu agradecer o cravo:

– Tony, saiba que o seu apoio foi essencial para mim...

O *capo* se surpreendeu com a frase. Investigou a governanta, bronzeada pelo sol, os cabelos esticados pelo banho de piscina. Pensou em Max, muito mais um irmão do que Ruggiero. Brandamente, Tony sorriu – e disse:

– Ahn, me desculpe, eu não entendi...

Suavemente, Nicinha se explicou:

– O cravo vermelho, Tony. O cravo vermelho e o bilhete que você me enviou de Palermo, quando o Max se foi. O seu respeito, e o seu carinho, me ajudaram a aceitar melhor a morte do meu marido. Gratíssima, Tony...

Tony largou uma bola de meia na cama e se aproximou da janela. Num gesto que combinou amargura e ternura, acariciou a face da moça:

– Impressionante, Nicinha. Nos últimos cinco anos, eu conversei com o Max, via satélite, por telefone ou telex, três, quatro vezes ao dia. E eu não vi o Max mais do que três, quatro vezes ao ano. Sabe, eu adorava o Max...

Nicinha se retraiu. A voz bem baixinha, comentou:

– Eu também. Pena que não tivemos filhos...

Filhos. Ciente do escorregão, Nicinha se fechou. Tony respirou fundo e libertou a governanta do seu remorso – com uma frase dolorosa:

– Melhor não tê-los, para não perdê-los...

Pelo interfone, Don Caló salvou Tony do autoflagelamento:

– Tonino, o delegado e a jornalista estão aqui.

▼

O sistema de segurança do sítio dos Castellamare impressionou Telônio Meira. Os muros de concreto ciclópico, a proteção eletrificada, o fosso em volta da propriedade, o gigante Elia Grazie – e aqueles dois cães espetaculares e ensinadíssimos, estáticos ao comando do homem de punhos enormes. Meira também gostava de pastores alemães. Não ousou, no entanto, se aprochegar de Bill e Lola, que fitavam os recém-chegados com a desconfiança de praxe. Um profissional da atenção, o delegado percebeu que cada um dos cachorros tinha uma coleira de cor diversa, de modo a facilitar a sua identificação à distância. Meira ainda viu que um homem todo de preto, bigodinhos aparados, costeletas alentadas, passeava ao redor da casa, vigilante, uma espingarda à mão.

O delegado tentou atravessar o portal. Um dos pastores rosnou, os seus dentes à mostra, enquanto o outro continuava paradinho – e silencioso. Elia Grazie logo intuiu a dúvida de Telônio Meira. Gargalhou. E brincou:

– Marido e mulher. Só o macho tem o direito de falar...

Desajeitadamente, Meira sorriu. Ao seu lado, Lídia Brandini parecia aterrorizada pelos dois cães. Quando Elia Grazie informou que ambos teriam de subir a estradinha do sítio, e num jipe, a jornalista quase desmaiou:

– E essas duas feras, vão com a gente?

Elia Grazie de novo soltou o riso, rotundamente:

– Não se preocupem. O Bill e a Lola preferem correr...

O delegado vestia um terno cinzento, camisa branca e gravata azul, um traje absolutamente formal. Lídia Brandini escolhera um vestidinho rosado, de malha fina, que se agarrava sensualmente às curvas de seu corpo. Elia Grazie acomodou a repórter no banco da frente do jipe. Assim, apreciaria melhor as suas pernas e o seu decote. Amuadíssimo, o delegado se aboletou atrás.

No momento em que o gigante acionou o motor do jipe, os dois pastores se alçaram, em alerta integral. Só então o delegado e a jornalista constataram que outros seis cachorros deslizavam na colina, desabaladamente, sob o olhar divertido de Filippo Carotè. Autorizado pelo *capo*, o solerte Carotè havia soltado as feras bravias que jamais saíam do seu canil durante o dia. Meira gelou. Lídia Brandini ameaçou chorar. Com um grunhido seco, porém, Elia Grazie afastou os animais. Brilhante Tony, o gigante logo concluiu. O *capo* utilizara os seus vigilantes para desmontar a concentração do delegado.

O jipe de Elia Grazie e os oito pastores atingiram praticamente juntos a varanda do sítio. Lá, entre uma infinidade de vasinhos de flores multicores, um desjejum fenomenal já aguardava os visitantes – um batalhão de refrescos, e sucos, e sanduíches, e petiscos, e várias frutas do pomar. Também esperava por eles uma surpresa inebriante, a melodia comovedora da "Sonata ao Luar", de Beethoven, que Tony tocava ao piano. De esguelha, o *capo* vislumbrou que os seus cachorros volteavam o delegado e a jornalista, lívidos de pavor.

Tony envergava uma roupa impactante, uma longa bermuda esverdeada, a fazer elegante *pendant* com uma camisa pólo em tons de turquesa. Pormenor extraordinário, havia podado, quase que completamente, a sua longa cabeleira acobreada. Deliciado com o temor de Telônio Meira, o *capo* decidiu esticar, o máximo que pôde, aquela cena de filme. Desrespeitou Beethoven e reduziu ao mínimo o andamento da "Sonata". Então, ao completar a sua interpretação, se dirigiu a Elia Grazie – e determinou que o gigante trancafiasse os cães:

– Deixe comigo só o Bill e a Lola, OK?

Elia Grazie obedeceu. Bateu palmas, pronunciou uma expressão gutural – e seis das feras galoparam, mansas, de retorno ao seu canil. Tony afagou as cabeças de Bill e Lola – e estalou os dedos. Os seus cães diletos se afundaram debaixo de duas poltronas vastas da varanda. Lídia Brandini não resistiu:

– Ufa! Esses cachorros me assustaram...

Tony reagiu, com benevolência:

– Não se preocupe, Lídia. São treinadíssimos. Apenas atacariam se você, de alguma forma, me ameaçasse. Você, ou o nosso caro doutor Meira...

Telônio Meira também se aliviou:

– Não, senhor Castellamare. Eu estou aqui como seu convidado...

O *capo* riu e estendeu a mão ao delegado.

– Pois fique à vontade. E não me trate mais por senhor...

Com Lídia, o *capo* exagerou. Beijou a garota nas bochechas:

– Quanto a você, jornalista, espero que me trate por Don...

A repórter riu – e respondeu, com falso desdém:

– Não espere tanto respeito. Estou aqui como sua entrevistadora...

Melhor. Lídia Brandini fez uma pausa repentina – e aplaudiu:

– Tony, você é um pianista sen-sa-ci-o-nal. Parabéns...

O *capo* agradeceu, com uma humildade proposital:

– Aprendi com a Marina. Ela tocava umas mil vezes melhor do que eu. Esse Boesendorfer, centenário, aliás, era dela, a herança de uma avó...

Impressionadíssimo, Telônio Meira vasculhou a sua memória inteirinha e não conseguiu se recordar de um único mafioso que fosse pianista – ou que conhecesse Beethoven. Ainda guardava na mente a brincadeira de Tony, em pleno corredor do avião, à sua chegada no Brasil, assobiar alguns compassos de "Round About Midnight" – ao escutar o nome do delegado. Diabos, quem seria aquele Tony Castellamare? Na dúvida, o delegado decidiu aproveitar o momento – de tão inusitada descontração. Meira decidiu se mostrar gentil.

Fingiu o máximo possível do seu remorso e da sua tolerância:

– Antes de mais nada, senhor Castellamare, eu gostaria de me desculpar, de novo, pelo incidente que envolveu, ahn, o seu motorista, lá no aeroporto. Infelizmente, cá entre nós, *off the records*, alguns dos meus homens ainda não perderam certos vícios do passado. Ahn, quase três décadas de vícios...

Com um sorriso simpático, Tony aceitou o pedido de paz.

O delegado, porém, queria mais informações:

– Além disso, senhor Castellamare, eu gostaria de saber por que motivo, principalmente depois daquele encontro, infelizmente bem pouco amigável, eu fui chamado a participar, com a jornalista, ahn, desta insólita celebração...

Tony esboçou uma expressão de surpresa:

– Celebração, eu gostei da palavra, doutor Meira. A minha amiga Elis Regina, sim, a Baixinha, foi uma grande amiga minha, grande mesmo, a Elis utilizava essa palavra constantemente – e adequadamente. O senhor definiu muito bem este nosso encontro – sim, mais cordial do que o anterior...

Telônio Meira aceitou o golpe. E permaneceu calado.

– Eu imagino que o senhor, doutor Meira, se considere um especialista na Máfia e nos seus sucedâneos. Talvez seja, doutor Meira. Todavia, presente à minha entrevista, o senhor talvez descubra que conhece quase nada sobre o tema. E, sabendo escutar, talvez me faça boas perguntas, que auxiliarão o meu raciocínio e que melhorarão a minha imagem pública. Aliás, doutor Meira, talvez o senhor saia daqui como um pós-graduado no assunto. E por favor, doutor Meira, eu insisto, deixe as formalidades. Trate-me por você...

O delegado se desanuviou de vez;

– E que coisas, ahn, você, pretende contar?

O *capo* pediu que Lídia Brandini e o delegado se acomodassem. E pediu à reporter que ligasse o gravador. Acendeu um charuto – e disparou:

– Para me compreenderem melhor, para entenderem as minhas razões, primeiro o doutor delegado e a senhorita da imprensa precisam saber que coisa é essa, a Máfia. Uma coisa que certas pessoas tratam com paixão. Uma coisa que outras pessoas utilizam como um instrumento de crime e traição...

Na sua poltrona, o delegado Telônio Meira se arrepiou.

Lídia Brandini amplificou a sua percepção.

▼

Na história da Sicília, os conflitos familiares são muito mais antigos do que o macarrão. Por lá, os vizinhos atavicamente se desafiam já faz milênios – não por prazer estúpido, porém. Trata-se de uma questão de simples e radical sobrevivência, bastante gente e pouco espaço, o absurdo de um processo de supercultivo que extraiu do solo insular a sua essência de riqueza quase toda. Já não existem mais florestas na região. Pouco chove e o clima é quente, e é seco o ano inteiro. Sem dizer que dezenas de povos diferentes se acostumaram a invadir a região, uma preciosidade, o verdadeiro coração do planeta.

De 1100AC até cerca de 1940DC, como agressivos formigueiros, se apossaram da Sicília os gregos, os fenícios, os cartagineses, os romanos, os godos, os vândalos, os bizantinos, os sarracenos, os normandos, os angevinos, os aragoneses, os Bourbons, os italianos, os nazistas alemães – e mesmo os norte-americanos do general George Patton, com os seus tanques, na Segunda Guerra Mundial. Três mil anos – ou trinta séculos de investidas bestiais. Sim, bestiais. Investidas que assolaram a Sicília como o estouro de uma manada de búfalos selvagens, animais despreocupados dos obstáculos à sua frente.

Claro que a gente da Ilha precisou se adaptar ao estilo devastador de tais animais. Sem o poder para contê-los, muito menos para expulsá-los, a gente da Ilha descobriu a alternativa do subterfúgio, da falsa conciliação, da suposta cooperação. Por trinta séculos se demonstrou sempre cordata à luz do dia – e se provou vingativa, ferozmente vingativa, quando surgia o breu da noite.

Paralelamente, na Sicília do passado, sempre e sempre existiram mais bocas a alimentar do que a comida a lhes proporcionar. Historicamente, a escassez e a pobreza se transformaram num fato comum e corriqueiro, coisa cotidiana, que se impregnou na pele e na personalidade do povo local. Um povo que, inevitavelmente, endureceu na cabeça, no espírito – e na alma.

Diante da sua testemunha oficial, o sisudo delegado Meira, o *capo* Tony Castellamare tentava explicar, à repórter Lídia Brandini, a evolução política e ideológica da sua estirpe. Uma frase liminar do *capo* à jornalista:

– Nesse cenário, me parece fácil, naturalíssimo, compreender porque se tornou irreversível, e inexorável, o envolvimento de certos agrupamentos da Sicília com alguns métodos compulsórios de autodefesa, de autopreservação. Na Ilha de tantos séculos atrás, quem não matava, sinto bastante, morria...

O delegado e a repórter não interromperam.

Tony Castellamare devorou um pêssego, bebericou um gole de vinho branco, geladinho, e prosseguiu no seu discurso, professoral...

▼

Corriam os meados do século XII. E a Sicília, maravilhosa, desfrutava a transição entre as cortes de dois reis batizados de Ruggiero, sábios monarcas, pai e filho, que haviam implantado na Ilha um casamento triplo de culturas, aquela dos seus ancestrais normandos, mais a local e a mourisca dos negros do Levante. *Regnum Siciliae*, assim se chamava, no mundo daqueles tempos, o império desenvolvido pelos dois monarcas. Ah, uma civilização luxuriante, sem igual e sem comparação no planeta. No palácio de Ruggiero, o filho, circulava uma dama virtuosa, Rosalía – que, num certo dia, decidiu abandonar o fausto terreno para se dedicar exclusivamente à paixão do seu Cristo.

Segura de que o jejum a conduziria ao Paraíso, à eternidade, Rosalía se enfurnou numa caverna da Cammarata, a serra que delimita e emoldura o sul de Palermo – e, lá, morreu de fome. Mais do que morreu: o seu corpo sumiu nas profundezas da gruta. Um mistério, se evaporou. Cinco longos séculos se passariam até que um Castellamare encontrasse a dama intacta, falecida mas intacta, em uma outra cova, num desvão do Monte Pellegrino, logo acima da orla de Acquasanta e da estrada Lungomare, bem no oeste da cidade.

Palermo então soçobrava em meio a uma peste cruel, que dilapidava a sua população. E Tony enfatizou, para melhor tocar os seus ouvintes:

– Cinco longos séculos. A dama intacta. *Un miracolo!*

Milagre. Lídia Brandini e o delegado Meira escutavam, imóveis, como os dois cachorros do *capo*, Bill e Lola, debaixo das espreguiçadeiras.

Tony se levantou, afagou os pastores e prosseguiu, uma dissertação que os seus parceiros de manhã, interessadíssimos, jamais esqueceriam:

– Data exata: 1624. *Un miracolo*. Um milagre. Rapidamente a peste se extinguiu. E a cova se transformou num santuário. Rosalía se transformou na padroeira de Palermo – e da Sicília. Ainda hoje, algumas gotas de água pura, e formidável, pingam lentamente, como lágrimas, daquela gruta de magia. Uma cova investigada por um certo poeta, Johann Wolfgang Von Goethe, alemão descrente, que no lugar se comoveu e depressa redigiu um delicioso poema, falando daquele desvão como a fonte do amor e da revelação de Deus.

Lídia Brandini escutava, extasiada. Telônio Meira, idem, abismado com a articulação de Tony e com o seu domínio do idioma. Em que outro pedaço do planeta existiria um *gangster* tão abusadamente cativante? Paulatinamente, o delegado começava a se encantar com aquele *capo*. Um *capo*, mesmo? Não, Telônio Meira pensou, talvez Tony não fosse um bandoleiro de fato.

Envolto na fumaça do havana, Tony apertou o seu laço:

– Como prêmio pela descoberta, foi absolutamente natural que a Família Castellamare se propusesse como a guardiã do santuário. Missão que se tornou hereditária, até o *Duce* Benito Mussolini, o ditador fascista, em 1924, ordenar a perseguição e o fuzilamento de meu avô, Salvatore Castellamare...

A jornalista, repentinamente, se lembrou de seu ofício:

– Por quê?

O *capo* recolheu a rede em que aprisionara os seus interlocutores:

– Porque o meu avô não admitia que o *Duce* tomasse conta da Ilha. Para o meu avô, só um único poder havia na Sicília, o do seu clã – da Mafía...

Telônio Meira se ergueu, num solavanco, atiçando Bill e Lola:

– Ma-fía? Como, Ma-fía? A palavra não é Máfia?

Tony apaziguou os pastores e, vitorioso, humilhou o delegado:

– Como eu disse antes, doutor Meira, o senhor talvez saia daqui um pós-graduado no tema. Ma-fía, precisamente Ma-fía, com a tônica no i. Um clã de antiquíssima tradição. Nada a ver com a Máfia de vocês, os policiais...

Embasbacada, Lídia Brandini perguntou:

– Máfia ou Ma-fía, qual seria a diferença, Tony Castellamare?

– Água e vinho. Preto e branco. Estupidez e honra. O siciliano não vê a honra como uma instituição abstrata, cara repórter. O siciliano não vê a honra como um substrato da ética ou da filosofia. A honra, na Ilha sagrada dos meus antepassados, é coisa concreta, de significado físico, extremamente pessoal, que se atesta com o corpo – e até mesmo com a vida. Por causa da honra ferida, em determinada ocasião, surgiu na Ilha o clã da Ma-fía...

Lídia Brandini e Telônio Meira não compreenderam a distinção. Máfia e Ma-fía? Sem constrangimentos, Tony Castellamare continuou:

– Nas vésperas da Páscoa de 1282, a Sicília e Palermo padeciam com as atrocidades de uma dominação francesa. Enquanto o povo procurava as igrejas a fim de rezar pela ressurreição do Cristo, implacáveis coletores de tributos vasculhavam as praças e os porões, na companhia de soldados armadíssimos, para prender os possíveis sonegadores. No seu abuso de poder, os soldados não hesitavam em agrilhoar os pobres cidadãos que a eles reagiam...

Agrilhoar. A face do *capo* se ruborizou com a recordação da desfeita. Tony reinflamou o seu charuto e recuperou o fio da sua história:

– Uma jovem dadivosa, nos seus dezoito, vinte anos, também batizada de Rosalía, como a santa, havia ajustado, meses antes, um noivado com um rapaz de nome Ruggiero, como os reis. Naquelas vésperas, Rosalía resolveu orar na gruta em que a sua xará tinha sumido. Um dos franceses, Droetto, vulgarmente arrastou a frágil garota até um matagal – e a violentou...

Completamente imóvel, sem mexer no nível de modulação de sua voz, Tony Castellamare examinou a repórter. A pulsação crescente da jornalista se revelava na sua respiração afogueada e no tremor das suas pupilas. O *capo* sustentou uma pausa dramaticamente teatral. E, então, descreveu:

– A virgem nunca mais se recobraria de seu trauma. Sua mãe, três horas depois, encontrou a garota vagando nas imediações da gruta, desesperada, as suas vestes rasgadas. Ao ver a mãe, incapaz de revelar sua vergonha, a pobre Rosalía se atirou de um penhasco. A mãe, claro, logo idealizou o que ocorrera. Desceu o morro aos prantos e aos berros: "*Ma fia, ma fia, hanno ammazzato ma fia!*" Minha filha, minha filha, assassinaram a minha filha...

Na mosca. A jornalista e o delegado, boquiabertos, queriam mais...

– Muito bem. Ruggiero caçou Droetto e se vingou com uma estocada certeira em pleno coração. Daí em diante, o brado da senhora ensandecida se tornou o lema da resistência de Palermo, da Sicília toda. Ma-fía, Ma-fía! Mais tarde, algum poeta imaginoso transformou a expressão num acróstico menos passional: *"Morte Alla Francia, Itália Anela!"* Morte aos franceses, a Itália sonha. Por isso a pronúncia da palavra é Ma-fía, com a tônica no i...

Lídia Brandini não conteve um aplauso:

– Bravo! Uma lenda fantástica!

Tony Castellamare desistiu do charuto:

– Sim, lenda fantástica. A mãe que verbera a morte brutal da filha. Um clã que brota da vingança. Quando a lenda se parece mais charmosa do que a verdade, imprima-se a lenda. John Wayne, James Stewart, John Ford...

Mesmo Telônio Meira não conseguiu se segurar:

– "O Homem que Matou o Facínora"...

O *capo* sorriu:

– "The Man who Shot Liberty Valance"...

Lídia Brandini se recordava do grande filme. Só não esticou a conversa porque Nícia de Souza havia entrado na varanda com uma dúvida:

– Tony, desculpe. Um problema na arrumação das suas gavetas...

O *capo* sorriu, na alma. Impávida Nicinha. A mulher do caro Max. Um problema na arrumação das gavetas. Claro, era uma chamada telefônica...

▼

No quarto degrau, a escada da ponte se arrebentou e Dominic Pignatello tombou bem fundo na corredeira, as unhas cravadas no pequeno galho em que tentou se prender na queda fatal. Um mergulho, a cabeça se espatifando nas rochas, um raciocínio derradeiro, perdão, *Dio*, *Dio*, perdão. E o fim...

Pignatello despertou horrorizado. A cabeça pesando um navio. E o seu corpo suando febrilmente. Coisa impossível, ele deduziu. A temperatura do seu quarto de hotel já esbarrava na casa dos dez graus. Pignatello se lembrava de ter ajustado o condicionador de ar no máximo do gelado. Na cama, ao lado, Ropertino Pellegrino dormitava, debaixo de um oceano de cobertores.

Apavorado, Pignatello abriu as vistas e tateou as redondezas. A maleta de Pellegrino. Minha Santa Rosalía, uma Beretta. Pignatello pegou a arma, cautelosamente, e se levantou. Pellegrino roncava, exageradamente. Pignatello meditou. Antes de Pellegrino, sim, precisaria imobilizar Sissi Sparapani.

Lentamente, apenas de meias, Pignatello saiu do aposento, deslizou até o quarto de Sissi e encaixou a Beretta no ouvido canhoto do amigo:

– Quieto!

Sissi nem respirou.

– Quietinho, Sissi! Vou embora, não me procure mais...

Mesmo domado, Sissi ainda quis argumentar:

– Esqueça isso, Domi! Tome um banho! Deixe de tolices...

– Já disse. Estou fora. *Out! Kaputt! Finito!* Acabou...

Num esforço ingente, Sissi conseguiu se sentar:

– Mas, por quê, Domi?

– Saco cheio desta vida...

Pignatello arrastou Sissi da cama – e o obrigou a despertar Pellegrino. Manietou os dois, com esparadrapos, e os trancou no banheiro. Assim, Sissi e Pellê não gastariam mais de meia hora para se livrarem das amarras, na pia ou debaixo do chuveiro. Pignatello sabia que os seus companheiros não gritariam por socorro. Obviamente, porém, não queria machucá-los, nem retê-los além de um tempo indispensável. Do cofre do apartamento, retirou três passaportes, todos com identidades diferentes, e as suas armas prediletas. Enfim, de um esconderijo, recolheu os dólares que recebera de Pavone. Encheu duas valises com várias mudas de roupas, vestimentas muito leves – e escapuliu.

▼

Tony Castellamare não se alegrou nem um pinguinho ao escutar a voz interurbana de Sissi Sparapani. Não se incomodava com o perigo eventual da ligação. Elia Grazie e Filippo Carotè já tinham varrido, meticulosamente, toda a fiação dos aparelhos do sítio em busca de eventuais grampeamentos. Nada. Preocupava Tony, sim, uma outra circunstância – as instruções especiais que ministrara exclusivamente a Sissi, na despedida do cozinheiro, de Pellê e de Domi, em Palermo: "Você apenas me chame quando não houver alternativa".

Pior ainda fora o conteúdo da conversa, codificada segundo um sistema estabelecido pelo *consigliere* Paolo Garzya – e exaustivamente treinado pelos colaboradores do *capo*. Complicações corriqueiras e tolas de cozinha:

– Tony, o meu *pesto* se estragou. E eu não consigo mais achar a receita. O meu *barman* pediu demissão e se mandou com os meus livros todos...

Merda. Tony jamais sentira Sissi Sparapani tão culpado e tão nervoso. A mensagem batucou no tímpano do *capo* como um torpedo. Pignatello havia desaparecido uma outra vez. *Cazzo*. E bem na cara de Sissi Sparapani...

Depois da bebedeira na piscina e de uma conversação inútil e sem fim, o atarantado Domi subira ao apartamento com Sissi. Com certeza, um sono longo lhe faria bem. O próprio Sissi se encarregara de colocar Domi no leito, ao lado da cama de Pignatello. Cambaleante, Domi se reerguera apenas para acertar o ponto do ar condicionado. Transpirava, caudalosamente. Na manhã seguinte, imaginou Sissi, o seu jovem companheiro se sentiria bem melhor.

Terrível ilusão.

O *capo* não repreendeu Sissi. Suavemente, apenas perguntou:

– Sissi, você não exagerou na dosagem do *pecorino*?

– Não. Sinceramente, eu não imagino o que aconteceu...

– Alguma loja em que você possa comprar os novos livros?

– Eu não conheço a cidade. Tenho um amigo, porém, Ucellobello...

Um pássaro lindo. O pavão. Pavone. Tony relampejou:

– Não, Sissi, não peça nada emprestado a ninguém. Agora, esse *barman*, por acaso, ahn, recebeu alguma proposta de algum outro restaurante?

– Não tive tempo de investigar essa possibilidade...

Tony travou na língua a explosão de um palavrão. Permaneceu longos segundos em silêncio, a meditar. Então, propôs uma trégua a Sissi:

– Tudo bem. Fique por aí. Vou conversar com meu pai. Ele deve ter um batalhão de livros de culinária aqui no sítio. Ligaremos mais tarde...

▼

De retorno à varanda, Tony Castellamare constatou que Lídia Brandini e o delegado Meira checavam, entretidíssimos, a gravação da sua entrevista. Discretamente, se afastou na direção da edícula. Elia Grazie e Filippo Carotè brincavam de jogar Scopa. Tony foi prático – e foi muito conciso:

– Quero que vocês encontrem uma maneira rápida de sair daqui do sítio. Peguem a Veraneio. Esperem pelo meu pai no portal. Don Caló lhes dirá o que fazer. E tomem o máximo de cuidado. Ninguém deverá seguir vocês...

Elia e Pippo não perguntaram a razão da estranha ordem. O *capo*, no entanto, lhes transmitiu todo o peso e toda a tensão daquela nova crise:

– O Domi Pignatello desapareceu uma outra vez...

Tony detalhou, velozmente, o que apreendera da ligação de Sissi. Então, voltou à casa, pelo mesmo trajeto camuflado que percorrera na descida. No meio do caminho, se lembrou do rapagão do bar do *flat*, o espião do delegado Meira. Bateu-lhe uma idéia magistral. De como proteger a sua operação.

Pelo interfone da cozinha, convocou Don Caló, recluso com a Mamma Freda na suíte do casal. Combinara que ambos só apareceriam aos visitantes no almoço eventual, caso a entrevista se estendesse. Precisaria reformular o seu plano. Relatou ao pai o seu problema – e a solução que já definira.

Mesmo preocupadíssimo, Don Caló gargalhou, gostosamente:

– E você acha que o Paolì topa fazer o papel de um veado?

– Topa, topa. O Paolì é um ator melhor do que o Volontè.

– OK, Tonino. Deixe comigo. E me deseje sorte...

– Merda, papito! Um monte de merda pra você...

Rejuvenescido pela chance de participar de uma batalha, Don Caló se dirigiu ao portal, lépido e fagueiro, como um menino que ganha a primeira bola da sua vida. Fez questão de passar diante do delegado e da jornalista, a quem saudou – jovialmente. Com um grunhido, convocou Bill e Lola.

Minutos depois, dissimuladamente, Tony reapareceu:

– Vocês me perdoem, por favor. Quando a Marina vivia, era ela quem fazia e desfazia as minhas malas. Agora, tenho de me virar sozinho. Empilhei tudo, de qualquer maneira. A minha mãe ainda não sabe de que forma eu guardo as minhas roupas, principalmente as minhas meias e as minhas cuecas...

Lídia Brandini e Telônio Meira mal ouviram aquela explicação. Os dois queriam, mesmo, continuar o papo com Tony. A jornalista reajustou o ponto do gravador. Tony, então, fingiu denotar a ausência dos dois pastores.

A jornalista, oferecidamente, se aprestou a dizer:

– Um senhor de idade, muito simpático, passou por aqui. Imagino que seja o seu pai, eu imagino. Os dois cachorros seguiram atrás dele, até o portal do sítio. Então, o senhor entrou com dois outros homens numa viatura...

Rapidíssimo, um raio, o *capo* sentiu a chance de testar Telônio Meira. Com uma fachada de falsa preocupação, um drible, fitou o delegado:

– Viatura?

Pobre Telônio Meira, inocentemente mergulhou na arapuca:

– Eu não tenho nada com isso, Tony Castellamare...

Marotamente, Tony sorriu. E, bem depressa, desfrutou o mote:

– Eu sei. A perua do meu pai. Nesta Família, aliás, todos adoramos esses veículos muito grandes. O meu irmão, Leonardo, também tem uma Veraneio. Provavelmente, o meu pai resolveu levar os cachorros ao veterinário, para um banho, em minha homenagem. O meu pai está atenciosérrimo comigo...

O meu irmão, Leonardo.

Quem? Surpreso, desamparado, Telônio Meira escorregou:

– Seu irmão, Leonardo? Mas o seu irmão não se chama Ruggiero?

Um ato falho, Meira sacou. Imediatamente. E tarde demais.

Tony Castellamare adorou a armadilha que havia perpetrado:

– Cá entre nós, por favor, *off the records*, Ruggiero é meu irmão apenas no papel. Uma questão de genética, e um acidente físico. O Leonardo, a quem eu chamo de Lindy, é meu irmão de alma, coração, paixão. Nós crescemos juntos. E somos bem mais unidos do que o senhor e a sua profissão...

O delegado registrou, nos nervos, aquela informação crucial. Fantástico Tony Castellamare. Exatamente o que havia pretendido, num lampejo.

Desvencilhar-se do peso de Ruggiero.

Criar uma imagem nova, diante de Telônio Meira.

Sucesso, e um *grand slam*...

▼

A Veraneio, de fato, não sofreu nenhuma espécie de perseguição ao se escafeder, zumbindo, da casa dos Castellamare. Atrapalhação, unicamente, os dois pastores, Bill e Lola, no banco de trás. Ainda que não latissem, babavam desbragadamente nas costas de Don Caló, Elia Grazie e Pippo Carotè. De um orelhão, na estrada, Don Caló se comunicou com Paolo Garzya. Falou-lhe do novo sumiço de Pignatello e da solução recém-inventada por Tony.

– Resta saber se você topa representar uma bichona, Paolì...

O *consigliere* gargalhou:

– É por uma boa causa, Don Caló...

Combinaram de se encontrar na sede da rede de supermercados.

Bosta de Pignatello, Paolo Garzya pensou. Um plano perfeito e infernal, que se esgarçava exatamente no seu nó, no seu esteio mais forte, fundamental, Dominic Pignatello, o *kamikaze* da Família Castellamare. Tony queria que o *consigliere* viajasse imediatamente ao Rio, à caça do pistoleiro fujão.

Numa valise compacta, Paolo Garzya esperançosamente só comprimiu duas mudas de roupa. Esperava resolver aquela crise bem depressa. Precisasse de mais, compraria em Copacabana. Com suficiente cuidado, o *consigliere* examinou a sua bengala e dela extraiu o cabo e o castão. Com a ternura de um joalheiro, analisou o estilete reluzente que se escondia na madeira. Um toque de amargura comprimiu seu coração. Dominic, ah, maluco Dominic...

Ao *concierge*, Paolo Garzya solicitou um táxi. Investigou a recepção, enquanto fisgava um cigarro muito mais fino do que o convencional. Num sofá, lendo um caderno de classificados do "Perfil", identificou o espião do delegado. Respirou fundo e assumiu o seu papel. Aproximou-se. Ameaçou uma mesura e então enunciou, num português sonoramente italianado:

– O senhor tem fogo, por favor?

Um susto, Felício Brock se sobressaltou:

– Ahn, ahn, sim, fogo, ahn, sim...

No que o espião se levantou, através da abertura do paletó o *consigliere* constatou a arma que ele guardava. Sem dúvida, um detetive oficial...

Grazie, signore, tante grazie

A *nonchalance* do príncipe maltês impressionou Felício Brock. O rapaz não conseguiu reconhecer o perfume adocicado que emanava de Riccardo di Portovenere. Giorgio de Beverly Hills? Uma fragrância de mulher?

O príncipe se tornou ainda mais melífluo:

– O senhor também se hospeda por aqui?

Sim ou não, de que modo responder? Brock não previra aquele gênero de abordagem folgazã. Subitamente nervoso, quase perdeu a compostura:

– Ahn, sim, sim, ahn, sim...

O maltês abriu o seu sorriso mais deslumbrado:

– Perdoe-me a minha liberdade. Mas eu gostaria de convidá-lo a um jantar. Sou um homem solitário, de poucos amigos. Trabalho com importação e exportação de alimentos e bebidas. Eu vivo em viagens pelo mundo e não disponho de muito tempo, ahn, para os relacionamentos duradouros...

A gesticulação do *consigliere* faria inveja a Laurence Olivier:

– No entanto, bem, eu gostaria muito de conhecê-lo melhor...

De pavor, Brock começou a suar. E o seu medo se multiplicou ainda mais quando o maltês desandou a roçar a sua bengala na perna do espião. O *capo* Tony adoraria testemunhar aquela formidabilíssima representação.

– Hoje, estou viajando a Salvador. Na volta, quero procurá-lo...

Brock desapareceu na própria vermelhidão. A bengala do maltês subiu da perna à coxa do rapagão, um trêmulo, fosco e aterrorizado rapagão:

– O senhor me forneceria o seu nome e o número do seu apê?

– Brock, Felício Brock, número 301.

Salvo, Brock, por um táxi especial. O maltês lhe entregou um cartão e se despediu. Ah, um mafioso, aquele veado? Impossível. Tão transtornado o espião ficou que nem mesmo se lembrou de seguir o táxi que se despedia.

Un uomo solo. Nas suas entranhas, Paulo Garzya gargalhou.

▼

Un uomo d'onore. Tony Castellamare aprendera a idolatrar a expressão com o seu pai, nas histórias que Don Caló lhe contava na infância. Um homem de honra. E de respeito. Um mafioso, mais adjetivo do que substantivo.

– No dialeto dos sicilianos, mafioso é sinônimo de altivo, exuberante, altaneiro – e não um sem-vergonha como o planeta foi induzido a crer... Entusiasmados, Lídia Brandini e Telônio Meira não perceberam que Tony Castellamare havia retornado à varanda razoavelmente retesado.

– Você, Lídia, pela sua beleza, é uma jovem mafiosinha. O delegado, pela sua elegância, é um homem seguramente mafioso. Os meus cachorros são certamente mafiosos, todos, pela sua inteligência e pela sua coragem...

A repórter e o delegado não se ofenderam com o comentário. O *capo* aproveitou a deixa e engatou num ponto ainda mais instigante da história:

– Eu explico melhor. Na Sicília do passado, era um verdadeiro mafioso qualquer homem capaz de se sacrificar pelas causas comuns do povo da Ilha. Qualquer homem capaz de oferecer o seu sangue, até a sua vida, na luta contra o invasor ou contra o opressor. Qualquer homem capaz de seguir, sem debates e sem contestações, alguns princípios fundamentais. Um, obedecer cegamente o líder de seu clã. Dois, jamais se aliar ao opressor ou ao invasor. Três, repelir ou vingar, imediatamente, uma ofensa ou um ataque a um companheiro de clã. Quatro, imediatamente auxiliar um outro clã em perigo. Cinco, aferrar-se ao código da *Omertà*, a lei do silêncio – e jamais revelar a ninguém os segredos internos de sua Família, mesmo sob tortura ou mesmo a ameaça de morte.

Lídia Brandini e Telônio Meira praticamente não respiravam.

Tony mediu a cumplicidade dos visitantes – e acelerou:

– E como funcionava a cadeia de comando? Na Sicília do passado, na Velha Tradição, assumia a posição de líder o personagem que mais ostentasse os dons naturais da chefia, pela sua própria majestade ou pela sua capacidade de coordenar. O líder determinava, dirigia – e principalmente protegia. Consta que o primeiro líder efetivo e formal da Velha Tradição foi um certo Don Vito Cascioferro, que nasceu em 1862 e morreu, numa prisão, em 1932. Bobagem. Cascioferro não passava de um falastrão vaidoso, que adorava se vangloriar de ter assassinado Joe Petrosino, um policial ítalo-americano, baleado na Piazza Marina, em Palermo, 1909, e que, em 1929, bem velhote, num julgamento fajuto, acabou condenado por contrabando, um crime que não cometeu...

Bingo. O *capo* decidiu desembarcar no ponto crucial:

– Na verdade, em 1876, muito antes de Cascioferro, um tal de Raffaele

Palizzolo achou que já dispunha de poder suficiente para se expor. E se tornou parlamentar. Então, graças a subornos, aliciamentos, intimidações, Palizzolo criou uma estrutura política fortíssima e colocou, na sua liderança, um certo Francesco Crispi, seu apaniguado. Em 1887, embora já aos 79 anos de idade, Crispi assumiu o cargo de *premier* da Sicília. Crispi era basicamente correto, um ídolo na Ilha e um defensor incansável da tese da unificação integral da Itália. Aliás, Crispi fora um dos mentores intelectuais de Giuseppe Garibaldi. Infelizmente, porém, apesar da sua aparente honestidade, Crispi concedeu espaço em demasia às ambições de Palizzolo. E, em vez de obedecer aos cinco princípios fundamentais do clã, Palizzolo se transformou num corrupto...

Tony mastigou uma fatia de *sopressata* – e prosseguiu:

– Como Palizzolo, inúmeros outros degenerados perverteram a sua raiz, a sua eficiência, em troca das benesses pessoais. Para combater tais bandidos, a Velha Tradição resolveu recorrer a um sistema antiquíssimo, o comitê moral dos veteranos. Nos casos de mentira, de traição, de malignidade, esse comitê especial se reunia a fim de punir as safadezas, as falcatruas e as enganações. Um efetivo tribunal popular, escolhido pela maioria absoluta dos membros de cada clã. Um tribunal, digamos assim, limpo, radicalmente democrático...

Telônio Meira decidiu se intrometer:

– Democrático, sim. E a Justiça pelas próprias mãos...

Valeu para que Tony se relaxasse um tico. Tony até riu:

– Como na Bíblia, Como no faroeste, doutor. Ou, como em tantas partes deste Brasil ainda hoje. O senhor me perdoe, doutor, mas eu considero a pena de morte oficial e legalizada uma torpe hipocrisia. Ora, a sua aplicação não depende, me perdoe, da Justiça – mas de um exército de intermediários, vocês policiais, os corruptos, os sádicos e os masoquistas. Vocês que emprestam as celas especiais aos ladrões de colarinho branco e não se envergonham quando dependuram num pau-de-arara o trombadinha e o punguista. Ou vocês, Lídia Brandini, os jornalistas. É, vocês que inventam e que destróem personagens. Como eu, que estou nas suas mãos. Vocês os policiais e vocês os jornalistas, e os advogados, os banqueiros, os médicos, os publicitários. Sim, todos vocês, e a vida e a morte que produzem, sem um julgamento, e sem um tribunal...

Havia um sabor de vinagre na dura peroração do *capo*:

– Na Sicília da Velha Tradição, ao menos, através de um grande comitê de idosos inatacáveis, era o povo que supervisionava o julgamento, era o povo que determinava a punição aos infratores da lei do bom senso, da lei muda, a lei da honra. Era o povo, sem subterfúgios. E, também, sem as imposturas perdoáveis por um padre, num confessionário, depois da contrição...

Telônio Meira se calou. E Tony voltou a dominar a cena:

– Supervisionava a Velha Tradição, nos tempos de Crispi, um mafioso rico, Don Emanuele Notarbàrtolo, o dono do Banco da Sicília. Notarbàrtolo publicamente prometeu acabar com os sem-vergonhas. Um erro. Foi fuzilado, de tocaia, provavelmente por ordem de Palizzolo – que lhe tomou o Banco. A Velha Tradição ainda tentou punir Palizzolo. Numa atitude inusitada, um filho de Notarbàrtolo denunciou Palizzolo à Justiça de Palermo. Logo, no entanto, por falta de provas e, óbvio, de testemunhas, Palizzolo acabou inocentado...

O delegado ousou observar:

– E também acabou assassinado...

Tony lhe respondeu cruamente:

– Não. Desafortunadamente, a Velha Tradição não conseguiu eliminar o crápula do Palizzolo. Perdeu uma grande chance de polir a Ilha. Quanto ao Crispi, de um lado aboliu a pena de morte da Itália – e, de outro, se envolveu numa estúpida invasão da África. Levou uma surra de Menelik, o imperador da Etiópia, e se demitiu. Morreu em desgraça, aviltadíssimo, em 1901...

Silêncio. Nenhuma reação. Tony Castellamare prosseguiu:

– Pior, aos poucos evoluiu na Ilha o poder de um homem portentoso, na inteligência e na crueldade, Don Calógero Vizzini, apelidado *Il Pizzu*...

Intempestivamente, Lídia Brandini atalhou:

– O quê?

– *Il Pizzu*, a expressão em dialeto para bico...

De novo, silêncio. Nenhuma reação. Tony continuou, irônico:

– Deriva de Don Vizzini a expressão "molhar o bico". Em dialeto, *fari vagnari u pizzu*. Graças aos subornos que pagava ao governo e à polícia, Don Vizzini montou um sistema impecável de venda de proteção. De tudo o que se produzia na Ilha ele absorvia uma fatia de taxações clandestinas, que preferia chamar de doações voluntárias. Quem não contribuía, Vizzini executava...

Outra vez, intempestivamente, a repórter cortou:

– E você, Tony Castellamare, já matou, mandou assassinar alguém?

O *capo* esperava aquela pergunta. Necessitava daquela pergunta:

– Não!

O termo escapuliu seco e imperioso. Lídia Brandini e Telônio Meira se impressionaram com a firmeza de Tony Castellamare. O *capo* respondera com a sua serenidade mais inefável e mais independente, sem que um só músculo tremesse em sua face, sem que um único cílio sequer se movimentasse.

– Nunca matei. E nunca mandei assassinar. A Sicília da Velha Tradição é uma coisa do passado. Aliás, bem do passado, uma coisa do século XIX. O tempo logo se encarregou de esgotar as funções do comitê. Cada clã, de cada região, de cada cidade, ou de cada bairro, começou a atuar por conta própria, sem dar muitas satisfações aos seus vizinhos. De fato, a Máfia, na Ilha, apenas aceitaria a existência de uma assembléia de supervisores em 1957...

Tony estacionou o número no ar. Esperava pela progressão inevitável. Lídia Brandini como que leu a mente do *capo*. Telepatia, talvez:

– E os *gangsters* de Chicago? E os morticínios tão comuns, hoje, na sua Sicília? E o tráfico de drogas que a tal da Máfia estimula e mantém?

– Não nego que exista essa coisa apelidada com o nome que você puser. Não admito, no entanto, confundi-la com a Mafía, com a Velha Tradição, com os clãs dos meus ancestrais. Eu vou explicar tudo isso, em minúcias. Antes, porém, que tal se nós almoçássemos? A Mamma cozinha divinamente...

Tony deixou os visitantes paralisados – e foi cuidar da refeição.

▼

Don Calógero Castellamare só desembarcou na sede dos seus negócios vinte minutos depois de Paolo Garzya. Um tempo suficiente e confortável, no entanto, para o *consigliere* telefonar a Sissi Sparapani e reunir, sem códigos e sem metáforas, todas as informações a respeito da fuga de Dominic Pignatello. Na sua cabeça cartesiana, Paolo Garzya montou um raciocínio muito simples. Não, Pignatello não era um doble, um trânsfuga, um traidor. E Pignatello não era um doente que se alcoolizasse por instinto suicida ou por dependência vil. Com a sua inteligência solar, o *consigliere* realizou que Pignatello atravessara algum problema grave, algum mal bastante perigoso, do qual se esforçava para fugir – e, exclusivamente, para não prejudicar o seu *capo* querido

Decidiu descontrair. De uma mesinha, capturou um jornal, "O Perfil". Mais uma revolução econômica no país, agora com a gatunagem das contas bancárias e da poupança da população. Paolo Garzya, mentalmente, admirou a paciência rara dos brasileiros, que carregavam nas costas, e nos bolsos, planos e planos governamentais, sem um esboço de reação. Pensou nos executivos de Don Caló, eles também, obviamente, envolvidos no novo turbilhão da criação daquela enésima moeda nacional e do confisco do dinheirinho do povo.

O *consigliere*, contudo, não se emocionava com as finanças. Tinha um galardão em Direito e uma vasta biblioteca de História e de Psicologia, os assuntos do seu prazer. Adorava estudar as guerras e o comportamento dos seus fazedores, vencedores ou derrotados. Amava os jogos de estratégia. Pena que Sissi Sparapani fosse tão superior no xadrez. Paulo Garzya já começava a desistir do jornal quando a notícia de um crime reavivou a sua atenção.

Uma dama da sociedade carioca, descoberta morta, e totalmente nua, em uma praia inóspita e bravia no litoral do Estado do Rio. Três tiros, dois pelas costas e o derradeiro, quem sabe de misericórdia, precisamente entre os olhos, no meio da testa. Suas roupas e sua sacola, provavelmente, queimadas a uns cem metros de distância. Um assassinato rigorosamente profissional. Sem pistas, além das três balas de Magnum e de dois nomes gravados, Joana & Ferdinando, uma parceria bem incomum, numa aliança de casamento.

A certeza da participação de Pignatello no crime desabou sobre Paolo Garzya como uma avalancha no Himalaia. Estúpido Domi, trucidara uma mulher. Triplamente estúpido Domi, se esquecera da aliança. Mas por que Domi havia detonado aquela dama da sociedade carioca. Por quê? Então, no cérebro arguto de Garzya, transparentemente redespontou Leonel Pavone.

Don Caló, involuntariamente, interrompeu a análise do *consigliere*. Na saleta particular do patriarca, em pé mesmo, os dois conversaram, brevemente. Paolo Garzya aliviou as apreensões de Don Caló. Sim, graças à sua belíssima representação, conseguira se desvencilhar do seu vigia. Sim, ninguém seguira a sua trilha. Sim, já se munira da bagagem com que viajaria ao Rio. Existiam, de qualquer modo, nevrálgicas dificuldades a suplantar. Em que raio de lugar Pignatello se aninharia? O *consigliere* não conhecia o Rio. Pior, Paolo Garzya já tinha estabelecido uma razoável conexão entre Pignatello e o bicheiro:

– Don Caló, o senhor viu esta notícia do "Perfil"?

O patriarca examinou e reexaminou o texto sobre a morte brutal de Joana. *Dio mio!* Literalmente arrasado, Don Caló se atirou numa poltrona:

– Paolì, você acha que foi o Pignatello?

– Acho? Não, Don Caló. Eu tenho a mais absoluta certeza...

– Mas por quê?

– Era o que eu me perguntava, quando o senhor chegou...

– Uma mulher, que nada tem a ver conosco. Por quê?

– Não sei. Mas eu já comecei a deduzir...

Pelo interfone, Don Caló convocou Lindy Regazzoni e Pippo Carotè à saleta. Vasculhou uma gaveta à procura de uma caixa de charutos, Romeo y

Julieta. Ofereceu. Explicou a situação. Um problema que já se desdobrava em dois. Por que Dominic Pignatello havia fuzilado uma mulher desconhecida da Família? E para onde, perdido no Rio, Dominic Pignatello poderia fugir?

– Alguém tem uma resposta para essas duas perguntas?

▼

Foi praticamente por causa da Primeira Grande Guerra e do nascimento do fascismo que a Mafía virou Máfia e a Velha Tradição, na Itália, se esfiapou em seu vigor. Totalmente contrários aos governos ditatoriais, fervorosamente anarquistas, muitos chefes sicilianos odiaram a aparição de Benito Mussolini na política da Bota, em 1919. Depois, quando Mussolini se transformou no *Duce*, no finalzinho de 1922, praticamente todos eles se rebelaram.

Os sicilianos, invariavelmente, nem mesmo italianos se consideram. Por isso, espontaneamente repudiaram as imposições do tirano em sua terra, como a obrigação de seus filhos cantarem o hino dos Camisas Negras nas escolas, a cada manhã, ou como a de suas crianças vestirem o fardamento *Balilla* em vez de suas roupas de catecismo nas missas de domingo. Os sicilianos se ofendiam com o mandonismo arrogante dos fascistas. Nas ruas, protestavam. Inúmeros deles se tornaram ativistas, inclusive ao lado dos comunistas radicais.

Na mesa de almoço dos Castellamare, num canto da varanda, com vista para o pomar, Lídia Brandini largou o garfo e devolveu ao prato um novelo de *spaghetti*. Limpou a sua boca bonita num guardanapo – e se amotinou:

– Você não pretende que eu publique essa...

– Essa quê?

– Essa coisa de a Máfia, ou Mafía, vá lá, ter-se transformado no que é por razões de ideologia política, de antifascismo ou de algo parecido...

O *capo* prosseguiu, imparável, beliscando a sua *pasta*:

– Exatamente. Os sicilianos são anarquistas pela própria natureza. Mas, atavicamente, aceitam e adoram a idéia do clã, em honra dos seus princípios e em favor da sua coletividade. Eu já disse. Aprenderam isso em milênios de invasões e de revoltas contra as invasões. Basta você examinar o passado mais remoto da história dessa Ilha de magia, cheia de contestadores e de mártires, como Corleone della Foresta, como Rosa Donato, como Sant'Àgata e Santa Lucìa. Ou mesmo como Giuseppe Garibaldi, que não subiria até Roma e não unificaria a Itália se não dispusesse do apoio determinado dos *Mille* de suas tropas da Sicília. Depois, na Segunda Guerra, as forças do general Patton não abateriam o nazismo sem a ajuda dos mafiosos e dos *partigiani*...

A repórter se vergou. Desconhecia o tema. Tony continuou:

– Em maio de 1924, Mussolini visitou a Ilha pela primeira vez como o *Duce* da Itália. Num passeio a um lugarejo denominado Piana dei Greci, perto de Palermo, rodeado por um batalhão de escolta, Mussolini foi interceptado pelos mafiosos de Don Francesco Cuccia, o líder regional da Velha Tradição. Audaciosíssimo, Cuccia provocou o *Duce*: "Sua Excelência está sob a minha proteção. Qual a necessidade de viajar com tantos policiais?" Embora furioso, Mussolini preferiu evitar um confronto. Mas decidiu se vingar. Deveria ficar na Sicília mais quinze dias. Antecipou numa semana o seu retorno a Roma. E escolheu um militar duríssimo, Cèsare Mori, para destruir os mafiosos...

De novo, Lídia Brandini atalhou:

– Como o seu avô...

Sem se abalar, Tony brincou:

– Não faça como Mussolini, minha cara jornalista. Aguarde o momento certo para agir. Lembre-se que, no fim das contas, o *Duce* perdeu a guerra. E morreu, de modo vexatório, nas mãos de um pelotão de *partigiani*...

A jornalista fingiu uma zanga – e se retraiu. Tony retomou o fio:

– Mussolini detestava Cèsare Mori, um antigo inimigo dos fascistas, que havia aderido ao novo regime. Respeitava, todavia, a sua competência como um punidor de desafetos. Um piemontês, Cèsare Mori assumiu a prefeitura de Palermo com poderes extraordinários. Revirou a Ilha de cabeça para baixo. E desandou a eliminar os mafiosos e até mesmo os não-mafiosos. Ineditamente, na história da Sicília, Cèsare Mori aprisionou inclusive as mulheres...

Lídia Brandini recuperou o mote:

– E o seu avô...

– Agora, sim. Pior. Mori determinou a tocaia do meu avô...

– Porque o seu avô era um mafioso...

Tony limpou a garganta com um gole bem farto de vinho. A entrevista, afinal, atingia o seu instante mais dramático e mais perigoso. Tony não podia se comprometer além do que desejava. Optou pela verdade sintética:

– Não um mafioso, Lídia. Esqueça essa palavra no seu substantivo. Meu avô era mafioso, sim – mas no adjetivo. Era um homem de rara nobreza, de enorme caráter, um homem rico, comerciante de pescados e dono de um hotel em Punta Raisi, a dez minutos de Palermo. Um líder natural, que a sua gente, a sua comunidade, simplesmente idolatrava. E um antifascista. Que inclusive flertava, aliás, com o crescente esquerdismo no país. Um dos melhores amigos de meu avô Salvatore acabara de inaugurar uma estirpe famosa de marxistas-leninistas na Sicília, a Família LaTorre, cuja paixão pelo comunismo duraria, em pleno vigor, até os anos 80, com o deputado Pio LaTorre. Enfim, quando soube que o *Duce* encomendara a sua detenção, talvez o seu assassinato, o meu avô se recusou a fugir. Melhor, desafiou Mori. E acabou numa tocaia...

Depois de alguns segundos de consternação, Tony prosseguiu:

– Porque o meu avô acabou numa tocaia, eu nasci no Brasil...

Coube ao delegado se mostrar profissional:

– E eu poderia saber como?

O *capo* compreendeu a ambigüidade da questão:

– Há duas vertentes na sua dúvida, doutor Meira. Sem problemas. Meu avô acabou fuzilado pelas costas, enquanto fiscalizava, rotineiramente, a sua plantação de alcaparras. Antes, porém, corretíssima precaução, havia enviado ao Brasil um grande amigo, seu sócio, Luca Regazzoni, com a incumbência de abrir, aqui, uma sucursal dos negócios da Família. Uma sucursal, fique claro, doutor Meira, absolutamente legal. Com Luca Regazzoni vieram dois garotos: o seu filho Pietro – e o meu pai, Calógero. Felizmente, a sucursal deu certo. Os negócios se transformaram numa rede de supermercados e na empresa de importação e de exportação que eu dirigia em Palermo – até a bomba...

▼

Brilhante Tony. Num único parágrafo, sem mergulhar nas profundezas da sua história, conseguira resgatar a sua imagem de transparência. Com um gesto que sugeriu a sua vulnerabilidade, Tony logo se escafedeu do tema:

– Num certo momento, a repressão comandada por Cèsare Mori, na Ilha, se tornou insuportável. Enquanto os fascistas se aliavam aos canalhas e aos corruptos de plantão, aos afilhados de Vizzini, centenas e centenas de jovens da Velha Tradição, rapazes nos seus vinte, 25 anos, foram obrigados a fugir da sua pátria, por uma questão de mera sobrevivência. Na maioria, emigraram aos Estados Unidos, Nova York, Filadélfia, Buffalo, Chicago, Detroit. Só que, na terra da chamada liberdade, eles se perceberam igualmente oprimidos. Pelo racismo, uma doença muito pior, muito mais grave do que a política...

O *capo* desviou o seu olhar ao horizonte que se enfarruscava:

– Mesmo num ambiente agressivo, hostil, os clãs se reestruturaram.

Não existia opção. De novo, em outro mundo, a questão da sobrevivência. Apenas permaneceriam os mais competentes, os mais unidos. Seleção natural...

Embora deliciado com a comida, Telônio Meira interrompeu:

– E assim apareceram as cinco Famílias da Máfia na América?

Tony não se empolgou com o conhecimento do delegado:

– Não, não. Isso aconteceu depois, muito depois. Por volta da década de 20, as cinco Famílias ainda não passavam de um rascunho, não passavam de esboços sem nenhuma organização particular, grupos de duzentas pessoas, no máximo. Esboços com os seus respectivos chefes, Salvatore Maranzano, Joe Masseria, Al Mineo, Joe Profaci e Tom Reina. E com alguns subchefes, os encarregados das *decine*, brigadas, batalhões e pelotões, uma coisa inspirada nos exércitos romanos de Júlio César. Mas eram grupos sem a consistência, digamos assim, de uma quadrilha, de algo capaz de conturbar uma nação...

O delegado mordiscou um naco de atum grelhado – e insistiu:

– Qual desses grupos era o mais unido e o mais competente?

– Competente e unido, pelo que li, e aprendi, só o de Maranzano. O time de Masseria, entretanto, tinha mais gente, e gente brutal. Ele se autodesignava o líder de todos os chefes e de todos os clãs. O grande padrinho. Gostava de ser chamado de *Godfather*. Era um tipo obsceno, banal. Maranzano preferia apelidá-lo de "Mongol", por causa dos seus traços repuxadinhos. Acho que os orientais também espalharam os seus genes pelo Mar Mediterrâneo...

Desconcertado, até Telônio Meira riu.

Lá mesmo, na mesa de almoço, Lídia Brandini encastelou a sua terceira fita no gravador, excitadíssima com o torvelinho de informações que Tony lhe passava, a aventura que, antes, jamais, alguém havia publicado no Brasil.

– Foram aqueles grupos as raízes das cinco Famílias de hoje?

– De certa maneira, sim. Todos os clãs enriqueceram bastante na década de 20, por causa da Proibição, a Lei Seca, o fim da comercialização de bebidas alcoólicas nos Estados Unidos, uma das medidas mais idiotas de todos os tempos. Todos se enriqueceram na contravenção. Mas todos, igualmente, se fragilizaram. Não souberam subdividir o contrabando e a distribuição. Pior, começaram a se combater. Não souberam manter o antigo espírito da Tradição – e do respeito entre os clãs. Ao contrário dos irlandeses. Como os Kennedy, que também formaram a sua enorme fortuna com o uísque clandestino...

O *capo* se levantou para saudar os seus dois cachorros que retornavam, brilhantes e perfumados, com Elia Grazie, do seu banho no veterinário:

– E meu pai, tio Elia, cadê meu pai?

– Precisou dar uma passada no escritório. Está muito preocupado com as novas medidas econômicas. Convocou uma reunião dos executivos. Pediu que o Pippo ficasse com ele. O Vito vai buscá-los, mais no final da tarde. Você quer alguma coisa? Você quer que eu prenda o Bill e a Lola no canil?

– Não se preocupe, tio. Deixe o Bill e a Lola comigo. Os dois estão bem cheirosinhos. Eu só espero que este governo não nos leve à falência...

A repórter e o delegado perceberam que Tony se distraíra. Por alguns segundos, suportaram o seu silêncio, Bill e Lola meigamente deitados aos seus pés. Lídia Brandini, então, decidiu mudar de tema, instante de desafogo:

– Seu tio? Irmão do seu pai ou da sua mãe?

– Nada disso. Trabalha com a minha Família desde menino. Foi sempre mais do que um empregado. Ajudou a me criar. Por isso eu o chamo de tio...

Divagação encerrada, o *capo* logo recuperou a sua narrativa:

– *Benone*. No meio daqueles sicilianos, se imiscuía um napolitano cruel e singularmente amoral, uma caricatura do mafioso verdadeiro, um napolitano batizado de Alfonso Capone. Embora do Brooklyn, Nova York, Al Capone fez a sua fama em Chicago, para a desgraça do líder local, Joe Aiello. Em 1929, em pleno despertar da Grande Depressão, o ambicioso e insinuante Masseria propôs a Aiello um acordo absolutamente inviável. Ajudaria Aiello a demolir a estrutura de Al Capone, em Chicago – e, como prêmio, receberia o controle de metade do Meio-Oeste. Aiello, precavidamente, recusou. Perversamente, Masseria espalhou que Aiello o ameaçara de morte. Apenas um pretexto para se vingar, posteriormente, tomando na marra o feudo todo de Aiello...

O delegado efetivamente conhecia o tema em discussão:

– E a guerra estourou...

Tony Castellamare acenou que sim.

– Precisamente. O time de Maranzano se recusou a apoiar Masseria em sua mentira, a sua indignidade. E a guerra de Nova York estourou...

Uma senhora miúda, de curtos cabelos grisalhos, invadiu maciamente o ambiente com uma travessa de aromas espetaculares. A Mamma Freda:

Boa tarde. Esta é a sobremesa de hoje. um *Tiramisù*...

▼

Depois de analisarem as especulações de Paolo Garzya, Don Calógero Castellamare, Lindy Regazzoni e Pippo Carotè emitiram exatamente a mesma opinião. Todos acreditavam que Leonel Pavone de fato mordera a isca lançada pelo patriarca. Ao saber da presença, no Rio, dos três italianos recomendados por Don Caló, o bicheiro imediatamente notificara Villapiano – que passara a informação a Francesco Tucci. Conseqüência, Tucci também engoliu a peta e teve, então, a idéia de testar os três homens. Todos acreditavam que Pavone iludira Pignatello com uma determinação falsa. Azaradamente, ao invés de repudiar Pavone e de reportar a abordagem, Pignatello caíra na alçapão.

Mais. Todos acreditavam que o pistoleiro, claro, enfim compreendera a artimanha – e a sua própria estupidez. Por isso fugira. Talvez, até, ao exterior. Pobre Pignatello. Restava a Don Caló e aos seus homens definir um último ítem daquela pauta angustiante. Por que motivo Pignatello escapulira? Talvez por medo de Leonel Pavone? Ou, doída ironia, por medo do *capo* Tony?

Filippo Carotè conhecia Pignatello bastante bem:

– O Domi mataria o tal do Pavone muito antes de sentir medo dele. Para mim, o Domi está envergonhadíssimo. Medo do Tony, sim. Mas não o medo de uma punição. Apenas o medo de que o Tony jamais confie nele, outra vez. O medo de que o Tony o expulse da Família. Por isso o Domi se mandou...

Paolo Garzya perfilhou o raciocínio do Pippo. E observou:

– Concordo, integralmente. O Domi é um tipo sensível. Valoriza mais a admiração do Tony do que o dinheiro, os bens materiais. Um *doberman*, que mata o pai e a mãe para proteger o seu dono. No momento em que percebeu a sua tolice, decidiu nunca mais correr o risco de fitar os olhos do seu *capo*. Um tiro não faria o Domi sofrer tanto como a humilhação do seu engano...

Don Caló consolidou as posições:

– OK. O Tony não deseja que o Pignatello se machuque. Está aflito com o seu desaparecimento, claro. O Pignatello é um peão essencial no plano que o Tony montou. O Tony, porém, está muito mais aflito com a possibilidade de o Pavone eliminar o Pignatello. Nossa tarefa, agora, é encontrar o Pignatello antes do Pavone. Custe o que for. Mesmo nos expondo, antes do tempo...

Garzya, Regazzoni e Carotè se empertigaram, atentíssimos. Sabiam que não poderiam falhar. Da redescoberta de Pignatello talvez dependesse a vida do *capo*. Com o máximo cuidado, delinearam a sua ação de salvamento.

▼

Telônio Meira e Lídia Brandini adoraram Dona Freda. Velhinha meiga, terna, inofensiva, aquela senhora miúda, de curtos cabelos grisalhos e de olhos aquareladamente azuis, que lhes oferecera uma sobremesa inefável, a melhor das suas vidas. Ao lhe apresentar os visitantes, Tony fora propositadamente vago. Não queria preocupar a Mamma. Numa outra ocasião, quando os dois se fossem, evidentemente, explicaria as razões daquele encontro. Pelo carinho do filho com a senhora, o delegado e a repórter concomitantemente realizaram que Tony não poderia, mesmo, ser um bandido de verdade. Na sua idealização maniqueísta e provinciana do cotidiano do planeta, Lídia Brandini e Telônio Meira não acreditavam que um mafioso tivesse uma progenitora tão suave.

Auxiliada por Nicinha, a Mamma serviu o café, curto e vigoroso, com biscoitinhos amanteigados. Também colocou sobre a mesa uma bandeja de garrafas multicoloridas de licor, Fernet, *grappa*. Permaneceu alguns instantes ao lado do filho, em pé, um braço depositado nas suas costas. Então, beijou a cabeça de Tony, pediu excusas aos convidados e voltou à sua suíte. Lídia Brandini se imaginou na situação de nora. E, efusivamente, observou:

– A sua mãe é uma graça, Tony...

O *capo* dissolveu um nó na garganta – e respondeu:

– Mais do que graça. É uma fada. Meu pai me contou que a morte da Marina e das crianças acelerou o embranquecimento dos cabelos da Mamma. Você sabe, únicos netos. E três netos que a Mamma via bem pouco...

Sem se incomodar com a presença do delegado, como se Telônio Meira não existisse, a jornalista acariciou uma das mãos de Tony. O *capo* apreciou o toque cálido da pele da garota. Achou melhor, porém, fugir da raia.

– Vamos voltar à nossa conversa. Vocês preferem continuar aqui ou nós retornamos à mesa de trabalho? Pra mim, é absolutamente indiferente...

Lídia Brandini compreendeu que havia exagerado:

– Então, ficamos aqui mesmo. Em que ponto nós estávamos?

O delegado não hesitou:

– Al Capone, Maranzano, Masseria. A Guerra de Nova York...

▼

Naqueles idos dramáticos, a atmosfera de Nova York se carregava com a eletricidade estática da tensão. Por volta de setembro de 1930, era pública e manifesta a aliança entre Al Capone e Masseria. Gente da Família Maranzano desaparecia a cada nova semana. Do outro lado, Masseria se escondia, enquanto Capone cutucava Aiello e os outros chefes se retraíam, à espera da solução da crise. Claro, e lógico, era muito mais cômodo o isolamento.

Tony apenas não contou ao delegado e à repórter o nome verdadeiro que o conflito infame recebeu dos contendores: *"La Guerra Castellamarese"*. Não contou, pois tinha de se precaver. Ao menos, até o desenlace do seu plano infernal. O nome advinha da cidade de nascença de Maranzano e de muitos dos homens do seu clã, Castellamare Del Golfo, a meia hora de Palermo. A cidade que também originara, uns oitocentos anos antes, os ancestrais de Don Caló, aristocratas normandos, os Lancelot, de cabelos ruivos e de olhos azuis. Numa viagem de negócios, a Palermo, nos entornos de 1400, alguém indagou a identificação de um certo Roger de Lancelot. A sua resposta: "Sou Ruggiero, de Castellamare". E a sua cidade se transformou no seu sobrenome...

Naquele estágio inicial da Guerra, ninguém imaginava que Maranzano pudesse ganhá-la. Aconteceu, contudo, que a vaidade e a auto-suficiência arruinaram Masseria. Depois de vários meses de reclusão, Masseria se exibiu, pimpão, num quarteirão do bairro do Bronx. Um certo Joe Valachi, peixinho pequeno, que posteriormente escreveria um livro mentiroso e traíra a respeito da Máfia e dos mafiosos, dedurou Masseria ao clã de Maranzano.

Transcorria o fim de outubro de 1930. Al Capone já havia assassinado Joe Aiello. E Maranzano resolveu se antecipar a Masseria. Determinada noite, espiões de Maranzano, no Bronx, visualmente constataram que os inimigos preparavam uma retaliação iminente. Num edifício, no intervalo de poucos minutos, sucessivamente entraram Masseria, Mineo – e dois seguranças.

Maranzano não hesitou. Numa emboscada, os seus homens fuzilaram Mineo. Absurda sorte, Masseria escapuliu por um desvio. Nas vésperas do Natal, desfrutando o clima de fraternidade da época, Maranzano se aproximou de Tom Reina e de seu braço-direito, Tommy Lucchese, e informou que não mais perseguiria os soldados de Masseria se eles mesmos se incumbissem da indispensável punição do "Mongol". Reina carregou o recado adiante.

Em abril de 1931, um jovem pistoleiro do bando de Masseria, Carlo Lucania, ou Charles Luciano, ou simplesmente Lucky, aguardou que o seu patrão completasse o seu almoço, deu-lhe o prazer de um sucesso numa peleja de baralho – e então atravessou a barriga do "Mongol" com seis balaços.

Consagrado pela morte do desafeto, Maranzano convocou os líderes de todas as Famílias, os seus principais comandantes e os seus conselheiros, para uma conferência de paz, em maio, no bucólico lugarejo de Wappinger's Falls, vizinhanças de Nova York. Lá se determinou a realização de uma verdadeira convenção nacional da Máfia, com a presença de Capone e de outros generais, dias depois. Sinal de respeito, Capone deu a Maranzano um fulgurante relógio de ouro e de diamantes no valor de US$ 53.000,00 – fortuna fenomenal.

Aparentemente, aquela guerra estava encerrada – e, com um admirável bom senso, os chefes todos se ajustaram à situação, recortando as suas praças, praticamente o país inteiro, em áreas de influência proporcionais ao seu poder, ao seu pique, ao seu dinheiro e, obviamente, ao padrão dos seus exércitos. Na mesma época, porém, despontou no mercado um negócio incomum, a droga, o narcotráfico. Capone topou bancá-lo. Com o aplauso e o apoio de Luciano, o novo *capo* do clã de Masseria. E contra a opinião do clã de Maranzano.

No princípio de setembro, quatro homens travestidos de fiscais de renda penetraram nos escritórios de Maranzano e, mesmo diante da sua secretária e de um *office-boy*, esfaquearam o seu estômago e ainda atiraram em seu peito e na sua face. Luciano se declarou o mandante. E prometeu se justificar.

▼

Lídia Brandini não entendeu por que motivos Tony Castellamare, aos poucos, começava a modificar sua postura. Claro, a repórter sentiu que o tom de voz do *capo* paulatinamente se enrugava e que os seus gestos se tornavam cada vez mais bruscos e mais agudos. Julgou, no entanto, que Tony estivesse apenas exausto. Lídia Brandini decidiu se sacrificar. Docemente, sugeriu:

– Você quer interromper? Nós continuamos amanhã...

O *capo* se surpreendeu. Não imaginava que a jornalista pudesse captar a sua mescla de desgaste e de preocupação. Tony inventou uma desculpa:

– Não, não, tudo bem. Este tema, habitualmente, mexe comigo...

A repórter absorveu a peta. Telônio Meira, contudo, também percebeu que Tony estranhamente se transformara. Havia examinado o seu hospedeiro, inquisitivamente, durante longas horas de dissertação. Havia aprimorado a sua opinião original sobre Tony. Já não considerava Tony um malfeitor capaz de vilezas ou safadezas. Sim, aquele *gangster* suposto era prolífico em atitudes teatrais. Paralelamente, sabia controlar ao máximo as suas menores emoções. Mas não ostentava, mesmo, o estilo e o perfil padrão de um bandoleiro.

Uma deusa deslumbrante, loiríssima, um verdadeiro impacto dentro de uma minissaia, interrompeu as elucubrações do delegado. Regina. Gigi.

Tony saltou da cadeira, os seus braços escancarados:

– Gigi, *amore mio*, Gigi...

Lídia Brandini se incomodou com a efervescência de Tony. Bateu-lhe um acesso de ciúme. Lídia odiou Gigi, sem conhecer Gigi, enquanto Telônio Meira, num relâmpago, bestificado, logo se apaixonou por aquela deusa.

Subitamente aliviado da sua tensão, esquecido do sumiço de Pignatello, Tony se deliciou e se divertiu com o embasbacamento do delegado e com o amuo da repórter. De novo dono do seu controle, fez as apresentações:

– Por favor, esta é Regina, Gigi, a minha mana caçulinha...

A jornalista se reconfortou. E o delegado duplamente se frustrou. Pobre Meira. Já havia arruinado a sua esperança de cativar Lídia Brandini. Agora, só lhe faltava se envolver, emocionalmente, com a irmã de um mafioso...

Meigo, cúmplice, Tony Castellamare analisou:

– Aonde você vai, assim, tão esfuziante?

– A um coquetel, Tonino. Inauguração de uma loja chiquérrima...

– Você me leva?

– Leia os meus lábios, *fratello*: n-ã-o!

– E por que não?

– Você ofuscaria a minha beleza... *Ciao*, pra todos...

Nas despedidas, Tony recebeu de Gigi um casto beijo. Lídia Brandini, um simples aceno. O delegado Meira, um caloroso aperto de mão.

Muito por dentro, o *capo* se irritou com a seletividade de Regina. Só lhe faltava aquela sua mana se envolver emocionalmente com um policial. Achou melhor recuperar bem depressa o seu enredo, a Nova York dos anos 30.

▼

– *Benone*. O insidioso Lucky Luciano acusou Salvatore Maranzano de imperialismo. Luciano utilizou precisamente essa palavra: imperialismo. Isso, lembrem-se, quase seis décadas atrás, quando os jargões comunistas ainda não estavam disseminados pelo mundo. Um tipo bem interessante, Luciano, leitor de Karl Marx. Com uma palavra, Luciano acusou Maranzano de não se contentar com o seu clã, de desejar a liderança de todas as Famílias. E, de certo modo, Luciano tinha razão. Maranzano era um homem formidável, culto e honrado, capaz de citar Ovídio em latim. Era o epíteto da Velha Tradição, um defensor ferrenho dos princípios do respeito e da dignidade. Vivia, porém, em um outro mundo, muito distante dos seus contemporâneos. Maranzano se considerava um cavaleiro andante, ahn, quase um guerreiro medieval...

O delegado, Gigi na mente, encontrou fôlego para perguntar:

– Você está justificando a morte de Maranzano?

Tony Castellamare rebateu de voleio, um bate-pronto:

– Eu estou relatando uma seqüência de fatos reais. Não me proponho a delinear as suas causas, muito menos a colorir as suas conseqüências...

A jornalista, ciente de que a excitação de Meira por Regina aborrecera Tony, decidiu se demonstrar pragmática, bem curta e bem grossa:

– Chegue ao ponto, Tony, sem filosofices, por favor...

O *capo* disse qualquer coisa em dialeto aos seus cachorros. Bill e Lola galoparam jardim abaixo, atrás de um gato, um rato, nunca se saberia. Latiram por trinta segundos, num ponto mais sombreado do muro do sítio. E, então, resfolegantes, voltaram à varanda, as línguas pingando aos pés do patrão.

No intervalo, Tony se acalmou. Reencontrou a sua meada:

– Com a morte de Maranzano, um jovem, 26 anos, Giuseppe Bonanno, assumiu o seu lugar. O *capo* mais moço de todos os tempos, na Sicília ou fora dela. Pois Bonanno solucionou todos os impasses. Outra vez, a vigésima ou a milionésima, marcou-se um congresso dos clãs. Fez-se um acordo, inclusive de autoproteção, a chamada *Pax Bonanno*. As cinco Famílias de Nova York jamais se atacariam. Pelo contrário, se ajudariam e se preservariam. Melhor: as cinco Famílias de Nova York se congregariam numa Comissão, espécie de *holding* dos seus interesses. Caberia à Comissão se reunir, periodicamente, ou em situações de emergência, inclusive com a presença dos enviados de outras cidades dos Estados Unidos. Caberia à Comissão dirimir as dúvidas e resolver os dilemas, acalmar os ânimos, promover conciliações. Caberia à Comissão, exclusivamente a ela, determinar as punições dos traidores das Famílias.

A jornalista elevou o pedestal de som do seu gravador.

– De 1932 até 1964, enquanto a *Pax Bonanno* perdurou, a Máfia que todos denunciam como imoral e violenta se dividiu em quatro exércitos muito bem estruturados, quatro entidades que esqueceram as suas raízes e não mais se reencontraram com os ideais dos seus antepassados. Primeiro, a Família de Joe Profaci, que morreu em 1962 e foi sucedido por Joseph Colombo – que faleceria em 1978 e seria substituído por Càrmine Pèrsico Juniore. Segundo, a de Al Mineo, que posteriormente passaria às mãos de dois irmãos, Vincent e Phil Màngano, de Albert Anastasia, de Carlo Gambino e de Paul Castellano – até cair naquelas do *capo* mais famoso do momento, John Joseph Gotti Jr...

Lídia Brandini se lembrou:

– Isso, John Gotti, capa da revista "Time"...

Telônio Meira encestou, no rebote, de tapinha:

– Em setembro de 1986...

Tony elogiou a precisão do delegado, e prosseguiu:

– Terceiro, a Família de Tom Reina, que Tom Gagliano formalmente comandou mas que Tommy Lucchese efetivamente dirigiu até 1967, e que, então, ficou com Tony Corallo. Finalmente, a Família de Masseria, que caiu nas mãos de Luciano, de Frank Costello, de Vito Genovese e, enfim, de Tony Salerno, um gorducho bonachão, fumador de enormes charutos cubanos...

A jornalista outra vez se recordou:

– E capa da revista "Fortune". Qual a data, delegado?

Telônio Meira não ralhou com a repórter:

– Novembro de 1986...

Tony de novo aplaudiu. E Lídia Brandini quis mais:

– Tá faltando uma Família. Não eram cinco?

O *capo* sorriu, charmosamente:

– Você andou estudando a *Cosa Nostra*, minha cara jornalista?

– A garota também sorriu:

– É. Mais ou menos. Lá nos arquivos do "Perfil"...

Tony, então, complementou:

– Perfeito. Cinco, exatamente. A última das cinco eu propositadamente separei das outras quatro. Porque foi a única que não mudou de *condottiere*. A linhagem de Maranzano. Hoje, o Velho Joe já está com quase 85 anos...

Houve um coro na pergunta inevitável:

– O Velho Joe?

– Ele, Giuseppe Bonanno, nascido em 1905 et cetera e tal...

Não havia mais sentido em recobrir de lantejoulas e de badulaques o tema crucial daquela conversa. Tony Castellamare esperou a reação.

Meira optou por investigar, mudamente, as expressões de Tony.

Lídia Brandini, impaciente, porém, desferiu a óbvia indagação:

– E você, Tony, faz parte de que galho dessa genealogia?

O *capo* sorriu, agora com malícia e com autoridade:

– Você publica o que já tem, Lídia. Eu adquiro mais confiança em você. E, então, você me interroga sobre mim. Um trato justo, você não acha?

A jornalista ainda tentou desafiar:

– Você está me propondo uma série?

Tony fingiu meditar. E concordou:

– Ótima idéia. Em vez de uma entrevista só, em duas partes, topo uma série de papos, em capítulos. Adorei. E o seu jornal venderá muito mais...

Suspeitoso, o delegado Meira indagou:

– E eu? Continuarei participando?

– Claro que sim, doutor. Conto com a sua presença, sempre. Ou o senhor pretende desperdiçar, digamos, a chance do meu efetivo interrogatório?

Meira permaneceu sisudo. Lídia Brandini gargalhou:

– E quando teremos a próxima sessão?

Dissimulado, Tony fingiu meditar. Daí, arrematou:

– Uns dois ou três dias após a publicação do capítulo inicial. Depois do que houve com a minha mulher e os meus filhos eu me tornei exageradamente cauteloso. O que contei, até aqui, faz parte da história. Por enquanto, eu não corro o risco de me expor em demasia. A partir de hoje, no entanto...

O delegado e a repórter se eriçaram. Lídia tateou:

– Você pretende revelar coisas bombásticas? Por exemplo, Tony: como você sabe tantas e tantas coisas sobre a Máfia e sobre os mafiosos?

O *capo* respondeu, sem um milímetro de hesitação:

– Qualquer pessoa, na Nova Caledônia ou no Sudão, tem a obrigação de se interessar pelas coisas da sua terra, da sua gente, das suas origens, das suas raízes. Eu sei porque eu li, e eu aprendi. Aliás, o que eu, eventualmente, não revelar, você e o delegado Meira descobrirão. Eu sei, é inevitável...

Um mistério. Lídia Brandini e Telônio Meira obviamente se intrigaram – mas optaram por manter o laço frouxo. Não queriam secar a fonte.

Tony se levantou e despachou os seus cachorros à edícula.

Formalmente, o delegado cumprimentou Tony, e desceu a colina, a pé, até a sua viatura, estacionada fora do sítio. A jornalista ficou na casa mais um pouco. Esperava por um abraço especial. Mereceu. Melhor, impetuosamente, Tony deixou que a sua mão direita deslizasse sobre um dos seios da garota. Não consta que Lídia Brandini se tenha ofendido com aquela invasão.

▼

Foi numa agência de turismo, comprando a sua passagem de fuga, que Dominic Pignatello conheceu Elisabeth. Dezoito anos, quem sabe um tiquinho mais, mulata soberana de lábios capitosamente molhados de batom. Depois de escapulir de Sissi e de Pellê, de ludibriar um funcionário do Copa que parecia segui-lo, seguramente por ordem de Leonel Pavone, Pignatello tinha se re-hospedado em um outro hotel, também de cinco estrelas, sob o nome de

Guido Piccinini. Sissi e Pellê não iriam procurá-lo num lugar tão óbvio. Elisabeth se espantou com a solicitação, emaranhada num sotaque indefinível:

– O senhor quer um bilhete Rio-Paris? Somente Rio-Paris?

Pignatello confirmou, constrangido e temeroso de se expor.

– Quando veio pra cá, o senhor não trouxe um bilhete ida-e-volta?

Num meneio desajeitado, Pignatello de novo confirmou.

– Que houve? Não gostou do Brasil?

Cigarro à boca, Pignatello sorriu, inibido e sem graça.

– Tá certo. E como pretende pagar? Cheque ou cartão?

O pistoleiro extraiu do bolso da calça um pacotinho retangular, um ridículo embrulho roto e amarfanhado, numa folha velha do "Perfil".

– Com dinheiro. Dólares norte-americanos. Aqui...

Elisabeth olhou ao seu redor, à procura de uma testemunha para tão inusitado, insólito procedimento. Claro que a garota riu, também:

– Meu Deus! O senhor está louco? Não sabe que o Rio é a terra dos assaltos? Risco maluco, esse, sair por aí, com dólares frescos no bolso...

Pignatello refletiu, por um instante, no infortúnio do malandro carioca que ousasse abordá-lo numa rua deserta qualquer. E quase gargalhou.

A recepcionista investigou, perplexa, aquela montanha de grana.

– Uau! Por favor, venha comigo ao nosso câmbio...

Na metade do trajeto, fascinado pelos requebros da mulata, Pignatello convidou Elisabeth para tomar um sorvete num barzinho da esquina. Depois, no barzinho, convidou Elisabeth para jantar. Horas depois, Pignatello estaria acariciando os seios espetaculares da garota num apartamentozinho mirrado da Tijuca, bem longe do Copacabana Palace e do bicheiro Leonel Pavone.

Matara 38 homens e uma mulher. Conseguira o dinheiro suficiente para se enfurnar em Paris e viajar até Marselha, em busca de sossego e de um novo emprego numa gangue qualquer da União Corsa. Até que Tony Castellamare se acalmasse e perdoasse a sua estupidez. E no entanto Pignatello se entregava placidamente, repentinamente apaixonado, como um boboca, um adolescente, por uma Elizabeth de quem não conhecia sequer o sobrenome e a idade...

Na garrafa, mesmo, ele engoliu um resto de água mineral. Diabólico calor. Pensou em Sissi e em Pellê, no hotel, provavelmente desesperados com o seu sumiço. Apenas se ressentiu, todavia, da falta do ar condicionado, coisa vastíssima no Copa, coisa que Elisabeth não possuía. Sugou a respiração e, pesante e rude, se debruçou nas costas mais do que sedosas da maravilha.

Ainda semi-adormecida, Elisabeth se reofereceu:

– Vem, Guido, vem de novo, vem, vem...

Pignatello agarrou a garota com uma ansiedade insana:

– Beth, desisti de viajar. Quero ficar com você...

A mulata se levantou do colchão:

– Ahn?

– Mudei de idéia, Beth. Eu quero ficar com você...

Elisabeth beijou Pignatello. E acedeu:

– Quanto você precisar, amor...

Intuição. O pistoleiro pescou um cigarro no criado-mudo. Tragou até se engasgar. Tossiu. Bebeu os pingos derradeiros da garrafa. E anunciou:

– Isso mesmo, Beth. Quanto eu precisar. Você tem de me ajudar. Um problema. Você tem de me esconder, por uns três ou quatro meses, OK?

Não deveria, Elisabeth. Ah, não deveria.

▼

A boate L'Omertà vivia uma noite de intensa glória. Casa repleta e a espera também superlotada. Uma orquestra de dezesseis figuras entoava Glenn Miller, "Moonlight Serenade", enquanto dezenas de pares, apetitosamente, se apertavam na pista de danças de grosso cristal, iluminada pelo chão.

Gero Castellamare se vangloriava de seu sucesso numa roda de clientes VIPs, entre eles um editor de "O Perfil do Brasil", o mesmo a quem revelara, quase dezesseis meses antes, a notícia da explosão da Via Dante. Quando a roda se desfez, o editor segurou Gero por um braço – e se insinuou:

– Você me dá um papelote e eu passo a você um furo...

– Um furo?

– É. Uma informação de bastidores. Sensacional...

– E por que essa informação me interessaria?

– Porque ela envolve o seu irmão.

O primogênito fechou a cara – e carregou o editor até o seu escritório. Trancou a porta e, de um cofre secreto, camuflado atrás das prateleiras de um barzinho, extraiu o papelote. Antes de entregar, porém, advertiu:

– Primeiro, a informação. Quero saber se ela vale o presente...

O editor não titubeou:

– Uma repórter do "Perfil" esteve hoje no sítio do seu pai, entrevistando o seu irmão. Com ela, foi um delegado federal, um tal de Telônio Meira...

Gero Castellamare por pouco não desmaiou:

– Você jura? Jura? Uma repórter e um farejador das drogas?

– Não preciso jurar. Eu sei. O seu irmão fez um acordo com o "Perfil". Prometeu contar tudo o que conhece sobre a Máfia e os mafiosos...

O primogênito tremeu. Uma sondagem do editor? Precatou-se:

– Caralho, o Tony não sabe porra nenhuma de Máfia e de mafiosos. O meu irmão é um bostamerda, um moralista. *Cazzo*, que história é essa?

– O assunto não faz parte da minha área, Gero. Eu sei, porém, que o seu irmão passou o dia todo com a repórter e com o delegado Telônio Meira...

Gero achou melhor não se abrir em demasia com o editor. Tony, uma repórter – e um delegado farejador das drogas? Pretenderia Tony denunciá-lo? Entregar o próprio mano? Não. Tony desprezava o irmão – mas não lhe faria tal sacanagem. Por respeito ao nome da Família. Por amor à Mamma Freda. Como Michael Corleone, no "Godfather" de Francis Ford Coppolla, Tony só funicaria o seu próprio mano depois da morte dos pais. Tranqüilizou-se.

Meticulosamente, Gero tentou analisar os acontecimentos dos últimos meses, desde a explosão da Via Dante, em Palermo. Nada de singularmente anormal. Sim, conseguira absorver o comportamento estranho de Don Caló. Conseguira até mesmo assimilar o sumiço inexplicável de Francesco Tucci. Várias vezes havia indagado de Villapiano se o representante da Família Gotti no Brasil imaginava o que ocorrera com Francesco Tucci. Nada. Nenhuma pista. Tudo bem. Esperto Gero. Ficara sem a sua conexão na Sicília. Soubera se virar, porém. Encontrara em Cali, na Colômbia, um outro distribuidor, mais barato do que Tucci. Continuara fornecendo Gene Gotti através de Villapiano. E a sua discoteca tinha se transformado na pérola da noite de São Paulo.

Diante da informação que o editor do "Perfil" lhe vendera, porém, Gero hesitou. Como agiria, principalmente agora que Tony ressurgira na cidade – e agora que o seu irmão confraternizava com uma jornalista e com um delegado fodidaço? Considerou mais prático e mais conveniente se proteger. Decidiu se antecipar. Já recebera uma bronca aterradora de Villapiano, ao lhe contar, dias antes, que o seu mano havia retornado ao Brasil. Villapiano já conhecia o fato, pelo jornal. Gero não desejava que o *gangster*, outra vez, tivesse notícias de Tony graças ao "Perfil". Pagou e dispensou o viciado. Telefonou a Villapiano. Em apenas meia hora o representante da Família Gotti no Brasil apareceu na boate. Um homem brutal, aquele *gangster*, um ex-pugilista que, certa ocasião, matara a socos e a pontapés a sua amante prostituta. Quando Gero detalhou o que escutara do editor, Villapiano trucidou uma latinha de cerveja entre dois dedos. O massacre encheu de espuma o vidro da mesa do primogênito.

Inacreditável. Que fazer? Villapiano tentou raciocinar. A quem recorrer, na Família Gotti, em Nova York? O seu principal contato na Família, Eugene Gotti, estava trancado numa penitenciária desde Maio de 1989, condenado no seu processo por tráfico de drogas, mais de meio século de cana. Com Eugene, também curtia uma pena longeva o seu parceiro de safadezas, John Carneglia. O número três daquele time de trapalhões, Angie Ruggiero, já falecera, câncer nos pulmões, num sanatório da cidade. Até então, Villapiano se deliciara com aquela situação. Atolado na sua defesa no caso O'Connor, o *capo* John Gotti se esquecera das suas complicações no Brasil. Fazia meses que Villapiano não mais repassava os lucros das drogas aos seus patrões dos Estados Unidos...

Naquela emergência, porém, Villapiano necessitava de um aval mínimo antes de agir, algum tipo de orientação. Decidiu telefonar ao remanescente do bando de Eugene nos EUA. Avisaria John Gambino daquele *imbroglio*:

– Preciso notificar Nova York...

– Não se preocupe, Brodie. Ainda não...

– Como, não?

– O meu irmão enlouqueceu de vez...

– Enlouqueceu, mesmo?

– Brodie, agüente, tenha um pouquinho de paciência. Porra, Brodie, por descargo de consciência, eu só quis me antecipar. Talvez seja mentira do cara. Vai o ver o cara está duro, queria pó de graça, inventou essa história só pra me arrancar um papelote. Vamos aguardar que a tal da reportagem saia. Quando isso acontecer, se acontecer, nós traduzimos e transmitimos a Nova York...

– Tá certo. Tem lógica...

O primogênito aproveitou para cheirar uma carreira:

– Espero que o idiota do meu irmão não comprometa o nosso negócio. Mesmo depois que o Tucci sumiu de Palermo, o nosso negócio vai bem...

Gero deixou que a frase se desmanchasse no ar. O *gangster* desconfiou do comentário. Uma sondagem? Tony no Brasil. Certamente à cata de Tucci. Estaria Gero mancomunado com Tony? Villapiano optou por contra-atacar:

– Gero, você tem alguma idéia do paradeiro do Tucci?

O primogênito não vacilou:

– Nenhuma. Eu encontrei um outro fornecedor, você sabe...

Villapiano acreditou em Gero:

– Verdade. E o seu irmão, tem alguma idéia do nosso negócio?

Gero presumia que sim. Mas preferiu mentir:

– Não. Sem chance. O Tony é um bola-murcha...

O *gangster* fingiu engolir:

– Tá OK. Eu agüento, até a reportagem sair...

Villapiano ameaçou se levantar. Preferiu ordenar:

– Gero, reapareça lá na casa do seu pai, OK? Fique na cola desse seu irmão, ahn, maluco, OK? E não me sonegue nenhuma informação, OK?

Gero assentiu, com um sorriso de escravo submisso.

▼

Diante de um lastimável filmeco de terror na emissora do Grupo Perfil, o tenso Tony consumiu o seu comecinho de madrugada. Don Caló já lhe havia transmitido o seu relato integral. O assédio hilariante de Paolo Garzya ao espião do delegado Meira. O caso da morena de Maçambaba. A certeza do *consigliere* quanto à participação de Dominic Pignatello no crime.

Mesmo à distância, mesmo sem as impressões todas que evidentemente recolheria de um papo direto com Paolì, mesmo exausto e preocupado, o *capo* absorveu as deduções do pai e do *consigliere*. Leu e releu três vezes os jornais que distraidamente dispensara pela manhã. Sim, na descrição do assassínio, Tony identificou o estilo indefectível de Pignatello. Ah, Pignatello destruíra uma linda mulher. Mas por que? O mero dinheiro não servia de resposta.

Leonel Pavone, obviamente, iludira Pignatello. Pavone, seguramente, transferira a Pignatello uma ordem que o seu *capo* não lhe dera. Depois, ciente da sua cagada descomunal, Pignatello achara mais conveniente desaparecer. Tony sentiu raiva, muita raiva, e um gigantesco remorso. Quase chorou. Culpa sua. Fora dúbio ao falar de Pavone aos seus soldados. Estupidez sua, provocar a exposição de Pavone, uma tolice, talvez uma desnecessidade, o feitiço contra o feiticeiro. O *capo* não sossegou até depois de uma e meia. Prlimmm.

Paolì ao telefone. Um interurbano – do Rio.

Podiam conversar tranqüilamente. Com o seu equipamento de detecção, Elia Grazie e Pippo Carotè já tinham examinado de novo a fiação do sítio de Don Caló. Nenhum dos aparelhos grampeados. Nenhum microfone escondido. De todo modo, sempre precavidos, Tony e Paolì se refugiaram no dialeto.

– Tonino, sem dúvida, foi mesmo o Pavone...

– Provas, Paolì?

– Inúmeras. Por exemplo, desde bem cedinho, dois capangas do Pavone circundaram o hotel com um punhado de fotografias do Domi. Em cada banca de revistas, em cada ponto do bicho, em cada botequim, em cada táxi, nas barraquinhas da praia, existe alguém, *càspita*, com um retrato do Domi...

– E você viu essas fotografias, Paolì?

– Digamos que eu precisei comprar algumas. O Sissi fez o sacrifício de comer uma camareira do hotel. E a mulher intermediou a negociação com um porteiro. Parece que o Domi virou o inimigo número um desta cidade...

– E como são as tais fotografias?

O *consigliere* não compreendeu. Tony se explicou melhor:

– Como o Pavone, ahn, conseguiu as fotografias? Em que lugar e de que maneira elas foram tiradas? São fotografias brasileiras, vieram da Itália?

– Ahn, sim. Brasileiras. Da praia. Amadoras, mas decentes...

– Excelente...

– Ahn?

– Excelente, Paolì. Provavelmente, o próprio Pavone mandou fazer as fotografias depois de encomendar o crime ao imbecilzão do Pignatello...

– Ah, exato. Mais alguma determinação especial?

Tony utilizou o seu maior canhão:

– Paolì, só existe uma maneira de nós sairmos deste enrosco. Eu queria que o Pavone se expusesse? *Benone*, ele fez mais do que eu desejava, mais do que eu precisava. O Pavone me declarou guerra, Paolì. Faça uma visitinha ao filho da puta do Pavone. Leve o Sissi e o Pellê. Sonde o cara, meça o cara, use a sua melhor habilidade, a sua melhor persuasão. Ahn, *capisce*, Paolì?

Paulo Garzya já havia programado tal missão:

– *Capisco*. E não se preocupe, Tonino. Eu saberei como agir...

– Tá. E, ahn, Paolì, eu quero o Domi de volta, quente ou frio, OK?

O *consigliere* deglutiu, compungidamente, a frase do *capo*. Não julgou a metáfora das temperaturas como uma ordem para eliminar Pignatello. Não. Paolo Garzya entendeu o recado como deveria: gelidamente, Tony inferia um fato óbvio. Pignatello, naquele instante, já podia estar morto e enterrado.

▼

Ainda perplexo com o dia que atravessara no sítio da Granja Vianna, ainda em delírio com a imagem de Regina Castellamare, o delegado Telônio Meira encerrou a sua jornada com Felício Brock e um prataço de coxas de rã no venerando restaurante Parreirinha, no Centro Velho de São Paulo. Apesar do vinho verde bem fresquinho, um borbulhante Casal Garcia, o espião curtia menos o seu jantar do que a sua enorme humilhação. Em vez de se emputecer com a cantada que Brock recebera de Riccardo di Portovenere, o delegado gargalhara de gozação. O seu protegido, assediado por uma bichona...

Ao menos Telônio Meira já podia descartar Portovenere da sua lista de aflições. De volta à sua sede, depois da entrevista com Tony Castellamare, o delegado havia consumido algumas horas checando e rechecando a vida toda daquele príncipe careca, de comenda na lapela e uma bengala entre as pernas de Brock. Uma ficha limpa, nada nos seus computadores. Apesar da diferença de fusos, Meira arriscou uma ligação para Palermo. Aguardou quinze minutos, até que um seu contato de plantão, prestativérrimo, esquadrinhasse os arquivos da polícia siciliana. Uma outra ficha transparente – e irrepreensível.

O delegado quis mais. Com a ajuda paciente do seu contato, descobriu o número da embaixada de Malta em Roma. Deu sorte. A embaixada abrigava uma festança. Um oficial da segurança atendeu. Meira não se abalou com a dificuldade de comunicação. Em inglês, simulando constrangimento, explicou o seu problema. Precisava cuidar da proteção de um diplomata maltês em visita ao Brasil. Infelizmente, azar, tinha se desencontrado do homem. Não conseguia mais encontrar o tal ministro. A embaixada poderia auxiliá-lo?

Prestimosíssimo, o oficial logo localizou um secretário da legação. O secretário, mais gentil ainda, confirmou que Riccardo di Portovenere realizava uma viagem de negócios ao Brasil – e passou ao delegado Meira, exatamente, o endereço do apart-hotel em que o diplomata brincara de sedução com Brock. Meira não sabia que Tony Castellamare era um gênio no planejamento.

O delegado não chegou a se irritar com o desperdício da possível pista. Não, pelo contrário. Curiosamente, Meira se sentiu feliz ao acumular um novo fato capaz de inocentar Tony Castellamare. Entre um bom gole de vinho verde e um bocado de risoto de camarões, realizou que começava a crer na história daquele suposto *capo* em busca de paz e de refúgio na casa dos seus pais.

Ato III

A bomba

Foi de calção e de chinelos, a sua barriga exposta ao céu, debaixo de um guarda-sol, na piscina do quintal do seu chalé de Bonsucesso, que o bicheiro Leonel Pavone soube do grande fiasco de Manelão e de Petronilho:

– Como, vocês não acharam o porra do Jean Belotti?

Manelão e Petronilho explicaram que um batalhão de gente havia visto o italiano sair de mala e cuia do Copa. Absolutamente sozinho, sem os seus companheiros de viagem. Um carregador de bagagens, também o coletor das apostas do bicheiro no hotel, complementou a descrição da cena. Belotti não permitiu que ninguém tocasse nas suas valises. Nada de táxi, partiu mesmo a pé. O rapaz ainda tentou seguir Belotti. Inesperadamente, porém, o italiano se enfiou num ônibus, e desapareceu das vistas do perplexo carregador.

– E daí? Vocês ao menos espalharam as fotografias?

Afirmação. Em cada esquina daquele bairro e da Zona Sul inteira, em Botafogo e no Flamengo, no Catete e em Laranjeiras, até mesmo na Tijuca e nos aeroportos, na estação rodoviária, nas barcas para Niterói, o formidável exército da contravenção estava atentíssimo. Porteiros, bilheteiros, engraxates, cobradores, prostitutas e faxineiros – o Rio atrás de Jean Belotti. Brilhante Leonel Pavone, empinou todas as suas plumas ao repensar na grande idéia que tivera. Na data do seu acerto com o pistoleiro, na praia diante do hotel, pedira a um assecla mais habilidoso para eternizar o estrangeiro, de teleobjetiva.

A campainha do chalé, então, soou.

Um rapazelho mudo avisou dos visitantes.

Com a mão esquerda, o número três.

Leonel Pavone estranhou. Inesperados visitantes. Sim, havia remetido a sua mulher, a sua filharada, e a empregada, para Jacarepaguá. Naquela tarde, o bicheiro hospedaria uma sessão de jogatina com os seus principais capitães. Depois, à noite, o seu cassino se transformaria num bordel. Pavone estranhou. Não esperava, assim tão cedinho, nenhum dos seus vários convidados.

– Manelão, vai ver quem é...

O filho da porta-bandeira retornou, apavorado:

– Chefe, três caras muito estranhos. Dois tão de capote. O outro, bem mais esquisito ainda, tá de óculos escuros, gravatinha borboleta e bengala. Dizem que trabalham prum Don Caló, seu conhecido lá de São Paulo...

O bicheiro pulou da bunda e, por um triz, não derrubou a sua barraca na piscina. Quase sofreu uma convulsão. Engoliu meia garrafa de cerveja numa única talagada. Então, num relance, se imaginou um presunto no cemitério de São João. Pensou em pedir que Manelão e Petronilho se armassem. Pensou em pedir que a dupla de capangas buscasse algum reforço. Mas desistiu...

A Família Castellamare descobrira a sua tramóia. Ah, talvez Don Caló não fosse um bostamerda. A Máfia. A palavra Máfia batucou, dolorosamente, nas suas entranhas. E com a Máfia não se brinca. Que cagada! Para relaxar, o bicheiro mergulhou na água fria da piscina. Um minutinho de meditação.

▼

Na pele de Guido Piccinini, o confuso Dominic Pignatello trepou com a mulata Elisabeth através da madrugada todinha. Pignatello detestava o calor que o obrigava a transpirar até na nuca – e que consumia o seu humor. A carne tenra da menina, de todo modo, compensava a sua irritação e melhorava o seu humor. A mulata havia transformado Pignatello num escravo. Por duas vezes, na madrugada, Pignatello se enfiou debaixo da ducha gelada. Ah, fosse um pedreiro, já teria arrombado as paredes do apê à cata de ar, muito mais ar.

A praia de Maçambaba e os siris sobre Joana celeremente se tornaram uma lembrança bem remota, meros rabiscos de um pesadelo já distante, que não mais inquietava o seu sono. Torturar-se, no entanto, fazia parte do seu atavismo siciliano, da sua batalha indeclinável contra o destino. Purgatório e penitência, uma herança indescartável, desde que, meninote, vira o pai receber três balaços, nas costas, enquanto colhia uvas negras em Camporeale.

Ah, a inexorabilidade da *vendetta*. Por que o seu pai morrera daquela forma tão desprezível e tão vil, numa tocaia? Apenas porque o seu trisavô esfaqueara, um século antes, o primo do bisavô de um vizinho? Pignatello não compreendia aquela hipoteca histórica, coisa de uma tradição milenar. De todo modo, depois de alguns anos de impiedosa paciência e de ódio cotidianamente acumulado, aos meros dezesseis de idade, compelido pela mãe, cumpriria a sua missão familiar, degolando, numa estrada, o assassino do seu *babbo*.

A fúria de Pignatello atraiu as atenções da quadrilha de Salvatore Riina, apelidado Totò, o herdeiro do super-*capo* Luciano Liggio, o líder de todos os líderes da Máfia na Ilha, o dono da Família Corleone e o principal padroeiro do narcotráfico na Bota inteira. Totò Riina, efetivamente, detinha um poder monumental na Sicília. Liggio fora encarcerado em 1974, condenado à prisão perpétua. Da sua cela, porém, comandava a sua *cosca*, a sua concha, o seu clã, através de Riina, bem protegido e bem preservado na clandestinidade.

Um capitão de Riina recrutou o adolescente Pignatello e o treinou para o crime. No tiro e na faca, no laço, no torniquete ou na mera porrada. Claro, depois da primeira tarefa, continuar foi facílimo, uma seqüência de 38 outros homens – até que Pignatello chegasse a Joana, a única mulher da lista.

Por encomenda de Riina, o disponível Pignatello já havia trucidado 24 coitados quando, aos 24 de idade, coincidência cabalística, num acidente conheceria Tony Castellamare. Noite de muito vento e de bastante chuva, Pignatello caminhava solitário, de Palermo até Mondello, no oeste da capital da Ilha. Numa curva do Lungomare Colombo, percebeu um carro estacionado, uma dourada Maseratti, pneu dianteiro furado. Com a ajuda de Filippo Carotè, Tony se empenhava em trocar a roda. Subitamente, cinco rapazes surgiram do nada. Um assalto. E Pignatello decidiu se escalar no lado mais fraco.

Ajudou Tony e Pippo a se defenderem dos intrusos. Expedito, furou dois deles com uma sevilhana. A polícia apareceu, prendeu os sobreviventes. Também deteve Pignatello, porém, para averiguações. Tony testemunhou a seu favor. Apesar da ficha do rapaz, suspeito de muitos crimes no passado. Graças a Tony, o jovem assassino sequer sofreu o trauma de um julgamento. Ao sair da cadeia, agradecido, Pignatello investigou o seu salvador:

– Como o senhor conseguiu me soltar?

– Sou influente, meu caro, bastante influente...

Um *capo*, sim, certeza, importantíssimo na Ilha. Um *capo* insinuante, charmoso, bonito, em nada parecido com os chefes boçais da Nova Máfia que fermentava na Sicília. Pignatello desprezava Totò Riina, um analfabeto. Por que não trabalhar para um intelectual? Instantaneamente Pignatello escolheu o seu time e se ofereceu para trabalhar com Tony. E o *capo* aceitou.

Em quase três anos de convivência, Tony Castellamare jamais passou a Pignatello uma ordem direta, jamais lhe determinou que eliminasse alguém. Tony só falava por metáforas, ao estilo dos mafiosos do passado, como o pai do rapaz. Uma linguagem cifrada, que escapulia suavemente, nos momentos menos aguardados, numa pescaria, ou até na preparação de um jantar:

– Ei, Domi, me passe o alho. Aliás, alho me lembra amargor. E amargor me lembra o sobrinho de um amigo que aquele filho da puta do Enzo Soffrese viciou. Não sei como Deus permite que o *cazzo* do Soffrese ainda viva...

Dias depois, um Deus na Terra e na Ilha, como um anjo purificador, Dominic Pignatello justiciaria Enzo Soffrese. As gangues que, no percurso, Pignatello se encarregou de dizimar, evidentemente tentaram reagir. Inúmeras vezes, com denúncias anônimas, acusaram o rapaz de crimes reais e de crimes de autores diferentes. Em todas as ocasiões, invariavelmente, Tony colocou o seu corpo à frente de Pignatello, lhe fornecendo os álibis irrefutáveis.

Ar, mais ar. Na sua ausência, Pignatello optou por uma dose do uísque norte-americano que comprara horas antes. Vergonha, ele sentiu, um remorso intenso, avassalador. Traíra o seu *capo*. Tony jamais perdoaria tal sacanagem. Livrou Pignatello da mágoa uma indagação de Beth, fofa como uma ostra:

– Guido, amor, do que você está fugindo?

Refrescado, domesticado, Pignatello se abominou. Recostou o queixo, quase glabro, no seu peito absurdamente peludo. E, então, se lastimou:

– Talvez eu perca você. E eu não quero mais viver sem você...

A moça se enlaçou a Pignatello, grudadinha no seu suor:

– Eu amo você, Guido...

O macho virou criança. Desatou a chorar. Desabafava as suas mortes, o seu torpe cartel de quase quarenta assassinatos. Inclusive a linda Joana...

– Guido, meu anjo! Que foi, meu anjo?

Pignatello se emocionou. Guido? Mais um dos seus vários codinomes. A mulata, porém, acarinhava as suas entranhas ao chamá-lo de anjo, com a sua voz bem carregada de tesão. Anjo de fato. Não o feitor da justiça de Deus:

– Eu não me chamo Guido. E eu sou um matador profissional.

▼

O diretor-geral Betinho Vinhas sinceramente admirou o texto mágico e empolgante que Lídia Brandini, a sua fascinante repórter de seios fartos, havia redigido sobre Tony Castellamare, a aventura dos primórdios da Máfia e dos mafiosos. Depois dos aplausos, e de uma baforada num cachimbo de raiz de roseira, Vinhas observou, equilibrando uma Montblanc num polegar:

– Glorioso, Lídia. Mas existe um probleminha...

A repórter fitou o diretor, atônita.

Betinho Vinhas arremessou ao alto a sua caneta. Tentou apará-la apenas com dois dedos. Equivocou-se na mira. A caneta desabou ao chão. Enquanto Vinhas se retorcia para retomá-la, Baruel, prontamente, arremedou:

– Isso mesmo, Lidinha, um problemão...

Lídia Brandini se eriçou:

– Calminha, Baruel, nós temos um acordo...

O editor-chefe não se abalou – e prosseguiu no comentário:

– Sinto muito, Lídia. Mas, apesar do seu supertexto, de fato sensacional, a matéria não demonstra, equilibradamente, a posição dos dois lados...

Lídia Brandini se emputeceu:

– Porra, que dois lados, Baruel? Como você imagina que eu entreviste sicilianos de mil anos atrás? Ou, cacilda, mafiosos da década de 30?

Baruel permaneceu firmíssimo na sua posição:

– Eu não quero derrubar a matéria, Lídia querida. Mas...

Recomposto do tombo da Montblanc, Betinho Vinhas ao menos pegou o tema em pleno vôo. Patronal, resolveu organizar aquela discussão:

– Lídia, por favor, entenda o ponto do Baruel. E a minha sugestão...

Num beco sem saída, resignada, a repórter escutou.

– Efetivamente, Lídia, o "Perfil" não pode assumir essa matéria – que você não pode assinar. Trata-se de um assunto delicadésimo, controvertido, polêmico, que a historiografia do banditismo ainda não explicou corretamente. O Hobsbawm tentou – e fracassou. O Mário Puzo fundiu alguma realidade com ficção. O livro que você cita, do Bonanno e do Lalli, representa a versão de um único *Godfather*, obviamente em seu próprio favor. Ora, quem me assegura que o Tony diz a verdade quando discorre sobre os Maranzanos e os Masserias et cetera e tal? E essa filustria de Máfia e de Ma-fía? Lídia, o Baruel está certo. Porra, o nosso jornal não pode perfilhar só a versão do Tony...

No seu desalento, Lídia Brandini, por um triz, não soluçou:

– Quer dizer que a matéria não sai?

Perverso Betinho Vinhas. Esperou quinze segundos para aliviar:

– Sai. Numa condição indispensável. O Tony vai assinar o texto...

– Quê?

– O Tony Castellamare vai assinar o texto, Lídia...

– E eu, caralho?

Prático Vinhas. Exacerbou o seu privilégio de monarca:

– Caralho digo eu! Preste atenção! Você ganha a principal manchete do dia, seis colunas, primeira página. Ganha a apresentação do assunto, manchete também na capa do caderno de "Cidade". Nessa apresentação, você reconta como conseguiu o seu furo, descreve a casa e o dia que passou com o Tony e com o delegado Meira. Fala dos cachorros, dos pais do Tony, dos pratos do almoço e da puta-que-pariu. Agora, tudo o que estiver relacionado com Máfia e com mafiosos, de mil ou de dez anos atrás, o Tony terá de assinar...

Lídia Brandini se acalmou. Muito melhor, delirou:

– Grande idéia, Betinho! Uma idéia do cacete!

– Ótimo. Ligue já pro Tony e lhe faça a proposta. Detalhe, ele terá de aceitar um pagamento pela venda do depoimento. Ofereça US$ 10.000,00 por cada sessão de conversa, enquanto a série perdurar. Eu exijo que o Tony tope o pagamento, mesmo que não necessite da grana. Que ele doe o seu cachê a alguma entidade beneficente, caso prefira. Pagamento contra recibo e cessão de direitos autorais. Tudo absolutamente dentro dos conformes, OK?

A repórter sequer piscou. Gritou uau, beliscou uma das bochechas do diretor e se atirou num telefone. Não gastou mais do que cinco minutos. Tony Castellamare topou o trato. Também estabeleceu, porém, a sua condição:

– Traga-me o texto. Quero ler o que eu vou assinar...

Lídia Brandini consultou Betinho Vinhas.

Que concordou, obviamente.

No sítio de seu pai, Tony Castellamare raciocinou:

– Muito melhor do que eu sonhava...

▼

Do seu banho de piscina, Leonel Pavone ordenou:

– Deixem que eles entrem. Mas fiquem por perto...

Os visitantes invadiram solenemente o quintal, vasculhando o ambiente com o olhar. Dois deles vestiam longas capas de chuva, um sinal óbvio de que carregavam cassetetes ou armas pesadas. Impositivos, de fato assustadores, os dois se postaram precisamente diante do bicheiro, bem na borda da piscina. O terceiro, de porte mais esbelto, tinha um ar de professor, ou diplomata.

Nenhum tiro. Pavone se aliviou. A morte não manda aviso. Quisessem pegá-lo, entrariam fuzilando. Com quatro braçadas, o bicheiro nadou até o lado oposto do tanque. Optou por sair da água num lugar mais confortável, distante daqueles intrusos. Pavone circundou a piscina lentamente e, então, se enxugou numa toalha rubronegra, de time de futebol. Ao estilo de um ator de teatro de revista, no fundo da alma ele pescou uma pose tranqüila – e declarou:

– Olá! Bem na hora do meu banho, e da minha cervejinha...

Paolo Garzya ensaiou um sorriso tranqüilizante – e se apresentou:

– *Signore* Pavone, muito prazer. O meu nome é Luciano Trentacinque. Faço negócios com Don Calógero Castellamare, que me autorizou a contactá-lo. Informou-me que foi amigo seu, digamos, vinte anos atrás. Correto?

Pavone virou cordeiro:

– Don Calógero? Não, não, pra mim, o Don Caló...

Sem pedir licença, o *consigliere* tomou posse de uma cadeira:

– Bravo! Então, me permita que eu introduza estes meus colaboradores, aliados de Don Caló. O senhor Aldo Prìncipe e o senhor Clàudio Gianfredi. Creio que já deva saber de ambos. Don Caló me informou que solicitou o seu apoio a estes meus colaboradores, aqui no Rio. Vou abrir um restaurante em sociedade com Antonio Castellamare, um dos filhos de Don Caló. Estes meus colaboradores se encarregarão da cozinha e da metria do restaurante...

Pavone não conhecia o significado da expressão metria. De todo modo, preferiu se fingir de esperto e se habilitou a um pouco de intimidade:

– Maravilhoso. Devem ser excelentes profissionais...

– Mais do que excelentes. Os melhores do mundo em seus ofícios...

O bicheiro não percebeu o duplo sentido daquela frase. Tolo, pedante, rapidamente ganhava mais confiança. Afinal, ainda não chegara a data da sua morte. Parvo pavão, Pavone se inflou, sem saber como. Garzya/Trentacinque logo sacou que o bicheiro dissimulava. E começou a preparar o seu bote:

– O senhor, faz pouco, falou em cervejinha. Nos oferece?

Ridículo Pavone, pessoalmente fez questão de fisgar duas garrafas de um isopor com gelo e de servir os seus visitantes. Uma cena inusitada, aquela. Sparapani/Prìncipe e Pellegrino/Gianfredi continuaram em pé, sem tocar nos seus copos, as suas atenções pregadas em Manelão e em Petronilho.

Garzya acendeu um charutinho e prosseguiu, rimando:

– *Benone*, senhor Pavone. Parece que, até agora, felizmente, nenhum deles, nenhum deles necessitou dos seus serviços preciosos. Correto?

Nenhum deles, duas vezes. Uma guilhotina, sem dúvida, doeria muito menos. O *consigliere* suavemente conduzia Pavone ao precipício inevitável. O bicheiro não escondeu um tremelique de tensão. Escapou como pôde:

– Ah, sim, não, sim, sim, nenhum deles necessitou...

Uma baforada de Garzya nublou, opressivamente, as retinas de Pavone. O bicheiro piscou. E tossiu. Fosse Domi Pignatello um traidor, seguramente o bicheiro o teria entregado, naquele instante. Pavone, todavia, se calou.

– Excelente, excelente, senhor Pavone. Os três receberam ordens de somente incomodá-lo em casos de extrema emergência. Don Caló e o seu filho Antonio ficariam bastante aborrecidos se algum dos três desrespeitasse as suas determinações. Excelente, mesmo, que isso não tenha acontecido...

Uma porrada. Três. O número respingou da boca do *consigliere* como uma vaporosa bolinha de sabão. Mas desabou sobre Pavone com o impacto de uma locomotiva. Paolo Garzya iniciava o fechamento da sua arapuca.

De apalermado que estava, o bicheiro não denotou que o mais gorducho dos seus visitantes enfim havia se aboletado numa cadeira. Pior, Sparapani tinha cruzado as suas pernas e colocado a mão direita dentro da barra larga da sua calça, o alojamento predileto da sua parceira de paixão, uma faca árabe, afiadíssima, à espera da ação, de um mínimo gesto falso de Pavone.

– Não, não, que Don Caló não se chateie, jamais. Saiba o senhor, ahn, Don Luciano, que ninguém me procurou, não, ninguém me telefonou...

Ato falho, o *consigliere* flagrou. Sim, com certeza quase total o bicheiro havia contatado e havia iludido Pignatello. As suas dúvidas derradeiras Paolo Garzya engoliria, com razoável dispor, logo depois de dez segundos de um silêncio que pareceu durar dez anos. Num aceno, Garzya mobilizou Sparapani. O gorducho liberou a mão direita da barra da calça e, junto com a faca árabe, de lá tirou um par de fotos, compradas de uma camareira do Copa.

Pignatello e Pignatello. Sem reguardar a faca, Sparapani depositou o par na mesa, como quem bate um truco ou como quem realiza um bacará.

Está aqui. Eu tenho mais. Ganhei!

▼

As feições de Broderick Villapiano lembravam aquelas de um *tarpei* chinês, um buldogue, tantas eram as rugas que vincavam a pele do seu rosto e tantas eram as pelancas que ondulavam o seu pescoço absurdamente compacto e robusto, como o de um Mike Tyson trinta anos mais velho. Francesco Tucci ainda não se habituara com as expressões do seu colega de quase uma década. Aliás, apesar de tanta convivência, Tucci, às vezes, temia Villapiano.

Uma difícil conversa telefônica entre Villapiano e John Gambino havia compelido o buldogue a revisitar Francesco Tucci. Ao saber da surpreendente entrevista que Tony Castellamare aceitara conceder, na presença do delegado Meira, o principal farejador do narcotráfico na cidade, Villapiano literalmente se desnorteara. Sim, Gero lhe pedira para esperar a publicação da entrevista

– antes de notificar John Gambino. Villapiano, porém, tinha outras idéias. A sua confiança no inconstante Gero já havia desabado bem abaixo do rodapé.

John Gambino consumiu toda a sua paciência na resposta a Villapiano. Não atinava por que motivo o seu representante no Brasil se preocupava tanto com aquele Tony. Explanou, como uma vovó faria ao seu netinho:

– Brodie, eu já chequei e já rechequei esse tal de Tony. Aqui, em Nova York, em todas as cinco Famílias, não há quem se lembre desse cara. Os meus amigos sicilianos investigaram o tal do Tony com os amigos deles – e com os parentes deles de Palermo. Um bola-murcha, um bostamerda, um cagão. Fosse mesmo da *Cosa Nostra*, já teria se vingado do Tucci. Fosse o Tony, mesmo, um informante, o Tucci não conseguiria fugir tão facilmente da Sicília...

– Eu concordo. Por que, então, essa aproximação com a imprensa, e na presença de um delegado? Você não quer consultar, ahn, o John Gotti?

– Caralho, Brodie, se eu tocar nesse assunto com o Johnny Boy, ele me esgana. Lembre-se de que eu estou na mira da promotoria. O Gene já se fodeu. O Johnny Boy se contorceu pra caralho até se livrar do caso O'Connor. Porra, Brodie, eu preciso ficar na moita. Porra, Brodie, me poupe dessa merda...

Villapiano, de todo modo, insistiu:

– OK. Mas, eu faço o quê, agora?

John Gambino cortou o papo:

– Brodie, quando o Tucci botou aquela bomba no carro do Tony, a nossa Família ficou putíssima. Só ajudou porque o Eugene praticamente implorou. O Johnny Boy montou um plano pra desvendar os mistérios desse tal de Tony – mas esqueceu o assunto. Tá cheio de problemas maiores, aqui no "Vulcão". O tal do Tony deve ter ensandecido. *Cazzo*, ignore esse babaca, por favor...

– Entendo. Mas, ainda assim...

– Porra, Brodie, não tem assim e nem assado. O Gene jurou pro irmão dele que largaria este *cazzo* das drogas. E o Johnny Boy não pode saber que eu, raios, continuo tocando à frente o *cazzo* do negócio do mano dele. Aliás, como anda o plano do Johnny? Talvez o Johnny me pergunte a respeito...

Villapiano reportou que Tucci efetivamente se escondera por meio ano no Rio, sem um pio e sem um movimento. No entanto, depois de se mudar para São Paulo, não mais seguira as determinações de John Gotti:

– O Tucci não quer saber de se reaproximar do Gero. Está mijando nas calças, principalmente agora que o tal do Tony voltou ao Brasil...

– Brodie, force ele a cumprir o plano todo. Diga que o Johnny mandou, porra. Fica mais fácil. Sem o Tucci lá na Sicília, com essa confusão imbecil aí no Brasil, nós vamos perder uns bons milhões de dólares nos próximos meses. Lembre-se de que a promotoria e o FBI também estão na minha cola. O Gene já dançou. O Johnny tá afogado num oceano de problemas – e eu ainda tenho os meus, caralho. Brodie, preciso de uma puta grana pra me proteger e pra me defender na Justiça. *Cazzo*, eu repito, Brodie: o Gene pegou cinqüenta anos e eu corro o risco de pegar um século de cana. Cê sabe o que é um século?

Villapiano sequer imaginava. Havia cometido, também ele, Villapiano, uma estupidez descomunal. Desde a explosão da Via Dante, quase dezesseis meses antes, permitira que o seu barco navegasse no piloto automático. Talvez por culpa de Eugene Gotti – ou de John Gambino. Sem Francesco Tucci e sem a centralização do negócio em Palermo, a cada dia Ruggiero Castellamare se tornava independente. Gero havia estabelecido a sua nova conexão, em Cali, sem consultar Villapiano. Aos poucos, Gero havia invertido a situação.

Quem garantia que Gero e o seu mano Tony não eram cúmplices em um projeto diabólico para foder toda a Família Gotti? Única solução: Villapiano recuperar depressa o comando do seu barco, retomando a rota determinada por John Gotti dezesseis meses antes. Sim, colocar Francesco Tucci diretamente no colo de Gero. Provocar Tony. Obrigá-lo a se expor. Fazer com que Tucci e os Castellamare se incendiassem entre eles. Apreciar o fogo de camarote – e livrar a Família Gotti dos três. A única forma de Villapiano sobreviver...

▼

O raciocínio reconfortou Villapiano, acomodado numa poltrona ao lado da enorme mesa rústica da varanda dos Tucci, com uma visão deslumbrante do topo da serra da Cantareira. Villapiano se serviu de um café e examinou os interlocutores: além de Tucci e de Iago, a bela Bruna Maria. Foi Tucci quem rompeu o gelo, fingindo coragem, fingindo concordar com Villapiano:

– Se o John Gambino assegura que o Tony Castellamare é um bosta, eu só posso agradecer a opinião. Aliás, vindo do Gambino, é uma opinião crucial. Tá certo. Creio que nós podemos esquecer o *cazzo* do Tony Castellamare...

Villapiano suspirou fundo – e observou:

– Podemos, sim, Ciccio. Mas nós precisamos, também, retomar o nosso negócio. Colocamos um mundo de dinheiro nesta operação. Tudo corria muito bem – até você fazer a puta cagadona de explodir o carro do *playboy*...

Marco Iago interrompeu a dura bronca:

– Já admitimos a nossa tolice, senhor Villapiano. E já despejamos todas as cinzas do mundo nas nossas cabeças. Seguimos todas as determinações que o senhor nos transmitiu. Concordo que adiamos um pouco o cumprimento da segunda parte do projeto. De qualquer modo, estamos aqui, a escutá-lo...

Villapiano reagiu, rigorosamente didático:

– O *consigliere* calcula quanto esse atraso nos custou? E quanta grana ainda nós vamos perder, se não refizermos depressa a nossa conexão? O Gero Castellamare vai-se transformar, sozinho, no rei das drogas no Brasil...

Fosse um matemático, Villapiano desenharia um gráfico, de ordenada e abscissa. Talvez, de fato, Tony Castellamare representasse um risco quase zero para o negócio. Gero, porém, precisava ser neutralizado, rapidamente. A única solução, Villapiano explicou, melifluamente, aos seus três interlocutores, seria Francesco Tucci retomar de Gero, imediatamente, o seu antigo poder:

– Ciccio, ainda dispomos de algum tempo. Lembre-se, por favor, de que todos os nossos problemas começaram quando você se tornou um entregador de mercadoria a esse cobiçoso do Gero. Cagada um: não existisse um Gero na sua vida, não haveria também um Tony. Cagada dois: a bomba. Não existisse a porra da bomba, no carro da mulher do Tony, nós não estaríamos aqui, hoje, tentando salvar o nosso negócio. Aliás, o negócio da Família Gotti...

Ninguém piscou na varanda da mansão da Cantareira.

Villapiano prosseguiu, professoral:

– O que o Gero faz, por favor, não é negócio, não é *business*. O Gero não se interessa um milímetro pelo nossa organização, pela *Cosa Nostra*. O que o Gero quer, por ambição, por auto-afirmação, perdão, a madame, *please*, tape os seus ouvidos, o que o Gero quer é comer o cu do irmão dele...

Bruna Maria virou bicho. Apesar do rosto apavorante do buldogue:

– Caro senhor Villapiano. A Família Tucci agradece os seus conselhos. A Família Tucci, entretanto, não se encarrega das questões da segurança dela aqui no Brasil. Foi a Família Gotti quem nos retirou de Palermo. E foi a Família Gotti quem nos prometeu cobertura. Faz quase dezesseis meses que a Família Tucci queima as suas economias. Admito que são vastas. Mas porque nós seguimos as orientações da Família Gotti, estamos defasados. *Càspita*, nós consumimos uma fortuna na manutenção desta casa. O senhor se lembre, por favor, das recomendações que nos fez: nada de funcionários fixos, além do cozinheiro que trouxemos do Rio. Por causa das suas precauções, caro senhor Villapiano, gastamos uma fortuna com uma empresa de jardinagem, com uma empresa de limpeza. Vivemos como prisioneiros, acuados. Ora, de que modo poderemos, nós, impedir que o Gero se torne, ahn, o rei das drogas? Se, na sua respeitável opinião, o Gero vai se tornar um empecilho, creio que cabe ao senhor, exclusivamente ao senhor, impedir que isso aconteça, OK?

Terrível depreciação. Villapiano jamais ouvira uma frase tão rude de uma mulher. Pensou em socá-la. Mas se conteve. Villapiano, inclusive, com sinceridade na alma, admirou o vigor daquela mulher de longos cabelos:

– Compreendo a sua tese, madame. Ordens, no entanto, são ordens. E as ordens vieram de Nova York. E nós, bem, não poderemos contestá-las...

Marco Iago tentou argumentar. Francesco Tucci, também. Só que Bruna Maria, uma outra vez, se antecipou. Os olhos verdes gelados, ela fulminou:

– Em termos, em termos, senhor Villapiano. Aceito que não poderemos contestá-las. Mas poderemos aperfeiçoá-las. O senhor não concorda?

Villapiano retrucou, ironicamente:

– Sou todo ouvidos, madame. À sua disposição...

Bruna Maria arrematou, veloz como uma cascavel:

– Do Gero Castellamare cuido eu...

Incrível. Impressionadíssimo, Villapiano se calou. Que mulher! Num rompante, Bruna Maria assumira o timão. Villapiano meditou alguns segundos naquela sugestão insólita, inusitada. Jamais ousaria notificar John Gambino da proposta de Bruna Maria. Não se tratava, contudo, de uma idéia absurda. Gero Castellamare adorava receber uma cantada feminina. Talvez aquela sugestão, aparentemente absurda, funcionasse melhor. Colocar Francesco Tucci no colo de Gero Castellamare talvez provocasse uma guerra pública de conseqüências incontroláveis. Uma guerra que interessava a John Gotti, sim, mas não a ele, Villapiano. Sim, talvez aquela Bruna Maria conseguisse envolver e dominar Gero Castellamare sem que ele, Villapiano, acabasse chamuscado.

Villapiano concordou com um mero meneio de cabeça. Francesco Tucci e Marco Iago não se moveram. Vitoriosa, Bruna Maria arrematou:

– Não se preocupem. Do Gero Castellamare cuido eu...

▼

Fazia lá fora um calor nigeriano. A atmosfera pegajosa dava sono e, na varanda, numa rede manemolente de sisal, Tony Castellamare dormitava, Bill e Lola ao seu redor. De repente, um movimento brusco dos pastores reavivou a sua atenção. As orelhas empinadas, os dois cachorros se levantaram do piso recém-encerado. Como dois palhaços em patins, Bill e Lola estrepitosamente escorregaram varanda abaixo. Catapimba, trombada, Tony se aguçou.

Logo, de todo modo, os dois cães se reergueram, brincalhões. Recebiam uma visita que tinham aprendido a apreciar. Uma amiga nova, Lídia Brandini. A repórter desembarcou na varanda, sem nenhum medo dos pastores do *capo*. Afinal, oniricamente imaginava, para aqueles bichos já fazia parte da Família. Quando Lídia se inclinou, prestes a acarinhar os dois cachorros, o seu decote se abriu e expôs, soberbamente, toda a paisagem dos seus lindos seios.

Tony viu. Estremeceu. Não tinha uma mulher desde a véspera exata da morte da mulher. Costumava trepar com Marina praticamente todas as noites. Na verdade, às vezes à tarde, em outras também de manhãzinha. A esposa lhe propiciava o máximo possível de nutrição sensual. Sim, Tony estremeceu, ao mesmo tempo com saudades de Marina e pelo tesão que Lídia insinuava. Daí, se ergueu da rede e, antes de saudá-la, investigou a repórter com o olhar de um fauno. Lídia percebeu o terremoto que provocara. Desfilou pela varanda num composto gracioso de malha bege, o saiote a lhe roçar o topo dos joelhos e a blusinha esvoaçante a valorizar a sua opção – sem sutiã, lembrar Tony do dia anterior. A sua pele e a sua carne ainda vibravam naquele ponto do corpo que Tony, audaciosamente, impetuoso, havia roçado com sua mão invulgar.

Enfim, os dois se beijaram – nas bochechas. Lídia esperava muito mais. O *capo*, contudo, preferiu se conter. Apesar do prazer fenomenal que a visão da garota lhe sugeria, não pretendia incluí-la, fisicamente, no seu projeto. Não desejava magoá-la, não queria que Lídia corresse qualquer tipo de perigo além da frustração inevitável de descobri-lo como o promotor de uma *vendetta*. A jornalista não reclamou da distante formalidade do *capo*. Muito ao contrário, ousadamente, inesperada, envolveu os ombros fortes de Tony com os braços – e o puxou de encontro ao seu torso. Num micro-segundo, conseguiu hipnotizá-lo – e dominá-lo. Entorpecido, Tony sucumbiu ao enlace da garota e permitiu que os lábios de Lídia, caudalosamente, se encaixassem nos seus. Embriagado, entonteceu, perdeu o controle. Precisou se camuflar atrás de um cigarro.

Tragou. Tossiu, tossiu – e daí perguntou, gaguejante:

– E então, cadê a minha reportagem de estréia?

Lídia gargalhou, iluminadamente, pelo constrangimento do *capo* e pela euforia que preenchera todos os desvãos do seu espírito. Aproximou o nariz do colo de Tony para fungar o delicioso aroma de Drakkar Noir que emanava do seu novo namorado. Sim, a jornalista já se considerava a amante de Tony

Castellamare. Suavemente, o *capo* se desvencilhou. Só então a garota denotou que Tony vestia uma calça de brim cáqui e um insolente camisão de macia linha grená, um lenço de seda, em motivos *cashmere*, amarradinho ao redor do seu pescoço, como adorava Porfírio Rubirosa, o clássico *latin lover*.

Tony vasculhou um bolso e dele retirou uma caneta Waterman:

– Já estou de arma em punho...

Os dois riram bastante com o duplo sentido da frase. Ao lado de Tony, a jornalista vivia uma sensação extravagante, inexplicável. Pensou em Marina. Como seria Marina? E como, no céu, Marina reagiria àquela situação, o seu homem com uma outra mulher, quase dezesseis meses depois? Considerou que Marina, seguramente, queria a felicidade de Tony. Livre da preocupação, passou a idealizar Tony na cama, talvez a balbuciar frases de amor em dialeto siciliano. Bateu-lhe um calafrio molificante. Tony entendeu. E riu:

– Nervosa?

Lídia não respondeu. Só acenou, sim, sim, de cabeça, num trejeito que fez Tony apertá-la fervorosamente. Um minutinho depois, o *capo* se afastou e examinou a garota, com a ternura temerosa de um adolescente. Recalculou a idade que Lídia teria. Nada além de 25 ou 26 – ah, que placidez...

▼

Menos de quarenta minutos depois de desfiar, minuciosamente, a sua biografia inteira, Domi Pignatello, no colo moreno de Elisabeth, já dormia e já sonhava com o pai que mal havia conhecido e com a mãe que tinha estimulado e que tinha exacerbado a sua compulsão pela vingança. Filho único, Domi. E um filho sem o prazer dos jogos da infância e da adolescência. Primeiro, um moleque intensivamente instigado pela progenitora a lavar a honra do seu sobrenome. Depois, um garoto insidiosamente treinado pela Máfia para matar. Domi adorava o pai. Mas Domi desprezava a mãe, que um dia sumira de sua vila, carregada rumo a Roma por um vendedor de cacarecos. Feliz Domi. Ao menos, ao lado de Elisabeth, ele se esquecia de Joana e de Maçambaba.

Do seu posto de observação, a luneta da sua alma pregada na exaustão do homem que conhecera como Guido Piccinini, bem devagarzinho a moça lacrimejava, cada gota a se arrastar, brilhando, através de seu rosto penalizado. Elisabeth, todavia, era mais rija do que aparentava. Um assassino profissional? Ora, no morro do Salgueiro, de onde provinha, pululavam os matadores, de gente e de esperanças, de pessoas ou de consciências. Elisabeth não se chocou com a história de Guido Piccinini – ou de Dominic Pignatello. Sim, Domi, um belo batismo, Dominic, o cão de guarda do Senhor. O anjo de Deus na Terra. Beth gostava bem mais de Domi Pignatello do que de Guido Piccinini.

Com uma ternura exemplar ela penteou e repenteou, nas unhas longas, os cabelos lisos e claros do namorado. Um namorado, Beth pensou. Sim, mais um namorado do que um matador profissional com quase quarenta crimes já entalhados na coronha da sua mente. E um namorado que admitia a sua cruel desdita e que desistia da vida na Máfia para entregar o seu corpo exausto a uma desconhecida absoluta. Beth concluiu que Dominic precisava de apoio – e de muito amor. Decidiu premiá-lo com a sua melhor afeição. Estoicamente, resolveu que protegeria Domi, ou Guido, fosse quem fosse aquele homem.

▼

Tony Castellamare consertou apenas três vírgulas e 26 grafias no texto que Lídia Brandini redigiu e que ele assinaria para os jornais do Grupo Perfil. Bobagens e distrações como Aielo, Mazzeria, Buonnano, John Gotty e, até mesmo, deliciosa espatifação, um Castellamare com um l só. O *capo* se encantou com a capacidade da repórter na descrição da casa de seus pais, das suas manias já reveladas, dos seus cacoetes de comportamento, dos seus cães, das suas idiossincrasias. Um texto liso – e limpo. Um texto modelar.

– E então, autorizamos a impressão?

A pergunta de Lídia Brandini desequilibrou Tony Castellamare. Por um átimo, um segundo, o *capo* estranhamente hesitou. Deveria, mesmo, publicar aquela revelação? Deveria, mesmo, se exibir tão francamente? Deveria levar à frente o seu projeto cruel de *vendetta*? Ou deveria abandonar aquela operação, aquela insanidade descomunal, e apenas mergulhar no amor da jornalista?

Lídia sacou que Tony curtia as suas dúvidas:

– Ei! Ou! Autorizamos a impressão?

Também o desaparecimento de Domi corcoveou na sensibilidade do *capo*. Que reação Domi teria ao ler aquele texto monumental nos jornais mais importantes do país? Domi ressuscitaria? Domi reprocuraria Sissi e Pellê? Domi retornaria à Família Castellamare? Ou assassinaria Leonel Pavone?

Sem uma resposta, Tony meramente afagou as costas quentes da garota. Um arrepio, Tony percebeu. Tesão. Ah, valeria a pena Tony se arriscar?

– Lídia...
– Ahn?
– Por mim, tudo bem...
– E daí, qual é o problema?
– Eu preciso que uma outra pessoa leia este texto...
Fulminante, a ciumeira fervilhou nas veias da repórter:
– Outra pessoa, pô? Você não confia em mim?
Tony rebuscou no seu arquivo mais cauteloso e mais seguro a expressão que justificasse a sua finta. Titubeou, até encontrar uma solução:
– Subitamente eu fiquei inseguro, me perdoe...
– Tá legal, a cara é sua. O medo é seu, também...
– Li, não se trata de uma questão de medo...
Li. Ele me chamou de Li, a repórter realizou. E se amaciou:
– Qual é o problema, Tony? Diga. Posso ajudar?
O *capo* abraçou a garota. E, meigamente, sussurrou:
– Não fique brava. Mas eu preciso que uma outra pessoa leia...
Lídia Brandini se desvencilhou:
– E quem seria essa pessoa?
– Talvez mais do que uma pessoa.
Tony apagou o seu cigarro e prometeu:
– Você vai saber, já-já...

▼

O par de fotografias permaneceu na mesa até que Leonel Pavone criasse coragem para recolhê-las com o seu braço em pleno terremoto. O *consigliere* Paolo Garzya, na pele de Luciano Trentacinque, auxiliou o bicheiro:

– Você já viu este rosto em algum lugar?

Você. Garzya premeditamente havia trocado o senhor por você. Pavone entendeu que o laço se fechava em seu pescoço. A vida a prêmio, resistiu:

– Não! Nunca!

Um não e um nunca, todavia, que não convenceram ninguém. O *puzzle* se completava. Paolo Garzya vislumbrou a verdade inteirinha. Desesperado, o bicheiro cagão lutava para preservar a própria carne. Sim, sem erro, a Leonel Pavone cabia a responsabilidade do desaparecimento de Domi Pignatello.

Em vez de matar, o *consigliere* afrouxou o nó:

– Perfeito, Pavone. Vamos a mais uma cervejinha?

O bicheiro respirou uma montanha. Leve e livre, autorizou:

– Manelão, novas ampolas para os nossos visitantes...

Pobre Pavone, ridículo ator. Pior, o bicheiro se embalou:

– E quem é esse rapaz das fotografias?

Com a paciência de um frade, Paolo Garzya explicou:

– Eu já disse que Don Calógero, o seu filho Tony e eu importamos três profissionais da Itália, e não apenas estes dois aqui. Três, meu caro Pavone. Além do Aldo Prìncipe e do Clàudio Gianfredi, veio da Itália um *barman* de nome Jean Belotti. Estavam os três hospedados no Copacabana Palace, uma generosidade característica de Don Calógero. Dias atrás, porém, o Jean Belotti começou a demonstrar um comportamento, digamos, bem esquisito. Desandou a beber muito mais do que um *barman* costuma – e deve. O Jean Belotti se tornou irritadiço, discutiu com o Aldo e com o Clàudio. E, então...

Pausa para a dramatização, o acorde derradeiro. Todos saborearam as suas birras bem geladinhas. Paolo Garzya abençoou a sua sede e desfrutou o pavor todo, a imbecilidade crassa do bicheiro. Leonel Pavone, o canastrão filho da puta, fingidamente arregalou os olhos, suspirou – e arremedou:

– E então?

Até mesmo Manelão e Petronilho se constrangeram com o papel parvo e pusilânime do bicheiro. O *consigliere* não perdoou. Paolo Garzya se dobrou ao ponto de colar os lábios na orelha esquerda de Leonel Pavone. Daí, como se entoasse um samba-enredo, sonoramente, ritmadamente, registrou:

– E então, o Jean Belotti desapareceu...

Pavone tentou se resgatar com o espanto de um bufão:

– Oh! Não!

Nem por dentro e nem por fora Paolo Garzya sorriu:

– Oh! Sim!

O *consigliere* recuou e acendeu um novo charutinho:

– Sim, Pavone, o Jean Belotti sumiu...

Desabou no quintal um mal-estar de UTI em situação de emergência. Sissi Sparapani e Ropertino Pellegrino se remexeram em suas capas de chuva. Manelão e Petronilho, com o pretexto do calor, foram se instalar debaixo de uma árvore frondosa. Pavone encostou a boca no anzol – e mastigou:

– Don Luciano, eu posso ajudar?

Paolo Garzya concedeu ao bicheiro a sua expressão mais bonançosa:

– Exatamente por isso nós estamos aqui, Eu sei, Pavone, que você é um homem muito, muitíssimo influente, no Rio de Janeiro. Eu sei que você tem gente espalhada na cidade toda. Eu sei que você pode, evidentemente, nos auxiliar. Obviamente, Pavone, Don Calógero pagará os seus serviços...

O bicheiro se engrandeceu, pobre coitado:

– De maneira nenhuma. Um favor a Don Caló é a minha obrigação. Diga-me lá o que eu posso fazer pelo senhor e também por Don Caló...

Paolo Garzya se cansou da brincadeira e apertou o acelerador:

– Encontre o Jean Belotti, inteirinho, e bem depressa!

As palavras tonitruaram no quintal como os ribombos de um canhão. O bicheiro entendeu a ameaça. Já não havia mais sentido em fingir:

– Vou descobrir, Don Luciano. Vou descobrir...

Paolo Garzya se ergueu, com Sparapani e Pellegrino em sua escolta. Os três partiram, sem despedidas, sem confraternização. Muito pelo contrário. No seu caminho de retorno, ao voltear a piscina, Sparapani falseou um passo e esbarrou em Manelão. Jogou o capanga dentro da água, tchibuuum!

– *Pardon*, eu escorreguei...

Enquanto Manelão balbuciava um impropério e os visitantes, de forma bem pouco dissimulada, continham as gargalhadas, Leonel Pavone se afundou num incontrolável torpor. Daí, raciocinou: mesmo que Villapiano telefonasse, em hipótese nenhuma informaria o *gangster* daquela confusão. Num instante o bicheiro prescreveria a Manelão e Petronilho a receita da sua salvação:

– Vocês dois têm 48 horas pra matar esse tal de Jean Belotti. Quero esse porra mais escondido do que ele está. Quero ele no fundo do mar!

▼

É uma aleivosia, uma injustiça, generalizar o homem siciliano como um repressor da mulher. Don Calógero Castellamare, por exemplo, quis a sua livre e, se possível, crítica e desafiante. Talvez porque tinha se casado muito tarde, quase aos quarenta de idade, num *fùlmine*, uma paixão inesperada.

O seu encontro com a Mamma Freda aconteceu depois da II Guerra Mundial, quando Don Calógero retornou à Sicília, com o seu fiel companheiro Pietro Regazzoni a tiracolo, numa missão essencialmente comercial. A Itália fora esfacelada no conflito, precisava vender os seus produtos a qualquer custo – e Don Calógero viu no problema uma maneira prática de enriquecer.

Em dois meses de negociações na Ilha, ele e Pietro colecionaram duas dezenas de fornecedores de alimentos e de bebidas a preços insignificantes. A sua empresa obteria lucros sensacionais com a distribuição dos produtos numa América que, bem ao contrário da Bota, dispunha de uma grana razoável para gastar. A América. Além do Brasil, Don Calógero pretendia enviar os seus alimentos e as suas bebidas para a Argentina e para os Estados Unidos.

A experiência deu duplamente certo. Don Calógero fechou excelentes contratos na Sicília e, na casa de um merceeiro de Palermo, conheceu uma jovem exuberante, de longos cabelos claros e de olhos incrivelmente azulados, Alfreda Fragale, a filha do seu hospedeiro. O *fùlmine*, então, absurdamente atravessou Don Caló. O mesmo relâmpago que bateu na jovem Alfreda.

De noite, no seu apartamento do Hotel Villa Igiea, incapaz de dormir, Don Caló confidenciou ao amigo que a garota arrebatara o seu coração:

– Pietrino, eu estou seguro, achei a mulher da minha vida...

Cauteloso, compenetrado, Pietro lhe pediu que se contivesse:

– Caló, cuidado. Estamos na Sicília. Não se arrisque...

– Medo de quê, Pietrino? Eu quero, mesmo, me casar com ela...

– *Càppitu*, Caló, você mal viu a moça...

– Pietrino, eu juro, achei a mulher da minha vida...

O companheiro imaginou que, na manhã seguinte, certamente Don Caló se esqueceria daquela fantasia louca. Afundou-se na cama – e repousou.

Na manhã seguinte, porém, Don Caló insistiu no tema:

– Você precisa me ajudar. Por favor, sonde o irmão dela...

Ocorreria, naquele dia, uma quermesse no Parco Della Favorita. O pai e o irmão de Freda, os responsáveis pela festa, haviam convidado Pietro e Don Caló. Enquanto, a cinco metros de distância da garota, Don Caló lhe dirigia olhares furtivos, devidamente correspondidos, o irmão de Freda se aproximou de Pietro – e, com uma solenidade tipicamente siciliana, observou:

– Meu pai e eu percebemos que o *fùlmine* pegou o seu Don Calógero e a nossa Alfredina. Não nos opomos. Embora bem mais velho do que Alfredina, creio que o dobro da idade dela, Don Calógero nos parece um homem bastante sério. Esperamos que Don Calógero nos digne com a sua *conoscenza*.

Ah, a *conoscenza*. O mais belo e mais venerável ritual da Sicília. Quem se apaixona escolhe um padrinho e com ele vai à casa da sua amada, anunciar as suas intenções. Muito respeito – e um casamento sólido e duradouro.

Programada a data da *conoscenza*, toda a Família Fragale se reuniu à espera da aparição de Don Caló e do seu padrinho. Mesa posta num quintal ensolarado, toalha de renda e pontos de bordado secular, o melhor vinho da terra, salames variegados, queijo de leite de cabra, a garrafa indispensável de

Passito para os brindes e a comoção. Don Caló encheu um baú enorme com presentes espetaculares que, orgulhosamente, pessoalmente distribuiu.

Preservada dos prolegômenos, a linda Freda só apareceu no quintal uma hora depois dos presentes. Usava um vestido reluzentemente branco, uma fita de alvo cetim a emoldurar os seus cabelos. Don Calógero tremeu. Levantou-se da cadeira que ocupava, limpou a garganta – e, seriamente, afirmou:

– Faz mais de duas décadas que meu pai morreu, aqui mesmo, na Sicília, fuzilado pelos esbirros de Mussolini. Não mereci o privilégio de conviver com meu pai. A herança que dele eu recebi, porém, a herança ética e a herança moral, me dão o direito de hoje estar aqui, no dia mais feliz de toda a minha existência. Peço ao meu padrinho, Pietro Regazzoni, que me apresente.

Num terno negro, um cravo rubro na lapela, Pietro comunicou:

– O meu melhor amigo, Calógero Castellamare, um vero *uomo d'onore*, descendente, me perdoem, da melhor Família que a Sicília já produziu, pede a sua licença, a sua compreensão. Pede, ainda, que eu avalize a sua compostura e o seu caráter. Para mim, uma obrigação fácil e desnecessária. Don Calógero não precisa de defensores. Em nome de Don Calógero, eu homenageio uma dádiva divina, o amor que ele sente pela *ragazzina* Alfreda, sobre quem, na nossa intimidade, costuma se manifestar com inigualável admiração – e de quem jamais se aproximará sem o consentimento explícito dos senhores.

Pulsou forte o coração do patriarca dos Fragale. O pai de Freda estalou os lábios, um sinal de aprovação. Examinou as expressões da filha e de Don Caló. O *fùlmine*. Arrancou um pigarro da garganta. E, enfim, abençoou:

– Quando um homem recorda com tanto carinho a memória de seu pai, e quando um homem, através do seu melhor amigo, oferece a sua deferência, assim, tão completamente, à Família da sua amada, não subsistem as dúvidas. Esse homem terá, ele, eternamente, muito mais do que deferência pela menina que hoje conhece e que, um dia, será a sua feliz esposa e lhe propiciará os filhos que representarão a continuidade da sua estirpe. Don Pietro, assegure a Don Caló que a Família Fragale lhe dá o seu consentimento. Hoje, se fundem a melhor e a segunda melhor das linhagens que esta Ilha já produziu...

Todos riram bastante. Depois dos brindes e da comilança, Freda e Don Caló mereceram dez minutos de solidão, num quiosque dos fundos do quintal dos Fragale. Os enamorados enfim se tocaram, e se beijaram, pela primeira vez. O casamento aconteceria duas semanas depois. Na lua-de-mel, no Villa Igiea, claro, Don Caló se abriu, fervorosamente, com a sua prometida:

– Freda, quero que você participe de todas as decisões de nossa vida. Que você me ajude a construir um mundo diferente para os nossos netos.

A jovem debruçou todo o peso do seu corpo no vigor do marido, o único homem que a abraçaria em sua existência inteirinha. E respondeu:

– Eu não vou decepcionar você...

▼

Nas suas mais de quatro décadas de matrimônio com a Mamma Freda, rigorosamente fiel à sua promessa e ao seu compromisso, Don Calógero Castellamare não lhe escondeu, jamais, aquilo que podia divulgar dos seus negócios. Sobre as coisas mais estritas da Família, porém, ele rarissimamente falava. Coisas de homem, costumava afirmar, embora não fosse um fanático machista. Quando rompeu com Ruggiero, desgastado pela irresponsabilidade visceral do primogênito, pelo seu mergulho cada vez mais suicida na bebida e nas drogas, Don Calógero se limitou a dizer à Mamma, vago e reticente:

– O Gero vai morar sozinho. Prefere amadurecer longe de nós...

A Mamma, por sua vez, também não debatia os problemas de Ruggiero com o pai. Não comentava, pois conhecia perfeitamente os ditames todos da Tradição siciliana. Não comentava, não se intrometia, fingia não se envolver, mas sabia intuir, observar, analisar, julgar. Era uma prerrogativa sua, afinal, construir a própria opinião. Para a Mamma, sim, o primogênito não passava de um devasso, sem o carisma e a retidão de Tony. Mas Ruggiero era seu filho. E, por isso, Ruggiero igualmente receberia o seu amor, a sua proteção.

De longe, enquanto cuidava das suas flores no jardim do sítio de Cotia, a Mamma Freda percebeu que uma relação diferente, seguramente muito mais íntima, começava a brotar entre Tony e a jovem visitante de seios fartos. Uma jornalista, explicara Don Calógero, sem que a mulher lhe tivesse perguntado. Uma jornalista que Tony conhecera na viagem de avião. Um novo amor? Claro, tanto tempo depois da morte de Marina e das crianças, devidamente cicatrizado, Tony bem merecia recomeçar a sua vida, esquecer a sua tragédia. Por que, no entanto, a longa conversa diante de um gravador? E quem seria o homem bigodudo que havia acompanhado a jovem visitante dias antes?

Num impulso inusitado, a Mamma decidiu se aproximar. Queria medir mais de mais perto a intensidade da ternura de Tony pela garota. Queria sentir sem dúvidas a extensão do *fulmine* que o comportamento de Tony sugeria:

– Filho?

– *Mammitina*, que surpresa...

Lídia Brandini se sensibilizou com o abraço que testemunhou. Tocada, a jornalista invejou os carinhos que Tony fez na nuca e no rosto da mãe. Tony, então, se sentou numa mureta e, timidamente, infantilmente, falou:

– Você se lembra da Lídia? A que devemos esta preciosa invasão?

A Mamma cumprimentou a jornalista e convocou o bambino:

– Venha comigo um instante. Precisamos conversar...

O treinamento milenar. O instinto. Tony sacou que a mãe estava prestes a atravessar uma fronteira nunca dantes atingida. Mansamente, obedeceu:

– Lídia, eu volto num momento, OK?

Tony enlaçou a mãe e desceu com ela até as margens da piscina:

– Diga lá, *mammitina*...

– Tonino, eu quero saber o que está acontecendo...

Firmeza. Imposição. Tony reagiu prudentemente. Desguiou:

– Como, Mamma? Acontecendo?

A senhora não se abalou:

– Acontecendo com você, Tonino!

– Você se refere à Lídia? É uma jornalista que eu...

A Mamma interrompeu, secamente:

– Eu sei que é uma jornalista. O que ela faz aqui?

Tony achou melhor se abrir de vez:

– Fez. Uma longa entrevista comigo. Trouxe o texto final para a minha autorização. Eu já aprovei. Quero, porém, que duas outras pessoas leiam...

Impassível, a Mamma fitou o filho, em silêncio absoluto.

Tony aproveitou a mudez da senhora:

– E eu pensei em você – e na Nicinha...

▼

Meses depois de se casar com Max Regazzoni, numa madrugada muito fria de inverno, Nícia de Souza se assustou ao acordar sozinha na cama. Mais, se apavorou ao constatar que Max, no telefone da cozinha, e em dialeto, conversava nervosamente com alguém. Nicinha não conhecia aquele idioma estranhíssimo que o marido apenas utilizava em alguns papos com o mano Lindy e com Don Caló Castellamare. Papos que Max pretendia ocultar dos ouvidos dos não iniciados nas coisas da Família. Gente como Nicinha. De todo modo, pelo tom da voz de Max, imediatamente percebeu que se tratava de um assunto bastante grave. Pior. Nicinha entendeu ao menos duas palavras, dois nomes, identificáveis em qualquer língua – Tonino e Ruggiero...

Voltou ao quarto e esperou que Max retornasse também:

– Max, eu quero saber o que está acontecendo...

Firmeza. Imposição. Max reagiu prudentemente. E desguiou:

– Como, Ni? Acontecendo?

Nicinha não se abalou:

– Acontecendo com você, Max!

– Você se refere à ligação? Era o Tony, de Palermo...

Nicinha interrompeu, secamente:

– Eu sei que era o Tony. Mas, a esta hora?

– Ni, outro fuso. Em Palermo são dez da manhã...

– Não minta, Max. Foi você quem chamou, não o Tony.

– E daí?

– Daí que eu não pretendia escutar, mas escutei. Não compreendi, mas senti. Você tenso, você puto, furioso, provavelmente por causa do Gero...

Max achou mais conveniente se abrir de vez:

– Tudo bem, Nicinha, você tem direito a três perguntas...

Apenas três perguntas. Nicinha não poderia desperdiçar nenhuma delas. Decidiu utilizar ao máximo a sua prática na Sociologia. Foi diretíssima:

– Você faz parte da Máfia?

Max nem suspirou:

– Resposta um: não!

Nicinha insistiu no tema:

– Don Caló faz parte da Máfia?

Max permaneceu impávido:

– Resposta dois: não!

Última chance. Nicinha ainda tentou:

– E o Tony, faz parte da Máfia?

Prélio encerrado. Max desligou:

Resposta três: o Tony é filho de Don Caló.

Desesperada, Nicinha esperneou:

– E o Gero, faz parte da Máfia?

O marido exibiu a sua melhor condescendência:

– Ni, você já gastou as suas três perguntas. Mas, eu amo você. E eu serei generoso. Que a Mamma Freda me perdoe: o Gero é um grande filho da puta...

Daquela madrugada em diante, Nicinha jamais retomou o assunto.

▼

Nicinha recebeu envaidecida o convite de Tony para examinar o texto que Lídia Brandini havia levado ao sítio dos Castellamare. Com a paciência de um caramujo, Tony lhe explicou os seus motivos. Pretendia se desvencilhar do mito cruel que o perseguia desde a morte de Marina e das crianças. Queria mostrar ao mundo que não tinha nenhuma conexão com a Máfia e com os mafiosos. A melhor maneira: se expor, publicamente, numa reportagem.

A Mamma Freda não deglutiu a lorota com a mesma sobranceria. De todo modo, topou participar do jogo. Dentro de campo, reuniria muito mais informações, sem se arriscar às perguntas que Tony não responderia. Nicinha considerou sensacionais a apresentação de Lídia Brandini e o artigo que Tony assinaria. A Mamma Freda, contida, desconfiada, preferiu se abster. O filho, inquieto com a postura evasiva da Mamma, não resistiu – e questionou:

– Que houve, Mamma? Não gostou? Alguma sugestão?

– Tonino, por mais que você justifique, eu não aceito essa história. Por que, assim, tão de repente, você decidiu se transformar, ahn, num especialista em Máfia? Que plano diabólico você está escondendo, ahn, atrás dessa...

Tony não camuflou a sua impaciência:

– Dessa quê, mamãe?

– Dessa burla, dessa farsa, Tonino!

O filho entendeu que chegara o momento do corte:

– Mamita, não existe farsa nenhuma. Além disso, tudo está acontecendo com o pleno conhecimento e com a integral autorização do meu pai.

Uma expressão punitiva, aquela, meu pai. Nem Don Caló e nem o seu marido. Com a expressão, meu pai, Tony queria isolar a Mamma Freda.

A senhora, no entanto, não se dobrou:

– Eu não pensei, em momento algum, que você ousasse, na minha casa, inventar uma coisa, ahn, essa burla, sem o consentimento do seu pai.

Uma dura reação, aquela, na minha casa, o consentimento do seu pai. Tony ainda esboçou um lampejo de conciliação, de contemporização:

– OK, mãe. Do quê, digamos, você, ahn, desconfia?

– Agora há pouco, na edícula, eu vi o Pippo lubrificando uma coleção de pistolas e de espingardas. Por que tantas armas na minha casa, Tonino?

Cinematograficamente, o filho gargalhou:

– *Mammitina*, e isso aborreceu você? Mamãe, você mesma falou, uma coleção. O Pippo tem uma coleção de armas. Nada de especial, mamãe...

Rispidamente, a Mamma Freda se enfezou:

– Antonio Salvatore Castellamare, eu sou uma velha, e não uma imbecil. Eu nunca me envolvi nos negócios e nos problemas de seu pai. Nunca me meti nos seus negócios. Tonino, eu respeito o seu sofrimento, eu sei que não tenho o menor direito de discutir os seus problemas, seus negócios – a sua vida...

A Mamma apontou Lídia Brandini, na varanda, e prosseguiu:

– Não tenho o menor direito de discutir as suas mulheres, com você ou com seu pai. Só que nós estamos no Brasil. E não na Sicília. *Capisce*!

O filho ignorou a citação gestual da jornalista. Mais preocupado ficara ao escutar da Mamma o seu nome completo. De todo modo, tentou fintar:

– Brasil, Sicília? Que significa essa comparação, *mammitina*?

A senhora acarinhou, calidamente, a face do seu pimpolho:

– Você é mais inteligente do que está me demonstrando, Tonino...

Embora constrangido, Tony não recuou:

– E daí, mamãe?

Bruscamente, a Mamma Freda se empertigou:

– Peço-lhe apenas um favor, meu filho...

Mistura de concessão e de enfado, Tony roçou bem de leve o queixo da senhora e também se empertigou, um aluno à espera do seu boletim:

– Diga, mãe...

– Eu lhe peço, Tonino, chega dessa coisa milenar...

Tony Castellamare sequer piscou.

– Chega, eu lhe peço, *vendetta*, não!

Havia mais amargura do que temor naquela observação. Determinada Mamma Freda. Tony, angustiado, quase chorou. Mas, enfim, desembestou:

– Mamma, acredite, eu não estou pensando numa vingança, acredite. Se eu quisesse uma *vendetta*, eu já teria providenciado tudo, em Palermo...

A mãe segurou as duas mãos do filho. E metralhou:

– Concordo. Se você quisesse se vingar de alguém – em Palermo...

Tony quase soçobrou. Gero. A Mamma imaginava. A Mamma sabia. Não encontrou outra saída além de abraçá-la e mentir:

– Não se preocupe, Mamma. Eu não estou pensando em *vendetta*.

Com o seu coração moído, a Mamma depreendeu que o seu esforço se esgotara. Sem um pio, se libertou de Tony e foi se esconder em seu quarto.

▼

Entristecido, envergonhado, Tony se reaproximou de Lídia Brandini:

– OK, Li, OK. *Nihil obstat*. Você conseguiu o *imprimatur*...

Apesar do comentário jocoso em latim, a jornalista percebeu que Tony batalhava para falsificar a sua alegria. Idealizou um modo de consolá-lo:

– Maravilha. E parabéns, brilhante articulista. Agora, só basta que você assine a cessão de direitos autorais e me dê o número da sua conta bancária para o "Perfil" depositar o seu pagamento. Serão US$ 10.000,00, Tony...

O *capo* relaxou. E riu:

– Eu não preciso do dinheiro do "Perfil", minha querida...

– Mas o "Perfil" exige que você receba. Ou doe o seu cachê...

Tony pensou quinze segundos:

– Verdade. Posso cedê-lo a você?

Lídia Brandini gargalhou:

– De jeito nenhum. Eu perco o meu emprego...

– Então, me aconselhe...

– Uma instituição de caridade...

– Li, faz uma semana que eu cheguei. Não conheço ninguém...

– Tá bem. Tenho uma proposta...

– Diga lá...

– Eu vou até o "Perfil", entrego a matéria – e espero o primeiro *print*. Devo obter esse *print* lá pelas dez horas da noite. Até as dez, você se informa melhor e escolhe a instituição. E me diz qual – durante o nosso jantar...

Tony sinceramente se confundiu:

– O nosso jantar?

– Isso mesmo, estou convidando você pra jantar...

O *capo* se acendeu:

– Perfeito. E onde será esse jantar?

Lídia Brandini atalhou, com uma rara brejeirice:

– Na minha casa...

Subitamente, Tony se embaraçou:

– Na sua casa?

– Isso mesmo. Vou provar que também sou uma ótima cozinheira...

O *capo* pensou um segundozinho só:

– Mais do que perfeito. E como eu chego lá?

– Eu faço um mapa...

Riram bastante, os dois. Lídia Brandini passou o seu endereço a Tony e, numa promessa de muito mais, superficialmente, beijocou os lábios do *capo*.

Com o braço direito nos ombros da garota, Tony a escoltou até o portal do sítio. Então, num gesto juvenilmente cavalheiresco, ainda lhe disse:

– Na sua próxima visita, por favor, entre com o carro, tá?

Lídia Brandini gargalhou, e se despediu.

De volta à varanda, Tony brincava com Bill e Lola quando Pippo Carotè interrompeu os seus devaneios. Uma ligação interurbana, a cobrar.

▼

De um orelhão carioca, com uma visão privilegiada da fortaleza de Leonel Pavone, o *consigliere* Paolo Garzya transmitiu ao *capo* o seu relatório mais completo. Não descobrira o paradeiro de Dominic Pignatello. De todo modo, estava seguríssimo. Domi vivia ainda. Tony Castellamare se aliviou:

– Agiu formidavelmente, Paolì. Creio que estamos alguns lances adiante do Pavone. Concordo, ele não suportaria a pressão caso soubesse do Domi, ou se tivesse eliminado o Domi. Isso me parece claro, e definitivo. Agora...

Paolo Garzya esperou pelo engate do amigo:

– Bem, agora, Paolì, pense comigo, um resumo do caso...

– Vamos lá, Tonino...

Ponto um: o Pavone é um cretino...

– Bate.

– Dois. Como nós prevíamos, quando o papito lhe falou dos nossos três homens no Rio, o Pavone informou o Villapiano – que notificou o Tucci. E o Villapiano pediu ao Pavone que sondasse os nossos homens. Paralelamente, o bicheiro recebeu uma encomenda – Joana. Não sabia como se livrar da bomba. Então, eureca, propôs a um dos nossos homens que matasse a mulher...

– Bate.

– OK. No chute ou na coincidência, o Pavone pegou o Domi. Poderia ter fisgado o Sissi ou o Pellê. Pegou, sei lá por quê, exatamente o Domi...

– Bate. Foi mesmo na coincidência. O Sissi verificou todas as ligações recebidas pelos três no apartamento do hotel. Algumas aconteceram nas horas em que ele e o Pellê dão as suas cochiladas depois da piscina ou do almoço. O Domi é o único que não tem o hábito da sesta. Uma puta coincidência...

– Tá. Quatro. O Domi topou. Cagadona minha, Paolì. Eu jamais passei uma ordem direta ao Domi. Sempre falei com ele através de insinuações, ou de metáforas – qualquer coisa que o Pavone tenha dito, o Domi interpretou como uma determinação minha, ou mesmo uma ordem de Don Caló...

– Bate.

Tony se angustiou:

– *Càppitu*! Assassinar uma mulher, *du sciccareddu*!

Paolo Garzya concluiu:

– E, quando realizou a cagadona, o Domi ficou com medo de enfrentar você. Preferiu desaparecer – ao menos, até que a tempestade se amaine...

O *capo* e o *consigliere* permaneceram mudos por alguns segundos.

Tony, então, recuperou o seu prumo:

– Agora, Paolì, o ponto mais grave deste *imbroglio*...

– Diga, Tonino...

– O Domi não precisa ter medo de mim...

– Eu sei disso...

– O problema do Domi, eu insisto, agora, Paolì, o problema se chama Leonel Pavone. Principalmente agora, Paolì, depois da sua visita, das suas ameaças veladas, do empurrão do Sissi no capanga que desabou na piscina. Você, Paolì, por favor, você tem de encontrar o Domi, antes do Pavone...

– Eu também sei disso...

– Paolì, fique de olho nos caras do Pavone...

– Eu já estou de olho neles, Tonino. Permanentemente...

– Bravo! E boa sorte...

– Merda! Nós precisamos, Tonino...

▼

Na casa de Lídia Brandini, no bairro boêmio da Vila Madalena, Tony Castellamare se sentiu com vinte anos de idade. Era uma casa pequenina, sala e dois quartos, um banheiro trivial, uma cozinha compacta, um jardinzinho na frente, um mínimo quintal nos fundos – mas uma casa gostosa, ao estilo da jornalista. Um único quadro, óleo imponente, em estilo abstrato, presente de um ex-namorado da garota, dominava a sala, bem acima do aparelho de som. Não havia sofá e nem cadeiras no lugar. Lídia gostava de ler, e de escutar os seus discos, basicamente do pop brasileiro, numa rede de pano grosso – ou numa montanha de fofos almofadões, espalhados através de um carpete.

Mais habituado aos móveis triviais, embora apreciasse uma rede, o *capo* optou por examinar a *print* do "Perfil" na mesa da cozinha – enquanto a garota aquecia, num forno de microondas, o *Chop Suey* que havia encomendado numa *delivery* de comidinha chinesa. Tony leu, bebericando uma cerveja.

O "Perfil" efetivamente concedera a sua manchete principal ao furo da jornalista, um título viril de seis colunas: "Suposto ex-mafioso conta a história da organização". Suposto ex-mafioso, Tony riu no cerebelo. A apresentação da jornalista descrevia o *capo* como um personagem de cultura extraordinária e de inteligência singular, um líder natural – que, agora, amargurado pela explosão da mulher e dos filhos, se transformava num homem comum, ainda jovem e simplesmente empenhado em prosseguir a sua vida em paz.

Quanto ao artigo que Tony assinara, ocupava a capa toda de um caderno especial, fogosamente ilustrado com uma árvore genealógica da Máfia nos Estados Unidos, os seus cinco ramos – Giuseppe Bonanno, Masseria/Salerno, Mineo/Gambino/Gotti, Profaci/Pèrsico, Reina/Corallo – e as suas bifurcações eventuais, além de um galho separado, para Chicago e Al Capone. No fecho despontava a identificação do autor, Antonio Castellamare, 30, comerciante de alimentos e de bebidas, mais uma explicação crucial. Tratava-se do primeiro texto de uma série que se estenderia até a atualidade, a década de 80.

– A reportagem ficou ótima, Li. Aliás, ficou espetacular...

– Méritos seus, meu caro...

O *capo* correra um risco enorme, brutal, ao viajar sozinho, desarmado e sem nenhuma segurança, do sítio da Família até a Vila Madalena, na direção da Mercedes de Don Caló. Intuía, na verdade sabia, de todo modo, que aquela noite lhe propiciaria infinitas compensações. Principalmente no departamento do seu plano infernal. Quando a bomba eclodisse, cuidaria da proteção de Lídia. A jornalista recolheu o *Chop Suey* do aparelho e dividiu a iguaria em duas partes desiguais. Colocou a maior delas num prato à frente de Tony:

– Você quer um garfo? Ou sabe usar o *hashi*?

Com uma habilidade surpreendente, Tony capturou uma nesga de broto de feijão do seu prato e a levou, nos pauzinhos, até a boca da jornalista:

– *Voilà*. Eu sou o homem dos dezessete instrumentos.

Lídia aceitou o presente de olhos fechados. E replicou:

– Eu estou mais interessada no décimo-oitavo...

Sem jeito, Tony adotou uma tática mais cautelosa. O desvio:

– Já decidi a quem vou doar o meu cachê...

A garota se espantou. Havia se esquecido da questão do cachê:

– É? E a quem você vai doar?

– Meio a meio, AACD e APAE. A Nícinha me aconselhou...

– Legal, Tony. Ambas precisam, mesmo, de muita ajuda...

Com medo de perder o domínio do papo, Tony rapidamente desistiu da opção diversionista e resolveu recuperar o diálogo de modo mais pessoal:

– Você é mesmo uma grande cozinheira. Descobriu que eu adoro *Chop Suey*. Aliás, você sabia que esta receita não tem quase nada de chinesa?

Lídia se mostrou sinceramente perplexa:

– Como, não tem quase nada de chinesa?

– Não tem, mesmo. Eu juro. Foi inventada em San Francisco, Califórnia, Estados Unidos, nos anos vinte, pelo filho preguiçoso de uma certa viúva, de nome Mah Suey, dona de um restaurante da Rua Powell. O rapaz, Joe Suey, detestava o trabalho no restaurante. Determinado dia, a mãe adoeceu e o Joe precisou cuidar sozinho da casa. Em vez de propor à clientela um cardápio de muitos pratos, resolveu oferecer um só, tudo minimamente cortadinho e tudo bem misturadinho com *shoyu*, *catsup* e um pouquinho de suco de abacaxi...

– Cê tá brincando...

– Tou não. Li num jornal, quando estudei em Stanford...

– Sério?

– Seríssimo. Em inglês, aliás, *To Chop* significa cortar...

– É mesmo. Puta história...

Os dois terminaram a iguaria em silêncio. Da geladeira, Lídia tirou um bolo de chocolate amargo, recheado com um *fondant* cremoso de laranja.

– *Voilà!*

Tony riu, enfeitiçado pela graça da jornalista. Que perguntou:

– Verdade a tal história do Joe Suey preguiçoso?

– Verdadíssima. Juro por Santa Rosalía...

Intrigada, a garota examinou Tony – com uma expressão marota:

– O que você não sabe, Tony Castellamare?

– Eu não sei mentir...

Ambos gargalharam, efusivamente. Então, Lídia reperguntou:

– E o que você ainda não fez, Tony Castellamare?

O *capo* já havia programado a sua melhor resposta:

– Uma coisa eu nunca fiz, porque não me agrada...

Lídia permaneceu à espera.

– Posso contar? Você não vai me achar vulgar ou obsceno?

Talvez imaginando uma confissão mafiosa, Lídia autorizou.

Tony afirmou, num sussurro, com a sua maior gravidade:

– Eu nunca dei o rabo...

Depois de um lampejo de choque, a garota quase sufocou de tanto rir. Quando, enfim, conseguiu recuperar o seu fôlego, voltou a investigar:

– Pô, Tony, sério. O que você ainda não fez?

O *capo* decidiu continuar a brincadeira:

– Tem uma coisa que eu nunca fiz e eu nunca farei. Impossível...

– E o que é impossível para Tony Castellamare?

Tony segurou as mãos de Lídia e escancarou a arapuca:

Eu nunca tive um orgasmo feminino...

Sem hesitar, mensagem recebida, a jornalista se levantou da sua cadeira e, sensualmente, conduziu Tony até os almofadões da sua sala. Acomodou o *capo* no ponto mais confortável da montanha e se aninhou sobre ele:

– Deixe isso comigo. Cuide você do seu orgasmo masculino.

Ato IV

O estopim

Broderick Villapiano não era um *gangster* noctívago. Por causa do seu peso exagerado, além dos 120 quilos, e do excesso de açúcar no sangue, sentia sono logo depois de comer, habitualmente sanduíches e pizzas, que comprava nas imediações do seu prédio, no Itaim-Bibi. Quando não precisava visitar um freguês, no máximo aguardava os últimos telejornais. Através do noticiário do Grupo Perfil, soube da publicação da entrevista de Tony Castellamare.

Acertou o seu despertador para as seis horas. De pijama, mesmo, desceu à portaria do prédio, e lá furtou um exemplar de assinante do jornal do Grupo. Leu e releu, inúmeras vezes, o artigaço assinado por Tony. Resolveu religar a John Gambino. Nova York necessitava conhecer aquela *crazy* novidade.

Como pôde, o buldogue verteu o texto ao inglês. Algum equívoco não deturparia o seu conteúdo. Embora sem mais saco para aquela reinsistência infernal, Gambino escutou, resignadamente, sem comentar e sem interromper. Enfim, quando Villapiano encerrou a tradução, Gambino bombardeou:

– Brodie, puta que pariu, esqueça esse Tony. Se for um agente, queimou o disfarce. Se for um cara de uma Família menor, lá de Palermo, atrás de uma vingança, traiu a *Omertà*. Nos dois casos, o imbecil se danou. Agora, eu não acredito em nenhuma das duas possibilidades. O Tony é só um babaca...

– Eu também penso assim. Um sociólogo da *Cosa Nostra*...

Gambino lançou napalm por cima da sua dinamite:

– Então, Brodie, porra, vamos esquecer esse cara. Tudo bem, ele citou o Johnny Boy. Mas não acusou, não ofendeu, não depreciou. Esse tal de Tony é um babaca gigantesco. Brodie, eu quero que esse tal de Tony se foda...

Sem saída, Villapiano reprisou:

– Eu também...

Destruição arrematada, John Gambino voltou ao seu negócio:

– E o Tucci, continua enchendo a cueca de cocô?

O buldogue optou por um atalho, a ambigüidade:

– Menos do que antes. Fizemos uma reuniãozinha. Eu, o Iago, o Tucci – e aquela loira gostosona que o Eugene comia, aquela tal da Bruna Maria...

John Gambino se recordou:

– Belos peitos, longas pernas, uma bunda incrível...

– Pois é. E ela continua muito, mas muito gostosa...

John Gambino se reconcentrou – e retornou ao seu *business*:

– E daí, Brodie?

– Daí que eles toparam se reaproximar do Ruggiero...

– Ótimo! E quando, e como, isso vai acontecer?

Villapiano se encheu de vanglória:

– Tive uma idéia. O Tucci, com toda a certeza, vai me ligar, ainda hoje, pra falar da reportagem. Na primeira brecha que ele me der, eu forço a barra e eu encontro um modo de colocá-lo no colo do Gero, hoje. Deixe comigo...

– OK. Eu confio em você, Brodie...

– Mais. Eu já tinha ordenado ao Gero que colasse no irmão, me passasse todas as informações possíveis. Acho que o Gero não me obedeceu. *Minchia*, estou pensando em acordar o Gero, agora mesmo, e enviá-lo, imediatamente, à casa do pai. Aquela casa, com toda a certeza, vai virar um pandemônio...

O seu saco esgotado, John Gambino encerrou o papo:

– Isso, Brodie. Hoje, com certeza, a imprensa vai perturbar a vidinha dos Castellamare. Com o Gero por lá, nós teremos, conforme diz o Johnny Boy, as melhores informações de cocheira. Faça isso mesmo, Brodie. *Bye now*...

– Deixe comigo, deixe comigo. *Bye-bye*...

▼

A sua formidável jornada de amor com Lídia Brandini, a sua primeira experiência sexual desde a morte da esposa Marina, dezesseis meses antes, desviou Tony Castellamare do seu eixo, da sua missão. De fato alucinado, o *capo* se esqueceu da reportagem – e perdeu a hora. Quando acordou, ainda na casa da garota, já havia amanhecido. Decidiu telefonar ao sítio de Cotia.

A casa dos Castellamare estava totalmente sitiada. Acontecera, enfim, a repercussão que Tony sonhara. Mais do que a repercussão, a babel. No *cul-de-sac* que conectava uma avenida local ao portal do sítio, estacionavam quatro caminhões das grandes emissoras de TV e os carros dos principais jornais do país, inclusive os concorrentes do Grupo Perfil. Lá se apinhavam, também, alguns correspondentes internacionais. O caos. Don Calógero implorou que o filho corresse de volta. Tony solicitou que Lídia fosse com ele ao sítio:

– Deus meu, Li, que loucura. Parabéns pelo seu prestígio...

– Parabéns pela sua história, Tonino...

O *capo* meditou alguns instantes. Eureca. Uma idéia:

– Você consegue localizar o Telônio Meira?

– Claro que sim. E bem rapidinho. Por quê?

– Peça socorro. E diga que eu necessito de proteção...

Lídia Brandini conectou o delegado. E garantiu:

– O Meira prometeu ir pessoalmente. Com duas viaturas da PM...

– Ótimo!

Quando Lídia e Tony chegaram ao sítio, pelo menos cinqüenta pessoas cercaram a Mercedes dirigida pelo *capo*. Outras duas dezenas de fotógrafos e de *cameramen* se encarapitavam, nas quaresmeiras e nas sicupiras da calçada, na expectativa de uma só imagem feliz. A PM abriu espaço. Meira entrou na Mercedes e determinou a Tony que forçasse o caminho na multidão. Enquanto batalhava contra a turba, Tony pensou, impactado: ah, não mais teria como adiar ou como refrear o seu plano infernal. Daquele momento em diante, o seu torpedo viajaria por inércia, em pleno vácuo, astronave no rumo da Lua.

Um petardo. Absolutamente ninguém mais conseguiria desviar aquele *exocet* do seu destino, do seu alvo, da vingança sem remorso e piedade.

Quatro homens esperavam por Tony na sala de jogos da casa. Lídia já conhecia dois deles, Don Calógero e Pippo Carotè. O terceiro, loiro, bonito, de cativantes olhos claros, imediatamente encantou a jornalista pelo porte e pelo sorriso reluzente. Tony apertou o rapaz, num abraço transbordante:

– Meu melhor amigo, praticamente meu mano, Lindy Regazzoni.

O rosto do outro, além dos seus 35 anos de idade, lembrava vagamente a Dona Freda. Ruggiero. Tony não se surpreendeu com a aparição do mano. Pelo contrário. Sabia que Ruggiero, ao ler o "Perfil" daquela manhã, iria até o sítio, repleto de curiosidade. Muito calmo, o *capo* disfarçou o seu desprazer, beijou o primogênito nas duas faces – e, sério, formalmente, comentou:

– Este é o meu irmão mais velho, Ruggiero Castellamare.

O primogênito invejou Tony pela nova namorada. E se assustou ao ver que o delegado Telônio Meira, o farejador das drogas em São Paulo, escoltava o seu *fratello* e a jornalista. Dissimulou a apreensão. Era a sua tarefa, afinal, cumprir as recomendações de Villapiano, espionar Tony bem de perto.

Tony explicou ao pai o motivo da intrusão do delegado. Don Calógero agradeceu a presteza e a deferência de Telônio Meira. Sobre a mesa de sinuca, vários exemplares do "Perfil", já bem manuseados, se entremeavam às lindas bolas de procedência belga. Num balde de límpida prata, sobravam o gelo e algumas latas de refrigerantes. Don Calógero escolheu um dietético:

– Tony, precisamos colocar um paradeiro nessa confusão. A Mamma e a Gigi entraram em crise. E eu, bem, eu quero o meu sossego de novo...

– Você imagina algum modo, papito?

– Sim. Uma nova entrevista, agora coletiva...

Lídia Brandini reagiu:

– Don Calógero, eu sinto muito. Não concordo. O assunto é meu...

O patriarca se muniu de uma complacência afetivérrima...

– *Carina*, não há uma outra maneira de retirar essa gente daqui...

Tony interferiu:

– Há, sim, papito. E uma maneira muito, muito engenhosa...

Todos fitaram Tony. Inclusive Ruggiero, que continuava atento, embora arredio. Lídia Brandini não gostara de Ruggiero, à primeira vista. Um pouco mais baixo e muito mais robusto do que Tony, a pele tipicamente infartada de um beberrão, ou de um drogado. Tony interrompeu a divagação da garota:

– A Lídia e o delegado terão de me ajudar...

▼

Sentisse mais fome, Francesco Tucci comeria o jornal que Marco Iago lhe entregou com os ingredientes do desjejum. Tucci releu três vezes o artigo de Tony Castellamare no "Perfil". Releu, praticamente sem respirar, atônito e perplexo, na dúvida entre odiar ou idolatrar aquele suposto ex-mafioso.

– Marco, Marco, que loucura! O Tony Castellamare ensandeceu! Você tinha razão! O Tony Castellamare cometeu suicídio – e em público! Porra, ele deu uma entrevista, e na presença de um delegado da Polícia Federal!

A sua expressão transmitia uma mistura de incredulidade e de desafogo. Depois de uma quarta investigação do jornal, Tucci pediu ao seu *consigliere* um arremate minimamente lógico para a situação – insólita, e inusitada:

– Agora, ficou mesmo provado, meu caro Ciccio, que eu tinha absoluta razão. Esse Tony não passa de um idiota, de um desvairado. O Tony acabou. Você pode se tranqüilizar de vez, meu caro Ciccio. O Tony acabou...

Tucci correu ao telefone – e chamou Brodie Villapiano:

– Você já viu o "Perfil"?

Villapiano retrucou, com uma frieza de exorcizar muitos demônios:

– Vi. Um cretino, esse tal de Tony. O John Gambino tinha razão...

Tucci não assimilou a significância total daquele comentário:

– *Cazzo*, e o John Gambino, já sabe da reportagem?

Sibilino, o *gangster* apavorou o bandido palermitano:

– Sabe, Ciccio. Aliás, já sabia, antes de a reportagem sair. O Ruggiero já tinha me contado do encontro do Tony com a jornalista e com o federal, antes de a reportagem sair. Porra, Ciccio, se eu depender da sua inércia, das idéias do Iago e das fantasias sexuais da Bruna Maria, eu me funico. Enquanto vocês esperam a fada-da-meia-noite, caralho, eu ajo – e não dou um ponto sem nó. Eu já me antecipei, Ciccio. Minutos atrás, voltei a conversar com o Gambino. Traduzi a reportagem todinha. E mandei o Gero lá pro sítio do pai dele...

Um alfinete no seu balão. Tucci murchou:

– Ah, ótimo. E o que o Gambino achou?

Villapiano teimou em vociferar.

A sua chance de retomar o poder total:

– Achou ótimo, porra! Com esse artigo, *cazzo*, o tal do Tony se enforcou de vez. Mesmo que não tenha contado bosta nenhuma, traiu a *Omertà*. Se ele, algum dia, fez parte de algum clã de Palermo, perdeu o respeito até mesmo das pulguinhas do cachorro do *picciotto* mais insignificante da *Cosa Nostra*. *Minchia*, Ciccio, chegou o momento de você parar de cagar nas fraldas...

Francesco Tucci não conseguiu se satisfazer. Na cabeça, perfilhava todo o raciocínio de Brodie Villapiano. Aliás, o mesmo raciocínio de Marco Iago. E de John Gambino. Mas, na alma e na pele, tremelicava de pavor de uma *vendetta*. Batia, na sua mente, com a potência de uma perfuratriz, a lembrança de um provérbio siciliano: "Quem fere crianças, se transforma num imortal – um prisioneiro eterno da sua própria sombra". Diabos, precisava reagir:

– OK, Brodie. Que fazemos?

Villapiano amaciou – para, imediatamente, reendurecer:

– Comemoramos a maluquice do Tony...

Tucci permaneceu no aguardo do que viria, depois das reticências.

– Comemoramos, na boate do Gero!

O palermitano se assustou com a inesperada colisão:

– Quê?

Villapiano, de todo modo, não diminuiu o seu tom:

– A boate L'Omertà, caralho. Hoje mesmo! Você, o Marco e a mandona da sua irmã. *Cazzo*, chegou o momento de a Bruna Maria cuidar do Gero...

Tucci percebeu que não se tratava de um conselho. Recebia uma ordem. Respirou fundo. Controlou o terror. E, então, digeriu a determinação:

– OK, Brodie. Eu encontro a boate. Nós estaremos lá, às onze...

– Perfeito. Até lá, nós já saberemos da repercussão do texto do Tony no rádio e na televisão. E eu já terei todas as informações que o Gero prometeu me passar. Eu poderei planejar, e muito bem, o reencontro de vocês...

Uma névoa de tensão pairou sobre a disposição de Ciccio Tucci:

– Perfeito. O Gero, porém, não vai estranhar a nossa aparição?

Impiedoso, o *gangster* arremessou o seu vitríolo:

– E daí? Eu quero, mesmo, que ele tenha uma surpresa...

– Entendo...

– Às onze, então. E, ahn, meu querido Ciccio, mais duas coisas...

Meu querido Ciccio. Tucci incorporou a ira de Villapiano:

– Diga, meu querido Brodie...

O *gangster* lhe imporia mais dois parâmetros inescapáveis:

– Na boate, por favor, você se mostre o dono da situação...

– Como?

– Porra, *padrone della situazione, capisce*? Apareça, na boate do Gero, como se nada houvesse acontecido. Como se você estivesse de férias, OK?

– OK. E a outra coisa?

– Eu quero que a Bruna Maria leve o Gero pra cama, *capisce*?

– Como?

– Ciccio, você me entendeu muito bem. Ela se comprometeu...

– Tá. Deixe comigo, Brodie...

Depois de desligar, Ciccio Tucci consultou Marco Iago. Haveria alguma espécie de intenção sub-reptícia na sugestão de Villapiano? Iago descartou:

– Ciccio, primeiro, foi esse acordo que nós topamos com o Gene. Além do mais, se o Brodie e os Gotti pretendessem nos sacanear, não teriam nos escondido aqui no Brasil. Eles teriam nos fuzilado, faz muito tempo...

– E essa coisa de a Bruna trepar com o Gero?

Marco Iago não se abalou. Conhecia Bruna Maria muito melhor do que Ciccio Tucci. Conhecia todo o potencial mafiosíssimo de Bruna Maria:

– Não se apoquente. A Bruna sabe muito bem como se virar...

O *overlock* lógico. Francesco Tucci tirou as preocupações da cabeça. Já não agüentava mais viver na hibernação. Uma boate não lhe faria mal.

▼

A idéia de Tony era, de fato, espetacularmente engenhosa. Uma coletiva diferente, em que apenas falariam Lídia Brandini e Telônio Meira. Ele, Tony, docemente se submeteria aos fotógrafos e aos *cameramen* – mas não diria absolutamente nada. Caberia à jornalista detalhar, como quisesse, os meandros do seu furo. Caberia ao delegado explicar que Tony e ele haviam feito um acordo. Em vez de colher um depoimento formal, o delegado topara participar das entrevistas de Lídia Brandini, com o direito a qualquer pergunta.

Ainda anestesiada pela sua noite de amor com o *capo*, Lídia Brandini aceitou, imediatamente. Telônio Meira, a princípio, desconfiou da proposta. Temia avalizar oficialmente a lisura de Tony. Não queria aparecer, na TV, nas revistas, nos diários, como o aliado involuntário e presumido de um mafioso – ou de um ex-mafioso. Logo, porém, o delegado se converteu à idéia. Tinha, afinal, como se justificar. Tony possuía uma ficha limpa. Apesar das possíveis suspeitas, Telônio Meira não podia impedir os seus movimentos. Além disso, participar da representação lhe asseguraria a confiança do *capo*. Muito melhor, aquele teatro lhe permitiria se aproximar, também, de Gero Castellamare.

E, quem sabe, se aproximar de Gigi.

Ah, desesperado delegado, em busca de uma nova mulher...

Telônio Meira desceu antes ao portal, a fim de organizar a confusão. Localizou as câmaras e aprumou os microfones todos numa posição eficiente e profissional. Distribuiu várias senhas numeradas de papel – e anunciou:

– Perguntas, por favor, apenas na ordem certa. Sem bagunça, ou eu paro a brincadeira. Nos cinco minutos iniciais, apenas imagens e fotografias. E não adianta alguém insistir, OK? Só a Lídia Brandini e eu responderemos...

Um foca mais novinho ousou atrapalhar:

– Delegado...

– Você já disse o que queria. Perdeu a sua vez, rapaz...

Pelo interfone do portal, Telônio Meira avisou a casa. OK.

Em cinco minutos, Tony Castellamare surgiu, imponente, na varanda da residência dos pais. Trajava uma calça mescla e um paletó carvão, uma camisa branca, finamente tracejada em riscos acinzentados, e uma gravata de seda, Schostal, o negro preponderando sobre as listras diagonais em amarelo e em vermelho. O gordo sol do meio-dia emoldurava, aureoladamente, a sua cabeça fulgurante, magnetizante, apesar dos cabelos ruivos cortados bem rente.

O *capo* mais parecia um chanceler.

Com ele caminhavam Lídia Brandini e os dois belíssimos cães pastores, Bill e Lola, numa cena de cinemascope. Steven Spielberg iria delirar. Junto ao portal existia um singelo patamar, um lance de três degraus em que o delegado encostara os microfones. Tony se acomodou na escadinha, com Lídia e os seus cachorros pontuais. Por cinco minutos empacou. Sério. Domesticado.

▼

Mais arisca e mais competente do que as suas concorrentes, a emissora do Grupo Perfil colocou a cerimônia no ar, ao vivo e em cores. Na sua mansão da Cantareira, Bruna Maria se exercitava, ofegante, numa esteira rolante, o seu controle remoto zapeando e rezapeando o aparelho de TV. Quando viu Tony Castellamare na tela, a loira interrompeu a corrida e gritou, pasmada:

– Ciccio! Marco! Ciccio! Marco!

Francesco Tucci e o seu *consigliere* galoparam até Bruna Maria como quem foge de um tubarão. Então, subitamente, se transformaram em duas estátuas de sal, imóveis diante do aparelho. Uma entrevista coletiva, à frente do sítio dos Castellamare. Sim, efetivamente, Tony havia endoidecido. A mera presença, às suas costas, de um moreno esbelto e bigodudo, com pinta de policial, mais a dúzia de meganhas que rodeavam o seu palanque, bastavam para atestar a sua loucura. Sim, efetivamente, Tony havia endoidecido.

Marco Iago se pronunciou primeiro:

– Ciccio, eu sempre tive razão. Não precisamos temer esse Tony...

Francesco Tucci não se mexeu. Atentamente, escutou a ladainha da jovem de seios balouçantes, a quem os repórteres todos encaravam com uma mistura fervente de inveja e de respeito. Reconheceu a moça somente depois de o gerador de caracteres da estação alinhavar, nos baixos da tela:

– TV Perfil, ao vivo da residência de Tony Castellamare, o suposto ex-mafioso arrependido que se refugiou, dias atrás, em São Paulo. Apresentação de Lídia Brandini, a jornalista do Grupo Perfil que descobriu Castellamare e que, hoje, revela sua história, com exclusividade, em "O Perfil do Brasil".

As palavras escorreram depressa demais. De todo modo, Marco Iago e os dois manos Tucci se aperceberam do seu sentido e do seu conteúdo. Na sua esteira, Bruna Maria não conseguiu conter uma imprecação de susto:

– *Dio mio, mà che pazzia...*

Na entrevista coletiva, claro, Lídia Brandini não se aprofundou nas suas explicações. Lógico, ela preservaria as melhores informações para os capítulos futuros da série que o seu diário prometia publicar. Outra garota indagou se a jornalista sabia dos planos de Tony. Lídia Brandini, porém, dissimulou:

– O senhor Castellamare já me contou que a sua tristeza pela morte da esposa e dos filhos não lhe permite fazer planos a curto prazo. Ele pretende, no entanto, abrir uma rede de restaurantes em várias cidades do país...

Um rapaz de óculos e de barba se dirigiu a Telônio Meira:

– Existe alguma acusação pendente contra Tony Castellamare?

O delegado foi rispidamente conciso:

– Se existisse, o senhor Castellamare já estaria preso...

– Então, por que o senhor está aqui?

– Penúltima resposta. Ao saber que a imprensa havia sitiado a sua casa, o senhor Castellamare mobilizou a polícia a fim de evitar os abusos...

– Tony Castellamare tem medo de alguma coisa?

Lídia Brandini e Telônio Meira se entreolharam. Quem daria a última resposta? Enquanto a jornalista e o delegado hesitavam, Tony se antecipou, avançou um passo e, para a surpresa geral, se achegou aos microfones:

– Eu não devo nada a ninguém. Por isso, eu não temo ninguém. Conheci a senhorita Brandini acidentalmente. E, num impulso, decidi lhe conceder uma entrevista exclusiva. Sinceramente, eu não imaginava esta repercussão. Eu retornei ao Brasil, aliás, exatamente em busca do oposto. Imaginava que aqui, longe da Sicília, onde morreram a minha mulher e os meus três filhos, eu poderia reencontrar sossego e paz. Por favor, respeitem o meu refúgio. E por favor, não voltem mais aqui. Será inútil qualquer cerco ao sítio dos meus pais. Eu não pretendo falar com ninguém da mídia, além de Lídia Brandini...

Durante alguns segundos, um silêncio absurdo, aterrador, desabou sobre o portal do sítio dos Castellamare. Então, repentinamente, simultaneamente, todos os repórteres despertaram do seu susto e começaram a inquirir. Tony se despediu das câmaras com um aceno tímido porém gentil – e reentrou na estradinha que levava até a varanda, Bill e Lola na sua cola. Lídia Brandini e Telônio Meira ainda permaneceram no portal, cercados pela mídia.

Um alívio sobrenatural enlaçou Bruna Maria, Francesco Tucci e Marco Iago. Enfim, tudo se esclarecia de vez. *Minchia*, se confirmavam as análises todas do *consigliere*, de Villapiano – e de John Gambino. Efetivamente, fosse quem fosse, ou um mafioso suposto, ou um mafioso de verdade, aquele Tony Castellamare purgava, bem longe de Palermo, a vil destruição da sua Família e do seu poder. Mostrava a cara, e se expunha, jogava no lixo a *Omertà*. Pela primeira vez, em quase dezesseis meses, Francesco Tucci observou, feliz:

– Bruna, Marco, estamos livres. Podemos, mesmo, comemorar...

▼

Com a exceção dos cachorros, claro, toda a *entourage* dos Castellamare se congregou diante dos aparelhos de TV do sítio de Cotia. Elia Grazie e os empregados se instalaram na edícula. Don Calógero optou pela intimidade da sua suíte. No salão principal, ficaram a Mamma Freda, a caçula Gigi, Nicinha Souza, Pippo Carotè, Lindy Regazzoni – e o primogênito Ruggiero.

Ao testemunhar o pequeno discurso de Tony, o assombrado Ruggiero inesperadamente sentiu, pelo irmão, uma emoção que não lhe batia desde a mais tenra adolescência. Sim, Gero sentiu, num rompante, que Tony merecia alguma espécie de carinho, talvez até de proteção. Não a proteção da PM e do delegado Meira. Mas o carinho da sua Família. Vibrou mais forte o sangue do que a invídia. E vibrou, mais portentosa, a genética do que a cobiça. Gero se percebeu, honesta e subitamente, comovido com a tragédia do seu mano.

Habitualmente, Gero aplacava os seus eventuais remorsos, os seus raros ímpetos de generosidade, numa mistura de uísque e cocaína. Na casa do pai, porém, não tinha como recorrer àquela fuga. Pior, perturbado pelas cenas que acabara de presenciar, se enrodilhou num turbilhão de pensamentos confusos. Na primeira vez, em muitos meses, com um mínimo de lucidez, livre, naquela manhã, do rude domínio da droga e do álcool, Gero se perguntou: quem teria explodido o carro de Tony, quem teria assassinado Mariù e as três crianças? Voltou no tempo e se esforçou para rememorar a madrugada em que soubera, por Brodie Villapiano, na sua boate, dopadaço, do atentado de Palermo.

Então, a torpe combinação de uísque e cocaína evitara que o seu choque demorasse mais de um minuto. Antes de se preocupar com Tony, ou mesmo com os pais, Gero fizera questão de passar a informação a um cliente da boate, um jornalista também viciado. Um pragmático, o primogênito de Don Caló. Vergonha. Gero usara a tragédia do seu mano em seu próprio benefício.

Aos poucos, uma outra constatação apavorante invadiu o raciocínio de Gero. Francesco Tucci, a sua conexão na Sicília, desaparecera logo depois da morte da cunhada e dos três sobrinhos. Mera coincidência? Não, Gero não acreditava nas fatalidades. Teria Tucci encomendado o atentado? E teria Tony descoberto tudo, a culpa de Tucci e a sua ligação com Gero no Brasil? Teria Tony acabado com Tucci? E teria Tony montado um plano infernal para se vingar de Gero, tantos meses depois? O coração de Gero subiu à sua boca.

Recordou a ameaça do irmão: matá-lo, caso Gero se envolvesse com os tóxicos. Examinou a sala, as expressões doloridas da Mamma e de Gigi, o constrangimento de Nicinha, a sisudez de Pippo Carotè, a serenidade de Lindy Regazzoni. Como Gero se enfiara em tão grande atribulação? Por que trocara a placidez da sua Família pela mesquinharia da ambição pessoal? A Mamma salvou Gero do suicídio espiritual. Instintivamente, se encostou no filho e lhe concedeu um abraço firme e vigoroso. Fragilizado, Gero começou a chorar – exatamente no instante em que Tony retornou do portal à varanda da casa.

Distante uma dezena de metros, Tony observou a cena, tenso, absorto, sem que ninguém denotasse a sua chegada. Procurou por Don Caló. Não viu o pai. Acendeu um cigarro. O barulho do isqueiro despertou a Mamma. Que se virou para Tony – e escondeu, com o seu corpo miúdo, o pranto de Gero. Na sombra da Mamma, o primogênito se recompôs e, num lampejo, declarou:

– Tony, a vida nos afastou. Uma pena. Você precisa de ajuda?

Tony fitou a Mamma, sem piscar. Enfim, disparou no irmão:

– Preciso muito, Gero. Agradeço. De você, porém, não quero...

Gero engoliu a rebatida. E a Mamma interferiu:

– Que história é essa, Tonino?

– Agradeço muito – mas não quero, mamita. Compreenda bem, mamita. Entendam vocês todos. Agora, ninguém pode fazer mais nada por mim...

A Mamma sacou que Tony principiava a lacrimejar. E se aproximou do bambino, prestes a um novo abraço forte. Fora piedosa com Gero. Com Tony, necessitava se demonstrar bem mais parceira, muito mais complacente:

– Todos nós sabemos disso, meu filho. Mas se você quer tanto o seu sossego, o seu refúgio, por quê não aceitar o apoio do Gero – e de todos nós? E por que essa coisa de entrevista atrás de entrevista? Por quê, Tonino?

Tony sonhava com aquela pergunta. Desde que voltara ao Brasil, ainda não havia travado qualquer tipo de conversação com Ruggiero. Respondeu ao primogênito, não à Mamma Freda. Um recado, simples, sem sutilezas:

– O Gero tem outros sonhos, outros projetos, em que os meus conceitos não se encaixam. Agradeço a oferta do Gero, mas eu prefiro me virar sozinho. Quanto a me entregar à imprensa, sei o que faço. Depois da morte da Mariù e das crianças, essa é a minha única chance de sobreviver, inclusive fisicamente. Eu me expor. Eu me antecipar. Eu deixar claro ao mundo que não levo perigo a ninguém. Chega de Palermo, chega de Sicília. Decidi contar tudo o que sei, de Máfia e de mafiosos, para que o mundo não me imagine um deles. Para que o mundo me esqueça. E, daí, me permita sobreviver sem complicações...

A Mamma ainda tentou objetar:

– Mas, Tonino, o Gero apenas...

Tony cortou a frase, bem antes do meio:

– Mamita, por favor, chega. Não me faça sofrer mais...

Com um murmúrio de resignação, a velha dama se acomodou numa poltrona. Exausto, desalentado, Tony amoleceu. Respirou bem fundo e decidiu recompensar a Mamma. Caminhou até o mano e, num gesto que exigiu um enorme autocontrole, lhe estendeu a mão. Gero aceitou o aperto. A Mamma sorriu por dentro e por fora. Já na varanda, Lídia Brandini e Telônio Meira escutaram as palavras de Tony e contemplaram aquela aparente reconciliação. Lídia, tocada. Telônio Meira, impressionado com a tristeza brutal que o rosto de Tony transmitia. Gigi se reanimou com a chegada do delegado:

– Sejam bem-vindos. Os dois se portaram admiravelmente...

O delegado observou:

– Minha obrigação, senhorita. O seu irmão me solicitou proteção...

– Pois a Família Castellamare se considera defendidíssima...

Graciosa Gigi, conseguira arrebentar o iceberg. Lindy e Pippo Carotè, a respiração recuperada, se aprestaram a servir drinques de aperitivo. A Mamma e Gigi escolheram Campari. Gero não resistiu à oferta de um uísque. Tony e o delegado dividiram uma cerveja preta com Nicinha e com Lídia Brandini.

Do escritório, então, despontou Don Caló, ainda com um refrigerante dietético em punho. O patriarca captou no espaço o clima de alívio na Família. Recumprimentou o delegado e a repórter – e deu um tapa delicado nas costas de Tony e na nuca de Gero. Um outro fato, de todo modo, intrigava Don Calò. Por que motivo Tony havia modificado a sua posição original, permanecer em silêncio, e resolvera falar à mídia? Don Caló guardou a dúvida num escaninho do seu cerebelo. Aquele momento, afinal, exigia muita ponderação:

– Bravo! Foram impecáveis, os três. Acho que, de agora em diante, não mais seremos tão assediados. Que tal se nós celebrássemos com um almoço? Faz uma década que eu não tenho os meus três filhos em minha mesa...

Tony absorveu a recomendação de seu *babbo*:

– Excelente, papito. Se o delegado e a Lídia forem pacientes, eu mesmo cuido do cardápio. Desde que a mamita me auxilie na cozinha, OK?

Fim da opressão. A Mamma delirou de alegria:

– Imediatamente. Aliás, eu já adiantei algumas coisinhas...

Tony partiu na frente. Com um meneio de cabeça, a Mamma insinuou a Ruggiero que acompanhasse o irmão. Talvez, no fogão, os dois se tornassem mais calorosos. A Mamma fantasiava. Sim, fantasiava o impossível.

▼

Afortunadamente, para Paolo Garzya e para os soldados do *capo*, Sissi Sparapani e Ropertino Pellegrino, o bicheiro Leonel Pavone, na noite anterior, havia transformado o seu chalé de Bonsucesso em lupanar. Graças à festança, Manelão e Petronilho, os bitelões do bicheiro, optaram por dormir lá mesmo, poupando os três homens de Tony de uma desgastante divisão de forças numa metrópole desconhecida. Graças à preguiça dos gorilas, Garzya, Sissi e Pellê puderam se manter juntos, quase à frente do chalé, na madrugada toda – e puderam realizar a tocaia em turnos, camuflados num Santana de aluguel.

Só por volta de nove da manhã, num Gol esculhambado, os mastodontes de Pavone deixaram a fortaleza – Manelão na direção do carro. O *consigliere*, imediatamente, resolveu segui-los. Daí, por horas e horas os homens de Tony praticamente brincaram de pegador motorizado na cola do Gol através do Rio, bairro a bairro, esquina a esquina, enquanto os gorilas recolhiam a grana do jogo e exibiam as fotos de Belotti/Pignatello. Ótimo que o Santana dispusesse de um câmbio hidramático e de um vigoroso sistema de ar condicionado.

Quase meio-dia, num barzinho de esquina, em Copacabana, de repente a situação se modificou. Sissi e Pellê constataram que os mastodontes enfim se alvoroçaram. Alguém reconhecera Pignatello. O sorveteiro do lugar apontou uma mulata esplendorosa, que saía do bar com uma sacola de sanduíches e de refrigerantes. Manelão e Petronilho abordaram a garota. Diante das fotos, a mulata hesitou. Tentou escapulir. Inútil. Sem se incomodarem com os clientes do bar e com os transeuntes, os gorilas carregaram a moça, aos trancos, até o Gol parado ao meio-fio. Sissi despertou Paolo Garzya, que cochilava no banco traseiro do Santana. Pelo vidro do Gol, o *consigliere* logo vislumbrou que Petronilho batia furiosamente no rosto da moça. Bingo. Velozmente o cenário se aclarou no raciocínio de Garzya. Ao fugir, Pignatello se enganchara numa garota, aquela. A garota conduziria os bandoleiros de Pavone a Pignatello:

– Sissi, por favor, não perca esse calhambeque de vista!

Quarenta minutos depois, o Gol embicou na entrada da garagem de um condomínio popular. Incompetentes e convencionais, os capangas do bicheiro não perceberam o Santana em sua trilha. Na direção, Sissi encostou debaixo de uma árvore frondosa, bem perto de um telefone público. Garzya distribuiu as suas orientações. Notificaria Tony, no sítio da Granja. Enquanto isso, Sissi e Pellê cuidariam de impedir que os gorilas de Pavone acertassem Domi.

Na cozinha do sítio, o *capo* fingia se alegrar com a participação do seu irmão Ruggiero na feitura de um *Risotto di Pecorino*, o rústico queijo de leite de ovelhas que a Família Castellamare importava com exclusividade da Itália. Elia Grazie interrompeu a tertúlia e, discretamente, avisou Tony da ligação interurbana. O *capo* colocou uma pelotinha de manteiga na panela do arroz – e foi atender na edícula. Ao aparelho, o *consigliere* tranqüilizou Tony:

– Encontramos o Domi. Agora, é coisa de minutos...

– OK, você me chame novamente, quando tudo terminar. E, ahn, Paolì, por favor, acalme o Domi. Ofereça ao Domi um presente em meu nome...

– Um presente?

– Dê o Pavone e os seus capangas ao Domi...

▼

Da cama de Elisabeth, num quarto quase purgatório da Tijuca carioca, Dominic Pignatello assistiu, pasmado, o discurso do seu *capo* na Rede Perfil. A garota saíra para o seu trabalho e Pignatello conseguiu analisar as cenas sem intromissão, comovido com a performance de Tony diante das câmeras, a sua postura nobre, imperiosa, incapaz de contrair um único músculo do rosto ou de proporcionar uma mínima impressão de nervosismo, de temor ou excitação. Aparecessem mosquitos ao redor de Tony, imaginou Pignatello, e o seu *capo* destruiria aqueles insetos com o olhar – só com o poder da sua mente.

Pignatello adorou rever Bill e Lola, cachorros que ele ajudara a criar e a treinar. Nos seus *pedigrees* oficiais, as suas certidões de nascimento, os dois cães ostentavam nomes poeticamente divertidos. Bill efetivamente se chamava Salvatore Bonanno di Castellamare. Lola fora registrada como Mora Prima di Agrigento ed'Acquasanta. Certa ocasião, decidido a regalar Don Caló com uma lembrança não-convencional, Tony pediu a Pignatello e ao cigano Raúl Argenteanu que selecionassem, no canil da Família, em Palermo, os pastores mais promissores. Pignatello e o cigano escolheram, precisamente, Bill e Lola, os seus cães prediletos, os seus campeões, as suas principais paixões.

Na calorama diabólica do Rio, o pistoleiro rememorou os meses todos que levara, ao lado de Argenteanu, cotidianamente, até afinar o adestramento dos pastores num idioma insólito, por eles bolado a partir dos seus dialetos. *Dzit* significava quieto. *Dzed*, senta. *Ztend*, deita. *Drest*, fica. *Prind*, pega. E havia, ainda, uma sexta ordem de comando, que apenas Pignatello conhecia –

uma ordem que não ensinaria a Tony e que Tony não repassaria a Don Calò. Ao brado de *Zdamazz*, Bill e Lola se dispunham a avançar – e a matar.

Dos cinco homens mais próximos do *capo*, apenas Pignatello e Paolo Garzya não moravam na Via Dante. Paolo Garzya era um hóspede permanente do Hotel Villa Igiea. Filippo Carotè, Ropertino Pellegrino e Sissi Sparapani possuíam suas próprias casas, mas, habitualmente, se revezavam, dois a dois, num conjunto confortabilíssimo, logo abaixo da cobertura de Tony. Pignatello, no entanto, ainda não merecera uma benesse imobiliária. Eventualmente, nas raras folgas de Sparapani, Pellegrino e Carotè, ele dormia na Via Dante, fiel e solerte na guarda do patrão. A sua residência formal, de todo modo, ficava nas dependências do canil, numa bela fazendola das redondezas da cidade.

Por isso Pignatello não viu a explosão que destruiu Mariù e as crianças. E por isso Pignatello não participou, com Carotè, Pellegrino e o seu *capo*, da tentativa dramática, e inútil, de apagar o incêndio da BMW. Quando chegou à Via Dante, em torno das oito e meia, no seu horário costumeiro, a desgraça já estava consumada, irreparavelmente. Com um gole farto de água mineral, o pistoleiro afugentou o episódio da lembrança. Julgou-se um torpe, escondido naquele quartinho abafado, à espera de Elisabeth retornar do seu trabalho – enquanto o seu padrinho escancarava a sua humilhação pela televisão.

Num rompante, hipnotizado, Pignatello se levantou e procurou a pistola que mais idolatrava. Soviética, automática, niquelada, onze tiros e a agulha meticulosamente ajustada. Limpou, poliu e reluziu. Examinou, reexaminou e recarregou. Havia resolvido o seu dilema. Estouraria o cerebelo de Pavone. E, então, imploraria o perdão de seu *capo*. Claro, o *capo* compreenderia...

Profissionalérrimo, o pistoleiro sequer relou nas tralhas de Elisabeth. Pensou em roubar uma calcinha da mulata, um *souvenir* do seu amor carioca. Mas, desistiu. Rapidamente, construiu na mente o roteiro da sua operação. Iria de ônibus até o chalé do bicheiro. Entraria atirando. Para não sobrar ninguém. Depois, quem sabe, reencontraria a bela mulata – e recomeçaria a sua vida.

Desceu do andar da garota, cuidadosamente, pelas escadas de incêndio. Na garagem, todavia, um grande susto modificou os seus planos. Dois bitelões pressionavam o zelador do prédio. Fotografias na mão, os homens exigiam, aos berros e aos tapas, alguma espécie de informação. Pignatello se aproximou como pôde, deslizando junto à parede, por trás dos carros estacionados. Então, escutou um som familiar – Belotti. Imediatamente entendeu. Dois gorilas de Pavone. Em busca de Jean Belotti. O bicheiro ordenara a sua eliminação.

Cauteloso, com a eficiência glacial de um comando em plena guerra, Pignatello velozmente inverteu o seu projeto. Refaria todo o seu caminho, até o andar de Elisabeth. No corredor, aguardaria. Sua campana. Surpreenderia os bitelões de Pavone. Dois adversários menos, quando atacasse o chalé. Azar. Pignatello não percebeu que, fechando aquela fila de carros, existia um Gol alquebrado. Dentro do Gol, jazia Elisabeth – espancada e atordoada.

▼

O zelador se apavorou com a aparição de Sissi e Pellê, segundos após a aparição de Manelão e Petronilho. Mas, não hesitou em refornecer o andar que os dois mastodontes de Pavone já haviam obtido. Com uma pancada bem seca na nuca, Sissi desmaiou o cidadão. Precisava impedir que o pobre coitado recorresse à polícia. Reflexo condicionado, Manelão e Petronilho subiam pelo elevador de serviço. Ofegantes, Sissi e Pellê se enfiaram nas escadarias.

Quando os gorilas do bicheiro abriram a porta do ascensor no andar da garota, Pignatello aguardava, atento, num desvão do corredor. Tranqüilamente dominaria os seus dois adversários se Petronilho não estivesse com Elisabeth à frente do seu corpo, como um escudo, presa por uma chave-de-braço. Manelão se assustou com a aparição de Pignatello. Confronto. Numa operação normal, Pignatello teria perfurado a garota e o safado num tiro só. O siciliano, porém, hesitou. Pensou na garota. Ah, precisava poupar Elisabeth. Diante do espanto de Petronilho, deixou a sua arma tombar no piso de pastilhas – e se entregou, as mãos ao alto. Das escadas do prédio, Sissi e Pellê ouviram os risos de glória de Petronilho e Manelão. Sissi e Pellê atingiram o andar da garota um átimo depois de os gorilas entrarem com os reféns no apartamento de Elisabeth.

No corredor, doze possibilidades, Sissi e Pellê descobriram o lugar certo pelos gemidos de Elisabeth e pelas imprecações de Pignatello. Pellê testou a maçaneta. Ah, destrancada. Um *fùlmine*, uma porrada – e dois berros:

– É a polícia!

– Isso mesmo! Não se mexam!

Num canto da saleta, Manelão neutralizara Pignatello com um par de algemas e um cano de 32 no lado da cabeça. No chão, desabada, quase nua, Elisabeth sangrava, ferida na sua boca e na sua feminilidade. Por cima da bela mulata, a braguilha escancarada, Petronilho ameaçava violentá-la. Perplexos, embasbacados, da sua vitória ao seu fracasso num só instante, os capangas de Pavone nem atentaram ao sotaque estranho e estrondoso dos invasores.

Pellê chutou de bico o rim direito de Petronilho. Sissi detonou Manelão com uma coronhada no cocuruto. Em um suspiro, achou a chave das algemas e libertou Pignatello. O pistoleiro não se mexeu. E, meramente, afirmou:

– Vocês, aqui? Que estão fazendo aqui, *Dio mio*?

Sissi se aliou a Pellê na missão de recuperar Elisabeth. Delicadamente, carregou a menina até o sofá da saleta. No banheiro, molhou um lenço e, com ele, limpou-lhe o rosto machucado. Cobriu-lhe o corpo com uma manta – e só então ajudou Pignatello a se levantar. O pistoleiro repetiu a sua pergunta:

– Vocês, aqui? Que estão fazendo aqui, meu Deus?

Absurda questão. Sissi não se abalou a responder:

– *Cazzo*, fale baixo, seu porra!

Pellê completou a reprimenda:

– Fale baixo e se arrume! Nós precisamos dar o fora, Domi!

Pignatello se debruçou no sofá e, meigamente, acariciou Elisabeth. Aos poucos, a garota recuperou o prumo. Mansa, mole, abraçou o pistoleiro:

– Amor, Domi, que aconteceu?

Desesperado, Pignatello fitou os dois companheiros:

– Eu não vou dar o fora. Eu não posso abandonar a Beth...

▼

A Mamma Freda, e os seus dois filhos varões, de fato, prepararam uma refeição inesquecível. Um antepasto de berinjelas e pimentões refogados em azeite extra-virgem e alho bem laminadinho – que serviram dentro de um pão. O *Risotto di Pecorino*, que arrancou aplausos de Lídia Brandini e de Telônio Meira. Mais uma *pasta* rapidinha, penas rajadas em molho de tomates pelados, camaronetes e alecrim fresquíssimo, da horta do sítio. E, enfim, glória maior daquele almoço, um rosbife de panela com batatinhas salteadas no próprio fundo da carne. Apesar do menu exagerado, ninguém recusou a sobremesa da Mamma, uma *crostata*, torta de massa crocante, recoberta por geléia de uvas pretas. Feliz com a jornada, Don Caló colheu, na sua adega, vários exemplares de um vinho excepcional, Corvo di Salaparuta, a safra estupenda de 1971.

Nícia de Souza montou a mesa na varanda. Tony distribuiu a disposição dos lugares. Permitiu que Ruggiero ocupasse a posição de honra, à direita do seu pai. Localizou-se na cabeceira oposta a Don Caló, escoltado por Lídia e por Gigi. O delegado Meira, que sonhava em ficar perto da caçula, azarado, se frustrou – coube a ele se sentar, do outro lado, entre Lindy e a Mamma Freda, à frente de Nícia e de Pippo Carotè. Como era o seu costume, o seu maior orgulho, nos eventos gastronômicos e comemorativos da Família, o patriarca se encarregou de montar os pratos dos convidados todos enquanto a Mamma assumia as formalidades do comando e da condução do papo. Para abrir com solenidade a conversação, a Mamma evitou Lídia e escolheu o delegado:

– O senhor está na polícia há muito tempo?

Telônio Meira elogiou o vinho e respondeu:

– Já completei dez anos, minha senhora...

Tony aproveitou o mote e brincou, indulgente e provocador:

– E, nesses dez anos, quantas vezes você comeu na casa de um mafioso? Por favor, não cite o almoço que nós lhe oferecemos, aqui, dias atrás. Aquele, digamos assim, eu creio, foi um banquete, ahn, estritamente profissional...

O delegado riu, por não dispor de uma outra reação:

– Meus superiores me autorizaram, ahn, a estas extravagâncias...

Don Caló permaneceu no tema, ainda cerimonioso:

– O senhor me parece muito jovem para um delegado especial...

Telônio Meira se envaideceu:

– Verdade. Vou completar 33, em agosto. Sou advogado, e me diplomei bastante novo. Então, prestei um concurso público, passei – e recebi as minhas promoções em bem pouco tempo. Acontece que eu fiz um treinamento nos Estados Unidos, no FBI. E acabei me transformando num, digamos, perito em tráfico de drogas. Eu sou, mesmo, um esforçado estudioso dessa coisa...

Na pausa, todos os olhares convergiram para Telônio Meira. O delegado decidiu continuar no mote. Principalmente pela oportunidade extraordinária de analisar o comportamento de Ruggiero. Já não tinha mais dúvidas. Ruggiero e Tony eram, no mínimo, antagonistas. Tony não gostava do irmão. Aceitara a aparente reconciliação, naquela manhã, apenas para desanuviar a mãe. Quanto a Ruggiero, um fraco, seguramente vivia num torvelinho de contradições. Pela cabeça de Meira, inopinadamente, passou um pensamento amalucado: talvez Tony soubesse da conexão do mano com o narcotráfico – e talvez Tony fosse contrário àquela ligação. Resolveu espreitar melhor a probabilidade:

– Além disso, Tony Castellamare, você deve imaginar que eu conheço a sua história quase inteirinha, em minúcias. Aqui, no Brasil – e na Itália. Aliás, por favor, não me considere deselegante. Mas, eu também preciso afirmar que conheço, ainda, a história quase inteirinha da Família Castellamare...

O delegado literalmente cuspiu a última frase na direção de Ruggiero. Antes que o primogênito reagisse, e acusasse o golpe, Tony retrucou:

– Ora, que existe de interessante na nossa história, doutor Meira? Com toda a certeza, a Família Castellamare não tem nada a ver com as drogas...

Don Caló admirou a tranqüilidade do filho. E aumentou a finta:

– Isso. E o que existe de interessante na nossa história, doutor Meira?

Restou ao delegado uma única saída. Uma saída ousada:

– Nada que possa comprometer o senhor, ou o Tony...

Tony entendeu a mensagem. Perfeitamente. Claro, Telônio Meira sabia dos negócios escusos de Ruggiero. Resolveu livrar o mano daquele laço:

– Então, Telônio, por que motivo me deteve, a mim, no aeroporto?

De novo a tensão no ar. Lindy e Pippo se aguçaram. Adoravam quando o *capo* se envolvia naqueles jogos de palavras. A Mamma Freda se arrependeu de haver iniciado tal sessão de exercícios dialéticos. Sem parar de comer a sua massa, Gigi ampliou a potência das suas antenas nervosas – aquele teste de inteligência, e de resistência, lhe daria uma medida mais exata do caráter e da compostura do delegado. Telônio Meira optou por uma resposta vaga:

– Palermo me avisou de sua viagem. Coisa de rotina, quase automática. Apesar da sua ficha limpa, claro, eu tinha a obrigação de interrogá-lo...

Determinadamente, Tony recuperou as rédeas do debate:

– Palermo avisou, obviamente. Como eu supunha. Aliás, delegado, saiba você, eu, eu mesmo, pedi à promotoria de Palermo que advertisse o Brasil da minha viagem. Você, por acaso, recebeu essa informação de Palermo?

Telônio Meira se surpreendeu. E gaguejou:

– N-ão, n-ão recebi...

Tony sorriu, imperial. E disse, majestade na mesa:

– Pena, teríamos nos encontrado numa situação bem menos desgastante. Hoje, mesmo, vou cobrar esse esquecimento da promotoria de Palermo...

O delegado permaneceu com o garfo estacionado no ar. Dono da bola, Tony depressa impôs mais uma regra, naquela complexa partida de xadrez.

Fitou Gero, no rosto – e observou a Telônio Meira:

– Sim, delegado. Em minha estada, na Sicília, reuni contatos preciosos na promotoria de Palermo. Principalmente depois das mortes da minha mulher e de meus três filhos. Contatos com gente importantíssima, Giovanni Falcone, Paolo Borsellino, Giusto Sciacchitano. Infelizmente, apesar da sua gigantesca competência, eles não descobriram os destruidores da minha Família...

Amolengado pelo uísque, meia garrafa, Gero não sacou a profundidade daquele diálogo. Telônio Meira, tocado, depositou o seu garfo no prato:

– Sinto muito. Muito, mesmo...

Tony não desperdiçou a sua meada:

– Tudo bem. Nesse cenário, meu caro Telônio, me parece absolutamente lógico eu pedir à promotoria de Palermo que notificasse a polícia brasileira de minha viagem a São Paulo. Até hoje, ninguém desconfia das identidades ou do paradeiro dos assassinos da minha mulher e de meus três filhos. Claro, claro, ocorreu um erro absurdo de alvo. Quem colocou a bomba na BMW queria me estraçalhar – e não matar a Marina e as crianças. Quem? Quem? Alguém de Palermo? De outra parte da Sicília ou da Itália? Talvez aqui do Brasil? Quem? A imprensa sensacionalista da Sicília chegou a especular sobre um possível desvio de comportamento meu – um fanático por jovenzinhas adolescentes. E a imprensa sensacionalista da Sicília chegou a especular sobre um possível desvio de comportamento de minha mulher. Uma revista de merda chegou até a insinuar, ahn, que a Marina tinha um amante, me traía. A bomba, nesse caso, proviria do tal amante. Confesso que, depois da bomba, eu pensei em morrer, também. Aos poucos, porém, o instinto de sobrevivência me reanimou...

Durante a sua homilia, algumas lágrimas escorreram dos olhos do *capo*. Embora constrangidíssima pelo discurso e pelas presenças de Don Caló e da Mamma Freda, Lídia não hesitou em segurar a mão direita do namorado novo. Depressa, Tony se recompôs. E enxugou o rosto com um guardanapo:

– Me desculpem, todos. Foi um desabafo. Só um desabafo...

Don Caló achou mais conveniente replotar a rota da contenda.

Redirecionou a discussão – como um mafioso do passado.

Saracino, Maranzano e Bonanno não agiriam mais eficientemente:

– Já faz quase dezesseis meses. Um tempo suficiente para que as feridas se cicatrizem e para que o Tony recupere o seu destino. Eu estou certo de que, lá do céu, a Marina e as crianças abençoam o seu relacionamento com a Lídia, meu filho. Aliás, parabéns, meu filho. A Lídia é brilhante, e é linda...

Lindy Regazzoni compreendeu o gancho e, oportuno, propôs:

– Um brinde aos pombinhos: Lídia e Tony, *'n bucca luppu...*

Mesmo muito machucado, Tony respondeu – como deveria:

– *Crepi il lupo, Lindotto...*

Don Caló, a Mamma, Gigi, o Pippo, Nicinha, inclusive Ruggiero, logo aderiram ao brinde de Lindy, com um brado retumbante, em uníssono:

– *Crepi il lupo, Lídia e Tony...*

A garota e o delegado se fitaram, atônitos. Com uma gargalhada robusta e contagiante, Don Caló consolidou o seu posto de patriarca na mesa:

– Lídia, delegado, não se assustem. Trata-se de uma expressão italiana, saudação de boa sorte. Alguém diz: na boca, o lobo. Que você tenha o poder de morder a fera com os seus dentes. E o outro rebate: não se preocupe, o lobo vai se lascar. Qualquer pivete da Sicília conhece essa saudação secular...

Confortada, a garota aderiu:

– Tá certo. Dane-se o lobo. Prometo ajudar o Tony a engolir a fera.

Todos riram, inclusive Ruggiero. Por um instante, Tony quase esqueceu a idéia da *vendetta*. Elia Grazie, porém, devolveu o *capo* à rude realidade:

– Tony, o Bill machucou a pata. Preciso do seu auxílio...

Uma ligação. Paolo Garzya, do Rio de Janeiro.

▼

Depois de um longo trabalho, movido a paciência e a obstinação, Sissi Sparapani convenceu Dominic Pignatello a permitir que Paolo Garzya subisse ao apartamento de Elisabeth. O *consigliere* ignorou Manelão e Petronilho e, num gesto que comoveu Pignatello, beijou a mão da mulata apavorada:

– Minha senhora, fique tranqüila, estamos aqui para protegê-la.

Abraçada por Pignatello, a garota parou de tremer e sorriu:

– Obrigada, muito obrigada. Vocês vão cuidar também do Domi?

– Com certeza. O Domi é nosso irmão. Não se preocupe, senhora...

Paolo Garzya analisou o terror todo que emanava do rosto maltratado de Elisabeth. Daí, repentinamente, se lembrou dos capangas de Leonel Pavone e cuspiu na cara de Manelão. Repreencheu a boca de saliva e repetiu a ofensa desprezante bem na nuca de Petronilho. Então, paternal, dominador, afagou os cabelos de Pignatello e acariciou, suavemente, a face do pistoleiro:

– Dominic, caro Domi. Por onde andou você, Domi? Nós ficamos todos muito apreensivos, Domi. Nós todos – e principalmente o Tony. Você sabe o quanto o Tony adora você, Domi. Você sabe o quanto o Tony precisa de você, Domi. Por que você sumiu, Domi? Por que não pediu a nossa ajuda?

Pignatello elevou a fronte e, meigamente, perguntou:

– Eu vou morrer, Don Paolì?

O *consigliere* se comoveu. Achegou-se e enlaçou Domi. Enlaçou forte, e calorosamente, cada vez mais paternal. Daí, recuou – e asseverou:

– Um dia vai, Domi. Mas, não pela ordem do seu *padrino*...

Pignatello relaxou. E se aliviou ainda mais depois de Paolo Garzya lhe explicar, professoralmente, aquilo que o pistoleiro já não imaginava:

– O Tony quer você ao lado dele mais do que nunca, Domi. E o Tony me autorizou a lhe dar um presente, Domi. *Capisce*? Um presente...

O pistoleiro se arrepiou. Conhecia profundamente o estilo metafórico do seu *capo*. Um presente. Para o bem – ou para o mal. Pignatello não disse nada. Apenas comprimiu mais vigorosamente o corpo de Elisabeth, uma couraça na defesa da garota. O *consigliere* compreendeu o temor de Pignatello:

– Sossegue, Domi. Nós não temos nada contra ela...

Mesmo desconfiado, Pignatello assentiu, mudamente.

Paolo Garzya, imediatamente, complementou:

– Até que ponto ela sabe de nós, Domi?

A crueza daquele diálogo não perturbava o *consigliere*. Ele e Pignatello se comunicavam em dialeto. Elisabeth, evidentemente, não poderia entender aquele idioma complicadíssimo – até mesmo para muitos italianos.

– Sabe de mim, Don Paolì. Mas eu juro pela sua fidelidade...

Paolo Garzya, compungidamente, acenou a sua negativa:

– Domi, caro Domi – isso, quem decide é o Tony...

Justamente previdentes, Sissi e Pellê bem depressa engatilharam as suas armas, municiadas com silenciadores. Pignatello escutou o cliqueclaque:

– Don Paolì, eu não saio daqui sem a Elisabeth...

O *consigliere* novamente se tocou. Paolo Garzya jamais imaginara ver o impávido Pignatello tão apaixonado – e tão fragilizado. Remirou a bela mulata que os gorilas do bicheiro haviam espancado e, num suspiro, invejou o rapaz. Acendeu um charutinho. Puxou uma cadeira e, por instantes, meditou:

– Você desce comigo e o Sissi. O Pellê toma conta da menina e daquele lixo ali. Eu telefono ao Tony e você discute o seu problema com ele...

Pignatello sumariamente se recusou. Temia que, na sua ausência, Pellê apagasse Elisabeth no reboque da execução dos mastodontes de Pavone:

– Eu vou, se ela for comigo...

Sem saída, o *consigliere* concordou. Sissi, então, indagou:

– E esses dois montes de bosta?

– O Pellê fica com eles, até a decisão do Tony...

Sissi insistiu:

– E o zelador do prédio? Tá lá embaixo, desmaiado...

– Por enquanto, você desacorda o cara, de novo...

▼

O pranto de Pignatello ao telefone se imiscuiu, como uma serpente, um vírus, na catarse que Tony Castellamare havia desfrutado no almoço. O *capo* se recordou das suas próprias lágrimas depois da morte de Marina – daquelas que tinha libertado, no seu desabafo, alguns minutos antes, à mesa. Pensou no sentido daquela desventura. No seu plano infernal. A sua *vendetta*. Pensou nos Tucci. Em Iago, Villapiano – Ruggiero. Então, ouviu uma frase que inoculou o veneno inteirinho, de uma só vez, nas veias da sua frieza treinadérrima:

– *Perdonami, Don Antonio. Bacio le mani, padrino...*

Ah, me perdoe. Eu beijo as suas mãos, padrinho.

Domi continuou:

– Me sobraram quase todos os cinqüenta mil dólares que o filho da puta do Pavone me deu, *padrino*. Quase todos, que eu entrego ao senhor...

Tony engoliu uma golfada acre de alcatrão e nicotina:

– Eu não quero saber dessa grana maldita, Domi...

Aos solavancos, Pignatello prosseguiu:

– Tá certo, *padrino*. Eu deixo junto do altar de uma igreja qualquer, Don Antonio. Eu também não quero saber dessa grana maldita, Don Antonio...

O capo reengoliu uma tragada longa.

Domi apostou na prodigalidade de Tony:

– O Don Paolì disse que o senhor me prometeu um presente...

O *capo* imaginou o que viria. Absorveu a peçonha:

– É verdade, Domi. Um presente, eu prometi...

Pignatello prosseguiu, seguro do bote bem perpetrado:

– E eu posso escolher?

Tonto, amortecido, num impulso o *capo* baixou a sua guarda:

– OK, Domi...

– Padrinho, eu suplico. Acabe comigo. Mas deixe a Beth viver...

Por mera formalidade, Tony ainda investigou:

– Domi, e essa menina tem parentes?

Uma luz nas trevas. O pistoleiro abocanhou a brecha:

– Filha única, órfã, sem pai, sem mãe. E mora sozinha...

– E no trabalho, alguém denunciará o sumiço da garota?

– Claro que sim, padrinho. Mas pelo que o Don Paolì me contou, para todos os efeitos, ela foi seqüestrada, numa esquina de Copacabana...

Bravo Domi, um raciocínio indebatível. O *capo* cedeu:

– *Benone*. Isso é muito comum, aí no Rio...

– Muito comum...

Tony cristalizou o que já tinha decidido:

– OK. *Io ti benedico, Domi*. Agora, me deixe falar com o Paolì.

O *consigliere* examinou os arredores e assumiu o aparelho:

– Tony?

Mesmo a quatrocentos quilômetros de lonjura, Paolo Garzya premoniu que o *capo* fumava sem cessar. Escutou o rumor de uma densa baforada:

– Tonino, cadê você?

Um engasgo, uma tossida, um pigarro – e o *capo* ressurgiu:

– Paolì, me traga o Domi e a garota até São Paulo...

– Tonino, Toninaccio, pense melhor, por favor...

– Já resolvi, Paolì. Me traga os dois até São Paulo...

– *Càspita*, Tony, nós não podemos correr esse risco...

– O risco é meu, Paolì. Agradeço o aviso. Mas me traga os dois...

A frase espirrou impaciente e repressiva. O *consigliere* não mais ousou rememorar o *capo* dos perigos todos que Elisabeth certamente acarretaria ao seu plano infernal. Ou dos perigos absurdos daquela decisão juvenilista.

– OK, Tonino. E o Sissi e o Pellê?

– Quero vocês cinco em São Paulo. Chega de Rio. Essa cidade só trouxe azar. Quero vocês cinco em São Paulo, e o mais rápido que conseguirem...

– Cinco?

– Porra, Paolì, cinco! Você, o Sissi, o Pellê, o Domi – e a menina!

– OK.

– Vou pedir ao Lindy que, por enquanto, acomode o Domi e a garota no apartamento dele. Talvez, até, acomode o Sissi e o Pellê. É isso, Paolì...

– OK.

O *consigliere* intuiu que Tony transbordava de tensão. E admirou o seu *capo* pela humanidade inacreditável com que ele administrava aquele drama, a humanidade que Tony gastava em detrimento da sua própria segurança, da sua proteção. Preferiu não lhe perguntar como andavam as coisas no sítio:

– E eu faço o que com o Pavone e os seus dois gorilas?

A resposta saiu seca, como um tiro de Winchester:

– Eu mantenho o meu presente. Entregue os três ao Domi...

– OK, Tonino...

– OK, Paolì. E, ahn, Paolì, parabéns – e obrigado...

Paolo Garzya engoliu a sua angústia – e completou:
– Minha obrigação, Tonino. Conte sempre comigo...
– Tá. Volte a me chamar, quando tudo se acabar de vez, OK?
– OK! *Abbraccìssimi*...
– Outros...
Com a lentidão de uma lesma, o *consigliere* desligou.

▼

Quando Tony voltou à varanda, áspero, nervoso, a turma do almoço já tinha se fragmentado. Sentados numa mureta, Gigi e o delegado bebericavam um licor de tangerina produzido por Don Caló. Em outro canto, numa mesinha de feltro verde, Nicinha, o patriarca e a Mamma ensinavam Lídia Brandini a jogar Bridge, uma das predileções da Família. Ruggiero dormitava numa rede, enquanto Lindy Regazzoni e Pippo Carotè aguardavam o retorno do *capo*.

Tony respirou bem fundo – e se recompôs.

Passou pela mesinha de feltro, beijou Lídia na nuca, a mãe na face – e acariciou o ombro do pai. Um apertão firme e um sorriso. Imediatamente Don Caló compreendeu que Pignatello fora salvo. No percurso, Tony ainda brincou com Gigi e com o delegado. Então, convocou Lindy e Pippo Carotè a uma partida de sinuca. Os três desceram, lentamente, ao salão junto à piscina.

Sinteticamente, Tony explicou aos companheiros o que ocorrera no Rio. Só Pippo Carotè aprovou a sua decisão de poupar Elisabeth e Pignatello:

– O Domi saberá como controlar a tal da menina...

Lindy não concordou:

– Tonino, a garota sabe demais. E o Domi enlouqueceu...

O *capo* arrumou as oito bolas e apontou o seu taco:

– Concordo, caro Lindotto. Lembre-se, porém, da sua cunhada. Um dia, a Nicinha também ficou sabendo demais. Hoje, faz parte da Família. Quanto ao Domi, ele não enlouqueceu. O Domi é um insano de nascença...

Tony abriu a peleja, escondendo a pelota branca de Pippo Carotè. O *factotum* dos Castellamare resmungou um palavrão – mas se safou do aperto. Na sua vez, Lindy tentou matar a preta, sete pontos, e perdeu o lance.

O *capo* encaçapou várias bolas em seqüência. Prélio encerrado. Lindy e Pippo Carotè sacaram que Tony recuperara o seu eixo. Lindy prometeu:

– Tá bem, Tonino, eu cuido do Domi e da garota...

– Ótimo, Lindy. Eu não quero sangue bom nas minhas mãos...

Pippo rearranjou as oito preciosidades belgas:

– Tony, você ganhou, e você começa...

O *capo*, então, entregou sete pelejas sucessivas. Sem problemas. Tony já tinha, afinal, conquistado uma vitória espetacular. Tony já tinha resgatado e rejuvenescido a peça mais sublime do seu tabuleiro, Domi Pignatello. E Tony já tinha redesenhado um novo rumo para o seu rude plano de vingança.

▼

No Rio, depois de conferenciar alguns minutos com Domi, Pellê e Sissi, o *consigliere* Paolo Garzya também reconfigurou a sua participação naquela missão extemporânea e imprevista. Decidiu poupar o zelador do condomínio de Elisabeth. O pobre inocente, certamente, não contaria a ninguém o que lhe acontecera. No máximo, suspeitaria de uma guerra na contravenção. Jamais se envolveria em tal conflito. O Rio também respeitava a sua lei do silêncio.

A mulata? Obviamente, o pessoal de sua empresa já tinha notificado a polícia do desaparecimento da colega. Passaria muito tempo, porém, até que a polícia tomasse alguma providência. Elisabeth não era uma prioridade, julgou o *consigliere*. Tão cedo não correria riscos por carregá-la em seu time.

Na saleta do zelador, com o máximo viável de discrição, os enviados de Tony Castellamare rapidamente se vestiram com roupas informais, típicas de quem circula pela Cidade Maravilhosa – em pleno verão. Então, se dividiram nos automóveis à sua disposição. Sissi na direção, o *consigliere* e Elisabeth tripularam o Santana. Domi nocauteou Manelão e Petronilho e os enfiou no Gol, atrás, atados pelos cintos de segurança. Pellê se encarregou do volante do carro. Em uma hora, o comboio reaportou em Bonsucesso, diante da fortaleza do bicheiro. Paolo Garzya acordou Manelão. Daí, na rua mesmo, de um aparelho público, o obrigou a telefonar ao patrão e a asseverar que Jean Belotti não existia mais. Pobre italiano: jazia, enterrado, num matagal da Gávea.

Na sua cama, duas putanas ao seu lado, Pavone se aliviou. Curtia uma ressaca de álcool e de sexo. A morte de Belotti, no entanto, reacendeu os seus ânimos físicos. Com um berro, notificou o garotinho mudo, seu leva-e-traz, do retorno dos capangas. E retomou a sua farra com as vagabundas. Azar. Parvo e petulante, exclusivamente preocupado em encontrar o italiano, Pavone tinha se descuidado da sua autoproteção. Única sentinela da fortaleza, o garotinho vislumbrou a chegada do Gol – e, imediatamente, abriu o portão da garagem. Quando o Gol entrou, porém, o molecote percebeu que Petronilho e Manelão mais pareciam falecidos. Percebeu, também, que o automóvel levava outros dois homens, as suas faces cobertas por máscaras de meia. Hesitou. Daí, intuiu a invasão – e tentou escapulir. Tarde demais. O Santana seguiu o Gol e, da janela, o braço esticado, Sissi derrubou o garotinho com uma tapona.

Fulminantemente, Domi trancou o portão. Pellê manietou o moleque e ficou na guarda de Manelão e de Petronilho. Armas em punho, Paolo Garzya, Sissi e Domi vasculharam a fortaleza. De fato, ninguém – além do bicheiro e das prostitutas. Pavone sofreu o impacto da sua vida quando Sissi e Domi, camufladíssimos nas suas máscaras, invadiram o seu quarto, inopinadamente. Desalentado bicheiro. Num suspiro, murchou. E pressentiu o seu fim:

– Que é isso? Quem são vocês?

Bastou um chute preciso no queixo – e Domi neutralizou o bicheiro. Por trás de Sissi e de Domi, apareceu Garzya, o rosto igualmente escondido. Num átimo, o cozinheiro nocauteou as prostitutas com cuteladas perfeitas nos seus pescoços. Sissi acomodou as duas mulheres no banheiro de Pavone e, então, com o *consigliere*, foi até a garagem da fortaleza, em busca de Manelão e de Petronilho. Manso, em português praticamente sem sotaque, Garzya disse a Elisabeth, enrodilhadinha nela mesma, no banco traseiro do Santana:

– Fique bem quietinha. Isto vai terminar em dez minutos...

Elisabeth acenou a sua compreensão. E se reafundou no banco, trêmula, apavorada. Com Sissi e os dois asseclas de Pavone, o *consigliere* retornou ao quarto do bicheiro. No percurso, Garzya decidiu de que maneira falcatruar o cenário dos justiciamentos inevitáveis de Pavone e dos seus bandoleiros.

Confabulou com os seus homens.

E distribuiu as suas incumbências.

Assim que chegaram ao aposento, Manelão e Petronilho sentiram o odor da morte. Devidamente enluvados, na porrada, Sissi e Domi desnudaram os dois mastodontes e os compeliram a engolir uma garrafa de cachaça. Depois, acomodaram Pavone, inerte, contra a cabeceira da cama. Domi, então, como um joalheiro diante de um rubi, meticulosamente, profissionalmente, encaixou as armas dos capangas em suas mãos descontroladas pela pinga. Primeiro, um travesseiro à frente do cano, fez Manelão fuzilar o bicheiro. Tum! Tum! No coração de Pavone. Reprisou o gesto com Petronilho. Tum! Tum! Na cara do patrão. Os gorilas não se lembrariam, jamais, de terem matado o seu chefe.

De uma cômoda, Domi tirou a pistola de Pavone e a colocou na palma falecida do bicheiro. Mirou na testa de Manelão. Tum! Mirou na garganta de

Petronilho. Tum! *Out! Kaputt! Finito!* Um triângulo fatal, por causa de duas vagabundas do Mangue. Ou uma briga pelo poder na gangue de Pavone.

Paolo Garzya, atentamente, verificou se Pavone, Petronilho e Manelão, de fato, haviam expirado. OK, *roger*, confirmado. Sim, Domi Pignatello havia cravado o seu assassinato de número 42, uma dama, 41 varões. Paolo Garzya determinou que os seus homens recolhessem as duas vagabundas do banheiro de Pavone. Cuidadosamente, orientou Domi e Sissi a depositarem as piranhas de novo ao lado do bicheiro, o simulacro perfeito de uma suruba – e de uma briga fatal, ou de uma irrupção brutal, enquanto uma suruba acontecia...

Professoral e paciente, à maneira de um legista, Paolo Garzya examinou e reexaminou o lugar. Com o estilete que guardava na bengala, o *consigliere* arrombou uma gaveta da mesa de trabalho do bicheiro e recolheu os negativos e mais algumas fotos de Domi. Noutra gaveta, encontrou uma caderneta de anotações com as descrições completas de Jean Belotti, Clàudio Gianfredi e Aldo Prìncipe. Surrupiou, ainda, um par de contas telefônicas – os números interurbanos de São Paulo, quase todos de ligações a cobrar no Rio, poderiam ser muito úteis. Enfiou as contas num bolso. Pediu aos seus companheiros que limpassem o lugar e que coletassem toda a grana existente na fortaleza.

Enfim, recomendou a retirada. Bravo, missão cumprida.

Paolo Garzya fitou Domi – e emitiu uma frase filosófica:

– O sangue ruim não macula as mãos do justo...

Domi absorveu o comentário – e beijou a mão do *consigliere*:

– *Grazie, tante grazie, Don Paolì...*

Na garagem da fortaleza de Leonel Pavone, o rapazote mudo ameaçava recobrar a consciência. Do seu cerebelo providencial, o *consigliere* extraiu uma idéia derradeira – e fenomenal. Abaixou-se, encostou os seus lábios num dos ouvidos do garoto e, escandindo todas, todas as sílabas, asseverou:

– Se alguém perguntar, diga que o pessoal do Nariz esteve aqui. E avise a família do Pavone para não encher mais o saco do Nariz. Cê entendeu?

O Nariz, ou Alício Moisés, o mais implacável bicheiro do Brasil. Outra pista falsa, que certamente atrapalharia a polícia da cidade. Apesar da pressa, Paolo Garzya havia preparado magnificamente a sua operação. O *consigliere* havia inclusive estudado, em minúcias, a estrutura da contravenção no Rio.

Sim, Tony Castellamare e a sua tropa pensavam em tudo.

Que se danasse o Nariz, para o desafogo de Tony.

No Santana, perplexa, a desabada Elisabeth perguntou:

– Que aconteceu? Me contem, que aconteceu aqui?

Silencioso Paolo Garzya, calados Sissi e Pellê, foi Domi quem falou:

– Se você me ama, esqueça o que aconteceu aqui...

A linda mulata ainda tentou argumentar:

– Mas eu preciso saber, Domi...

Gélido, embora carinhoso, o pistoleiro finalizou o papo:

– Você só precisa saber que nós salvamos a sua vida...

▼

Divertidamente rebaixado pelas suas sete derrotas seguidas na sinuca, Tony Castellamare deixou que Lindy Regazzoni e Pippo Carotè disputassem o título de grão-mestre do taco naquela tarde – e ressubiu a colina até a varanda do sítio de seu pai. Uma idéia audaciosa havia se formado em sua cabeça. Por isso, levava um potente minigravador, já ligado, num bolso da sua calça.

Gigi e o delegado Telônio Meira continuavam flertando. Don Caló, a Mamma Freda, Nicinha e Lídia Brandini permaneciam entretidos no bridge. Tony examinou o lugar à procura do irmão Ruggiero. Não viu o primogênito na casa. Na rede em que o mano cochilara, agora se aboletava Elia Grazie, Bill e Lola aos seus pés. Bill, aliás, ostentava uma bandagem numa pata.

Na Família Castellamare, até os animais se disfarçavam.

– Tudo bem, Tio Elia? O Bill está melhor?

– Ficará perfeito amanhã, Tonino. É um cachorro soberbo...

– E o Gero?

– Foi-se embora. Falou que precisava abrir a boate dele...

Com uma piscadela, o *capo* sugeriu que o grandalhão lhe fizesse uma pergunta fundamental. Elia Grazie compreendeu, sem mover um músculo:

– E você, estava onde, Tonino?

– Apanhando do Pippo e do Lindy, na sinuca...

Exagerado, Elia Grazie se sacudiu numa gargalhada.

Obviamente, Telônio Meira vigiava, sem se mostrar.

Tony emitiu um ruído, Bill e Lola se levantaram. Os pastores seguiram o *capo* até a mureta que abrigava Gigi e o delegado. E Tony observou:

– Parece que você adorou a nossa casa, Telônio...

O delegado sorriu, desajeitadamente – e comentou:

– Tony, eu queria me desculpar...

– Por quê?

– Fui mais um policial do que um convidado, hoje, no almoço...

Tony sossegou o delegado com as suas palavras mais brandas:

– Não se incomode, Telônio, eu já me acostumei a essas situações. Você cumpriu a sua obrigação. Faz décadas que a minha Família carrega uma fama que não merece – e não quer. A tolice de sempre. Todo siciliano é mafioso, ou um mafioso, no adjetivo ou no substantivo. Na verdade, por favor, quero eu me desculpar, de novo, pelo desabafo. Ainda não me conformo com o absurdo da morte da Marina e das crianças. Quem pode entender o que eu sinto?

Gigi entrou no papo:

– Ninguém, Tonino. Ninguém, ninguém, mesmo...

O *capo* aproveitou o momento de confraternização – e perguntou:

– Telônio, o que você sabe, mesmo, a meu respeito?

O delegado acariciou o bigode, respirou fundo – e afirmou:

– Nada, Tony. Absolutamente nada...

– Nada? Mas você me investigou, foi o que disse...

Telônio Meira sucumbiu:

– E eu não descobri nada...

– Você, porém, procurou o quê?

O delegado não se incomodou em penetrar num buraco perigoso. Meira chegava, com Tony, a uma encruzilhada fatal. Já ocorrera, antes, na história da inquisição da Máfia. Entre 1968 e 1970, David Hill, um espião do FBI, tinha se afeiçoado por Giuseppe Bonanno a ponto de praticamente se transformar no seu filho adotivo. Depois, nos entornos de 1985, dois outros agentes, Joseph F. O'Brien e Andris Kurins, se aproximaram de tal forma de Paul Castellano que, após a morte do *capo*, não se constrangeram em freqüentar o seu túmulo no Moravian Cemetery da Todt Hill em Nova York. Enfim, no princípio de 1987, George Gabriel, um dos mais ferrenhos vigiadores de John Gotti, se abalou a visitá-lo, em Howard Beach, exclusivamente para cumprimentar o novo líder da Família Gambino, logo depois de uma crucialíssima absolvição.

Telônio Meira respondeu – com uma franqueza cristalina:

– Drogas, Tony. Basicamente drogas...

Tony acendeu um cigarro mentolado – e comentou, antártico:

– Já disse que eu não trabalho com drogas. Eu odeio as drogas...

Telônio Meira mediu a intensidade da frase da Tony. Frase de múltiplos sentidos. O delegado examinou Gigi, que presenciava a cena toda, impassível. Tony soltou uma curiosa baforada na direção de Bill e Lola, que se assustaram – e se levantaram. Gigi compreendeu a mensagem. Alçou-se, também:

– Vocês me dêem licença. Eu volto, já-já...

O *capo* esperou que a mana se afastasse – e observou:

– Eu sou um radical conservador, delegado. *You deal, you die...*

– É. Uma norma implantada por Carlo Gambino, creio que na década de 60. E o líder atual da quadrilha Gambino, o John Gotti, supostamente obedece a mesma norma. Só que o irmão dele, Eugene, e alguns dos seus amigos mais queridos, foram condenados, meses atrás, exatamente por tráfico de tóxicos. E só que um tal de John Gambino, sobrinho do Carlo, já substituiu o Eugene e assumiu o comando da operação. Esses caras são todos uns hipócritas, Tony Castellamare. Por favor, não me subestime, Tony. Não me faça de bobo...

Tony reapazigou os seus dois cachorros e rebateu:

– Você está mesmo por dentro de muita coisa, delegado. Parabéns pela lição de casa. Só que Antonio Castellamare não é John Joseph Gotti Jr...

Dramática pausa. Tony Castellamare respirou bem fundo, quatro, cinco vezes. Pressionado pelo tempo, pela avalancha brutal dos fatos recentes, pelo episódio Pignatello no Rio, necessitava reconsolidar rapidamente o seu plano. Atingia, naquele momento, a imperiosidade da escolha inexorável entre o tudo ou o nada. Certo de que Paolì havia se livrado de Pavone, certo de que a morte do bicheiro assustaria Villapiano e Francesco Tucci, certo de que Ruggiero logo-logo cairia, inapelavelmente, num liquidificador, Tony decidiu forçar a cooptação de Telônio Meira. Como contagiar o delegado, porém?

O *capo* plotou a sua rota mais direta e mais safada. Via Regina.

– Eu faço um trato com você, delegado. Já percebi que você se apegou à minha mana, Gigi. Não creio que você pretenda usá-la como um instrumento, um cavalo-de-tróia na minha Família. Você não usa esse esquema, OK?

Telônio Meira, bruscamente, se empertigou:

– Pelo amor de Deus, Tony, eu não sou um canalha...

O *capo* ficou ainda mais impositivo e dominador:

– Acho bom. Eu também não sou um canalha, Telônio. Mas, não perdôo as traições, venham elas de onde vierem. Você pense nisso, por favor...

Incrível situação, um suposto mafioso ameaçando um federal.

Telônio Meira, de todo modo, assimilou o recado com altanaria:

– Que trato, me explique, Tony Castellamare?

Tony se ergueu, puxou Meira por um braço e conduziu o delegado a um passeio através do jardim do sítio. Perto da piscina, o *capo* admitiu:

– Eu sei quem matou a minha mulher e os meus filhos...

O delegado quase caiu na água. Perplexo, balbuciou:

– Quê? Quem?

– Telônio, eu sei quem matou a minha mulher e os meus filhos...

O delegado desabou num banco e aguardou o restante do enredo:

– Eu sei, já faz quase dezesseis meses, desde a tarde daquele fatídico dia 10 de novembro de 1988. Quem ordenou a estupidez fugiu para o Brasil...

Telônio Meira não ousou perguntar mais. Ao contrário, especulou:

– E você quer pegar o assassino...

Diligente, o *capo* ampliou o apetite do delegado:

– Os assassinos, Telônio. Os assassinos...

Passaram-se trinta segundos de silêncio absoluto. Tony arrematou:

– Faço um trato. Eu já dei à Lídia o furo de reportagem da carreira dela. E, agora, eu prometo a você o desbaratamento de uma quadrilha internacional. Eu prometo, desde que você, Telônio, jogue dentro das minhas regras...

O delegado esboçou reagir. A sua ambição, porém, gritou mais alto:

– Quais regras, Tony Castellamare?

– Regras simples, delegado. Eu, só eu, Telônio Meira, vou reger a nossa orquestra. E, no momento exato, vou tirar o meu time de campo e vou deixar que você realize o seu solo. É tudo ou nada. Pegar ou largar, delegado...

Telônio Meira precisava de mais informações:

– E se você cometer algum crime, Tony Castellamare? Eu não quero me transformar num cúmplice seu, nem por omissão. A minha carreira...

Tony cortou o debate, a machadadas:

– Não haverá crime nenhum, delegado. Confie em mim, OK?

Telônio Meira meditou e remeditou. E, então, indagou:

– Mas que garantia você me oferece?

– A minha palavra de honra. Já disse que eu sei, desde o dia da explosão da minha BMW, em Palermo, quem mandou colocar a bomba. Se eu desejasse me vingar, simplesmente me vingar, Telônio, teria agido muito antes...

O delegado digeriu a sutileza do advérbio, simplesmente:

– Que mais você quer, além de se vingar, Tony Castellamare?

– Por favor, não ultrapasse os seus limites, caro Telônio...

– Eu não posso, simplesmente, aceitar as suas ordens, caro Tony...

Simplesmente. O *capo* riu, com gosto e com prazer.

– Aprecio você, Telônio. Talvez você dê um bom cunhado...

A provocação desarmou o delegado, que também riu:

– Tony, você está me propondo um trato unilateral...

O *capo* concordou, na cabeça e no coração:

– Tem razão. Eu vou lhe mostrar, porém, o máximo possível das minhas cartas. Daí, confie em mim – ou o nosso negócio se encerra aqui mesmo...

Telônio Meira se submeteu, com um meneio:

– Abra essas suas cartas, Don Tony Castellamare...

Surpreso, Tony se entregou à gargalhada:

– Um Don, eu? Ora, delegado Telônio Meira, o senhor ainda descobrirá que eu sou muito mais do que um Don. *Capisce*, meu querido doutor?

O delegado não entendeu:

– Muito mais do que um Don?

Tony se reexibiu, professoral e paciente. Docemente, ironizou:

– Telônio Meira, você se considera um grande especialista em Máfia e em mafiosos. E, contudo, não sabe conversar por imagens e por metáforas...

A observação encolheu o delegado. Tony montou a guilhotina:

– Tudo bem. No almoço, eu passei a você algumas dicas. Nomes, como Falcone, Borsallino, Sciacchitano. Pois eis mais um: Dalla Chiesa...

A revelação impactou Telônio Meira. Dalla Chiesa...

– Você se refere ao general...

– Sim, Carlo Alberto Dalla Chiesa. E ao seu filho, Nando...

– Nando?

– Chega, Telônio Meira. Eu fui mais longe do que poderia...

A frase pairou no ar, uma espada sobre o cocuruto do delegado. Telônio Meira resolveu refluir. Num relâmpago, ah, uma possibilidade desprezada, na realidade um boato, tilintou na sua memória de farejador. Seria Tony, mesmo, um informante da promotoria de Palermo? Seria Tony um agente do governo da Itália? E como Ruggiero se encaixaria naquele *puzzle* inusitado?

Depressa, o delegado construiu o quadro que melhor convinha. Talvez Ruggiero não fosse um fraco, corroído pela inveja do irmão. Talvez Ruggiero fizesse parte do esquema de Tony. Talvez fosse um outro informante...

Não teve medo de se afundar no pantanal:

– E, ahn, Tony, o Ruggiero, ele também participa, ahn, dessa coisa?

Tony Castellamare decepou brutalmente a invasão do delegado:

– Telônio, eu disse que chega! Fui bem mais longe do que eu poderia. E você não me pressione, *please*. Não me encha o saco, pois eu recorrerei a uma outra solução. Por favor, e por enquanto, você se contente com o que recebeu até aqui. Quanto ao Ruggiero, esqueça. Ou esqueça também a Gigi...

Jamais, em sua profissão, Telônio Meira havia recebido uma lambada tão caudalosa e tão pesada. Bem mais mole do que Tony imaginara, o laço no seu pescoço, o delegado se enredava no contrato. Telônio Meira topou:

– OK, Tony, eu aceito as suas regras...

Tony apertou o acelerador do seu foguete:

– OK, Telônio. Capítulo um das minhas normas...

Telônio Meira alargou os seus ouvidos:

– Em qualquer circunstância, do Ruggiero cuido eu...

O delegado assentiu.

– Capítulo dois: não sacaneie a minha irmã...

Telônio Meira jurou que respeitaria Gigi.

– Capítulo três: pare de vasculhar a minha história com a promotoria de Palermo, com o juiz Falcone, com Paolo Borsallino, com Giusto Sciacchitano, com Nando Della Chiesa – ou com a puta que pariu. E ainda, *cazzo*, não ignore uma coisa. Eu sou bem mais do que um Don. *Capisce*, caro Telônio?

De que maneira se desvencilhar daquele chumbo todo? O delegado não conseguia mais pensar em Tony Castellamare como um mero bandoleiro. E nem como um reles maluco, transtornado pela morte da mulher e dos filhos. Paralelamente, começava a suspeitar de que Tony fosse um outro tipo de *capo*, um vigilante do mundo, incumbido de destruir o crime através do crime.

Telônio Meira reassentiu, humildemente:

– Entrei no seu time, Tony Castellamare...

Contrato assinado, imediatamente Tony Castellamare sacou do bolso o minigravador. Atônito, humilhado, o delegado Meira vilipendiou a sua própria incompetência. Bingo. Desabara numa armadilha da maneira mais ginasiana e infantil. Sem nenhum pejo, Tony brandiu no ar o aparelhinho e advertiu:

– Não me sacaneie, Telônio. Ou esta fita acaba com você...

Telônio Meira sumariamente se arrependeu do ofício que adotara. Havia fantasiado a glória de sua carreira, a prisão de um mafioso, e subitamente lá estava, diante de um *capo* suposto, de um talvez informante da promotoria de Palermo, de um talvez agente do governo da Itália – e sem saber em que poço se embrenhara. Subornado pela firmeza e pelo papo insinuante de Tony.

Pobre Telônio Meira, rascunhou um bramido derradeiro:

– Essa fita não vale bosta nenhuma. Sua palavra contra a minha...

Tony redarguiu, fraternalmente:

– Vale muito, meu caro Telônio. Já saiu, no "Perfil", que os seus gorilas bateram no Pippo, lá no aeroporto. E já saiu, no "Perfil", que você passou um dia, inteirinho, comigo, aqui no sítio. Você já apareceu na TV, coordenando uma entrevista coletiva – na verdade, mais do que minha, uma entrevista sua, e da Lídia. *Cazzo*, a transcrição do teor da fita acaba com você, caro Telônio. Vai parecer, meu delegado preferido, que eu, enfim, comprei o seu passe...

Entalado no buraco, o delegado esperneou:

– Isto é chantagem, Tony Castellamare...

O capo riu. E continuou, sempre cordialmente:

– Talvez. Mas, Telônio, eu tenho de me precatar. Quem me garante que você não faz parte da gangue que assassinou a minha mulher e os meus filhos? E quem me garante que você não é mais um policial corrupto? Não tente me ferrar, Telônio. Os meus pilares são muito mais sólidos do que os seus...

Na beira do abismo, o delegado recuou:

– Tá certo. O quê você precisa de mim?

– Vou lhe passar quatro nomes, todos verdadeiros. Registre. Broderick Villapiano, o representante do bando Gotti/Gambino aqui no Brasil...

Telônio Meira não acreditou:

– Caceta! O bando Gotti/Gambino tem um representante no Brasil?

O *capo* recuperou o seu tom mais docente:

– Tem. E tem, provavelmente, sem a autorização do John Gotti...

De novo, Telônio Meira não acreditou:

– Como você sabe disso?

– Eu possuo as minhas fontes, Telônio...

O delegado desistiu de contestar:

– E os outros três nomes?

– Francesco Tucci, Bruna Maria Tucci e Marco Iago...

Telônio Meira se ergueu do banco:

– Desses, eu nunca ouvi falar...

Tony esperou alguns segundos:

– Eu já imaginava isso. Francesco Tucci era o representante do Eugene Gotti, em Palermo – até programar a minha morte, em novembro de 88...

Outra pausa dramática. E Tony concluiu:

– Francesco Tucci mandou que alguns capangas colocassem a bomba na minha BMW. Desafortunadamente, porém, foi a minha mulher quem...

Pasmado, Telônio Meira esperou que Tony prosseguisse.

– Você já conhece o caso, Telônio. *Benone*. A Bruna Maria é a irmã do Francesco. Uma louca, uma vaca, uma crápula – e ex-amante do Eugene Gotti. Quanto ao Marco Iago, ele funciona como um conselheiro dos Tucci...

O delegado precisava perguntar:

– E porque o Tucci pôs a bomba no seu carro?

Tony esperava a questão. Não poderia falsear a resposta:

– Presunção. Perdeu muitas cargas de drogas em pleno mar. Barcos que afundaram ou foram apreendidos no trajeto entre a América do Sul e a Sicília. Uns setenta, oitenta milhões de dólares, de 86 a 88. Também perdeu inúmeros homens em brigas de rua nas cidades da Ilha. No mesmo período, o bando do Tucci praticamente se esfacelou. E o Tucci jogou a responsabilidade em mim. Achou que eu estava por trás das suas desditas. Um imbecil integral...

– Você conhece o Tucci?

– Só por fotografias. Pessoalmente, nunca vi...

Repetinamente, uma idéia tomou conta de Telônio Meira. Seguro da sua nova, inesperada, proveitosa ligação com o *capo*, o delegado decidiu penetrar num terreno muito, muito mais nebuloso. E, intempestivo, indagou:

– Tony, você conhece um tal de Dominic Pignatello?

Treinamento milenar. Tony Castellamare não titubeou:

– Nunca vi, nem gordo e nem magro...

Insatisfeito, Telônio Meira reexplorou o tema:

– Palermo me contou que Pignatello foi seu guarda-costas...

Tony riu, sinceramente, de um jeito que desnorteou o delegado:

– Nunca tive um guarda-costas. Eu mais preciso de um guarda-saco...

Telônio Meira tonteou:

– Quê?

– Um guarda-saco. O saco, as bolas, os colhões, delegado. Ora, você não sabe que o saco é o órgão mais sensível do corpo humano masculino?

Telônio Meira riu:

– Boa tirada, Tony, nunca pensei no saco com tanta objetividade...

– Pois é. Um guarda-saco me livraria de muitos cretinos na vida...

Telônio Meira fingiu não receber o golpe. Retornou ao trato:

– E você teve algo a ver com, ahn, as desditas do Tucci?

O *capo* devolveu a bola, na velocidade de um torpedo:

– Por que você não pergunta aos seus amigos de Palermo?

Telônio Meira percebeu que a conversação minguava. Atalhou:

– E os Tucci, e o Iago, que aconteceu com eles?

– Aconteceu que, depois da bomba na BMW, os Tucci e o Iago fugiram para cá. Sei lá por quê. Mas, uma determinação direta do Eugene Gotti...

Propositadamente, Tony criou mais uma pausa na dissertação.

Telônio Meira saboreou os últimos instantes daquele diálogo:

– E então?

– Então, eu perdi os três de vista. Quero que você me ajude a achá-los...

– E por onde nós começamos?

– Não sei. Inclusive porque, obviamente, estão usando outros nomes...

– Obviamente...

Tony desligou o minigravador.

– Telônio, um último capítulo nas minhas regras...

– Diga...

– Não comente esta nossa conversa com ninguém. Ninguém, mesmo...

– Negócio fechado...

Telônio e Tony selaram o pacto com um abraço. Devidamente iniciado na Família Castellamare, o delegado permitiu que Tony o conduzisse de volta à varanda. Na casa, a Mamma os aguardava com chá e um bolo de fubá.

Elia Grazie, por sua vez, esperava o *capo* com mais um aviso:

– Tony, outra ligação: o seu primo Luciano...

▼

Os comandos de Tony Castellamare não enfrentaram nenhum problema no seu escafedimento da fortaleza do bicheiro Leonel Pavone, em Bonsucesso. Por causa do horário, em torno das quatro da tarde, a rua estava praticamente vazia. O Santana sumiu do mapa, com a mesma tranqüilidade que nele havia entrado. Bairros além, já na Avenida Brasil, o *consigliere* Paulo Garzya pediu que Sissi estacionasse num orelhão. Necessitava remeter o seu relatório.

Garzya assegurou ao seu *capo*, com os detalhes possíveis, que Pavone já voava no rumo do céu, ou do inferno, tanto fazia. Garantiu que o bicheiro e os seus asseclas nunca mais atormentariam a Família. Domi? Na casa das suas 42 mortes, o pistoleiro, de mãos dadas com Elisabeth, cochilava no banco traseiro do carro. Elisabeth? Garota sublime, no seu corpo e na sua coragem, ela tinha atravessado aquela jornada tétrica, inteirinha, com uma garra de espantar.

O *capo* pediu a Garzya que informasse a polícia:

– Uma ligação anônima, Paolì. Quero analisar a repercussão do caso nos telejornais da noite. Aliás, caro Paolì, eu acabo de completar uma conversação exaustiva, maluca, mas proveitosíssima, com aquele pianista de jazz...

Um grunhido do *consigliere* atestou o seu entendimento:

– Bah! Parabéns, Tonino...

– Fiz um trato, conforme nós tínhamos imaginado. E o cara devorou a isca. Prometeu que vai nos auxiliar na busca dos diabos do BV e do FT...

Paolo Garzya reafirmou o seu apoio:

– Maravilha, Tonino...

Uma pequena pausa, porém, sugeriu que Tony se afligia:

– Só três coisas ainda me incomodam, Paolì...

– Três? Vá por partes, Tony, como diria o estripador...

Os amigos riram, simultaneamente. E o *capo* retomou o seu fio:

– Acho que o pianista se enganchou de verdade na Gigi. E eu não quero que a minha irmã se magoe. Segundo, o pianista sugeriu que sabe das cagadas do Gero. Encontrei um jeito de assustá-lo, o velho truque do gravador. Enfim, o pianista perguntou, diretamente, se eu conhecia um tal de Pignatello...

O *consigliere* ganhou tempo – e inflamou um charutinho:

– Claro que você escapuliu do nó, Tonino...

– Sim, sim. O pianista, porém, tem boas fontes em Palermo...

– Você suspeita de alguém, fora do nosso controle?

– Não necessariamente, Paolì. Sempre fez parte do meu plano que certas informações, convenientes informações, fossem repassadas à Justiça do Brasil. Agora, *cazzo*, alguém contar ao pianista que o Domi trabalha para mim, como guarda-costas, bem, isso me surpreende – e me preocupa. Coisa cretina, Paolì, capaz de me colocar em risco. Precisamos prender a língua do boca-mole...

– Ligue pro *dottore*, Tonino. E corte a água das fontes do pianista...

– Você tem razão, Paolì. Eu vou fazer isso, imediatamente...

– OK...

– Ahn, e, ahn, Paolì, de novo, parabéns...

– Grato, *fratello*. Foi mesmo uma operação irretocável...

– Não duvido. Nos encontramos no apartamento do Lindotto...

– Ok, Tonino. Me espere com um café fortíssimo...

– Você merece. Bom trajeto de volta. Ahn, última coisa, Paolì...

O *consigliere* alargou os seus ouvidos.

– Não se esqueça de abandonar esse carro. E de alugar um outro...

Mesmo em plena batalha, Tony não se esquecia das bobagens.

Paolo Garzya desligou o aparelho no ritmo de um *escargot*. Examinou os arredores, um velho vício, e retelefonou – à polícia. Comunicou a morte de Pavone, insinuando a participação do tal Nariz. Então, programou a viagem de retorno. Necessitava que Sissi, Pellê e Domi participassem de um ostensivo jantar no Copacabana Palace. Que os três, depois, fizessem o seu *check-out* no hotel – e que, daí, lá mesmo, com o *concierge*, comprassem passagens aéreas rumo a uma cidade qualquer. Excluída São Paulo, Garzya se decidiu por um recanto turístico, Salvador. Ao *consigliere*, era indispensável a participação de Domi naquele ritual penoso, diante dos olhares dos espiões de Pavone – que ainda desconheciam o fim dramático do bicheiro. Os espiões de Pavone, claro, representariam o álibi perfeito de Domi. No entretempo, Garzya realizaria um longo e relaxante passeio de automóvel, com Elisabeth, pelas praias do Rio. Aproveitaria para lhe comprar roupas novas, num shopping-center de plantão. Enfim, reencontraria os companheiros no aeroporto do Galeão. Lá, alugariam um outro veículo e, todos juntos, buscariam a Via Dutra, até São Paulo...

Brilhante, pensou Garzya. O *capo* Tony merecia aquele triunfo...

▼

Logo depois de entregar a sua Mercedes a um dos manobristas da boate L'Omertà, Gero Castellamare recebeu um recado no mínimo intrigante:

– Aquele seu amigo com cara de buldogue já ligou umas dez vezes...

Villapiano. Gero correu até o seu escritório, trancou a porta e telefonou ao representante da Família Gotti no Brasil. Villapiano estava furioso:

– Caralho, Gero, eu ando caçando você como um louco nesta cidade...

Gero lutou para escapulir daquela pressão:

– Porra, Brodie, você não me pediu que fosse à casa dos meus pais?

– Caralho, pedi que fosse vigiar o ambiente. Não morar lá...

Aturdido, dividido entre a paz que reestabelecera com Tony, o seu medo de Villapiano e a sua torpe dependência das drogas, Gero vacilou:

– Mas, Brodie, a minha Família, quer dizer, os meus pais...

Villapiano se assustou. Iria Gero falhar, readerir aos Castellamare?

– Fodam-se a sua Família e os seus pais, Ruggiero. Você tem obrigações para comigo, porra. Só para comigo, caralho, e para com a Família Gotti...

Gero vasculhou a sua mesa à cata de uma garrafa de uísque. Encontrou, sugou três doses gigantescas em pleno gargalo – e tentou se emendar:

– Perdão, Brodie. Eu apenas quis fazer direito o que você pediu...

O buldogue resolveu afrouxar o nó:

– Tá bom. Conte-me o que aconteceu no sítio.

Cauteloso, controlando as suas emoções, mensurando todas as palavras e todas as entonações, Gero Castellamare descreveu a sua jornada no sítio de forma sintética e objetiva. Relatou exclusivamente os fatos principais daquele dia, sonegando de Villapiano a sua aparente reconciliação com o irmão.

Seguro de que Tony, efetivamente, havia enlouquecido, Villapiano não se preocupou em exigir de Gero outras minúcias sobre o comportamento do seu irmão viúvo. Ao *gangster* da Família Gotti, na verdade, mais interessavam os detalhes da presença de Telônio Meira naquele convescote imprevisto:

– E o delegado, como agiu?

Estúpido Gero, cometeu o erro definitivo da sua existência:

– É um panaca, um bostamerda. Se enganchou na minha mana...

Villapiano saboreou a intensidade descomunal daquela informação:

– Se enganchou? Gero, me explique melhor essa história...

Realiviado, livre da mordida do buldogue, Gero se abriu:

– Simples de entender, meu caro Brodie. O imbecil do delegado não está nada interessado no Tony. Está a fim, isso sim, da minha mana, Regina...

Grotesco Gero, não vislumbrou o poço em que enfiava Gigi.

– A fim da sua mana?

Certo de que invertera a situação, Gero mais e mais se abriu:

– Isso, isso, caralho, a fim da minha mana. Qual é o problema, Brodie? A minha mana é linda, capa da "Vogue" e de um monte de outras publicações. Até um delegado pode se apaixonar por uma modelo famosa, Brodie...

Villapiano se impressionou com a cretinice sem tamanho de Ruggiero. Preferiu, porém, tangenciar a nova situação – e trocou de assunto:

– Tá OK! Acho ótimo, aliás. Se o Meira namorar a sua mana, ahn, Gigi, talvez você encontre um jeito de descobrir os outros pontos fracos do cara...

Gero não compreendeu a insinuação. Pior, viajou além:

– Exatamente. E você pode contar comigo nessa missão...

O *gangster* sentiu um frenesi incômodo em seu pâncreas de diabético. Estivesse em Nova York, ah, ele já teria encomendado o velório de Gero.

Villapiano optou por retomar o velho plano de John Gotti:

– Ótimo. Aliás, Gero, por falar em missão...

– Diga – e eu obedecerei, meu caro Brodie...

– Legal, muito legal. Seguinte. Eu convidei três grandes amigos para um jantar, esta noite, lá pelas onze, na L'Omertà. Preciso que você me reserve a sua melhor mesa. Tenho uma surpresa, ahn, inesquecível, pra você. OK?

– Uma surpresa? Será um prazer. E uma subida honra...

Villapiano desligou, felicíssimo com as novas que Ruggiero tolamente lhe passara. Raciocinou velozmente e começou a construir um plano eventual de contra-ataque. Telefonou a Fábio Monarco, o seu advogado e leva-e-traz, um tipo desagradável, miúdo, feioso, com cara de coruja, e lhe passou um batalhão de incumbências imediatas. Queria um guia completo das ruas de São Paulo, com os detalhes das cercanias do sítio dos Castellamare. Queria alguns exemplares da revista "Vogue", com muitas fotografias de Gigi. Queria ainda que Fábio Monarco conseguisse um cassete de vídeo com as imagens da reportagem da TV Perfil, Lídia Brandini e Tony Castellamare rodeados pelos repórteres, naquela manhã. Queria, enfim, que o seu anspeçada lhe obtivesse o endereço da residência da jornalista. E Villapiano queria, impreterivelmente, tudinho, até as doze horas, dia seguinte. Fábio Monarco conhecia os humores de Villapiano. Prometeu que ele teria tudinho, nas suas mãos, dentro do prazo predeterminado. Orgulhoso da sua criatividade, Villapiano finalizou:

– Ahn, Fábio, e como vai aquela minha casa secreta na Serra?

– Tá limpinha. Eu encomendo uma faxina por semana. Por quê?

– Você saberá, quando chegar o momento justo...

Villapiano não dava um ponto sem nó. Havia auxiliado os Tucci e Iago a alugarem a sua mansão na Cantareira, dez meses antes. Mas, cauteloso, por via das dúvidas, sem o conhecimento dos palermitanos, também tinha locado um outro imóvel, igualmente vasto, embora muito mais discreto, antiga sede de fazenda, cerca de dois quilômetros acima, na mesma estradinha. Utilizava o lugar, eventualmente, como um cassino clandestino. Ou, como um abrigo das suas farras sexuais. Inclusive havia blindado um dos quartos da casa, o último, nos fundos. Villapiano adorava espancar as mulheres com que transava.

Depois de alguns segundos de meditação, determinou:

– Fábio, dispense essa faxina, até segunda ordem, OK?

O advogado não entendeu. De todo modo, obedeceu.

▼

Depois do chá, do bolo e da ligação do *consigliere*, Tony Castellamare se desculpou com Lídia Brandini e com o delegado Telônio Meira:

– Se vocês me permitem, eu vou tomar um banho...

De fato, o *capo* transpirava agressivamente, sufocado pelo calor:

– Eu me acostumei, demais, aos ventos do Mediterrâneo...

O delegado também aproveitou para escapar daquela raia:

– E, se vocês me permitem, eu vou embora...

Tony se despediu de Meira, um beijo surpreendente no rosto.

Já bem entronizado na Família, o delegado não rejeitou a homenagem. Pelo contrário, aproveitou para desferir, também, o seu beijo em Gigi.

O *capo* mirou e remirou o delegado, um duro recado no olhar. Telônio Meira compreendeu. O seu último alento, naquele princípio de noite:

– Tony, fique frio, eu vou procurar o presente que prometi...

Com um sorriso largo, mas categórico, Tony arrematou:

– Eu confio em você, meu caro Telônio...

Bastante feliz com o resumo da jornada, a Mamma Freda pediu a Nicinha que a escoltasse até a cozinha. Muita coisa a ser lavada. O patriarca Don Calógero esperou que o delegado partisse – e determinou a Gigi:

– Faça um pouco de sala pra Lídia. Eu volto, já-já...

Sem que a filha e a futura nora se apercebessem, Don Caló seguiu Tony até o chalé dos hóspedes. Lá, o *capo* reportou ao patriarca tudo o que ocorrera nos bastidores da sua Família desde o almoço daquele dia. Don Caló também concordou com a idéia da salvação de Elisabeth e de Domi Pignatello:

– Você agiu muito bem, Tonino. Preservou um sangue bom...

– E destruí um sangue ruim, meu pai. Eu não agüento mais isso...

– É o seu trabalho, a sua obrigação, meu filho...

– Espero que este trabalho acabe depressa. Eu não agüento mais...

Don Caló acarinhou a cabeça de Tony. E comentou:

– Tonino, posso lhe fazer uma pergunta?

– Claro, papito...

– De manhã, por que você resolveu falar à imprensa, no portal?

– Intuição, papito. Subitamente me bateu a intuição, o Tucci diante de um aparelho de TV, sei lá em que lugar, presenciando aquela bagunça toda. Mera intuição. Eu achei que, me exibindo um pouquinho mais, convenceria o Tucci da minha loucura – e da minha aposentadoria. Você concorda?

– Muito bem pensado, Tonino. E agora?

– Agora, meu *babbo*, preciso localizar um amigo de Palermo...

▼

Já passava da meia-noite, na Itália, quando Tony Castellamare enfim conseguiu encontrar o seu amigo de Palermo. Era um homem bem mais idoso do que Tony, um homem basicamente solene, de gestos contidos, a fala mansa – e uma admiração monumental pelo seu jovem pupilo, o combatente mais respeitado nos bastidores da guerra entre a Velha e a Nova Tradição na

Ilha da Sicília. Aquele senhor não produzira filhos – por opção. Certa ocasião, havia ditado à imprensa uma frase dolorosa: "Eu não quero ter filhos. Para não fazer órfãos". Aquele senhor abrigaria Tony como o seu bambino adotivo.

Num longo, minuciosíssimo depoimento, o primeiro que prestava ao seu grande *capo*, desde a sua volta ao Brasil, Tony Castellamare reportou, minuto a minuto, detalhe a detalhe, os episódios todos ao seu redor. Falou de Telônio Meira, de Lídia Brandini, de Leonel Pavone, de Dominic Pignatello, de Paolo Garzya, de seu pai, de seu irmão Ruggiero, de Broderick Villapiano, de Gene Gotti e de John Gambino. Tony até falou dos seus cachorros – Bill e Lola.

O senhor solene escutou Tony com uma paciência descomunal.

Então, observou:

– Na minha opinião, o seu projeto caminha perfeitamente...

Tony agradeceu. Mas rebateu:

– De todo modo, *dottore*, estou bastante preocupado com essa história de o Meira ter mais acesso do que deve às informações a meu respeito...

– Como eu posso ajudá-lo, Tonino?

– Preciso que o *dottore* corte a água das fontes dele...

– Sem problemas. Eu resolvo isso, já-já...

– Obrigado, *dottore*...

– Fique tranqüilo. Me bastarão algumas ligações, agorinha mesmo...

– Por favor, *dottore*, agorinha. E muito obrigado...

– Obrigado, Tonino, digo eu...

– Deus abençoe o senhor, *dottore*...

– Ah, Deus já abençoa você, meu caro Tonino...

▼

Depois que saiu do sítio dos Castellamare, o delegado Telônio Meira rumou diretamente aos escritórios da Polícia Federal, no centro da cidade. Lá, na sua sala, em torno de nove da noite, cerca de uma da madrugada na Itália, o delegado vasculhou a sua agenda e selecionou um telefone, especialíssimo, de Palermo. Do outro lado, uma voz impaciente atendeu, no primeiro sinal:

– Sim, sim, aqui Livatino. Diga, *dottore*...

Meira não compreendeu a reação:

– Como, *dottore*? Aqui fala Telônio Meira, do Brasil...

O tal Livatino corrigiu, fulminantemente, o ato falho. Acreditara receber pela segunda vez, em poucos instantes, uma chamada da mesma pessoa.

– Ah, sim, sim, Meira, o delegado, do Brasil, como vai...

Consumidos os prolegômenos, Telônio Meira contou ao seu interlocutor o que acontecera no seu dia inteiro ao lado de Tony, o *capo* suposto:

– Livatino, ele citou vários nomes importantes. Por quê, me diga?

O interlocutor sequer pensou, antes de responder. Pimba. No alvo:

– Meira, meu caro, saia dessa...

– Como assim, Livatino?

– Meira, se eu fosse o seu chefe, tirava você desse caso...

– Livatino, eu não entendo...

– Sim, sim, você compreende muito bem...

– Mas, Livatino, qual é o problema?

– Nenhum problema, Meira. Meu conselho: saia dessa, agora...

– Mas, por quê, Livatino? Por quê?

– Meira, me perdoe. Mas as suas fontes secaram. *Ciao*, caro...

A batida do telefone, sem nenhuma justificativa, arrasou Telônio Meira. O delegado capturou uma garrafa de uísque da gaveta da sua mesa e engoliu um sorvo longo, no gargalo, mesmo. Cofiou o seu bigode, esfregou o seu rosto e, então, num rompante incontrolável, resolveu falar com Tony.

Elia Grazie atendeu. Tony deixou Meira no ar, cinco minutos:

– Me perdoe, Telônio. Estou no meio de uma partida de Bridge...

Com a rispidez de um orangotango, o delegado retrucou:

– Tá legal, Tony, tá legal...

– *Càspita*, Telônio, por que essa irritação?

– Tony, eu quero saber uma coisa...

– Se eu puder explicar...

– Você pediu a Palermo que parasse de me dar informações?

Do outro lado da linha, o *capo* entendeu e soprou fumo no telefone:

– Caro Telônio, eu disse a você, horas atrás, e você não me respeitou, e não me acreditou: os meus pilares são muito mais sólidos do que os seus...

O delegado permaneceu mudo. E Tony fulminou, misericórdia:

– Telônio, de agora em diante, você já aprendeu, tem de jogar de acordo com as minhas regras. Chega de babaquice, OK? Boa noite, Telônio...

Outro corte selvagem. Outra porrada na orelha do delegado.

Telônio Meira queimou mais um gole de uísque. E resolveu retaliar o *capo*, através de Felício Brock, o seu vigia no apart-hotel dos Jardins.

Brock declarou que o seu dia fora um pé-no-saco, uma inutilidade:

– O tal do Portovenere continua em Salvador. Nada de novo, chefe...

– OK, Felício. Esqueça o veado. Eu tenho uma outra missão...
– É só mandar...
– Você conhece a boate L'Omertà?
– Claro, meu chefe. A boate do Ruggiero, irmão do Tony...
– Isso mesmo. Vá pra boate, agorinha mesmo...
– Sem problemas, meu chefe...
– E fique de olho pregado no Ruggiero, OK?
– OK, meu chefe...
– Eu estarei em casa. Me faça um relatório, quando a boate fechar...
– OK, meu chefe, descanse...
Ah, naquela noite, Telônio Meira não conseguiria repousar.

▼

Enquanto Gigi via TV, enquanto Lindy e Pippo Carotè continuavam na sinuca, com os seus pais e Lídia Brandini, na mesinha de feltro verde, o *capo* Tony Castellamare batalhou, até pouco além das onze, em várias rodadas de bridge. Tony idolatrava aquele jogo de estratégia, de memória, muito mais do que de sorte. Tentou explicar a Lídia o seu sistema preferido de leilão, *Fiore Napolitano*, desenvolvido por dois italianos, seus amigos, Benito Garozzo e Giorgio Belladonna, inúmeras vezes os campeões do planeta. Mas, fracassou. Lídia não assimilou as nuanças do sistema. E Don Caló e a Mamma arrasaram o filho e a futura nora em todas as vazas – de uma maneira avassaladora.

Tony Castellamare detestava perder no bridge. Realizou que precisaria gastar muitas jornadas ainda no ensinamento da namorada. Confortou o *capo*, porém, uma interrupção na contenda, uma notícia do "Jornal do Perfil":

– Quatro balaços tiram a vida de Leonel Pavone, um dos bicheiros mais famosos do Rio, o presidente da Escola de Samba Acadêmicos de Bonsucesso. O crime aconteceu na própria fortaleza de Pavone, na Zona Norte da cidade. Depois de um misterioso telefonema anônimo, a polícia encontrou o corpo do contraventor, sem roupas, em sua cama, com dois tiros no rosto e outros dois no coração. Balaços desferidos pelas pistolas de dois guarda-costas de Pavone, Petronilho da Silveira e Manuel Pereira, o Manelão. Os guarda-costas também estavam nus – e também morreram, atingidos por disparos do patrão...

Don Caló fingiu surpresa:

– Meu Deus, o Pavone!

Tony cortou o pai:

– Escute, escute o resto da notícia...

A reportagem do "Perfil" exibiu, numa espécie de organograma, toda a estrutura do jogo ilegal na cidade. Falou do desalento do pessoal da escola, da comunidade de Bonsucesso – e, então, retornou à fortaleza de Pavone:

– Segundo uma das hipóteses que a polícia já antecipou, desde a noite de ontem, provavelmente com duas mulheres, ainda não identificadas, o bicheiro participava de uma orgia sexual. Aparentemente, durante a farra, embriagados, Petronilho e Manelão tentaram forçar Pavone a admitir a sua participação. O bicheiro recusou – e aconteceu uma briga. Em desvantagem numérica, Pavone se armou de um revólver – e atirou nos seus guarda-costas. Mesmo feridos, os dois reagiram e conseguiram alvejar o bicheiro. De acordo com os peritos, Pavone, Manelão e Petronilho faleceram quase que simultaneamente...

Tony e Don Caló se entreolharam. E o "Perfil" complementou:

– A polícia tentou, inutilmente, encontrar as duas mulheres. Apesar das evidências, Klenílsson Pavone, o Pavãozinho, único filho homem do bicheiro, assegurou não imaginar por que motivo Manelão e Petronilho teriam atacado o seu pai. Pavãozinho não aceita a teoria da orgia sexual. Embora sem acusar ninguém, o filho do bicheiro prefere suspeitar de uma trama, de uma armação, para dissimular um assalto. Diz Pavãozinho que desapareceu todo o dinheiro que o bicheiro guardava na fortaleza. Nas redondezas do lugar, ninguém viu nada, ninguém sabe de nada. Um garotinho mudo, que trabalhava com Pavone e que estava na casa no momento do crime, também não acrescentou nenhuma informação capaz de auxiliar o trabalho dos investigadores. A seguir...

Don Caló aperfeiçoou o seu teatro:

– *Dio mio*, Freda, o Pavone. Você se lembra dele?

Antes que a Mamma pudesse responder, Lídia Brandini, inflamada pela sua curiosidade natural de jornalista, decidiu se intrometer na conversa:

– Tony, vocês conheciam esse cara?

Professoral e paciente, como de costume, o *capo* desdenhou:

– Conhecíamos. Muito tempo atrás, uns vinte e tantos anos, esse Pavone morava em São Paulo. Foi gerente de um dos armazéns de Don Caló...

O patriarca tomou conta do timão:

– É. Um dia, descobri que, às minhas costas, o Pavone vendia maconha. Mandei o Pavone embora. Soube, bem mais tarde, que tinha virado bandido, um criminoso, e que tinha se mudado pro Rio. Eu nunca mais ouvi falar...

Don Caló distribuiu as cartas – e se dirigiu à Mamma:

– Freda, um sem trunfo...

Tony dobrou. A Mamma replicou:

– Duas copas...

Fiore Napolitano. Tony necessitava que Lídia cantasse duas espadas.

Todas as pupilas da galáxia se fixaram na garota.

– Eu passo...

Por um triz, o *capo* não esganou a namorada.

▼

Brodie Villapiano e Gero Castellamare já haviam desfrutado duas doses de *scotch*, doze anos, quando os amigos do buldogue apareceram. A princípio, pela penumbra da boate, Gero não conseguiu reconhecer nenhum dos recém-chegados, um latagão de cavanhaque, um senhor elegantérrimo e uma loira exuberantíssima, metade dos seus seios bem à mostra no decote lauto.

Paulatinamente, porém, a imagem de um dos visitantes foi se tornando mais e mais nítida na sua memória. Impacto. Francesco Tucci – vivo.

Teatro. Tucci se aprochegou de Gero, os braços escancarados:

– Gero, Gero, meu querido, quantas saudades...

Perplexo, chocado, Gero aceitou molengamente o amplexo de Tucci:

– Ciccio! Você? Aqui? Mas, eu imaginava...

– Você imaginava o que, meu caro Gero? Que eu estivesse no céu?

Dia bravo, aquele, repleto de novidades na vida de Gero...

E Gero fingiu uma *nonchalance* que não possuía. Sequer pensou no que poderia fazer, com Broderick Villapiano, no Brasil, e na sua boate, Francesco Tucci, o seu distribuidor de drogas em Palermo. Meramente balbuciou:

– Ciccio, meu caro Ciccio! Você desapareceu. Eu não sabia...

Confortado pela fragilidade descomunal de Gero, Tucci engatou:

– Pois, agora, você ficará sabendo de tudo...

Pobre Gero, a garganta em pleno torniquete. De onde surgira Francesco Tucci? Ora, como, Francesco Tucci, com Brodie, no Brasil? Enquanto os seus pensamentos mais e mais se emaranhavam, o seu enorme pavor ainda mais se exacerbava, Gero se lembrou de Marco Iago, o *consigliere* de Tucci. E, então, bateu os olhos na loira. Ao menos um regalo deslumbrante à sua frente.

– Meu tio, Marco Iago, você se recorda dele, eu creio...

Gero, devastado, pescou a sua deferência no fundo do mar:

– Querido Marco, como vai. A minha casa é sua...

Tucci continuou, como se fosse ele o patrão da discoteca:

– E esta maravilha se chama Bruna Maria, a minha irmã...

A visão de Bruna Maria completou o desequilíbrio de Gero. Diante dos longos cabelos da loira, dos seus seios formidáveis, Gero gaguejou:

– Ahn, ahn, um prazer, e uma subida honra...

Sentaram-se os cinco. Sem perceberem que, exatamente atrás de Gero, numa linha direta até Bruna Maria, uma garrafa de vinho à sua disposição, se acomodava um alegre rapagão, ao estilo de um bloqueador de voleibol.

Felício Brock, o espião do delegado Meira.

▼

Cerca de uma da madrugada, a Mamma Freda ofereceu mais chá e um novo bolo. Lindy se realimentou e anunciou que precisava partir. Tony pediu ao amigo que caroneasse Lídia até a sua residência, na Vila Madalena:

– Você me faz essa gentileza, Lindotto?

Lídia se frustrou. Fantasiava mais uma jornada de cama ao lado de Tony. Não disse nada, porém. Mudamente se resignou. Foi Gigi quem replicou:

– Tony, que absurdo! Por que a Lídia não fica conosco?

O *capo* se assustou com a investida da irmã. E tateou:

– Ora, por mim, tudo bem. Você prepara um quarto pra ela?

Gigi literalmente se enfezou. E ridicularizou o mano mais velho:

– Um quarto? Ora, Tony, por que a Lídia não dorme com você?

Apalermado, Tony não respondeu. A irmã apertou:

– Isso mesmo! Qual é o problema?

Mais embasbacado ainda, Tony se escondeu no silêncio.

– Pô, Tony! Qual é? Você não passou a última noite na casa dela?

Pobre Tony. Diante do pelotão de fuzilamento, se apequenou.

– Meu! Tony! Que babaquice! Leve a Lídia com você lá pro chalé. Ou você pretende que o pai e a mãe emprestem a suíte nupcial desta casa?

Às gargalhadas, a Mamma Freda refugou:

– Jamais. Na minha cama, nem depois da minha morte...

Lindy considerou melhor se despedir, imediatamente:

– Já que a Gigi solucionou o caso, eu me mando sozinho, OK?

Sem graça e sem jeito, Tony sucumbiu:

– OK, Lindotto, nos falamos de manhã...

Lindy se foi, acompanhado até a Veraneio por Pippo Carotè. Don Caló e a Mamma Freda, então, deixaram que Tony, Lídia e Gigi encerrassem o seu debate. Gigi não resistiu. Pespegou uma agulhada derradeira no irmão:

– Pô, Tony, que coisa mais patética...

– Quê?

– Patética, pô! Idiota! Infeliz! Expulsar a Lídia, assim...

– *Càspita*, eu não expulsei ninguém...

Gigi se dirigiu a Lídia, ignorando e desprezando o pobre mano:

– Lídia, e ainda acham que esse cara é um mafioso...

As duas garotas riram, desbragadamente. Diminuído, demolido, Tony se afastou. Furioso, queria xingar Gigi. Preferiu se encostar ao piano de Marina. Sentou-se no banquinho. E, contritamente, ameaçou tocar o "Clair de Lune" de Debussy. Ah, amava aquela melodia. Jamais conseguira tirá-la integralmente, porém. De repente, a composição, dolente, tomou conta dos seus poros, da sua pele. Brotou, magnetizante, na sua totalidade. Tony vibrou, e se reempolgou. E reprisou o espetáculo, de forma ainda mais contagiante, diante dos olhares e dos ouvidos, assombrados, da irmã e da namorada. Acabou, de novo. Relaxou. Em vez de sufocar Gigi, decidiu mergulhar nos seios fartos da jornalista.

Permaneceu ao piano, à espera de um afago da garota.

Só que Gigi se aproximou primeiro, transbordante de ternura:

– Foi maravilhoso, Tonino, foi maravilhoso...

Tony fingiu um amuo e, inesperadamente, puxou a irmã:

– Eu adoro você, *sorellina*...

– Eu adoro você, meu *fratellone* bobalhão...

Trêmula, sensibilizadíssima, Lídia se acomodou no colo de Tony:

– E eu adoro a Família de vocês...

Um robusto pigarro constrangeu e arranhou a garganta de Tony. O *capo* não se emocionava, tão saudavelmente, desde as tardes ensolaradíssimas em que tocava, para Marina e os três filhos, no seu apartamento de Palermo. Lídia e Gigi perceberam que algumas lágrimas se formaram nos olhos de Tony.

Maciamente, Gigi perguntou:

– Tudo bem?

– Tudo perfeito...

– Cê tá triste?

– Claro que não. Eu estou eufórico. Obrigado a vocês duas...

Gigi também se aninhou no colo de Tony.

– Pô, assim vocês me esmagam...

As duas se ergueram. Gigi ameaçou se despedir.

Tony chamou a irmã:

– Gi, um minuto, por favor...

– OK, Tonino...

▼

Na suíte da Mamma e do patriarca, a Dona Freda escutou, ao longe, mas nitidamente, o "Clair de Lune" do bambino. Cutucou o marido, e disse:

– Caló, acho que o Tony se apaixonou outra vez. Mesmo...

O patriarca não se moveu. A Mamma, no entanto, insistiu:

– Espero que, agora, ele esqueça esse atavismo da *vendetta*...

Don Caló permaneceu estático. Fingiu que já ressonava...

▼

O *capo* meditou bastante no perigo das suas próximas palavras:

– Gi, eu quero conversar mais um tiquinho com você...

Lídia e Gigi intuiram a seriedade do assunto – e se sentaram na mureta da varanda, de mãos dadas, a sua couraça, a sua indispensável proteção.

Tony se levantou – e mergulhou diretamente no tema:

– É sobre o Telônio Meira...

As duas garotas sequer piscaram.

– Você me perdoe, Gi – mas eu bati um longo papo com ele...

Gigi reagiu justamente como Tony desejava. Uma Castellamare:

– Eu percebi. Sobre negócios? Ou sobre mim?

– Sobre negócios. E sobre você...

– Obrigada por me contar, Tonino. E como foi o tal papo?

– Excelente, Gigi. Excelente...

– Excelente nos negócios?

– Principalmente. Excelente, também, sobre você...

Num rompante de feminismo, Lídia Brandini interferiu:

– Porra, Tony, não se meta na vida de sua irmã...

Para o susto da jornalista, Gigi defendeu Tony:

– Lídia, Lídia, você ainda precisa aprender como funciona uma Família de sicilianos. O Tony tá certo. Sabe o que fez. Sempre sabe o que faz...

O *capo* afagou a cabeleira de Gigi – e completou:

– Lídia, é a minha obrigação proteger a minha Família...

A jornalista se encolheu:

– Me desculpem...

Paternalmente, Tony confortou a namorada:

– Tudo bem, Li. Com o tempo, você vai se acostumar às nossas manias. E às nossas loucuras. Vai entender melhor, ahn, os meus compromissos...

Lídia sorriu, timidamente. E Gigi indagou:

– E daí, Tonino?

– Daí que, em meu juízo, o delegado se apegou sinceramente a você. O Telônio, aliás, me surpreendeu. Foi de uma delicadeza exemplar. Garantiu que eu não preciso me preocupar. Aproximou-se de você por você mesma. E não para utilizar você como um instrumento, um cavalo-de-tróia na Família...

Gigi suspirou fundo. E arrematou, como Tony queria:

– Legal, Tonino. De todo modo, eu tomarei os meus cuidados...

Uma Castellamare. Gigi se levantou, beijou Lídia na face e se despediu. Rumou ao seu quarto cantarolando, para o orgulho imenso de Tony.

Lídia também se alçou – e puxou Tony por um braço:

– Vamos?

Escoltados por Bill e Lola, ambos desceram, como dois adolescentes, a trilhazinha do chalé. No meio do caminho, Lídia sondou o *capo*:

– Tony, quando eu vou merecer o direito de conhecer você melhor? Cê me perdoe – mas há muitas coisas, ahn, no seu comportamento, no seu estilo, que ainda me intrigam. De que negócios você tratou com o Meira? Por que a expressão cavalo-de-tróia? E por que a Gigi prometeu tomar cuidados?

O *capo* estacou. Docemente lambeu os lábios da garota – e desguiou:

– Amanhã, nós retomaremos a nossa entrevista, OK?

Jornalista à parte, Lídia Brandini não se contentou:

– Eu quero conhecer você – e não o *capo* dos Castellamare. Quando?

Com a suavidade de uma pluma, Tony afagou o ventre da namorada:

– Quando eu não mais tiver de agir como um *sciccareddu*, quando eu resolver todos os meus problemas, quando eu puder voltar à minha vidinha normal – e quando o nosso filho estiver crescendo, bem aqui dentro...

Lídia amoleceu, a felicidade galopando pelo seu corpo, zunindo na sua alma. Apenas não desmaiou porque Tony a carregou até dentro do chalé.

▼

Solitário em seu apartamento, o delegado Meira presenciava, talvez pela vigésima vez, o VT do belo filme "The Godfather II", quando Felício Brock telefonou. O delegado examinou o relógio. Quase quatro da matina. Fez um esforço monumental para esticar o seu braço até o botão de pausa. Ah, depois daquele dia simultaneamente maravilhoso e diabólico, daquele dia em que redescobrira a possibilidade do amor, o dia em se entalara na armadilha feroz de Tony Castellamare, o delegado já não tinha mais a menor disposição para os relatórios multifacetados, repletos de meandros, do seu jovem espião.

Brock, todavia, sem saber, havia garimpado, na boate L'Omertà, uma pedra incrivelmente preciosa. Seguramente, a jóia da carreira do delegado.

– Diga, Felício. Diga, por favor, sem fricotes. Eu tou exausto...

O espião não se aborreceu com a impaciência do seu chefe. Brock, aliás, não considerava nada importantes as informações que recolhera. Tinha ligado por mero dever de ofício. Recebera uma ordem. Simplesmente, obedecia:

– Legal, chefe. Eu serei sintético. Por um lado, tive sorte. Arrumei uma mesa precisamente atrás da cadeira do Ruggiero Castellamare. Por outro lado, tive azar. O Ruggiero só recebeu uns amigos. E com eles varou a noite...

– Amigos conhecidos, Felício? Alguém com ficha?

– Nenhum deles, delegado. Quatro pessoas, ahn, inéditas...

– E você consegue descrevê-las?

– Claro. Até escutei os nomes delas...

– Adiante, Felício, por favor...

– Bem, uma gata fenomenal, de longos cabelos loiros, cacheadíssimos, e de seios sensacionais. O Ruggiero se apaixonou por ela à primeira vista. A tal mulher deve adorar os homens em geral. Se grudou no Gero, mas me perdoe, chefe, passou o tempo inteiro me encarando. Ela se chama Bruna Maria...

Telônio Meira sentiu um relâmpago atravessar o seu cerebelo:

– Bruna Maria? Ela fala português?

– Mal, chefe. Os cinco conversaram em inglês e em italiano...

Sem despregar do aparelho, o delegado capturou uma garrafa de uísque do seu barzinho e, num *baloon*, montou uma dose vigorosa, pura, sem gelo:

– Excelente trabalho, Felício, excelente, mesmo...

– Chefe, cê tá me gozando?

Telônio Meira pensou no trato que fizera com Tony. Decidiu cumprir a sua promessa. Não explicaria ao espião a qualidade da sua descoberta:

– Esqueça a brincadeira, Felício. E as outras três pessoas?

O delegado sonhou com a resposta, três homens. Bingo:

– Três homens. Um alto, bonitão, de cavanhaque, a quem o Ruggiero se referia por Ciccio. Um gordalhão, muito feio, cara de cachorro boxer, a quem o Ruggiero se referia por Brodie. E um senhor idoso, bastante charmoso...

Telônio Meira não resistiu:

– Marco Iago...

– Pô, chefe, adivinhou?

O delegado disfarçou a sua alegria. Que fenômeno, e que coincidência providencial. No final da tarde, firmara um acordo com Tony Castellamare. E prometera a Tony ajudá-lo a encontrar aquelas quatro pessoas. Não sabia por onde e nem como começar a busca. E Felício Brock, num acidente magistral, lhe entregava as quatro numa bandeja de ouro – de duzentos quilates...

– Não, Felício, intuí. Uma obviedade. Três deles são parentes da Família Castellamare. Moram nos Estados Unidos. Gente absolutamente sem nenhuma ligação com o crime. Gente, no entanto, bastante rica. Daí a presença do gordo com cara de cachorro. Essa gente não viaja sem a segurança de plantão...

– Ah, claro, compreendi...

A sua adrenalina em polvorosa, Telônio Meira reindagou:

– Mais algum detalhe interessante, ahn, da noite?

– Não. Nenhum detalhe diferente ou inesperado. No comecinho do papo, o Gero me pareceu um tanto nervoso, sem graça, caladão. Só reclamou, umas três vezes, que o tal do bonitão de cavanhaque havia sumido de cena...

– Sumido?

– É, textual: "Você desapareceu"...

O delegado mastigou mais um gole de uísque...

– E o tal do bonitão, de que maneira reagiu?

– Gozou o Gero, disse que andava meio de férias, meio aposentado. Que tinha ganho uma boladaça num negócio e tinha comprado um iate, uma volta ao mundo. Que, agora, estava à cata de oportunidades e de novos sócios pros seus negócios. Que tinha alugado uma puta mansão em São Paulo, com uma piscina e com uma quadra de tênis. Pretendia ficar algum tempinho na cidade. Uma coisa natural que procurasse rever os velhos amigos, como o Gero...

Meira cortou a frase de Brock:

– E o Gero, aceitou a explicação?

Brock não se intrigou com a pergunta:

– Chefe, o Gero tava tapado. Tava bêbado e tava cheirado...

– Perfeito, Felício...

– Obrigado, chefe. E agora...

– Agora, Felício? Não sei...

– Quer dizer que eu posso ir pra casa?

Uma dúvida super-estranha nublou o raciocínio do delegado:

– Como, pra casa? Onde você está, Felício?

– Estou na Serra da Cantareira, ora...

– E que diabos você está fazendo na Serra da Cantareira?

– Ué, você não me mandou grudar no Ruggiero? Pois o Ruggiero fechou a boate, lá pelas três horas, e saiu com a mulher e o velho no carro do gajo de cavanhaque. Eu simplesmente segui os quatro até aqui, à casona, bem no alto da Serra. Falo de um orelhão, meu chefe. E imagino que o Ruggiero deva estar bimbando naquela loiraça. Daqui, aliás, eu vejo a luz da janela dela...

Pudesse se abrir, Telônio Meira teria soltado rojões. Na sorte, na loteria, havia localizado, incrivelmente, o endereço das pessoas que Tony caçava, os assassinos da sua mulher e dos seus três filhos. A fortuna do delegado se invertia. Repentinamente, Telônio Meira reunira cartas melhores, mas muito, e muito melhores, do que os trunfos do *capo*. Dispensou Felício Brock:

– Você é um ótimo profissional, Felício. Parabéns...

– E eu posso ir pra casa?

– Antes, me passe o endereço dessa casona, Felício...

O latagão desenhou, verbalmente, o mapa do acesso à mansão. Telônio Meira registrou as direções numa folha de papel. E então, determinou:

– Acho melhor você dormir aí mesmo. Dá um jeito?

Felício Brock não hesitou:

– Me viro no carro. Não se preocupe comigo, meu chefe...

– Legal. Quero você na cola total desses três caras...

Subitamente confuso, o detetive desconfiou da ordem:

– Pô, chefe, de repente, os três se tornaram bem importantes...

Meira driblou o comentário com uma explicação professoral:

– Nesta missão, Felício, tudo é absolutamente fundamental. Mesmo que, no fim das contas, nada nos sirva. Por isso, precaução e caldo de galinha, eu não quero envolver mais ninguém nela. Caso esta operação não passe de mais um furo na água, a nossa cagada ficará restrita a você e eu. Correto?

Felício Brock comeu a peta com os pêlos e com o rabo:

– Corretíssimo. E o Ruggiero, meu chefe?

O delegado manteve a sua linha:

– Fique exclusivamente na cola da Bruna, do Ciccio e do Iago. Esqueça o Ruggiero. Por enquanto, esqueça o tal do Ruggiero. OK, Felício?

O latagão não compreendeu a mudança no plano de Meira.

De todo modo, por exaustão e por compromisso, obedeceu:

– OK, meu chefe...

– Se eu precisar, Felício, bipo você...

– Legal. Boa noite...

– Boa noite, Felício. E não desgrude da Bruna, do Ciccio e do Iago. Caso eles saiam da casona, siga os três. Não se preocupe, eu acho você...

– Perfeito, meu chefe. Câmbio. Até depois...

Assim que Brock desligou, Telônio Meira se armou de uma última dose de uísque. Quase cinco da matina. Que faria? Notificaria Tony e presentearia o *capo* com aquela alvissareira, sensacional informação? Ou guardaria tudo para algum momento mais propício, mais cômodo e mais favorável?

Recostado na sua poltrona reclinável, Meira se esticou e pensou em Gigi. Dilema. Traísse Tony, sem dúvida desperdiçaria Gigi. Existiria, contudo, alguma verdade no que Tony lhe afirmara? Seriam mesmo os Tucci e Marco Iago os responsáveis pela morte de Marina e das três crianças? E que faziam os Tucci e Iago no Brasil? Estariam eles escondidos pelos Gotti, como Tony informara? E de que forma Tucci e Iago tinham entrado no Brasil? E Brodie Villapiano, qual seria a sua função naquele grupo? De fato, o representante dos Gotti? E por que o encontro com Ruggiero, na boate L'Omertà?

Ah, quantas e quantas questões importunavam o confuso Telônio Meira. Ainda emputecido pelo seu papo frustrado com o recalcitrante Livatino, o seu contacto na Sicília, ainda furiosíssimo com o poder petulante e implacável que emanava de Tony Castellamare, o delegado não mais sabia como agir.

Numa estante da saleta do apartamento brilhava, numa moldura branca, um retrato da sua mulher, Stella, absurdamente morta no aborto provocado de um feto malformado. Telônio Meira odiou a própria vida. E, de novo, pensou em Gigi. Bosta de vida, ele soluçou, sem dizer. Bosta, bosta de vida...

Desabado delegado. Os efeitos do álcool começavam a anestesiar a sua capacidade de planejar. Dominado pelo uísque, Telônio Meira se imaginou o dono de uma sabedoria sobrenatural. Não, não, ele não contaria nada, nadinha mesmo, a Tony Castellamare. Nem aos seus superiores. Nem a Felício Brock. Sim, o delegado acreditou, se safaria solitário, glorioso, do seu tormento.

Telônio Meira não deveria se considerar tão portentoso...

▼

A volúpia rigorosamente bem treinada, profissionalíssima, de Bruna Maria Tucci, saciou todos os sonhos sexuais que Ruggiero Castellamare havia colecionado em sua existência inteirinha. Facilitou a missão de Bruna Maria a sua formidável capacidade de fantasiar. Na cama, em vez do bebaço Ruggiero, ela se imaginou pregada ao corpo musculoso e varonil do rapagão que havia encarado na boate L'Omertà. De todo modo, soberba Bruna Maria, depois de duas horas de cama, não restaria em Ruggiero um único grama de esperteza ou de energia. Bruna Maria safadamente abusou do seu posto de comando.

Uma pergunta aqui, uma questão acolá, por entre os beijos e as carícias que arrebatavam o seu parceiro idiota, Bruna Maria, habilidosamente, soube sugar todas as informações possíveis a respeito de Tony Castellamare. No fim da farra, concluiu que Marco Iago tinha razão. Tony não passava de um louco. Muito mais cretino do que Ruggiero. E Bruna Maria dormiu em paz.

Ato V

A explosão

A cama bem farta, os travesseiros suntuosos, o corpo suado de Tony ao seu lado, Lídia Brandini adorou passar aquela noite diferente na propriedade da Família Castellamare. Ao despertar, porém, a jornalista se frustrou. Pouco adiante das oito da manhã, Lídia Brandini se moveu no leito e, inconsciente ainda, percebeu que Tony não estava mais na cama. Num ímpeto se levantou, à procura do seu namorado. Primeiro, Lídia Brandini tentou a toalete do chalé. Em vez de Tony, só encontrou um bilhete – colado ao vidro do box:

– Li, vou dar uma saída, com Don Caló. Volto antes do almoço. Chame o Meira para a segunda parte da nossa entrevista, às 15h. Amo você. *T.*

A jornalista se impressionou com o estilo sintético, direto e mandão do texto de Tony. Rapidamente, no entanto, descartou o incômodo. Mais irritada ela ficou ao se lembrar de que não tinha roupas, precisaria vestir as mesmas do dia anterior. Lídia detestava repetir uma calcinha. Mera compensação, tomou um banho demorado e subiu até a varanda, sonhando com um desjejum.

A Mamma Freda e Nicinha Souza já se sentavam, sozinhas e caladas, à grande mesa, diante de um exército de iguarias. Lídia cumprimentou as duas e se comoveu, num visível arrepio, ao ganhar um beijo cálido da Mamma:

– E você? Dormiu bem, minha filha?

– Ma-ra-vi-lho-sa-men-te, Dona Freda...

Nicinha fitou a jornalista com uma doce inveja – e lhe estendeu um bule de café. Lídia agradeceu, mas escolheu um suco de frutas. E uma pergunta:

– A senhora, por acaso, sabe aonde o Tony foi?

Recebeu da Mamma uma resposta insatisfatória, porém honesta.

– Lídia, não tenho a mínima idéia. Don Calógero sempre desperta muito cedo. Apenas sei que o Don e o Tony nem mesmo tomaram um copo de água. E sei ainda que os dois levaram o Elia e o Pippo com eles, na Veraneio.

– Algum compromisso de trabalho?

– Talvez. Don Calógero anda bastante preocupado com esse novo plano, o seqüestro das poupanças e das contas bancárias. Bastante preocupado...

A jornalista aceitou a explicação e saboreou o seu suco. Então, bicou um naco da ricota fresquíssima que a Mamma perpetrava – e observou:

– A senhora me autoriza a fazer uma ligação?

– É evidente, menina. Use o escritório de Don Caló...

Lídia Brandini gargalhou:

– Não, Dona Freda, eu não quero tanta privacidade assim...

Uma agendinha na mão, Lídia rumou ao aparelho do living e procurou o delegado Meira. Consumiu praticamente uma hora até localizá-lo. Meira lhe pareceu de ressaca, a voz pastosa, o humor à beira de um precipício. Apesar de toda a sua bem treinada curiosidade profissional, a repórter optou por não se aprofundar na condição física e psicológica do policial. Só indagou:

– O senhor se resfriou, delegado?

Meira reagiu com um grunhido:

– Pior, eu me gripei putamente. Mas pode contar comigo...

Aliviada, antecipando as novas revelações que Tony seguramente faria, num aparador do living Lídia Brandini vislumbrou um exemplar do "Perfil do Brasil". O assunto daquele dia, claro, a morte misteriosa do bicheiro Leonel Pavone. Lídia folheou o "Perfil", que dedicava duas páginas ao crime do Rio. E então, subitamente, recordou que tinha um emprego – e um patrão.

Procurou Betinho Vinhas. Achou o patrão em casa, furioso:

– Porra, Lídia, puta que pariu, você sumiu?

Sem alternativa, Lídia se encolheu – e mentiu:

– Você me desculpe, Betinho. Acontece que, depois daquela loucura de ontem, aqui no sítio dos Castellamare, eu fui obrigada a gastar a tarde e a noite na tentativa de convencer o Tony a preservar o compromisso dele...

– Aí, no sítio dos Castellamare? Cê mudou pra cama do Tony?

Lídia engoliu o ato falho e disfarçou, estabanadamente:

– Caralho, Betinho, você vai me ofender, agora?

O diretor refluiu no tom, sem desistir da pressão:

– Pô, Lídia! Cê tá dentro da notícia e não se digna a cuidar dela? Por que você não escreveu uma matéria, merda, sobre a tal da loucura de ontem?

A jornalista espadanou – e sobreviveu, engenhosamente:

– Eu vou escrever sobre a loucura de hoje, Betinho. Além disso...

Silêncio. Betinho comeu a isca e esperou a arapuca da garota.

– Além disso?

– Betinho, naquela turba gigantesca que cercou o sítio dos Castellamare, ontem, havia uma dúzia de caras das suas empresas. Sinceramente, peço que você me desculpe por eu não me comunicar. Mas eu achei desnecessário. Não teria nada a acrescentar. Optei por assegurar a continuidade da série...

A expressão, série, tranqüilizou o diretor do "Perfil":

– OK? E quando ocorrerá, ahn, essa continuidade?

– Hoje, à tarde. O Tony me prometeu...

– Tá. OK. Eu fico no aguardo. E você, cubra-se de glórias...

Lídia Brandini se imaginou coberta por Tony Castellamare.

E onde, diabos, se enfiara Tony Castellamare?

▼

Feliz com o sucesso auspicioso da sua trama da noite anterior, eufórico mesmo por ter juntado, finalmente, os Tucci e Gero Castellamare, o buldogue Brodie Villapiano perdeu a hora de acordar, naquele manhã – e não conseguiu surrupiar o seu "Perfil" habitual. Emputecido, tomou um banho rapidíssimo, se enfiou num abrigo esportivo e saiu pelo bairro à cata de uma banca. Impacto. A morte de Leonel Pavone coloria a manchete de um diário policialesco.

Villapiano comprou todos os jornais possíveis e retornou depressinha ao seu apartamento. Na busca de uma pista que conectasse o fim do bicheiro aos três homens de Tony Castellamare instalados no Rio, leu e releu várias vezes o noticiário sobre o crime. Não encontrou nada. Resolveu colher as informações disponíveis com outras pessoas que conhecia na cidade, seus antigos parceiros de tráfico ou de cassino. Novamente, nada. Rastreou a trilha dos homens de Tony através de um funcionário do Copa. Nada. As informações da polícia e as evidências ostensivas sugeriam uma batalha por causa de duas prostitutas. De todo modo, também se suspeitava de uma guerra pelo poder na quadrilha de Pavone e, até, de um atentado coordenado por Alício Moisés, o Nariz.

No Brasil, a fantasia permanecia bem acima da realidade efetiva...

O buldogue mastigou um pedaço de pizza, de vários dias antes, engoliu um litro de leite frio – e pensou no que representava aquele assassinato.

Descartou Tony Castellamare do seu raciocínio e se concentrou no que lhe parecia um problema muito maior – *finito* Pavone, quem lavaria a sua grana, no Rio? Sem saída, telefonou ao filho do bicheiro, o seu óbvio herdeiro e sucessor, Klenílsson Pavãozinho. Villapiano detestava o rapaz, um fedelho seboso e petulante. De qualquer modo, a sua única escapatória. Manifestou as suas condolências – e perguntou se Pavãozinho necessitava de algum apoio. Sinceramente comovido, o rapaz agradeceu e irrompeu num desabafo. Embora, em entrevistas, tivesse eliminado a possibilidade de uma rixa entre o pai e os seus dois pistoleiros, embora um *office-boy* do bicheiro tivesse assegurado que quatro mascarados e uma negra haviam invadido a fortaleza a mando do rival Nariz, *off the records* o filho se sentia absolutamente seguro em asseverar: sim, Pavone, Manelão e Petronilho, de fato, haviam brigado por causa de duas mulheres, duas vagabundas, rampeiras de terceira classe.

Sobre a questão do dinheiro, Pavãozinho tranqüilizou Villapiano: sim, sim, a sua banca continuaria trabalhando leal e fielmente para o buldogue.

Villapiano agradeceu – e desligou. Então, num ímpeto atordoante, uma idéia tomou conta do seu cerebelo cruel. Iria à mansão dos Tucci, na Serra da Cantareira, e utilizaria o assassinato do bicheiro para mais se impor sobre aqueles três sicilianos cretinos e desprezíveis. Saberia como apavorá-los.

Além disso, investigaria de perto os rescaldos da noite de amor de Gero Castellamare com Bruna Maria. A curiosidade fazia ferver o seu tesão.

▼

O apartamento de Leonardo Regazzoni era uma graça na disposição dos cômodos e na arrumação dos móveis. Ficava numa cobertura em dois andares, junto ao Parque do Ibirapuera. No piso inferior, se distribuíam dois salões e uma farta varanda com vista para o Obelisco dos Heróis de 32, o monumento que Lindy considerava o mais bonito da cidade. No andar de cima, havia duas suítes e um outro aposento que o *fratello* de Tony Castellamare utilizava como um estúdio. Lindy adorava acordar bem cedinho, para pintar e desenhar.

Morava sozinho, naquele espaço imenso, escoltado apenas por um casal fidelíssimo de empregados e um cachorro, Gigli, filho de Bill e Lola. Na casa dos trinta anos, como Tony, ainda não havia recebido o fragor do *fulmine*, a paixão da sua vida. Tinha lá as suas namoradinhas, basicamente estudantes da FGV, onde dava aulas, três vezes na semana. Mas não se apegava a ninguém. Curtia, mesmo, os quadros que enfeitavam as suas paredes, obras de artistas modernos, da linhagem de Wesley Duke Lee, Luís Paulo Baravelli, Cláudio Tozzi, Newton Mesquita, Carlos Vergara, Ivald Granato, Gustavo Rosa. Também colecionava as telas pequeninas de um italiano que descobrira num leilão, paisagista de estranho e sonoro nome peninsular, Francesco Brunocilla. E as mini-aquarelinhas de um outro talento superlativo, Alfredo Zanussi.

Naquela manhã, por volta das nove horas, a luz do sol particularmente valorizava as cores de um trabalho de Zanussi, uma cena fogosa do porto de Mazzara Del Valo, Sicília. Tony se encantou à primeira vista. Lindy percebeu que o amigo se entusiasmara e, sem uma só palavra, retirou a maravilha do seu prego e a entregou a Tony. O *capo* aceitou o regalo com um abraço forte.

Num sofá da varanda, Don Calógero brincou com Lindy e o filho:

– Muito bem, chega de namoro. Vamos ao que interessa...

Um dos salões do apartamento de Lindy, o mais aconchegante, parecia transformado num hospital de campanha. Além do proprietário, de Tony e do velho *babbo*, estavam presentes quase todos os integrantes do mínimo time dos Castellamare: Paolo Garzya, Elia Grazie, Filippo Carotè, Sissi Sparapani, Ropertino Pellegrino e Dominic Pignatello. Recém-chegados do Rio e da sua experiência terrível na casa de Leonel Pavone, o *consigliere* Garzya e os seus três assessores diretos, Sissi, Pellê e Domi, as barbas por fazer, literalmente jaziam, exaustos, num punhado de almofadões. No fundo do ambiente, numa poltrona que Lindy usava para ver televisão, Elisabeth dormia, em ruínas.

Obviamente, Lindy já havia dispensado os seus assessores domésticos. Elia Grazie e Pippo Carotè se encarregaram de preparar e de servir um café, suficientemente forte, aos quatro expedicionários. Tony, então, perguntou:

– Vocês já examinaram os jornais?

O *consigliere* assentiu, mudamente. E Tony engatou:

– Pois os jornais atestam que vocês fizeram um trabalho impecável. Eu diria, mesmo, um trabalho brilhante. Sem pistas, sem rastros, parabéns...

Paolo Garzya agradeceu, pelos quatro, com um aceno de mão.

Tony esperou que os quatro relaxassem – e atacou:

– Domi, você sabe que eu deveria acabar com você e com a garota?

Num esforço absurdo, descomunal, Pignatello se alçou dos almofadões, caminhou até o *capo* e se prostrou, ajoelhado e inerme, diante dele:

– *Per Iddio, perdonami, Don Antonio, perdonami...*

Pacientemente, quase por obrigação, o *capo* continuou o ritual:

– Eu já perdoei, Domi. Já perdoei. Caso contrário, você e a garota não estariam aqui. Agora, Domi, *cazzo*, me faça entender o que aconteceu...

Durante cerca de trinta minutos Pignatello explicou a Tony, à sua moda, numa linguagem seca, rude, mas inteligível, o que acontecera desde o primeiro telefonema de Pavone até o justiciamento do bicheiro e dos seus asseclas.

Merda, raciocinou o *capo*. Sim, sim, sem dúvida, Brodie Villapiano e Francesco Tucci haviam tramado aquele golpe, via Pavone – a sua maneira de medirem as intenções de Tony em seu retorno ao Brasil. Tony se enraiveceu, mas também se reconfortou. Velozmente, conseguira demolir a armadilha toda e destruir o bicheiro sem pistas, sem rastros, parabéns. O seu plano diabólico e a sua *vendetta* se aceleravam num ritmo inexorável. Sim, sim, desde que...

Tony acarinhou o rosto de Pignatello e, gelado, observou:

– Domi, você compreende que, até esta guerra terminar, a sua namorada não poderá colocar os pés na rua, não poderá conversar com ninguém?

Respeitoso e resignado, Pignatello assimilou a ordem:

– Não se preocupe, *padrino*. Não, não se preocupe...

O *capo* respirou bem fundo – e solicitou:

– OK, acorde a moça. Eu quero falar com a moça...

Pignatello se dirigiu à poltrona e despertou Elisabeth. A garbosa mulata mais parecia um traste, os olhos vermelhos de choro e de sono, os seus cabelos amarfanhados. Literalmente empurrada por Pignatello, a garota se aproximou de Tony cabisbaixa, como uma criança aterrorizada faria. O *capo* lhe estendeu a mão, num gesto majestático – e esperou que Pignatello sussurrasse alguma coisa no ouvido da namorada. Elisabeth entendeu. Beijou o anel de Tony.

O *capo*, então, nobremente conduziu a garota até um sofá. Envergava um par de tênis novíssimos, uma calça brança de brim e uma camisa pólo, fulgurantemente amarela. A mulata não acreditou no que presenciava...

– Elisabeth. É esse o seu nome? Um nome de rainha...

A mulata sorriu, timidamente. E continuou calada.

– Elisabeth. Você, porventura, sabe quem eu sou?

Silêncio. Terror. Pignatello de novo murmurou meia-dúzia de palavras e a garota se sentiu menos aflita. Levantou a cabeça, devagarinho, e disse:

– O senhor é o padrinho do Guido. Quero dizer, do Domi...

– E você sabe o que significa padrinho, para nós, sicilianos?

Elisabeth se impressionou com o português sem sotaque de Tony. Fitou Tony mais atentamente. E se impressionou com o seu porte dominador:

– Sei, sim-senhor...

– Você sabe que eu, eu, só eu, salvei a sua vida?

Perplexa, perturbada pela imponência de Tony, uma outra vez Elisabeth aguardou que Pignatello a auxiliasse com um meneio ou uma frase. Pignatello, no entanto, permaneceu imóvel. Sem saída, a garota improvisou:

– Sei, sim-senhor. Eu devo ao senhor, só ao senhor, a minha vida...

Tony se detestou por aquela tortura. Precisava prosseguir, porém:

– Você me deve a sua vida – e a vida do Domi. Compreende?

Elisabeth reabaixou a sua cabeça – e se reencolheu:

– Sim-senhor...

Contristado, Don Caló interrompeu aquela mortificação:

– Brava, Elisabeth. Parabéns, minha filha...

Tony não reagiu. Pelo contrário, se sentiu libertado pela intervenção do seu *babbo*. Odiava aquela obrigação de se fingir um chefe sem piedade:

– Meu pai tem razão, Elisabeth. Você é mesmo uma garota corajosa, de enorme caráter. Por favor, me acredite: de agora em diante, você não deverá se preocupar com mais nada. Aqui, entre nós, estará integralmente protegida...

Elisabeth quase desfaleceu. Pignatello, também:

– *Grazie, padrino. Tantìssime grazie...*

O *capo* abençoou o pistoleiro – e enlaçou a mulata linda:

– Fique tranqüila, Elisabeth. Teremos de esconder você, e o Domi, neste apartamento, por alguns dias. Talvez, algumas semanas. Vamos providenciar comida, mais roupas novas, o melhor conforto possível. Agora, um aviso: não saia deste apartamento, em hipótese nenhuma, sem a nossa autorização. A não ser que qualquer um de nós apareça para levar você a um outro lugar, não saia daqui, por favor, nem para passear no corredor. Você compreendeu?

– Sim-senhor...

– Muito bem. Domi, coloque essa menina numa cama, já...

Pignatello obedeceu, alegre como um adolescente. E Tony aproveitou o intervalo para recosturar a sua rotina com Don Caló e Paolo Garzya:

– Paolì, descanse um pouco, e volte ao seu *flat*. O Sissi e o Pellê ficarão por aqui, com o Lindy e o nosso belo casalzinho – até segunda ordem...

Nem que desejasse, o pobre *consigliere* discordaria de Tony. Garzya já se sentia, mais do que exaurido, absolutamente destruído, incapaz de pensar. De todo modo, conseguiu relembrar que havia furtado as contas telefônicas de Leonel Pavone. Recolheu a maçaroca de um bolso e a entregou ao *capo*:

– Tonino, isto poderá nos ser útil, talvez bem mais do que útil...

O *capo* examinou a papelada – e se entusiasmou:

– Interessante, muito interessante. Vários interurbanos, a cobrar, na rota São Paulo-Rio. Gente que ligou pro *cazzo* do Pavone de São Paulo...

– Pois é. Você tem como descobrir a quem pertencem os números?

Don Caló se antecipou e recolheu as contas da mão de Paolì. Investigou as anotações lá registradas e, ao lê-las, por um átimo se transtornou. Ninguém, contudo, se apercebeu do súbito incômodo do patriarca – que prometeu:

– Eu mesmo cuido disso, Paolì. Conheço gente na Telesp...

Tony agradeceu:

– Legal, papito. As coisas estão transcorrendo bem, bem mesmo. Agora, só falta nós descobrirmos que alguns desses números pertencem ao Villapiano ou ao Tucci. Nós economizaríamos um tempão enorme no nosso plano...

O *consigliere* arrematou:

– É, Tonino. Parece que a sorte trocou de lado...

O *capo* admitiu a virada da fortuna. Mas observou a Don Caló:

– Papito, tome o máximo cuidado na investigação desses números, OK? Eu não quero correr nenhum risco de nos conectarem à morte do Pavone...

– Deixe comigo, Tonino.

Tony se despediu, com uma última advertência:

– Sissi, Pellê, não tirem os olhos do Domi e da mulata...

Os soldados entenderam o recado do seu general.

Pignatello não fugiria deles, nunca mais.

▼

Eram quase onze horas quando Bruna Maria Tucci acordou e percebeu que um homem passara a madrugada ao seu lado. O homem estava nu – e a visão do seu corpo deselegante, sem nenhum charme, insultou Bruna Maria. A mulher, de todo modo, determinadamente administrou os seus engulhos e se levantou com uma certeza fatal na alma: pelo bem da Família Tucci, ainda se entregaria outras vezes àquele ser desprezível, Ruggiero Castellamare.

Um banho bem quente limpou Bruna Maria do seu enjôo. Ela vestiu um robe de *plush* peludíssimo, na cor de uma gema de ovo caipira, deixou que Ruggiero continuasse a curtir a sua ressaca na cama, e desceu da sua suíte aos jardins do casarão da Cantareira. Junto à piscina, debaixo de um vasto guarda-sol, Marco Iago e Francesco Tucci recepcionavam Broderick Villapiano.

Bruna Maria se aborreceu com a presença de Villapiano. Sentiu a tensão que eletrizava o ambiente. Ao se acomodar na mesa que o guarda-sol protegia, o *consigliere* lhe exibiu um exemplar do "Perfil". A mulher leu a manchete da primeira página e, num rompante, arrancou o jornal das mãos de Iago:

– *Cazzo*, Marco, o Leonel Pavone, assassinado?

Iago confirmou, piscando os olhos. Bruna Maria mergulhou no "Perfil" e, depois da manchete, leu a reportagem inteirinha do crime do Rio.

– O jornal diz que a polícia está investigando três possibilidades: crime passional, briga pelo poder na quadrilha do Pavone – ou, uma *vendetta*...

Iago introduziu mais um mistério no problema:

– O Ciccio teme que haja um dedo de Tony Castellamare nessa história. Foi o Pavone, afinal, quem nos abrigou quando fugimos da Itália – e do Tony. Você conversou com o Gero? E você descobriu alguma coisa com ele?

Subitamente, Bruna Maria se recordou de que havia trepado com Gero. Controlou o seu asco, seu arrepio, e respondeu, com absoluta convicção:

– O Gero é um idiota. Talvez, tão idiota quanto o Tony...

Villapiano invadiu a conversa, no lado de Bruna Maria:

– Eu concordo com a nossa brava senhora. Aconteceu o que está escrito aí no jornal. Por que razão o Castellamare iria matar o Leonel Pavone?

Villapiano cuspiu a frase na direção de Francesco Tucci. O buldogue já não escondia o seu nojo por Tucci – e a sua fascinação por Bruna Maria.

De todo modo, atoleimado, Tucci não conseguia esquecer de que havia calcinado as crianças de Tony Castellamare. Insistiu nos seus terrores:

– Por favor, sejamos cautelosos. Nós bolamos aquele teste, o telefonema do Pavone ao Copacabana Palace, para medir as intenções do Castellamare em sua volta ao Brasil. O Pavone colocou o plano em ação mas, desde então, não nos deu nenhum retorno, nenhum *feedback*. Estranho, e bem suspeito...

Iago, também, já não escondia a sua exasperação:

– Ciccio, *per favore*! Você encontra uma conspiração em tudo!

Enquanto Francesco Tucci bufava, Villapiano se enfurecia.

Uma cólera fajuta, parte do seu plano, naquela situação:

– Senhora, senhores, tempos antes de o Tony Castellamare aparecer no Brasil, ainda na época do contato do pai dele com o Pavone, da boate do Gero, do meu apê, e até mesmo desta casa, eu fiz inúmeras ligações ao nosso lavador de dinheiro lá no Rio. Fiz, e fiz sempre ligações a cobrar, para que os números do Pavone, jamais, jamais, aparecessem nas nossas contas. Concordamos, nós todos, com essa estratégia elementar. A forma ideal de nos protegermos, caso acontecesse alguma espécie de investigação, ou de auditoria, lá na boate do Gero, no meu apartamento, e nesta casa. Porra, é claro que o Pavone não deu nenhum retorno, nenhum *feedback*, à senhora e aos senhores. Caralho, por que o Pavone se comunicaria diretamente com a senhora, ou com os senhores, se era eu, exclusivamente eu, o seu interlocutor? Puta que pariu, obviamente eu me informei com o Pavone, diversas vezes, nesse intervalo todo – sempre que eu precisei. E, melhor, caralho, sempre que eu precisei, o Pavone me passou as novidades que eu pedi. O Pavone jamais, jamais, eu enfatizo, desconfiou de qualquer plano secreto do *cazzo* do Tony para nos foder. Além disso, merda, eu disponho de outros amigões no Rio. Aprendi a não colocar os meus trunfos numa sacola só. Aliás, para o seu conhecimento, soube do fim do Pavone bem cedo, chegando ao meu edifício, depois daquela nossa festinha na boate...

Villapiano, obviamente, não confessou que havia acordado com atraso – e nem que se obrigara a sair da sua casa à cata de uma banca de jornais:

– Peguei, na portaria do meu prédio, meu exemplar do "Perfil". Subi ao meu apartamento, li a reportagem – e, então, eu fiz alguns telefonemas...

Bruna Maria, Francesco Tucci e Marco Iago não se moveram.

– Por isso eu praticamente não dormi. Por isso, antes que me chamassem com os seus pavores habituais, ahn, eu me antecipei – e vim até aqui...

A mulher imediatamente intuiu a verdade que se escondia atrás daquela longa tentativa de justificação. Eram ela, Bruna Maria, e a sua madrugada de cama com Ruggiero Castellamare, os dois assuntos que de fato motivavam a curiosidade do buldogue. A morte de Pavone não passava de um pretexto.

Num gesto que pareceu distraído, Bruna Maria permitiu que o seu robe se abrisse, um tico, na linha dos seios. Imaginou a ereção de Villapiano:

– Brodie, meu querido, eu gosto cada vez mais de você...

Villapiano sentiu a sua calça se movimentar na virilha:

– Posso chamá-la, também, de você?

O decote se esticou ainda mais quando Bruna Maria gargalhou:

– É claro que sim. Afinal, nós somos sócios...

Atônito, Francesco Tucci se intrometeu na safadeza:

– OK, Brodie, nós somos sócios. E as ligações? E as ligações?

Num segundo, o buldogue recuperou o profissionalismo:

– Descobri duas coisas muito importantes. Primeira: os três homens de Don Calógero Castellamare no Rio, sem dúvida, nada tiveram com a morte do Pavone. Jantaram juntos, às sete da noite, num restaurante do hotel. Beberam e comeram bastante bem, cheios de risos e de mesuras. Então, lá pelas oito, na portaria, confirmaram passagens num vôo Rio-Salvador, chamaram um táxi e se mandaram ao aeroporto do Galeão. Comportamento, convenhamos, de três turistas normais – e não de quem acaba de praticar uma carnificina. Mesmo se nós considerarmos que eles podem ser profissionais, como nós quatro...

Iago, Bruna Maria e Tucci digeriram a informação em silêncio integral. Nós quatro. Honrosamente incluída na quadrilha, Bruna Maria se empertigou. E, com um sorriso sensual e perfumado, pediu que Villapiano terminasse.

O buldogue revelou, apenas, uma parte do que sabia:

– Bem, a segunda completa a primeira. Falei pessoalmente com o filho do Pavone, o Klenílsson Pavãozinho. Houve uma testemunha do massacre, um menino mudo que o Pavone criava, filho bastardo dele com uma empregada. O menino contou que quatro mascarados e uma negra invadiram a fortaleza do Pavone armados até as orelhas – e que, ao sair, o chefe do grupo mandou um recadinho à família do Pavone. Disse que o crime fora obra do Nariz...

Marco Iago reagiu, mais precipitadamente do que os manos Tucci:

– Como é? Quatro mascarados, uma negra – e um nariz?

Villapiano reuniu a sua maior paciência:

– Quatro mascarados e uma negra. Pelo que sabemos, os Castellamare só tinham, no Rio, aqueles três sujeitos alojados no Copacabana Palace. Além disso, pelo que sabemos dos sicilianos conservadores, como os Castellamare, o *cazzo* do Tony jamais usaria uma mulher, e uma negra, numa missão...

Iago concordou imediatamente. Francesco Tucci, também:

– Tem lógica, Brodie. E essa história de nariz, cocaína?

O buldogue gargalhou, aos solavancos:

– Nariz é o apelido de um outro bicheiro carioca, Alício Moisés...

Os interlocutores de Brodie Villapiano jamais haviam escutado, antes, aquele apelido e aquele nome. Villapiano triplicou a sua maior paciência:

– O Nariz e o Pavone se detestavam...

Francesco Tucci decidiu gastar um último cartucho:

– Bruna, acorde o Gero e conte a ele que o Pavone morreu. Pela reação do Gero, nós decidiremos que rumo vamos adotar, de agora em diante...

A irmã não entendeu a intenção de Ciccio – mas obedeceu. Cerca de meia hora depois, ressurgiu no jardim, com o seu hóspede a tiracolo. Ruggiero mais parecia um refugiado de guerra, destruído pela ressaca de bebida e de sexo. Mal cumprimentou Ciccio Tucci, Iago e Villapiano. Passou rapidinho por eles e se atirou, com o peso de um defunto, na piscina da mansão.

Bruna Maria reassumiu a sua posição debaixo do guarda-sol. Dirigiu-se exclusivamente ao seu mano e, com um ostensivo desprezo pelos temores de Ciccio Tucci, arrasou em três frases a sua teoria da eterna conspiração.

– Ciccio, o Gero mal se lembrava da existência do Pavone. A reação do Gero ao que eu disse não cheirou e nem fedeu. Esqueçamos o bicheiro...

Broderick Villapiano concordou:

– Até porque, perdão, como eu já havia dito a vocês, aprendi a jamais colocar todos os meus trunfos numa sacola só. Além do Pavone, eu tenho um outro lavador de dinheiro no Rio. Aliás, bem mais forte que o Pavone...

Os manos e Marco Iago sentiram a sua pulsação aumentar enquanto o buldogue enfatizava, numa pausa, o significado daquela informação:

– É, vocês adivinharam. O meu outro parceiro é o Nariz...

▼

Depois de meia hora de piscina, Ruggiero Castellamare se sentiu quase refeito e escalou a pequena colina gramada que conectava o espelho de água à mesa do desjejum da Família Tucci. Ah, Ruggiero necessitava de um banquete bem mais do que um desjejum. Bruna Maria, de todo modo, havia intuido a fome daquele seu amante involuntário. Na mesa, jazia uma refeição completa, que um cozinheiro protegido de Iago realizara – com enorme habilidade.

Carlos Mronovski, o mestre-cuca, era um rapaz balofo, pouco além dos 25 anos, de olhos claros e um cavanhaque bem aparadinho, que o *consigliere* dos Tucci conhecera no Rio, na primeira etapa do exílio da Família no Brasil. Mronovski, então, pilotava os fogões de um restaurante do bairro de Humaitá, um lugar menos famoso pela qualidade da comida do que pela sua freqüência predominantemente homossexual. Sim, até a meia-idade, Iago se locupletara dos carinhos de Carminella Buccellato, a mãe de Bruna Maria e de Francesco Tucci. Depois de velho, porém, ele mergulharia em jogos bem diferentes.

O cozinheiro não se considerava um veado, ao menos em comparação aos clientes do seu restaurante, basicamente *gays*, da melhor sociedade do Rio. Na verdade, Mronovski preferia se definir como um abstêmio do sexo. Traído e abandonado pela esposa, uma namoradinha de infância, que escolhera a cama alternativa de uma outra dama, o rapaz havia optado pela solidão – até o aparecimento daquele nobre italiano, engravatado e cheio de grana. Então, cedera à corte de Iago, exclusivamente pelo dinheiro polpudo que o discreto e elegante italiano lhe prometia, com uma insistência absurda e cumulativa.

Quando Iago lhe anunciou a sua mudança para São Paulo, o cozinheiro praticamente implorou ao velho que o levasse junto. Mronovski já não sabia mais como viver sem as mesadas do italiano. Ah, que se danassem a moral e a religião por ele herdadas dos seus antepassados poloneses. Naquele estágio da sua ganância, Mronovski não distinguia a diferença entre enrabar o protetor e fazer um Filet au Poivre, entre agradar Iago e jogar um futebol de areia.

A eficiência no trato das caçarolas e a sensibilidade no adensamento dos molhos, de certa maneira, compensavam a falta absoluta de caráter do rapaz. Ruggiero Castellamare odiou Mronovski ao primeiríssimo olhar. Um amoral bem sabe como identificar um companheiro de linhagem. Simultaneamente, no entanto, Ruggiero se impressionou com a qualidade da comida do mestre-cuca da Família Tucci. Uma Galantina de Atum e Berinjela. Iscas de Peito de Frango em Cogumelos Shiitake Salteados na Manteiga de Pimentinha-Rosa. Mousse Alvinegra de Chocolates. Ao seu estilo, Ruggiero elogiou Mronovski. Um aplauso insidioso, indefinido, que mais pareceu uma condenação:

– Parabéns. Uma sobremesa digna de um corinthiano...

Sem piscar, a voz monocórdica, Mronovski replicou, friamente:

– Sou um corinthiano, sim, com muito orgulho. Aliás, sou integrante da torcida dos Gaviões da Fiel, aquela que esmigalha as suas adversárias...

Espantado, Ruggiero tentou um esboço de conciliação:

– Puxa, me desculpe. Eu só quis cumprimentá-lo...

Em silêncio, o cozinheiro recolheu os pratos – e desapareceu.

Na mesa, ninguém entendeu o teor da reação de Mronovski. Preocupado em não perder o controle do seu pupilo, Marco Iago contemporizou:

– Perdão lhe peço eu, meu caro Ruggiero. O Carlito é apenas um jovem impetuoso. A sua profissão nem sempre ensina os melhores modos...

Ruggiero acendeu um cigarro e, ainda embasbacado, arrematou:

– Achei que ele fosse me matar. E eu só quis cumprimentá-lo...

Villapiano aproveitou o mote. Aquele episódio lhe propiciara uma idéia magistral. Uma chance de a Família Tucci mais se aproximar de Ruggiero e, por extensão, de Tony Castellamare. Uma chance de a Família Tucci manter alguém na tocaia cotidiana de Ruggiero. Alguém suficientemente gelado e sem princípios como Carlito Mronovski. Villapiano fisgou Ruggiero:

– Gero, você não está precisando de um cozinheiro na sua boate? Ora, para comemorar este feliz reencontro, eu creio que a Família Tucci se sentirá honradíssima em emprestar o Carlito, por algum tempo, à sua boate...

Sem princípios? Perfeito. Gelado, no entanto? Villapiano não imaginava que o cozinheiro dos Tucci não passava de um bostamerda, um cagão. Carlito Mronovski ainda enfezaria bastante o *gangster* buldogue. A sorte, porém, fora lançada. Antes que Ruggiero realizasse o que acontecia, antes que Marco Iago esboçasse uma tentativa de manter o seu parceiro, Bruna Maria se antecipou. Deixou que a sua mão direita escorregasse entre as coxas de Ruggiero:

– Fantástico, Brodie! Hoje, mesmo! Já e já. Eu concordo...

Com o outro braço, Bruna Maria enlaçou o rosto de Ruggiero:

– O meu querido nos permitirá jantar lá na boate todas as noites?

Integralmente domado, Ruggiero apenas riu.

Iago ainda tentou um derradeiro esperneio:

– Será que o Carlito vai aceitar?

Villapiano fuzilou o *consigliere* – com o seu olhar de aço:

– Cabe a você impedir que o garoto recuse. Como, ahn, a Bruna sugeriu, o ideal seria o Gero levá-lo ainda hoje, para o garoto se familiarizar...

Dez minutos de instruções na copa, mais a promessa de US$ 10.000,00 ao mês, se incumbriram de convencer Carlito Mronovski. O cozinheiro adorou o acordo. Por bem menos toparia degolar Ruggiero, com um canivete.

Além disso, o cozinheiro se livraria de uma tarefa que odiava: tratar dos dois cães, filas brutais, que Bruna Maria criava, num canto da mansão. Para se ver longe daquelas feras, Carlito entregaria a sua alma a todos os demos...

▼

De volta à cidade, depois da manhã e do almoço nos altos da Cantareira, o buldogue Broderick Villapiano se sentiu como um *capo mafioso* de fato – e não apenas um soldado de terceiro escalão. Que dias incríveis ele atravessava! E de que forma brilhante ele se desvencilhava das suas complicações!

Na direção do seu carro, uma Belina prata que ninguém atribuiria a um bandido ou traficante, Villapiano meticulosamente analisou a situação em que se envolvera. Para o seu mágico deleite, todas as pessoas que o cercavam, no crime ou na contravenção, longe ou dentro do Brasil, levavam nos lombos *containers* gigantescos de dificuldades – dos irmãos Gotti até John Gambino, dos manos Tucci até Ruggiero Castellamare. Problemas que, inevitavelmente, favoreceriam os projetos particulares e individualistas do buldogue.

Melhor, Villapiano considerava genial haver anunciado, aos Tucci, que já possuía, no Rio, um novo lavador de dinheiro – Alício Moisés, o Nariz, um suspeito do assassinato de Leonel Pavone. Villapiano gargalhou do seu truque sutil. Com aquela peta, detonara vários coelhos numa única pancada. Mostrara poder aos Tucci. Deixara os Tucci desconfiados de que ele, Villapiano, tinha mandado o Nariz apagar o bicheiro rival. Conseqüência: os Tucci passariam a temer Villapiano. Sem alternativa, mais e mais se reaproximariam de Gero. E Villapiano mais e mais controlaria os desdobramentos daquela crise.

Maravilha. O *gangster* decidiu não consultar ninguém – antes de definir as suas próximas ações. Seria ele, Brodie, o seu próprio *capo*, o seu próprio *consigliere*, numa trama complexa, que talvez exigisse o seqüestro de uma garota, Regina Castellamare, e até de uma jornalista, Lídia Brandini. Bem, um seqüestro patrocinado por Francesco Tucci – que ele, Villapiano, estoicamente denunciaria, de modo anônimo ou não, conforme lhe fosse mais conveniente no momento. Um plano diabólico, uma guerra que terminaria com Villapiano sozinho, dono da grana de Ruggiero e da fortuna dos Tucci. Talvez, até, dono da pele macia e dos seios magníficos de Bruna Maria. Talvez, ah, talvez.

Com certeza, naquele instante, os Tucci e Iago estariam debatendo as causas e as seqüelas da morte de Pavone – e o eventual comprometimento de Villapiano naquela execução. Precisamente o que Villapiano pretendia. A sua maneira, capciosa, de perturbar a tranqüilidade dos palermitanos. Ganharia um bom tempo. Logo mais, no seu apê, estudaria as informações pedidas a Fábio Monarco. E, naquela tarde, faria uma visitinha a Khalid Haissa Khwyis.

▼

Tony Castellamare varreu metade da cidade atrás de uma loja de artigos contrabandeados que lhe vendesse o equipamento da sua fantasia. Encontrou o que desejava na Galeria Pajé, o maior reduto de importadores clandestinos de produtos eletrônicos da Paulicéia. Por cerca de US$ 5.000,00, que pagou em notas verdinhas, Tony adquiriu um *laptop*, um computador Toshiba, portátil, apesar do peso, uns cinco quilos. Ao levantar o apetrecho do balcão, idealizou, imediatamente, o desconforto de Lídia Brandini ao carregá-lo no seu dia-a-dia. Logo realizou, porém, que a jornalista se orgulharia do *laptop* e do seu *modem* então inusitados na cidade. Com tal conjunto a garota, tranqüilamente, poderia enviar as suas reportagens, via fax, de quase qualquer telefone do país.

O *capo* acarinhou o seu regalo e pensou na felicidade de Lídia Brandini ao recebê-lo. Pediu à atendente da loja que preparasse um embrulho especial, enrolado numa fita cor-de-rosa. Entregou o pacote a Elia Grazie, que escoltava o chefe ruivo em silêncio respeitosamente absoluto. Então, em vez de escolher um dos vários elevadores do edifício, Tony optou por descer seis andares a pé, meditando caudalosamente nos eventos daqueles dias, na velocidade absurda que o seu plano assumia. Faltava a Tony muito pouco para colocar o fogo no estopim da sua bomba fatal. Muito, muito pouco, talvez uma semana. Apenas lhe faltava localizar o paradeiro dos Tucci – e de Broderick Villapiano.

No quarteirão do prédio da Pajé, atentamente ladeado por Elia Grazie, o *capo* ousou parar numa reles lanchonete, onde bebeu garapa e devorou um par de esfihas sob um mar de molho de pimenta e de sumo de limão. Elia Grazie meramente mordiscou um pastel, perplexo com o prazer infantil de Tony:

– *Figliolo mio*, essa mistura não vai lhe fazer bem...

Tony sorriu, ignorando a advertência. Solicitou a um rapaz do botequim mais meia dúzia de esfihas, protegidas numa quentinha, e respondeu:

Tio Elia, o senhor me ensinou a adorar estas porcarias, uns vinte anos atrás. Não venha agora me repreender. Estou matando saudades, meu tio...

O homenzarrão grunhiu de alegria e retrucou, jovialmente,:

– Eram outros tempos, *figliolo mio*, outros tempos...

Como pôde, o *capo* encaixou o seu braço direito na cintura gigantesca do mastodonte e, juntos, crianças, ambos marcharam até o estacionamento em que, na Veraneio dos Castellamare, Don Calógero e Pippo Carotè esperariam. Mesmo de longe, Tony rapidamente sacou que somente Pippo estava na perua. Investigou os arredores e percebeu que o seu pai falava num telefone público. Caminhou, mansamente, até o seu *babbo*. E intuiu o que dele escutaria:

– Tonino, você tá preparado?

– Faz dezesseis meses que eu agüento as porradas, meu papito...

Don Calógero se apoiou em Tony e, professoralmente, induziu o filho a conduzi-lo até a Veraneio. Na perua, enfim, o *babbo* observou, polar:

– Quando o Paolì nos mostrou aquelas contas, aqueles interurbanos, de relance, entre cinco, eu reconheci dois números. Não disse nada, com medo de errar – ou de acertar. Infelizmente, Tonino, eu não me equivoquei...

Na perua, Tony, Elia e Pippo prenderam a respiração.

O *babbo* suspirou fundo, sugou o fumo do seu charuto – e disse:

– Os dois números pertencem à boate do Ruggiero.

▼

Bruna Maria convenceu Gero Castellamare, seu amante involuntário, de que necessitava descansar. Pediu-lhe desculpas e rogou a Gero que descesse a Serra com Carlito Mronovski, no carro do cozinheiro. Argumentou: quanto mais cedo o rapaz assumisse a pilotagem dos fogões de L'Omertà, melhor ele se adaptaria às exigências do menu da boate. Compensação antecipada, Bruna Maria prometeu a Gero novas e novas delícias depois. Beijou-lhe a boca com veemência. Gero sucumbiu. E foi embora, no banco do carona de um Fusca, alquebrado e humilhante, vinte minutos depois da partida de Villapiano. Conforme o buldogue previra, os Tucci e Marco Iago imediatamente se congregaram para discutir aquele episódio espantoso, o assassinato de Leonel Pavone, e os seus desdobramentos todos. De fato iludidos pelo estratagema de Villapiano, pela sua ligação suposta com o Nariz, rapidamente os manos e o *consigliere* descartaram, do rol das suas preocupações, qualquer envolvimento de Tony no fim de Pavone. Bruna Maria, no entanto, adorava especular:

– Ciccio, Marco, eu não duvido das informações do Brodie. Foi mesmo o tal do Nariz, claro, quem acabou com o Pavone. Agora, *tutto somato*, resta uma questão basilar. Aconteceu, ou não, sob uma ordem do Brodie?

O *consigliere* ainda se inquietava com as tarefas novas que o *gangster* dos Gotti impusera ao seu amante-cozinheiro. Foi natural que, diante daquele teorema, a demonstração de Iago se esmerasse em inculpar Villapiano:

– Obviamente, ocorreu uma limpeza de área. E ao mesmo tempo, talvez, uma queima de arquivos. Ciccio, Bruna Maria, sempre me chocou, e bastante, imaginar que o Gene e o Villapiano confiavam no idiota do Pavone. *Dio mio*, o Pavone, com certeza, jamais passou de um inocente útil, de um instrumento, do Gene e do Villapiano. Um tipo grosso, obsceno, vulgar, sujo, burro demais. Nós, provavelmente, nos importamos em excesso com a história daqueles três homens da Família Castellamare hospedados lá, no Copacabana Palace. Nos importamos muito mais do que o Pavone, atribulado em outras quizilas, quem sabe a sua batalha pelo poder – com o Nariz. Ora, é lógico que o Pavone nos enganou ao prometer verificar as intenções dos três homens. Na verdade, em nenhum momento o Pavone se abalou a investigar os homens do Tony...

Francesco Tucci quase concordou com o seu *consigliere*:

– Certíssimo, Marco. Agora, por que razão o Brodie citou o Nariz como o mandante do crime – e, depois, disse que o Nariz joga no time dele, ahn?

Bruna Maria recuperou o comando do interpretação:

– Eu tenho uma explicação. Ou eu acho que tenho uma explicação bem plausível. Eu descobri, hoje, uma coisa muito, muito interessante. O Brodie só veio até aqui, hoje de manhã, para investigar o que aconteceu entre mim e o Ruggiero. O Brodie se apaixonou por mim. Ou, no mínimo, ficou tesudo ao pensar em mim, na cama, com o Ruggiero – e não conseguiu dormir. Inventou essa história de o Nariz ser o seu novo parceiro apenas para nos assustar...

Atônitos, Iago e Ciccio esperaram que a linda loira continuasse. Bruna

Maria, porém, alongou o mais que pôde a sua pausa. Ela mesma, subitamente, se descobriu impactadíssima por aquela constatação. Levantou-se da mesa e correu até a piscina. Entrou na água e refrescou a cabeça por um minuto.

De volta à mesa, dentro do seu reluzente roupão, observou:

– *Porco Dio*! Pela mesma razão, o Brodie despejou o Carlito no colo do Ruggiero. Pra mim, está claríssimo: o Brodie quer foder com todos nós. Quer jogar a gente contra os Castellamare, acabar com vocês dois e com eles e, no fim das contas, dar uma de herói, me salvar e ficar comigo, *Dio mio*...

A mudez dilacerante do *consigliere* e de Francesco Tucci atestou o seu consentimento. Tucci se alçou e, pela primeira vez em dezesseis meses, desde a estupidez descomunal da Via Dante, resolveu agir como um *vero capo*:

– *Brava! Bravíssima, sorellina mia!* Brilhante, Bruna Maria! OK, meu caro tio Marco! Nada melhor do que nós conhecermos as intenções dos nossos rivais. Faz mais de um ano que nos preocupamos com Tony Castellamare – e o inimigo verdadeiro está dentro de nossa casa: Broderick Villapiano...

Bruna Maria acrescentou bem mais pimenta àquela gororoba:

– Isso mesmo, *fratello mio*. O Brodie Villapiano é hoje o nosso inimigo principal. Ótimo que nós tenhamos descoberto. Agora, precisamos saber se ele decidiu atuar por conta própria – ou se ele nos traiu com o Ruggiero e, talvez, até com o Tony. Nós precisamos saber, antes de destruirmos o Brodie...

Por um instante, Francesco Tucci congelou a euforia da mana.

Lembrou-se de um obstáculo – praticamente intransponível.

– Nós não dispomos de gente pra isso, *sorellina mia*...

Marco Iago, porém, também agiu como um *vero consigliere*:

– Sim. Mas, na minha opinião, o Brodie está sozinho nessa história. Está se aproveitando do fato de nós confiarmos nele cegamente. De nós, muito pior, dependermos dele, aqui no Brasil. *Benone*, utilizaremos o fogo contra o fogo. Podemos desfrutar, e bastante, dessa ligação intempestiva do Gero com a Bruna Maria. Ora, evidentemente, o Gero deve conhecer todos os principais traficantes da cidade. E a Bruna Maria, claro, conseguirá conduzir o Gero de acordo com as nossas intenções e os nossos interesses. Quando necessitarmos de gente, a Bruna Maria obterá com o Gero. Concordam? Paralelamente, nós temos como vigiar os movimentos do Gero, nas horas em que ele não estiver com a Bruna Maria. É simplérrimo. Deixem comigo. À noite, ahn, eu vou conversar com o Carlito. Vou explicar a ele, direitinho, as funções extras que exercerá na discoteca. E nós utilizaremos o Carlito para espionar o Gero...

Erro terrível, de Iago, apostar em um não-membro da Família.

▼

No caminho de volta ao sítio de Cotia, o *babbo* Calógero Castellamare decidiu fazer uma escala na sede central das suas empresas. Tony subiu com o pai e com Pippo Carotè ao escritório – enquanto Elia Grazie permanecia na perua. Tony sabia. Mas não queria acreditar. Ah, Pavone e Ruggiero.

Don Calógero reconfortou o seu bambino diletíssimo:

– Tonino, o Gero é louco. Você compreende? O Gero é louco...

Tony digeriu a infinita piedade que dedicava ao seu *babbo*:

– Papito, no meu coração e na minha alma, na minha cabeça e na minha pele, eu já resolvi. O Gero tem de ser eliminado. Sinto – mas não existe uma outra saída. Agora, ele é seu filho, muito mais do que meu irmão. Além disso, papito, eu não quero me responsabilizar pelo sofrimento da Mamma Freda. Eu sinto, eu sinto mesmo, papito – mas o destino do Gero está nas suas mãos...

Don Calógero se serviu de um cálice de licor de anis. E disse:

– Tonino, desde aquele santo dia em que você escolheu o seu caminho, e eu concordei com ele, compreenda, eu não mando mais no seu destino. E eu não mando mais no destino de ninguém. Eu entreguei a Família a você...

O *capo* Tony absorveu o peso absurdo daquela constatação. E chorou, como havia chorado, de modo mortificante, na manhã da explosão de Marina e das suas três crianças. Chorou por alguns minutos – e se recompôs:

– Você tem razão, meu pai. Do Gero, eu sinto, vou cuidar eu...

Desalentado, Tony retornou ao sítio com Elia Grazie, deixando o pai e Pippo Carotè no escritório, encarregados de descobrirem os donos dos outros três números. Ah, Tony agradeceria aos céus pela ajuda do seu *babbo*.

▼

Ansiosamente, Lídia Brandini esperou a chegada de Tony na varanda do sítio de Cotia. Esperou com Bill e Lola aos seus pés, os cães muito felizes ao respirarem um cheiro de mulher, o cheiro de uma nova dona. Os dois pastores já não se lembravam de Marina. Mas, amavam Tony – e morreriam por ele. Começavam, aos poucos, a gostar também de Lídia. E matariam por ela...

Ao reaparecer no sítio, Tony constatou que um par de automóveis, com logotipos da mídia nas portas, faziam plantão no *cul-de-sac*. Solicitou que Elia Grazie afastasse os importunos e subiu, a pé, a ladeira de pedregulhos.

À visão de Tony, os dois cachorros evitaram saltar contra o peito do seu amo. O *capo*, sempre afetuoso nos momentos mais triviais, costumava reagir a joelhadas quando as investidas estabanadas dos cães aconteciam. Cautelosos, Bill e Lola se limitaram a fungar nas calças de Tony e a investigar o pacotaço que ele carregava, envolto numa linda fita rosada. Elia Grazie considerou que lhe convinha fazer um passeio com os dois pastores através do jardim.

A jornalista não resistiu:

– Um presente, pra mim?

Tony não respondeu. Apenas entregou o embrulho, com um cuidado de arqueólogo, temeroso de que Lídia não agüentasse o peso do *laptop*.

A garota arrebentou a fita e o papel multicolorido. Impacto:

– Tony, que é isso?

Desajeitadamente, sem graça, Tony se explicou:

– Achei que você poderia precisar. E que você iria gostar...

O humor de Lídia Brandini tonitruou na Granja:

– Um *laptop*! Puta que pariu! Do caralho, Tony! Do caralho!

As dez palavras provocaram uma gargalhada inesquecível em Tony – e também em Elia Grazie, que apreciava a cena, à distância. Dos fundos da casa, a Mamma Freda irrompeu, pasmada, intrigada com tanto destempero.

Ao despontar na varanda, porém, a Mamma se reconfortou. Fazia anos que ela não via, em sua casa, uma cena tão bucólica e tão reconfortante. Sob a proteção das risadas de Elia Grazie, um dos seus filhos e a sua futura nora – deliciosamente entretidos numa alegria radical e contagiante. A Mamma se aproximou e, diante do *laptop*, enorme novidade, também não resistiu:

– *Bah, porco cane*! Que é isso, *porco cane*?

Tony gastou uns cinco minutos até recuperar o seu fôlego e explicar à mãe que se tratava de um computador portátil, capaz de transmitir textos por telefone, como um aparelho de fax. A Mamma fingiu não acreditar:

– *Porco Giuda*! O mundo vai acabar, mesmo, no ano 2000.

▼

Telônio Meira apareceu no sítio, precisamente, às 14h57. Duas olheiras enegrecidas escureciam, doídamente, o seu rosto moreno. O delegado parecia um pugilista, depois de uma derrota fragorosa. E Tony não resistiu:

– Delegado, o senhor saiu de um filme de terror?

Com um grunhido, Telônio Meira se aboletou numa poltrona:

– Peguei uma gripe brava, caro Tony. Não consegui dormir...

O *capo* examinou o delegado. Recordou o seu treinamento de origem milenar. Na Velha Tradição, os líderes sicilianos ensinavam os seus pupilos a analisarem, primeiro, a linguagem do corpo de seus interlocutores. Uma frase lapidar de Giuseppe Bonanno, em suas décadas duradouras de comando:

– Antes, meça a linguagem do corpo. Depois, julgue as palavras...

Embora num terno novo, saidinho do tintureiro, Telônio Meira parecia amarfanhado, empapuçado, empaçocado. Pior, sorrateiro ele se esgueirava das vistas de Tony, como se estivesse com medo, ou envergonhado, um traidor. O *capo* registrou o comportamento de Meira, num desvão do seu cerebelo. Teria tempo, muito tempo, para pesquisar melhor aquela postura esquisita:

– Uma gripe? Vou, agora mesmo, preparar um santo remédio...

Diante do *laptop*, Lídia Brandini se acostumava com as possibilidades do novo brinquedo. Enfim profissional, Meira se levantou da sua poltrona e se aproximou da jornalista. Lembrou-se de manifestar alguma educação:

– Zerinho?

A repórter retrucou, num impulso:

– Porra, Meira, você é mesmo um puta cavalo...

– Cavalo?

– Porra, custava ser gentil com o Tony?

O delegado não precisou responder. Tony voltava, um copo na mão:

– Li, deixe o Telônio em paz. Ele anda sonhando com a Máfia...

O delegado fingiu um sorriso – e perguntou:

– Que é isso, veneno?

Tony gargalhou:

– Veneno de mil dólares. Um coquetel de Armagnac, envelhecidíssimo, cinqüenta anos, com algumas gotas de limão-caipira, aqui do sítio...

Telônio Meira se espantou:

– Armagnac?

– Exatamente, doutor. Em sua homenagem, eu abri uma garrafa que meu pai vem conservando desde a II Guerra. Saboreie, antes que eu desista...

O delegado, na sua ressaca tenebrosa, teria refugado qualquer outro tipo de bebida. Não, todavia, um Armagnac – que Tony ofereceu com um charuto inusual, um Robert Burns Black Watch. Pobre Telônio Meira, sucumbiu:

– Obrigado. Me perdoem. Passei uma noite horrorosa...

O *capo* havia trocado a sua pólo dourada por uma camisa mais discreta, celeste, o tom do horizonte naquela tarde. Aceitou as desculpas. Desferiu:

– Sem problemas. Isso posto, vamos ao nosso trabalho. Vamos voltar à decada de 30, àquela famosíssima Guerra de Nova York. Tudo OK?

Meira se reacomodou. E Lídia Brandini ligou o seu gravador.

▼

Das cinco grandes Famílias que brotaram, em Nova York, da destruição das lideranças do torpe Masseria e de Salvatore Maranzano, somente duas se fundamentavam, digamos assim, nos princípios da Velha Tradição. Aquela de Joe Profaci e aquela assumida por Giuseppe Bonanno. A turma de Profaci agia como satélite do clã bem maior e muito mais forte, o grupo de Bonanno. Agia graças à lealdade do seu *capo*, preso a Bonanno por amizade e por parentesco. Os subalternos de Profaci nem sempre concordavam com as escolhas do seu chefe. Mas, ao menos, respeitavam as suas decisões. Especialmente porque, no mês de agosto de 1956, um certo Salvatore, apelidado Bill, o primogênito de Bonanno, se casaria com Rosalie, uma sobrinha dileta de Profaci.

Salvatore Bonanno. Bill Bonanno. E Tony Castellamare. A coincidência invadiu, como um formão na madeira mole, as lembranças de Telônio Meira e de Lídia Brandini. Foi a jornalista, porém, quem reagiu mais depressa:

– Pera aí, Tony! Salvatore Bonanno di Castellamare não é...

O *capo* não se intimidou com a constatação. Pelo contrário. Necessitava firmar a conexão. Salvatore Bonanno di Castellamare. O seu cachorro:

– Isso mesmo, Dona Lídia. Correta, maravilhosa dedução. O meu nobre pastor alemão foi batizado em honra do filho de Don Giuseppe Bonanno...

A revelação pairou no ar, como uma pena em tarde sem brisa. Telônio Meira, já esgotado o seu copo de Armagnac, recuperou o seu ímpeto:

– Podemos saber qual a razão dessa homenagem?

Tony sorriu, mansamente, para que a pena não caísse:

– Com a exceção da Lola, que é uma humilde dama, todos os meus cães têm nomes de mafiosos. Não necessariamente por homenagem, eu diria...

Lídia e o delegado mostraram as suas dúvidas, simultaneamente:

– Qual a razão, então?

Tony gargalhou, mais de ironia que de prazer. E declarou:

– Um código. Um artifício mnemônico. Vocês entenderão a razão, bem mais tarde, se permitirem que eu complemente a minha dissertação...

Meira e a jornalista se calaram. E aguardaram a continuação.

– Bonanno e Profaci se apegavam a conceitos particulares, apreendidos na Sicília, numa situação singularíssima, de regras ancestrais. Do outro lado, as Famílias de Tom Reina, de Al Mineo e de Joe Masseria, respectivamente dominadas por Tommy Lucchese, por Vincent Màngano e por Lucky Luciano, provinham todas das gangues juvenis do East Harlem de Manhattan. O bairro de Nova York que, no começo do século, era feudo de outros italianos...

O *capo* acendeu um cigarro mentolado e destrinchou:

– No começo do século, Lucchese, Màngano, Luciano, Albert Anastasia, Vito Genovese e dezenas de outros rapazes de raízes peninsulares, mais alguns jovens de sangue judeu, como Meyer Lansky e Benny Siegel, participavam de uma quadrilha juvenil da Rua 107 de Manhattan. Eles faziam de tudo para ganhar dinheiro. Batiam as carteiras dos bêbados que saíam dos botequins. Desmontavam telhados para invadir as lojas das imediações nas suas horas de descanso. Surrupiavam os carrinhos dos fruteiros, dos peixeiros, dos padeiros e dos pipoqueiros – e ainda vendiam proteção aos comerciantes apavorados. Uma postura bem diferente da adotada pelos clãs de Bonanno e de Profaci, que se locupletavam basicamente das loterias e do jogo clandestino...

Telônio Meira não perdoou:

– Quer dizer que havia uma Máfia ruim e uma Máfia boa?

Tony rebarbou, impiedosamente, o maniqueísmo do delegado:

– Não brinque com os adjetivos, meu caro Meira. O nosso mundo não é feito apenas do branco e do preto. Pense que, entre eles, existe uma infinidade de cinzas. Aliás, meu caro Meira, você conhece a Lâmina de Occam?

Perplexo, o delegado balbuciou que não. E Tony dirimiu:

– Occam, ou William de Ockham, nascido, talvez, em 1285, e falecido, com certeza, em 1349. Um teólogo inglês, de formação franciscana, o último dos grandes escolásticos, o precioso fundador da teoria do Nominalismo...

Atônita, Lídia Brandini se juntou ao embaraço do delegado:

– Nominalismo? Mas que coisa é essa, Tony?

O *capo* se deleitou com a situação. E foi professoral:

– *Dio mio*, essa é uma coisa de ginásio ou de colégio. Obrigatoriamente, uma coisa de vestibular. Nominalismo, a separação entre a Lógica e a Fé...

Destruídos, Meira e Lídia sequer suspiraram. Bravo Tony:

– Por defender as simplicidades da Lógica em relação às complexidades da Fé, Ockham acabou excomungado. De todo modo, as suas regras e os seus postulados, felizmente, permaneceram muito vivos. Inspiraram, por exemplo, as famosas Leis de Murphy – dessas vocês se lembram, escritas por um tal de Edward A. Murphy Jr., na década de 70, num livro *best-seller* mundial...

O delegado e a repórter se mantiveram em suspensão animada.

Tony reengatou, ainda com mais vigor e com bem mais eficiência:

– As Leis de Murphy. Se algo pode não funcionar direito, aposte tudo no erro fatal. Se existe uma maneira de alguma coisa não dar certo, não duvide – alguém se encarregará de arrebentar a coisa e de confirmar a profecia. Muito bem. Os princípios do nosso William de Ockham, bolados sete séculos atrás, pregavam a mesma inevitabilidade. Por exemplo: é uma tolice fazer com mais aquilo que você consegue realizar com menos. Ou, sempre que um fenômeno qualquer pode ser explicado de forma simples, não procure a elucidação mais complicada. Ou, ainda e finalmente, jamais atribua à malícia, ou à sacanagem, aquilo que pode ser explicado, elementarmente, pela mera estupidez...

Faltou apenas que Tony enterrasse o policial e a repórter.

▼

O raciocínio dos mafiosos pioneiros dos Estados Unidos se apoiava na teoria ultra-lógica de Ockham – sem que os mafiosos soubessem disso. Ou sem que eles, como Telônio Meira e Lídia Brandini, soubessem quem era o tal Ockham. Efetivamente, daqueles contraventores, e/ou criminosos italianados da América, somente Giuseppe Bonanno dispunha de cultura, e em latim.

Valiam, de todo modo, instinto e percepção. Os imigrantes que faziam a Máfia, em Nova York, se chocavam com a contradição que viam entre a sua história, fundamentada no coletivismo, e a hipocrisia individualista dos norte-americanos. Na sua terra, quase não existia o frio, escasseava a madeira para o calor dos fornos e dos fogões. E, no entanto, nos Estados Unidos, se queimava a lenha para aquecer as pessoas no inverno. Na sua terra, cada familiazinha, por menor e menos importante que fosse, tinha o direito de produzir, no seu quintal, o seu vinho e o seu azeite. E, no entanto, nos Estados Unidos, era um crime perpetrar tais comodidades caseiras, por melhores que elas fossem, sem uma licença especial. Na sua terra, o jogo dos números, a loteria doméstica, o bingo e a tômbola, envolviam inclusive as crianças. E, no entanto, nos Estados Unidos, que queimavam milhões na Bolsa de Valores, jogo dava cadeia.

Em 1920, num dos atos mais estultos e mais cretinos de toda a história da humanidade, uma norma do congresso dos Estados Unidos, a chamada

Lei Seca, entrou em efeito em 95% do território geográfico da nação, envolvendo 63% dos seus habitantes. Pela Lei Seca, se proibiram a fabricação, e a venda, e o transporte, e a importação, daqueles produtos líquidos supostamente nocivos à população, por causa da suas propriedades intoxicantes. Ora, a Lei Seca não vetou as possibilidades de guarda e de consumo – até porque os seus autores também adoravam bebericar um uísque, um conhaque, uma cerveja. Do pífio buraco na Lei se aproveitaram dois gêneros dos espertos de plantão. De um lado, os italianos da Máfia. Do outro, os irlandeses da Família Kennedy.

Foi Meyer Lansky quem desenvolveu o projeto perfeito para a burla da Lei Seca. Frase literal e lapidar de Lansky, numa reunião que, em meados dos anos 20, congraçou italianos, irlandeses e judeus: "Se você consegue a posse de um batalhão de coisas que as pessoas desejam, e não conseguem obter, então você tem a obrigação e o direito de rapidamente suprir essa demanda". A frase ganhou fama como a Lei de Lansky. Aos italianos, aos irlandeses e aos judeus, todavia, não interessava a fabricação do álcool num beco de Manhattan ou no fundo de um quintal. Tal porcaria não interessava ao consumidor mais rico. E cegava, ou matava, o consumidor mais pobre.

Sob a liderança da Máfia, os três estratos, dos italianos, dos irlandeses e dos judeus, inauguraram uma espetacular operação de contrabando. Navios do Canadá e da Inglaterra conduziam o álcool legítimo, de excelente qualidade, até quase o limite das três milhas das praias dos Estados Unidos – além do qual as embarcações guarda-costas não tinham jurisdição. Daí, uma flotilha de lanchas recebia a mercadoria, driblava as embarcações guarda-costas e levava o álcool até baías sem nenhuma fiscalização, onde comboios de caminhões se incumbiam de carregá-lo tranqüilamente. Claro que, no processo, se gastava uma fortuna no suborno das tropas das embarcações guarda-costas, da polícia de fiscalização das baías e, especialmente, das cidades-alvo da distribuição. Um custo que Lansky admitia como indispensável – um dólar para cada cinco de lucro. Consta que, por semana, naquele estilo de operação, a Máfia e seus associados já faturavam a quantia absurda de US$ 300.000.000,00.

Graças à nova demanda, os escoceses aumentaram os seus preços – uma caixa, com doze garrafas de 750ml, subitamente subiu de US$ 17,00 para US$ 26,00. A inflação não abalou os contrabandistas. Um acordo entre os italianos, os judeus e a Família Kennedy dividiu o mercado e a rede de distribuição. O consumidor mais pobre passou a pagar US$ 30,00 a unidade de uísque de oito anos. O consumidor mais rico topou gastar US$ 175,00 por unidade de uísque de doze anos. E, isso, num tempo em que a Ford Motor Company remunerava os seus ascendentes operários com a maluquice de US$ 15,00 ao dia...

Lídia Brandini se recordou do episódio:

– Verdade. Meados da década de 20. Quando a Ford estabeleceu os seus parâmetros de salário, as outras grandes indústrias da América se apavoraram e acusaram a empresa de estimular uma competição que levaria à destruição da economia do país. Julgavam altíssimos tais níveis de remuneração...

Tony Castellamare acenou com a cabeça. E insistiu na provocação:

– Foi naquela época que os mafiosos de Nova York estabeleceram e multiplicaram as suas fortunas. Por exemplo, a gangue de Masseria e Luciano arrecadou tanta, mas tanta grana que, em 1923, celebrou o desembarque de um carregamento com uma festa monumental no Waldorf-Astoria Hotel – onde Luciano morava, luxuriantemente. Depois da festa, Luciano conduziu cerca de duzentos colegas até o Madison Square Garden, para a luta de box entre Jack Dempsey e Luís Angel Firpo, pelo título mundial dos pesados. Queimou a bagatela de U$ 125.000,00 só em cadeiras de ringue. Paralelamente, naquela época, também a Família Kennedy desenvolveu as bases do seu poder...

Telônio Meira mordeu a isca inteira num único bote:

– Você se refere aos Kennedy, ahn, àqueles Kennedy...

O *capo* não alisou:

– Efetivamente, àqueles Kennedy. Do patriarca Joe, da matriarca Rose e dos filhos famosos – John Fitzgerald, Robert Francis e Edward Moore...

A seco, o delegado deglutiu a informação. E perguntou:

– Os Kennedy foram, digamos assim, associados da Máfia?

– Mais do que associados, Telônio. *Be patient.* Chegaremos lá...

O delegado achou melhor mudar de rumo:

– E essa coisa de Máfia dos judeus, como foi?

Tony adorou o desvio:

– No começo do século, os judeus pobres de Nova York se apinhavam no Lower East Side de Manhattan. Como os italianos e os irlandeses, que os norte-americanos de sangue azul não toleravam e a polícia invariavelmente perseguia, para sobreviverem os judeus se congregaram em gangues juvenis. Além de Meyer Lansky e de Benny Siegel, literalmente favelados, o clã tinha alguns integrantes mais remediados. Caso de Arnold Rothstein, filho de um pequeno industrial, dono de uma empresa de processamento de algodão, que adorava jogar cartas. O vício do pôquer e o namoro com uma cristã levaram o pai a expulsar o herdeiro de casa aos dezesseis anos de idade. Aos dezoito, Rothstein já era sócio de um cassino. Morreria assassinado antes dos quarenta, em 1928, por se recusar a cumprir uma dívida de baralho. Fim patético...

Telônio Meira saboreou o mote e desferiu um comentário:

– Bandidos, em geral, sempre têm um fim patético...

O *capo* rebateu o golpe com desenvoltura:

– Nem todos, Telônio. Espere que eu possa provar...

Acuado num corner, o delegado silenciou.

▼

Até 1933, com a parceria indispensável dos contraventores irlandeses e judeus, as Famílias mafiosas da América tranqüilamente se locupletaram do contrabando de bebidas alcoólicas. Então, no primeiro quadriênio presidencial de Franklin Delano Roosevelt, o congresso dos Estados Unidos, sabiamente, votou uma emenda constitucional para abolir a estupidez e a inutilidade da Lei Seca. Detonada, assim, a sua principal fonte de rendimentos, os contraventores se obrigaram a procurar alternativas. Sempre sob a inspiração de Luciano e de Lucchese, mergulharam na corrupção aberta dos magistrados e dos políticos de plantão, dos sindicatos que já congregavam milhões de trabalhadores nas tecelagens, nos transportes e na construção civil. A empreiteira ou a confecção que não pagasse o pedágio às Famílias mafiosas sumariamente não conseguia operar. De um lado, os motoristas dos sindicatos dos transportes se recusavam a entregar as encomendas dos rebeldes. Do outro, os magistrados e os políticos se recusavam a acusar, a denunciar e a punir os eventuais boicotadores.

O pedágio, individualmente, custava pouquíssimo às empresas acuadas pelas Famílias mafiosas – uma taxa de um a três por cento do seu faturamento. Somadas essas participações, no entanto, as Famílias começaram a arrecadar tantos milhões como nos tempos do contrabando. Invariavelmente, sem riscos. Às vezes, um promotor ou um juiz autuava e condenava um par de bandidos. Tratava-se de contraventores menores, porém. E de contraventores cujas penas raramente avançavam além da rala marca dos três anos de cadeia. Luciano, de todo modo, se tornou excessivamente ganancioso, se fascinou com o comércio dos tóxicos. E a sua ambição representou a sua perdição. Luciano queria mais, ah, muito mais. E, por isso, aderiu ao mercado radical dos entorpecentes.

O pioneiro do contrabando de drogas nos Estados Unidos foi um chinês de nome Wah Kee. Em 1868, Wah Kee acabou na prisão por vender ópio aos seus compatriotas instalados no extremo leste de Manhattan. O vício, contudo, rapidamente se espalhou através das camadas mais ricas da sociedade de Nova York. Data de 1898 o início franco e desabusado do tráfico de heroína através da cidade, também, naqueles idos, um negócio dominado pelos orientais. Data de 1910 a expansão inexorável do tráfico através do país. E nada adiantou uma norma federal de 1914, o Ato Harrison, que proibiu a posse e a venda, em toda a nação, de qualquer espécie de tóxico ou de narcótico. Os fanáticos do vício dispunham do dinheiro necessário para satisfazer as suas fantasias. Em 1920, sozinha, Nova York já ostentava cerca de 200.000 adeptos das drogas. Isso, numa população metropolitana de aproximadamente 6.000.000 de pessoas.

Luciano se encarregou de investigar o lucro que as drogas propiciavam aos orientais e, numa reunião com Lucchese, concluiu: "Um monumento, um puta monumento, muito maior do que a Estátua da Liberdade – por semana". De fato, naqueles tempos, em Nova York, se comprava um quilo de heroína, puríssima, por US$ 3.000,00. E com um quilo, adulterado graças à adição de seis ou sete partes de lactose, o açúcar do leite, se obtinha um volume capaz de valer cerca de cem vezes mais. Natural que Luciano escolhesse o comércio dos narcóticos como a sua alternativa pessoal para o contrabando de bebidas. E natural que a Família de Lucchese a ele se associasse. Na oposição ao novo negócio, permaneceu Bonanno. Profaci e Màngano optaram pelo muro. Às suas costas, Al Anastasia logo se agregou a Luciano e a Lucchese.

Para os tradicionalistas, as drogas eram indecentes e imorais. O clã de Bonanno, com o apoio de uma parcela razoável da turma de Profaci, preferiu se manter concentrado no jogo, principalmente aquele das *slot machines*, as maquininhas de caça-níqueis. Desde 1931, Frank Costello, um dos integrantes da quadrilha de Luciano, possuía uma fábrica de tais equipamentos, a Mills Novelty Co., de Chicago. Apetrechos dieteticamente seletivos que, na teoria, deveriam funcionar com vários tipos de moedas, de cinco a cinqüenta *cents* de dólar. Na prática, entretanto, apetrechos que exclusivamente aceitavam as moedas de um dólar – aquelas fascinantes, de prata. E que não devolviam troco nenhum. Obviamente, equipamentos falcatrueiros, destinados a ludibriar os incautos. Com a promessa do pagamento de uma porcentagem ao bando de Costello, os clãs de Bonanno e Profaci velozmente instalaram cerca de cinco mil *slot machines* nos bairros sob a sua dominação, em toda

Nova York. No Brooklin, no Harlem e em Long Island, por exemplo, não existia charutaria, restaurante, cafeteria, botequim, quitanda ou barbearia que não expusesse uma das maquininhas da Máfia à disposição da freguesia. Em média, os apetrechos faturavam um lucro líquido de até US$ 20,00 num único dia. Ou o absurdo de US$ 100.000,00 em 24 horas. Uma fortuna absolutamente fenomenal.

Em 1933, Fiorello Henry LaGuardia, um político de origem peninsular, aparentemente incorruptível, inimigo radical da Máfia, assumiu a prefeitura de Nova York, onde permaneceria até 1945. LaGuardia não conseguiu bloquear o tráfico de drogas, um crime que exigia a intervenção federal. De todo modo, batalhou contra o jogo clandestino de maneira tão determinada que a Máfia se obrigou a procurar um novo mercado. Em Nova Orleans, na Louisiana, com a ajuda do *capo* local, Carlos Marcello. E além-mar, em Havana, Cuba, com a conivência de um certo Fulgêncio Batísta y Zaldívar, um militar despudorado que acabara de liderar um golpe contra o governo legalmente constituído do seu padrinho e seu mentor, o general Gerardo Machado y Morales.

Tony Castellamare fez uma longa pausa na sua dissertação. Bebericou, ele também, um cálice de Armagnac – e, então, explodiu a sua granada:

– Nascera pouco antes daquela época, na década de 20, a amizade de Joe Kennedy e Joe Bonanno, dois homens de personalidades equivalentes, homens apegados ao poder – mas aferrados, também, ao respeito da tradição...

Estupefatos, o delegado e a repórter não ousaram contestar. E o *capo* aduziu, manso, fraternal, como quem explica uma fábula de Esopo:

– Essa amizade, mais o envolvimento da Máfia em Cuba, mais a gangue de Marcello em Nova Orleans, provocariam a morte de John Kennedy...

Lídia Brandini e Telônio Meira apenas sobreviveram porque Elia Grazie interrompeu a entrevista com Bill, Lola – e uma informação trivial:

– Tonino, o seu *babbo* chama você, ao telefone...

▼

Telônio Meira aproveitou o intervalo para bipar Felício Brock. Depois de dez minutos, Brock ligou ao seu chefe, no sítio. Àquelas alturas, o delegado já não se preocupava com a secrecidade das suas conversas. Precisava correr, ao menos, na mesma velocidade de Tony. Azar do chefe, Brock não dispunha de nenhuma informação especial. Contou a Meira que Villapiano fizera uma visita à mansão da Cantareira. E que Gero Castellamare de lá partira, na companhia de um gorducho desconhecido, vinte minutos depois de Villapiano sair. O delegado não se interessou pelo desconhecido. Determinou que Brock permanecesse de vigia e que seguisse os Tucci, ainda que os Tucci tomassem um avião na rota do Kuwait. Devastado, Brock aquiesceu, mudamente.

▼

As notícias que Don Calógero Castellamare transmitiu a Tony foram as mais agradáveis e mais alvissareiras em muitos anos. Graças a Paolo Garzya e às contas interurbanas que o *consigliere* havia surrupiado, espertamente, da fortaleza de Leonel Pavone, o *capo* economizaria dias, talvez até semanas, na finalização do seu plano infernal. Tony leu felicidade na voz de seu pai:

– Tonino, um dos cinco números está registrado em nome de um certo John Brodie, residente na Rua Bandeira Paulista, bairro do Itaim-Bibi...

O *capo* cuspiu o seu nojo. Brodie, Broderick, Villapiano. Ah, Villapiano vulgarmente se escondia atrás de um honrosíssimo disfarce – John Brodie fora um *quarterback* formidável dos San Francisco 49ers, na década de 60. E Don Caló não se limitou a desvendar o endereço do capanga da Família Gotti:

– Quanto aos dois últimos números, *figliolo*, pertencem a uma tal Maria Bruna De Marco, residente numa mansão da Serra da Cantareira...

Tony sentiu um arrepio fundo, que atravessou a sua espinha da nuca até as nádegas. Ofegou, fumou, tossiu, imaginando o esconderijo dos Tucci:

– A Bruna Maria do Marco Iago, papito. Que falta de imaginação...

Don Calógero conteve uma gargalhada:

– Além de incompetentes, eles levaram azar, um enorme azar...

– Pois é. Se o Paolì não tivesse encontrado aquelas contas...

– Pois é, Tonino. Ainda estaríamos procurando aqueles canalhas...

Com um suspiro de alívio, o *capo* encerrou a divagação:

– Maravilha, meu pai. Você comunica a descoberta ao Paolì?

– Imediatamente. Vou já pro apartamento do Lindy.

– Bravo. Quando chegar, me avise, OK?

– OK. Fique com Deus, *figliolo*...

– Sem dúvida, papito. Sem dúvida...

Tony retomaria, eufórico, a sua entrevista com Lídia Brandini e com Telônio Meira. Não dependia em mais quase nada do auxílio do delegado.

▼

Em 1936, Luciano e Lucchese, com o consentimento e a cumplicidade de Màngano, elaboraram um sistema que, infalivelmente, lhes daria o controle integral do comércio das drogas na América. Pessoalmente selecionaram cerca de duzentos homens, recrutados nas gangues mais violentas e mais brutais de Ocean Hill, um bairro do Brooklyn, na periferia de Nova York. Tais bandidos, basicamente judeus e italianos de segunda geração, nascidos e criados numa comunidade proletária, logo se transformariam na mais infame e diabólica máquina de matar do século XX, uma entidade batizada de *Murder Inc.*

Os funcionários da entidade, todos pessoalmente instruídos e treinados por Luciano, recebiam uma remuneração inicial de US$ 50,00 por semana e se subdividiam em três equipes com tipos diferentes de missões. Havia o grupo dos Apontadores, incumbidos das tarefas de inteligência da quadrilha – a eles cabia a função de colher todas as informações possíveis sobre os hábitos e as atividades das vítimas futuras da *Murder Inc.* Havia o grupo dos Motoristas, que roubavam e dirigiam os automóveis utilizados nas missões, assim como promoviam o seu posterior desaparecimento. E havia, enfim, o grupo dos Evaporadores, que se encarregavam de sumir com os corpos dos mortos.

Os melhores de cada uma das três equipes também operavam como os efetivos *Hit Men* da quadrilha, os seus assassinos, merecedores de um ganho extra – de US$ 100,00 a US$ 250,00 por semana. Para a função de chefe dos *Hit Men*, Luciano selecionou um antigo parceiro – o cruel Al Anastasia.

Ninguém sabe precisamente quantas pessoas a *Murder Inc.* destruiu. A sua instituição, porém, representou o fim do prestígio de Luciano na Comissão que regia as Famílias mafiosas. Para a Comissão, ou para os seus integrantes mais respeitados e mais tradicionalistas, como Bonanno e Profaci, aquela quadrilha paralela representava um desafio perigosíssimo aos seus princípios e à sua autoridade. Particularmente porque um sub-*capo* de Luciano pensou em assassinar Thomas E. Dewey, o procurador-especial de Nova York.

Dewey provinha de uma minicomunidade provinciana do Estado de Ohio. Era um brigador feroz – tanto que, para camuflar uma cicatriz no lábio superior, resultado de uma refrega de rua, deixara crescer um bigodinho, a sua marca registrada. Já trabalhava como assistente de promotoria, no Distrito Sul da cidade, desde o final da década de 20. E já conhecia LaGuardia, como ele um afiliado ao Partido Republicano. Natural que o prefeito escolhesse Dewey para comandar a sua campanha contra o crime e contra as Famílias mafiosas – e o transformasse em procurador-especial, um posto que então não existia.

Incansável, apoiado inclusive pelo Governador Herbert H. Lehman, um afiliado ao Partido Democrata, Dewey inaugurou uma verdadeira cruzada anticorrupção em Nova York. Na sua campanha, o procurador-especial optou por uma tática engenhosíssima. Em vez de atacar diretamente o topo da pirâmide, a liderança de cada uma das Famílias, investiu sobre o seu segundo escalão. No caso da gangue de Luciano, passou a fustigar, impiedosamente, os redutos de seu braço-destro, Arthur Flegenheimer, mais conhecido por Dutch Schultz, um matador descontrolado, de cérebro equivalente a um grão-de-bico.

Por conta própria, sem o aval do seu *capo*, Schultz montou um plano para matar o procurador-especial. Logo, todavia, Luciano descobriu a trama e, apavorado com o risco maluco que a idéia de Schultz produziria, decidiu se antecipar à loucura, ordenando a imediata eliminação do braço-destro. Tarde demais. Informantes que Dewey plantara na quadrilha entregaram a história ao procurador. E Dewey absolutamente não se comoveu ao realizar que Luciano havia salvado a sua vida. Pelo contrário. O procurador aproveitou o episódio como um pretexto para mais apertar os bandoleiros do clã de Luciano.

Primeiro, Dewey acuou Louis Buchalter, apelidado de Louis Lepke, ou de Lepke Buchalter, um *gangster* milionário, parceiro fiel de Dutch Schultz e homem da integral confiança de Luciano na retaguarda da *Murder Inc.* Além de acusar Buchalter de supervisionar a morte de Dutch Schultz, o procurador o acusou de obstruir a Justiça e de traficar cocaína e heroína. Nascido na Rússia, dotado de um temperamento particularmente rústico, quase animal, Buchalter crescera roubando as carteiras dos seus vizinhos judeus no Lower East Side. Não temia nada – e ninguém. Assim, se escondendo como um bicho faria, durante um largo tempo conseguiu escapulir das perseguições de Dewey.

No entretempo, o procurador passou a minar Luciano dentro de casa – ou dentro do Waldorf-Astoria, onde o *capo* residia, numa suíte espetacular. Habitualmente meticuloso em seus hábitos e seus costumes, Luciano sequer se identificava ao telefone. Ao receber uma ligação de fora, mera e discretamente respondia: "312". O número do seu apartamento no hotel. Luciano adorava, contudo, se cercar de prostitutas, certo de que nenhuma delas, jamais, o trairia. Engano grotesco: algumas das suas leais rampeiras também trabalhavam para Dewey. O procurador não tinha como prender Luciano por tráfico de drogas, ou por comandar a *Murder Inc.* Mas podia acusá-lo de explorar mulheres, a contravenção do lenocínio. Deu certo. Dewey condenou Luciano em 1936.

Telônio Meira recordou a sua lição de casa:

– Recebeu uma pena de trinta a cinqüenta anos...

Tony não se surpreendeu com a memória do delegado:

– Que Luciano não chegaria a cumprir. Na verdade, mesmo atrás das grades, permaneceria no comando da sua gangue. Não tinha um sucessor à sua altura. O procurador Dewey também havia acusado o seu sub mais respeitado, Vito Genovese – que achou melhor se escafeder. Fugiu para a Itália. Costello, por sua vez, dispunha de uma boa grana, graças às suas *slot machines*. Mas não dispunha de estofo para confrontar Luciano e açambarcar o poder. Melhor para Luciano, ironia, a II Guerra Mundial representaria a sua salvação...

Lídia Brandini não compreendeu:

– Como, Tony?

– Eu chegarei lá. Antes, porém, para que eu não perca a cronologia dos fatos, você me permita retornar um instantezinho ao Buchalter. Mesmo preso, o Luciano determinou que o Buchalter se entregasse. Claro, não queria que o russo, na ausência dos outros chefes, colocasse as suas manguinhas de fora e tomasse conta da quadrilha. Garantiu a Buchalter que fizera um acordo com o FBI. Buchalter só pegaria cinco anos de galera. O russo acreditou em Luciano, e se rendeu, em 24 de agosto de 1939. No julgamento, porém, descobriria que fora ludibriado por Luciano. Dewey lhe pespegou uma sentença de quase quarenta. Buchalter se emputeceu e, com a ajuda externa de dois idiotas, Louis Maione e Mendy Weiss, começou a se vingar em gente da gangue. De novo, Luciano auxiliou Dewey. E o procurador enjaulou o Maione e o Weiss...

▼

Na esperança de uma pena branda, Maione assumiu a responsabilidade por dois assassinatos dentro da quadrilha. Também seguro de uma condenação suave, Weiss se confessou o culpado direto pela morte de Schultz, com um balaço na barriga. Durante o processamento do seu recurso, por sua vez, Buchalter cometeu a sublime estupidez de enviar emissários às 35 testemunhas que Dewey já selecionara – e ameaçou trucidá-las, caso aparecessem no tribunal.

Danou-se. Dewey foi muito mais eficiente. Garantiu a integridade total das testemunhas. Das 35, dezoito lhe prometeram depor. Sem saída, Buchalter ainda tentou um acordo com o procurador. Anunciou que lhe faria revelações sensacionais a respeito do envolvimento da Máfia com políticos e magistrados dos EUA. Revelações que desmoralizariam o presidente Franklin Roosevelt e que colocariam Dewey na Casa Branca, o sonho da vida do procurador.

O rigoroso caratér de Dewey, porém, impediu qualquer arreglo. Para o espanto de Buchalter, o procurador se recusou a ouvi-lo. Maione, Weiss e Buchalter, enfim, foram sentenciados à cadeira elétrica. Por longos meses, os três lutaram pela comutação de suas penas. Inutilmente. Morreriam em março de 1944 e se eternizariam, honra ridícula, como os únicos pistoleiros punidos com a morte, nos Estados Unidos, em toda a história da *Cosa Nostra*.

Lídia Brandini interrompeu:

– E o Luciano, e a coisa da sua salvação por causa da II Guerra?

À dubiedade dos fatos, o *capo* mergulhou na majestade da lenda:

– No dia 11 de fevereiro de 1942, no porto de Nova York, sabotadores supostamente nazistas afundaram um navio de origem francesa, o Normandie, emprestado aos norte-americanos para o transporte das suas tropas. A ação, audaciosíssima, apavorou o governo dos Estados Unidos. Os nazistas, dentro de casa? Bem, na verdade, se tratava de um plano genial, e diabólico, de Luciano, destinado a colocar o governo no colo da Máfia. Dias depois do atentado, Frank Hogan, o procurador distrital da cidade, visitou Luciano na prisão de Dannemora, de segurança máxima, e lhe propôs um acordo. Luciano seria transferido para a cadeia de Great Meadow, mais confortável – e, em troca, determinaria à Máfia que cuidasse da proteção do porto. Bonanno e o seu filho Bill, várias vezes, confirmaram que o acordo de fato aconteceu...

O delegado se indignou:

– Uma lenda, Tony! Uma lenda cinematográfica. Ora, você pretende me fazer acreditar que a Máfia ajudou os Aliados a ganharem a II Guerra?

Tony riu, com mais suavidade do que gostaria. E disse:

– Está nos livros, meu caro Telônio. Você pode crer – ou não. De todo modo, também consta que um graduado oficial da Inteligência da Marinha dos Estados Unidos, o tenente-comandante Charles Haffenden, chegou a visitar Luciano em Great Meadow, implorando por um apoio ainda mais arriscado – uma ajuda no desembarque dos soldados norte-americanos na Sicília...

Telônio Meira e Lídia Brandini contiveram a sua ansiedade.

E o *capo* avançou, sem mais resistências:

– Luciano, de novo, contatou os outros líderes mafiosos. Principalmente o Bonanno e o Joe Profaci, que ainda mantinham ligações fortíssimas com os chefes das Famílias da Ilha. E que continuavam antifascistas, odiando o *Duce* Mussolini. Foi Don Calógero Vizzini, então quase nos seus 65 anos, quem se encarregou de organizar a operação. De um lado, as Famílias mafiosas da Ilha passaram a atazanar os fascistas e os nazistas. De outro, criaram as melhores condições para que o desembarque dos Aliados fosse tranqüilo – e, feliz...

Tony se levantou, teatralmente, e arrematou:

– Consta, inclusive, que Luciano foi levado pelos norte-americanos até a Sicília, onde caiu literalmente de pára-quedas. Fatos? Lenda? Já não interessa. Pois, na realidade, Luciano acabou surpreendentemente solto em 1946, logo depois da II Guerra e cerca de quatro décadas antes de completar o máximo da sua pena. Solto e deportado. Aliás, deportado exatamente para a Itália...

O *capo* acendeu um cigarro e esperou uma pergunta qualquer. Pergunta que, claro, não surgiu. Dono da partida, Tony Castellamare esnobou:

– E há mais, há bem mais, caros amigos. No mesmo período, durante o tempo do conflito, as Famílias mafiosas de Nova York fizeram muitos, muitos outros acertos com autoridades dos Estados Unidos, em seus vários escalões. Por exemplo, em 1939, Frank Costello e Meyer Lansky industriaram a doação de US$ 250.000,00 à campanha de Thomas Dewey ao governo de Nova York. Dewey perdeu aquela eleição. Desistiu, todavia, de perseguir os dois. Daí, na década de 40, além das cinco grandes Famílias de Nova York, exatamente outras dezenove se enraizaram firmemente através do país. Coube à Máfia, por exemplo, via Benny Siegel, fazer de Las Vegas, no então inútil deserto de Nevada, a sede do jogo oficial e legalizado na América. E os políticos, ah, os políticos, compreenderam que não poderiam sobreviver sem as Famílias...

Nocaute. Diante da mudez do delegado e da jornalista, Tony voltou a se acomodar numa das espreguiçadeiras da varanda. Estava exausto com aquela luta intensa, contra a perplexidade dos seus interlocutores – e contra o tempo. Necessitava de ambos, da cumplicidade de Lídia Brandini e de Telônio Meira. Mais precisava, porém, expor de vez a Família Tucci, e esmigalhá-la.

O momento culminante daquele capítulo da sua história se aproximava. Tony, contudo, não podia falsear o seu enredo. Como a mulher de César, não lhe bastava ser crível. Tony necessitava parecer absolutamente confiável:

– Eu já disse que Joe Bonanno e Joe Kennedy criaram uma relação de amizade bem mais do que formal nos anos 20. Daí, em inúmeras ocasiões, os dois homens se reuniram, por causa do seus negócios comuns e também para se divertirem. O seu ponto de encontro mais habitual ficava em Sag Harbor, num recanto bucólico de Nova York, onde Frank Costello tinha uma casa de veraneio. Kennedy utilizava Sag Harbor como um dos sítios de desembarque do seu uísque contrabandeado. Com o fim da Lei Seca, cada um escolheu uma direção diferente. Bonanno, sempre fiel às suas raízes sicilianas, anarquistas, continuou na contestação, dentro do seu submundo. Kennedy, fascinado por um outro estilo de poder, se transformou em diplomata. A amizade, contudo, não se esgarçou. Os dois permaneceriam próximos por cerca de três décadas...

Lídia Brandini podou a explanação com uma foice:

– Porra, Tony, diga logo: a Máfia matou John Kennedy?

O *capo* reagiu com crueldade:

– Sim. E não. O resto da história fica pra depois do lanche da tarde...

A repórter e o delegado não conseguiram retrucar. Com a ajuda eterna de Nicinha Souza, a Mamma Freda já trazia a comilança à varanda.

▼

Numa discreta casinha geminada do arcádico bairro da Saúde, na Zona Sul de São Paulo, um cidadão bem magro mas suficientemente musculoso, de pele mourisca e de feições soturnas, muito mais ossos do que carne no seu rosto, impacientemente brincava com o controle remoto de um aparelho de TV. Já não mais suportava os programas femininos e os quadros de culinária que transbordavam nas emissoras daqueles dias. Queria um filme de violência. Um filme capaz de recordá-lo da sua atividade primordial, e quase suicida. O cidadão, afinal, era um terrorista por ideologia e um assassino por dinheiro.

A campainha da rua tocou, despertando o cidadão do seu torpor.

O terrorista, imediatamente, se armou com o fuzil Kalashnykov que lhe fazia companhia no sofá e, mansamente, profissionalmente, subiu as escadas a fim de examinar quem chegava da janelinha protegida do seu banheiro. Lá do alto, percebeu dois homens. Um, corpulento, ele já conhecia – e apreciava. Do outro, miúdo, feioso, também se lembrava, sem o menor prazer, porém.

Desceu ao andar inferior da casinha. Com aqueles cuidados todos que alguns anos de treinamento na JELP, a Juventude Estudantil pela Libertação da Palestina, um braço adolescente da radical OLP, lhe haviam proporcionado, o terrorista ainda reinvestigou os visitantes através do olho-mágico da porta. Conferiu. Aprovou. O corpulento era de fato o seu contato no Brasil. Seguro de que aqueles homens lhe trariam boas notícias, algum trabalho novo, o fim da sua irritante hibernação, abriu a porta com um sorriso no rosto de pedra.

O corpulento saudou primeiro, num inglês macarrônico:

– Kal, meu pistoleiro preferido! Senti muito a sua falta...

O terrorista aumentou o seu sorriso e beijou o corpulento na bochecha, quase na ponta dos lábios, coisa que fez o outro reagir com certo asco:

– *Cazzo*, Kal, você me parece um cachorro fodido e sem comida faz uma semana. Puta que pariu, Kal, mas esse foi um *cazzo* de um beijo de veado...

Kal, um jordaniano de nome Khalid Haissa Khwyis, gargalhou ainda mais. Adorava provocar Brodie Villapiano. Não, o jordaniano não fantasiava que aquele *gangster* mafioso, com as rudes feições de buldogue, fosse um seu amigo. No entanto, gostava de Villapiano. Aliás, ele devia a Villapiano a sua tranqüilidade naquela casinha da Saúde. Desde que escapara de uma terrível tocaia do Mossad, o portentoso serviço secreto de Israel, em plena Milão, sua base de operação, a sua existência de super-herói da causa islâmica havia se transformado numa balbúrdia louca – até Khwyis conhecer Villapiano.

A fuga da Lombardia, no norte da Itália. E o esconderijo na Sicília. Um encontro fortuito com um dos soldados da quadrilha de Benedetto Santapaola, um dos líderes da Máfia de Catânia, no extremo leste da Ilha, um *capo* cheio de ligações na Suíça, e na Iugoslávia, em Malta, e na Turquia, na Grécia e inclusive nas Antilhas. Daí, uma chantagem, a obrigação de destruir vários rivais de Santapaola – ou ser denunciado ao Mossad. Depois, a chance de um novo esconderijo, no Haiti. Um contato com um *pisciotto* da gangue de Gene Gotti. A apresentação a Villapiano. E, enfim, um belo refúgio no Brasil.

Graças a Villapiano, o jordaniano conseguira interromper a sua amarga odisséia. Recebia cerca de US$ 30.000,00 ao mês para manter uma fachada pública que, na realidade, tinha se transformado numa diversão: uma pequena fábrica de roupas que imitavam marcas famosas. Khwyis só freqüentava a sua fábrica pela manhã. Usava a tarde e a noite diante da TV. Ou recebendo a sua verba extra, quando Villapiano o convocava a uma missão mais importante, perpetrar uma faxina num grupo de traficantes que se tornavam malandros em demasia. Paralelamente, no rastro de um tio da OLP, Raghib Haissa Khwyis, que negociava cocaína e armas pesadas entre a Turquia, a Itália e o Brasil, ele próprio, Kal, principiava a montar o seu enorme império com os tóxicos.

Khwyis não se reunia com Villapiano desde dezembro do ano anterior. Exatamente no momento em que fazia as contas, ele se recordou da presença do miúdo que acompanhava o brutamontes. Era Fábio Monarco, um advogado chicaneiro, que não se envergonhava de chafurdar o lixo. Monarco funcionava como o leva-e-traz de Villapiano. Entre outras tarefas, sempre nos dias 10 e 25 de cada mês, Monarco entregava ao terrorista o fixo da sua remuneração.

O jordaniano desprezava Monarco. Um suposto especialista em Direito Trabalhista, certa ocasião o advogado ousara seduzir uma das jovens operárias da confecção, sob a promessa de obter, com Khwyis, um aumento de salário. Claro que Monarco sequer sugeriu a proposta ao terrorista. Khwyis, contudo, descobriu a sacanagem e repreendeu o advogado. A reação de Monarco:

– Cê toque os seus negócios que eu cuido dos meus. Comigo não existe acordo. Ou eu ganho, ou eu perco. E, *please*, não me encha mais o saco.

Khwyis cumprimentou o advogado apenas por obrigação, e por respeito a Villapiano. Não aceitava aquela relação estranha entre o chicaneiro e o seu protetor. De todo modo, não lhe cabia julgar. Monarco, certamente, deveria ter os seus méritos para trabalhar como o assessor de um *gangster* poderoso.

Efetivamente, Villapiano precisava de um anspeçada como o advogado. Não somente por motivos eventualmente jurídicos – mas, principalmente, pela sua necessidade de se manter na moita quando surgia uma emergência suja. E aquela, o jordaniano logo perceberia, era uma emergência bem encardida.

Depois de um par de minutos de papo inútil e de café requentadíssimo, os três acomodados ao redor de uma mesa na cozinha do sobrado, Villapiano explicou, ao atencioso Khwyis, o objetivo daquela sua visita inesperada:

– Tou com um problemaço, Kal. Um problemaço que só você, por favor, pode solucionar. E eu tou disposto a gastar o dinheiro que você pedir...

O jordaniano piscou os olhos escuros e encovados – e replicou:

– É você quem manda, Broód. Diga os números. E fale da missão:

Villapiano meramente acenou, orgulhoso da fidelidade de Khwyis:

– Vinte por cento do que eu conseguir...

Profissional, sem demonstrar a mínima sensação, Khwyis indagou:

– E quanto você pretende obter, *dear* Broód?

A resposta de Villapiano saiu fulminante como um buscapé:

– Uns dez, doze milhões de dólares...

Khwyis estapeou as coxas com as mãos, se levantou da cadeira e, num lance de placidez que espantou Fábio Monarco, marchou até a geladeira. Do *freezer*, retirou uma garrafa de vodca russa, bem geladinha, e no gargalo, sem nenhuma cerimônia, sorveu um gole gigantesco. Topou, numa palavra:

– Combinado.

Villapiano solicitou a garrafa e bebeu, também, um gole enorme. Sequer pensou em oferecer um pouco da bebida ao advogado. Capturou do chão uma valise de plástico e, dela, extraiu um envelope amarelado. Dentro do envelope, havia um rascunho de mapa, um cassete de vídeo e um punhado de recortes de revista. O mapa, que o próprio Villapiano rabiscara com eficiência, exibia as redondezas do sítio da Família Castellamare na Granja Vianna. Os recortes mostravam imagens de Gigi Castellamare em várias poses para "Vogue". No cassete estavam as tomadas de Tony com Lídia Brandini na TV Perfil.

O jordaniano examinou o mapa e os recortes.

Pacientemente, viu e reviu as tomadas do cassete.

E perguntou:

– Por que tudo isto aqui me valerá mais de dois milhões?

A voz baixinha, quase sussurrante, um velho hábito nas suas negociações perigosas, Villapiano expôs a missão que Khwyis teria de executar:

– Esse filho da puta, Tony Castellamare, é um inimigo do nosso querido Nitto Santapaola. É inimigo de quem nos paga, a Família Gotti. Por enquanto, nós não pretendemos eliminar o sujeito. Queremos apenas neutralizá-lo, forçá-lo a não mais pegar no nosso pé. Melhor, de quebra, pretendemos arrancar do cara uma boa parte da grana dele, imensa fortuna, *understand*, Kal?

O jordaniano concordou com um aceno sutil. E observou:

– Parece que as duas moças são importantes pro tal do Tony...

Villapiano acariciou o punhado de recortes e continuou:

– Muito importantes, muitíssimo importantes. A modelo gostosa, Gigi, é a irmã do Tony. A jornalista peituda, Lídia Brandini, estrelinha da televisão, é a namorada do Tony. *Understand* até que ponto elas são importantes?

Khwyis, subitamente, consolidou a história na sua mente:

– Ah, o tal do Tony, o cara que perdeu mulher e filhos num atentado em Palermo. Serviço porco. Uma estupidez, errar um alvo tão fácil. Eu não teria cometido uma cagada assim. OK, Broód, eu faço o que com as garotas?

A ordem de Villapiano escapuliu como o bote de uma víbora:

– Você seqüestra as duas. Por isso eu dei esse mapa. A irmã do Tony, a Gigi, costuma sair de casa, todos os dias, por volta de umas dez, onze horas da manhã. Costuma sair sozinha, num Uno vermelho, sem segurança alguma. Deve ser bastante simples capturá-la no caminho do sítio dos Castellamare até a cidade. A outra, a Lídia, mora na Vila Madalena e trabalha no "Perfil". Acho que também deve ser simples capturá-la perto de casa ou do jornal. Além do mapa, nesta lista você encontra os endereços da Lídia e do "Perfil", OK?

O jordaniano hesitou por um instante. E, então, concluiu:

– OK, Broód. Eu arrumo três homens pra me ajudarem...

O buldogue achou pouco:

– Precisaremos de bem mais gente, Kal...

Khwyis observou, com impecável sinceridade:

– *Sorry*. Eu só posso conseguir três. Isso me tira do negócio?

Villapiano meditou alguns segundos – e afirmou:

– Não, tudo bem, Kal. Você fica só com a jornalista. A mana do Tony eu entrego prum pessoal da *N'Dranghetta*. Você topa a metade da grana?

O jordaniano aceitou:

– Topo. É justo...

O buldogue reformulou os números:

– Aliás, mais da metade, se você coordenar as duas equipes...

Khwyis reaceitou:

– Melhor ainda. Eu topo, topo. É justíssimo. Agora...

Villapiano não entendeu as reticências:

– Agora?

O jordaniano foi diretíssimo ao mote:

– Agora, de que forma o seu advogado entra no plano?

O buldogue esperava aquele questionamento:

– Kal, eu sei, eu sei que você gosta de operar sozinho, com a sua gente. Mas neste caso, por favor, o Fábio é indispensável. A *Cosa Nostra* age de maneira bem diferente da OLP. Primeiro, não mude uma só vírgula do plano. Não se preocupe com o Tony, nós queremos o Tony bem vivinho. Segundo, por favor, você e a *N'Dranghetta* vão seqüestrar – mas não vão machucar as meninas, OK? Terceiro, se lembre, *cazzo*, que você mal conhece a cidade de São Paulo. Daí a importância do Fábio, OK? Faz um tempo, eu encarreguei o Fábio de alugar uma mansão na Cantareira. Uma mansão, ahn, que eu já usei para fazer umas farras. Tem até um quarto blindado. Nele, você pode dar uma surra numa puta – e ninguém escuta nada. Lá, Kal, você e a *N'Dranghetta* vão esconder as duas garotas. Daí, caberá ao Fábio contatar o Tony para tratar do resgate, OK? O Fábio, digamos assim, é o meu *consigliere* nesta ação...

Embora insatisfeito, o jordaniano obedeceu:

– Fechado. Eu coordeno a bosta. Ponho a minha menina na mansão. Dou um jeito de supervisionar o outro rapto. E daí, bosta, eu sumo de vez...

Villapiano aplaudiu:

– Perfeito, Kal. Parabéns, você compreendeu direitinho...

O jordaniano agradeceu:

– *Ténks*, Broód. Me dê 24 horas...

Assustado com o prazo curto, Villapiano se preocupou:

– Cê tá louco, só 24 horas?

A resposta de Khwyis humilhou Villapiano:

– Talvez a *Cosa Nostra* tenha gasto 24 meses para programar o atentado de Palermo contra o Tony Castellamare. E a *Cosa Nostra* só conseguiu matar a mulher e os pobres filhinhos dele. Eu, porém, não sou um imbecil, Broód. Com as informações que você me passou, 24 horas dão – e sobram...

Villapiano contemporizou:

– OK. Eu sei que você é um cara fodido, Kal. De qualquer forma, espere que eu dê o sinal de *start*. Espere pelo sinal, *d'you understand*, Kal?

O terrorista assentiu.

Mesmo arrepiado, Villapiano avalizou a missão com um último gole no gargalo da vodca do jordaniano. Achou melhor conceder um trago, também, ao seu advogado. Khwyis, a mente fervilhando, logo se desligou da conversa. Por um instante se arrependeu da petulância que o compelira a sugerir o prazo curto. Depressa, todavia, se recompôs. Certamente, não encontraria nenhum problema para capturar uma garota indefesa e para coordenar a pesca de uma outra. Conhecia bem a eficácia da *N'Dranghetta*. Além disso, seu tio Raghib Haissa certamente lhe emprestaria três homens bem competentes. Queimaria, com eles, talvez, uns sessenta mil dólares. E ainda sobraria muita grana...

▼

Na varanda do apartamento de Lindy Regazzoni, o patriarca Don Caló Castellamare presidiu uma reunião de emergência com a brigada de batalha do filho Tony. Lá, diante dos ainda extenuados Paolo Garzya, Sissi Sparapani, Domi Pignatello e Ropertino Pellegrino, o velho *babbo* discorreu sobre as suas mais recentes descobertas. Então, anunciou, com a solenidade disponível:

– As abençoadas contas telefônicas que você surrupiou no Rio, Paolì, nos propiciaram conhecer o endereço dos Tucci aqui em São Paulo. Também confirmaram que o Gero, infelizmente, de alguma forma, se envolveu com o Pavone – talvez, até, na trama que levou o Domi a desaparecer aqueles dias. O Tony, de novo, está com o delegado e a Lídia, continuando, ahn, a entrevista, lá no meu sítio. E o Tony quer que nós pensemos nos próximos passos...

Com o seu maior respeito, Paolo Garzya indagou do patriarca:

– Inclusive em relação ao Gero?

Don Caló não hesitou:

– O Tony já decidiu o que fazer com o Gero...

Por alguns instantes, um silêncio doloroso dominou aquele time reunido na varanda. Foi Lindy quem rompeu a tensão, ao se levantar e produzir uma rodada refrescante de copos de suco de caju. Enfim, Paolì reperguntou:

– Decidiu, mesmo, Don Calógero?

O *babbo* não se abalou com a súbita formalidade de tratamento:

– Integralmente. E recebeu a minha autorização absoluta...

Paolo Garzya esgotou o seu copo. E assumiu o seu posto de *consigliere* em pleno conflito. Sabia raciocinar rapidamente em tal tipo de ocasião:

– OK, vamos sintetizar a situação. Definitivamente nós já comprovamos que, de alguma forma, por ingenuidade, por estupidez ou por torpeza, o Gero se ligou à quadrilha dos Tucci, do Villapiano e do Pavone. Além disso, nós já sabemos onde moram os Tucci e o Villapiano. Agora, nosso problema é: como vigiar tanta gente, e ao mesmo tempo, numa cidade que mal conhecemos...

Lindy se ofereceu como o boi-de-piranha:

– Só existe uma maneira: eu me expor...

Paolo Garzya tentou interceptar a proposição de Lindy:

– Sem chance, Leonardo. Você faz parte da Família como um agregado – e não como um soldado. Lindy, você nunca participou de uma guerra...

Lindy se irritou com a observação do *consigliere*:

– *Cazzo*, Paolì, você não me acha capaz de vigiar uns bostamerdas?

O *consigliere* respondeu – com a sua paciência mais mimosa:

– Não se trata de competência, Lindotto – mas de preparação e de muito treinamento. Eu sinto, Lindotto. Sozinho, eu sinto, você não vai servir...

Lindy aproveitou o mote. E inchou o peito, energicamente:

– Porra, Paolì, depois que Don Caló, ahn, se aposentou, e depois que o Max morreu, eu passei vários anos cuidando, praticamente sozinho, das coisas da Família por aqui. Porra, sempre que vocês precisaram de apoio eu consegui congregar, ao meu redor, homens de extrema confiança. Don Caló já conhece todos eles. Aliás, Paolì, você já conhece alguns. Aqueles que foram comigo ao aeroporto, na sua chegada. Aqueles que escoltaram a sua dinheirama. *Cazzo*, Paolì, por que aqueles homens não poderiam nos ajudar nesta guerra?

Com o olhar, Paolo Garzya investigou o patriarca. Que avalizou:

– Fique tranqüilo, Paolì. Eles são excelentes. Todos eles...

O *consigliere*, porém, não se satisfez com o adjetivo:

– Excelentes, talvez, para uma operação de simples segurança, proteção. Mas eles serão tão competentes e confiáveis numa operação de guerra? Pode acontecer um tiroteio, Lindotto. Numa operação de guerra, jorra sangue...

Don Caló reavalizou:

– Fique tranqüilo, Paolì. Aqueles homens jamais nos trairiam...

O *consigliere* ainda especulou:

– De onde vieram aqueles homens? Do que eles vivem?

Lindy se apressou na resposta:

– Todos descendem de sicilianos. Selecionados a dedo, por mim mesmo, sob a supervisão direta de Don Caló. Criamos uma fachada para preservá-los, uma empresa de detetives particulares. Cada um faz os seus próprios negócios – mas todos recebem salários como funcionários dos supermercados. Cuidam da segurança da empresa, do transporte de valores e de coisas parecidas...

Mais sossegado, Paolo Garzya sucumbiu:

– Quantos você pode arregimentar, já, Lindotto?

– Pelo menos uns seis...

O *consigliere* agradeceu:

– OK, ótimo. Nós poderemos criar duas trincas...

Don Caló se surpreendeu:

– Trincas?

Paolo Garzya sorriu ternamente. E explicou:

– Trincas. Para vigiarem os Tucci na mansão da Cantareira e o Brodie Villapiano no seu apartamento do Itaim-Bibi. E para acompanharem os Tucci e o Villapiano nas suas movimentações, sem que ninguém se desconcentre ou se desgaste. Turnos de oito horas, 24 horas ao dia. Em cada uma das trincas, enquanto dois homens descansam, o outro permanece atento. Nós dividiremos as nossas tarefas, assim, de uma maneira equilibrada. O Lindy, por exemplo, me fará companhia e me ajudará no contato com as trincas, através do senhor, Don Calógero, pelos telefones do sítio. Enfim, como um batalhão de reserva, nós usaremos o nosso próprio pessoal – sob a coordenação do Vito LoRusso. Acho que o Vito deve estar louco para reentrar em combate. Tudo bem?

Mudamente, o patriarca aprovou.

E o *consigliere* retomou o seu comando:

– Maravilha. E quando nós teremos os seis homens, Lindotto?

– Imediatamente. Consigo os seis numa telefonada...

Enquanto Lindy se afastava da varanda, Domi se preocupou:

– E a Beth? Eu não quero deixar a Beth sem ninguém...

Don Caló tranqüilizou o pistoleiro:

– Sossegue, Domi. Eu levo a garota comigo, lá pro sítio...

Bastaram cinqüenta minutos para que os homens de Lindy aparecessem no apartamento. Em pouquíssimas palavras, o *consigliere* instruiu os recém-chegados. Claro, exigiu deles a *Omertà*, a Lei do Silêncio, discrição integral. Acertou, antecipadamente, o seu robusto pagamento. E combinou um sistema de comunicação entre as trincas e Don Caló, no sítio, a cada meia hora. O *babbo* se responsabilizaria pela centralização da logística toda da missão.

As trincas partiram. Don Caló se foi com Beth. Garzya, então, fechou o seu plano com Lindy. A parte mais sutil e mais perigosa da operação:

Agora, Lindotto, só nos resta esperar. Esta noite, como velhos amigos que somos, nós iremos à boate do Gero, comemorar o nosso reencontro.

Lindy, num lampejo, vislumbrou o que aconteceria:

– O Gero me verá com você. Daí...

– Daí perceberá que o Tony já sabe de tudo...

– E você imagina de que maneira o Gero reagirá?

– Num primeiro instante, o Gero vai se apavorar. Depois, como sempre, fará alguma besteira. Nós teremos, então, de capturar o Gero, meu caro...

– Sem problemas, Paolì. Eu sonho com esse momento...

▼

A aparição de Don Caló Castellamare, no seu sítio, com a linda mulata Elisabeth, não surpreendeu o delegado Telônio Meira e nem a jornalista Lídia Brandini. O patriarca explicou aos convidados de Tony que se tratava de uma nova ajudante para a Mamma Freda. O policial e a repórter sequer perceberam que a garota estava desabada, maldormida – e literalmente aterrorizada.

O lanche, na varanda do sítio, transcorreu como Telônio Meira e Lídia Brandini já haviam se acostumado. Fartura, prazer, carinho, satisfação. Depois da comilança, Tony solicitou licença. Um pretexto. Acomodar a mulata.

Desceu à edícula, sossegou Elisabeth, entregou a moça aos cuidados de Nicinha Souza e de Elia Grazie – e aproveitou o intervalo para conversar com seu pai. Don Caló estava ao telefone, a sua primeira comunicação com os detetives indicados por Lindy Regazzoni. Depois que o *babbo* desligou, Tony lhe solicitou as últimas informações. Sem vacilação, integralmente apoiou o plano desenvolvido por sua equipe na reunião do apartamento de Lindy:

– Bravo, papito. Vocês pensaram muito melhor do que eu...

Derradeiro suspiro, o patriarca ainda tentou interceder por Gero:

– Tonino, não existe uma maneira de salvarmos o seu irmão?

Um nó absurdo sufocou a garganta de Tony. Que especulou:

– Papito, aqueles números nas contas do Pavone já me provaram que o Gero não merece nenhuma, absolutamente nenhuma transigência. Mas...

– Mas?

– Eu permito que ele se submeta ao julgamento da Família...

Don Caló retornou ao passado. Um julgamento. Todo o topo da Família, numa reunião formal, ouviria as razões de Gero e decidiria o seu destino:

– Tá bom, Tonino. Ao menos, ele terá uma chance de se defender...

Tony engoliu o nó como pôde e recuperou o fio daquele debate:

– OK. Agora, nós precisamos decidir o que faremos com o Meira...

O patriarca se assustou:

– Filho, você não pretende descartar o delegado...

O *capo*, com a firmeza necessária, outra vez explicou:

– Papito, eu tenho uma missão a cumprir. Devo as minhas satisfações a gente muito grande de Palermo. Ou da Itália. Não posso trair essa gente. E eu, papito, não posso trair a memória da Marina e dos nossos três filhos...

– E por que o delegado incomoda você?

– Eu não confio nele, meu *babbo*. Eu não confio...

Don Caló examinou o filho com um olhar diferente. E disse:

– Acho que você tem razão...

Tony não entendeu o comentário:

– Quê?

O patriarca explicou, com o máximo da sua serenidade:

– Os detetives do Lindy já descobriram que um outro cara está de vigia na casa dos Tucci na Cantareira. Pela descrição que fizeram, deve ser aquele grandalhão do Fabrizio's. O mesmo cara que espionou você e o Paolì...

O *capo* segurou a sua fúria. E não disse nada.

Don Caló reexaminou o filho com o olhar de alguém que não reconhece o seu rebento. Havia educado Tony para manter o seu respeito aos ditames da Velha Tradição. Havia optado por Tony, contra Gero, quando o primogênito se demonstrara um idiota, um inconseqüente. Bem mais, havia apoiado Tony quando aquela gente muito grande de Palermo, através de dois enviados aos Estados Unidos, a Stanford, havia cooptado o rapaz, recrutado o seu pimpolho dileto, para o seu time, numa operação arriscada – e complicadíssima.

Resolveu ousar. Sondou o fundo do coração de Tony:

– *Figliolo*, eu preciso saber uma coisa...

Tony fitou o pai com a certeza de quem conhecia a indagação:

– Me questione, papito. Me questione, por favor...

Um nó absurdo sufocou a garganta do patriarca. Que foi direto:
– Se a Marina e as crianças não tivessem morrido...
Tony não permitiu o prosseguimento da frase:
– Não, meu pai, eu não mudaria o meu rumo.
Don Calógero se arrependeu de ser um siciliano. Mas afirmou:
– Tá bem, *figliolo*. Cumpra a sua missão. Eu amo você...
Naquele instante, Tony entendeu, muito mais do que antes já assimilara, a crueldade do atavismo dos seus ancestrais. Um destino sem saída.

▼

O *capo* voltou à varanda com a cabeça superlotada. Pela perspectiva do julgamento de Ruggiero e pela sacanagem do delegado. No trajeto, sacou que já não existia mais clima nenhum para o prosseguimento daquela reunião. Não existia, ao menos, naquela tarde. Depois, em uma outra ocasião, por absoluta necessidade, faria um esforço superlativo – e reaceitaria Telônio Meira no seu espaço. Apenas depois, em uma outra ocasião. A expressão azeda do *capo*, na sua reentrada na varanda, facilitou o corte que pretendia fazer. Lídia Brandini e o delegado intuíram que um outro homem ali despontava, à sua frente.
Foi Lídia, com uma tonelada de cuidados, quem perguntou:
– Tony, você está bem?
O *capo* resolveu não confraternizar. Foi diretíssimo ao ponto:
– Li, perdoe. Mas, infelizmente, surgiu um imprevisto...
Mais repórter do que namorada, a garota lamentou:
– E o resto do nosso papo?
– Sinto, Li. Eu preciso, porém, suspender o nosso papo...
– Suspender? De vez?
Tony confortou a garota:
– Não. Suspender, por hoje, ao menos...
Cada vez mais repórter, Lídia não controlou a curiosidade:
– Pô, Tony, e a história dos Kennedy?
Secamente, o capo decepou a indagação:
– Numa outra hora, Lídia. Hoje, eu não posso mais...
A jornalista ainda tateou:
– Tony, você teve algo a ver com a morte do John Kennedy?
A questão, absurda, fez Tony relaxar – e gargalhar:
– Eu? Nem poderia. Quando o Kennedy morreu, eu era um bebê...

Lídia se envergonhou da tolice. Telônio Meira, no entanto, não fraquejou:

– Tony, você prometeu que falaria da morte do Kennedy...

Tony olhou o delegado com o desprezo de um gavião por uma lesma. E não se preocupou em expor a irritação que Telônio Meira lhe provocou:

– Delegado, não se esqueça: é exclusivamente por minha opção que o senhor está participando desta entrevista. *Capisce*? Da mesma maneira que eu, dias atrás, e algumas horas atrás, gostosamente aceitei o senhor como um hóspede da minha varanda e da minha mesa, agora eu lhe digo: quem manda nesta porra de papo sou eu. Não faça um mau uso do meu convite, OK?

Telônio Meira se engasgou com o anzol lançado por Tony:

– Me desculpe. Eu ofendi você, de alguma forma?

Mais *capo* do que nunca, Tony arremessou:

– Delegado, o senhor sabe muito bem o que fez, e o que me incomodou. Nós já discutimos o assunto, ontem, por telefone. E agora, por favor, me deixe sozinho com a Lídia. Aliás, eu não sonegarei do senhor aquilo que ainda falta da minha entrevista. Necessito da sua presença. Como o senhor necessita das minhas informações. Nós estabelecemos um pacto, o senhor concorda? E eu não vou sacanear esse pacto. Agora, eu só jogo com o senhor no meu campo. Caso o senhor deseje permanecer como testemunha das minhas declarações, por favor, esteja aqui no sítio, amanhã, cedinho, às nove horas, OK?

Sem uma palavra, Telônio Meira abaixou a crista – e se despediu.

Apalermada com aquela súbita confusão, Lídia Brandini inquiriu:

– Tony, que aconteceu? Tava tudo tão bem...

O *capo* reagiu com a sua maior condescendência:

– Li, aconteceu um fato que me incomodou. Por culpa do delegado. E eu peço a você: no momento, não queira saber nada além do que eu posso contar. Eu acabo de descobrir algumas coisas que me perturbaram profundamente. O Meira não agiu corretamente comigo. Só isso. Me perdoe. Mais nada...

Lídia Brandini também murchou:

– Você quer que eu vá embora?

Tony abraçou a namorada. E mansamente sussurrou:

– Eu não quero. Mas, agora, eu preciso...

A jornalista se foi, tão cabisbaixa que esqueceu o *laptop*.

▼

Ciente de que a inopinada aparição de Paolo Garzya e Lindy Regazzoni na boate de Ruggiero causaria muito mais do que as tensões habituais, Tony Castellamare se aboletou numa poltrona da varanda, ao lado de seu pai e dos seus cachorros, à espera de notícias daquele evento fundamental no sucesso de seu plano. Exatamente de meia em meia hora, conforme combinado, as trincas montadas pelo *consigliere* ligaram ao sítio, para passar as suas informações. Durante o percurso, Tony não parou de pensar no vexamaço que impusera ao delegado Meira. Na tristeza que infligira a Lídia Brandini. Principalmente no seu mano Gero – a quem destinara o julgamento definitivo da Família.

E se a Família, no caso os seus poucos parceiros de Brasil, o *consigliere* e Lindy Regazzoni, Sissi, Domi, Pellê, Pippo Carotè e Elia Grazie, e se aquela sua Família, diminuta, decidisse pela eliminação do seu irmão? Apesar do aval de Don Calògero, de que modo Tony encararia a sua Mamma Freda? De que modo se explicaria à sua namorada jornalista? E de que modo se livraria das suspeitas do delegado Meira? Pior, que faria Tony com o corpo do seu mano? Ensimesmado, curtia as suas angústias, quando Paolo Garzya telefonou:

– Pegamos o Gero. Como agimos, agora?

▼

Aquele segmento singularmente doloroso do plano de Tony começara a se delinear cerca de nove da noite, quando Villapiano, os Tucci e Marco Iago, encalçados pelas trincas dos Castellamare, saíram dos seus domicílios num intervalo de poucos minutos. A convergência dos vigiados e dos seus espiões ocorreu perto das dez, horário em que todos, aproximadamente, chegaram à boate L'Omertà. Paolo Garzya sinceramente não se surpreendeu ao constatar a conexão cada vez mais irrefutável entre Gero Castellamare e os assassinos da mulher e dos três filhos do *capo* Tony. A sua adrenalina em plena ebulição, a sua atenção multiplicada por mil, conseqüência da proximidade da batalha, na calçada, mesmo, o *consigliere* redistribuiu as tarefas ao seu pessoal.

Lindy entraria com ele na boate. Sissi comandaria a brigada restante na rua, para o caso de Gero escapulir do laço. Naquela situação, particularmente dramática, uma limpeza interna da Família, Paolo Garzya resolveu relegar os Tucci e Villapiano a um estágio posterior da operação. Os detetives que Lindy havia contratado se incumbiriam de re-segui-los, caso fosse necessário.

Tudo sob controle. Só que, logo na entrada da discoteca, os seus nervos aguçadíssimos, o *consigliere* recebeu um choque. Vislumbrou, à sua frente, o latagão Felício Brock. Do hall da boate, mesmo, Garzya telefonou a Tony. E escutou do *capo* o que não imaginava. Telônio Meira fazia um jogo duplo. O delegado já tinha encontrado o endereço dos Tucci – e guardado o segredo a setecentas chaves. Tony pediu ao *consigliere* que se mantivesse na espreita. E que tentasse desnortear o policial. De fato, Garzya deixou que o latagão se acomodasse numa mesa da pista de danças, ao lado de um singelo camarote, protegido por um cartazete de reservado. E esperou que Brock solicitasse uma garrafa de vinho branco para se avizinhar. Que diabos, o *consigliere* pensou, o delegado Meira não dava um ponto sem nó. Num sussurro, Garzya explicou a Lindy quem era Brock. E explicou a conduta que usaria com o federal:

– Lindotto, vamos cumprimentá-lo. O cara acha que eu sou veado...

Contido, a gargalhada na garganta, Lindy compreendeu:

– E ele vai imaginar que eu como você...

Paolo Garzya não se rebelou diante da insinuação:

– Tá bom. Você parece mais macho. Mantenha o aspecto, OK?

Ambos riram e riram bastante. Então, o *consigliere* e Lindy aterrissaram em dois pufes, exatamente ao lado de Brock, que se assustou e se constrangeu. Sem fôlego, o representante do delegado apenas disse, como convinha:

– Ahn? Riccardo di Portovenere, que satisfação...

Garzya admirou a memória e o profissionalismo do rapaz:

– Grande coincidência. Ótimo, nos reencontrarmos, aqui...

Brock não encontrou uma resposta mais inteligente:

– É a casa da moda. Aqui, a gente se diverte...

O *consigliere* complementou, ironicamente:

– Aqui, sim, sim, a gente se diverte – e muito...

A conversa apenas não progrediu porque, repentinamente, Francesco e Bruna Maria Tucci, escoltados por Villapiano e por Marco Iago, tomaram conta do espaço reservado, como se fossem os proprietários da boate.

Entre procurar uma outra mesa e intrigar o policial, Garzya escolheu a alternativa mais prática: não se mexer, calmamente aguardar que novos fatos indicassem o seu caminho. Brock talvez lhe fosse útil naquele turbilhão.

O *consigliere* pediu ao *maître* um suco de tomates. Lindy solicitou uma água com gás e algumas gotas de Angostura. Claro que os guardiões de Tony não beberiam uma única gota de álcool enquanto a sua ação perdurasse.

Sobre os seus vizinhos de mesa, Garzya/Portovenere comentou:

– Linda mulher. Um velho elegante. E um quarentão fantástico...

Felício Brock absorveu um arrepio. Pobre rapaz. Sequer imaginava que, em mais algumas horas, fatos dramáticos transformariam a sua existência.

A seqüência eclodiu de maneira cinematográfica.

O *maître* avisou Ruggiero Castellamare da chegada dos amigos.

Os Tucci, Iago e Villapiano abriram uma garrafa de champanha.

Bruna Maria se treinava para receber Ruggiero com um calor falsificado e teatral – e se animou ao reconhecer, em Felício Brock, o garanhão da noitada anterior, naquela mesma boate e na sua fantasia na cama da mansão da Serra. Não aborreceu Bruna Maria o fato de o latagão estar acompanhado de duas outras pessoas – que lhe pareceram um veado bem discreto e o seu parceiro de sexo. Ela bem que faria uma suruba inesquecível com o garanhão espigado e com o loiro de olhos claros, numa única jornada de fogaréu e de loucuras.

Carlito Mronovski apareceu no salão, numa beca elegantérrima de *chef-de-cuisine*. Cumprimentou Villapiano e os Tucci. Beijou o rosto de Iago.

No fundo do seu cerebelo, Garzya registrou aquele ato de carinho. Brock se lembrou do rapaz, que descera a serra com Ruggiero.

Garzya convocou o *maître* e, como um cliente normal, perguntou:

– Um *chef* novo na casa?

O *maître* misturou convicção e titubeio:

– Isso. Começou hoje. Carlito, ahn, o senhor me perdoe, um sobrenome estrangeiro. Muito difícil de pronunciar. O patrão nos disse que ele veio do Rio, rapaz de enorme talento. O senhor quer que eu o chame à sua mesa?

O *consigliere* não desperdiçou a oportunidade:

– Por favor. Talvez ele nos sugira o que deveremos comer...

O *chef* novo atendeu e, num instantinho de papo, entregou a sua ficha básica a Garzya, a Lindy Regazzoni – e a Felício Brock. Um cretino integral. Com uma naturalidade espantosa, Carlito relatou que havia trabalhado no Rio, para aqueles três italianos do camarote vizinho, agora instalados numa mansão da Serra da Cantareira. Relatou ainda que devia ao senhor elegante, um nobre, Marco Iago, a sua indicação a Gero Castellamare, o dono da discoteca. Enfim, convenceu Garzya e os seus parceiros de mesa, que lhe pareceram bichonas enrustidas, a devorarem as suas formidáveis codornas com *risotto giallo*.

Daí, Gero Castellamare surgiu.

Na penumbra, não divisou a presença de Garzya e de Lindy.

Apenas reconheceu os dois quando chegou mais perto dos Tucci.

Assustado, hesitou. Firmou as vistas. Copo de uísque na mão, ameaçou sentar. De novo, hesitou. Então, quando fixou, uma outra vez, o seu olhar em Garzya e em Lindy, compreendeu que o seu mano Tony já sabia de tudo...

Gero fingiu uma dúvida qualquer. E rumou na direção da cozinha.

Uma besteira, uma cagada, como Garzya havia antecipado.

Perplexos, os Tucci, Villapiano e Iago permaneceram sem palavras.

Pela cozinha, Gero correu à porta de serviço da boate.

Na rua, enegrecida pela noite nublada, tentou desaparecer.

Atrás de uma árvore, Sissi Sparapani esperava o momento do bote.

Quando Gero cruzou a árvore, Sissi lhe pespegou um trançapé.

Gero escorregou e se arrebentou na calçada umidecida pelo orvalho.

Profissionalmente, Sissi acabou de nocauteá-lo com uma cutelada.

Ninguém, absolutamente ninguém, percebeu o ocorrido.

No intervalo de dois suspiros, Pippo Carotè apareceu num carro. Sissi se encarapitou no banco de trás, Gero entre as suas pernas, no chão. A pé, Pippo se dirigiu ao *hall* da boate. Num cartão, redigiu um bilhetinho cifrado:

– *Tutto a posto. C' incontriamo nell'apocalisse.*

Descreveu Garzya e Lindy ao recepcionista e lhe pediu que entregasse o cartão aos dois. Retornou rapidamente ao automóvel. Então, zuniu. Num outro carro, logo atrás, também velozmente, partiram Pellegrino e Pignatello.

▼

Com uma tranqüilidade treinadíssima, Paolo Garzya e Lindy Regazzoni esperaram pelas codornas do novo *chef* de L'Omertà. Comeram os seus pratos sem que Felício Brock realizasse a sua ansiedade. Uma aflição que apenas se acabou quando o recepcionista lhes exibiu o recado de Pippo. Garzya guardou o bilhete num bolso e, com um sorriso melífluo, desnorteou Brock:

– Um convite para um festinha. Quer ir conosco?

Brock agradeceu e recusou, com uma risota desajeitada.

Garzya rechamou o mestre-cuca à sua mesa. Elogiou fervorosamente a qualidade das codornas e do atendimento. Reuniu mais algumas informações a respeito da biografia de Carlito. E fez questão de pagar a conta toda.

Despediu-se de Brock, puxando Lindy por um braço.

O espião do delegado Meira não desconfiou de nada. Sua tarefa, afinal, era exclusivamente se pregar aos rastros dos Tucci e de Marco Iago. Ou, em tão insólita situação, descobrir as razões da inusitada reação de Ruggiero.

Obviamente inquietos pelo sumiço súbito e indecifrável de Ruggiero, os Tucci, Iago e Villapiano esperaram que ele reaparecesse. Dos quatro, apenas Iago se abalou a testar as avezinhas que o seu caríssimo Carlito lhe perpetrara. Villapiano e os Tucci se limitaram a saborear mais uma garrafa de espumante. Quando Villapiano perguntou ao *maître* em que lugar o patrão se enfurnara, o funcionário não teve resposta. Nem mesmo o *chef* sabia de Gero. No máximo, Carlito vira o dono da boate sair, apressadíssimo, pela porta de serviço.

Por algum tempo, Villapiano tentou especular sobre a razão do sumiço de Gero. Nada plausível. Nada viável. Nada que fosse lógico ou racional.

Carlito Mronovski esboçou uma interpretação:

– Ele estava absolutamente normal. Até entrar no salão...

Que teria acontecido, no salão, para transtornar Ruggiero?

Os Tucci, Iago e Villapiano jamais conheceriam a resposta.

▼

Enquanto os seis detetives dos Castellamare aguardavam os Tucci, Iago e Villapiano na frente da boate L'Omertà, os outros homens de Tony, Gero em seu poder, rumaram até um ponto de encontro previamente determinado, um velho depósito fechado dos supermercados da Família. Com a sua eficiência modelar, o *consigliere* orientou os prolegômenos do ritual do julgamento que viria. Usou duas tábuas compridas de madeira, quatro cavaletes e uma toalha improvisada, de lona impermeável, para montar a bancada em que ficariam Tony, Don Caló e os seus parceiros de tribunal. Gero se sentaria numa cadeira comum, bem diante da bancada. Iluminação? Somente velas, que Garzya tinha comprado no trajeto. Um cenário propositadamente soturno e intimista.

Com um pedaço de fio de plástico, Pellê e Domi manietaram Ruggiero na cadeira, antes que ele despertasse da cutelada desferida por Sissi. Tudo pronto, Garzya telefonou ao sítio. Tony, Don Caló e Elia Grazie chegaram ao depósito, de perua, no momento em que Ruggiero recobrava a consciência. O *capo*, o patriarca, o *consigliere*, Lindy, Elia, Pippo e Sissi se acomodaram à mesa. Pellê protegeu a entrada do galpão. Domi se postou atrás de Gero.

A um gesto sutil de Tony, o pistoleiro fez com que Ruggiero bebesse um gole de *grappa*. Gero engasgou, tossiu, tossiu – e abriu os olhos.

Tony, então, perguntou:

– Ruggiero Castellamare, você consegue me escutar?

Mesmo estonteado, Gero respondeu com um meneio.

Tony insistiu, solene:

– Ruggiero Castellamare, nós precisamos ouvir a sua voz.

Um tico mais desperto, Gero reconheceu o irmão e falou:

– Sim, Tony, eu consigo escutar você...

Sem nenhuma emoção perceptível, Tony enunciou:

– Ruggiero Castellamare, pelas regras que nos regem há muitos séculos, você está aqui para se submeter ao julgamento da sua Família. Antes de mais nada, eu deixo claro que, como chefe do nosso clã, era a minha prerrogativa decidir, sozinho, o seu destino. Aceitei, porém, o apelo de nosso pai, que me solicitou este tribunal, onde você poderá se defender. Infelizmente, Ruggiero, existem várias acusações, gravíssimas, contra você. Primeiro, traficar drogas, contra a minha ordem expressa. Segundo, utilizar a boate que o nosso pai deu a você como o principal ponto de negociação dessas drogas, comprometendo o nosso nome num comércio que a nossa Tradição vem proibindo faz décadas. Terceiro, se aliar traiçoeiramente a inimigos nossos, como Francesco Tucci e Broderick Villapiano. Quarto, se tornar cúmplice das mortes da minha...

A observação acordou Gero de vez. O prisioneiro sacudiu a sua cabeça, vigorosamente. Examinou o ambiente ao seu redor e, num lampejo, entendeu a situação. Num resquício de dignidade, interrompeu o discurso de Tony:

– Eu não tive nada a ver com as mortes da Mariù e das crianças...

Tony sentiu um átimo de veracidade na reação de Gero:

– Eu aceito essa sua informação. E as outras acusações?

Gero permaneceu silencioso. Tony se levantou – e disse:

– E as outras acusações. Quem cala, você sabe, consente...

O primogênito alçou o olhar e implorou:

– Me solte, porra. Eu não tenho como fugir daqui...

Com um murmúrio na direção de Domi, o *capo* autorizou.

Quando Gero conseguiu se livrar das amarras, e da cadeira, e se colocou em pé, a precária iluminação proporcionada pelas velas exacerbou a expressão mortificada do seu rosto. Aliás, um rosto ensangüentado pela queda.

Abalado, Tony pediu a Domi que limpasse a face do mano.

Gero se sentiu mais homem. E descarregou de vez:

– Você sempre me fodeu, Tony. Você sempre me sacaneou. No bairro e na escola, você foi sempre o melhor, o mais bonito, o mais inteligente, o mais elogiado. Pelos nossos amigos da rua – e até pelo papai, pela mamãe, pelo tio Elia. Você nunca respeitou o fato de eu ser o mais velho. Você ocupou todos os espaços. Não me deu chances. E um dia, Tony, você ainda resolveu mandar em mim, ser o meu chefe. Você nunca se preocupou comigo, Tony...

De novo, um nó na garganta. Tony odiou aquele ritual infame:

– Gero, isso até pode ser verdade. Eu até posso ser um egoísta. De todo modo, Gero, você não tinha o direito de se vingar, traindo a sua Família...

Sem nada a perder, Gero reexplodiu:

– Eu não traí ninguém. Em Palermo, pedi a você que me ajudasse a montar o meu negócio. E você me virou as costas. Disse que me mataria se eu me envolvesse com drogas. Mas não me ofereceu trabalho, alternativa...

O *capo* reconheceu a atenuante.

Naquela instância dramática, Gero lutava por suas razões supostas. Num cantinho generoso do coração, Tony concedeu um ponto ao seu irmão:

– Ainda assim, você não tinha o direito de se vingar. Como você explica tantos telefonemas entre a sua boate e o canalha do Leonel Pavone?

Gero sinceramente se surpreendeu com a questão inesperada:

– O Pavone? Porra, mas que Pavone...

Pareceu autêntica a desmemória de Gero. Tony explicou:

– Pavone, bicheiro no Rio. Traficante de maconha e de coca. O canalha, bandido, vendedor de drogas – que, um dia, trabalhou com o nosso pai...

Repentinamente, Gero se excitou. Bruna Maria já havia feito a mesma indagação, pela manhã, na mansão dos Tucci, na Serra da Cantareira. Então, apesar das cócegas que aquele nome, Pavone, lhe fizera, Gero não se lembrava de qualquer conexão do bicheiro com os Castellamare. Re-sacudiu a cabeça e achou mais seguro não confessar a Tony o seu reencontro com os Tucci:

– *Cazzo*, Tony, você pirou. Até agora, eu mal me lembrava da existência desse tal de Pavone. Eu, nunca, na minha vida toda, falei com esse cara...

Tony acreditou. De todo modo, por precaução, insistiu:

– Eu tenho provas, Gero. Vários telefonemas foram feitos, da sua boate, para o Pavone, lá no Rio. O Pavone, refugo da nossa Família. Um cara, aliás, que acaba de morrer, assassinado. Você não leu sobre o caso nos jornais?

Não. Gero não se interessava por jornais. E, de novo, rebateu:

– Porra, Tony, só falta você me acusar também desse crime. Qualquer pessoa pode ter usado os aparelhos da boate. Não me preocupo com ninharias, caralho. Eu não controlo os interurbanos que os meus clientes fazem. Depois, se o Pavone era um refugo da Família, parece ótimo que tenha se fodido...

Paolo Garzya se encostou em Tony e comentou, bem baixinho:

– Foi o Villapiano...

O *capo* concordou, num aceno. Claro, Villapiano havia aproveitado as liberdades que Gero lhe concedia para conversar com Pavone da boate.

Gero não escutou a observação de Garzya. Também não leu a mente do irmão. Mas, como os dois, igualmente intuiu: claro, Brodie Villapiano. Merda, Gero raciocinou: tinha se enfiado numa enrascada provavelmente fatal.

Para o seu desafogo, Tony retomou o seu rumo original:

– OK, Gero. E as outras acusações? Desembuxe!

Pertinho do fim, ainda chapado pela sucessão de ressacas e de laricas, Gero resolveu escolher a morte mais rápida. Nunca, antes, se defrontara tão francamente com Tony. Jamais, antes, travara uma conversa tão básica com o seu mano mais moço. Gero se achegou à bancada e apoiou os dois punhos na toalha improvisada de lona. Audaciosamente, cara-a-cara com o *capo*:

– Tony, eu não tive nada a ver com as mortes da Mariù e das crianças. Não tive nada a ver com aquela porra de explosão. Saiba, até, que eu lamento muito o que aconteceu com a sua mulher e os seus filhos. Mas, Tony, saiba também que, hoje, eu não me sentiria nem um pouquinho triste se você, e não a Mariù com as crianças, estivesse naquele automóvel, naquele dia. Eu detesto você, Tony. Detesto essa sua petulância de dono do universo, de deus dessa bosta de Velha Tradição. Você quer acabar comigo? Pois acabe – acabe por eu odiar você, não por eu sacanear você. Acabe, Tony. Meu saco encheu...

Aturdido com a atitude intempestiva do réu daquele julgamento, Domi Pignatello catou Gero pelo pescoço e o forçou a se sentar de novo na cadeira. Don Caló, também perplexo com o desenvolvimento descontrolado do ritual, sentiu o coração disparar. Nervoso, pegou um cigarro de Tony. E disse:

– Gero, eu não ensinei você a abominar o seu irmão...

O primogênito escancarou um sorriso de viciado. E replicou:

– Você não me ensinou a gostar de mim mesmo, meu pai...

O ritual atingira o seu último limite. Depois daquela frase de Ruggiero, já não existia mais a menor possibilidade de retorno, ou de absolvição. Paolo Garzya achou melhor interferir, reorganizar o cerimonial obrigatório:

– Gero, como *consigliere* da Família, a mim cabe, inclusive, considerar você inocente até que se prove a sua culpa. Por isso, eu lhe peço: não leve esta disputa para o lado pessoal. Não nos interessam os seus traumas de infância e os seus problemas de adolescência. Você já afirmou, enfaticamente, que não teve nada a ver com as mortes da Mariù e das crianças. Honestamente, eu me inclino a crer em você. Mas, e as outras acusações? Responda, Gero...

Num gesto de desprezo pela própria vida, Gero escancarou os braços e as pernas – e simulou um longo espreguiçamento. Enfim, Gero assumiu:

– Vocês ganharam. Eu confesso. Sou culpado de tudo. De cheirar coca e de vender coca, de ganhar uma puta grana, aliás, com essa merda deliciosa que vocês tanto combatem. Sou culpado de me associar ao Ciccio Tucci, ao Brodie Villapiano. Sou culpado até de foder a Bruna Maria. Aliás, se vocês, de algum modo, querem saber o que mais me incomoda neste *cazzo* de julgamento, tudo bem, eu digo: porra, me incomoda eu não estar comendo a Bruna, agora...

O desrespeito ofendeu Don Calógero Castellamare, que abandonou a bancada num impulso, enfezadíssimo, praticamente definindo o fim do filho. Arrasado, Tony solicitou que Paolo Garzya encerrasse o julgamento.

A voz embargada, abatido, o *consigliere* comandou a deliberação. Tony se absteve. Don Calógero, também. Garzya, Lindy, Pippo, Sissi, Pellê, Domi e Elia Grazie optaram pela eliminação de Gero. Sete votos em nove. *Finito.* O *consigliere* fitou Tony e esperou que o seu *capo* escolhesse a metodologia da execução. Tony extraiu uma minigarrafa de um bolso e sugou alguns goles de Jack. Chamou o pai de volta à bancada e, aos murmúrios, trocou idéias com Don Caló. Foi o *babbo* quem desvendou a Gero a decisão da Família:

– Ruggiero. Quando você nasceu, eu me orgulhei tanto do meu primeiro filho que dei a você o nome mais utilizado em nossa terra ancestral, nome de reis e de heróis, de sábios e de líderes. Eu não sei em que ponto me equivoquei na sua educação – e isso, agora, não interessa mais. Preciso, porém, que você ouça algumas coisas. Eu jamais preteri você, pelo contrário. Protegi você bem mais do que ao Tony, e esse, talvez, tenha sido o meu erro. A você, Ruggiero, eu dei presentes, dinheiro, carros – enquanto que, do Tony, eu sempre exigi resultados. Você virou o que é por falha minha. Famílias da nossa Tradição, questão de atavismo e de sobrevivência, até podem se envolver em falcatruas e em contravenções. Mas, Ruggiero, jamais com as drogas. Como o Tony e o Paolì, eu acredito que você não participou diretamente do atentado contra a Marina e meus netos. Só que, indiretamente, você também é responsável...

O primogênito não se moveu.

Don Caló continuou, as lágrimas descendo pelo seu rosto de velho:

– Eu sinto, meu filho. Considero você culpado.

Gero permaneceu estático, à espera de um tiro na nuca.

Tony, então, deu a volta na mesa e se aproximou do irmão:

– Ruggiero, eu deixei de votar para não parecer parcial. No entanto, cabe a mim, exclusivamente a mim, definir a sua punição. Você desonrou o nome da sua Família. Não pretendo machucar nossa mãe. Por isso, vou permitir que você viva. Mas, Gero, eu condeno você a sair da Família – exatamente como nasceu. Sem nada, Gero, inclusive sem essa roupa que hoje cobre o seu corpo. Depois que este julgamento terminar, o Pippo e o Elia levarão você até o seu apartamento. Passarão a madrugada com você. Daí, de manhã, acompanharão você a um tabelionato, onde você lhes passará duas procurações, com poderes integrais e absolutos. A Família vai transferir a discoteca, o seu apartamento, os seus carros, a sua moto, de novo ao nome de nosso pai. O Pippo e o Elia também vão se incumbir de transportar, a este depósito, tudo que existir de valor no seu apartamento, inclusive os carpetes e os lustres. Você, Gero, terá direito, apenas, a uma valise com sete mudas de roupa. E, na próxima semana, será meu prisioneiro, sempre sob a guarda do Pippo e do Elia. Então, eu lhe darei dez mil dólares, do meu próprio bolso, para que você arrume moradia e um emprego, ou coisa parecida. A punição, Ruggiero, perdurará por sete anos. Caso, nesse período, você se regenere, de verdade, talvez eu aceite você de volta na Família. Mais. Aqui estão algumas duplicatas e algumas folhas em branco, que você vai assinar. Estes papéis me servirão de garantia...

Aliviado por não levar o tiro na nuca, rapidamente Ruggiero firmou os papéis todos que Tony lhe exibiu. Então, um raio atravessou o seu raciocínio. Que punição estranha, ambígua, seria aquela? Ruggiero apenas compreendeu, de fato, a extensão da sua sentença, no momento em que Pippo, Sissi e Domi começaram a desvesti-lo. Não lhe sobrou sequer o anelete de brasão que usava no dedinho da mão esquerda. Completamente nu, no meio do galpão, perdido, degradado, afrontado, desesperado, Ruggiero desandou a chorar. Lançou-se ao chão, de joelhos. E ainda tentou, pateticamente, um apelo derradeiro:

– Tony, me perdoe...

O *capo* guardou o anel do seu mano num bolso.

E respondeu, escangalhado, quase sem voz:

– Eu já perdoei você, no momento em que tirei a sua roupa...

Entre soluços, Gero indagou:

– E a Mamma Freda? Eu poderei visitar a Mamma?

Tony assentiu:

– Sim. Eu já disse que não pretendo sacrificar a Mamma por sua causa.

Você poderá visitar a Mamma, uma vez por semana, aos sábados, na presença de quem eu indicar. Agora, Gero, caso você, em qualquer desses encontros, ouse contar à Mamma o que aconteceu aqui, eu castro você. *Capisce*?

Gero assentiu. E Tony completou o recado:

– Tem mais. Em hipótese nenhuma tente contato com os Tucci ou com o Villapiano. Saiba que eles não merecerão, de mim, esta mesma piedade...

Resignado, Gero fez a sua última pergunta:

– E como eu vou embora daqui, assim, pelado?

O *capo* foi paternal, surpreendentemente doce:

– Não se preocupe. O Elia vai cobrir você, com uma capa...

Escoltado por Pippo, Elia conduziu Ruggiero à Veraneio da Família. Deu-lhe mesmo uma capa. Durante alguns minutos, Tony, o *babbo* e os outros cinco homens vagaram pelo depósito. Enquanto Lindy, Sissi, Pellê e Domi se encarregavam da rearrumação, o *capo*, o *consigliere* e Don Caló amargaram o desfecho do ritual. O *babbo* engoliu um gole de *grappa*. E observou:

– Hoje, *figliolo*, eu comecei a ir embora deste mundo...

Tony abraçou o pai, fervorosamente – e retrucou:

– *Babbino*, eu quase fui embora deste mundo, dezesseis meses atrás. Mas eu me recuperei, papito. Sempre existe uma razão, papito, ínfima que ela seja, pra gente se manter vivo. Eu achei a minha. Você encontrará a sua. Ao menos, nós atestamos que o Gero não participou da tramóia do Pavone...

Don Caló se desvencilhou do enlace. E, baixinho, indagou:

– Tony, a sua razão de viver é a *vendetta*?

– Pra mim, papito, se tornou mais do que uma vingança...

– E o que eu digo à Mamma, se o Gero desaparecer de vez?

Tony não tinha a resposta. Mas ensaiou:

– Diga que ele escolheu o seu próprio destino.

▼

Preocupado com Gero, desconfiado daquele sumiço tão intempestivo, Brodie Villapiano decidiu procurá-lo em seu apartamento. Era bem conhecido do porteiro da noite. Além disso, possuía a chave, que havia copiado, esperta e sub-repticiamente, numa jornada de farra com Gero e um bando de putas.

Niques. Nenhum sinal de Gero. Nenhum indício do possível motivo que levara Gero a desaparecer. Aproveitou para surrupiar dois pacotes dos dólares que Gero camuflava num escaninho, atrás de um poster divertido: a foto quase em corpo inteiro de uma negra grávida e a legenda: "*Nixon is the one*".

No térreo do prédio, deu cem doletas ao porteiro – e observou:

– Amanhã, eu passarei por aqui outra vez. Lembre-se de registrar a que horas o *signore* Ruggiero chegou. Uma nota igualzinha espera por você...

Saiu do prédio cinco minutos antes de Elia Grazie surgir com a perua dos Castellamare. Pippo obrigou Gero a saudar o porteiro – que abriu o portão da garagem. De todo modo, intrigado, o porteiro decidiu examinar a Veraneio mais de perto. Achou estranho que Gero estivesse de capa, e descalço. Diante da perplexidade do porteiro, Elia Grazie inventou uma desculpa rápida:

– O doutor Ruggiero foi assaltado. Roubaram até os sapatos...

O porteiro engoliu a peta sem convicção. Gero, porém, confirmou:

– Verdade. Esses dois trabalham com meu pai. Vieram me ajudar...

O porteiro, malandro e feliz, arquivou aquela informação.

Talvez lhe valesse mais do que uma nota verdinha de cem.

▼

Cerca de duas da madrugada. Enfim também desconfiado, Felício Brock resolveu telefonar a Telônio Meira. Estava tão aflito com os estranhos eventos daquela noite que não se incomodou nem um pingo em arriscar o seu disfarce. Ligou, mesmo, de um aparelho público, na recepção da boate L'Omertà.

No seu estilo costumeiro, detalhista, rococó, o federal falou ao chefe da coincidência da aparição de Riccardo di Portovenere na danceteria:

– O frozô estava com um loiro de rosto de anjo, meu líder...

Ainda oprimido pela reação de Tony na conversa da tarde, o delegado, desconcentrado, eliminou Portovenere dos seus pensamentos imediatos:

– Esqueça o líder e o veado, Felício. Porra, que mais aconteceu?

Brock anunciou que Ruggiero havia sumido da boate. Ainda abstraído, Meira não vislumbrou a importância fundamental daquela informação:

– E daí? A paciência dele se esgotou, e o Gero foi embora...

O seu espião, entretanto, sentira a fumaça no ar:

– Chefe, foi muito esquisito. O Gero parecia alegre e descontraído...

– E daí, Felício?

– Bem, ele se aproximou todo fagueiro e balouçante de uma mesa, com aquele mesmo pessoal da outra noite. O senhor se lembra, três homens e uma mulher maravilhosa – a tal que o Gero provavelmente comeu lá na mansão da

Cantareira. A mansão que eu fiquei vigiando. Daí, o Gero deu uma olhada pra onde eu estava, tremeu, se assustou, deu outra olhadinha – e se mandou...

De repente, um pressentimento. O delegado acendeu sua atenção:

– Como, o Gero se mandou?

– Chefe, sumiu. Atravessou a porta da cozinha – e evaporou...

– Você tem certeza?

– Absoluta. No meio da coisa, eu fiquei conhecendo o novo mestre-cuca da boate, um tal de Carlito sei lá o quê, um cara balofo. O senhor se lembra, o cara que desceu a Serra com o Ruggiero, no comecinho da tarde. Quando eu falei ao senhor do cara, horas atrás, ainda não sabia de quem se tratava...

Saco, saco. Meira não considerou que Carlito valesse o seu saco.

Por que consumiria as suas enzimas com um gordo mestre-cuca?

Na sua cabeça, só pesavam Tony – e Gigi. Meira tentou apressar:

– OK, Felício. E daí...

– O veado do Portonevere, o anjo loiro e eu chegamos até a conversar, razoavelmente, com o cozinheiro. O cara até mesmo nos propôs o que comer, codornas deliciosas, ah, o senhor adoraria, meu chefe. Daí, bem, depois que o Gero evaporou, depois que o Portovenere e o anjo se foram, depois que os três homens e a mulher maravilhosa também se foram, eu optei por ficar na boate e investigar a confusão. O veado havia pago a minha conta. E eu achei que poderia gastar um dinheirinho do contribuinte. Pedi ao cuca que me sugerisse uma sobremesa. O cara me perpetrou uns crepes sensacionais – flambados, num réchaud, à minha frente. E eu aproveitei pra perguntar sobre o Gero...

Saco. Meira cortou, de novo, o enredo cinematográfico de Brock:

– E daí?

– Daí que o cuca, e o *maître*, também não sabiam do Gero...

Uma lamparina, então, se iluminou no cérebro doído do delegado.

Que meditou alguns instantes, esforçadamente, e inquiriu:

– Felício, você disse que o Gero parecia feliz quando se aproximou, ahn, da mesa dos três homens e da mulher. E você disse que ele mudou de humor ao dar uma olhada, e uma outra, ao lugar onde você estava. Correto?

– Correto, meu chefe.

A luz se ampliou. Meira não segurou uma imprecação:

– Caralho, Felício, caralho, como você é burro!

Fuzilado pelo chefe, Felício Brock quase desmaiou:

– Quê?

– Porra, caralho, Felício! Foi a visão do Portovenere e do anjo loiro que transtornou o Gero. Qual é o nome do porra do tal do anjo loiro, Felício?

Estrebuchante, Felício Brock revelou:

– Nome de bicha. Lindy. O Portovenere tratou o anjo por Lindy.

A cabeça do delegado se transformou num vendaval:

– E os dois fizeram o que, depois de o Gero se escafeder?

Pelo verbo raro, erudito, Felício sacou a tensão do chefe.

Remontou o seu relatório com o cuidado de um monge:

– Nada, chefe. Continuaram comigo, na mesa. E terminaram a comida, como se nada tivesse acontecido. Daí, um porteiro da discoteca entregou um cartãozinho ao Portovenere. Era um convite, ahn, de uma festinha. E o veado perguntou se eu queria ir com eles. Obviamente, claro, claro, eu recusei...

Num rompante, Telônio Meira se desvencilhou do espião.

O delegado havia percebido que se enfiara numa enrascada:

– Tá legal, Felício. Bom trabalho. Pode picar a sua mula...

Humilhado, molenga, como uma bola furada, o espião indagou:

– Quer que eu volte pra campana, lá na Cantareira?

– Não precisa, Felício. Vá pra sua casa, vá dormir...

Que merda, pensou o delegado. Que cagada descomunal...

Com a velocidade e a violência de um raio, o quebra-cabeças, inteirinho, se montou em sua mente. Lindy, Leonardo Regazzoni, mais irmão de Tony do que Ruggiero. Lindy e Portovenere, juntos, em L'Omertà. Obviamente, para vigiarem Ruggiero. E, possivelmente, porque Tony também já descobrira os paradeiros dos Tucci e de Villapiano. Merda, merda. Portovenere, claro, fazia mesmo parte da gangue de Tony. Certamente, Tony já identificara em Felício Brock um espião da polícia. Seguramente, Tony já considerava Telônio Meira um mentiroso, safado, traidor. O raio do cartãozinho, convite de uma festinha? Obviamente um pretexto para Lindy e Portovenere se livrarem de Brock logo depois do desaparecimento inusitado e ainda inexplicável de Ruggiero...

Por que Lindy e Portovenere necessitariam de tal pretexto?

Seria Tony o responsável pelo desaparecimento do irmão?

Ou seria Ruggiero um capanga de Tony na sua gangue mafiosa?

Por que Ruggiero sumiria? Para enganar os Tucci e Villapiano?

Ou para ludibriar Felício Brock, tirá-lo da sua campana?

Que puta cagada, Meira pensou, emaranhado nas suas dúvidas.

Afogou o seu desespero em vários goles de Jack Daniel's.
E Gigi Castellamare, como ficaria a sua relação com Gigi?
Noutro rompante, decidiu telefonar ao sítio da Granja.
Precisava se confessar com Tony, aquele *capo* senhorial.
Ninguém atendeu. Nova tentativa. E mais uma nova.
Cinco chances depois, escutou uma voz de mulher:
– Sim?
– Quem fala?
– Residência da Família Castellamare...
– Aqui é Telônio Meira. Quem fala?
– Nicinha, doutor Meira. Algum problema?
– Por favor, me desculpe a hora ingrata, Nicinha...
– Tudo bem, doutor. Algum problema?
– Eu preciso, urgentemente, falar com o Tony...
– Sinto, doutor. O Tony não está...
– Sabe onde eu poderia localizá-lo?
– Não tenho idéia, doutor...
– Don Caló está?
– Também não, doutor...
– O Lindy?
– O Lindy? Claro que não...
– E a Regina?
– Dormindo, doutor. Quer que eu acorde a Regina?
– Não, Nicinha, não se preocupe. Eu apareço, amanhã...
– Tudo bem, doutor. Boa noite.
O delegado reenganchou o aparelho, quase aos prantos.

Nem Tony e nem Don Caló. E por que merda de idéia idiota perguntara a Nicinha sobre Lindy Regazzoni? Obviamente, Nicinha descreveria a Tony as minúcias daquela ligação imbecil. Claro, Tony pisotearia o delegado.

Alguma coisa gravíssima acontecia, muito longe do seu alcance. E tudo porque Meira sonegara de Tony as informações que prometera fornecer.

▼

Assim que chegou ao seu apartamento, Broderick Villapiano telefonou à mansão dos Tucci na Cantareira. Talvez os Tucci tivessem notícias de Gero Castellamare. Inútil e vã expectativa. Não, Gero não havia se comunicado com Bruna Maria. Sim, o mestre-cuca Carlito Mronovski já havia voltado da boate – mas também não imaginava em que bosta de buraco Gero se enfiara.

Villapiano desligou, agoniado. Seriam Iago e os Tucci, e às suas costas, os responsáveis pelo sumiço de Gero? Azar, o buldogue não pensou no mentor mais óbvio: Tony. Aliás, Villapiano não sabia que, naquela madrugada, Tony mantinha três detetives particulares de vigia na calçada do seu edifício.

▼

Quando Villapiano se despediu, Marco Iago voltou a pressionar Carlito Mronovski. O mestre-cuca redescreveu ao seu amante veterano, pela trigésima vez, tudo que vira e que escutara na discoteca. Até mesmo a sua conversa com os três homens, que lhe pareceram bichonas, ao lado da mesa dos Tucci.

Bruna Maria salvou o mestre-cuca dos açoites do *consigliere*:

– Marco, deixe o Carlito descansar. Nós vamos precisar dele, amanhã, lá na boate. Ninguém desconfia do Carlito. Ele vai descobrir o que ocorreu com o Ruggiero, sem que a gente se exponha. Além disso, meu caro Marco...

O cozinheiro compreendeu o recado e se foi, de fato exaurido.

Iago e Ciccio Tucci aguardaram o fim da frase de Bruna Maria.

– Além disso, bem, eu reconheci um dos três homens, ahn, que estavam pertinho de nós, na boate do Gero. Aquele mais alto, e mais descabelado, com pinta de atleta. O único macho dos três. Vi o garotão, ontem, na boate...

Iago e Ciccio Tucci não entenderam a observação.

Emitiram, exatamente juntos, a mesma interjeição:

– E daí?

Bruna Maria se sentiu a rainha da Inglaterra:

– O garotão, evidentemente, é um espião...

Um quê? Como dois monumentos de bronze, Iago e Ciccio Tucci não se moveram. De novo esperaram que Bruna Maria concluísse o raciocínio:

– Isso mesmo, um espião. Do Brodie, atrás do Gero...

O *consigliere* exerceu a sua obrigação:

– Ora, por que do Brodie, e não do Tony, ou da polícia?

Bruna Maria sibilou a sua explicação, à maneira de uma cascavel:

– Alguma coisa apavorou o Gero. Ora, o Gero estava a fim de me foder. O Gero não teria se assustado ao me ver, ao ver o Ciccio ou ao ver você, meu caro Marco. E também não teria se assustado caso o Brodie estivesse sozinho. O Gero se apavorou ao perceber que havia mais gente do Brodie na boate...

Ciccio Tucci concordou, em boa parte:

– Tem muita lógica, minha *sorellina*. Agora, por que você descarta o Tony e a polícia? Os três caras não seriam homens do Tony, da polícia?

Com um olhar cruel, de superioridade, Bruna Maria arrematou:

– *Fratello mio*, se o Tony quisesse ferrar o irmão dele, não faria isso lá dentro, na boate. Fossem os três caras da polícia, ora, agiriam com bem mais discrição. Também, num outro lugar. E não, ora, na discoteca do Ruggiero...

Marco Iago aplaudiu a análise de Bruna Maria. E concluiu:

– Bate com aquilo que já decidimos – sobre o Brodie...

Bruna Maria exagerou no seu poder de dedução:

– Mais do que bate, Marco. Bate, e fede...

▼

Conforme haviam combinado com o *consigliere*, três dos seis detetives dos Castellamare não desgrudaram do buldogue desde a sua partida da boate. Eficientemente seguiram Villapiano até o edifício de Gero e, depois, até o apê do Itaim-Bibi. Então, pontualmente, às três horas, certos de que o *gangster* já dormitava, se deslocaram ao QG provisório dos Castellamare, no dúplex de Lindy. Os três investigadores que acompanhavam os Tucci e Iago surgiram no prédio de Lindy em torno das 3h20. Também de missão cumprida.

Paolo Garzya recompensou os seis homens – e redistribuiu suas tarefas, para a manhã posterior. Recomeçariam as suas vigias respectivas às nove. Sob a coordenação de um personagem ainda virgem naquela operação – mas um personagem em que Tony, de anos, confiava cegamente, Vito LoRusso.

Formalmente apenas o chofer do patriarca, LoRusso ostentava um belo passado de guerreiro na Itália. Fora o instrutor pessoal de Tony nos tempos do seu treinamento na Sicília, logo depois do seu recrutamento em Stanford, nos Estados Unidos. Fora o primeiro guarda-costas de Tony nas suas andanças por Palermo. Enfim, o capitão-de-campo que Tony enviaria ao Brasil ao constatar o envolvimento do seu irmão Ruggiero com as drogas e com os Tucci.

Mais. Antes de seu trabalho com Tony, o currículo de LoRusso já exibia uma década de serviços prestados ao clã do senhor solene que protegia o *capo* na Ilha. Verdade que, em uma ocasião, 1982, LoRusso cometera um equívoco crucial, um erro capaz de causar a morte do seu grande ídolo, um líder a quem ele, respeitosamente, só chamava de *Dottore Generale*. De todo modo, depois do incidente, LoRusso aprenderia a lição. Ao se somar a Tony, acumularia um cartel de missões absolutamente infalíveis. Detalhe: embora o seu passaporte o identificasse como LoRusso, nem Tony conhecia o seu nome verdadeiro.

De bigode bem fino, o cabelo aparado, as costeletas, porém, exageradas, LoRusso já beirava os cinqüenta de idade. Não parecia, pelo seu corpo enxuto. Possuía, no entanto, uma força brutal, dedos que entortavam quatro tampinhas superpostas de garrafa. Com uma pistola, atingia o miolo de um botão a vinte metros. Com um rifle telescópico, mesmo na escuridão, a sua pontaria crescia trinta distâncias. Mais, dispunha de uma memória de computador. LoRusso não se esquecia de um rosto, de um cacoete que revelasse um adversário.

Seguro de que o seu projeto transcorria irrepreensível, bem pertinho do seu epílogo, Tony mandou Sissi, Pellê e Domi repousarem – e pediu que Don Caló, Paolì e Lindy o auxiliassem na análise dos últimos acontecimentos, da punição de Ruggiero à visita insólita de Villapiano ao apartamento do irmão definitivamente deserdado. O *consigliere* topou inaugurar a discussão:

– O sumiço do Gero perturbou o Brodie...

Don Caló concordou:

– Tanto que o Brodie se expôs, demais. Invadir o apartamento do Gero, mesmo com a chave e com a cumplicidade do porteiro, foi uma estupidez...

Ponderadamente, Tony engatou:

– Sim, sim. Só que o Gero tem de sumir, também, do apartamento dele. De manhã. E cedinho. Antes que o Brodie sonhe em reaparecer por lá. Aliás, o Gero precisa desaparecer de cena até que este *cazzo* de guerra termine...

Paolo Garzya tranqüilizou o *capo*:

– Eu já orientei o Pippo e o Elia. Depois de passarem no cartório e de conseguirem as procurações, os dois vão dopar o Gero num hotel...

Tony elogiou a presteza do *consigliere* – e perguntou:

– Alguma coisa mais? Alguma coisa em que não pensamos?

Lindy sugeriu que a Família se antecipasse:

– Tony, nós já sabemos onde o Villapiano mora. E nós já sabemos onde os Tucci e o Marco Iago estão. Por que não pegamos todos, de uma vez?

O *capo* sorriu – e explicou, com um didatismo de avô:

– Lindotto, o nosso problema agora é o Meira. Não podemos atacar, sem a cumplicidade dele. Ou sem que neutralizemos o *cazzo* do delegado...

Lindy não entendeu a sutileza amarga da expressão:

– Sem que nós neutralizemos o *cazzo* do delegado?

Tony continuou, pacientíssimo, apesar da exaustão:

– Ou o Meira joga no nosso campo, ou nós teremos, ahn, de expulsá-lo do gramado. Por que o Meira enviaria o espião dele à boate do Gero, o mesmo espião que estava atrás de mim, no flat? O espião que andou caçando o Paolì, e que deve ter considerado o Paolì e você duas bichonas. *Cazzo*, tá provado e tá definitivamente triprovado que o porra do Meira representa um papel duplo, caro Lindotto. E eu não posso correr o menor risco de comprometer quem nos comanda e nos protege, lá em Palermo. Há coisas muito, mas muito maiores, nesta operação, do que os Tucci e o Brodie Villapiano. Não se esqueça de que eu, também, preciso ferrar o John Gambino e os traficantes da Família Gotti. Por exemplo, preciso reunir documentos que conectem os Tucci, o Villapiano e o Gambino aos fornecedores das drogas. Uma agenda de telefones secretos talvez nos valha bem mais do que o fim dos Tucci. *Capisce*, Lindotto?

Embasbacado, Lindy se calou. Tony tragou um cigarro – e aduziu:

– O meu negócio é foder com a choldra da Nova Máfia...

Choldra.

Quando ficava muito puto, Tony se transformava num dicionário.

Don Caló quebrou o peso inexpectado daquela afirmação:

– Tonino, essa não seria uma tarefa gigantesca?

O *capo* se encostou na mureta da varanda e desfechou:

– Não, meu pai. Basta abater uma pedra que caem todos os dominós. E essa pedra, a falha na choldra da Nova Máfia, é o Ciccio Tucci. Se eu derrubar o Ciccio, acabo com o Villapiano. E, se eu derrubar o Villapiano, acabo com a Família Gotti, com o Nitto Santapaola e sei lá com quem mais. *Capisce*?

Don Calò recuperou a pergunta que já fizera no depósito:

– Tudo isso por uma *vendetta*?

– Eu repito: pra mim, se tornou mais do que uma vingança...

O grupo silenciou. Quem poderia contestar Tony Castellamare?

Então, subitamente, Lindy resgatou um tema essencial:

– E a boate, que fazemos com ela, e com os seus funcionários?

Ótima questão. Perplexos, todos os olhares se fixaram em Lindy.

Tony, então, se lembrou daquela particularidade:

– *Cazzo*, é verdade. A boate não pode ficar sem dono...

Depressa, inocentemente, Lindy concordou:

– Verdade, Tony, a boate não pode ficar sem dono...

O *capo* fitou Lindy, com um jeitão maroto. E, como Tony, o *consigliere* e Don Caló imediatamente dirigiram as suas vistas ao anjo da Família.

Pela primeira vez, em muitas horas, Tony desabafou. E riu.

O *consigliere* e Don Caló acompanharam Tony. E gargalharam.

Tony apontou o seu indicador direito para Lindy. E ordenou:

– Caro Lindotto, amanhã, você toma posse da boate...

Mais gracejos. Contudo, gracejos positivos. Tony reafirmou:

– *Cazzo*, Lindotto *mio*, só você, você mesmo, a quem os Tucci, o Iago e o Villapiano não conhecem, pode assumir, agora, o controle da boate...

Paolo Garzya aprimorou a idéia:

– Na verdade, conhecem. Desde hoje, lá na boate, mesmo. Com certeza, nos viram. Com certeza, vão se lembrar do Lindy. A presença do Lindy, como o substituto do Gero, no controle da casa deixará os Tucci e o Villapiano mais intrigados ainda. Tonino, uma outra, e enorme, vantagem pro nosso lado...

Tony concordou integralmente. E troçou com o anjo loiro:

– Caro Lindotto, sinto muito – mas, L'Omertà é sua...

Lindy percebeu que não existia uma rota de fuga. Inquiriu:

– E eu faço o quê?

Tony explicou:

– Você toma posse. Chega na boate às duas da tarde. Explica que o Gero vendeu a casa e que você é o novo dono. Toma posse, e toma conta...

O *consigliere* ainda adicionou:

– Principalmente, em relação ao tal do Carlito. Vai ser uma experiência interessantíssima, meu caro Lindy. O Villapiano, os Tucci, o Iago e o tal do Carlito receberão um choque fenomenal ao perceberem que o Gero não manda mais na boate. Que a boate L'Omertà, subitamente, tem um novo dono. E um dono que eles já viram, flanando por lá, na hora do sumiço do Gero...

Lindy Regazzoni compreendeu a mensagem.

Exausto, porém, Tony não registrou o nome novo, Carlito.

Instantaneamente, deletou o cozinheiro da memória.

Daí, apagou o seu cigarro – e determinou:

– OK. Acertaremos os detalhes, amanhã. Lindotto, não se preocupe. O Paolì fará um treinozinho com você, antes de você assumir a boate. Agora, por favor, vamos dormir. Daqui a pouco, às nove da matina, o delegado e a Lídia estarão no sítio para mais uma etapa da minha, ahn, entrevista. Eu preciso, de qualquer forma, terminar logo essa merda. E ainda preciso pensar no que vou fazer com o *cazzo* do Meira. Sem sair da minha rota, sem magoar a Gigi...

Paolo Garzya não conteve a sua incerteza derradeira:

– Tony, e você já sabe como terminar a entrevista?

O *capo* não hesitou:

– Sei. Eu vou contar o que sou. E o que eu faço, de verdade...

Nem o *consigliere* ousou mais aconselhar o seu *capo*.

Quando Tony e Don Caló chegaram ao sítio da Granja, quase uma hora depois, um bilhete de Nícia de Souza esperava por eles, num envelope, com o segurança da guarita. Em minúcias, praticamente uma transcrição da conversa, o bilhete relatava a ligação extemporânea do delegado. Tony observou:

– O Meira já sabe que eu sei o que ele sabe...

Ternamente, cuidadosamente, Don Caló sondou o filho:

– E isso é bom?

Tony argumentou por meandros:

– Papito, parece que o meu destino é fazer as mulheres da minha vida, as mulheres a quem mais amo, sofrerem com as minhas ações. Mariù, a Mamma, as meninas – e, agora, também, a Gigi e a Lídia. Destino triste, papito...

O *babbo* acariciou a nuca do filho e lhe ofereceu um drinque.

Tony não aceitou. Despediu-se do pai com um abraço apertadíssimo – e assobiou. Todos os cachorros do sítio rodearam o *capo* num instante. Na porta do chalé, Tony selecionou Bill e Lola e permitiu que só ambos entrassem.

Pensou em Lídia. Por que não tinha telefonado, como Meira?

Deitou-se na cama farta, sem sequer trocar de roupa. Apenas retirou os sapatos e se afundou nos travesseiros suntuosos. Assobiou de novo. Bill e Lola compreenderam a ordem e, faceiros, pularam sobre Tony. O *capo* afagou os seus cães diletos e se entregou ao sono, emoldurado pelos pastores.

Ato VI

O terror

Naquela madrugada, Brodie Villapiano não dormiu. Onde estaria Gero Castellamare? A aflição atravancou o relaxamento do buldogue. Bruna Maria Tucci, porém, repousou como de costume, fantasiando que dividia a sua cama com algum parceiro que se dispusesse aos seus exageros sensuais. Toparia, até mesmo, entregar o seu corpo a dois homens de uma vez, talvez a três. Pudesse seduzir o loiro elegante e o garotão desajeitado que havia visto na discoteca, toparia, inclusive, experimentar o seu fogaréu, e as suas loucuras, com o veado discreto da mesa do lado. Desafogueada, sem a obrigação de acariciar o corpo suado, repugnante de Gero, sonhou que trepava, também, com Villapiano.

Enquanto Bruna Maria saboreava a sua psicopática tranqüilidade, o seu mano Ciccio e o *consigliere* Marco Iago invadiram o amanhecer na análise daquele episódio inesperadíssimo em seu projeto. Os dois concordavam com a dedução de Bruna Maria. De todo modo, machões, necessitavam confirmá-la em seus próprios raciocínios. No fim das contas, perfilhariam a conclusão mais equivocada – e, contudo, a conclusão que lhes pareceu mais óbvia e até mais conveniente. Reinculparam Villapiano pela evaporação de Gero.

Aparatosamente, Marco Iago observou:

– Para mim, meu caro Ciccio, tudo ficou definitivamente claro. Faz dois anos que nos preocupamos com o cretino do Tony Castellamare. E quem está nos ferrando, de fato, é o *cazzo* do Brodie. Só que o problema, mesmo...

Ciccio Tucci bebericou um gole de espumante e se inquietou:

– O problema, mesmo?

Iago não queria assumir a realidade brutal. No entanto, observou:

– O problema, você já disse: nós não temos como reagir. Principalmente agora, que o Gero desapareceu. Me acompanhe, caro Ciccio. Por ordem dos Gotti, nos enfiamos, aqui, neste fim-de-mundo. Deixamos de operar, de fazer dinheiro. Ainda que tenhamos aplicado a nossa grana, não produzimos mais. Pior, caro Ciccio, nós desconjuntamos o nosso exército. Como reagir, sem o nosso pessoal de rua? Medite comigo. Dias atrás, fuzilaram o Pavone, a nossa esperança mais palpável de armas e de homens. De repente, surge o Villapiano – falando em cesta de ovos e nos dizendo que é amigo do tal do Nariz, um suspeito da morte do Pavone. Muito estranho. O *cazzo* do Pavone morre num tiroteito e, logo a seguir, some também o Gero, imediatamente depois de se apaixonar pela Bruna Maria. O Gero, a nossa última esperança de armas e de homens. Estranho, estranhíssimo. Seria apenas uma simples coincidência, caro Ciccio? Ora, em poucas horas, caro Ciccio, e sempre com o *cazzo* do Brodie Villapiano por perto, subitamente se desintegram o Pavone e o Gero?

Acossado, Ciccio Tucci bolou um plano que lhe pareceu genial:

– Sim, estranhíssimo, estranhíssimo. Todavia, meu tio, todavia...

O *consigliere* criou um milímetro de expectativa em sua alma:

– Todavia, tio querido, nós podemos provocar uma reviravolta. Quando acordar, numa missão de paz, você vai procurar Don Caló Castellamare...

Iago intuiu o plano de Ciccio. Nem precisou pensar. Como um corisco, instantaneamente, desenvolveu um estratagema – que lhe pareceu genial:

– Brilhante, Ciccione. Sim, sim, eu vou procurar Don Caló. Basta ligar ao escritório dos supermercados dos Castellamare e, caso Don Caló não esteja por lá, basta deixar um recado intrigante. Algo assim: tenho informações sobre a Via Dante. Don Caló se comunicará comigo. Eu marcarei um encontro com Don Caló, e eu direi a Don Caló, teatralmente, que o Eugene Gotti autorizou a morte do Tony a pedido do Villapiano. O motivo: suspeitas de Eugene Gotti, baseadas em boatos que corriam soltos através de Palermo. Tony, um mafioso fodido da Velha Tradição, camuflado, ahn, numa roupagem de *playboy*. Claro, a Família Tucci jamais acreditou na fofocagem. Até tentou convencer os Gotti do seu engano. Villapiano, porém, insistiu. Quem sabe eu tenha de insinuar ao Caló a ligação do Gero com o Villapiano? Insinuar? Não, não, serei explícito. Eu direi, mesmo, que o Gero e o Villapiano são traficantes, e são sócios, já faz um bom tempo. Eu direi que o Villapiano armou o assassinato do Tony para não comprometer o negócio dele, Villapiano, com o Gero. Direi que, no fim das contas, o Gero se transformou num estorvo. Direi que o Villapiano deteve o Gero para a chantagear a Família Castellamare. Como o Eugene está preso, como o Gero sumiu, nós dois não correremos o perigo de uma *vendetta*...

Ciccio Tucci respirou fundo. E cumprimentou:

– Brilhante, meu tio. Brilhante. Só que...

– Só que?

– Marcone, e se o Gero não sumiu?

Iago descartou qualquer temor. Dispunha de uma alternativa:

– Temos o Carlito para nos informar de tudo, caro sobrinho...

Depois de uma talagada gorda do seu vinho, Ciccio Tucci aprovou. O *consigliere*, então, acendeu um Montecristo. Desfrutou o charuto e, por alguns instantes, calculou o que diria a Don Caló. Finalmente, Iago conferiu:

– E se o Castellamare exigir que a reunião aconteça no escritório dele ou no seu sítio? Que decisão eu tomo? Permito que ele escolha o lugar?

Estupidamente seguro do seu talento, Ciccio Tucci respondeu:

– Não. O lugar ideal para a reunião é a boate do Gero. Um lugar público, repleto de gente, barulhento, seguríssimo. Insista na boate, Marcone...

– Claro, Ciccione, você tem razão. Bem, eu vou me deitar, OK?

– OK, Marcone. Relaxe um pouco. Até depois...

Num aceno, Ciccio Tucci se despediu de Iago. Então, imaginou o que faria quando se defrontasse com Tony Castellamare, na comemoração da paz. Um idiota, aquele Tony. Ah, não seria nada complicado ludibriá-lo...

▼

Atormentada pelo comportamento espantoso do seu namorado, naquela madrugada Lídia Brandini também não dormiu. Meditou horas e horas sobre os humores ciclotímicos do *capo*. De onde proviriam todas aquelas tensões que, inopinadamente, agoniavam e mortificavam Tony? Do trauma da morte absurda da mulher e dos três filhos? Da imperiosidade siciliana da *vendetta*? Ou seria Tony cronicamente um louco, incapaz de se controlar? A jornalista não queria acreditar na hipótese sumária da insanidade. Lembrou-se da Lei de Ockham, que o próprio *capo* lhe havia enunciado, na tarde anterior:

– Sempre que um fenômeno qualquer pode ser explicado da forma mais óbvia, não procure a elucidação mais complicada. Jamais atribua à malícia, ou à sacanagem, aquilo que pode ser explicado pela prosaica estupidez...

Os dois postulados apontavam para a insanidade de Tony. Praticamente desesperada, Lídia Brandini desistiu de pensar no namorado. Levantou-se dos almofadões enormes em que se alojara e procurou um cigarrinho de maconha, escondido debaixo do veludo de um porta-jóias de alabastro. Sugou e ressugou o baseado – e se entregou mansamente aos efeitos da erva. Passado o primeiro relaxamento, sentiu que a sua boca se ressecava. Resolveu tomar água.

No caminho até a cozinha, o seu telefone soou.

Lídia Brandini examinou o relógio. Quase quatro horas.

Era Tony Castellamare:

– Oi, Li? Tudo bem?

Flagrada, a garota mal respondeu:

– Por quê?

Tony se mostrou paternalíssimo:

– Tou aqui, na cama do chalé. Sozinho. Senti saudades...

A jornalista escutou um rumor curioso por detrás da voz do *capo*:

– Sozinho? E esse barulho, de onde vem?

Tony riu:

– Do Bill e da Lola. Botei os dois na cama, comigo. Cheguei a pegar no sono. Mas, os dois se mexem muito. Com a agitação deles, eu acordei...

– Ahn...

O namorado percebeu que a garota voava:

– Amor, você bebeu?

Lídia Brandini soltou o riso.

Não confessou que puxara um fuminho, porém:

– Ah, só tou muito cansada. Aliás, tou meio triste...

Tony engoliu a sua culpa:

– Me perdoe...

Silêncio. *Capo*, Tony decidiu propor:

– Li, apesar da hora, você não quer vir pra cá?

Silêncio. Tony insistiu:

– Li, eu preciso de você comigo...

Impossível, naquelas condições:

– Tony, eu estarei aí às nove, como nós combinamos...

O namorado amargou a sua crueldade. O *capo*, a sua derrota:

– OK. Até as nove. E, ahn, Li, eu amo você...

Lídia Brandini descarregou o seu peso:

Eu também amo você, Tonino. Até as nove...

Desligou, um tiquinho mais descontraída.

Ao menos, conseguira uma sobrevida.

▼

Cerca de oito da manhã. Os fios do destino começaram a tecer, de modo inexorável, os fatos simultâneos daquele dia. Villapiano perdeu a hora e não se comunicou com Khalid Haissa Khwyis. De todo modo, experto e competente, Khwyis já tinha colocado o seu comboio em movimento. Depois de uma longa jornada de campana nas redondezas do sítio dos Castellamare, o jordaniano aprendera, detalhadamente, alguns dos hábitos de Gigi. E, de quebra, já havia marcado o automóvel de Lídia Brandini. Quando, enfim, recebesse a ordem de Villapiano, não sofreria percalços para seqüestrar aquelas duas garotas.

Além dos homens que o seu tio Raghib lhe fornecera, Khwyis dispunha do apoio de uma trinca de pistoleiros da brigada paulistana da *N'Dranghetta*, a impiedosa Máfia dos calabreses, que um *capo* secreto, Rocco Moràbito, sem jamais se expor em público, à distância chefiava. Moràbito havia emprestado os calabreses a Villapiano, que os tinha repassado ao jordaniano. A cada meia hora, os homens de Raghib e a trinca da *N'Dranghetta* informavam a Khwyis os movimentos da jornalista e dos Castellamare, no sítio. Sem que a segurança dos Castellamare percebesse. Ah, assim, ao menos, Khwyis imaginava.

Uma das suas anotações: cerca de sete da manhã, um personagem, todo de preto, saíra do sítio, sozinho, dirigindo uma Saveiro. A equipe de Khwyis registrou o incidente – mas menosprezou a importância do personagem. Azar daqueles vigias. Era Vito LoRusso, que rumava à sua missão de supervisionar o trabalho dos detetives contratados por Tony. Vito LoRusso imediatamente percebeu o carro parado num canto do *cul-de-sac* que conduzia à propriedade dos Castellamare. Nele, reconheceu a face de um pistoleiro da *N'Dranghetta*. Seguiu duzentos metros e, de um orelhão, cuidadosamente advertiu Tony.

Embora exausto, Tony logo se acendeu:

– *Grazie*, *grazie*, Vitone. Vou tomar as minhas providências...

Tony, então, se lembrou de que não dispunha de ninguém para auxiliá-lo numa missão de contra-ataque. Elia Grazie e Pippo Carotè cuidavam do seu mano Ruggiero. Sissi, Pellê e Domi descansavam no apartamento de Lindy Regazzoni. Meditou sobre os motivos que levariam a *N'Dranghetta* a atocaiar a sua casa. Concluiu que, num primeiro momento, não haveria nenhum perigo. Ficaria de olho. E, mesmo à luz do dia, soltaria todos os seus oito cachorros no jardim. Depois, bem, solicitaria ajuda a Telônio Meira. Uma forma de retrazer o renitente delegado ao seu mundo. Brilhante. Sim, uma solução perfeita.

Tomou um banho quase gelado de piscina e se vestiu. Naquela situação, optou por parecer discretíssimo. Escolheu uma bermuda cáqui e uma camiseta da mesma cor. Com o seu pai, pegou um binóculo e, Bill e Lola na sua escolta, subiu até um ponto mais elevado do sítio, de onde dominaria o *cul-de-sac*. Teve de escalar uma jaboticabeira para ver melhor. Examinou o veículo que a turma da *N'Dranghetta* ocupava. Coisa de Villapiano? Coisa dos Tucci?

Num pulo ousado, que quase machucou os seus tornozelos, Tony saltou da árvore. Três caras num Corcel. Não, não se tratava de uma invasão. O *capo* concluiu que poderia aguardar a chegada de Meira para qualquer reação.

▼

Com algum atraso, pouco menos de quinze minutos, o delegado e Lídia Brandini apareceram no sítio, praticamente juntos. Meira deixou a sua viatura no portal. E sofreu para subir até a casa, os cachorros da Família fungando e refungando nas suas pernas. Lídia Brandini mereceu entrar de automóvel na propriedade. Tony aguardava os visitantes na varanda, novamente repleta de comilanças e de sucos fresquíssimos. Constrangido, saudou a garota com um beijo na testa. Rude, num mero muxoxo, mal cumprimentou o federal.

Então, repentinamente, puxou o delegado por um braço e o conduziu a um passeio no jardim. Apenas a aparição da Mamma Freda salvou a atônita jornalista de mais um estágio na sua perplexidade. A Mamma enlaçou a garota de maneira tão deliciosa que Lídia, por um instante, se esqueceu de Tony.

No jardim, Tony foi duro, diretíssimo, no papo com o delegado:

– Caralho, Telônio! Cê tá a fim de me foder?

O delegado não encontrou uma fuga adequada. Aliás, nem conseguiria escapulir daquele cerco. Carregava algumas toneladas de equívocos nas suas costas. Traíra Tony, ao lhe sonegar o endereço dos Tucci. Pior, cometera uma estupidez descomunal, telefonar ao sítio atrás de Tony, de Don Caló – e, pior, de Lindy Regazzoni. Desguiou-se como pôde do agastamento do *capo*:

– Que é isso, Tony? Por que essa agressividade?

Firme, mandante, o *capo* espetou um dedo no pescoço do policial:

– Pois eu vou explicar, eu vou, seu bostalhão!

Meira tremeu. Tony aproveitou a súbita fraqueza do delegado:

– Porra, seu *cazzo*! Primeiro, apesar do meu aviso, você liga pra Palermo atrás de informações a meu respeito. E se esmerdeia. Daí, fica bravo, liga pra mim e me cobra por eu ter secado as suas fontes. Pior, você descobre, eu sei lá como, o *cazzo* do paradeiro do Villapiano e dos Tucci – e você não me avisa.

Mantém um seu espião na cola deles, e me deixa no escuro. E ainda liga pra cá de madrugada, eu sei lá por que razão, atrás de mim, do meu pai ou do Lindy. Aliás, eu sei, sim, por que razão. Em algum momento da noite de ontem, você sacou que eu já sei o que você sabe. E, *cazzo*, sacou que eu sei que você sabe que eu já sei. Porra, está na hora de a gente se entender de vez, delegado...

Aturdido, Meira esboçou um lampejo de dignidade:

– Eu não vou me desculpar, Tony Castellamare...

O *capo*, de todo modo, não rebaixou o seu tom:

– Já deu pra você entender que eu não sou um cara comum?

Bem mais calmo, Meira objetou, com a clareza viável:

– Eu não sei quem é você, Tony Castellamare...

Tony multiplicou o seu enfurecimento:

– Então, caralho, puta que pariu, você me escute, doutor delegado Telônio Meira! Até que este dia termine, você terá todas as informações possíveis ao meu respeito, OK? Só que você terá, como a Lídia, do meu jeito, OK?

Meira, enfim, se refugiou atrás da sua própria curiosidade:

– OK...

O *capo* aquietou o seu volume de voz – e pediu:

– Venha comigo, por favor...

Ressubiu até os altos do sítio – e ofereceu o binóculo ao delegado:

– Você tá vendo aquele Corcel?

Profissionalíssimo, Meira corrigiu a conta de Tony:

– Um Corcel e, cinqüenta metros depois, um Diplomata. E daí?

Um Diplomata? Abruptamente, Tony retomou o binóculo de Meira:

– *Cazzo*, meia hora atrás era só um Corcel...

Examinou e reexaminou o segundo automóvel. Três homens morenos, a pele e as feições levantinas. Muçulmanos. Palestinos. Ou jordanianos...

Meira sondou o susto de Tony:

– Você imagina o que esses caras estão fazendo lá fora?

Tony respondeu pela metade:

– Porra, os caras do Corcel são pistoleiros da *N'Dranghetta*, a Máfia da Calábria. Por razões que eu, ahn, honestamente desconheço, amanheceram de campana no portal. Agora, os do Diplomata, eu não faço a menor idéia...

Meira evitou perguntar por que a *N'Dranghetta* montaria uma campana para Tony Castellamare. Em silêncio, reutilizou o binóculo. E comentou:

– Aqueles do Diplomata podem estar na cobertura do Corcel...

Tony acendeu um cigarro e abusou da especulação:

– Não acredito. Quando eu descobri essa campana estranha, só havia o Corcel no *cul-de-sac*. O Diplomata deve ter chegado, ahn, bem depois...

No meio da frase, a lógica desabou sobre o *capo*:

– Porra, Telônio, o Diplomata está seguindo você – ou a Lídia...

Sem uma outra opção, o delegado admitiu:

– A Lídia. Não eu, Tony. Por que motivo alguém se arriscaria a espionar os movimentos de um delegado federal – ou de uma viatura oficial?

Nervoso com a obviedade, Tony concordou – rispidamente:

– *Cazzo*! E o que esses canalhas pretendem da Lídia?

O delegado tranqüilizou Tony:

– Talvez sejam de um jornal concorrente...

Três levantinos? O *capo* duvidou:

– Não creio, Telônio. Precisamos descobrir a verdade...

O delegado se impressionou com aquela sincera ansiedade:

– Como?

Tony recuperou o seu controle. E, bruscamente, determinou:

– Chame aquele seu espião, o que ficou vigiando o lugar equivocado – e a gente errada também. *Cazzo*, ponha o seu espião de guarda na estrada...

Meira titubeou. Quem seria, mesmo, Tony Castellamare?

De novo, optou por não perguntar. Jogaria no campo do adversário:

– Tá legal. Num instante. Vou convocar o meu assistente...

Tony se aliviou. Deu um tapinha nas costas de Meira – e ordenou:

– Legal, obrigado. Pra varanda. Temos de acabar a entrevista...

O delegado obedeceu, como um demônio exorcizado.

Do telefone do living, bipou Brock e reformulou a sua missão.

Embora intrigadíssimo, Tony excluiu do pensamento os três levantinos e os três homens da *N'Dranguetta*. Não deveria, Tony. Ah, não deveria...

▼

Mais dez, doze horas, Tony Castellamare raciocinou. Dispunha de, no máximo, mais doze horas para resumir a história da Máfia, da morte de John Kennedy – e fazer a revelação que chocaria Telônio Meira, Lídia Brandini e o mundo da *Cosa Nostra*, da *N'Dranghetta*, de todas as gangues acessórias do universo. A sua prioridade. Resolveu que não haveria desvios no papo:

– Vocês querem saber de tudo? Então não me atrapalhem, OK?

Lídia e Meira prometeram escutar, sem interferências.

▼

Logo depois da II Grande Guerra, a Máfia mudou. Basicamente, mudou na Itália e nos Estados Unidos, as nações em que era mais forte, então. De um lado, aconteceu a sua aliança com os governos antifascistas. Enquanto Lucky Luciano proporcionava o desembarque tranqüilo das tropas norte-americanas na Ilha da Sicília, o auto-exilado Vito Genovese, bandeirinha dos EUA na sua farda, se transformava no intérprete pessoal do major Steve Young, do major E.N. Holmgreen e do capitão Charles Dunn, oficiais da inteligência das tropas contrárias ao odiado *Duce* Mussolini no Sul da Bota. Albert Anastasia chegou até a envergar, orgulhoso, o uniforme de sargento dos EUA no conflito. Mais. Chefes fundamentais, como Joe Bonanno e Joe Profaci, apoiaram a carreira de políticos que, encerrada a Guerra, não hesitaram em sufocar seus escrúpulos e não se incomodaram em trocar a ética pela perspectiva do sucesso veloz.

Dentro do novo cenário, sob o comando indebatível das cinco Famílias de Nova York, no final de 1946 aconteceu em Cuba, na Havana de Fulgêncio Batísta, um congresso universal da entidade e de todos os seus meandros.

Cerca de cem líderes compareceram ao inédito evento. Inclusive Lucky Luciano, graças a um visto especial que lhe concedeu o governo da Itália.

No conclave ocorreram incontáveis banquetes, festas de congraçamento, gigantescas beberanças, várias surubas – e uma crucial reunião de cúpula.

Nela se resolveu que Frank Costello assumiria o domínio formal do clã do afastado Luciano. Nela se determinou que o segmento peninsular da Máfia não mais permitiria a intromissão do ramo judeu nos seus negócios. Como um sinal dessa opção, os líderes votaram pela eliminação de Benny Siegel – que havia vendido às cinco Famílias a idéia de implantar um pioneiro cassino-hotel em pleno deserto de Las Vegas, o Flamingo. Apenas na construção do formidável conjunto, Siegel torrou US$ 8.000.000,00, muito além do que a Máfia lhe permitira aplicar no negócio – um terço da grana, aliás, embolsado por Virginia Hill, a sua sedutora namorada. Doloridamente, para assegurar a própria sobrevivência, Meyer Lansky aceitou cuidar da morte de Siegel, um amigo querido de adolescência. No dia 20 de junho de 1947, vários balaços de carabina desferidos através da janela de uma das salas da mansão que Siegel ocupava em Beverly Hills, na Califórnia, encerrariam a sua história.

Na reunião de Cuba, porém, principalmente se decidiu que as Famílias mais e mais se aproximariam dos políticos, seus passaportes, seus álibis.

Em tal departamento, Bonanno largamente se destacou. Esperto, aliciou promotores, juízes, deputados, senadores. Há fotos, por exemplo, que mostram Bonanno, em diversas celebrações da Máfia, na companhia do magistrado Evo DeConcini, da sua mulher, Ora, e até do seu filho Dennis, apelidado de Dino – posteriormente, um dos senadores dos EUA pelo Arizona e, curiosamente, um dos inspiradores da FNAC, a Força Nacional de Combate aos Narcóticos.

O congresso de Havana reestabilizou as cinco Famílias...

Telônio Meira descumpriu a sua promessa:

– Cinco, em Nova York. E as outras, no resto do mundo?

Tony digeriu o corte. Mas não se abalou:

– Diga, Telônio, quais Famílias?

O delegado preencheu a sua lição de casa:

– Você atropelou o Al Capone. E ainda não citou o Joe Adonis...

Tony se desembaraçou daquela bobagem com sobranceria:

– Dias atrás, eu afirmei que Capone era napolitano. Um trouxa, que só cresceu e ganhou prestígio pela violência que utilizava. Detonar um desafeto, ahn, com um taco de beisebol. Isso é coisa de animal. Capone caiu na rede do FBI por causa de uma ridícula declaração de renda malpreenchida. Morreu de sífilis, em 1947, com apenas 52 anos de idade. Um tipo vulgar e vil...

Meira não se satisfez:

– E o Joe Adonis?

O *capo* arrebentou a interpelação do delegado:

– Delegado, você valoriza em demasia um livro, ahn, bem ultrapassado, do Fred J. Cook, "The Secret Rulers: Criminal Syndicates and how They Control the U.S. Underworld", aqui no Brasil batizado de "O Poder Oculto". Um livro escrito em 1966, quando inúmeros fatos envolvendo a Máfia e os mafiosos de verdade ainda eram absolutamente desconhecidos. Por exemplo, o Bobby Kennedy, um informante do Cook, ainda continuava vivo – e no poder, como Senador dos Estados Unidos. O Joe Adonis, de fato, teve alguma importância, ahn, marginal, no clã do Masseria. Auxiliou o LaGuardia numa das suas campanhas para a prefeitura da cidade de Nova York. Consta que, entre 1932 e 1933, o Joe Adonis enfiou pelo menos US$ 25.000,00 nos caixas do LaGuardia. Uma grana insignificante, perto do que eu vou revelar...

Telônio Meira não esperava uma resposta tão desmoralizante:

– Ahn. Entendi. Me perdoe, Tony...

E Tony seguiu em frente, a sua locomotiva desgovernada.

▼

No princípio de 47, a Comissão da Máfia, supervisionada por Bonanno, secretamente se reencontrou – num iate, nas costas da Flórida, perto de Fort Lauderdale. No conclave, as cinco Famílias de Nova York discutiram o tema das drogas. Além de Bonanno, estavam presentes Costello, Màngano, Profaci e Tom Gagliano, o *capo* formal do clã dominado por Tommy Lucchese.

Naquela supercúpula, Bonanno pregou uma tese elementar e prática: paralelamente à sua objeção moral, era contra o tráfico porque o comércio dos tóxicos envolvia os riscos de uma intervenção federal. E não interessava a ele, o principal padrinho de políticos e de magistrados na América, romper os seus laços tão íntimos com o poder. Para Bonanno, muito mais inteligente e muito mais profícuo seria a Máfia aproveitar tais laços e paulatinamente se legalizar, abandonar de vez a contravenção e o crime. Bonanno, inclusive, anunciou que pretendia instalar a sua sede em Tucson, no Arizona, o seu paraíso em pleno deserto, bem longe de Nova York e das atribulações do seu *"Volcano"*.

Bonanno queria, romanticamente, modificar o seu mundo, transformar a Máfia numa empresa, dona de hotéis, de cassinos, bares, restaurantes, bufês, confecções e transportadoras. Ele já faturava, então, vários milhões de dólares ao mês. Ora, por que motivo correria o perigo de se meter com cocaína?

Profaci perfilhou sem vacilação a tese de Bonanno. Costello e Gagliano ainda insistiram, fervorosamente, na defesa das drogas. Màngano solucionou o impasse, no entanto, em favor dos conservadores. E a Máfia proibiu que todos os seus membros, em qualquer escalão, se aproximassem dos tóxicos. Foi uma decisão apertadíssima, complicadíssima, porém. Uma decisão fratricida...

Apesar da determinação da Comissão, os bandos de Costello e Gagliano continuaram a distribuir a cocaína e a heroína. E a multiplicar os seus liames com a Sicília, particularmente as quadrilhas do leste da Ilha, que recebiam as drogas da Turquia, naqueles tempos a maior exportadora do universo.

Claro que Bonanno sabia das safadezas mal-escondidas de Costello e de Gagliano. Bonanno, porém, não se afastou do seu projeto de legitimização – ao menos em honra do seu próprio clã. E o projeto de Bonanno se mostrou ainda mais viável e muito mais acessível em 1951, quando Joe Kennedy lhe solicitou que apoiasse a candidatura de seu filho John, por Massachusetts, ao Senado dos Estados Unidos. Valeu: em 1952, John venceria a votação.

Enquanto o clã de Bonanno se consolidava, cada vez mais distante do crime e da contravenção, nas outras Famílias proliferava a disputa pelo poder. Albert Anastasia, o sub de Màngano, tramou com Costello o fim de seu *capo*. E, misteriosamente, naquele ano de 1951, Màngano desapareceu. Até hoje não encontraram seu corpo. Anastasia, claro, prontamente assumiu o seu lugar...

De retorno do seu auto-exílio na Itália, na mesma época, Vito Genovese passou a traçar, com Anastasia e com Tommy Lucchese, o fim de Costello. A nova safadeza demorou mais tempo para se cristalizar. Gagliano não admitia a morte de mais um *capo* sem o aval da Comissão. Em 1953, contudo, Gagliano faleceu, doente, de causas naturais. E Lucchese herdou, também de direito, o cargo que já utilizava, de fato. Outro sucesso dos partidários das drogas.

Então, no correr de 1956, alguns episódios coincidentemente alegraram e preocuparam Bonanno. Primeiro, Joe Kennedy voltou a procurá-lo. Queria que a Máfia, novamente, apoiasse o seu filho John. Depois, o primogênito de Bonanno, Salvatore, Bill, se casou com Rosalie Profaci e escolheu a Sicília como o palco da sua lua-de-mel. Lá, recepcionado por Benedetto Russo, um velho amigo de seu pai, Bill receberia um recado inquietante, uma mensagem metafórica, o anúncio da conexão cada vez mais forte de Famílias da Ilha com o tráfico de drogas para os Estados Unidos. Joe Bonanno se emputeceu...

Telônio Meira não conseguiu conter uma imprecação:

– Porra, Tony, retorne aos Kennedy – e à sua lenda maluca...

Tony sabia que o seu desvio de percurso deixaria Meira ansioso.

Resolveu exacerbar mais um pouco a aflição do delegado:

– Essa é a verdade, caro Telônio. Nada de lenda. É a verdade...

Meira ameaçou reconturbar a conversa. Antes que o delegado se alçasse da cadeira, no entanto, Lídia Brandini se adiantou, quase aos berros:

– Caralho, Meira, deixe o Tony terminar!

O delegado, irado, insistiu em rebater:

– Caralho digo eu! Esse cara não vai me convencer de que os Kennedy foram cúmplices da Máfia. Porra, essa é uma lenda absolutamente maluca...

Impassível, Tony apreciou o bate-boca. E, então, bradou:

– Chega! Os Kennedy foram, mesmo, cúmplices da Máfia! Vou contar um fato que pouquíssima gente sabe. Antes de conhecer a Jacqueline Bouvier, o John Kennedy se casou com uma garota, ahn, de poucos predicados éticos e morais. Um impulso de jovem. E, quando descobriu que a garota não prestava, pediu a anulação do matrimônio. Só conseguiu a anulação porque

Bonanno e a Máfia interferiram e convenceram o juiz do caso. A Máfia, ahn, aliás, também providenciou a evaporação definitiva de todos documentos do episódio...

Apesar do susto, Meira ainda perguntou:

– E você tem provas dessa besteira?

Tony retrucou, com uma informação indireta:

– Do matrimônio? Não, do matrimônio eu não tenho. Mas da ligação dos Kennedy com a Máfia, meu caro, o promotor Jim Garrison tinha...

O delegado se recordou do promotor de Nova Orleans. Anos depois do assassinato de John Kennedy, em Dallas, Texas, no dia 22 de novembro de 1963, Jim Garrison tentou, desesperadamente, provar que o crime fora fruto de uma conspiração – ou, efetivamente, um verdadeiro golpe-de-estado:

– Mas o júri de Nova Orleans não concordou com o Garrison...

Tony encerrou a confusão com uma estocada direta:

– Isso, meu caro Telônio Meira, não significa que o Garrison estivesse equivocado. A verdade, muitas vezes, não convém ao poder constituído. E, aqui, você representa esse poder. Não eu. E nem a Lídia. Você vai me escutar, Telônio. Vai me escutar, ou vai embora, já. Pode escolher, delegado...

Furioso, mas interessadíssimo, Meira decidiu permanecer.

▼

O general Dwight David Eisenhower, comandante das tropas aliadas na II Guerra, presidia os Estados Unidos, pelo Partido Republicano, desde 1953. Ninguém imaginava que a oposição, do Partido Democrático, pudesse impedir a reeleição do general, apelidado de Ike. De todo modo, em 1956, como já fizera quatro anos antes, Adlai Ewing Stevenson se ofereceu para enfrentá-lo. O parceiro natural de Stevenson, na composição da chapa, como candidato a vice, era Estes Kefauver, o mesmo senador que já coordenara o processo anti-Máfia no Congresso. Joe Kennedy explicou a Bonanno que necessitava tornar nacional o nome de seu filho John. E que John se lançaria, contra Kefauver, na convenção do Partido Democrático. Tudo bem que John perdesse a indicação. O seu objetivo real era mesmo a sucessão de Eisenhower, em 1960.

Bonanno e Joe Kennedy montaram a sua estratégia nas redondezas da cidade de Tucson, no rancho de Gus Battaglia, o segundo homem na linha de comando do Partido Democrático no Arizona. Lá, criaram um esquema capilar de tráfico de influências capaz de perdurar por, no mínimo, mais quatro anos. Dentro de tal esquema, caberia à Máfia utilizar todo o seu poder, nas regiões em que era mais forte, para aliciar os votos futuros em favor de John. Bonanno e Joe Kennedy até mesmo iam, juntos, a uma igreja católica de Tucson.

De qualquer modo, enquanto as Famílias de Bonanno e Profaci fixavam os seus interesses em políticos que poderiam legitimar as suas ações, as outras quadrilhas da Máfia dos Estados Unidos se emaranhavam em confusões.

No dia 2 de maio de 1957, quando adentrava o *hall* do edifício em que morava, junto ao Central Park de Manhattan, Costello foi abordado por um pistoleiro, Vincent Gigante, do subclã de Vito Genovese. O pistoleiro errou o alvo, meramente arranhando a cabeça de Costello. O incidente, no entanto, apavorou Costello, que se camuflou na precoce aposentadoria. Vito Genovese, claro, imediatamente ocupou o seu lugar. Logo depois, no dia 25 de outubro de 1957, numa cadeira da sofisticada barbearia do Hotel Park-Sheraton, em Manhattan, Albert Anastasia morreu, perfurado por algumas dezenas de balas de metralhadora. Claro, seu sub, Carlo Gambino, então nos 55 anos de idade, imediatamente se apresentou como o sucessor lógico do falecido patrão.

Por trás da crise, pairava a figura devastadora de Tommy Lucchese – que, vaidosamente, sonhava em se transformar no *capo di tutti i capi* da Máfia no planeta. Logo, porém, Lucchese entendeu que a sua ambição necessitava de algum aval. Através de um punhado de idiotas que o bajulavam e cegamente aceitavam as suas sugestões, Lucchese convocou, em novembro de 1957, uma convenção internacional da Máfia dos EUA e do Canadá. Programou o evento para o rancho de Joe Bàrbara, no vilarejo de Apalachin, situado numa pequena floresta virgem, entre Buffalo e Middletown, a noroeste de Nova York.

Realizada no dia 14, a convenção abrigou um número incrível de chefes e de agregados, exatos 113 representantes de todas as Famílias e de todos os quadrantes da América. Além de um compromisso de paz, a aceitação geral de Genovese e de Gambino como os líderes oficiais dos bandos de Costello e de Anastasia, a Máfia decidiu unificar a sua posição em relação às drogas. Joe Bonanno, desconfiado da convenção, não apareceu. Mas prevaleceu a opinião dos conservadores – e a Máfia, coletivamente, vetou o comércio dos tóxicos pelos seus membros. Vetou, ao menos no papel. O clã de Lucchese, afinal, não pretendia desperdiçar aquela que já era a sua fonte principal de renda.

A intuição salvou Bonanno. Alguns policiais rodoviários estranharam a absurda, monumental concentração de veículos nas estradinhas que levavam a Apalachin. Comunicaram as suas suspeitas aos superiores. Que informaram a promotoria estadual. Que ordenou uma *razzia*. A promotoria não tinha razões para prender os, digamos, convencionais. Podia, porém, fichá-los – e, com as suas identificações, talvez, enfim, construir um organograma da Máfia.

Quando os policiais cercaram o rancho de Bàrbara, cinqüenta *gangsters* conseguiram escapar, se afundando no matagal ou se arrastando através de um córrego das imediações. Os outros 63, porém, acabaram detidos, entre eles o próprio Lucchese. Os policiais ouviram as justificativas mais fantásticas para o encontro de Apalachin. Paul Castellano, o cunhado de Carlo Gambino e seu futuro sucessor, ofereceu a mais extraordinária: sofria de problemas cardíacos e fora se consultar com Bàrbara, um portador de arritmia. Não imaginava que, naquela data, tantos ítalo-americanos também se abalassem a visitar o dono da fazenda. Detalhe: Castellano apenas tinha, então, 42 anos de idade...

O fiasco de Apalachin produziu duas conseqüências gravíssimas para a solidez da Máfia. De um lado, isolou Bonanno, o seu *capo* mais ponderado – cuja ausência no evento encucou principalmente seu primo Steve Maggadino, chefe de um clã de Buffalo. De outro, pela primeira vez desde Al Capone e os massacres de Chicago, décadas antes, colocou a Máfia nas manchetes.

▼

Em 1919, quando tinha, somente, 25 anos de idade, John Edgar Hoover, um advogado recém-formado, de compleição atarracada e de cara de malvado, obteve uma vaga de funcionário burocrático do Departamento de Justiça dos EUA. Quase ninguém gostava de Hoover na repartição. No entanto, graças aos seus métodos pouco convencionais, que incluíam a chantagem, o suborno e a corrupção, Hoover rapidamente ascendeu ao topo da organização. E, em 1924, se tornou o superdiretor do seu Birô Federal de Investigações, o FBI.

A ditadura de Hoover no FBI se manteria por quase meio século, até a sua morte, em 1972. No intervalo, período em que o seu poder absurdamente e invariavelmente aumentou, Hoover conviveu, aos trancos e aos trambolhões, com oito presidentes da República: Calvin Coolidge, o não-parente Herbert Hoover, Franklin Delano Roosevelt, Harry Truman, Dwight Eisenhower, John Kennedy, Lyndon Johnson e Richard Nixon. Mandou muito mais do que todos eles. E jamais interferiu nas ações da Máfia. Publicamente, aliás, costumava afirmar que a Máfia não existia. Tratava-se de uma invenção da imprensa.

Por que tal postura, digamos, no mínimo complacente, diante da maior entidade criminosa do universo? Acontece que Hoover era um homossexual, ostensivamente morava com Clyde Tolson, seu protegido e assistente pessoal no FBI. E a Máfia dispunha de uma montanha de fotos de Hoover em poses pouco respeitáveis, vestido de mulher, uma peruca de cachinhos na cabeça, os lábios recobertos de batom, sozinho ou sentado no colo de Tolson. Roy Cohn, o advogado também homossexual que assessorou o senador Joe McCarthy na campanha anticomunista de 1950 a 1954, e que depois se tornou conselheiro legal de inúmeros mafiosos, chegou a mostrar as fotos a Bill Bonanno.

Telônio Meira não resistiu. Precisava defender a sua classe:

– Balela, Tony. Essa é uma outra coisa maluca...

O *capo* sorriu – e humilhou o delegado:

– Não é, não, meu caro Meira. Eu também vi as fotos...

O delegado se engasgou com a informação:

– Como? Como você teve acesso às fotos?

Tony pisou fundo no acelerador da sua locomotiva:

– Durante o meu treinamento, alguns anos atrás...

Tensa e desconfiada, Lídia Brandini também se espantou:

– Treinamento? Que treinamento você fez, Tony?

O *capo* se levantou e se espreguiçou:

– Um treinamento muito especial. Especialíssimo...

O suspense pairou no ar. Em pé, mesmo, Tony continuou:

– Quando eu terminar a minha história, vocês entenderão. De volta ao Hoover, ele só admitiu a existência da Máfia, inclusive internamente, no FBI, depois do fiasco de Apalachin e da exposição da convenção na imprensa. E depois de pressionado por um certo Robert Kennedy, na época um assessor do Comitê de Combate ao Crime do Senado. Com os jornais que descreviam o fiasco de Apalachin debaixo do braço, o Bobby Kennedy invadiu, sem marcar audiência, a sala do Hoover no FBI. E esculhambou o Hoover, aos berros. O incidente, aparentemente desimportante, foi crucial na determinação do que ocorreria nos anos seguintes. O Hoover passou a odiar o Bobby Kennedy...

Novo suspense, que Tony saboreou em silêncio.

Até que Don Calógero surgisse na varanda:

– Vocês me dão licença? Preciso do Tony, no meu escritório.

Tony sentiu um cheiro de podre no ar.

▼

Na sua suíte, Don Calógero se esbaldava com os desenhos animados da programação infantil da TV – quando um telefone soou. Levou um susto. Do outro lado da linha, uma secretária dos seus supermercados lhe contou:

– Seu Calógero, acabo de receber uma ligação esquisita. Um tal de Iago, Marco Iago, diz que precisa falar, urgentemente, com o senhor. Diz que tem informações confidenciais sobre, me desculpe, o incidente da Via Dante...

Iago. O patriarca respirou bem fundo. E perguntou à moça:

– O cara explicou de que modo eu poderei encontrá-lo?

– Sim. Deixou dois números, da casa dele...

– E quais são esses números?

Pausadamente, a moça revelou os números. Don Calógero vasculhou as contas que Paolo Garzya trouxera do Rio. Conferiu. Os números batiam.

Em vez de correr atrás de Iago, porém, optou por se resguardar.

Que o *consigliere* dos Tucci assumisse a iniciativa:

– Ache o tal do Iago. E dê a ele os números aqui do sítio.

Em dez minutos, o patriarca atenderia Marco Iago.

No papo, o *consigliere* dos Tucci usou o seu mais puro dialeto:

– Don Calógero, antes de mais nada, o meu respeito. Ahn, eu me chamo Marco Iago. Sou de Palermo, *consigliere* de Francesco Tucci. Aparentemente, nos últimos meses, alguns mal-entendidos fizeram a Família Castellamare se indispor com a Família Tucci. Creio que chegou a hora de terminá-los...

O *babbo* precisou de muita energia para não se expor:

– Me desculpe, senhor, ahn, qual o seu nome, mesmo?

Iago não suspeitou da reação atônita de Don Calógero:

– Meu nome é Iago, Marco Iago. O senhor me concede seu tempo?

Apesar do sobressalto, o seu coração palpitando, descompassadamente, Don Calógero topou. Num pulo, se acomodou na sua escrivaninha e recolheu, de uma gaveta, um caderno espiral. Precisava registrar aquele diálogo:

– Sem dúvida, Don Iago. O senhor disse, ahn, mal-entendidos?

Pedante na sua suposta esperteza, o *consigliere* prosseguiu:

– Eu lamento, Don Calógero, rememorar um fato tão terrível. Mas, em novembro de 1988, alguns canalhas tiraram a vida de sua nora, a duquesinha Marina di Salaparuta, e de três crianças inocentes. Na ocasião de tão infame episódio, boatos que prevalecem até hoje, infelizmente, apontaram a Família Tucci como a mandante do crime horroroso. Eu lhe asseguro, Don Calógero, com a minha palavra de honra, que a Família Tucci nada, absolutamente nada, teve a ver com o caso. Posso provar, se o senhor se dignar a me receber...

Incrível atrevimento. Don Caló sentiu a sua adrenalina ferver:

– Família Tucci? E que Família Tucci é essa?

Iago riu por dentro. Imaginou Don Caló como um velhote esclerosado. Rebuscou a sua maior paciência e explicou, da forma que então podia:

– Gente importante de Palermo, Don Calógero. Gente, claro, conectada à *Cosa Nostra*, na Sicília e nos Estados Unidos. Gente de muita tradição...

O patriarca reagiu admirável, no seu teatro, o seu papel de sofredor:

– Por que razão, Don Iago, eu vou incomodar o meu filho Antonio com esse assunto? O senhor fala em boatos, e em *Cosa Nostra*. Eu, porém, jamais escutei, do meu filho, qualquer acusação, ahn, à Família Tucci. E a Família Castellamare, dentro do possível, já esqueceu o caso. Meu filho perdeu mulher e três crianças, ao mesmo tempo – e já declarou, publicamente, que essa etapa da sua vida está superada. Ora, por quê, Don Iago, fazer o Antonio se magoar, de novo? Me acredite, nós não temos nada contra a Família Tucci...

Iago comeu parte da peta. Insistiu, contudo, no tema dos boatos:

– Isso me deixa aliviado, muito aliviado, Don Calógero. Por temer que a Família Castellamare pretendesse uma *vendetta*, iludida pelos boatos que se espalharam em Palermo, a Família Tucci abandonou todos os seus negócios na Sicília e se refugiou aqui no Brasil. Quase dois anos de hibernação. O senhor bem deve imaginar o que isso representa – em nosso mundo particular...

Bala na agulha. Iago testava Don Caló. Que não se abalou:

– Don Iago, me perdoe. Mas, com todo o meu maior respeito, eu não sei nada sobre a Família Tucci, ou sobre esses tais boatos que se espalharam em Palermo et cetera e tal. Eu lhe assevero que o senhor se equivoca em relação à Família Castellamare. Não fazemos parte, ahn, desse mundo particular...

Delícia. Iago se sentiu ainda mais fortificado:

– Ótimo, Don Calógero. Ontem, todavia, aconteceu um novo fato, ahn, e eu diria, um novo fato dramático, ahn, que o senhor necessita conhecer...

Paciente, embora indignado, Don Caló aguardou:

– Pois me explique, Don Iago...

Vitória. O *consigliere* se imaginou no topo do pódio:

– Muito bem, Don Calógero. Exatamente ontem, o homem que deveria cuidar da nossa segurança, e da nossa proteção, no Brasil, um certo Broderick Villapiano, levou a Família Tucci, ahn, eu, Don Francesco e sua irmã, Bruna Maria, a uma boate, L'Omertà, que descobrimos ser de seu filho mais velho, Gero Castellamare. Inesperadamente, porém, durante a noite, o seu filho Gero desapareceu. O seu filho – Gero – desapareceu. O senhor sabia disso?

Que absurdo fenomenal. Como alguém conseguia ser tão beócio?

Don Caló caçou a reação perfeita no seu atavismo milenar:

– O meu filho Gero? O Ruggiero, ele desapareceu?

A medalha de ouro no peito, o tolo Iago decidiu que uma volta olímpica de celebração não lhe faria nenhum mal. Por isso, bem abusado, ousou:

– Eu lamento insistir, Don Calógero. Mas o Gero desapareceu...

Estivesse diante do *consigliere*, Don Caló teria esmagado aquele idiota absoluto. Incrível atrevimento. Descomunal estupidez. De novo, fingiu:

– Meu Deus! E o senhor, Don Iago, sabe como isso ocorreu?

Inchado, Marco Iago esboçou o tiro de misericórdia:

– Sim. Mas, eu gostaria de lhe relatar pessoalmente...

Um imbecil integral, Iago assumira os riscos do telefone para revelar uma história ridiculamente inverossímil, história idealizada por quem julgava os Castellamare toscamente retardados. E Iago ainda queria um encontro:

– Don Iago, eu agradeço o seu respeito, mas...

Uma pausa engenhosa. O patriarca precisava demonstrar inteligência. E precisava tornar muito mais plausível a sua preocupação diante do sumiço de Ruggiero. Experiente, encontrou a solução – numa devolução de bola:

– O senhor me perdoe, Don Iago. Mas o senhor e, ahn, a Família Tucci, conhecem o meu filho Ruggiero? Conhecem daqui? Ou da Sicília?

Iago não tinha se treinado para a possibilidade de tal indagação.

Brutalmente, se esforçou para não gaguejar.

De todo modo, o *consigliere* também se livrou do aperto.

A sua súbita chance de mais envolver Villapiano na trama:

– Daqui mesmo, Don Calógero. Daqui mesmo. O Broderick Villapiano apresentou o Gero à Família Tucci. Admito que levei um susto gigantesco ao saber que o Gero era seu filho, e cunhado da duquesinha. Bem, eu creio que o senhor me compreende, Don Calógero. Foi quando eu resolvi telefonar...

Filho da puta, pensou Don Caló. De todo modo, seguiu adiante:

– O senhor, Don Iago, suspeita desse tal de Villapiano?

O *consigliere* vislumbrou o patriarca no cadafalso.

Respondeu com a firmeza de um mágico – gelidamente:

– Eu prefiro guardar os detalhes para o nosso encontro pessoal...

Don Caló, evidentemente, não mais discutiu com Marco Iago:

– Sim, sim, Don Iago, eu entendo, e agradeço o seu respeito...

A humildade aparente do patriarca distendeu o *consigliere*:

– Conte sempre com todo ele, Don Calógero. E o nosso encontro, como nós ficamos, Don Calógero? Nós podemos marcar o nosso encontro?

O patriarca agradeceu aos seus padroeiros por aquela maravilha.

Consumiu, daí, os últimos resquícios do seu prazer:

– Don Iago, o senhor me permite que eu consulte o Antonio?

Na mosca. *Point blank.* O trapalhão concordou, imediatamente:

– Faça isso, Don Calógero. Eu volto a ligar, mais tarde.

– Muito obrigado, Don Iago. Nós lhe devemos este favor.

– Às quatro. Estará bem para o senhor, às quatro?

– Sim, me chame às quatro. E, ahn, *salute*, Don Iago.

– *Salutìssime*, Don Calógero.

▼

Relatório entregue, Don Calógero serviu um anis ao filho.

Tony não sabia se chorava ou se ria com aquela insanidade:

– Papito, eu não acredito. Tudo isso, e pelo telefone?

Don Calógero reexibiu as suas anotações no caderno espiral:

– Aconteceu, Tonino, exatamente como eu disse...

O filho gargalhou, com prazer. E desprezou as anotações:

– Papito, cê tá perto dos oitenta, correto?

O *babbo* ameaçou um amuo de idoso ofendido:

– Tá me chamando de gagá? Eu cometi algum erro?

Prazerosamente, Tony liberou os seus humores todos:

– Pelo contrário, papito. Mesmo perto dos oitenta, você foi monumental. Não se preocupe. Eu não preciso conferir o que você escreveu, papito...

Repentinamente, Tony se lembrou de Ruggiero. Teria Brodie Villapiano atocaiado Elia Grazie e Pippo Carotè? Teria Villapiano recuperado Ruggiero? Haveria um fundo de verdade na insinuação velada de Marco Iago?

Don Caló se antecipou às dúvidas de Tony:

– Não se preocupe, *figliolo*. Eu já confirmei: o Gero está com o Pippo e com o Elia num hotelzinho da Bela Vista. Está dopado, no seu décimo sono. O Elia e o Pippo me passaram o telefone do hotelzinho. Aqui, pode guardar ...

Tony embolsou o *post-it* com o número do lugar.

E percebeu um lampejo de indecisão no pai:

– Alguma coisa mais? Diga, *babbino*, diga...

Don Caló explicou, quase violentado:

– O Elia e o Pippo acharam uns três quilos de cocaína e uns quinhentos mil dólares num cofre bem camuflado lá no apartamento do Ruggiero...

Tony já imaginava. Machucado, não comentou. E o pai prosseguiu:

– Destruiram a cocaína. Entregaram o dinheiro ao Paolì...

Embora furioso, quase devastado, Tony apenas observou:

– Perfeito. Agiram impecavelmente...

Don Caló engoliu um segundo trago de licor. E perguntou:

– Você acha que esse encontro pode ser uma armadilha?

Tony avaliou a possibilidade:

– Talvez. Se o Tucci descobriu que nós neutralizamos o Gero...

Don Calógero permaneceu calado. E Tony raciocinou:

– Só que eu não acredito nessa possibilidade, papito. Ainda que o Brodie Villapiano tenha feito aquela visita ao apartamento do meu irmão, não existe a menor chance de o Tucci sequer imaginar que nós neutralizamos o Gero...

– E então? Por que a ligação do tal do Iago?

Tony não vacilou. Placidamente, analisou a situação:

– Simples, muito simples, meu pai. Um gesto de puro desespero. Agora eu entendo a razão da presença, lá fora, daqueles três caras da *N'Dranghetta*. Eles não são homens do Tucci – são homens do Villapiano. O filho da puta do Villapiano, muito mais esperto do que o Tucci, sacou que a guerra vai estourar a qualquer momento. E, pra se safar, talvez até pra ficar com a grana toda do Tucci, decidiu traí-lo. O Villapiano está tramando alguma coisa muito séria. E o Villapiano, meu caro papito, pretende culpar o Tucci pelo que vai fazer...

Don Calógero sequer piscou, enquanto Tony prosseguia:

– Do outro lado, o Tucci também intuiu que o Villapiano está tramando alguma coisa muito séria. Que pode fazer? Não tem homens, armas. Depois da morte do boçal do Pavone, ao Tucci sobraram o Gero – e o Villapiano. E o Gero evaporou. Pense comigo, *babbino*. Entre na cabeça do Iago e do Tucci. Quem sumiu com o Gero? Nós? Ora, por que nós detonaríamos o Gero dentro da boate? Por que nós detonaríamos o Gero depois de o Gero ter se encontrado com o Tucci na boate? Pense, papito, entre na cabeça do Iago e do Tucci...

O patriarca não se moveu, embasbacado com a lucidez de Tony.

– OK, meu pai. O Tucci e o Iago concluíram que o Villapiano apagou o Gero do cenário. Para ferrar com eles – e para ganhar as nossas bênçãos. Sem saída, o Tucci e o Iago vão nos entregar o Villapiano. *Cazzo*, meu pai, o Iago pediu um encontro para culpar o Villapiano e, talvez, até o Eugene Gotti, pelas mortes da Mariù e dos meus três filhos. E o Iago, talvez, até envolva o

Gero nessa merdalhada do capeta. O Iago vai dizer que o Villapiano raptou o Gero para nos pressionar, nos chantagear, nos tomar alguma grana – e chispar...

Subitamente emocionado, Tony empacou.

A aquiescência do pai fez o *capo* se recuperar:

– Sem dúvida, sem dúvida, Tonino. E como nós agiremos?

– A falha no plano do Iago e do Tucci é comezinha. O Gero, afinal, está conosco, correto? Só que surgiu um novo problema, papito. Lá fora, além do Corcel com os caras da *N'Dranguetta*, há um outro carro, um Diplomata, com três morenos que me pareceram levantinos. O Meira acha que podem ser de um jornal, algum concorrente do "Perfil", espionando a Lídia. Talvez...

Chocado, sem opção, Don Caló observou:

– Tem lógica. Mesmo assim, é melhor nos precavermos...

Sem nenhuma convicção, Tony murmurou:

– O Meira já colocou um assistente dele lá na estrada...

Ingenuamente, Don Caló se satisfez:

– Ótimo. Isso põe o delegado dentro do nosso campo...

Tony mudou de rumo, de retorno a Marco Iago:

– É. Até o comecinho da noite, eu vou contar ao Meira quem eu sou, de fato. Vou colocar o Meira, inteirinho, dentro do meu bolso. Quanto ao Iago, papito, acerte o encontro. Marque pra hoje, à noite, onze horas, lá na boate do Gero. Exija a presença do Ciccio. Na boate. Como se o Gero pudesse ressurgir do desaparecimento. O Ciccio e o Iago vão levar o susto da vida deles. Se for o caso, papito, acabamos com o Iago e com os Tucci lá mesmo, *capisce*?

Don Calógero mal suspirou. Como conter o trem do filho?

– E o Villapiano, como agimos com o Villapiano?

O *capo*, rapidamente, estruturou o seu esquema. E disse:

– Uma coisa de cada vez, meu pai. Nós mantemos três detetives na cola do Villapiano. Outros três no rastro dos Tucci. Capturamos o Gero, uma coisa que o Villapiano e os Tucci não sabem. Estamos alguns passos à frente deles. E eu não pretendo desperdiçar essa vantagem. Eu vou vencer, papito...

Tony utilizou o telefone para informar Elia Grazie e Pippo Carotè do episódio. Explicou-lhes o seu lance de soberana malícia, surgir com Ruggiero na boate – ah, adoraria examinar a reação dos Tucci e de Marco Iago. Depois, instruiu também Paolo Garzya. Queria o seu *consigliere*, Sissi, Domi e Pellê, no *back-up* da operação, principalmente na proteção do seu *babbo* e de Lindy Regazzoni, pouco afeitos a um esquema de batalha. Felicíssimo, Tony voltou à varanda e à sua entrevista. Precisava conduzi-la até o seu grito de guerra.

▼

Embora espicaçado pelo aguerrido Bobby Kennedy, o diretor do FBI, J. Edgar Hoover, modificou bem pouquíssimo os seus procedimentos anti-Máfia. Na realidade, aqui e ali, Hoover fingiu agir. Assumiu, com toda a pompa, a criação de um esquadrão exclusivamente designado à investigação do crime organizado – mas só colocou meia-dúzia de homens em tal pelotão. Chegou a municiar Bobby Kennedy com algumas informações que pudessem indiciar Tommy Lucchese. De fato, Lucchese recebeu uma intimação e compareceu a uma audiência do Comitê em que Bobby trabalhava. Das 88 indagações que os senadores lhe fizeram, Lucchese respondeu uma única, quando quiseram saber a sua profissão. Melifluamente, Lucchese não hesitou em dizer:

– Sou um empresário do ramo das confecções...

Para todas as 87 indagações restantes, Lucchese ironicamente recorreu à Quinta Emenda da Constituição dos EUA, um peculiar e saudável dispositivo jurídico – graças a ele, acusados eventuais não se obrigam a enfrentar questões que possam incriminá-los. Perdido, Bobby Kennedy reacionou o FBI. Mais eficiente, muito mais competente, Hoover montou um novo disfarce para a sua nulíssima vontade de pressionar a Máfia. Ordenou que um assistente, William C. Sullivan, o seu especialista em atividades comunistas no país, largasse tudo o que fazia e se dedicasse integralmente à investigação da entidade. Não havia arquivos sobre a Máfia no FBI. O pobre Sullivan teve de recorrer aos jornais e aos livros, num trabalho ingente, que lhe consumiu quinze meses de pesquisa, dezesseis horas por dia. No intervalo, muitas, muitas coisas ocorreriam.

A principal delas: Joe Kennedy reprocurou Joe Bonanno.

▼

Paralelamente às suas dificuldades na Comissão, que pretendia retirá-lo do seu posto de supervisor, Joe Bonanno sofreu, em 1959, um ataque cardíaco. No entanto, em 1960, quando Skip O'Brien, um enviado da Família Kennedy, apareceu em Tucson, aflito, em busca de auxílio, Bonanno não se eximiu.

O'Brien disse a Bonanno que Joe Kennedy necessitava de dinheiro, e de apoio eleitoral, em Estados dominados pela Máfia, na campanha do filho John, pela candidatura do Partido Democrático, à sucessão de Eisenhower. Bonanno afirmou a O'Brien que obteria o máximo viável. A Máfia resistiu, porém.

As impertinências de Bobby Kennedy incomodavam a organização.

Bonanno remeteu o *bambino* Bill a Buffalo. Lá, Bill conferenciou com Maggadino. Bill também viajou até Nova York, para conversar com Tommy Lucchese e com Carlo Gambino. Por causa da agressividade incontrolável do rude Bobby, quase ninguém, na Máfia, confiava em Joe e em John Kennedy. Lucchese, inclusive, já havia encomendado o contrato da morte do patriarca irlandês, a quem julgava um rato fedorento, incapaz de respeitar as antigas amizades. Outros *gangsters* que Bill consultou, no Meio-Oeste, declararam a sua preferência por um senador de Minnesota, Hubert Horatio Humphrey, ligadérrimo aos líderes dos sindicatos que a Máfia, à distância, controlava.

Pior, vários chefes do sul do país já tinham se comprometido a auxiliar um senador do Texas, Lyndon Baines Johnson. No comando do levantamento de fundos em favor de Lyndon Johnson, nas Famílias da Máfia do sul, mais se esforçavam Santo Trafficante, *capo* de Tampa, na Flórida, e Carlos Marcello, *capo* de Nova Orleans, na Louisiana. Marcello, aliás, nutria um ódio visceral pelos Kennedy desde que Bobby solicitara a sua investigação, a sua prisão e a sua deportação, numa audiência pública do Comitê de Combate ao Crime.

Num primeiro momento, apenas Momo Salvatore Giancana, apelidado de Sam, um *capo* de Chicago, se alinhou com Bonanno na promoção de John Kennedy. Giancana era um *gangster* rudimentar, especializado em mortes sem vestígios. Cresceu na Máfia exclusivamente pelo terror que produzia. De todo modo, mantinha extravagantes relações com o clã de Frank Sinatra, dentro do qual pontificava a figura de Peter Lawford, um canastrão de enorme charme, que conseguira se casar com Patricia Kennedy, irmã de John e de Bobby.

Sam Giancana idolatrava John Kennedy, a quem considerava o modelo perfeito do *playboy*. Houve até mesmo uma época em que ele, Sinatra e John Kennedy compartilharam a mesma namorada, uma alpinista social na casa dos vinte anos, Judith Campbell Exner. Consta que a garota funcionava como um leva-e-traz entre John Kennedy e Sam Giancana. Ao menos ela confessou tal fato numa autobiografia que a mídia dos EUA sumariamente desconsiderou. Aliás, os três, Sinatra, John e Giancana, mais Bobby, também se revezaram na cama de uma atriz famosíssima, a loira sublime – Marilyn Monroe...

De entrada na varanda, para avisar do almoço, a Mamma Freda escutou o último parágrafo de Tony – e se chocou. Não imaginava o seu Tonino capaz de falar, assim, tão desabridamente, da vida sexual de personagens celebrados. A velhota, no entanto, se controlou. Tinha uma outra tarefa a executar:

– Está na mesa. Por favor, não deixem a comida esfriar...

▼

Naquele almoço, a Mamma Freda se frustrou. Mais *capo* do que nunca, Tony não permitiu que Telônio Meira e Lídia Brandini se sentassem à mesa da Família. Instou ambos a montarem os seus pratos e a retornarem ao recanto da varanda em que a jornalista havia postado o seu gravador. Tony não dispunha de tempo para uma refeição formal. Necessitava falar, e falar – e falar...

▼

Com a fundamental intermediação de Bill Bonnano, inesgotável pombo-correio daquela negociação, os líderes da Máfia toparam realizar uma reunião extraordinária da sua cúpula, em Los Angeles, paralelamente à convenção do Partido Democrático. Chefes criminosos e seus anspeçadas se hospedaram nos mesmos hotéis que abrigavam os políticos do Partido – o Ambassador, o Bel-Air Sands, o Beverly Hilton. Depois de várias votações preliminares, em que o impasse prevaleceu, enfim a Máfia descartou o seu apoio a Hubert Humphrey. Então, quando o nome de Lyndon Johnson começou a crescer nas pesquisas, dentro do Partido e também na Máfia, um emissário dos Kennedy apareceu no apartamento de Giancana com uma proposta aparentemente formidável:

– O velho Joe garante que, eleito presidente, seu filho Jack vai nomear o irmão Bobby para uma embaixada na Irlanda ou um outro lugar qualquer...

A proposta não convenceu Lucchese, Marcello e Trafficante.

Até que, três dias antes da definição do candidato do Partido, o próprio Joe Kennedy, disfarçado, fez uma visita a Giancana – e implorou:

– Peça ao Lucchese para cancelar o contrato que ele encomendou contra mim. Em 24 horas, eu mesmo tratarei de convencê-lo a apoiar o meu filho.

De fato, na tarde seguinte, da mansão da atriz Marion Davies, sua amiga e, segundo a lenda, também uma das suas amantes, Joe Kennedy telefonou ao Hilton, o hotel onde Lucchese se alojava. A ligação surpreendeu os mafiosos presentes. Nenhum deles sequer sonhava que o patriarca ousasse se expor, tão abertamente. Lucchese atendeu – enquanto um silêncio abissal enfeitiçava o apartamento. Cinco minutos se passaram. Lucchese se despediu. E disse:

– Caso o seu filho seja escolhido candidato, e seja eleito presidente, Joe Kennedy garante que fará o impossível para evitar novas perseguições contra nós. Pela Casa Branca, o velho topa vender a sua santa alma a Satanás...

Ninguém falou nada. E Lucchese prosseguiu:

– Viemos até aqui em busca de um consenso. A nossa decisão tem de ser unânime, sem dissensões. Qualquer que seja, tem de ser unânime, OK?

O silêncio se tornou ainda mais fundo. E Lucchese sugeriu:

– Suponhamos que o Kennedy escolha o Johnson como vice...

Uma idéia impactante. Tanto que o silêncio se tornou total.

Lucchese explicou a estratégia que havia delineado:

– OK. Sem dissensões. Nenhuma discordância. Eu vou atrás do velho K. E vou afirmar, sem meias-palavras: se ele não topar o Johnson como o vice do filho, damos apoio ao Johnson; se ele topar, todos ficamos felizes, OK?

Os presentes, incrédulos, meramente acenaram a sua aprovação.

Lucchese, então, marcou uma conversa direta com Joe Kennedy.

Na manhã subseqüente, no carro de Bill Bonanno, foi um ansiosíssimo Tommy Lucchese que rumou do Hilton até a mansão de Marion Davies, uns poucos quarteirões além. Lucchese e Bill Bonanno encontraram Joe Kennedy de maiô, ao lado da piscina. Bill Bonanno chegou a vislumbrar, de relance, o próprio John Kennedy, numa das varandas da mansão. Joe Kennedy se alçou – e saudou os recém-chegados. Lucchese mirou no alvo, sem hesitação:

– Nós achamos que Lyndon Johnson será o vice ideal do seu filho.

Impassível, Joe Kennedy não demonstrou desagrado nenhum.

Pelo contrário. Pareceu adorar a tese de Lucchese:

– Acho que essa é uma idéia sensacional, Tommy...

Trato feito, Joe Kennedy estendeu a mão a Lucchese.

No ralo tempo que ainda possuía, a Máfia se mobilizou como pôde para informar os políticos sob a sua influência da obrigatoriedade de perfilharem a postulação de John Kennedy. Claro, é impossível calcular quantos sufrágios a Máfia efetivamente conseguiu. Trinta horas depois, todavia, a convenção do Partido Democrático estaria aclamando John Kennedy como o seu candidato à presidência dos Estados Unidos da América. O vice de John Kennedy? Claro, claro, ele, Lyndon Johnson. Posteriormente, seis semanas além da convenção, numa difícil e tensa reunião com Sam Giancana, o patriarca Joe Kennedy se submeteria a mais uma chantagem. Nela, Sam Giancana atingiu a mosca:

– Agora, só falta o senhor tirar o Bobby da nossa cola...

Trato feito. Bobby Kennedy renunciou ao seu cargo na Comissão de Combate do Crime do Senado. A Máfia se viu dentro do poder, praticamente na Casa Branca. E se empenhou, de maneira ainda muito mais vigorosa e mais dedicada, para que, em novembro de 1960, John Kennedy sobrepujasse um adversário que todos consideravam favorito: Richard Nixon, por oito anos o vice de Eisenhower, um homem que tinha a máquina do país nas mãos.

John Kennedy ganhou a Casa Branca por uma diferença ínfima, menos de 120.000 votos, num total de setenta milhões. Ganhou em todos os distritos que a Máfia controlava. No caso da Chicago dominada por Sam Giancana, houve, inclusive, uma avalanche decisiva de fraudes ostensivas, votos duplos e votos triplos, uma técnica que a *Cosa Nostra* se orgulhava de ter criado especialmente para aquela eleição. Quando soube do resultado, Richard Nixon explodiu numa frase que as suas biografias registram: "Aqueles filhos das putas conseguiram me roubar". Uma recontagem extra-oficial de votos, promovida por líderes do Partido Republicano, atestou que, extirpadas apenas as fraudes mais evidentes, Nixon obteria uma vantagem de quase quatrocentos mil votos – e ficaria com a presidência. Sua mulher, Pat, instou para que Nixon exigisse uma recontagem oficial. Consta, porém, que um telefonema de Sam Giancana quebrou a vontade de Nixon. Eram gigantescos os tentáculos da Máfia...

Enfim, Telônio Meira aplaudiu uma informação de Tony:

– Nisso, eu concordo, Tony. O Nixon era um corrupto integral...

O *capo* rascunhou um sorriso afetuoso, e completou:

– Mais do que você imagina, meu caro delegado. Por décadas, o Nixon curtiu a amizade de um certo Bebe Rebozo, um tipo obsceno, ligado à Família do Santo Trafficante. Graças às suas conexões no submundo, Rebozo e Nixon amealharam fortunas com a especulação imobiliária e com o fornecimento de licenças de funcionamento para novos cassinos. Rebozo chegou a montar um banco em Key Biscayne, na Flórida, exclusivamente destinado à lavagem da grana suja dos seus companheiros de falcatruas. Nixon adorava se hospedar e pescar no iate monumental que Rebozo mantinha ao redor de Miami. E Nixon também se relacionava intimamente com Joe Alessio, da Máfia da Califórnia, um fiel preposto de Sam Giancana na Costa Oeste dos Estados Unidos. Eu já disse, delegado: eram gigantescos os tentáculos da Máfia naqueles tempos...

Num delicado meneio de cabeça, Telônio Meira assentiu. O *capo*, então, retornou bem depressa ao seu tema fundamental, a Máfia e os Kennedy.

▼

Passada a eleição, bastaram poucos dias para a Máfia perceber que fora impiedosamente enganada pelos Kennedy. Em vez de remeter Bobby à Irlanda ou a qualquer outra plaga distante, John anunciou que o seu mano ocuparia, no seu governo, o cargo crucial de Procurador-Geral – nos Estados Unidos, o equivalente ao Ministério da Justiça. Perplexos, os líderes da Máfia decidiram se reunir num conclave secretíssimo, em Nova York, onde analisariam a nova situação. Depois de exaustivos e desgastantes debates, resolveram que Smitty D'Angelo, capitão da Família Bonanno, por quem Joe Kennedy já manifestara bastante simpatia nas suas viagens a Tucson, faria uma visita ao irlandês.

D'Angelo se encontrou com Joe Kennedy em Palm Beach, um *resort* praieiro da Flórida. Afirmou claramente que a Máfia cumprira integralmente o seu compromisso de apoiar John Kennedy e de levá-lo à Casa Branca – e que a Máfia se sentiria traída, caso Bobby reiniciasse as suas perseguições.

O patriarca sossegou o emissário. E, num primeiro momento, de fato, o governo de Kennedy ofereceu à Máfia uma chance fenomenal de demonstrar o seu patriotismo, o seu amor pelos Estados Unidos. Ofereceu a chance através da CIA, a *Central Intelligence Agency*, entidade encarregada das missões de contra-espionagem fora do país. Mais, até – essencialmente, uma entidade incumbida de desestabilizar e de derrubar os regimes anti-americanos.

▼

Naqueles idos, um outro fator, de caráter externo, e geopolítico, muito mais incomodava o governo dos Estados Unidos. Precisamente na última noite de 1958, depois de dois anos de escaramuças e de guerrilhas, os rebeldes de Fidel Castro haviam tomado posse de Havana, estragando o *réveillon* de Fulgêncio Batísta – festança milionária, aliás, repleta de dignitários da Máfia. Batísta se escafedeu. E Fidel Castro inaugurou o paredão de fuzilamento para a punição dos partidários do ditador deposto. Dentre eles, inúmeros homens da Máfia, os responsáveis pelos cassinos que enchiam Havana de turistas.

O casamento posterior de Fidel com o comunismo custou à Máfia uma fortuna incomensurável, um prejuízo de US$ 1.000.000.000,00. Curiosamente, a mesma grana que os Estados Unidos perderam quando Fidel nacionalizou todos os bens norte-americanos que existiam em Cuba. Naturalíssimo, naquela circunstância, que a Máfia e o governo dos EUA se aproximassem no combate ao inimigo comum. Claro, a CIA procurou Sam Giancana, em Chicago.

Com a sanção de John Kennedy e o conhecimento do FBI de J. Edgar Hoover, agentes da CIA pessoalmente entregaram a Giancana uma sacola de couro com US$ 150.000,00 – e lhe pediram que utilizasse a grana num plano para matar Fidel. Giancana teria aceitado aquela tarefa por simples prazer. De todo modo, ficou com parte do dinheiro e repassou o restante a um agregado de Santo Trafficante, um baixinho robusto e obsceno de nome Jack Ruby, o controlador de alguns cabarés da Máfia no Texas. Ruby, por sua vez, também preservou um pouco da grana e levou a sobra, cerca de US$ 100.000,00, até Nova Orleans, precisamente ao número 544 da Rua Camp, o endereço do escritório de Guy Bannister, um detetive particular de péssimos bofes.

Personagem singular, aquele Bannister, simultaneamente conectado à CIA, ao FBI, a Carlos Marcello e aos dois principais líderes anticastristas do sul dos EUA, Manuel Artime e Sérgio Arcacha-Smith. Com a valise remetida por Giancana debaixo do braço, Bannister visitou um importante empresário de nome Clay Shaw – na verdade Clay Bertrand, chefe clandestino da CIA em Nova Orleans. Caberia a Shaw supervisionar o plano para matar Fidel.

O processo de fato eclodiu em abril de 1961. Obviamente, durante todo o seu desenrolar, Shaw e a sua turma pediram mais e mais dólares à CIA. Ninguém sabe o quanto gastaram. Para o governo Kennedy, aniquilar Fidel e afugentar, do seu quintal, o fantasma do comunismo, valia qualquer despesa, qualquer sacrifício. O plano, afinal, parecia infalível – uma invasão de Cuba, através da Bahía de los Cochinos, a Baía dos Porcos. Idéia espetacular.

A invasão, no entanto, foi um fiasco maior do que Apalachin.

Aconteceu, apenas como esboço, um patético esboço, no dia 17 de abril de 1961. Os 1.500 anticastristas encarregados da doida aventura mal atingiram a praia. Além de comando e de competência, lhes faltou, por exemplo, o apoio aéreo que Clay Shaw havia jurado obter com a CIA, um apoio que, no último momento, temeroso do fracasso, John Kennedy vetou. Objeção que também selou o seu destino. As diligentes tropas de Fidel devastaram os anticastristas com ginasiana facilidade. No dia seguinte, a mídia iria ridicularizar o governo dos EUA. E, muito pior, a Máfia e os anticastristas iriam inaugurar um novo plano. Daquela vez, uma *vendetta*, um plano para matar John Kennedy.

▼

O comportamento quase paranóico de Bobby Kennedy colocou mais e mais toxinas na relação já doente entre a Máfia e a Casa Branca. Obviamente embaraçado pelo fiasco da invasão, Bobby pressionou o FBI, que pressionou a CIA, atrás de um bode expiatório. Na confusão, John Kennedy demitiu

Allen Dulles, o diretor da CIA. Incapaz de punir Hoover ou de despedir os mafiosos envolvidos no fracasso, Bobby resolveu denunciá-los. Publicou a sua relação dos trinta criminosos mais nocivos da nação. Pôs Giancana no topo da lista. E, no seu maior sucesso daquela batalha, obteve a deportação de Marcello.

De maio de 61 em diante, Giancana não teve um único segundo de paz. Era seguido quando ia a um banco ou a uma lanchonete. A campana ordenada por Bobby sequer lhe permitia namorar, com privacidade, a sua nova garota, Patty, a solista de um trio de cantoras afluentes, as McGuire Sisters. Giancana costumava se encontrar com Patty em motéis da periferia das cidades em que as Sisters apresentavam os seus espetáculos ambulantes. Mal se acomodava na cama com a moça e um agente batia à sua porta, apenas para perturbá-lo.

Certa ocasião, no aeroporto O'Hare de Chicago, perdeu o seu controle – e, diante de enorme platéia, aos berros, reagiu a uma revista policial:

– Foda-se o seu patrão Hoover, e foda-se o seu patrão Bobby Kennedy! Eu conheço muito bem toda a história secreta desses malditos irlandeses. E, um dia, eu vou revelar tudo o que eu conheço deles. Então, o mundo inteirinho ficará sabendo como esses irlandeses bastardos são uns hipócritas!

Em agosto de 1961, por solicitação expressa do transtornado Giancana, Bonanno de novo mandou que Smitty D'Angelo fizesse uma visita de cortesia a Joe Kennedy. O patriarca irlandês, mais uma vez, sossegou o emissário. Por metáforas, explicou que tudo não passava de um jogo de cena. Afinal, embora atazanado, Giancana continuava solto. Frase textual de Joe Kennedy:

– Vocês podem ficar tranqüilos. Os rapazes estarão comigo, em Hyannis Port, nos feriados de Natal. Por favor, esperem, tranqüilos, até o Natal...

Desafortunadamente, Joe Kennedy não teve Natal em 1961. Poucos dias antes dos feriados, sofreu um massivo derrame cerebral, que o tornou inválido. Até a data da sua morte, em 18 de novembro de 1969, o patriarca irlandês não mais se envolveria, sequer remotamente, nas atividades dos seus filhos.

Acuado, Giancana resolveu contra-atacar. Em troca de participação nos lucros dos seus negócios, cooptou alguns funcionários bem graduados da CIA. E, através deles, conseguiu reunir uma enorme coleção de conversas gravadas de Bobby Kennedy. Numa delas, constatou que, apesar dos apelos veementes de Peter Lawford, a Família Kennedy, industriada por Bobby, havia rompido a sua doce amizade com Frank Sinatra e seu clã. Assegurado por John Kennedy de que passaria alguns dias do verão de 1962 na sua mansão de Palm Springs, Califórnia, Sinatra chegou a aplicar uma fortuna na reforma da propriedade.

No fim das contas, porém, o presidente se hospedou na casa de outro cantor, Bing Crosby, um aliado dos seus adversários do Partido Republicano.

Ofensa. Humilhação. Giancana pressionou Sinatra, que se defendeu – fora traído por John Kennedy. Giancana pensou em fuzilar Sinatra. E pensou em fuzilar Bobby, ou mesmo Jack. Considerou muito mais prático, todavia, destruir toda a Família Kennedy no departamento da moral. Procurou Marilyn Monroe. Sim, a loira ainda via Bobby, às escondidas. Mais, Marilyn confessou a Giancana que estava perdidamente apaixonada pelo Procurador-Geral.

Bingo. Graças aos grampos dos seus informantes na CIA, o *gangster* descobriu que, no dia 4 de agosto de 1962, Bobby Kennedy faria uma visita secreta à mansão da loira, também em Palm Springs. Giancana, então, escalou Needles Gianola e Mugsy Tortorella, os seus dois melhores capangas, para uma missão cruel. Gianola e Tortorella se infiltraram na mansão da atriz e esperaram que Bobby se divertisse. Quando o Procurador-Geral saiu, os dois pistoleiros calmamente imobilizaram Marilyn e inseriram um supositório de Nembutal no ânus da atriz. Giancana já tinha utilizado o Nembutal em outras eliminações. Sem riscos de alguém suspeitar de um crime. Qualquer legista firmaria um laudo de suicídio por overdose de comprimidos sonoríferos.

De fato, antes de abandonar a mansão, Gianola abriu um pequeno frasco de pílulas para dormir e espalhou um bom punhado delas na cama de Marilyn. Por sua vez, Tortorella vasculhou os guardados da atriz e encontrou algumas cartas que Bobby Kennedy havia escrito, falando da sua paixão pela garota. Sem erro. Giancana já vira os tais bilhetes. Até sabia em que gaveta Marilyn escondia a sua correspondência. Tortorella também espalhou as cartas sobre o leito de Marilyn. Perfeito. De uma cabina de rua, Tortorella comunicou ao seu *capo* que a tarefa se completara sem azares e sem vestígios. Giancana sonhou com as manchetes dramaticamente escandalosas da manhã subseqüente:

– "Morre Marilyn Monroe! Implicada a Família Kennedy!"

Infelizmente, para Giancana, antes de notificar a polícia local, a velha governanta de Marilyn, que encontrou o corpo da atriz na manhã subseqüente, preferiu avisar a segurança do Procurador-Geral. As cartas? Sumiram.

Ao invés de se locupletar da morte da atriz, Giancana mais se funicou. O episódio multiplicou a gana de Bobby Kennedy contra a Máfia, o seu desejo de arruinar Giancana. A retaliação se tornou tão exagerada que, num gesto de incrível atrevimento, Giancana decidiu acionar o governo, numa corte federal, por invasão da sua privacidade. Perdeu a causa. Foi quando se recordou de outras pessoas que a Família Kennedy, em sua opinião, havia sacaneado.

No comecinho de 1963, praticamente sufocado, sem conseguir se mover quase um só milímetro, Giancana miraculosamente escapuliu dos seus vigias e fez uma visita discreta a Nova Orleans. Lá, escoltado por Santo Trafficante, se encontrou com Guy Bannister, Clay Shaw e os anticastristas Manuel Artime e Arcacha-Smith. Destemido, lhes manifestou o seu desejo insano de eliminar Bobby Kennedy. Os seus interlocutores, no entanto, tinham uma idéia ainda bem mais maluca: queriam eliminar o próprio presidente dos Estados Unidos. Pacientíssimo, Clay Shaw explicou a Giancana que alguns interesses bastante superiores à mera vingança pessoal exigiam aquele gesto: os interesses da geopolítica. Explicou que a Máfia cometera um equívoco terrível ao ajudar John Kennedy em vez de Lyndon Johnson. E explicou também que, assumisse a presidência, Johnson imediatamente cortaria as asas de Bobby Kennedy.

Segundo Shaw, desde a década de 40, sem escrúpulos éticos, Johnson tomava dinheiro da Máfia do sul dos EUA. Além disso, Johnson representava os tais interesses superiores, aqueles dos donos do petróleo, conservadores que não gostavam de certos gestos liberalóides de John Kennedy na direção dos direitos civis dos negros e de outras minorias étnicas, não gostavam das ações de John Kennedy em favor dos chamados desprivilegiados sociais. Afinal, a conta de tais gestos e de tais ações cairia nos bolsos dos conservadores.

Giancana escutou atentamente – e resolveu:

– OK. Eu vou modificar o meu alvo.

No dia 22 de novembro de 1963, inacreditavelmente, John Kennedy aceitou atravessar o centro de Dallas, Texas, uma cidade hostil aos seus gestos e às suas ações, num automóvel conversível. Teve a cabeça arrebentada, até hoje não se definiu por quantos tiros e não se desenhou a direção das balas.

No apogeu do seu nervosismo, Lídia Brandini saltou da cadeira:

– Porra, Tony! Máfia? E o Lee Oswald? E o Relatório Warren?

Tony sequer piscou:

– Santo Deus, um *cover-up*. O encobrimento da verdade...

Telônio Meira não se mexeu da poltrona. Para o delegado, de uma ou de outra forma, alguém havia manipulado, mesmo, a realidade no Caso Kennedy. Cada momento mais pasmado, Meira enfim defendeu a posição do *capo*:

– Agora, Lídia, não atrapalhe, você. Deixe o Tony acabar.

O *capo* agradeceu. E se levantou para saudar Gigi:

– Minha maninha maravilhosa, aonde vai, posso saber?

Depois de abraçar a jornalista e de beijar a bochecha do delegado, com uma efusão que constrangeu o irmão, Gigi Castellamare anunciou:

– Sessão de fotos pra Iódice, uma *griffe* que vai fazer sucesso...

Tony não conhecia a marca. Mas aplaudiu:

– Claro que vai fazer. Graças a você, maninha...

Gigi não se trajava como uma modelo de uma sessão de fotos.

E o mano, desacostumado do trabalho da caçula, indagou:

– Mas você vai assim mesmo, só de jeans e de camiseta?

A modelo gargalhou:

– *Cáspita*, Tony, claro que a Iódice vai me vestir, lá no estúdio...

Bobamente humilhado, Tony se despediu da irmã caçula.

Que se foi no seu Uno, sozinha, desamparada e desprotegida.

▼

Da sua posição de vigia no *cul-de-sac*, o latagão Felício Brock percebeu que um Uno atravessou o portal do sítio e rapidamente subiu a estradinha que conduzia à rodovia para São Paulo. Segundos depois, também percebeu que o Corcel com os três homens da *N'Dranghetta* abandonou o seu estacionamento e seguiu atrás do Uno. O Diplomata, no entanto, não se mexeu do seu lugar. Durante alguns instantes, Brock pensou no que fazer. Correr atrás do Uno e do Corcel? Ou permanecer ali, na cola do Diplomata? Relembrou a ordem do seu chefe Telônio Meira, se incumbir da segurança do sítio. Optou por ficar.

Pena que não tenha avisado o seu chefe daquele incidente.

▼

Tony Castellamare recuperou o tema do assassinato de John Kennedy com o torque de uma motoniveladora. Resumiu uma vida num minuto:

– Lee Harvey Oswald era um cretino total. Ou era um gênio no engodo e na dissimulação. Talvez demore um século para alguém descobrir a verdade a respeito dele. Aliás, segundo John Armstrong, um professor norte-americano que se especializou na investigação das causas do assassinato do Kennedy, efetivamente havia dois Oswald, um Lee e um Harvey – o Lee, nascido em Nova Orleans, 1939; o Harvey, da mesma época, mas origem desconhecida, provavelmente de pais húngaros. Garotos parecidíssimos. Logo depois da sua criação, em 1947, a CIA montou um projeto para formar espiões – jovens que se portassem como eslavos e que falassem o russo, jovens que a inteligência dos Estados Unidos pudesse infiltrar, sem dificuldades, na União

Soviética. Um projeto maluco que exigia, sempre, duplas de garotos parecidíssimos, e com as mesmas identidades, de forma a um acobertar e proteger o outro.

Estupidificados, o delegado e a jornalista pararam de respirar.

O *capo* lhes serviu um licor digestivo e prosseguiu:

– Armstrong jura que foi Harvey quem se asilou na União Soviética, em outubro de 1959, lá se casou com Marina Prusakova Nikolayevna e, depois, em maio de 1962, pediu arreglo e, surpreendentemente, conseguiu retornar à América sem problemas. Ainda, sempre segundo Armstrong, foi Harvey quem pagou o pato pela morte de Kennedy, sacaneado por Lee, que já participava de toda a trama, com a Máfia e com os anticastristas, sob as ordens de Giancana. O Lee funcionava como um alterego do Harvey nas safadezas da CIA.

Lídia Brandini precisou perguntar, para não enlouquecer:

– Como isso aconteceu? E como ninguém descobriu?

Tony tentou sintetizar o quase inexplicável:

– Uma trama muito complexa, minha querida. O Lee costumava circular entre os mafiosos e os anticastristas de Dallas, de Nova Orleans e de Miami. Trabalhava como um garoto-de-recados para o Guy Bannister. Freqüentava os cabarés do Jack Ruby. Não tinha, na CIA, porém, a importância do Harvey, que fora melhor treinado. No dia do tiro fatal, o Lee deveria estar de plantão e de vigia, exclusivamente de plantão e de vigia, numa janela do Texas School Book Depository, de onde – supostamente – partiram as balas fatais...

Excitadíssima, Lídia Brandini reinterrompeu:

– Quer dizer que os tiros não saíram da janela da biblioteca?

Minuciosamente, o *capo* desvendou o mistério:

– Não. Os tiros fatais saíram, praticamente, do nível da rua. Desferidos por um certo Johnny Roselli, na verdade Filippo Sacco, 58 anos, pistoleiro da Máfia desde os tempos de Al Capone, então a serviço da Família Giancana. Com Johnny Roselli, na Dealey Plaza e na Rua Elm, em pleno trajeto da caravana presidencial, havia mais quatro homens de excelente pontaria – além, claro, do Lee, na janela da biblioteca. Foi Roselli, porém, quem disparou as balas que destroçaram o pescoço e a cabeça de John Kennedy. Disparou sem problemas, apenas três metros de distância, pela abertura de um duto de águas pluviais, na Rua Elm. Outros tiros, aqueles que acertaram o governador John Connally e um circunstante, saíram de armas diferentes. Depois, Roselli andou três quarteirões, até o Rio Trinity. No caminho, um policial abordou Roselli – que lhe exibiu uma identificação oficial do serviço secreto e se escafedeu. No Trinity, esperou que um automóvel, enviado por Giancana, fosse pegá-lo. O carro não apareceu. Roselli se virou sozinho. Com o rifle escondido na manga de um sobretudo, andou mais alguns quarteirões, até a rodoviária. Nela, pegou um ônibus para Nova York. Viajou três dias. Desceu perto da fazenda de um amigo, cem quilômetros antes de Manhattan – e, lá, enterrou o seu rifle...

Exaurido pela revelação, Tony acendeu um Hoyo de Monterrey.

O delegado e a jornalista aguardaram que ele se recompusesse.

Então, Meira indagou:

– E o Lee, ahn, e o Harvey, que aconteceu com eles?

Tony tirou a penúltima carta de sua manga:

– O Harvey deveria esperar pelo Lee, no Texas Theatre, um cinema, que exibia o filme "Cry for Battle", com o Van Heflin. Pela parecença dos dois, o Harvey funcionaria como o álibi inatacável do Lee, caso alguém suspeitasse do Lee na biblioteca. No seu trajeto até o cinema, porém, um policial que o Harvey já conhecia, Jefferson Davis Tippit, o abordou na rua. Imediatamente, o Harvey percebeu que se tratava de um *frame-up*, uma armadilha. Estava marcado para morrer – e, já cadáver, para ser denunciado pelo assassinato do presidente. Bem mais esperto, o Harvey fuzilou o Tippit. Só que, em vez de escapulir, talvez por condicionamento, ou talvez por fatalismo, acabou mesmo no cinema, onde o capturaram. Quanto ao Lee, claro, anh, o Lee desapareceu. Nem mesmo o professor Armstrong imagina que fim deram ao Lee...

O delegado aproveitou a baforada de Tony e reinquiriu:

– E por que o Harvey não confessou a trama?

– Ninguém sabe se o Harvey confessou, delegado. Convenhamos, ficou quase 48 horas debaixo de interrogatórios, no QG da força policial de Dallas. Ora, por melhor que fosse treinado, alguma coisa ele deve ter dito. Muito mais estranha foi a atitude da força policial, que decidiu transferir o Harvey, apenas dois dias depois, no meio de uma multidão de jornalistas e de curiosos, para a cadeia pública da cidade. Outro *frame-up*, outra armadilha. No meio daquela multidão, Jack Ruby surgiu e detonou o Harvey. E por que o Ruby? Simples, estava com os dias contados, um câncer – que o levaria em janeiro de 67...

Lídia Brandini reagiu na pancada, juvenilmente:

– Porra, uma trama dessas, e ninguém acaba preso...

Complacente, afetuoso, Tony segurou a mão da namorada:

– Li. Você não precisa ser uma doutora em cibernética pra entender de que maneira, ahn, essas coisas se desenrolam. Ora, por quê o John Kennedy foi colocado num automóvel conversível? A sua mulher, Jacqueline, reclamou muito daquela condução insólita, numa cidade hostil, em que os muros e as paredes exibiam cartazes com a cara do presidente e a mensagem: "Procurado, Inimigo Público". Assessores do Connally, porém, garantiram à Jackie que era infalível a segurança do presidente. E também por que, ora, todas as janelas da biblioteca estavam abertas? E por que o Serviço Secreto não checou os dutos de águas pluviais? E por que o Ruby, ligado à Máfia e aos anticastristas, um cara com uma história de oito detenções e de meia-dúzia de condenações, conseguiu chegar ao subsolo do QG da força policial de Dallas no exatíssimo momento em que o Harvey seria transferido? Ora, Li, quem ainda acredita que o Ruby matou o Harvey por patriotismo, para vingar o assassinato do seu ídolo? O Relatório Warren só serviu para abafar a realidade dos fatos e para livrar a barra do Hoover, do FBI, da CIA e do Lyndon Johnson. Entre outras conveniências, o Relatório fundiu o Lee e o Harvey numa pessoa só...

A jornalista não se satisfez:

– Essa é uma história muito doida...

O *capo* interrompeu a garota:

– Concordo. Aparentemente, muito maluca. Só que o próprio patologista do hospital aonde levaram o Kennedy, o doutor Charles Crenshaw, se obrigou a contestar o Relatório Warren, em respeito à sua ética profissional. Desde a morte do Kennedy, o doutor Crenshaw insiste em afirmar, aos quatro ventos, que as suas anotações, como integrante fundamental da equipe de autópsia, foram manipuladas, grosseiramente manipuladas – para que todas as eventuais suspeitas de uma conspiração anti-Kennedy acabassem soterradas de vez...

– E ninguém caiu de pau no Hoover, no FBI, na CIA?

Tony saboreou o seu charuto e declarou, professoral:

– Li, minha querida, sobre o FBI nos tempos do Hoover, eu já esgotei o meu assunto. Quanto à Máfia e a CIA, bem, mantinham excelentes relações até mesmo fora dos Estados Unidos. Você não viu o filme "O Caso Mattei", com o Gian-Maria Volontè no papel-título? Acho que não. Um filme de 1971, dirigido pelo Francesco Rosi, uma obra-prima sobre Enrico Mattei, o manda-chuva do ENI, o *Ente Nazionale Idrocarburi*, organismo estatal que cuida dos combustíveis na Itália. Em 1962, com uma política comercial particularmente agressiva, invadindo os mercados do Terceiro Mundo, o ENI começou a irritar os conglomerados anglo-americanos da distribuição de petróleo. Claro que a CIA resolveu se intrometer. Pediu à Máfia que destruísse Mattei. Em outubro de 1962, numa visita à Sicília, o avião do Mattei explodiu em pleno ar...

Lídia Brandini engoliu a história com um palavrão:

– Porra, eu preciso ver esse filme...

O *capo* riu:

– Bem, o filme não chega aos detalhes que se conhecem, hoje...

Telônio Meira aproveitou a pausa e retornou à América:

– E, no caso do John, por que o Bobby Kennedy não fez nada?

Tony respondeu com um enorme amargor na frase:

– Foi chantageado pelo Hoover. Era um cara aparentemente bem casado, já naquele tempo com um montão de filhos. E o Bobby preferiu deixar barato. Caso contrário, o Hoover denunciaria os seus inúmeros casos extraconjugais. No fim das contas, o Bobby fez um acerto sórdido com o Lyndon Johnson – e continuou no cargo de Procurador-Geral, depois da morte do John...

Lídia Brandini se decepcionou:

– Puta que pariu, essa história destrói o mito da Família Kennedy...

O *capo* discordou:

– Não necessariamente, minha querida. Você votou no Collor?

A jornalista se assustou:

– Claro que não! Eu votei no Covas e no Lula, por quê?

Tony riu:

– Que alívio! Este país ainda vai descobrir coisas terríveis a respeito do Collor. A política quase sempre é assim. Como se diz nos Estados Unidos, não há um homem público que não tenha um esqueleto no armário. Pessoalmente, eu sou um admirador de parte da obra do John Kennedy. E do Bobby. Ambos fizeram coisas importantíssimas no departamento dos direitos dos negros, dos direitos civis, do desarmamento nuclear. Sacanearam o Sinatra? Sacanearam a Máfia? Sacanearam, contudo, conscientemente, porque eles necessitavam...

Telônio Meira não entendeu a ambigüidade do *capo*:

– Aonde você quer chegar, Tony Castellamare?

Don Calógero salvou o seu filho da pressão:

– Tonino, me perdoe. Mas, outra vez, eu preciso de você...

Tony examinou o relógio. Quatro e tanto. Marco Iago.

▼

Pontualíssimo no horário da sua nova ligação, às quatro da tarde, Marco Iago escutou, entre feliz e irritado, o que Don Caló Castellamare disse:

– O Antonio aceitou a idéia do encontro, Don Iago. Como eu, porém, o Antonio está bem intrigado com o fato de o senhor nos procurar. Não imagina as razões que levaram a Família Tucci, integralmente desconhecida entre nós, a se preocupar com a Família Castellamare. Claro que, como eu, o Antonio se impactou ao receber a sua informação, o desaparecimento do nosso Ruggiero. O Antonio, todavia, também não sabe quem é Brodcrick Villapiano. Muito mais, o Antonio não imagina de onde vêm as conexões entre esse Villapiano e, ahn, a sua informação, Don Iago, sobre o sumiço do nosso Ruggiero...

Nosso Ruggiero. Iago decidiu amplificar o seu tom de voz:

– Ora, Don Calógero, o senhor não confia na minha palavra?

O patriarca adorou a encenação do *consigliere*:

– Don Iago, convenhamos. Depois da sua primeira ligação, eu procurei pelo Ruggiero em todos os lugares possíveis. Na boate, no apartamento dele e no clube que o Ruggiero freqüenta. Ninguém tem notícias do Ruggiero. Isso não significa, porém, que alguém tenha seqüestrado o Ruggiero, OK?

Iago permaneceu calado. Não podia se arriscar.

Com uma *finesse*, então, o patriarca fechou o seu raciocínio:

– Fique tranqüilo, Don Iago. Nós tiraremos todas as dúvidas, Antonio e eu, no encontro que o senhor solicitou. *Capisce*, Don Iago? O Antonio e eu, não apenas o senhor e eu. *Capisce*? E, para o proveito total do encontro, a nós parece indispensável que, também, Don Francesco Tucci esteja presente, além do seu *consigliere*. Indispensável. O Antonio pretende mostrar que nada tem contra os Tucci – exibindo seu corpo e seu rosto. As palavras voam ao vento, Don Iago. O Antonio não gosta de intermediários. Prefere escutar as palavras, face a face, para que as palavras não se percam. Evidentemente, o Antonio espera que Don Francesco Tucci faça o mesmo – e exiba a sua cara. Essa, ahn, é a primeira das nossas condições, Don Iago, antes do encontro, OK?...

O *consigliere*, obviamente, entendeu que haveria mais:

– Existirão uma segunda e uma terceira, Don Calógero?

O *babbo* forçou uma risota tolerante:

– Somente uma segunda, Don Iago...

– E qual seria, meu caro Don Calógero?

O patriarca dos Castellamare não hesitou:

– Faremos o nosso encontro na boate do Ruggiero...

Alívio. Marco Iago adorou aquela idéia. L'Omertà, precisamente como Ciccio sugerira. De todo modo, necessitava demonstrar perplexidade:

– Na boate? Ora, e por quê, Don Calógero?

– Uma questão de segurança e de simbologia, Don Iago...

– Segurança e simbologia?

– Segurança, por se tratar de um lugar público, sempre repleto de gente. Quanto à simbologia, bem, Don Iago, o senhor me perdoe a expressão, ahn, a simbologia é de uma obviedade elefantina. Peço-lhe, Don Iago, que o senhor, por gentileza, me permita lhe exibir toda a minha fé de pai: tenho a certeza de que o Ruggiero vai estar, logo mais, lá na boate, abençoando todos nós...

O *consigliere*, seguríssimo, abocanhou a fisga sem sangrar:

– Respeito a sua fé de pai, Don Calógero. Eu, sinceramente, espero que isso aconteça. Tiraremos, ambos, um enorme peso das nossas costas...

O *babbo* pensou em aplaudir a tola franqueza de Marco Iago. De todo modo, controlou a ironia. Optou por continuar nos trilhos da metáfora:

– Mais das minhas que das suas, Don Iago. Um trato feito?

Embora felicíssimo, Iago se esforçou para ganhar algum tempinho mais. Como de costume, num ritual mafioso, necessitava se mostrar insatisfeito. E precisava telefonar a Carlito Mronowski – investigar, com o seu cozinheiro, tudo o que havia ocorrido na boate depois do sumiço de Gero Castellamare. Solicitou que Don Caló lhe concedesse um recesso de quinze minutos.

– O senhor manda, Don Iago. À sua total disposição...

Nos quinze minutos que Don Caló lhe ofereceu, o *consigliere* procurou Carlito Mronowski, de plantão em L'Omertà. Notícias sobre Ruggiero, a situação da boate? Sim, novidade – e o cozinheiro, imediatamente, desnorteou Iago com uma informação chocante. Relatou que, ao chegar, fora chamado ao escritório do patrão. Só que, na mesa de Ruggiero, se acomodava um outro homem. Um loiro que, noite anterior, como um cliente normal, havia elogiado, e bastante, a comida e o atendimento do lugar. Para o pasmo absoluto de Iago, o homem se anunciou a Carlito como o novo proprietário da discoteca...

Impacto. Iago não soube como prosseguir:

– O novo proprietário? *Cazzo*, que história é essa, Carlito?

– Marco, o cara disse que o Gero vendeu a boate...

– O cara disse que o Gero vendeu a boate? *Cazzo*, como?

– Eu não sei como. Mas o cara disse que o Gero vendeu a boate...

Perplexo, Iago continuou, quase aos berros:

– Porra, Carlito, ele vendeu antes ou depois de sumir?

Carlito se magoou com o tom do *consigliere*, uma mistura de cobrança e de impotência. Não reagiu, porém. Ao contrário, meramente se defendeu. Do que lhe restava do seu auto-respeito, extraiu uma explicação profissional:

– Antes, Marco. Provavelmente, muito antes – semanas, talvez meses. O homem estava acompanhado por dois outros camaradas – um chique, jeitão de nobre, e um relaxado, jeitão de atleta. Os três me fizeram muitas perguntas a respeito da casa – e da minha carreira. Me pareceram bichonas, e colunistas de gastronomia. Mas hoje, no papo com o loiro, eu entendi a verdade. Claro que já tinham comprado a boate. Só queriam, entre outras coisas, me testar...

O *consigliere*, mais uma vez, não entendeu:

– Como, *cazzo*, testar você?

Enfim, estimulado pela exasperação de Iago, o cozinheiro se inflou e se tornou petulante. Ignorou a questão básica. Foi didático, e presunçoso:

– Marco, é assim no meu mercado. Quando alguém se propõe a comprar um restaurante, passa semanas dentro dele, a fim de sentir o ambiente – e de sondar os funcionários, medir o faturamento. Ora, exatamente como fizeram o loiro e os amigos dele. Experimentaram a comida – e me aprovaram...

Iago considerou mais conveniente retornar à rota original:

– Mas por que o Gero evaporou? O loiro disse algo?

– Disse que pediu ao Gero pra não ir mais à boate. Aliás, ele proibiu os funcionários de falarem sobre a saída do Gero. O homem não pretende passar à freguesia aquela coisa de, ahn, agora sob nova direção. Disse, também, que pretende introduzir algumas mudanças nos procedimentos administrativos da casa. Disse que a presença do Gero, e nisso eu concordo com ele, totalmente, só iria atrapalhar essas mudanças. Enfim, disse que me admira e que confia no meu talento e no meu profissionalismo – e pediu a minha colaboração...

Três bichonas. No comando de L' Omertà. E Carlito na boate...

Subitamente enciumado, Iago rebateu, áspero e patronal:

– Carlito, talvez você não fique nessa boate. Lembre-se, por favor: você é meu funcionário. Eu, ahn, eu emprestei você ao Gero, para que você vigiasse o Gero. E convenhamos, caro Carlito, nessa tarefa, você foi reprovado...

O cozinheiro não se dignou a contestar. Apenas grunhiu:

– É, Marco. Eu não vou me esquecer...

O transtornado *consigliere* ao menos fez uma lógica recomendação:

– Carlito, não comente essa novidade com ninguém, principalmente com o Villapiano. Você entendeu? Não comente nada com o Villapiano, OK?

– Sim senhor, Don Iago. Eu ficarei calado. *Ciao*...

Que merda, Iago realizou. Não deveria mais confiar naquele seu garoto ganancioso. Muito pior, ainda atordoado pelo impacto da novidade, das três bichonas, da venda da discoteca por Ruggiero, da imperiosidade de retornar a sua ligação a Don Caló Castellamare, o *consigliere* dos Tucci se apressou e, atropeladamente, dividiu as suas conclusões em duas únicas vertentes: ou o tal loiro trabalhava para Villapiano, ou ele havia, de fato, mesmo, adquirido a discoteca. Patético Iago, limitado pela precariedade das opções, se esqueceu de Gero, a chave-mestra do seu projeto. Não pensou na possibilidade de Gero, por qualquer razão, reaparecer na boate, bem no meio do encontro dos Tucci com os Castellamare – destruindo o seu projeto de denúncias contra os Gotti e contra Villapiano. Não pensou num detalhe sutilíssimo do seu papo com Don Caló – o patriarca lhe dissera que Tony desconhecia os Tucci, integralmente. Tudo bem que Tony não soubesse de Villapiano. Mas, morando em Palermo, na Sicília, ignorar os Tucci, integralmente? Iago deixou passar aquela minúcia transcendente. Um equívoco de raciocínio, um escorregão imperdoável.

Quase quinze minutos. Iago rechamou o patriarca:

– Às 22h, Don Calógero. Estaremos todos por lá. *Salute.*

▼

Ao analisar o relatório que lhe fez Don Caló, imediatamente Tony sacou o erro ingênuo do seu *babbo*. Lembrou-se de um ensinamento que recebera do pai, ainda menino, um ensinamento inculcado e reinculcado nos seus anos de treinamento em Palermo. Um ensinamento elementar – e fundamental:

– Na negociação de um acordo, nunca transmita ao seu interlocutor mais informações do que o estritamente necessário. E nunca dê, a quem quer que seja, informações internas da Família. Fique sempre em vantagem...

Em vez de repreender o pai, Tony optou por confiar na sorte, e na idade de Iago, um veterano como Don Caló. Talvez Iago não se apercebesse do erro do seu *babbo*. Talvez, emaranhado em tantas confusões, Iago se satisfizesse com a chance do encontro. A chance de se livrar do peso de Villapiano:

– Parabéns, papito, você foi, ahn, esfuziante...

– Estou reaprendendo com você, *figliolo mio*...

Tony abraçou Don Caló – e lhe solicitou:

– OK, papito. Agora, ache o Paolì. Conte o que aconteceu. Peça ao

Paolì que mobilize a turma toda para o nosso encontro de logo mais. E peça ao Paolì que treine o Lindotto muito bem. O Lindotto, hoje, terá de representar o papel mais difícil e mais importante da vida dele – o papel de novo representante da Família Gotti, aqui no Brasil. Vou precisar de um Lindotto afiadíssimo...

Animado com a perspectiva da ação, Don Caló indagou:

– Representante da Família Gotti, aqui no Brasil?

– Diga apenas isso, *babbino*. O Paolì saberá o que fazer...

Logo, Tony reassumiria a varanda, mais poderoso do que o pai.

Faltavam poucas horas para o seu grito de vitória.

Ou de terror.

▼

Não foi fácil, para Tony Castellamare, sintetizar em poucas horas e com poucos personagens a história da degradação da Máfia, depois dos anos 60 – nos Estados Unidos, na Itália e até mesmo no Brasil. Tony, de todo modo, se esforçou. Aquela história era indispensável à finalização do seu plano infernal. Sem a costura completa dos fatos que conhecia, e que vivera, o *capo* jamais conseguiria atingir a velocidade essencial ao lançamento do seu torpedo – a revelação explosiva, chocante e perturbadora da sua verdadeira identidade.

▼

O sucesso de Sam Giancana no atentado contra John Kennedy levou de Nova York para Chicago o eixo do poder da Máfia nos Estados Unidos.

Depois de três décadas, o prestígio de Joe Bonanno começou a declinar. Primeiro, paralelamente ao derrame de Joe Kennedy e à morte do seu filho presidente, um câncer enterrou Joe Profaci – e Bonanno perdeu o seu último amigo e aliado na Comissão. No lugar de Profaci, por um tempo assumiu Joe Magliocco, leal a Bonanno mas frágil em demasia para se manter como *capo*. Três pistoleiros da sua quadrilha, três irmãos amalucados, Albert, Joey e Larry Gallo, insuflados por Carlo Gambino e por Tommy Lucchese, imediatamente se rebelaram contra Magliocco. E eclodiu uma guerra devastadora, que a mídia batizou de "*Bananas War*", brincando com o nome de Bonanno. Daí, no final de 1963, Magliocco se foi, vitimado pelas tensões da guerra e por um infarto arrasador. O folclórico Joseph Colombo, originalmente um parceiro de Bonanno, herdou o trono de Magliocco – mas, logo, também Colombo estaria enfronhado na batalha contra os manos Gallo. Pior ainda, igualmente instigado por Carlo Gambino e por Tommy Lucchese, o rechonchudo Steve Maggadino, o primo ciumento de Bonanno, decidiu atraiçoar o seu próprio sangue.

Em 20 de outubro de 1964, numa ação de afoiteza espetacular, Steve Maggadino seqüestrou Bonanno e o manteve cativo, por cerca de dois meses, numa fazenda ao norte do Estado de Nova York. Maggadino só não fuzilou Bonanno porque os laços de parentesco impediram. Depois de solto, sozinho, sem informar ninguém do seu refúgio, Bonanno passou praticamente dezoito meses escondido. Enfim, em 17 de maio de 1966, inesperadamente, num dos lances mais dramáticos da sua existência, Bonanno entrou numa Corte Federal de Manhattan e se entregou a Marvin Frankel, o magistrado de plantão.

Um truque brilhante, aquele. Um truque mágico, que lhe salvou a vida. A Justiça, naquela época, não tinha nada, nada, oficialmente, contra Bonanno. Apesar das pressões ferrenhas do FBI e da promotoria de Nova York, que tinham apreendido um mafioso sem esforço e sem risco, o juiz Frankel lhe concedeu a liberdade sob fiança. E uma fiança, aliás, ridícula, em relação à fortuna do *capo* – apenas US$ 150.000,00. Aquela confusão, inusitada, lógico, tornou Bonanno, digamos, imune ao resto da Máfia. Literalmente inviabilizou qualquer tentativa de retaliação ou de vingança. Bonanno perdeu parte da sua gangue, desmilingüida por subchefes incompetentes, Càrmine Galante e Phil Rastelli. No entanto, preservou a sua grana e a sua pele, se instalou de vez no Arizona e não mais esquentou a cabeça com as turbulências da Comissão.

Enquanto Bonanno percorria uma rota independente, as outras Famílias de Nova York se afundavam, cada vez mais. Preso e condenado por pequenos furtos e por tráfico de maconha, um certo Joseph Valachi se envolveu numa briga de cadeia. Apavorado com a possibilidade de morrer lá dentro, Valachi se ofereceu ao FBI. Em troca de segurança, prometeu revelar muitos segredos da Máfia. Os raríssimos que conhecia – e uma infinidade que inventou.

Num depoimento ao Congresso, exibido em rede nacional de TV e no livro "The Valachi Papers", assinado pelo repórter Peter Maas, a metralhadora giratória do alcaguete feriu gente das cinco Famílias. Bobby Kennedy soube utilizar as petas de Valachi em seu benefício próprio. Fez delas um escudo para repressionar Edgar Hoover e o FBI. E para enriquecer a sua fantasia de grande xerife da moralidade nacional. Em 1965, Bobby Kennedy abandonou o governo federal e se elegeu senador, por Nova York, uma votação espetacular. Imediatamente, como um paladino da lei e da ordem, se anunciou candidato à sucessão de Johnson. Daí, em 1967, uma hemorragia cerebral matou Tommy Lucchese. E, sem Bonanno e sem Tommy Lucchese, a Comissão feneceu.

Sam Giancana adorou aquele cenário.

No dia 4 de junho de 1968, embaladíssimo, Bobby Kennedy abiscoitou as eleições primárias do Partido Democrático na Califórnia – e praticamente garantiu a sua postulação à presidência. Durou pouco a sua felicidade, porém. Cerca de uma da manhã, enquanto atravessava, eufórico, quase sem segurança nenhuma, à frente da sua comitiva, a cozinha central do Hotel Ambassador de Los Angeles, onde faria sua celebração, oito tiros eclodiram, supostamente provindos da arma de um jovem jordaniano, Sirhan Bishara Sirhan. Quatro das balas se perderam. Uma atravessou a cava do paletó de Bobby Kennedy, sem atingi-lo. As outras três lhe foram fatais. Na arma de Bishara Sirhan, uma H&R automática, calibre 22, cabiam nove projéteis. Quando a polícia prendeu o jordaniano, encontrou cinco balas intactas. Ou seja: Bishara Sirhan só tinha usado quatro dos oito tiros. E os restantes? Bela coincidência, naquela mesma noite, à última hora, o Ambassador, dominado pela Máfia da Califórnia, havia substituído um dos homens da sua segurança. Substituído por um certo Thane Eugene Cesar, um pistoleiro do time de Joe Alessio, aliado de Sam Giancana. O mesmo Alessio que trafegava na trupe republicana de Richard Nixon.

A arma predileta de Cesar? Uma H&R automática, 22. Posteriormente, Sam Giancana revelaria ao seu irmão e futuro biógrafo, Chuck Giancana, que lhe coubera prazerosamente a autoria intelectual do assassínio de Bobby, num plano afinado em dez meses de trabalho, quarenta pessoas envolvidas...

Tony Castellamare se afastou alguns passos do gravador e esperou uma reação do delegado e da jornalista. Nada. Ótimo, pensou. E foi fundo:

– Sam também contou ao irmão que Lyndon Johnson e Richard Nixon souberam antecipadamente do atentado. Que, claro, interessava aos dois...

Novamente, nenhuma reação. O *capo* foi mais fundo ainda:

– Hubert Humphrey, o predileto de plantão dos sindicalistas controlados pela Máfia, assumiu o posto de Bobby Kennedy como o candidato do Partido Democrático. Nixon venceu a convenção do Partido Republicano e, também, as eleições de novembro de 1968. Coincidência ou não, por um bom tempo o governo dos Estados Unidos e o FBI deixaram a Máfia viver em paz...

Embora cauteloso, Telônio Meira atravessou a frase de Tony:

– Você me perdoe, Tony, mas eu continuo achando essa coisa toda uma loucura. Ora, não existe *cover-up* que agüente uma semana com tanta gente no meio. Raios, Tony, alguém acaba desconfiando. Alguém acaba investigando. E alguém acaba falando. Além disso, existem os arquivos confidenciais...

O *capo* retrucou – com uma firmeza portentosa e arrogante:

– Sim, sim, meu caro Telônio. Muita gente desconfiou. Investigou. Sim, muita gente falou. Dentro da Máfia, porém. E dentro do FBI. E dentro da CIA. Sem que nada, nadinha, escapasse além das fronteiras de cada grupo. Quanto aos arquivos, bem, os arquivos existiram, apenas, até 2 de maio de 1972...

A data surpreendeu o delegado:

– Que aconteceu em 2 de maio de 1972?

Tony amplificou a sua insolência:

– O J. Edgar Hoover faleceu, durante o sono. Imediatamente, aquele seu protegido particular, o Clyde Tolson, telefonou a uma tal de Helen Gandy, que era a secretária do Hoover desde 1919, e lhe deu instruções bastante precisas a respeito dos arquivos especiais do chefe. Richard Kleindienst, o Procurador-Geral do governo Nixon, também imediatamente, ordenou que se lacrassem as salas do Hoover no FBI. Uma tolice, pois o Hoover guardava os seus arquivos especiais num armário despercebido do cubículo da Helen Gandy. Em questão de horas, o Clyde Tolson e a Helen Gandy empacotaram 44 caixas de pastas secretas. Conseguiram sumir com 32 delas. Sabe-se lá aonde foram...

A curiosidade empolgou Lídia Brandini:

– E que havia nas outras doze, aquelas que sobraram?

O *capo* hesitou um instante. Mas respondeu:

– Parece que também desapareceram, por ordem do Nixon. Consta que nelas havia, basicamente, um explosivo material de chantagem. Documentos sobre as manias sexuais de figuras importantes do poder na América, inclusive os presidentes, as suas primeiras-damas, juízes da Suprema Corte. A pasta do Nixon, por exemplo, ostentava um rótulo divertidíssimo: "Material Obsceno". É obvio que, às autoridades, não interessava preservar aquela bomba...

Tony descartou o seu charuto e finalizou aquele capítulo:

– Mais. Praticamente todos os envolvidos no atentado ao John Kennedy acabaram morrendo, digamos, de forma suspeitíssima. Em 1974, no apogeu do Caso Watergate, o Senado dos Estados Unidos encarregou um subcomitê de investigar alguns episódios obscuros na história recente do país. O subcomitê distribuiu uma tonelada de intimações. Inutilmente. Por exemplo, o Clay Shaw morreu antes de testemunhar, supostamente de câncer no pulmão. Eu afirmo, supostamente, porque enterraram o corpo do Shaw na correria e sem autópsia. O Giancana se refugiou no México, foi extraditado, ficou de se apresentar ao subcomitê no dia 24 de junho de 1975. No dia 19, porém, enquanto cozinhava um prato de spaghetti com escarola e lingüiça, recebeu um tiro de 22 na nuca e outros cinco na boca. Em 1976, em Miami, o Johnny Roselli saiu de casa, para comprar cigarros, e desapareceu. Dias depois, encontraram parte do seu corpo, dentro de um tonel de óleo, boiando na baía Biscayne. O subcomitê faliu.

Telônio Meira e Lídia Brandini congelaram. E Tony arrematou:

– OK. Vamos entrar, agora, no tema do fim da Máfia...

▼

Dos anos 60 aos anos 70, um período de inevitável transição no mundo e na Máfia, o envelhecimento das lideranças determinou uma mudança radical na pirâmide de comando da organização nos EUA. Aposentado e recluso Joe Bonanno, a sua Família se transformou num simples apêndice do clã de Carlo Gambino. Tony Corallo, o herdeiro de Tommy Lucchese, conseguiu se manter vivo – mas não escapou da penitenciária quando tentou subornar um dirigente do Departamento de Águas e Esgotos de Nova York, durante a licitação que escolheria os encarregados da reforma, da limpeza e da manutenção do imenso reservatório da cidade. Enfim condenado por tráfico de drogas, Vito Genovese morreu na prisão, em 1969 – e foi sucedido por vários incompetentes, até que Tony Salerno se tornasse *capo*, em 1972. Joe Colombo acabou assassinado por um pistoleiro negro, também em 1972, numa safadeza encomendada pelos manos Gallo. E o seu herdeiro, Vincenzo Aloi, mal esquentou o trono. Meses depois de tomá-lo, Aloi acabou deposto por Càrmine Pèrsico Juniore. No caso, a já decadente Comissão virou um feudo pessoal da gangue de Gambino.

Desde 1957/58, a Máfia da Itália também possuía um arremedo de Comissão. Naquela época, sob a inspiração de Bonanno, chefes da entidade norte-americana tinham se encontrado com seus correspondentes sicilianos em Palermo, tanto no Hotel delle Palme como no restaurante Spanò, um lugar magnífico, à beira-mar. Em três ou quatro dias de conclave informal, Bonanno explicou aos sicilianos que só uma entidade suprapartidária evitaria a guerra entre os conservadores, os tradicionalistas, sempre contrários ao tráfico de drogas, e os modernistas, que viam nos tóxicos a salvação do seu negócio.

Num momento inicial, um triunvirato, curiosamente desequilibrado e inviável, constituiu a Comissão da Ilha. Pelos conservadores, Stèfano Bontade e Gaetano Badalamenti, dois chefes respeitadíssimos de Palermo. Além deles, Luciano Liggio, do pequeno, montanhoso vilarejo de Corleone, representando o conjunto das gangues do interior da Sicília. Liggio havia aberto o seu espaço a cotoveladas – e apenas conseguira um posto naquele triunvirato por motivos diplomáticos. Com o seu braço-direito Salvatore Riina, apelidado de Totò, tinha formado uma gangue brutal, sanguinária, que se esmerava em não deixar feridos. Aos conservadores, não interessava provocar Liggio ao ponto de um conflito armado. Enquanto, supostamente, acalmavam as ambições de Liggio, Bontade e Badalamenti, ao estilo de Bonanno, se aplicavam na multiplicação dos seus contatos políticos – particularmente com Giulio Andreotti, o *capo* do Partido Democrata-Cristão, que predominava nas eleições gerais da Bota.

Erro gravíssimo, aquele dos conservadores, abrigar Liggio na Comissão. Assim que o clã de Liggio começou a circular em Palermo, seus integrantes, homens essencialmente rudes, camponeses, caipiras, descobriram os prazeres da existência urbana. Pior, Liggio e Riina, por exemplo, sequer conversavam em italiano. Meramente conheciam o dialeto local de seu vilarejo. E, por isso, eram habitualmente ironizados pelos chefes de Palermo, muito mais cultos e mais preparados no plano intelectual. Liggio e Riina diabolicamente passaram a odiar os chefes rivais de Palermo – e todos os conservadores em geral.

Naquela época, a Máfia da Itália, fundamentalmente, enriquecia com o contrabando de cigarros. Numa nação de fumantes obstinados e inabaláveis, o governo federal detinha o monopólio exclusivo do tabaco. Com o contrabando de cigarros, uma operação de poucos riscos, a Máfia driblava esse monopólio, fabricava novos viciados e espalhava o seu poder pelo país inteiro. O tráfico de drogas, no entanto, virou a opção vindicativa do clã de Corleone. Ninguém, na Ilha, superava a gangue de Liggio e Riina em agressividade e em violência. Assim, em 1962, conseqüência natural, uma guerra ensandecida eclodiu.

Em tal período, um certo John Gambino, um sobrinho distante do *capo* Carlo de Nova York, intuiu que ficaria bilionário se estabelecesse uma ponte de remessa de drogas entre a Itália e os Estados Unidos. John Gambino, então, morava em Palermo. Na Bota, não dispunha de praticamente nenhum prestígio pessoal. De todo modo, o parentesco com o grande padrinho da América lhe permitia algumas ousadias. Apesar da proibição formal que Don Carlo havia imposto à Comissão, "*You deal, you die*", "Você vende drogas, você morre", muitos dos seus subchefes e dos seus soldados se esbaldavam no negócio dos tóxicos. Os sicilianos se encarregavam do refino, do transporte e, às vezes, da distribuição. À Máfia dos Estados Unidos cabia apenas garantir a segurança dos pontos de venda. Em contrapartida, abocanhava um terço dos lucros.

Num intervalo de doze anos, o clã de Corleone, Luciano Liggio e Totò Riina, quadriplicou as suas tropas, o seu poder, a sua impiedade – e os seus ganhos. Claro, à custa do sacrifício dos seus inimigos ou dos seus opositores, cerca de mil mortos ou desaparecidos naquele percurso. Liggio acabaria preso pelo governo da Bota, em 1974. Ninguém, no entanto, conseguiria impedir a afluência do clã de Corleone e dos defensores do tráfico na Ilha e na América. Ironia: paradoxalmente, no mesmo ambiente, mesmo momento, fermentaria o crescimento inexorável de John Gotti – um adversário das drogas...

▼

Em seus idos de garota ginasiana, Diane Giacalone havia estudado no bairro de Queens, um subúrbio de Nova York, numa clássica escola religiosa de nome Our Lady of Wisdom Academy. No percurso entre a sua casa e a sua escola, de segunda a sexta, Diane transitava através de uma vizinhança singular, italianada, mafiosa. A garota detestava aquele lugar, particularmente um edifício feioso, de tijolinhos aparentes, o Bergin Hunt & Fish Club, localizado na Avenida 101, no Ozone Park. Diane não se irritava com o estilo do prédio. Sentia, entretanto, engulhos indigeríveis quando batia os olhos nos rapazes que freqüentavam o Bergin – e que vagabundeavam à sua frente.

Corria a década de 70. E um dos rapazes se chamava John Gotti.

Durante quase quinze anos, Diane Giacalone erigiu o seu caminho na busca de um laurel universitário e, então, de um emprego no Departamento de Justiça do governo dos Estados Unidos. Enquanto isso, John Gotti abria à bala o seu percurso na Família de Carlo Gambino. Um nativo do Bronx, filho de um biscateiro brigão, a quem não apreciava, John Gotti cresceu nas ruas mais tristes e mais depauperadas de Nova York. Suspenso do seu colégio na oitava série, nunca mais voltou a se sentar numa carteira de estudante. Transformou-se em trombadinha. Pelo seu prazer na violência, atraiu logo as atenções de um certo Danny Fatico, um caçador de talentos de Don Carlo. Em 1965, aos 25 anos de idade, foi punido com doze meses de cadeia por arrombamento. Em 1968, pegou mais 36 por assaltar um depósito no aeroporto

Kennedy. Em junho de 1974, se confessou culpado pela morte do assassino de um afilhado de Don Carlo. Condenado, permaneceu na prisão até julho de 1977.

Daí, John Gotti não mais sofreu as agruras de uma jaula.

Liderou o complô que destruiu Paul Castellano, o sucessor de Gambino, fuzilado à porta de uma casa de grelhados de Manhattan, em 16 de dezembro de 1985. Logo, assumiu o comando da Família mais portentosa do universo – consta que formada por bem mais de 3.000 soldados fidelíssimos. No entanto, Gotti continuou incólume às investidas do FBI e do Departamento de Justiça – uma impermeabilidade que lhe garantiu o apelido de "*Teflon Don*".

Dois episódios, aliás, valorizaram esse título charmoso.

Primeiro, em setembro de 1984, aconteceu o espancamento de Romual Piecyk, um motorista de caminhão que ousou xingar John Gotti e ainda tentou agredi-lo quando o *capo* se recusou a retirar um automóvel, estacionado em fila dupla, numa viela estreita. Embora Piecyk ostentasse um taco de beisebol na mão, John Gotti arrebentou o motorista. Piecyk processou John Gotti. Em março de 1986, porém, no tribunal, ciente do seu risco, Piecyk jurou não se lembrar do agressor. O caso foi arquivado por absoluta falta de provas.

Depois, em abril do mesmo ano, determinada mas inexperiente, Diane Giacalone resolveu acusar John Gotti por formação de quadrilha. Como base da sua denúncia, Diane utilizou um venerando e esquecido estatuto legal, o *Racketeer Influenced and Corrupt Organizations Act*, ou RICO, datado de 1970 e, curiosamente, apenas desibernado em 1981, quando o presidente Ronald Reagan decidiu extirpar a Máfia da administração dos EUA. Pelos termos do RICO, a Justiça norte-americana não precisa flagrar quem realiza um crime. É suficiente que prove a intenção de cometê-lo através de uma entidade de intenções maliciosas. Como, imaginava Diane, seria a torpe Máfia.

O projeto de Diane tinha se iniciado em 1984, quando um dos soldados do clã Gambino, o trapalhão Dominick Lofaro, aos 56 anos de idade, no limiar da aposentadoria, azaradamente fora preso num repasse de cocaína no norte do Estado de Nova York. Diante de uma pena fatal de duas décadas de reclusão, Lofaro topou se transformar num informante-vip da promotoria. A equipe de Diane implantou um minimicrofone no peito de Lofaro, logo acima do seu osso esterno, tudo bem conectado a um gravador espetacular, do tamanho de uma caixinha de chiclé, devidamente encaixado no intervalo das suas nádegas, de maneira a não revelar qualquer protuberância. Um plano perfeito...

James Bond se orgulharia da ação. A promotoria forneceu a Lofaro um isqueiro munido de um interruptor magnético. Com um toque delicado no tal isqueiro, Lofaro ligaria e desligaria o gravador. Sim, perfeito. De volta ao clã, o trapalhão desandou a registrar as conversas dos seus membros. Inclusive os papos desabridos de John Gotti com o mano Eugene e com Angie Ruggiero e John Carneglia. Encerrada cada sessão, Lofaro embrulhava as fitas no caderno de *Business*, do jornal "The New York Times", e largava o seu pacote numa cesta de lixo pré-combinada num quarteirão de Manhattan. Num período de 24 meses, o informante entregou cerca de cinqüenta teipes à promotoria.

Perfeitíssimo. Frase de um empolgado componente do time de Diane a respeito da obra de Lofaro: "Não me canso de pensar nas noites todas em que ele ficou sem dormir, consciente do risco de ser degolado pela Máfia".

Perfeitíssimo? Não, um desperdício doloroso. O juiz Eugene Nickerson tolheu como podia todos os movimentos da defesa de John Gotti, coordenada por Bruce Cutler, um advogado teatral e passionalista. Mas Sammy Gravano, já então o braço-destro de John Gotti, comprou um dos jurados, um alcoólatra de nome George Pape, por cerca de US$ 60.000,00. Depois de cinco dias de tensa deliberação, Pape convenceu os seus colegas de que, no processo, havia uma dúvida razoável em favor de John Gotti. E o tribunal inocentou o *capo*. Grotescamente desmoralizada, Giacalone ainda se manteria alguns meses no cargo – mas, enfim, solicitaria a sua demissão e se esconderia num emprego bem menos efervescente, no departamento de trânsito de Manhattan.

Simultaneamente, num plenário diferente da mesma Nova York, sempre com base no revigorado RICO, o ambicioso Rudolph Giuliani, também um promotor de sangue peninsular, batalhava para condenar alguns chefes das outras gangues da cidade. Para Giuliani, a impunidade da Máfia representava uma ofensa à sua etnia. O promotor acabara de ler "A Man of Honor", o livro autobiográfico de Joe Bonanno. E, num dos seus trechos, havia percebido uma brecha capciosa no código sagrado da *Omertà*. Joe Bonanno admitia o grande acordo de 1931 na cidade – e a existência de uma Comissão da Máfia.

O RICO proibia qualquer tipo de convescote criminoso. Mesmo o mais inocente piquenique. E, graças ao RICO, Giuliani descobriu como atacar:

– Se um mafioso pode escrever, tranqüilamente, sobre as Famílias, nós podemos utilizar o seu livro como um testemunho para a sua punição.

Giuliani colocou, no mesmo banco dos réus, os perplexos Tony Corallo, Tony Salerno e Càrmine Pèrsico Juniore. Inúmeras peripécias depois, sem a sorte, ou a eficiência, de John Gotti, os três chefes receberam condenações de cem anos de galera cada um. Gotti sobreviveu, sozinho no *"Volcano"*.

Exatamente em 10 de novembro de 1986, a revista "Fortune" divulgou um ranking do crime nos Estados Unidos – e colocou John Gotti na décima-terceira posição. Ledo equívoco. Personagem vaidosíssimo, capaz de vestir ternos de US$ 2.000,00, capaz de gastar US$ 500,00 apenas no seu barbeiro, capaz de cotidianamente encerar a sua linda Mercedes preta, 450 SL, por mais US$ 200,00, naquelas alturas John Gotti já ocupava o cume da tabela...

De onde vinha a sua fortuna? Ele havia herdado de Carlo Gambino e de Paul Castellano uma empresa de verdade, entre outras coisas a proprietária da Dial Poultry Co., uma das maiores vendedoras de carnes em toda a América. Acumulava milhões com a usura, a extorsão, o controle que exercia sobre os sindicatos operários da cidade, o seu domínio sobre inúmeros selos musicais, legalizados ou piratas. John Gotti só não tolerava a grana dos tóxicos.

John Gambino, de todo modo, já era um associado de Eugene Gotti, de Angie Ruggiero e de John Carneglia, numa operação mastodôntica de tráfico de drogas que envolvia os Estados Unidos, a Sicília – e o Brasil. A promotoria e o FBI grampearam, inclusive, a sala e a cozinha da casa de Ruggiero.

No princípio de 1989, os quatro e mais um bando gigantesco de asseclas foram indiciados pelo seu envolvimento no comércio de cocaína e de heroína. A doença poupou Ruggiero de um julgamento. Gambino se livrou na tangente, ausência de provas. Eugene e Carneglia, porém, pegariam cinqüenta anos de galera cada qual. Ao mesmo tempo, a promotoria voltou a pressionar John Gotti, acusado de instigar um tiroteio que enfiou algumas balas no bumbum de John O'Connor, um sindicalista ladrão, a quem a Máfia pretendia assustar.

No crepúsculo do dia 23 de janeiro, numa ação arriscadíssima do seu então chefe, Robert Morgenthau, a promotoria chegou a deter John Gotti. Ao tribunal de plantão, assistentes de Morgenthau solicitaram uma fiança enorme para o *capo* se defender em liberdade. O juiz, porém, estabeleceu uma fiança irrisória, apenas US$ 100.000,00, que John Gotti depositou no ato. Ironia: um mês antes, ele havia queimado o dobro na festa natalina de seu bando....

John Gotti receberia a sua absolvição, no Processo O'Connor, no dia 9 de fevereiro de 1990. Uma grande reviravolta na guerra da promotoria contra ele, porém, já principiara a se desenhar, cerca de três meses antes, na noite de

20 de novembro de 1989, quando o FBI enfim havia penetrado na fortaleza supostamente inexpugnável da gangue, o clube Ravenite de Manhattan.

Em tal data, numa missão sutil, delicadíssima, uma dupla aguerrida de agentes, liderada por Bruce Mouw, sorrateiramente plantou um microfone no apartamento de Nettie Cirelli, dois andares acima do clube. Precisamente, o bucólico apê que John Gotti utilizava nas suas conferências mais secretas com o seu *consigliere* Sammy Gravano, o seu *sub* Frank LoCascio – e até mesmo com os seus dois advogados preferidos, Bruce Cutler e Jerry Shargel. Aquele microfone fatídico iria destruir de vez toda a mística do *"Teflon Don"*.

Resumo da comédia: dizimada a Família do velho Joe Bonanno, com os seus três outros líderes na cadeia, e com John Gotti definitivamente ameaçado, soçobrava sem saídas a *Cosa Nostra* de Nova York e da América inteira.

▼

Na mesmíssima época em que Rudolph Giuliani e Diane Giacalone se debatiam contra a Máfia de Nova York, a quase nove mil quilômetros de lá, em Palermo, a Justiça italiana se mobilizava na inquirição de 474 sicilianos, todos eles acusados de múltiplas contravenções, de roubos e de assassinatos em nome da *Cosa Nostra*. Os trabalhos se estenderam por mais de sete meses, numa nova corte especialmente construída, a um custo monumental, de quase US$ 19.000.000,00, junto à velha e inexpugnável prisão do Ucciardone.

Um túnel subterrâneo conectava as duas edificações, a maneira mais segura de se carregarem os presos das suas celas aos salões de julgamento. Para evitar que reagissem aos seus denunciadores, os 474 reclusos, na corte, se alojavam no interior de uma gaiola imensa, uma cena de circo, um zoológico de gente. O detido mais importante era o *capo* máximo da Ilha naquele tempo – Luciano Liggio, que se considerava imortal. Na oposição de Liggio, pairava um ex-mafioso, um *pentito*, um arrependido, também famoso no Brasil, onde se casara e até tivera dois filhos, Tommaso Buscetta, o Don Masino.

Liggio mantinha uma ligação formal com a Máfia dos Estados Unidos através de John Gambino. Masino, por sua vez, era um *maverick*, um animal solitário, a quem Liggio, radicalmente, havia jurado de morte. Entre Masino e Liggio vibrava uma corrente de zilhões de volts, um rancor inalterável.

▼

Nascido em Palermo, em julho de 1928, o caçula de um homem severo, sempre calado e melancólico, fabricante de espelhos que já produzira exatos dezesseis filhos, Masino amadureceu precocemente. Inquieto, revoltado com a sisudez ao seu redor, vivia mais tempo longe de casa do que perto dos pais e dos irmãos. Aos oito anos, conheceu a sua primeira experiência sexual. Aos catorze, arrumou a sua primeira amante fixa. Aos quinze, em plena II Guerra Mundial, viajou a Nápoles, com um grupo de colegas, exclusivamente para fustigar as tropas nazistas que ocupavam a cidade. Aos dezessete, se casou com Melchiorra, a sua paixão de adolescência. Aos vinte, já possuía dois bambinos. Aos 21, convidado por um amigo de profissão, aceitou participar da *Cosa Nostra* pela Família mafiosa do seu bairro querido, a Porta Nuova.

Tratava-se de uma Família pequenina, em torno de 25 membros, com uma responsabilidade bucólica – proteger uma empresa que fornecia lajes de pedra e tampas de bueiro à prefeitura de Palermo. A monotonia da obrigação, porém, rapidamente incomodou o rapaz. Em 1949, a mulher e os moleques a tiracolo, Masino optou por emigrar à Argentina, Buenos Aires, onde faria um terceiro garoto e onde seguiria o ofício do seu *babbo* com os espelhos.

Durou pouco a sua fantasia de sucesso. E, em 1950, Masino resolveu se transferir a São Paulo, Brasil. Instalou-se na Rua do Gasômetro, pertinho do Parque Dom Pedro. Melchiorra, porém, não se adaptou. Detestava as gozações que recebia dos vizinhos por causa do seu sobrenome inusitado. Masino ainda tentou mudá-lo para Buschetta. Inútil. Para não perder a mulher, retornou a Palermo – e, sem outra opção, retornou às atividades da *Cosa Nostra*.

Envolveu-se no contrabando de cigarros e no jogo clandestino, levantou uma grana razoável – e, em 1958, foi detido e estreiou na cadeia. Ficou preso, em Roma, até o finalzinho de 1959. Daí, se engajou na Comissão da Sicília e, paulatinamente, cresceram a sua importância e o seu prestígio na Máfia.

Na entidade, essencialmente, Masino mais operou como um negociador, um diplomata, do que como um pistoleiro. Adorava as costuras políticas entre as diferentes facções – aliás, pelo seu senso de humor e pela sua habilidade nas conversações intrincadas, logo conquistou a confiança dos juízes, dos deputados e dos senadores que a entidade cooptava ou corrompia. Em 1963, todavia, quando o conflito declanchado pela ascensão do clã dos corleoneses de Luciano Liggio e Totò Riina atingiu um ponto impensável de virulência, Masino resolveu escapar da briga, de uma eventual prisão, talvez até da morte. Com Vera Girotti, a sua jovial amante, que se tornaria a sua segunda esposa, fugiu para a Suíça, viajou ao México, ao Canadá e, então, aos EUA, Nova York. No "*Volcano*", Masino aderiu ao time de Carlo Gambino, que inclusive lhe financiou a compra de uma pizzaria. Chegou a abrir outra casa de muito sucesso. Em 1970, porém, acabou detido por não ostentar os indispensáveis documentos de permanência no país. Masino não possuía o *green card.*

Expulso dos EUA, com um passaporte falso Masino voltou ao Brasil – carregando consigo as duas filhas que tivera com Vera Girotti. No Rio de Janeiro, ele conheceu Cristina, uma estudante universitária, filha de Homero Guimarães, um respeitado advogado trabalhista, muito ligado ao ex-presidente João Goulart. Apesar da diferença de idade, 22 anos, lhe bateu o *fulmine.* O advogado, em princípio, vetou o namoro, nada convencional. Masino, porém, conseguiu seduzi-lo com o seu charme peninsular. Até mesmo se empregou no escritório do sogro. Virou sócio de Homero Guimarães. Em certa ocasião, com o sogro, passou vários dias numa fazenda de João Goulart, no Uruguai. E, lá, comprou um novo passaporte, em nome de Tommaso Roberto Felice.

Ironia. Seria infeliz. Em novembro de 1972, durante uma visita de lazer a um irmão de Cristina, no Balneário de Camboriú, foi detido, com a mulher, sob diversas acusações. Oficialmente envolvido no tráfico de drogas – algo em que Masino, tradicionalista, jamais se meteu. Também, oficialmente, como um mafioso que o governo dos EUA banira. Mas, na verdade, como suspeito de tramar, via *Cosa Nostra,* um golpe pelo retorno de João Goulart ao poder.

Telônio Meira literalmente pulou da poltrona:

– Não, Tony, isso não! Chega! Loucura demais. Porra, todo mundo sabe que o Buscetta era um traficante. Essa história da prisão do Buscetta como um agente subversivo eu não vou engolir. Você me conte outra, por favor...

Tony Castellamare continuou calmíssimo:

– Delegado, tenha paciência e raciocine comigo. Junto com o Masino, a polícia capturou a Cristina, o irmão dela, o Homerinho, e as duas filhinhas do Masino com a Vera Girotti, uma de oito anos, uma de três. Em São Paulo, os cinco foram levados ao DOPS e ao DOI-Codi, não a uma repartição qualquer. Torturaram a Cristina, para que ela revelasse a razão da presença do Masino na fazenda do João Goulart. Colocaram a Cristina e o Masino num helicóptero e, bem lá no alto, dependuraram a pobre mulher pelos cabelos, esperando que o marido confirmasse a existência de um contragolpe em marcha. Depois, seviciaram o Masino, no pau-de-arara, com choques elétricos no pinto e no rabo, nos dentes e até nos ouvidos. Arrancaram do Masino as unhas dos dedões dos pés. Mas, ah, o Masino não disse nada – porque não havia nada a declarar. Revistaram a casa em que o Masino morava com a Cristina. E ainda revistaram a casa do Homerinho. E revistaram o escritório e o apartamento do Homero Guimarães, no Rio. Vasculharam tudinho, destruindo até as estantes, os colchões, os travesseiros. E não encontraram nenhum sinal de drogas. Na verdade, só descobriram uma valise com uns duzentos mil dólares que um seu colega muito famoso, o Sérgio Paranhos Fleury, açambarcou – com a grana, o Fleury reformou toda a sede do DOPS, onde trabalhava. E o Fleury também apreendeu uma fotografia do Masino com o Goulart. Ora, por quê?

Telônio Meira não soube responder. Apenas reperguntou:

– E como você conhece tantos detalhes desse episódio?

Inexpressivamente, o *capo* fitou o delegado – e observou:

– Agüente um pouquinho mais. Estamos quase no final...

▼

Em duas etapas, Francesco Tucci delirou ao escutar, de Marco Iago, um resumo das suas três conversas com Don Calógero Castellamare. Primeiro, ao constatar que o patriarca tinha topado receber Iago na boate do filho Ruggiero. Melhor, Don Caló até mesmo propusera que Francesco Tucci fosse com o seu *consigliere* ao encontro – Tony fazia questão de conhecê-lo. Depois, ao ouvir que Ruggiero havia vendido L'Omertà e havia recebido um pedido, do novo proprietário, para sumir do lugar. Naquele cenário, Tucci não correria o menor risco de Gero reaparecer, na discoteca, durante aquela reunião crucial.

Cada vez mais confiante, e mais pedante, do que a sua condição exigia, Tucci não se lembrou de investigar a identidade do comprador. Bruna Maria, no entanto, se interessou em inquirir o *consigliere*. À sua moda, Iago reprisou o que Carlito Mronovski lhe dissera: o loiro elegante, que se acomodara numa mesinha, com outros dois homens, todos bichonas, ao lado do reservado dos Tucci, na noite anterior. Bruna Maria igualmente delirou. O anjo que tinha exacerbado as suas fantasias ninfomaníacas. Mesmo que aquele anjo fosse um veado, ah, sem dúvida, lhe proporcionaria bem mais tesão do que Gero.

Precisamente como Tony havia imaginado, Iago não se apercebera do erro infantil e ingênuo de Don Caló: afirmar ao *consigliere* dos Tucci que os Castellamare ignoravam a existência daquela Família de Palermo. Ignoravam, integralmente. Sem dúvida, Iago envelhecera pior do que Don Caló...

No dia 3 de dezembro de 1972, o governo do Brasil deportou Tommaso Buscetta. Mal o seu avião desembarcou em Roma, Masino foi colocado num outro, reconduzido a Palermo e trancafiado na prisão do Ucciardone. Lá, em pouco tempo, formidavelmente se transformou no embaixador dos mafiosos, o seu porta-voz junto à direção do lugar. Depois, transferido à penitenciária de Cuneo, no Piemonte, em outubro de 1977, perdeu os seus privilégios. Cuneo era, então, uma penitenciária singular, pois abrigava basicamente terroristas. E Masino não gostava de terroristas. Não se misturava com eles. De todo modo, em 16 de março de 1978, quando as Brigadas Vermelhas seqüestraram Aldo Moro, líder do Partido Democrata-Cristão e ex-*premier* da Bota, políticos com amizades na Máfia recorreram a Masino, em busca de socorro. Queriam que Masino negociasse, com alguns integrantes das Brigadas, reclusos em Cuneo, a libertação de Moro. Não funcionou. Em maio, Moro foi assassinado.

Coincidência ou não, depois do episódio Masino não teve mais sossego. Passou o resto de 1978 e boa parte de 1979 em viagens absurdas, de presídio para presídio. Até que, em outubro, um novo emissário da *Cosa Nostra* lhe fez uma outra comunicação – uma comunicação estranhíssima. Numa reunião ultra-secreta em Palermo, a Comissão da Sicília havia decidido eliminar o general Carlo Alberto Dalla Chiesa, o portentoso comandante das forças antiterroristas da Itália. Na cadeia, Masino teria de abordar Lauro Azzolini, um dos principais líderes das Brigadas, participante direto do seqüestro de Moro, capturado numa ação coordenada por Dalla Chiesa, e lhe fazer uma proposta: caberia às Brigadas reivindicarem a paternidade do atentado ao general. Como prêmio, a *Cosa Nostra* protegeria os integrantes das Brigadas que estivessem reclusos em todas as cadeias da Itália. Um conforto, então, irrecusável.

Mesmo intrigado, Masino cumpriu a sua missão, a sua obrigação. Mas não funcionou. Um radical ideológico, incorruptível, Azzolini não se fascinou com a proposta. E a Comissão abortou o atentado. De certo modo, Masino se aliviou. Por que tal tolice? Por que a *Cosa Nostra* se envolver com um militar, uma celebridade internacional? Logo, todavia, um motivo lógico o assustou. Existiam intenções ocultas, e poderosíssimas, nos bastidores daquela aparente insanidade. Existiam as intenções de Giulio Andreotti, que se sentia ameaçado por Dalla Chiesa. O general, seguramente, dispunha de um fichário de fatos que poderiam incriminar Andreotti, inclusive em relação ao caso Moro.

Por um bom tempo, Masino se esqueceu do assunto. Precisava cuidar da própria vida, da sua condição judicial. Em 1980, enfim, ganhou o beneplácito da liberdade vigiada, em Turim – mas não suportou a cidade e a pressão da polícia, que não lhe dava um instante de paz. Preferiu se tornar um foragido. Refugiou-se em Palermo e começou a programar o seu retorno ao Brasil.

Naqueles idos, toda a Máfia da Sicília, não apenas o clã de Corleone, já tinha se entregado completamente ao comércio das drogas. Mais do que isso, por toda a Ilha se espalhavam as refinarias de cocaína e de heroína, sem que o governo, integralmente atolado na luta contra o terrorismo, se preocupasse em perseguir os fabricantes e os negociantes. Em Palermo, escondido na casa de amigos da *Cosa Nostra*, Masino se surpreendeu com a sua impunidade e com as suas fortunas. Um dinheiro muito maior que o dos bancos da cidade.

Embriagada pela sensação de onipotência, a Máfia passou a matar civis, quer dizer, gente de fora dos seus grupos, de maneira indiscriminada e vil. Masino entendeu que não mais pertencia àquele mundo. Recebeu de alguns amigos um presente inacreditável, cerca de US$ 500.000,00 – e, em janeiro de 1981, ressurgiu no Rio. Através do sogro, Humberto Guimarães, obteve uma licença federal para montar uma fazenda numa reserva florestal do Pará. Em março, Cristina lhe deu um filho, Stèfano. Eufórico, Masino acreditou que não mais teria problema algum em sua vida. Azarado Masino. Que engano...

▼

À sua mulher e aos seus companheiros mais íntimos, Masino costumava dizer que o dinheiro das drogas traz consigo a maldição de Deus. Gostava de contar a história de um isqueiro Zippo, com o logotipo dos Beatles gravado na tampa, um isqueiro que daria de presente a um jornalista de São Paulo:

– Este é o único objeto que nunca me faz mal. Eu comprei este isqueiro com dinheiro limpo. Este isqueiro não me magoa, nem me envergonha...

De fato, logo ao chegar ao Rio, Masino trocou a sua grana por cruzeiros e, num só mês, viu os seus US$ 500.000,00 se transformarem na metade, uma conseqüência da inflação e de uma súbita desvalorização. O restante, queimou na fazenda do Pará. Pior. Mesmo longe da Sicília, os venenosos tentáculos dos corleoneses, de Liggio e de Riina, conseguiriam atingi-lo – diretamente.

Liggio e Riina desconfiavam de Masino. Imaginavam que, em seus anos de cadeia, Masino tinha se transformado num informante das autoridades.

Por isso, resolveram retaliar, eliminar os seus concorrentes no tráfico e, também, quem ostentasse o sangue Buscetta na alma. Primeiro, foi o mano de Cristina, Homerinho Guimarães, quem se dissolveu sem vestígios. Sumiu. Igualmente, em 1982, desapareceram os filhos de Masino com Melchiorra. E um genro de Masino. E três sobrinhos dele. E também o seu irmão, Vincenzo. Ninguém da Máfia. Meros civis. Uma canalhice cruel do bárbaro clã dos corleoneses.

No outono de 1983, mais uma vez Don Tommaso Buscetta trocou a sua identidade e a sua moradia. Escolheu se esconder em São Paulo, uma cidade que conhecia muito bem – e que, pelo seu excesso de população, permitiria a sua existência tranqüila em qualquer bairro. Outro erro. Em 22 de outubro, com Cristina e os filhos, foi detido por agentes da Polícia Federal enquanto, numa padaria, comprava doces para a molecada. Os agentes levaram Masino até o apartamento de um conhecido, Dino Mortilli, um professor de desenho. E, lá, um jovem que se apresentou como o filho de um deputado, figura de muito poder no governo brasileiro, lhe pediu US$ 1.000.000,00 para soltá-lo. Masino riu. Pobre Masino, mal possuía cinqüenta merréis no bolso...

Pelas leis do país, porque tinha filhos nativos com Cristina, Masino não poderia ser extraditado uma outra vez. Assim, exclusivamente para vê-lo e para entrevistá-lo, da Itália viajou um homem que transformaria a sua vida – o juiz Giovanni Falcone. Os dois se encontraram na sede da Polícia Federal, em Brasília. Na etapa inicial do interrogatório, Masino se manteve religiosamente fiel ao código do silêncio dos mafiosos, a *Omertà*. Simpatizou, porém, com aquele magistrado. Confiou na postura e no olhar sereno de Falcone. E decidiu testá-lo. Subitamente, comentou que não tinha cigarros. Falcone vasculhou o paletó e, de um bolso, retirou um maço pela metade. Sem dizer nada, entregou o maço a Masino. Que aceitou a oferenda e pediu para voltar à sua cela.

No dia seguinte, Falcone reprocurou Masino – que declarou:

– Muito obrigado pelos cigarros, doutor. Eu só fiquei com eles porque o maço era usado. Fosse um maço inteiro, eu teria recusado, teria interpretado o seu gesto como uma tentativa de me humilhar. Obrigado por me respeitar.

Graças àquele maço de cigarros, os dois se aproximaram, e se tornaram amigos. Masino, então, imaginava fazer um acordo com Falcone – revelar ao juiz o que pudesse e garantir com ele a sua permanência no Brasil, preso, mas perto da mulher e das suas crianças. Ao último governo da Ditadura Militar, o governo capenga de João Figueiredo, todavia, não interessava que Masino ficasse no país. Masino bem poderia contar o episódio da sua extorsão pelo rebento do deputado, bem poderia detonar um escândalo internacional. Assim, através de uma injusta, e irregular, manobra diplomática, redeportou Masino em 7 de julho de 1984. Num primeiro momento, arrasado, Masino resolveu se suicidar. Escreveu uma longa carta de despedida a Cristina. Daí, retirou de um mini-envelope, que os seus revistadores não haviam detectado, alguns gramas de veneno para ratos – e ingeriu. Só não faleceu porque Gianni De Gennaro, o vice do juiz Falcone, encarregado de escoltar Masino, pessoalmente, até a Bota, descobriu a tentativa – e, rapidamente, conseguiu ressuscitá-lo.

De certa maneira, desde aquele dia, Masino se considerou um devedor de De Gennaro. Em Roma, foi acomodado pelo magistrado e por seu vice num pequeno apartamento de aprazível conforto. E, depois de todos os inevitáveis momentos de dúvida e de constrangimento, encontrou o seu destino e decidiu falar o que sabia sobre a *Cosa Nostra*, especialmente sobre os corleoneses. Por causa do Masino *pentito*, a Justiça da Itália pôde construir o mastodôntico processo que colocaria, de uma vez, 474 bandoleiros na prisão do Ucciardone. Mais. Por causa do Masino *pentito*, também a Justiça norte-americana pôde construir o seu processo mastodôntico contra Corallo, Pèrsico e Salerno.

Hoje, Masino mora nos Estados Unidos, protegido pelo FBI...

O delegado se impactou com a narração de Tony:

– Agora, Tony, eu não entendo mais nada. Pela sua descrição, o Masino, que eu defino como um *gangster* filho da puta, é um herói. Será que você ainda vai se revelar, Tony? De que lado você está, hein, Don Castellamare?

O *capo* absorveu a agressão com uma rara mansidão:

– Estou do lado da verdade, meu caro Telônio...

Lídia Brandini, o dia anterior na cabeça, não desperdiçou o mote:

– E qual é a sua verdade, Tony. Você vai contar ou não vai?

Tony saboreou a crise que havia propositadamente provocado. Era um magnífico ator. Num segundo relembrou o seu treinamento todo – nos Estados Unidos, em Roma e em Palermo. Tirou de um bolso um maço de mentolados e acendeu um cigarro. De modo exageradamente lento e provocativo, caminhou pela varanda, fitando a noite que crescia, nublada, sem lua e sem estrelas. Daí, com um gesto estudadíssimo, abriu os braços, fingiu um gaguejo e disse:

– Chegou a hora. Por favor, me perguntem o que quiserem...

▼

Telônio Meira e Lídia Brandini se confundiram alguns instantes até que pudessem concordar na primeira questão. O delegado mereceu fazê-la.

E a pergunta de Telônio Meira saiu abrupta, aos solavancos:

– Porra, como você conhece tantos detalhes sobre a história da Máfia? E onde você ficou sabendo da ligação da Máfia com os Kennedy? Essa coisa de a Máfia ter matado os Kennedy? Os detalhes todos da vida do Buscetta?

Tony bebericou um trago de cerveja. E admitiu:

– Eu sei desses detalhes porque vivi muitos deles. É, eu vivi...

Um bandido. O delegado pensou em prender Tony.

Um bandido. A jornalista pensou em arrebentar o namorado.

O *capo*, entretanto, virou completamente o fio da conversa:

– Tudo começou em 1982, quando eu estudava em Stanford, fazia um curso de pós-graduação, em marketing. No dia 30 de abril daquele ano, em Palermo, os corleoneses mataram Pio LaTorre, líder do Partido Comunista da Sicília, membro imponente do parlamento italiano, filho de um grande amigo do meu avô Salvatore. LaTorre havia apresentado ao congresso uma lei que acabava com o sigilo bancário e que autorizava o grampeamento dos telefones dos suspeitos de tráfico de drogas. Pior, mais tarde, 3 de setembro, também em Palermo, os corleoneses trucidaram o general Dalla Chiesa. O general mal havia assumido o cargo de *preffeto* da Sicília, o chefe da polícia anti-Máfia da Ilha. E o general mal havia curtido a lua-de-mel do seu segundo casamento, com uma jovem lindíssima, Emmanuela Setti. De volta da sua celebração, o general e a mulher acabaram assassinados, em pleno centro da cidade...

Lídia e Telônio sequer se mexeram. E Tony avançou.

– LaTorre era um adversário radical dos democratas-cristãos. O general Dalla Chiesa, um campeão na luta contra os terroristas, fora enviado à Ilha com a missão de combater o tráfico de drogas, que já se tornava insuportável. Na verdade, um pretexto. Fora enviado à Ilha, exatamente, para morrer...

Lídia e Telônio continuaram calados. E Tony reavançou:

– Por trás dos atentados contra LaTorre e contra Dalla Chiesa, como o Tommaso Buscetta denunciaria ao juiz Falcone, pairavam interesses de muitos políticos curruptos, obviamente ligados à Máfia. Dentre eles, talvez, não tenho provas, Giulio Andreotti. Hoje, na Itália, transbordam os processos contra esse cara. Parece que o Dalla Chiesa conhecia todos os podres dos democratas-cristãos. A Justiça decidirá. Enfim, depois das mortes de LaTorre, do general e da sua mulher, dois homens me procuraram em Stanford. Aqueles homens já conheciam a história de resistência da minha Família, já conheciam a nossa ligação com LaTorre, sabiam que eu admirava a Velha Tradição e abominava a sem-vergonhice da Nova, que eu me envaidecia do meu sobrenome...

Tony recarregou as suas baterias – e prosseguiu, lentamente:

– Em Stanford, eu adorava reunir os meus colegas no apartamento que dividia com o Lindy, perto da Universidade. Eu adorava falar horas sobre a Velha Tradição, sobre os personagens que meu pai me descrevia, e que tinham marcado a minha adolescência. Eu era um fanático pelas coisas do passado, os princípios estabelecidos nos nossos clãs, desde séculos e séculos atrás. Os dois homens me propuseram que me unisse a eles, contra os corleoneses...

Cada vez mais tensa, a jornalista comentou, sarcástica:

– Só porque você adorava brincar de *capo*, embora não fosse um *capo*, os caras convidaram você a entrar num bando contrário aos corleoneses? Ora, Tony, ora, convenhamos – aqui, chegou a minha vez de não acreditar...

Tony assimilou a porrada, sem demonstrar o golpe no seu queixo:

– Putamerda, Li, isso mesmo. Com essa frase, espetacularmente, você me definiu. Sim, eu adorava brincar de *capo*. Lá, em Stanford, eu fiquei logo conhecido como um mafiosinho, um simpatizante da *Cosa Nostra*. E logo eu me tornei um ícone. Um bibelô. Ou, um objeto raro. Os meus colegas todos me temiam e, ao mesmo tempo, me idolatravam, me pediam favores babacas, como antecipar as respostas de um exame, ou como conseguir ingressos para um jogo de *football*. Eu me virava, Li, e eu obtinha todas as soluções...

Cada vez mais aflita, Lídia Brandini ironizou a admissão:

– E, daí, caro Tonino, você se tornou um *capo*, um *capo*, mesmo...

Tony não se aborreceu com o tom azedo da namorada:

– *Cazzo*, Lídia, naqueles tempos, como ainda ocorre hoje, as escolas dos Estados Unidos viviam recheadas de agentes do FBI, da CIA e também da DEA, a *Drug Enforcement Agency*, agentes interessados em descobrir e em recrutar colaboradores. Involuntariamente, eu chamei a atenção dos agentes ao meu redor. Os tais agentes analisaram o meu comportamento. Enviaram o meu perfil ao FBI, à CIA e à DEA. Que o remeteram à Itália. Àqueles homens que, enfim, me propuseram um cargo, na Sicília, na luta contra os corleoneses...

Nenhum movimento na platéia. Agitado, Tony acelerou:

– Inicialmente, eu não topei. Aquela guerra, real, ah, aquela guerra não me fascinava. Eu só queria brincar de *capo*, só queria me fingir de *capo*. Mas, à noite, no apartamento, eu bati um longo papo com o Lindy. Relatei ao Lindy a oferta que os dois homens me fizeram. O meu mano é um sujeito impetuoso, o Lindy tem um espírito aventureiro. O Lindy disse que trabalharia comigo, se eu aceitasse aquela convocação. E eu, sim, arquivei a idéia na cabeça...

Telônio Moura não segurou a pergunta:

– E os tais dois homens, Tony, quem eram eles?

Embora bem mais retesado, o *capo* rebateu, honestamente:

Isso não interessa, Telônio. Meses depois, todavia, em 1983, quando o meu pai aceitou uma idéia minha, organizar uma empresa de importação e de exportação em Palermo, quando eu me instalei na Sicília, conheci uma mulher maravilhosa, a Marina. Eu me apaixonei por ela, e eu me casei com a Marina. Determinada noite, num jantar na casa dos pais da Marina, acredite você se quiser, aqueles mesmos dois homens me abordaram de novo. Os dois homens eram colegas do meu sogro, trabalhavam juntos na luta contra os corleoneses e contra os traficantes de drogas. E eles me refizeram o mesmo convite...

Emocionado, Tony estacou. Levou meio minuto para retomar:

– O meu sogro me convenceu a me aliar àqueles homens...

Lídia Brandini percebeu que Tony não prosseguiria, caso não recebesse algum tipo de apoio. Engoliu os seus melindres e abraçou o namorado:

– Tonino, você não precisa continuar...

De novo *capo*, Tony se empertigou:

– O carro perdeu os freios Li. Eu tenho de continuar, até o fim...

A jornalista acariciou o rosto de Tony. Que foi, até o fim:

– Aqueles dois colegas do meu sogro faziam parte da Justiça de Palermo e de uma entidade embrionária na Itália, a DIA, a Divisione di Investigazione Antimàfia. Naqueles idos, 60% de todas as drogas, cocaína ou heroína, que entravam na América, provinham de Palermo. A DIA cresceu com a ajuda e com o apoio da DEA dos Estados Unidos. Aqueles senhores imaginavam um plano instigante, espetacular, curiosamente inspirado nas teorias de um bravo comunista das décadas de 20 e 30, Antonio Gramsci – queriam infiltrar gente jovem, proveniente da Velha Tradição, na Nova Máfia, para destruí-la por dentro. Um plano brilhante. Um plano, porém. tremendamente complexo, cujo sucesso dependia de um fator crucial: exigia alguém capaz de representar o papel de um *capo* não-convencional. Segundo os dois homens, alguém como eu, de nível universitário e o domínio de vários idiomas, de sangue siciliano e de sobrenome legendário, o neto de um herói da Ilha nos tempos do Fascismo. Ao mesmo tempo, alguém de ficha limpa na Itália e nas Américas...

Intuitivamente, instintivamente, Tony interrompeu a narração. Precisava se expor abertamente – e, ainda assim, preservar alguma ambigüidade:

– Eu não era quase nada, então. Ou era, só, como a Li bem definiu, um visionário, um fanfarrão, um canastrão, mafioso de fachada. A DIA, contudo, me obrigou a um treinamento maluco, e me colocou debaixo das asas de um homem admirável, que se transformou no meu mito – Vito LoRusso, um dos encarregados da segurança do general Dalla Chiesa. O Vito carregava um peso terrível na consciência, ter fracassado na proteção do seu general. E o Vito me adotou como um filho, me ensinou tudo o que sabia, desde a evolução da *Cosa Nostra* até o manejo de uma adaga. Apostou em mim, como o instrumento do seu resgate. Hoje, ahn, meio aposentado, o Vito mora aqui no sítio. Garante a tranqüilidade dos meus pais. Depois, a DIA me mandou aos Estados Unidos, para um outro estágio. Lá, com o apoio do FBI e da DEA, eu me introduzi na Família do velho Joe Bonanno e me fiz amigo do Bill, o primogênito do *capo*. O velho Joe Bonanno nasceu em Castellamare del Golfo e, por causa do meu sobrenome, também me acolheu como um afilhado, amigo, apaniguado...

Silêncio total na varanda do sítio. E Tony arrematou:

– O velho Bonanno considerou que eu fosse um iniciado na *Cosa Nostra* – assim, despojadamente, me abriu o seu coração e as suas memórias. Embora aposentado, recluso, por causa das repercussões do seu livro Bonanno temia uma *vendetta*, um atentado. Não contra ele, mas sobre os seus netos. Chegou mesmo a pedir que eu o auxiliasse. Me forneceu alguns nomes na Sicília, os seus informantes em Palermo. Eu funcionaria como o seu leva-e-traz. Gramei e gramei durante dois anos. Tempos de sacrifícios, de viagens periódicas entre a Itália e os Estados Unidos, às vezes até mesmo ao Brasil. Tudo isso para que eu desenvolvesse uma aparência de criminoso, de um mafioso de verdade. E, paralelamente, para que eu desenvolvesse a imagem de um *playboy* petulante. Eu me camuflaria na ambigüidade do meu estilo de vida. A fim de fortalecer o meu disfarce, a DIA, inclusive, plantou dezenas e dezenas de histórias falsas, a meu respeito, na imprensa da Itália. E eu passei a freqüentar três mundos em Palermo. A sociedade mais afluente da cidade, a estirpe dos consumidores das drogas – e os seus fornecedores. Melhor, graças aos contatos do Bonanno, que nunca desconfiou do meu trabalho na DIA, nunca me imaginou um traidor, eu até mesmo consegui infiltrar espiões meus no bando dos corleoneses...

Telônio Meira mastigou um gole de uísque e sucumbiu:

– Isso significa que...

Tony recuperou o seu controle integral:

– Isso significa, delegado, que nós jogamos no mesmo time...

▼

A revelação, obviamente, conturbou de vez a entrevista. O delegado e a jornalista se emaranharam num turbilhão de inquirições. Tony, contudo, não escutou mais frase nenhuma. Pensou em Marina, nos filhos, no que fizera da vida, no atentado da Via Dante – e começou a chorar, pausadamente. Telônio Meira e Lídia Brandini tremeram. Enquanto a repórter, também lacrimejante, enlaçava ternamente o namorado, o delegado tentou analisar a complexidade da personalidade de Tony. Por que alguém saudável como Tony, rico, feliz e bem-sucedido, se enfronharia numa missão tão complicada como aquela?

Aliás, seria legítima aquela história amalucada e implausível? Telônio Meira lembrou a ligação que fizera para Livatino, o seu contato na Justiça da Sicília. Lembrou do corte seco que recebera de Livatino logo depois de Tony lhe proibir qualquer interferência. Passou a acreditar no relato de Tony. Ainda que lhe fosse difícil compreender os motivos de uma opção tão radical.

O delegado não conhecia nada do espírito atávico dos sicilianos. Ah, não conhecia o seu romantismo, ao mesmo tempo estóico e audacioso. Nem a sua paixão pela verdade. Nem a sua ira diante da safadeza e da impunidade. A sua gana na defesa do sobrenome, o seu patrimônio essencial. O delegado não sabia que Tony tinha se transformado no inviável, no inaudito, num integrante da DIA, inclusive para impedir que o mano Ruggiero conspurcasse a história dos Castellamare. Meira não imaginava o tamanho da mágoa de Tony.

O *capo* administrou a emoção – e prosseguiu, determinado:

– Por uma tarefa doída em que acreditei, generosamente acreditei, perdi tudo que eu mais adorava, em pouquíssimos segundos. Praticamente morri, com a Marina e as crianças, em 10 de novembro de 1988. Desde então, graças à ajuda dos dois homens que me recrutaram, à ajuda da nova Família que eu consegui montar, uma Família paralela à Comissão da Sicília, procuro a minha reconstrução. Sim, uma Família paralela, que eu consegui montar. Delegado, o Riccardo di Portovenere, o diplomata que o seu espião andou vigiando no *flat*, o Portovenere se chama Paolo Garzya, um amigo de infância da Marina. O Garzya é o meu *consigliere*, o meu braço-direito. O Garzya me ajuda a pensar – e a agir. Além dele, eu congreguei alguns seguidores fidelíssimos, como o Dominic Pignatello, um matador que, ahn, roubei do Liggio e do Riina...

A menção do sobrenome Pignatello eletrizou Telônio Meira:

– Dominic Pignatello, um pistoleiro, um assassino vulgar...

A cada instante mais recomposto, Tony ignorou a observação:

– Não julgue, Telônio, não julgue. O Pignatello é uma peça essencial no meu plano. Tanto que ganhou da DIA um passaporte falso, para entrar aqui no Brasil. Ou você acha que eu não trouxe comigo a minha equipe – acha?

O delegado titubeou, quase nocauteado:

– Porra, Tony, além do Portovenere, e do Pignatello, você colocou mais gente da Máfia no Brasil? Gente que entrou, aqui, com passaporte falso?

Cheio de pressa, o *capo* tentou esgotar aquele tema:

– *Cazzo*, Telônio, esqueça esse negócio de Máfia, pistoleiro, assassino. Porra, Telônio, cada um de nós trabalha à sua maneira, pelo mesmo benefício. Esqueça a ética e a moral. Contra os corleoneses, contra os traficantes, os fins justificam os meios. Acabar com esses caras? Só raciocinando como eles...

Embora quase convencido, o delegado ainda perguntou:

– Você quer me dizer que a Justiça da Sicília mantém um esquadrão de vigilantes clandestinos para combater os traficantes de drogas, é isso?

Tony não se incomodou com a questão:

– Defina como melhor lhe convier, meu caro Telônio...

O delegado não se satisfez:

– Tá bom. Agora, se você veio ao Brasil numa missão oficial, ou mesmo numa missão extra-oficial, porque a DIA não nos informou, pediu ajuda?

O *capo* rebuscou no cerebelo a melhor parte da sua paciência:

– Claro que a DIA informou você, Telônio. Informou, dentro dos limites do nosso projeto. Você acha que me encontrou. Mas foi a DIA que pôs você no meu colo, Telônio. Para testar você. Ora, Telônio, a DIA não confia na sua Polícia Federal. *Cazzo*, Telônio, gente da sua Polícia, e do seu governo, o filho de um deputado, *Dio mio*, o filho de um deputado importantíssimo no governo militar do Figueiredo exigiu uma montanha de dinheiro para soltar o Masino. O seu colega Fleury abocanhou duzentos mil dólares que eram do Masino, não interessa a procedência, e ficou com a grana, reformou a sede do DOPS com um dinheiro ilegal. E você me fala, *cazzo*, em missão extra-oficial? Eu já disse à Li que vocês ainda vão descobrir coisas terríveis a respeito desse presidente, o tal do Collor. Ora, convenhamos, *le Brésil n'est pas un pays sérieux...*

A frase, atribuída ao francês Charles De Gaulle, dilapidou o vão orgulho do delegado. Praticamente domado, Meira ousou uma última domanda:

– Tony, o seu chefe é o Rosàrio Livatino?

Irrefreável reação, o *capo* gargalhou, desbragadamente:

– Grande figura, o juiz Livatino. Imprescindível no plano que me trouxe de volta ao Brasil. Sem o Livatino, e as informações que ele transmitiu a você, meu caro delegado, você não teria, digamos, me detido num corredor de avião, logo à minha chegada. Aliás, em algumas ocasiões, o Livatino foi além do que nós haviamos ajustado. Contou bem mais do que devia, ou do que necessitava. OK. No fim das contas, você sabe bem melhor do que eu, delegado, retomei o controle da situação. Não, não, delegado, eu trabalho, mesmo, e diretamente, pra gente muito, muito acima do Livatino. Trabalho, mesmo, pro juiz Falcone, pro Borsellino. E, durante o meu treinamento, eu me tornei um quase irmão do Nando Dalla Chiesa, filho do general, hoje um novo líder da anti-Máfia...

Abismado, o delegado murchou. E Tony, injuriado, explodiu:

– Li, Telônio, eu me tornei um vigilante, um justiceiro clandestino, um desses caras que fazem as leis, acima delas. Eu me tornei, ahn, uma espécie de 007, com licença pra perseguir, pra punir – e, eu sinto, até pra matar...

O delegado e a jornalista permaneceram embasbacados.

E o *capo* concluiu – com um discurso passional, emocionado:

– Agora, sinto, eu não tenho mais nada a dizer. Só tenho que implorar. A você, Li, implorar que você escreva a sua reportagem sem nenhum medo de me prejudicar. A reportagem, você me perdoe, Li, por esta revelação chocante, faz parte do projeto que eu, e os meus chefes de Palermo, desenvolvemos pra acabar de uma vez com os merdas dos bandoleiros da Nova Tradição...

A jornalista, claro, precisava indagar:

– E eu posso publicar toda essa, ahn, sua confissão?

Tony Castellamare se assustou com a palavra, confissão. Obviamente, o *capo* não se considerava um criminoso à beira de uma autoflagelação.

Conseguiu, de todo modo, rearrumar a confusão:

– Todinha. Confissão, desabafo, Li, pegue o termo que lhe parecer mais adequado e correto. Apenas não me descreva como um justiceiro clandestino, um vigilante autorizado pela DIA. Espião, agente secreto? Sem problemas, Li. Preserve a DIA, porém. Não podemos comprometer o futuro da DIA...

Lídia Brandini assentiu, mudamente.

Tony Castellamare, então, desferiu o seu penúltimo petardo.

Talvez não devesse. Em quase transe, Tony exagerou:

– Brava! Amor, eu necessito, mesmo, e eu necessito crucialmente, dessa sua nova reportagem, Li. Até aqui, me interessava ser exibido como um mero *capo* incompetente, em decadência, incapaz de proteger a própria Família, um mafioso suposto, demolido pelo fracasso. E você fez isso, maravilhosamente, em meu benefício. Pelas informações que reuni, amoreco, os meus inimigos já relaxaram as suas defesas. Eu estou a dias, talvez horas, de localizá-los, todos. Por isso, agora, imperiosamente, eu necessito que você me revele como um agente da DIA. O impacto da notícia vai deixar os meus inimigos sem fôlego, desprotegidos, no meio de caminho. E eu conseguirei detê-los. Por favor, Li, vá, imediatamente ao seu jornal – e conte essa nova história. Por favor...

Amoreco. Eu necessito. Eu conseguirei. Vá, imediatamente...

Só que, subitamente, Lídia Brandini se sentiu um instrumento:

– Quer dizer, Tony, que você me usou, esse tempo todo?

O *capo* não mentiu. E observou, o seu foguete derradeiro:

– De certa maneira, sim. Usei você, como também usei o Telônio. Foi de propósito, *càspita*, que a DIA avisou o delegado do meu retorno ao Brasil. Li, avisou, para que eu fosse detido, imediatamente, ao chegar. No plano original, amor, esta estrevista não existiria. A Polícia Federal me apresentaria à mídia como um *gangster* – mas não poderia me manter na prisão. Num momento inicial, os meus inimigos se assustariam. Daí, aos poucos, se convenceriam da minha aposentadoria. Afrouxariam as suas guardas. Então, no instante exato, eu revelaria tudo que contei a vocês dois, em um outro lugar qualquer, numa coletiva. A idéia original era obter uma puta repercussão mundial. Só que, por uma coincidência formidável, Li, meu amoreco, eu conheci você no avião. E, rapidamente, eu aperfeiçoei o plano todo. Li, *càspita*, foi muito melhor...

Tony tentou abraçar a garota. Ofendida, porém, ela podou:

– Muito melhor? Putamerda, você me usou, caralho...

Tony se esforçou, angustiadamente, para acalmar a garota:

– Usei. Mas, eu também me apaixonei por você, *cazzo*, eu me apaixonei. Sinceramente, eu me apaixonei, Li. Depois da morte da Marina e das crianças, Li, eu já não tinha mais esperanças na vida, até encontrar você. Por favor, Li, me acredite. Agora, Li, a minha existência, e a existência de muitas e muitas outras pessoas, dependem de você, desse texto que você tem de escrever...

Propositadamente, Tony exagerou a pausa. E agregou:

– Li, por favor, aja como minha mulher, não como uma repórter...

Mesmo à distância, Tony rascunhou um afago no rosto da garota.

Minha mulher. Embora apavorada, Lídia Brandini vibrou:

– Diga isso de novo, Tony...

O *capo* quase se ajoelhou. E repetiu, mais incisivamente:

– Li, por favor, me ajude. Aja como minha mulher...

A jornalista se submeteu. Recolheu o seu gravador, as suas fitas, as suas anotações, beijou Tony na boca, delicada e mansamente, e se despediu.

– Tá. Eu vou ajudar você. Acho que eu ainda confio em você...

Telônio Meira esperou um pouco mais. Claro, haveria mais.

Com um olhar de dor e de dúvida, Tony acompanhou a partida de Lídia Brandini do sítio dos Castellamare. Ele não mais pensava que, no *cul-de-sac* à frente do sítio, um carro aguardava a saída da garota. Para segui-la. E, talvez, até para raptá-la. Quando o carro da namorada atravessou o portal, Tony fitou Telônio Meira e, transformado, petrificadamente, declarou ao delegado:

– Quanto a você, doutor Telônio Meira, eu preciso que me acompanhe, logo mais, numa missão. Você me perdoe, delegado, pela impertinência. Mas, é uma ordem. Você vai me ajudar a destruir alguns dos meus inimigos...

O delegado não deglutiu aquela determinação:

– Tony, diabos, eu preciso de uma prova...

O *capo* esperava aquela exigência:

– Como queira, Telônio. Ligue pro Livatino.

O delegado se surpreendeu com a frase. Tony insistiu:

– Ligue pro Livatino. Ou, mesmo, pro juiz Falcone...

Telônio Meira vasculhou a sua agenda à cata dos números de Livatino em Palermo. Chamou. Explicou ao seu contato na Sicília, nervosamente, tudo o que acontecera. Livatino, então, lhe pediu que colocasse Tony no aparelho. Tony confirmou que o seu plano finalmente atingira a reta derradeira. Livatino solicitou a Tony que retrouxesse Telônio Meira ao telefone. E avalizou:

– Delegado, por favor, faça tudo que o Tony mandar.

▼

Absolutamente triturado por aquela jornada de gigantesca concentração, Tony Castellamare deixou Telônio Meira na varanda e desceu ao seu chalé, ao lado do pomar do sítio. Tomou um banho quentíssimo de chuveiro. E escolheu uma roupa comum – mocassins triviais, uma calça jeans, uma velha *t-shirt* do time de *Rugby* de Stanford. A mesma que vestira na sua abordagem original pelos dois homens de Palermo. Simbologia. Aquilo que traz, um dia leva.

De repente, Tony considerou que precisava papear com Paolo Garzya. Sim, necessitava debater, com o seu *consigliere*, as possíveis conseqüências do escorregão de Don Caló. Integralmente. A Família Tucci, integralmente desconhecida entre os Castellamare. O mau uso daquele advérbio incomodava Tony. Paolo Garzya escutou, mais do que atento – e prometeu. Que Tony não se afligisse. Que Tony tirasse todas as angústias da cabeça. Não existia mais, afinal, a menor chance de alguém conter aquele trem desenfreado. Com Lindy, o *consigliere* encontraria uma maneira de reaproveitar o advérbio e de testar, subliminarmente, as intenções e as desconfianças de Iago e dos Tucci.

▼

Um dia praticamente perdido. Broderick Villapiano acordou muito além das dezoito horas. E acordou enfurecido com a própria cretinice. Onde estaria Ruggiero Castellamare? Telefonou à discoteca. Nada de Ruggiero. Pediu que chamassem Carlito Mronovski. Por um instante, o cozinheiro pensou em trair Marco Iago, pensou em revelar a Villapiano que Ruggiero vendera a boate – mas se conteve. Afirmou que não tinha novidades. Que talvez Gero aparecesse mais tarde. Tenso, Villapiano passou ao cozinheiro os seus números todos, até mesmo aqueles do apê de Gero. Ordenou que Carlito ligasse, caso dispusesse de alguma informação. Dai, Villapiano tomou um táxi e rumou até o edifício do sumido. Queria checar, outra vez, e bem de perto, aquele mistério.

Graças a mais uma nota de cem doletas, e à cumplicidade do porteiro, soube que Gero havia voltado ao seu prédio, numa Veraneio, apenas de capa, e sem sapatos, escoltado por dois homens, empregados do seu pai. Sofrera um assalto, a explicação de Gero ao porteiro. Uma história intrigante, maluca, absolutamente plausível, porém. Onde estaria a verdade? Com a chave que possuía, Villapiano subiu ao apê de Gero e se afundou num sofazão – à espera de algum desdobramento. Ligou o televisor. Viu uma novela do Grupo Perfil. E zapeou o seletor de canais, até desembarcar num filme de ficção política. Gostou da película – "The Ipcress File", uma das aventuras de Michael Caine no papel de Harry Palmer, um espião britânico. Tivesse uma oportunidade, Villapiano gravaria aquela obra, para reapreciá-la, depois, mais calmamente, em sua casa. O buldogue, porém, não conseguiu instalar a fita apropriada no VCR de Gero. O equipamento emperrou. O buldogue não sabia que Gero utilizava o seu gravador para guardar papelotinhos de cocaína. Deixou passar. Estava mais preocupado com outras circunstâncias, diferentes atribulações.

▼

No percurso entre o sítio dos Castellamare e a discoteca de Ruggiero, o seu *babbo* Don Calógero na pilotagem da Mercedes, o *capo* Tony contou ao delegado, sem pejos e sem constrangimentos, o que podia e o que necessitava. Reexplicou as funções de Paolo Garzya e de Domi Pignatello. Discriminou de que maneira a sua Família funcionava. Descreveu ao policial as tarefas que caberiam, naquela noite crucial, aos seus outros expedicionários: Elia Grazie, Pippo Carotè, Ropertino Pellegrino, Sissi Sparapani – e Vito LoRusso. Falou inclusive do sumiço de Gero, e do susto que planejava pregar nos Tucci.

Meira não discutiu a estratégia de Tony. Erro de ambos. Entretidos nos seus esquemas, o *capo* e o delegado se esqueceram dos automóveis que, desde a manhãzinha, vigiavam a propriedade dos Castellamare. Um Corcel, com três calabreses da *N'Dranghetta*, atrás de Gigi. Um Diplomata, com três morenos, provavelmente jordanianos, atrás de Lídia Brandini. Felício Brock? Cartesiano na subordinação das ordens do delegado, o latagão permaneceu de plantão no *cul-de-sac* – mesmo depois da saída de Tony, de Don Caló e do seu chefe. Um infortúnio, outro erro, que mudaria dramaticamente o destino do rapaz.

Quando Tony, Don Caló e o delegado desembarcaram na discoteca, os homens do *capo* já ocupavam, atentos, os seus postos de combate. Pignatello se juntara a Paolo Garzya e a Lindy Regazzoni no escritório da discoteca, uma pistola PPK ao alcance da mão. Pellegrino se plantara fixamente na entrada da boate, como um porteiro, um segurança trivial. Sissi Sparapani se localizara na porta dos fundos, a fim de evitar uma fuga inesperada. Na rua, num carro que os Tucci não identificariam, jamais, Elia Grazie e Pippo Carotè cuidavam de Gero – ainda bem dopado com mais uma dose de calmante diazepínico.

Don Caló se alojou num nicho, escuríssimo, num dos lados do salão da discoteca. Tony conduziu o delegado ao cubículo da equipe de segurança, a meros metros do escritório do mano Gero – doze monitores de TV, todos em cores, lugar perfeito para o exame de todas as dependências de L'Omertà. O líder da segurança não se abalou com a invasão abrupta do seu domínio. Na condição de novo proprietário de L'Omertà, Lindy já havia anunciado que dois homens, em torno das 21h30, se instalariam à frente dos monitores.

Por via das dúvidas, Telônio Meira ainda exibiu, ao líder da segurança, o seu distintivo reluzente da Federal. Numa olhadela, reconheceu o rapaz, um seu ex-subordinado, que tinha trocado de emprego, um ano antes. As empresas particulares de segurança, um negócio em enorme ascensão, pagavam muito melhor do que o governo falido do Brasil. Imediatamente, o líder ofereceu a sua cadeira de vigia ao antigo superior. Com um sorriso contemporizador, o delegado recusou. Preferiu ficar em pé, super-atento aos monitores.

Os Tucci, todos eles, Bruna Maria, Francesco e Marco Iago, apareceram em L'Omertà por volta das 21h55. Os três entraram na discoteca, airosamente, e se aboletaram numa mesa de pista. Iago pediu ao *maître* que chamasse, na cozinha, o *chef* Carlito Mronovski. O *chef* surgiu no salão, asseverou não ter nenhuma notícia de Ruggiero – e sugeriu aos visitantes que saboreassem o seu filezinho de cordeiro na redução de xerez. No momento em que as travessas aterrissaram na mesa, de uma sombra da danceteria apareceu Don Caló.

No cubículo da segurança, Tony ordenou ao delegado:

– *Now, dismiss this guy, OK?.*

Meira compreendeu o inglês de Tony.

E dispensou o líder da equipe.

Que saiu do aposento, obedientemente.

Meira trancou a porta. Calmamente, Tony se ajeitou na cadeira do líder. Por um intercomunicador, enviou um recado a Elia Grazie e a Pippo Carotè. Que Elia e Pippo permanecessem bem atentos. Deveriam entrar na discoteca, com Gero, assim que Don Caló, os Tucci e Marco Iago subissem ao escritório de L'Omertá. Daria o sinal necessário. Daí, o *capo* desligou os equipamentos que gravavam as imagens do escritório, do salão e da cozinha do lugar.

Meira não anteviu o significado fundamental daquela atitude.

Apenas permaneceu, em pé, à espera do que ocorreria.

▼

Com um aceno, Don Caló cumprimentou Marco Iago e Ciccio Tucci. Diante de Bruna Maria, foi mais risonho, simpático, e sedutor. Deu três beijos bem calorosos no rosto da mulher – e observou, então, delicadíssimo:

– Mania de *brasiliano*. Consta que atrai o casamento...

Bruna Maria fez questão de segurar, firme, a mão de Don Caló.

Era, mesmo, uma ninfomaníaca – e incorrigível:

– Pena que o senhor já esteja comprometido...

O *babbo*, charmosamente, ameaçou uma mesura:

– Mais do que comprometido. E velho demais para cortejá-la...

A postura bonançosa de Don Caló apaziguou Marco Iago:

– O senhor é, mesmo, um cavalheiro. Nos acompanha?

O patriarca agradeceu, com uma nova reverência:

– Fiquem à vontade. Eu já jantei. Desfrutem as suas delícias...

Antes de experimentar o cordeiro, Marco Iago perguntou:

– E o seu filho, onde está Don Antonio?

Don Caló disfarçou, como se Tony não importasse:

– Deve chegar em minutos. Enquanto isso, vocês se divirtam...

Ciccio Tucci estranhou a *nonchalance* de Don Caló. Com uma rudeza que incomodou, até, o seu *consigliere*, Tucci investiu verbalmente:

– O senhor, Don Calógero, me parece excessivamente tranqüilo para um pai cujo filho sumiu. Não está preocupado com o desaparecimento do Gero? E não está ansioso pelas informações que nós, ahn, prometemos lhe trazer?

O *babbo* permaneceu contido – e inalterável:

– Sou paciente, Don Francesco. Eu sei esperar...

Sem uma outra saída, os Tucci e Marco Iago mergulharam nos pratos de cordeiro, confiantes na solicitude do patriarca dos Castellamare. Aquele velho não lhes traria perigo nenhum, principalmente numa boate repleta. Os três se empanturraram com as iguarias do *chef* e com quase duas garrafas de Brunello di Montalcino. Encerraram o seu banquete com crepes flambados na calda de tangerinas e de uvas sultanas. Daí, suavemente, Don Caló lhes propôs:

– Vamos tomar o café no escritório?

Intrigado com a idéia, Iago rebateu de primeira:

– Por que, no escritório? Não me diga que o Ruggiero está lá...

Nas suas entranhas, Don Caló sorriu, gostosamente.

E se explicou, formidável, comandante, na sua sobranceria:

– Não, Don Iago. O senhor tem razão. No finalzinho desta tarde, depois da nossa última conversa, eu obtive a corroboração definitiva, ahn, de que o Gero sumiu. Aliás, Don Iago, o meu filho vendeu esta boate. O senhor bem sabe, o Gero sempre foi independente, imprevisível. De todo modo, Don Iago, o novo proprietário me permitiu receber os Tucci no escritório que foi do meu filho. Nós poderemos subir até lá, sem problemas – e sem riscos...

Problemas. E riscos. As duas palavras, reticentemente soltas num fim de frase, estranhamente inquietaram Marco Iago. Num minutinho que lhe pareceu um século, praticamente toda a sua vida de quase oitentão, o *consigliere* dos Tucci examinou e reexaminou o seu plano infalível. Hesitou e re-hesitou. Uma energia esquisita emanava de Don Caló. *Nonchalance* em demasia para quem tinha um filho insano e o outro desaparecera. Por que o escritório, se Gero já vendera a discoteca? Que haveria por lá? O esplendor ou a debacle?

Iago sorveu um gole de Brunello e se controlou, se esforçou por soterrar a sua intuição, cobri-la com a sua lógica de filósofo amador. Sim, Gero havia vendido a sua boate – confirmação de Carlito Mronovski, avalizada por Don Caló. Sim, Gero havia sumido, uma confirmação direta de Don Caló. Claro, o novo dono não queria ver a cara de Gero na discoteca. Outra certeza de Carlito – e uma obviedade, aliás, em tal gênero de transação. Claro, naquela situação, não existia a menor chance de Gero surgir, de repente, no meio da reunião. Suspeitasse de uma safadeza qualquer dos Tucci, Don Caló não se demonstraria tão sóbrio, tão sereno, e tão meigo. Claro, pelo tom do patriarca, ocorreria, mesmo, algum acerto entre os Castellamare e os Tucci. Um acordo que detonaria Broderick Villapiano. Daí, caso Gero ressurgisse, um dia ou um mês depois, bem, os Castellamare já teriam funicado aquele buldogue...

Perfeito. Num último descargo de consciência, Iago confabulou alguns segundozinhos com Ciccio, com Bruna Maria – e com o seu *chef* Carlito. Que perigo haveria de eles acompanharem Don Caló ao escritório de L'Omertà? Carlito, Bruna Maria e Ciccio consentiram: absolutamente, nenhum. Melhor, atrevidos, imprudentes, os Tucci se consideraram vitoriosos, por antecipação, naquela reunião. No escritório, idealizaram os Tucci, conseguiriam manobrar o velho patriarca de uma maneira elementar. Também, eles acreditavam, tolos, poderiam se estruturar para a aparição eventual do trouxa do *capo* Tony...

Iago ainda pensou em uma norma, final, de proteção. Puxou Carlito por um braço e, rindo, determinou ao seu cozinheiro, seu amante, garanhão:

– Caso aconteça algum imprevisto, fique com as chaves dos cofres que estão no meu *closet*. Lá dentro existe dinheiro suficiente até para um resgate – digamos, se eu for raptado. Conto com você, menino, para me libertar...

Carlito beijou as faces de Iago e lhe jurou a sua fidelidade

Exatamente como um certo Judas, milênios antes...

▼

Convictos do seu poder, e da sua esperteza, os Tucci e Marco Iago não estranharam a porta trancada. Don Calógero bateu. E Pignatello abriu.

Impecável teatro. Bruna Maria se impactou com Pignatello.

O pistoleiro dos Castellamare consumiu o máximo da sua educação, do seu treinamento, para acomodar Bruna Maria na única poltrona do escritório. Marco Iago e Ciccio Tucci se sentaram em cadeiras comuns, da Thonart. Don Caló permaneceu em pé, examinando o ambiente. Um cenário dominado pela presença absurdamente loira, sutil e angelical de Leonardo Regazzoni, postado como um monarca, atrás da escrivaninha em que Ruggiero administrava a sua boate. Ao lado de Lindy, na sua eterna pose de dândi, pairava Paolo Garzya. Iago, Ciccio e Bruna Maria não demoraram a reconhecer as duas figuras, da noite anterior, numa mesa bem próxima à deles, no salão da danceteria.

Depois de se fascinar por Pignatello, Bruna Maria se reempolgou com a beleza loira, sutil e angelical de Lindy. Bruna Maria se reinteressou pelo dândi e pelo carisma que aquele aristocrata, melífluo e adocicado, voluptuosamente lhe transmitia. Daí, devolveu o seu olhar ao guardião da porta do escritório da boate. Contou nos dedos, um-dois-três. Que jornada de tesão providencial ela teria se pudesse reunir, num só colchão, aqueles três homens e mais o latagão desajeitado que já havia visto, uma, duas noites antes, em L'Omertà.

De novo, Bruna Maria sonhou o que não deveria. Adoraria ser comida, em seqüência, por aqueles quatro homens. E por Villapiano. Cinco machos, numa só jornada, o recorde da sua existência. Talvez, até, trepasse com Tony Castellamare. Sim, Bruna Maria decidiu que se lançaria nos braços de Tony, e que comemoraria a paz entre os Tucci e os Castellamare numa aventura com aquele *capo* estranho, e sensualíssimo, de cabelos fulvos. Pena. Sem qualquer introdução, num corte brutal, dura e bruscamente, Lindy atrapalhou:

– Don Caló me disse que os senhores sabem como o Gero Castellamare desapareceu. Sério, isso será verdade? Os senhores sabem como ocorreu?

Sem prever a armadilha, Ciccio Tucci rebateu, imperial:

– Me desculpe. Mas, quem é você?

Lindy respondeu, respeitosamente, como um príncipe faria:

– Me desculpe o senhor, com certeza Don Francesco Tucci. Estou certo? Por favor, me desculpe, Don Francesco, ainda não me apresentei. Meu nome é Leonardo Regazzoni. Eu e o meu colega, Don Riccardo di Portovenere, somos os novos donos de L'Omertà. Também somos os novos representantes, aqui no Brasil, de alguém que gosta muito, mas muito, mesmo, dos senhores...

Uma pausa proposital. Um garçom surgiu e ofereceu café aos visitantes. Lindy esperou que todos terminassem. Pignatello ajudou o garçom a recolher as xícaras. Lindy se reempertigou. Curtia o suspense que propiciava:

– Alguém que gosta muito, em particular, de Dona Bruna Maria...

Outra pausa. Lindy quase delirou com aquele massacre mental.

Bruna Maria reativou a sua fantasia. Quem, quem seria o seu fã?

– Alguém que me aprecia, ahn, Don Leonardo? Quem seria?

Lindy desnudou aquela mulher, gostosíssima, com a sua divagação mais safada. Preparadíssimo por Paolì, porém, foi integralmente profissional.

– Trata-se do nosso *capo* comum, Eugene Gotti. Embora preso, o Genie me determinou que retransmitisse, aos três, as suas melhores saudações...

O nosso *capo* comum. Eugene Gotti. O Genie. A inesperada intimidade daquele anjo loiro com Eugene Gotti estonteou os seus interlocutores.

Iago, Ciccio Tucci e Bruna Maria se entreolharam, atônitos.

Inoportuna, Bruna Maria não segurou uma insinuação:

– O Genie lhe falou a meu respeito, Don Leonardo?

O anjo loiro sorriu, eufórico por aquela intromissão, perfeita. Graças ao furor vulcânico da mulher, desviava Iago e Ciccio Tucci do primordial:

– Eu pude visitá-lo, na cadeia, recentemente, minha senhora. Falou bem, aliás, falou muitíssimo bem, minha senhora. Lautos e lautos elogios...

Bruna Maria se inflamou, certa de conquistar o anjo loiro.

Iago resfriou Bruna Maria – com um apertão no braço.

Cauteloso, optou por retornar ao porto, e à sondagem:

– Desde quando o senhor, Don Leonardo, assumiu essa posição? Para nós, ahn, o representante dos Gotti, no Brasil, é o Broderick Villapiano...

Imbecilóide *consigliere*. Lindy lutou para não gargalhar:

– Desde quando Don John Gambino, o sucessor do Genie, descobriu que o Villapiano resolveu agir por conta própria. E desde quando Don Gambino descobriu que o Villapiano se tornou ladrão. Uns dez dias atrás. Aliás, saibam que os senhores também estavam sob as suspeitas de Don Gambino – e de toda a Família Gotti. Suspeitas terríveis, que apenas hoje se desfizeram...

Bruna Maria refluiu. Colocou os negócios antes da cama.

Ciccio Tucci aproveitou o momento – e interferiu:

– Como, apenas hoje? E por que apenas hoje?

Lindy recitou a ladainha que Paolo Garzya lhe havia ensinado:

– Bem, dias atrás eu completei, ahn, uma auditoria nas contas oficiais e nas contas extra-oficiais dos negócios da Família Gotti aqui no Brasil. Apertei o Gero – e o Gero acusou o Villapiano de embolsar a maior parte do dinheiro que deveria enviar à Família Gotti. Convenci o Gero a pagar a sua penitência, e o Gero, entre outras concessões, me transferiu a posse deste ponto...

Iago, Bruna Maria e Ciccio Tucci continuaram silenciosos. Claro, com mais minúcias ainda, a história daquele anjo afiançava o que já lhes dissera Carlito Mronovski. Lindy se alçou do seu posto e se manteve, didático:

– Sem alternativa, o Gero topou, ontem à tarde. Depois, à noite, o Gero me viu, e ao Don Ricardo, com um dos nossos homens, aqui de vigia faz um bom tempo, sentado numa mesa da boate, pertinho dos senhores. O Gero deve ter imaginado que os senhores e nós estivéssemos juntos, que fora traído pelo Villapiano. Aliás, Don Tucci, eu pude testemunhar o momento em que o Gero se achegou – e vacilou, e logo saiu, praticamente sem cumprimentá-lo...

Imóvel, Ciccio Tucci se satisfez com aquela descrição. Um relato que se encaixava, congruentemente, ao seu raciocínio. Tudo batia – não mais parecia feder. Tucci então acenou, para que Lindy avançasse na sua peroração:

– Don Tucci, Dona Bruna Maria, Don Iago, eu acredito que o Gero, ahn, teve uma súbita crise de medo do Villapiano. E escapuliu. Como, na ocasião, o Villapiano nos interessava mais do que o Gero, optamos por continuar aqui, e por analisar as reações dos senhores. Nós percebemos que os senhores não se alteraram com o gesto intempestivo do Gero. Muito ao contrário. Comeram, e beberam, e curtiram a sua noite – como pessoas integralmente limpas...

Integralmente. Lindy aproveitou o advérbio, subliminarmente.

Uma recomendação direta de Tony. O *capo* necessitava testar os Tucci. Necessitava investigar se o escorregão infantil de Don Caló, nas conversas ao telefone com Iago, não tinha motivado a desconfiança dos Tucci. Necessitava investigar se aquele advérbio mexia com as entranhas dos seus inimigos.

Felizmente, nada. O advérbio não alterou os visitantes.

No cubículo da segurança, Tony se divertiu. Mais um bingo.

Ansioso pelo seu remanso definitivo, Ciccio Tucci insistiu:

– E as suspeitas? Como, e por quê, apenas hoje se desfizeram?

Professoral, Lindy fechou o teorema, sinteticamente:

– Simples. O telefonema de Don Iago a Don Caló atestou a inocência da Família Tucci. Ora, Don Iago jamais procuraria Don Caló se a Família Tucci tivesse participado, com o Villapiano, no desvio do dinheiro que pertence à Família Gotti. Ou no sumiço do Ruggiero. Afinal de contas, meus senhores, qualquer criança, em nosso mundinho, sabe que Don Caló foi, por décadas e décadas, o antecessor do calhorda do Villapiano como o único representante da Família Gambino, agora Gotti, aqui no Brasil. Elementar, *amici miei*...

Elementar? Muito ao contrário, a demonstração de Lindy deu vários nós nas cabeças de Iago, Ciccio Tucci e Bruna Maria. Don Caló, representante da Família Gambino? A informação, obviamente inédita para os Tucci, explodiu sobre eles como uma carga de dinamite num castelo de cartas. Diante daquela dilacerante novidade, se esboroavam as chances de os Tucci acusarem Eugene Gotti de mandante do atentado que matara a mulher e os filhos de Tony.

Puxa-saco, Iago esboçou outra sondagem, igualmente paspalhona:

– Quer dizer que as declarações todas de Don Antonio Castellamare, aos jornais e à televisão, não passaram de um truque? Uma maneira engenhosa de a Família Castellamare desviar as atenções da mídia enquanto se incumbia de investigar as gigantescas falcatruas, ahn, do calhorda do Villapiano?

Lindy escancarou um sorriso – e aplaudiu:

– Bravo, Don Iago, o senhor é mesmo um grande *consigliere*...

Não, Iago raciocinou. Não podia ser verdade. Don Caló, um integrante do clã Gambino? Não podia ser verdade. Aquele anjo loiro, de todo modo, lhe parecia extremamente convicto do que dizia. E era lógica, e plausibilíssima, a tese da traição de Villapiano. Perturbado, muito mais do que confuso, o velho *consigliere* demorou bastante para intuir o óbvio. Os Tucci tinham se enfiado numa arapuca fatal. Apesar do ar condicionado, Iago desandou a transpirar. Daí, num rompante derradeiro de esperteza, tentou se mostrar um aliado:

– Agradecemos a sua sinceridade, Don Leonardo. E ficamos felizes em saber que, por causa do meu telefonema, as suspeitas da Família Castellamare, e da Família Gotti, enfim se acabaram. Apenas cumprimos o nosso dever...

Bruna Maria quis auxiliar, o seu furor sexual à flor da pele:

– Verdade, eu concordo, Don Leonardo. Ontem, eu vi o senhor, e o Don Riccardo, aqui, nesta discoteca. Eu vi ambos, com um grandalhão, que já tinha estado na boate antes. *Càspita*, a sua equipe é muito, muito competente...

Lindy riu nas entranhas. E sorriu, politicamente, no rosto.

– E a senhora, Dona Bruna Maria, é uma mulher inebriante...

Bruna Maria se mexeu, de modo que o seu decote se ampliasse.

Paolo Garzya, ou Portovenere, fingiu olhar – e apreciar...

Lindy desferiu um tabefe bem seco na mesa – e rumou até o barzinho do escritório. Gentilíssimo, agraciou os visitantes com um licor de limão:

– As minhas homenagens, Dona Bruna Maria...

– Sim, obrigado, obrigado, Don Leonardo...

– As minhas homenagens, Don Tucci, e Don Iago...

– *Grazie*, Don Leonardo. À nossa pacificação...

Lindy deu uma volta na mesa. E beijou as bochechas de Iago:

– Bravo, Don Iago. Belo nome, um nome shakespeareano. Eu lembrarei de elogiar a sua proficiência, no próximo contato com Don Gambino. OK, de volta ao Gero. Sinto continuar me intrometendo na reunião que os senhores programaram com Don Caló. O Gero, contudo, não assinou todos os papéis de transferência do ponto. E a notícia do seu sumiço me deixou muito apreensivo. Os senhores compartilham da minha tese a respeito do sumiço do Gero?

Hipnotizada por Lindy, a pobre Bruna Maria se enfiou na forca:

– Coisa do Villapiano. Essa é a certeza que nós temos...

Marco Iago engatou, com uma observação autêntica:

– Desde ontem, não temos notícia, também, do Villapiano...

Lindy apertou o laço:

– Sim, sim. Eu procurei pelo Villapiano, hoje. Inutilmente...

Ciccio Tucci não desperdiçou a chance de se vangloriar:

– Eu acredito, Don Leonardo, que o Villapiano seqüestrou o Gero para obter um resgate. Para culpar a Família Tucci. E para jogar os Tucci contra os Castellamare. O Villapiano, evidentemente, pretende nos forçar a uma guerra, Don Leonardo, uma guerra da qual somente ele sobreviverá. *Capisce*?

Lindy assentiu. E permitiu que Ciccio Tucci prosseguisse:

– Acho que o Villapiano tinha gente, dele, nos fundos da boate. Quando o Gero se assustou, e escapou pela cozinha, sem dúvida foi capturado...

Lindy reassentiu. E reforçou o seu nó:

– Faz sentido. Essa, aliás, é a opinião de Don Caló...

O *babbo* se aproximou da mesa e se colocou ao lado de Garzya. De um gole, esvaziou o seu cálice de licor. Pigarreou. E atirou a última isca:

– E quanto às mortes da minha nora e dos meus netos, Don Iago? Esta tarde, o senhor me assegurou, pela sua palavra de honra, que a Família Tucci nada, absolutamente nada, teve a ver com o caso. E prometeu provar...

No lugar da forca, a guilhotina. Aqueles desdobramentos novos haviam destruído completamente os álibis de Marco Iago e dos Tucci. Impossibilitado de lançar a culpa do crime sobre Eugene Gotti, o acossado *consigliere* ainda esboçou criar um roteiro de fuga. Em busca de tempo, Iago gaguejou:

– Não seria melhor que nós esperássemos o Don Antonio?

Num meneio, Garzya indicou a Lindy e ao patriarca que se considerava absolutamente satisfeito com aquele interrogatório. Nunca tivera dúvidas da culpa dos Tucci no atentado da Via Dante. Faltava apenas confirmar, de vez, a participação eventual dos Gotti na explosão. Não, não, como Garzya já havia suspeitado, dezesseis meses antes, naquele caso os Gotti eram inocentes. Mais, Garzya acabara de atestar que existia um racha entre os Tucci e Villapiano. Ótimo, perfeito. Os Castellamare enfrentavam uma gangue desmantelada.

Don Caló liberou a sua lâmina, que desceu num estrondo:

– O Tony já está aqui, seu idiota filho da puta...

O *capo* testemunhara o encontro inteirinho no cubículo da segurança da boate. Sabia como aquela conferência, grotesca, patética, terminaria...

Cinemascopicamente, ao escutar a frase do *babbo*, a sua deixa, Tony Castellamare invadiu o escritório, escoltado pelo delegado Telônio Meira, por Pippo Carotè, por Elia Grazie – e pelo seu irmão Ruggiero, que mais parecia um zumbi. A ressurreição de Ruggiero, literalmente, desbaratou os visitantes. Num lampejo, a um só milímetro do fim, Ciccio Tucci visualizou a dimensão da sua própria estupidez e compreendeu que tinha se atirado dentro de um abismo sem fundo. Babaca, Tucci ainda tentou sacar uma automática.

Bem mais veloz, Pignatello lhe exibiu a sua PPK:

– Quieto, seu *sciccareddu*. Ou eu furo o seu pescoço...

Acovardado, cagão, Ciccio Tucci se encolheu. Com a força do Sirocco, um tornado aniquilante, capaz de arrancar um bosque inteiro das raízes, num átimo voltou à sua mente a velha maldição do provérbio siciliano: "Quem fere crianças, se transforma num imortal – um prisioneiro eterno da sua própria sombra". Merda, merda, uma existência, uma história, uma fortuna...

Que Tony Castellamare destroçaria – numa piscadela.

De joelhos, Ciccio Tucci se demonstrou um bosta:

– Me perdoe, Tony, eu não queria matar os seus filhos...

Insensível, impiedoso, Tony chutou o rosto de Ciccio Tucci.

Sorte de Ciccio Tucci, o *capo* calçava macios mocassins.

Bruna Maria começou a chorar, histericamente.

Iago ainda pretendeu um esperneio de soberba:

– Don Calógero, isto é traição. Nós viemos em paz!

O patriarca replicou com uma bofetada na face do oitentão:

– Quieto, *finocchione*. Não me fale de traição...

Tony conteve a sua impiedade e a irritação do pai. Pediu a Paolo Garzya que retirasse Don Caló do escritório. Obrigou Gero a se alojar na sua poltrona, como se ainda fosse o dono da boate. Investigou as expressões dos seus três prisioneiros. Daí, enquanto pôde, cuspiu nos rostos de Ciccio e de Iago.

Que porcarias, pensou Tony, os matadores da sua mulher.

Que porcarias, os assassinos dos seus três filhos.

Inermes, inúteis, domados, numa ação de ridículos segundos.

O *capo* ainda pensou: vida do capeta, minha mulher e os meus filhos se foram, faço o que com estas porcarias, *Dio mio* me ajude, por favor...

Tony desandou a lacrimejar. Manso, devagarzinho.

Perplexo, Telônio Meira presenciava a cena toda. Que fazer?

Numa explosão, Tony solucionou as dúvidas do delegado:

– Eu deveria degolar você, Marco Iago. Eu deveria estuprar você, Bruna Maria Tucci. E eu deveria capar você, Francesco Tucci. Eu deveria me divertir com os três, torturar os três, mortificar os três, até que os três me implorassem a piedade de matá-los. *Cazzo*, porra, eu deveria. Só que, *cazzo*, porra, os três são muito burros, muito pequenos, para merecerem uma *vendetta* minha. Os Tucci não valem o meu cocô. Em vez de matá-los, eu vou prendê-los...

Aterrorizada, Bruna Maria ensaiou uma indulgência:

– Por favor, me escute, Tony. Ahn, me escute, Don Antonio...

O *capo* ignorou a mulher. Andou e reandou através da sala. Então, num rompante exasperado, recuspiu nos rostos de Ciccio e de Iago. Sem pensar que o delegado testemunhava o seu arroubo de fúria, determinou a Elia e Pippo que desnudassem os dois homens. Daí, pessoalmente se encarregou de tirar a roupa de Bruna Maria. Às cuteladas, o *capo* derrubou Iago e Ciccio no chão. E empurrou a mulher, que desabou, frouxa, sobre o irmão e o tio. Num aceno, Tony mobilizou Pignatello. O pistoleiro entendeu aquela ordem muda.

Devagar, Pignatello abriu a braguilha da calça e, desabusadamente, com uma pontaria preciosa, mijou nos três corpos empilhados no carpete.

Encerrado o seu ritual diabólico, o *capo* fitou o delegado.

Telônio Meira continuou estático, desatinado.

Compreendeu por que motivo Tony desligara os gravadores.

Nem Fellini conceberia aquele roteiro. Nem mesmo Buñuel.

Tony, então, bradou:

– *Cazzo*, Telônio, se vire! Esses troços são seus!

Telônio Meira não se mexeu.

– Porra, Telônio! Leve logo esses trastes daqui, caralho!

Desprevenido, o delegado não dispunha de algemas suficientes. Levava consigo apenas uma, de praxe, no cinto, às suas costas. De uma valise, ao lado da escrivaninha, Garzya extraiu as unidades que faltavam. Sim, diabos, Tony Castellamare previra até mesmo as algemas. Meira pediu que Elia e Pippo o auxiliassem a vestir Marco Iago, Bruna Maria e Ciccio Tucci. Manietou os três. Então, atônito, sem fôlego, a pulsação num galope, recorreu ao *capo*:

– E agora, Tony? pra onde eu levo esses três?

O *capo* respondeu, com um ódio incontrolável:

– Dê um tiro no rabo de cada um – e jogue os três num rio...

▼

O delegado Telônio Meira, evidentemente, cumpriu as normas da sua profissão. Telefonou à sede da Polícia Federal, solicitou reforços – e deteve os três membros da Família Tucci dentro da legalidade que a sua posição exigia. Deteve, meio sem saber os motivos que utilizaria para a prisão. De todo modo, o delegado sentia, não tinha mais como discutir as ações do *capo* Tony.

Azar ou sorte de Tony e de Meira, havia um repórter do Grupo Perfil no plantão da sede da Polícia Federal. A notícia da detenção dos três mafiosos na discoteca correu celeremente através da repartição. Imediatamente, o repórter notificou o seu chefe direto, Zé Renato Baruel. Que localizou Lídia Brandini na redação do jornal e, sem comentar a prisão, lhe perguntou como fora a sua entrevista com o *capo* naquele dia. Lídia Brandini sintetizou a Baruel os fatos espantosíssimos que tinha testemunhado, descreveu a tensão estratosférica que percebera em Tony. Em um canto da sua alma, Baruel pressentiu que Tony não havia passado a Lídia alguma informação crucial. Por intuição, precavido, determinou à garota que não interrompesse o seu trabalho. Antes de decidir o que fazer com aquela entrevista, queria conversar com Betinho Vinhas.

Baruel encontrou o chefe no Mammo, um restaurante superlativo, *hors-concours* no país. Sem hesitar, Vinhas abandonou o seu convidado de repasto, um senador da oposição ao governo Collor – e voltou correndo à redação.

Lídia Brandini já estava praticamente no final do seu texto. Por trás da garota, Vinhas conseguiu ler o que a tela do computador então exibia.

Respirou fundo. Não resistiu. Roubou um cigarro de Baruel:

– Puta que pariu, este é o furo da história da humanidade. A DIA mandou um agente secreto ao Brasil. Pinhões, o Tony é um agente da DIA...

A garota continuou batucando. Baruel, porém, observou:

– Lídia, pare um instante. Tem algo nesse furo que eu não entendi...

Com um bocejo de superioridade, a garota se virou:

– Diga lá, meu chefinho, diga lá...

Baruel deglutiu a invectiva – e permaneceu profissional:

– Segundo a sua matéria, o Tony é um agente da DIA. OK. Aceitarei. E o Tony não gosta do irmão, o Ruggiero, entre outras coisas porque o Ruggiero se envolveu com as drogas. OK. Aceitarei. Agora, me diga, quem são Marco Iago, Francesco Tucci e Bruna Maria Tucci? Você sabe quem são eles?

Lídia Brandini não entendeu. Baruel reformulou a questão:

– Quem são Marco Iago, Francesco e Bruna Maria Tucci, três mafiosos que o Telônio Meira acaba de prender, exatamente, lá na boate do Ruggiero? Aliás, acaba de prender com a ajuda direta do seu Tony Castellamare?

A súbita desorientação quase nocauteou Lídia Brandini:

– Puta merda, eu não sei. O Tony nunca me falou desses caras...

Outra sacanagem do seu suposto namorado? A sua traição definitiva?

Ou tudo não passaria de mais uma coincidência fenomenal?

Lídia Brandini salvou o que redigira e abandonou o micro:

– Caralho, eu vou lá pra boate...

Baruel segurou a jornalista por um braço:

– Esqueça, Lídia, eu já mandei uma equipe da TV pra boate. Nós vamos mostrar a saída dos três mafiosos, ao vivo. Eu já combinei tudo com a PF...

Lídia Brandini, por bem pouco, não começou a chorar:

– Caralho, Baruel, que história é essa, porra?

Baruel explicou, como podia:

– Aparentemente, aqueles três mafiosos foram os mandantes do atentado que matou a mulher e os filhos do Tony. Cê não sabia de nada, mesmo?

Lídia Brandini jurou desconhecer aqueles três mafiosos. Jurou, também, que ficara furiosa ao se sentir usada por Tony. Mas que Tony, aflito, ansioso, nervosíssimo, enfim a tinha convencido da honestidade do seu amor:

– Caralho, Baruel, o Tony me implorou, porra, me implorou, pra que eu viesse ao jornal e terminasse o meu texto. Disse que, ao revelar a verdadeira identidade dele, eu faria os inimigos dele se exporem. Disse que faltava muito pouco pra descobrir os seus inimigos. E o Tony me enganou. Porra, o Tony já sabia, e o Tony me traiu – e me traiu, porra, com o filho da puta do Meira...

Betinho Vinhas resgatou a sua lógica mais paternal:

– Talvez não, Lidinha. Não, talvez o Tony não tenha mentido a você. E talvez, à tarde, o Tony ainda não soubesse que iria encontrar, e prender, os três mafiosos, exatamente, lá na boate do irmão. Ao menos, o episódio atesta que a história do Tony é absolutamente verdadeira. Seu furo ainda vale. Nós vamos atrasar o nosso fechamento, Lidinha. Seu furo, porém, vale o transtorno...

Sem forças, esgotada pelas surpresas de Tony, a garota berrou:

– Que se foda o meu furo, Betinho. Eu tou mais preocupadada é com a minha vida. Porra, o Tony me enganou. Porra, porra, o Tony me iludiu...

Baruel e Betinho Vinhas se entreolharam, calados. Então, subitamente, Lídia Brandini recuperou a compostura. Voltou ao computador – e disse:

– Eu vou acabar logo esta joça. Por respeito a vocês. Depois, que se foda a minha vida, e que se foda o sacana do Tony. Eu vou sumir uma semana...

Betinho Vinhas confortou a garota:

– Isso mesmo. Feche a matéria. Que, aliás, está sensacional...

Lídia Brandini retornou ao seu texto – e à sua desdita.

▼

Terminado o filme com Michael Caine, o irrequieto Brodie Villapiano resolveu, outra vez, zapear o aparelho de TV do apartamento de Ruggiero. De repente, uma imagem inacreditável triplicou a sua necessidade de insulina. O buldogue sentiu o seu pâncreas se contrair. Na Rede Perfil, Telônio Meira se enfatuava com a detenção de três criminosos perigosíssimos, palavras do próprio policial, os responsáveis pelas mortes da esposa e dos filhos de Tony Castellamare, dezesseis meses antes, na Sicília. Aliás, continuou o delegado, Tony Castellamare não era um bandido, como se suspeitava – mas um agente secretíssimo, eficientíssimo, da Divisione di Investigazione Antimàfia.

Num rompante, Villapiano telefonou à boate L'Omertà e implorou pelo *chef* Carlito Mronovski. Esculhambou o mestre-cuca. *Cazzo*, por que Carlito não tinha se antecipado à TV? E por que o cozinheiro não tinha ligado, como Villapiano determinara? Aos solavancos, nervosíssimo, desacorçoado, Carlito contou que não lhe sobrara tempo. Mal vira Marco Iago, Ciccio e Bruna Maria sairem da discoteca, algemados, cabisbaixos, frouxos, os seus trajes cheirando a xixi. Sem escolha, Villapiano se conformou, recomendou que o mestre-cuca rumasse, fulminantemente, à mansão da Cantareira. Ordenou ainda que o *chef*, lá, esperasse por novas ordens. De Villapiano – ou de alguém da sua brigada. Passou ao pobre cuca os nomes de Fábio Monarco e de Khalid Haissa Khwyis. Então, assombrado, quase febril, retornou à reportagem da Rede Perfil.

Villapiano sufocou com a própria respiração. Num primeiro momento, o *gansgter* se imaginou enfarinhado e frito em óleo podre de caminhão. Depois de pensar um pouquinho, no entanto, eureca, relembrou a tática perfeita que tinha bolado: os seqüestros de Lídia Brandini e de Gigi Castellamare. Decidiu se apressar. Com muito esmero e com enorme autocontrole, apagou todas as pistas possíveis da sua presença no apartamento. Daí, no térreo, esbanjando naturalidade, se despediu do porteiro e saiu à rua. Em vez esperar um táxi, caminhou até um orelhão. Pelo aparelho, convocou Fábio Monarco. Quando o advogado apareceu na sua BMW, Villapiano lhe pediu que fossem, juntos, a um hotel de cinco estrelas. Lugar ideal para que ambos programassem as suas operações e assestassem as miras dos primeiros canhões daquela guerra.

No bar do hotel, Villapiano distribuiu um oceano de instruções a Fábio Monarco. Preocupado com a idéia dos seqüestros, o advogado lhe sugeriu que consultasse John Gambino. Villapiano ameaçou pensar naquele assunto. Mas depressa desistiu. Claro, não haveria como John Gambino lhe enviar reforços. Muito pior, afogado nos problemas de John Gotti em Nova York, Gambino simplesmente o mandaria tomar no cu. Em súbito silêncio, Villapiano engoliu uma dose de vodca. Encheu-se de coragem e, com o ritmo de um paquiderme, marchou até os telefones públicos do *lobby*. Ligou a Khwyis – e liberou o sinal verde que os trios da *N'Dranghetta* e dos jordanianos aguardavam.

Tudo bastante simples, tudo bastante fácil. A cada trinta minutos, pouco menos, pouco mais, os seguidores de Gigi Castellamare e de Lídia Brandini se comunicavam, de orelhões, com uma espécie de telefone-matriz – aquele de Khwyis. Sinal verde. Num átimo, o buldogue reviu a sua vida na *Cosa Nostra*. Jamais participara do rapto de duas mulheres. Agora, era o seu mandante.

Meia-noite, Villapiano se levantou e observou a Monarco:

– Vamos subir a Serra. Eu preciso passar lá na casa dos Tucci e recolher algumas coisinhas que me pertencem. E eu quero, pessoalmente, supervisionar a chegada das garotas. Eu não confio na *N'Dranghetta*, ou no Khwyis...

▼

A duração e a tensão daquela jornada, bem mais digna de uma ópera do que de um livro de suspense, tinham liquidificado todas as energias de Tony, dos seus colaboradores – e também de Telônio Meira. Azar, por causa da exaustão de todos, o épico logo se transformaria numa tragédia de equívocos. Meira determinou aos seus subalternos que encaminhassem os Tucci e Iago à cadeia da Polícia Federal. Deixou para mais tarde uma visita de inspeção à mansão dos Tucci na Serra. Optou por ficar com Tony, na boate. Meira, afinal, queria relaxar. Livrou-se da imprensa e reentrou em L'Omertà, atrás do *capo*.

Ainda na rua, Paolo Garzya viu a partida das viaturas que conduziam os Tucci e Iago. Daí, num lampejo de inspiração, se achegou aos três detetives que haviam espionado os Tucci – e lhes passou uma nova missão. Descreveu Carlito Mronovski. Recomendou que não desgrudassem do cozinheiro. Então, se dirigiu ao escritório, à celebração da vitória, com Tony e sua equipe.

Tony recepcionou o *consigliere* com palmas efusivas. Calorosamente, abraçou Garzya. E abraçou Lindy. Elogiou a performance dos companheiros, sensacional. Convocou o *maître* e solicitou bebidas, o menu de comidinhas da casa. Dois garçons logo subiram ao escritório com baldes de gelo, cervejas, uma garrafa de Jack Daniel's, outra de champanha Roederer – e um suco de mamão e cenoura, para Domi. Minutos depois, o *maître* retornou ao escritório, alvoroçado. Carlito Mronowski, o novo mestre-cuca, sumira da cozinha.

Numa das cadeiras da Thonart, absorto, Tony indagou:

– O cara foi embora? Porra, *càspita*, quem é esse cara?

Paolo Garzya não se afligiu com o esquecimento do *capo*:

– Aquele protegido do Iago, que o Gero contratou. Deve ter presenciado a prisão do Iago e dos Tucci – e, óbvio, se apavorou, resolveu escapulir. Tudo bem, Tonino, eu botei três dos nossos detetives na cola do cozinheiro...

Tony se levantou – e escancarou os braços:

– Puta que pariu. Eu estou fora de forma. Ele é perigoso?

O *consigliere* tranqüilizou o *capo*:

– Acho que não. Que pode fazer o cara, seguido, e sozinho?

Aquela palavra aparentemente inofensiva, sozinho, detonou um estopim bem embutido no subconsciente de Tony – e fez eclodirem os seus pavores.

Gigi, sozinha. E Lídia Brandini, sozinha.

Subitamente, exasperado, Tony sacou que havia falhado:

– *Cazzo*, os carros na frente do nosso sítio! O Corcel da *N'Dranghetta* e o Diplomata dos levantinos! *Càspita*, caralho, os levantinos, com certeza, são jordanianos, são terroristas, gente daquele demônio que fugiu lá da Itália, *Dio mio*! Puta que pariu, como é mesmo o nome daquele demônio, meu Deus?

Telônio Meira estacionou no ar, como uma pluma ao léu. Don Caló, Pippo Carotè, Elia Grazie, Leonardo Regazzoni, Sissi Sparapani, Ropertino Pellegrino e Domi Pignatello enrijeceram, premonindo o que ainda ocorreria. Lívido, o *consigliere* Garzya pronunciou o nome – baixinho, perplexo:

– Khalid Haissa Khwyis...

O delegado jamais havia escutado tal nome:

– Quem? Khalid o quê?

Tony explicou, Lídia e Gigi na hierarquia mais alta do seu medo:

– Merda! Khalid Haissa Khwyis, que nem o Mossad, o Serviço Secreto de Israel, conseguiu capturar. O Khwyis fez a sua base em Milão, depois fugiu pra Sicília, se ligou à quadrilha do Nitto Santapaola, em Catânia, e depois se instalou no Haiti, e se aproximou dos Gotti, e do Villapiano, caralho...

Telônio Meira jamais havia escutado tal história:

– E daí, Tony?

Transtornado, o *capo* desembestou, um tornado, o Sirocco:

– Daí, Telônio, que esse cara é foda! Puta profissional! *Cazzo*, bem que o juiz Falcone e o doutor Sciacchitano me advertiram que esse cara estava no Brasil! Merda, merda, eu me enfronhei na minha *vendetta*, na minha ânsia de pegar os Tucci, e me esqueci do Khwyis! Porra, me esqueci do Khwyis!

Don Caló tentou acalmar o filho. Aos brados, Tony não permitiu:

– Pai, pai, *cazzo*! Você ainda não compreendeu, porra! A *N'Dranghetta* e o Khwyis, porra, trabalham pro filho da puta do Villapiano! O Villapiano, caralho, montou aquela campana, no sítio, só pra pegar a Gigi e a Lídia. E eu, um imbecil descomunal, só percebi isso agora! Agora! Tarde demais...

Um silêncio estratosférico empacotou o escritório da boate.

E uma inspiração, supostamente divina, despertou o delegado:

– Tony, ligue pro sítio. Peça que chamem o Felício, na estradinha...

Reflexivamente, robótico, Tony obedeceu.

Dez minutos depois, Felício Brock estava ao aparelho.

Telônio Meira lhe perguntou do Corcel e do Diplomata.

O detetive contou que o Corcel tinha partido atrás de um Uno, talvez em torno do meio-dia. E contou que o Diplomata tinha partido atrás do automóvel de Lídia Brandini, ao escurecer. Contou que nada de mais extraordinário havia ocorrido, desde a saída de Meira e de Tony, na Mercedes de Don Caló.

O delegado engoliu cruamente a sua parcela de culpa naquela estupidez monumental. Que cagada! Indagou de Tony se o *capo* sabia em que lugar Gigi fora fotografar. Não, Tony não sabia. Indagou de Tony se o capo conhecia o endereço de Lídia Brandini. O *capo* passou o endereço a Telônio Meira, que o repassou a Brock, com uma ordem urgente, expressa, excitadíssima:

– Chispe até a redação do jornal, Felício, e proteja a garota. Caso ela já tenha saído, chispe até a casa dela, ok? Eu vou enviar reforços, já e já...

E Gigi, de que forma o delegado impediria o seqüestro de Gigi?

Numa lista da Telesp, o delegado procurou o sobrenome Iódice. Grande sorte. Não havia mais de meia-dúzia de pessoas com tal sobrenome na lista.

Azar enorme. Apenas na sua tentativa derradeira, Waldemar, o delegado conseguiu o endereço do estúdio. Telefonou à sede da Polícia Federal e pediu que uma viatura acorresse, imediatamente, em apoio a Gigi Castellamare.

Um tiquinho de alívio despressurizou o escritório.

Só um tiquinho. Pois Pignatello constatou que Gero tinha fugido.

Em plena derrocada, Tony pendeu na poltrona que fora do irmão.

Chegara a um milímetro da sua vingança, da sua vitória.

Agora, necessitava se atirar em uma outra guerra.

Ato VII

A vingança

A viatura da Polícia Federal não teve tempo para salvar Gigi. Às 24h43, os bandoleiros da *N'Dranghetta* capturaram a caçula dos Castellamare à porta dos estúdios em que Gigi fizera as suas fotos para a *griffe* dos Iódice. Dois dos calabreses enfiaram a garota num Corcel. Um terceiro levou o Uno de Gigi.

O latagão Felício Brock quase conseguiu livrar Lídia Brandini. Chegou ao edifício do Grupo Perfil às 24h57, no exato instante em que a garota saía da garagem. Brock parou o seu automóvel de qualquer modo. Desceu no meio do asfalto, mesmo, e tentou avisar a jornalista do perigo que a rondava. Logo no seu terceiro passo, contudo, recebeu um tiro de fuzil na coxa esquerda. Brock cambaleou, ainda tentou se resguardar. Num esforço de herói, gritou qualquer coisa que Lídia Brandini não compreendeu. Então, mais duas balas perfuraram o seu corpo. Brock se esticou no ar. E morreu, bem antes de cair no chão.

Aterrorizada, Lídia Brandini confundiu o federal com um assaltante. Em vez de fugir, tentou voltar, de marcha-à-ré, à garagem do Perfil. O seu carro, porém, empacou, irremediavelmente. Diante dos transeuntes atônitos, e dos apalermados seguranças do Grupo, às 24h59 os jordanianos de Khalid Haissa Khwyis enfiaram Lídia Brandini no seu Diplomata – e sumiram de cena.

▼

Tony Castellamare e os seus companheiros, inclusive Telônio Meira, já agregado, definitivamente, ao batalhão do *capo*, apareceram na sede do Grupo Perfil em torno de 1h15. Tinham passado, um pouco antes, pelo estúdio em que Gigi fizera as suas fotografias. Não, ninguém sabia da modelo. Tinham passado, também, pela Vila Madalena e pela casa de Lídia Brandini. Fechada, completamente às escuras. Enfim, à porta das instalações do Perfil, a tragédia começou a se delinear – mais especificamente. Policiais, civis e militares, sitiavam a empresa. Um subalterno de Meira lhe deu as notícias do assassinato de Felício Brock e do subseqüente seqüestro da jornalista pelos três homens do Diplomata. Não, ninguém pensara em seguir o carro dos levantinos.

Betinho Vinhas e Zé Renato Baruel se apresentaram ao delegado. Que os introduziu a Tony Castellamare. Os quatro, abatidíssimos, nem esboçaram um princípio de conversa. Tony, meramente, pediu a Vinhas que o levasse até um telefone. Don Calógero, com Lindy Regazzoni, fora diretamente da boate ao sítio da Granja Vianna, na esperança de encontrar Gigi em casa. Tony ligou ao pai. Desalento. Gigi não aparecera no sítio. Tony, então, determinou:

– Por favor, senhor Vinhas, é imprescindível que os seus jornais, as suas rádios, as suas TVs, não divulguem nada, ainda, sobre o seqüestro da Lídia. A segurança, e a vida da Lídia, dependem do silêncio da imprensa, OK?

Propositadamente, o *capo* não incluiu Gigi naquela conversa.

Telônio Meira compreendeu a razão – e permaneceu calado.

Tony não pretendia abrir mais um flanco à invasão da mídia.

Nervoso, indeciso, Vinhas indagou:

– E a matéria que a Lídia fechou?

Tony já não se lembrava de quase nada:

– Matéria? Mas que matéria?

Com a perseverança de um psicanalista, Baruel explicou:

– A última parte da sua entrevista, ahn, Tony Castellamare. A história da participação da Máfia nas mortes do John Kennedy, da Marilyn Monroe e do Bobby Kennedy. A história do Buscetta. E a história, ahn, da sua cooptação pela DIA. A matéria está pronta – e sensacional. Que fazemos com ela?

Tony desabou numa poltrona. Não conseguia mais pensar corretamente. Recorreu a Paolo Garzya. O *consigliere* propôs a solução apropriada:

– Acho que o "Perfil" precisa publicar o texto da Lídia...

Acossado pelo ineditismo da situação, Vinhas titubeou:

– Talvez não. Talvez o texto deixe os seqüestradores furiosos...

O *consigliere*, respeitosamente, discordou:

– Exatamente o contrário, senhor Vinhas. O texto apenas vai demonstrar aos seqüestradores que eles não mais precisam temer o Tony. No momento em que o Tony se declara, abertamente, um agente da DIA, deixa de ser perigoso. Especialmente agora que capturou os Tucci, realizou a sua *vendetta* pessoal. Na cabeça dos seqüestradores, o Tony ganhou uma batalha – mas perdeu a guerra, e se ferrou. O Tony se expôs, abdicou da proteção que a DIA lhe dava, enquanto era secreto. Não pode mais atuar como um agente. Agora, precisa se virar por conta própria. Os seqüestradores, claro, vão explorar essa condição, certos de que o Tony aceitará, sem dúvida, qualquer tipo de negociação...

Tony perfilhou completamente o raciocínio do seu *consigliere*:

– O Paolì tem razão. Tony Castellamare, o mito da *Cosa Nostra*, já não existe mais. Também se acabou, *kapput*, *finito*, o Tony Castellamare da DIA. Agora, devemos fingir que nada de extraordinário ocorreu. E que nós estamos prontos para topar as exigências dos seqüestradores, sejam quais forem...

Baruel imaginava a resposta. Ainda assim, inquiriu:

– Você tem como cumprir as exigências, sejam quais forem?

Recomposto, o *capo* replicou – com uma simplicidade devastadora:

– Vão pedir grana, muita grana, meu caro. E vão pedir dentro dos meus limites. Algo que eu possa pagar, depressa. E sem problemas, sem riscos para ambos os lados. Acontece, assim, na *Cosa Nostra*. Um negócio, um simples e trivial negócio, meu caro. Não se preocupe. Eu vou salvar as meninas...

Confiante na decisão de Tony, impressionado com a sua determinação, Vinhas propôs que o texto de Lídia Brandini fosse publicado na sua íntegra – sem alterações. Prometeu, ainda, que o Grupo Perfil não faria, na sua TV ou nos seus jornais, nenhuma menção ao seqüestro da sua repórter. No máximo, os seus veículos descreveriam o tiroteio à sua frente, e a morte de Felício Brock, conseqüência de uma perseguição a uma quadrilha de traficantes.

Gigi na mente, o delegado aprovou a idéia.

Tudo acertado, Tony pediu que Vinhas e Baruel lhe cedessem todos os seus números de telefone. Daí, gelidamente, observou a Telônio Meira:

– Tenho de montar o meu QG na Granja. Venha comigo...

▼

Amordaçada e amarrada num quarto escuro e completamente blindado da mansão secreta de Brodie Villapiano, nos altos da Serra da Cantareira, Gigi Castellamare chorava, bem baixinho, quando os jordanianos de Khalid Haissa Khwyis apareceram com Lídia Brandini no aposento. Assim que a porta se escancarou, os seus olhos agredidos pela luz direta, Gigi apenas percebeu os vultos, sem identificar os recém-chegados. De todo modo, mesmo atrapalhada pela sua própria sombra, a jornalista imediatamente reconheceu a cunhada. Que consolo, e que desafogo, Lídia pensou. Obrigada pelos bandidos a se agachar entre os bancos do Diplomata, ela havia viajado mais de uma hora – sem visão e sem perspectivas. Pior, Lídia havia esperado, para qualquer instante, um tiro na sua nuca ou um estupro num meio de mato. De repente, porém, ela entendia limpidamente o que lhe acontecera. Sobreviveria...

Num lampejo, o seu terror se esvaiu. Simultaneamente, também sumiu o ódio que sentira por Tony desde a sua conversa com Baruel e com Vinhas na redação de "O Perfil". Não, Tony não pretendera iludi-la. Estava, mesmo, em plena guerra com os seus inimigos mafiosos. Talvez imaginasse que Lídia corria o risco de um rapto. Talvez quisesse, exclusivamente, protegê-la. Expor os inimigos, Tony havia afirmado. Alguns deles ali estavam, seus carcereiros. Claro que Tony faria o impossível para salvá-la – e para salvar Gigi.

Lepidamente, a jornalista se aproximou do sofá-cama que abrigava Gigi – e, audaciosa, ignorando e desafiando os seus seqüestradores, retirou o lenço que comprimia o rosto da modelo. Os jordanianos nem se preocuparam em impedir. Lídia multiplicou a sua ousadia e soltou, também, os pés e as mãos da garota. Então, as duas se enlaçaram e Gigi parou de soluçar. A presença de Lídia, naquele lugar, igualmente lhe transmitia uma sensação reconfortante. Uma sensação que a aparição de Villapiano ironicamente acentuaria:

– Senhoritas, antes de mais nada, peço que me perdoem pelo incômodo e pela baixa qualidade desta, ahn, hospedaria. A sua estada por aqui, todavia, será provisória – e será muito rápida. Amanhã, bem cedinho, um representante meu vai procurar Don Tony Castellamare e vai negociar com ele os termos da libertação das duas. Simples. Ele me paga uma certa quantia em dólares, e eu coloco as senhoritas num ponto de táxi. Ora, como eu não duvido do amor de Don Tony pelas duas, acredito que ambas retornarão às suas casas no máximo em dois ou três dias. Até lá, fiquem tranqüilas. As duas valem muito, muito – e, por isso, meus homens têm ordens expressas de preservá-las, intactas...

Apesar do asco que a truculência daquele gigante lhes transmitia, Lídia Brandini e Gigi escutaram a aula inteira com uma enorme atenção e com uma paulatina desenvoltura. À medida em que o tempo escorria, e ninguém lhes fazia mal, mais vislumbravam a sua salvação. Gigi até peitou Villapiano:

– Mesmo se nós pudermos descrever vocês todos ao Tony?

Villapiano gargalhou, rosnando muito, como um buldogue faria:

– Ora, mocinha, não seja ingênua. O Tony, evidentemente, já sabe que eu estou por trás do sumiço de vocês. Num primeiro momento, o Tony vai-se emputecer. E vai querer me degolar. Depois, como sempre acontece na *Cosa Nostra*, vai pensar profissionalmente. E vai reagir como um *capo*, e não como um irmão ou um namorado. Ainda que o Tony seja, ahn, um *capo* falso...

Gigi ensaiou uma resposta rude, mas recebeu um beliscão da jornalista. Cada vez mais segura, Lídia Brandini pôs o seu corpo à frente e comentou:

– Eu conheço a história do Tony bem melhor do que o senhor...

O *gangster* sacou a intenção da garota audaciosa.

A jornalista esperava por um ato falho, a sua identificação.

Villapiano engoliu a isca, com integral prazer, conscientemente:

– Broderick Villapiano, é esse o meu nome. Pode decorá-lo, minha cara repórter. Em dois, três dias, quando você voltar à sua existência normal, esse meu nome de nada lhe adiantará. Eu já estarei longe, muito longe daqui, em alguma ilha do Caribe, bebendo um *punch* geladinho e comendo um prato de camarões grelhados. OK, escreva o que quiser ao meu respeito. E escreva o que quiser a respeito do Tony. Agora, não se esqueça de dizer que, na opinião de Brodie Villapiano, o seu Tony Castellamare é um rato, um falso *capo*...

Lídia e Gigi preferiram não rebater. Inflado, Villapiano completou:

– Os meus homens vão lhes trazer comidas e bebidas. Quero que as duas se alimentem direitinho. E quero que as duas durmam, sossegadas. Não tentem nada maluco, OK? É absolutamente impossível escapar daqui. E também não cometam a bobagem de gritar. Este quarto é totalmente à prova de sons...

Assim que Villapiano encerrou o seu discurso, e se foi, alguns asseclas surgiram no quarto com um bandejão de sucos, refrigerantes, sanduíches – e uma garrafa térmica repleta de café. Lídia propôs a Gigi que as duas tomassem bastante café. Agüentariam melhor a tensão, e permaneceriam despertas. Ledo engano. No café, precisamente, Villapiano havia despejado uma dose pesada de soporíferos. Em alguns minutos, Gigi e Lídia imergiriam no sono.

▼

Obviamente, naquela madrugada, ninguém, no sítio, nem mesmo Don Calógero, se animou a dormir. À maneira das antigas crises da Máfia de Nova York, as crises que o velho líder Joe Bonanno apelidava de "As Batalhas dos Colchões", Tony acomodou os seus homens nas espreguiçadeiras da varanda e nos sofás da sala de visitas. Don Calógero se incumbiu de solicitar à Mamma Freda, a Nicinha e a Beth, que não saíssem dos seus aposentos. Vito LoRusso, o integrante mais descansado da tropa de Tony, se grudou com ele ao telefone, à espera da inevitável chamada que os seqüestradores das moças fariam.

O aparelho soou às 2h30. E Tony atendeu, como um raio. Não eram os raptores. No entanto, se tratava de uma ligação inesperada e providencial, que surpreendeu e aliviou o *capo*. Uma ligação dos detetives que Lindy Regazzoni tinha contratado. Fatigado pelas exigências dos últimos acontecimentos, Tony, de fato, perdera o seu eixo, a sua memória, a ponto de, até mesmo, se esquecer dos seis homens que espionavam Carlito Mronowski e Brodie Villapiano.

Incrível. Os vigias do cozinheiro e do *gangster* estavam juntos, na Serra da Cantareira. Realizavam missões teoricamente distintas, em pontos diversos de São Paulo, mas estavam juntos, na distante Zona Norte. A princípio, Tony não compreendeu o motivo daquela impressionante coincidência. Aos poucos, todavia, o quebra-cabeças se estruturou, com uma formosa transparência, no seu esgotado cerebelo. Primeiro, devidamente acompanhado pelos detetives que atocaiavam os seus movimentos, o cozinheiro havia chegado, num Fusca, à casa dos Tucci. Carlito abandonou o carro sem desligá-lo. Inclusive deixou aberta a porta do motorista. Depois, numa seqüência curiosa, acendeu todas as luzes da mansão, aposento a aposento, como quem procura alguém, ou alguma coisa – sem se preocupar em apagá-las. Enfim, esbaforido, ressurgiu no pátio, a carregar duas malas, que enfiou de qualquer jeito no Fusca. Isso feito, outra vez Carlito sumiu, dentro da mansão, para voltar em vinte minutos, com mais uma sacola, enorme, de lona, tão pesada que se arrastava pelo chão.

O cozinheiro pretendia escapulir, surrupiando tudo o que pudesse tirar da propriedade dos Tucci. Ignóbil Carlito. Na discoteca, pouco antes de Marco Iago subir até o escritório de L'Omertà, para a reunião com Don Calògero, havia feito uma promessa solene ao *consigliere* dos Tucci. No caso de alguma confusão inesperada, durante o encontro, sim, Carlito esconderia, num outro lugar qualquer, os maços de dólares que os Tucci e Iago mantinham nos cofres da sua mansão. Azar de Iago e dos Tucci: apavorado, o cozinheiro optou por recolher a grana toda, mais um batalhão de objetos raros– e desaparecer da Paulicéia. Azar do cozinheiro: não teria o tempo indispensável para fugir.

Villapiano não permitiria. Os vigias do *gangster* relataram a Tony que o buldogue havia passado boa parte da noite no apartamento de Ruggiero. Que havia se encontrado, na calçada do prédio, com um outro cara, recém-chegado numa BMW. Que havia se enfiado, com o cara, no bar de um hotel de cinco estrelas. E que, depois, na direção da BMW, como um louco, atravessando os sinais vermelhos, havia tomado o rumo da Marginal do Tietê, até desembarcar na mansão dos Tucci. No pátio, o *gangster* encostou, imediatamente, atrás do Fusca de Carlito. E lhe cortou a rota de saída. Flagrado em pleno furto, Carlito se aterrorizou. E, mesmo balofo, tentou correr. Apesar do seu peso igualmente mastodôntico, contudo, Villapiano foi muito mais esperto. Com uma pernada, uma rasteira, derrubou Carlito, imobilizou o rapaz no piso de pedriscos, deu-lhe um par bofetões sonoros no rosto, levantou-o do chão e, o seu velho Colt em punho, obrigou o cuca a transferir toda a bagagem furtada à BMW.

Daí, Carlito na sua mira, Villapiano entrou na casa. Em dez minutos, o buldogue retornou ao pátio com três valises mais, algum tesouro que o pobre cozinheiro ignorava. Villapiano ainda disse alguma coisa ao seu parceiro de viagem, deu duas espetadas nas costas de Carlito com o cano do Colt, forçou o cozinheiro a se deitar no banco de trás da BMW – e retomou a direção.

Aconteceu, então, o desdobramento mais impactante daquele prodigioso incidente. Em vez de tomar o rumo da cidade, o automóvel de Villapiano mais e mais subiu a Serra. Sim, os detetives, evidentemente, decidiram acompanhá-lo, com o máximo de cautela, faróis apagados. Villapiano, Carlito e o terceiro homem percorreram uns dois quilômetros e estacionaram diante de uma outra mansão – envolta na escuridão. O terceiro homem desceu, tocou a campainha, e disse alguma coisa ao interfone. Em segundos, se acenderam os refletores do jardim da mansão – e o portão se abriu. Com a BMW, Villapiano entrou no pátio, calmamente. Mais dois minutos. Todos os refletores se apagaram.

Um dos detetives escalou uma árvore alta e, com um binóculo noturno, examinou o interior do lugar. Conseguiu ver que, ao lado do automóvel de Villapiano, já estavam parados um Uno, um Corcel e um Diplomata.

Tony recomendou que os seis detetives, em hipótese nenhuma, saíssem daqueles arredores. E quase celebrou a descoberta acidental do talvez cativeiro em que os asseclas de Villapiano detinham Gigi e, também, Lídia Brandini. Comunicou as novas, excelentes, aos seus soldados e a Telônio Meira. Sim, todos juntos, num mesmo lugar: as garotas, Villapiano, Carlito, os jordanianos de Khwyis, os calabreses da *N'Dranghetta*, mais o parceiro do buldogue que, cedo ou tarde, Tony conseguiria identificar. Num rompante, Meira propôs que a Federal cercasse o lugar. Prudente, Tony vetou a temerária sugestão:

– Não, Telônio. Até aqui, nós só achamos os carros da Gigi e da Lídia. Agora, precisamos ter a certeza absoluta de que o Brodie prendeu as duas lá mesmo. Sossegue, Telônio. Vamos aguardar que o Brodie peça um encontro. Assim transcorrem as coisas na *Cosa Nostra*. Vamos aguardar, OK?

▼

Por volta das três horas da madrugada, Villapiano fez uma ligação para Khalid Haissa Khwyis. Precisava cumprimentar o terrorista pelo sucesso dos seus homens. Daí, o *gangster* buldogue se reuniu com o seu advogado, Fábio Monarco, num dos salões do seu casarão, supostamente secreto, na Cantareira. Meticulosamente, Villapiano transmitiu ao advogado todas as suas instruções. De como Fábio Monarco se esmeraria em chamar, bem cedinho, o sítio dos Castellamare. Queria pegar exausto o pobre Tony – já desnorteado, claro, pelo seqüestro de Gigi e da jornalista. Cedinho, seria mais fácil encaçapá-lo.

O advogado, então, negociaria um encontro pessoal com Tony, exigiria uma dinheirama razoável pelo resgate das duas jovens. Uma dinheirama que Tony conseguisse reunir em pouco tempo. Melhor, Monarco ainda imporia, como um bônus, espécie de gorjeta, que Tony abdicasse de qualquer *vendetta*. Perfeito. Lição explicada, e lição tomada. Ao perceber que o seu capanga já entendera tudinho, sem nenhum resquício de indecisão, Villapiano aplaudiu e dispensou o advogado. Também Monarco, afinal, merecia repousar.

Que fazer com o cozinheiro Carlito? Um problema menor, facílimo de solucionar, o buldogue raciocinou. Simplesmente entregaria o balofo a Tony, junto com as duas garotas. O seu bônus, a sua gorjeta ao contrário. Villapiano não pretendia correr o risco de assassinar alguém, de estragar aquela operação perfeita com uma sujeirinha boboca. Tony, a Federal e a DIA que se virassem e se incumbissem de jogar Carlito até na mesma cela dos Tucci e do veado do Iago. Villapiano se sentia tão feliz que se esquecera de Gero Castellamare.

▼

Em torno das 3h30, um dos detetives de tocaia na Serra notificou Tony que o desconhecido, o terceiro homem no carro guiado por Villapiano, enfim saíra da mansão da Cantareira, sozinho, na BMW. O espião passou a Tony, também, as letras e os números da chapa do automóvel. Às quatro horas, uma viatura da Federal apareceu no *cul-de-sac* do sítio dos Castellamare, com três policiais, um equipamento de gravação e um moderníssimo Bina, dispositivo de detecção imediata de ligações. Enquanto os policiais de Telônio Meira, cuidadosamente, instalavam o Bina nas duas linhas do sítio, Sissi Sparapani preparou um café muito forte e uma bandeja bem sortida de sanduíches. Num recanto da varanda, solitário, Tony permaneceu, imóvel, durante aquele tempo todo, um terço na sua mão. Tony rezava. Pelas vidas de Lídia e de Gigi...

Perto de cinco horas, um dos policiais de Telônio Meira entregou ao seu chefe o prontuário inteirinho da BMW. Pertencia a um certo Fábio Monarco, advogado sem ficha nenhuma – além de multas por excesso de velocidade.

O delegado interrompeu a oração de Tony. Não, o *capo* jamais escutara aquele nome, Fábio Monarco. Desconcentrado, Tony abandonou a meditação. Pausadamente, andou até o piano. Sabia que Don Calógero, à distância, na sua suíte, tensíssimo, acompanhava aquela conturbação. Imaginava que a Mamma fingia dormir – mas, igualmente, nervos ariscos, escutava o que acontecia.

Decidiu confortá-los. Desandou a tocar, temas suaves e delicados.

O *capo* permaneceu no teclado até cerca de oito horas.

Quando o telefone tilintou, Tony zuniu na direção do aparelho.

Na linha, Fábio Monarco, o advogado chicaneiro de Villapiano:

– Don Tony Castellamare, meu nome é Monarco, Fábio Monarco. Você, me desculpe, ahn, por enquanto, ahn, o senhor não me conhece. Eu represento os interesses de Brodie Villapiano. Ahn, de Don Broderick Villapiano...

Tony fingiu respeito. E uma imensa tranqüilidade:

– E daí, senhor Monarco, senhor Fábio Monarco?

– Em primeiro lugar, meus parabéns pela reportagem a seu respeito no "Perfil" de hoje. Parabéns. O senhor desvendou de vez os mistérios das mortes dos Kennedy. Espero, ahn, que a CIA e o FBI não resolvam eliminá-lo...

Tony refingiu respeito. E uma tranqüilidade maior ainda:

– Eu agradeço os seus votos. E daí, senhor Monarco?

A arrogância transbordou da voz do chicaneiro:

– Daí que o Brodie, ahn, Don Broderick Villapiano, sabe em que lugar estão a sua irmã, Gigi, e a sua entrevistadora, a jornalista Lídia Brandini...

O *capo* gravou a revelação involuntária: em que lugar estão.

Os raptores mantinham Lídia Brandini e Gigi num mesmo cativeiro.

Talvez, mesmo, a mansão dos altos da Serra da Cantareira.

Tony se esforçou para esticar aquela conversação:

– E Don Villapiano quer que eu pague para saber o endereço...

Ensimesmado, preponderante, o advogado concordou:

– Exatamente. Don Villapiano quer doze milhões de doletas...

O *capo* esperava o dobro. Quase gargalhou:

– Doletas?

– Pois é doletas. As verdinhas. As legítimas verdinhas...

Naquele instante, Tony decidiu que extinguiria Fábio Monarco:

– É facil, doutor. O senhor me devolve as garotas e eu lhe passo a grana toda. Podemos conversar, pessoalmente, sobre essa transação? Eu gostaria de acertar, frente a frente com o senhor, as minúcias do nosso negócio, OK? De como eu entregarei o dinheiro, de como eu receberei a Lídia e a Gigi. Depois, esqueceremos este incidente e ficaremos felizes para sempre. Concorda?

Fábio Monarco topou. Aquele bestalhão se sentia um campeão.

Tony, então, sugeriu o lugar ideal.

Exatamente o mesmo galpão do julgamento de Ruggiero.

Tony propôs o horário que melhor lhe convinha.

Dezoito horas, às seis da tarde.

O advogado não gostou:

– Ora, Don Castellamare, por que não mais cedo?

Tony engatilhou, suavemente, a resposta mais digerível:

– Doutor, o senhor por acaso imagina que eu guarde, ahn, doze milhões de doletas, dentro do meu colchão? Preciso de tempo, para juntar esse dinheiro enorme. Por favor, me conceda esse tempo. Até as seis da tarde, por favor...

O tom lógico e brando de Tony convenceu Fábio Monarco:

– Tá certo. Não se preocupe. Eu encontro o galpão...

Tony vibrou pela primeira vez desde a detenção dos Tucci.

Teria algum tempo para relaxar, talvez para repousar.

E teria bastante tempo para programar o seu desagravo.

No lugar perfeito, em que esmigalharia Fábio Monarco.

O advogado, prepotente, ainda ousou intimidar o *capo*:

– Só não se esqueça da grana, Don Castellamare. Todinha. Só depois de eu conferir a grana, todinha, nós dois falaremos sobre o resto, OK?

Tony concordou, monossilabicamente. E encerrou o papo:

– OK. Não se preocupe. O Brodie terá o que deseja...

▼

Fábio Monarco se despediu, eufórico. Embora um agente confessado da DIA, definitivamente impedido de atuar na clandestinidade, naquela situação dramática, que exigia uma conduta de *capo* de fato, Tony Castellamare havia cumprido, com o rigor indispensável, todo o passo-a-passo do ritual da *Cosa Nostra*. Ao estilo de um *capo* de verdade, com a serenidade possível, sem um único traço de rancor ou de ameaça, Tony havia assimilado a inevitabilidade de um acordo e as bases da sua negociação. Sim, Monarco não tinha a menor dúvida: Tony agiria precisamente dentro das regras dos mafiosos reais.

No universo subterrâneo da *Cosa Nostra*, quem organiza um seqüestro dificilmente pretende matar. Especialmente quando rapta civis, ou mulheres – a quem as convenções internas da entidade radicalmente protegem. Tony sabia disso. Pagaria o resgate compulsório, sem reclamar. Respeitaria os parâmetros que orientavam o comportamento dos dois lados em combate naquele tipo de conjuntura. Aceitaria a sua derrota e manteria a sua promessa sagrada da não-*vendetta*. Imediatamente, Monarco ligou à mansão da Cantareira e reportou a Villapiano o sucesso inicial da sua empreitada. Ficariam milionários...

▼

No sítio dos Castellamare, Telônio Meira disse a Tony:

– Podemos prendê-lo, agorinha. O meu pessoal já checou a ligação. Esse Monarco é louco, Tony. Porra, o cara telefonou da sua própria casa...

O *capo* fitou o delegado com uma expressão de incredulidade:

– Prendê-lo? *Cazzo*, você enlouqueceu, delegado? Esqueça. Esta guerra é minha, Telônio. Esta guerra é absolutamente minha, e eu vou conduzi-la à minha moda. Não se intrometa. Por favor, apenas me obedeça, Telônio...

Aos berros, o delegado ameaçou uma reação profissional:

– Tony, porra, este caso é meu, OK? Assassinaram o meu braço-direito. Além disso, eu não posso permitir que você faça justiça à sua moda. Porra, já sabemos onde fica o cativeiro. E nós já sabemos onde mora esse chicaneiro, esse advogado de merda. Porra, que mais você quer esperar, caralho?

A sua paciência no limite, o *capo* rebateu, pesadamente:

– Eu agradeço a sua preocupação, a sua disposição, o seu auxílio. Use a palavra que você quiser, caralho, e se conforme, OK? Mas este caso, meu caro Telônio, nunca foi seu e nunca será. Porra, delegado, você não pensa e não age como um mafioso. Deter o tal do Monarco não vai nos ajudar em nada. Antes, nós precisamos ter certeza de que o Villapiano escondeu, mesmo, a Li e a Gigi na mansão da Cantareira. *Càspita*, nós precisamos ter certeza, OK?

A discussão atiçou os agentes de Telônio Meira, que se aproximaram, ostensivamente, no resguardo do chefe. LoRusso e a brigada de Tony também se moveram, para atrás do seu *capo*. No *living* dos Castellamare, o nervosismo e a tensão subiram a um nível insuportável. O delegado, porém, cedeu:

– Você tem razão, Tony. Só que eu quero estar presente nessa porra de reunião, OK? Tony, eu quero estar presente nessa porra de encontro...

Tony também cedeu, condicionalmente. Encostou o indicador no peito de delegado, bateu nele três vezes, num gesto impositivo, e afirmou:

– Certo. Você vai comigo. A sua tropa, *però*, fica aqui...

Com a mão espalmada, ao estilo de quem jura num tribunal, em silêncio o delegado concordou. Ordenou que os seus agentes dispersassem. Precisava, no entanto, solucionar mais uma questão. A grana, de onde viria a grana?

Mesmo pasmado com a domanda de Meira, o *capo* elucidou:

– A grana? Eu não pretendo pagar o resgate, meu caro Telônio. De todo modo, não se preocupe. O Paolì vai cuidar de arrumar esse dinheiro todo, caso o meu plano básico não funcione. Levantar essa grana é coisa de bebê...

Claro, Tony dispunha das malas cheias que trouxera da Sicília.

O delegado recuou. Preferiu desconhecer a origem do dinheiro.

Mais calmo, o *capo* convocou os seus soldados até o salão de jogos. E lhes transmitiu as suas diretrizes. Num plano que necessitaria de quatro dos pastores treinadíssimos do sítio da Família Castellamare:

– Tio Elia, Domi, eu quero os quatro mais selvagens, OK?

Pignatello e Elia Grazie se entreolharam, meditaram, debateram.

Foi Pignatello quem definiu a seleção, alfabeticamente:

– Levaremos a Anastasia, o Capone, o Luciano e o Masseria...

Selecionadas as quatro feras, Tony ainda recomendou:

– Não permitam que nenhum deles coma nada hoje, OK?

O delegado Telônio Meira enfim compreenderia por que razão o clã dos Castellamare costumava batizar os seus cães com nomes de assassinos.

▼

No chalé, Tony Castellamare desfrutou algumas horas de indispensável cochilo, tomou um banho gelado e se vestiu para a batalha que viria. Todo de preto, como convinha, inclusive os tênis – de puro couro. Os seus soldados também se enfiaram em roupas especiais de ação, igualmente escuras.

Do seu mínimo exército, apenas Lindy e Don Caló permaneceriam de plantão, no sítio, protegidos pelos agentes de Telônio Meira. Caberia a Lindy e a Don Caló manterem os contatos com os detetives de vigia na Serra.

Quando Tony chegou ao galpão, Paolo Garzya e Pippo Carotè já tinham preparado o cenário virtual da recepção de Fábio Monarco. O *capo* hospedaria o capanga de Villapiano num simulacro de sala de visitas, com direito a duas poltronas fartas, uma mesinha de centro e até uma imitação de bar. Sobre o balcão do bar, pairavam uma bandeja, copos limpérrimos de cristal, um balde de gelo e várias garrafas de destilados de marcas diferentes. Noutra mesinha, disposta num canto, três valises, abertas, exibiam dólares e mais dólares.

Depois de verificar as minúcias do ambiente, depois de elogiar o seu *consigliere* pelo brilho da cenografia, Tony se aproximou de Garzya:

Bem baixinho, quase no ouvido do seu *consigliere*, indagou:

– Paolì, alguma novidade sobre o Gero?

O *consigliere* não esperava a pergunta. Mas respondeu:

– Tony, sinto. Nós nem nos preocupamos em procurar o Gero...

Com um aperto no braço, o *capo* tranqüilizou o amigo:

– Tudo bem, deixe pra lá, Paolì. A nossa prioridade é o advogado...

Tony se instalou no bar, brincando de fazer drinques. Queria descontrair Fábio Monarco, soltar sua língua mais depressa. No lado oposto da sala, atrás de um cortinado pesadão, se camuflaram Vito LoRusso e Telônio Meira.

O advogado apareceu quase pontualmente, às 18h03, escoltado por dois homens da *N'Dranghetta*. À entrada do galpão, Sissi, Pellegrino e Pignatello revistaram os visitantes. Fábio Monarco não portava arma nenhuma. Os dois homens da *N'Dranghetta*, porém, carregavam automáticas italianas, Berettas. Com o máximo viável de delicadeza, Pignatello solicitou que os guarda-costas do advogado lhe entregassem as pistolas. Seguríssimo do seu domínio, e do seu triunfo inexorável naquela reunião, Fábio Monarco não se incomodou com os uniformes de plena guerra dos soldados do *capo*. Pelo contrário, naquelas circunstâncias, considerou correto e justo que eles trajassem roupas negras. O advogado também não protestou contra a retirada das pistolas dos asseclas calabreses de Villapiano. Deus supremo da situação, determinou aos dois que o deixassem ver Tony sozinho. Num gesto de braço, Sissi indicou a porta da sala em que o *capo* já aguardava. O advogado caminhou, apoteótico, e abriu a porta. Na sala, de relance, mediu a placidez de Tony, percebeu as bebidas no bar, a mesinha que transpirava os US$ 12.000.000,00 – e delirou.

Formalmente gentil, Tony pediu que o advogado escolhesse um drinque e se acomodasse numa das poltronas. Ah, o *capo* exibia um sorriso diabólico – mas, ainda assim, magnetizante. Fábio Monarco não conseguiu desviar os seus olhos daquele rosto que parecia hipnotizá-lo. E tentou puxar conversa:

– Fascinante, este lugar, Don Castellamare. Por fora, um pão bolorento. Por dentro, bela viola. Quem passa na rua, não imagina tanto conforto...

Tony ampliou a malignidade do seu sorriso. E observou, gelado:

– Seu drinque, doutor Monarco. Vai beber o quê?

O advogado forçou sobranceria. E permitiu que Tony decidisse:

– Eu acompanho o senhor, Don Castellamare...

Tony montou duas doses enormes de Jack Daniel's, *cowboy*, treze gotas de Angostura cada qual. Entregou uma das doses ao capanga de Villapiano e se dirigiu à mesinha das sacolas. Bebericou um gole curto, sacudiu as valises, aparatosamente despejou o seu conteúdo inteirinho no chão – e indagou:

– Os seus doze milhões de doletas, doutor. Vai conferir?

Quanta grana, ah, quanta grana, Fábio Monarco, rápida e mentalmente, calculou. O advogado engoliu um trago mais longo e tremeu de satisfação, ao se crer sócio daquela grana brutal. Insolente, desprezou a oferenda:

– Mais tarde, ahn, mais tarde, Don Castellamare. Antes que eu cheque a quantia, prefiro discutir outros pontos do nosso acordo. Tudo bem?

Aparentemente conformado, o *capo* deu alguns passos através da saleta, depositou o seu uísque na mesinha de centro – e disse, sem subterfúgios:

– Doutor Monarco, eu não sei quando o senhor foi entronizado na *Cosa Nostra*. Aliás, doutor Monarco, não sei, sequer, se o senhor pertence à *Cosa Nostra*. Tudo bem, doutor Monarco, não se incomode com as minhas dúvidas eventuais. Nem se preocupe, por favor, com a entrevista que me revelou, hoje, como um agente da DIA. Nesta situação, o senhor me considere, apenas, um homem capaz de respeitar o espírito das regras implantadas pelos sicilianos de caráter, séculos e séculos atrás. Fique tranqüilo. No exato momento em que se transformou, ahn, no emissário de um acordo, intermediário de um negócio, o senhor se tornou imune, integralmente imune, a qualquer tipo de represália. O senhor sairá daqui como entrou. Aliás, sairá daqui um homem rico...

Exatamente como Monarco havia imaginado – e contado a Villapiano. Pelo bem das duas garotas, Tony havia assimilado o seu fracasso, abandonado o campo de luta. Pagaria o resgate, aceitaria a fuga de Monarco e do *gangster* buldogue. Esqueceria de vez a sua *vendetta*. Sossegado, o advogado resolveu, desnecessariamente, exacerbar a sua importância no clã dos Gotti.

Teatral, ignorou a palavra senhor. E tratou o *capo* de você:

– Eu agradeço as suas garantias, Tony Castellamare. Mas, convenhamos, a sua posição, neste episódio, ficou frágil demais. Afinal, desde ontem, Tony Castellamare, todo mundo já sabe que você não passa de um reles e vil traidor. Na Família Gotti, ao traidor nós chamamos de *rat*, o rato, Tony Castellamare. Você virou um rato. E você, seu *big rat*, caiu direitinho na nossa ratoeira. Eu agradeço as suas garantias, Tony. Mas eu não preciso delas. Pelo contrário, eu vim até aqui, em nome da Família Gotti, e do Villapiano, a fim de lhe oferecer as nossas. Em troca do dinheiro – e de mais algumas exigenciazinhas. Para começar, o seu futuro cunhadinho, o tal do delegado Meira, terá de facilitar a nossa saída do Brasil. O Villapiano e eu. Estamos combinados, *big rat*?

O *capo* pensou em pular no cangote de Fábio Monarco e em estrangulá-lo ali mesmo, sem piedade e sem remissão. Como Villapiano soubera da ainda incipiente relação de Gigi com o delegado? Obviamente, através de Ruggiero. Tony multiplicou a sua raiva pelo seu mano sumido – um canalha. Assim que reencontrasse Ruggiero, pessoalmente se encarregaria de fuzilá-lo. Naquela conversa, porém, necessitava preservar o seu melhor controle. Respirou fundo, sugou mais um gole, absorveu a afronta – e respondeu, antarticamente:

– Os Tucci e os Gotti mataram minha mulher e meus três filhos. Sim, eu virei um rato, doutor. Vocês, porém, nasceram hienas, abutres, chacais...

Temeroso de que Tony perdesse completamente o controle, o advogado diminuiu o volume dos seus desaforos. E retornou ao tema do acordo:

– O Brodie e eu nao tivemos nada a ver com o assassinato da sua mulher e dos seus filhos. E nem a Família Gotti. Foi tudo coisa dos Tucci, meu caro Tony Castellamare. Foi, exclusivamente, uma coisa dos Tucci. Você já pegou os Tucci e já resolveu o lado quente, e passional, desta nossa guerra. Agora, juntos, vamos solucionar o lado frio, e estritamente comercial, OK?

Tony abominou aquele comportamento filho da puta, cobiçoso. Todavia, em honra do prosseguimento da comédia, fingiu um brinde. E indagou:

– OK. Então, por que o Brodie seqüestrou a Lídia e a Gigi?

Fábio Monarco já não se continha dentro do próprio corpo. Triplamente falastrão, continuou desqualificando os Tucci e exagerando Villapiano:

– Simples. Para se prevenir. Depois que você acabou com os Tucci, e os entregou à Polícia Federal, o Brodie achou melhor se prevenir. O Brodie, meu caro Tony Castellamare, sofreu muito com os Tucci e também com aquele seu mano, o Gero. Perdeu bastante dinheiro com eles. Tem de se compensar.

Tony concordou com um rumor. Gero. Onde estaria Ruggiero?

Pensou que, por trás do cortinado, Meira acompanhava aquele diálogo todinho. OK. Sem problemas. Graças à boca-mole de Monarco, o delegado já deduzira que Ruggiero havia contado a Villapiano da sua relação com Gigi.

Tony não se comprometeria se propiciasse a Meira mais informações. Não hesitou em apertar o advogado:

– Alguém lhe disse, doutor Monarco, que o Gero desapareceu?

Topetudo, o advogado se exibiu, sem citar as suas fontes:

– Eu sei de tudo a respeito da sua Família, Tony Castellamare...

O *capo* insistiu, mais alguns giros no seu parafuso:

– E o senhor, doutor Monarco, tem idéia do paradeiro do meu irmão?

O advogado lhe pareceu honestíssimo na sua resposta:

– Absolutamente, não. Nenhuma idéia, Tony Castellamare...

Quase *kaputt*. Tony fechava o ciclo dos detalhes que desejava. Só lhe faltava uma derradeira informação. Levantou-se da poltrona e rodeou Fábio Monarco. Durante alguns segundos, meditou sobre a incrível incompetência daquele coitado que logo jazeria aos seus pés. E fez as últimas perguntas:

– As duas garotas estão bem? Ninguém tocou nelas? Ninguém? Os seus sanguinários da *N'Dranghetta*? Os jordanianos do louco do Khwyis?

Sinceramente, o advogado se atrapalhou com a questão. Fábio Monarco não imaginava que Tony conhecesse tantas minúcias da operação de Brodie Villapiano. Não imaginava que Tony soubesse dos calabreses e dos terroristas. Também se levantou. Fingiu estar ofendido. Estourou, numa tola ameaça:

– Porra, quem é você para me cobrar, Tony Castellamare?

Sem se alterar, o *capo* sumariamente declarou:

– Um rato. Você tem razão, eu não passo de um rato...

Tony tossiu. Uma senha. Vito LoRusso abandonou o seu refúgio atrás do cortinado e atingiu Fábio Monarco com uma cutelada seca e direta na nuca, a sua especialidade. Simultaneamente ao seu golpe impecável, Vito LoRusso emitiu um som gutural. Outra senha. No galpão, Pippo Carotè despontou de uma sombra, uma Winchester apontadinha nos calabreses da *N'Dranghetta* – que logo se renderam, sem tugidos e sem mugidos, sem nenhuma reação.

Ao escutar os gemidos e o barulho da queda de Fábio Monarco no chão, o delegado se livrou do esconderijo no cortinado e perguntou, aparvalhado:

– Diabos, Tony, você nocauteou o cara? Por quê? E o acordo?

A sua voz bem baixinha, quase inaudível, o *capo* apenas disse:

– Este é o meu estilo, Telônio. O meu estilo de rato...

O delegado se encolheu. Deixaria para depois, e bem depois, as dúvidas todas que desejava dirimir com Tony. Pressentiu que, no fervor de descobrir o cativeiro das garotas, o *capo* planejava torturar o pobre Fábio Monarco.

Só não imaginava de que modo o interrogatório aconteceria.

▼

Fábio Monarco despertou, a cabeça latejando, quarenta minutos depois. Demorou outros quatro para realizar onde estava, e como estava – na mesma sala de antes, só que absolutamente nu, e amarrado a uma cadeira, pregada no piso. A visão embaçada, os braços dormentes por causa da rigidez das cordas de náilon que o atavam, o advogado consumiu mais cinco até clarificar o seu raciocínio. Então, começou a sentir um cheiro enjoativo. Piscou, repiscou, e examinou o próprio corpo. Merda, merda, ele se perguntou, que seria aquela cor vermelha impregnada na sua pele? Fora ferido? Seu próprio sangue?

Aos poucos, Fábio Monarco passaria a entender o inferno maldito em que, ambicioso e incompetente, tinha se enfiado. Os seus olhos recuperaram o foco e a pontaria. Na sala, já não mais existiam as poltronas, o bar, a mesinha de centro e a mesinha de canto, as sacolas com os US$ 12.000.000,00. Na sala só havia ele, aprisionado naquela cadeira que não se soltava do chão. Pior, pelo piso da sala, se espalhavam dezenas de nacos de carne. Muito pior, a sua pele fora literalmente ensopada com o suco daquela carne. Muitíssimo pior, na sua descoberta mais dramática, Fabio Monarco sentiu que se sentava em algo desgraçadamente frio – uma bandeja de aço inox, povoada por um zilhão de bocados de picanha, que emolduravam o seu pinto e os seus colhões.

Merda, ele se reperguntou: que diabo inventara aquele pesadelo?

Então, a porta da sala se abriu e quatro cachorros alucinados, famélicos, quatro pastores-alemães de dentes vampirescos e coleiras de cores diferentes invadiram aquele espaço que lhe pareceu ínfimo, insignificante, em relação ao seu terror descomunal. O advogado tentou gritar – mas a sua voz permaneceu encolhida na garganta. Os cães começaram a lamber o chão e a mastigar, desatinadamente, os nacos de carne. Segundo a segundo, como dráculas, mais e mais os pastores se aproximavam da cadeira – e da sua bandeja fatal.

De novo, Fábio Monarco quis berrar, lutar contra o seu próprio pavor. Ah, inútil frenesi. O advogado se sacudiu na cadeira, pelejando para arrancá-la do piso de concreto. Nada. A cada movimento, o seu pinto e os seus colhões mais se afundavam na bandeja que lhe servia de almofada. E, a cada instante, aqueles cachorros abomináveis mais se achegavam às suas pernas peladas.

Enfim, um dos cães encostou na bandeja e desandou a cheirá-la. Fábio Monarco sentiu o focinho do bicho entre as suas coxas. Logo em seguida, os outros três pastores também enfiaram as trombas bem no meio das pernas do advogado. No fundo do seu instinto de sobrevivência, derrotado, quase morto, Fábio Monarco buscou um brado que fosse. E o brado saiu, lancinante:

– Tony! Me tire daqui! Eu conto! Eu conto onde elas estão!

▼

Um assobio sincopado invadiu a sala e salvou o advogado da mutilação. Àquele sinal de alerta, que Domi Pignatello lhes ensinara e lhes incutira nos seus tempos de adestramento em Palermo, os quatro cachorros, reflexiva e simultaneamente, empinaram as suas orelhas. Pignatello, então, abriu a porta, entrou no aposento e liberou duas palavras de ordem: *Dzed! Drest!* Os cães imediatamente se sentaram, obedientes, num canto mais limpo do chão.

Tony apareceu, logo atrás de Pignatello. De novo poderoso, imperial, o *capo* acariciou os seus pastores. Daí, sem qualquer pena, agarrou os cabelos de Fábio Monarco, puxou a sua cabeça para cima – e, irado, determinou:

– O endereço, seu bosta! Diga logo a porra do endereço!

Estivesse desamarrado, Fábio Monarco teria desenhado um mapa. Mal e porcamente, aos soluços, confirmou que o cativeiro de Lídia e de Gigi ficava, mesmo, na Cantareira, num quarto blindado da mansão que os seis detetives haviam descoberto horas antes, ao seguirem Villapiano e Carlito Mronowski. Também contou que apenas seis homens, três calabreses da *N'Dranghetta* e mais três jordanianos, apoiavam Villapiano na guarda das duas garotas. Khalid Khwyis? Improvável que subisse até a Serra. Khwyis coordenava a sua parte da operação em um outro logradouro, no lado oposto da cidade. Satisfeito com a confissão, o *capo* reprisou o seu ritual de ódio. E cuspiu no advogado.

Testemunha estarrecida da segunda cena tétrica protagonizada por Tony em menos de 24 horas, Telônio Meira meramente balbuciou uma questão:

– E agora, Tony, que vamos fazer com esse cara?

O *capo* fitou o delegado, de esguelha, e respondeu raivosamente:

– Por mim, eu deixava esse bosta aqui mesmo, com os cachorros...

Paolo Garzya se intrometeu. Serviu Tony de um gole de Jack. E levou o seu *capo* para fora da sala. De volta, pediu que Pignatello recolhesse os quatro cães. E, mais *consigliere* do que nunca, assumiu o comando da operação:

– Delegado, por enquanto, esqueça o Tony, OK? Em alguns minutos, o Tony vai se acalmar, e vai retornar ao normal. O meu pessoal vai dar um jeito de limpar e de vestir o advogado. E, não se preocupe, delegado, o idiota não vai contar, jamais o que aconteceu aqui. O idiota já sabe o que ocorrerá se ele nos entregar. Sabe que nós conseguiremos achá-lo, num iglu do Alasca...

Idiota, o advogado? Também um cretino Telônio Meira se sentiu. Um cretino, nas mãos de um vingador ensandecido. Por mais que a sua capacidade de racionalização justificasse o comportamento de Tony, o delegado se viu numa jaula, prisioneiro de um infame desvario. Meira, de todo modo, uma outra vez se conformou em seguir Tony sem contestações. No fim das contas, obteria a sua grande glória profissional. Já tinha prendido os Tucci. Acabara de capturar o chicaneiro da Família Gotti no Brasil. Só lhe restava salvar Gigi. Salvar Lídia Brandini. Talvez, também, deter Villapiano, e os bandoleiros da *N'Dranghetta*, os terroristas de Khalid Haissa Khwyis. Uma tarefa que nem o FBI, ou a CIA, ou a DIA, ou o Mossad havia realizado. Ah, Telônio Meira seria condecorado. No Brasil, na Itália, nos EUA. E, quem sabe, no céu.

▼

Oito da noite. Ruggiero Castellamare subia a Serra da Cantareira à cata de Brodie Villapiano. Já tinha praticamente suplantado as reações das injeções dopantes que recebera dos soldados do mano Tony. Aliás, para melhor rebater aqueles efeitos desastrosos, Gero já tinha cheirado algumas carreiras de coca basicamente pura. No frio gostoso da Serra, Gero se sentia um homem novo. Vislumbrava, eufórico, a sua chance de retorno à Família – e à vida.

Cerca de 24 horas antes, quando se escafedera do escritório da boate, saboreando uma distração dos homens do irmão, Gero tinha tomado o táxi de um motorista *habitué*, no ponto da danceteria, rumo ao seu apartamento. Sim, Gero estava tesíssimo, sem um único níquel no bolso – mas, tudo bem, aquele motorista dependuraria a sua despesa. *Dio mio*, Gero se esforçou para realizar, por quê não dispunha de um ridículo tostão? Onde enfiara a sua carteira? Ah, patético Gero, afundado até a alma numa crise de amnésia tóxica. Os excessos cumulativos do álcool e das drogas no seu organismo, mais os efeitos cruéis dos dopantes diazepínicos que recebera de Elia Grazie e Pippo Carotè, haviam bloqueado, na sua memória, praticamente todo aquele seu último dia.

Gero apenas se recordava, vagamente, da mágoa do seu pai e da ira do seu *fratello*. Mas não se lembrava da punição que Tony lhe infligira, nem da apreensão feita, em seu apartamento, por Elia Grazie e Pippo Carotè. Mesmo dolorido, e bastante confuso, fantasiava a possibilidade de ainda apanhar os seus US$ 500.000,00, os seus três quilos de coca – e desaparecer da cidade.

No futuro, amainada a tempestade, ressurgiria e solicitaria a ingerência da doce Mamma Freda. Então, quem sabe, graças ao apoio da Mamma, ele não mereceria, filho pródigo, de novo os abraços e as bênçãos de Don Caló?

Sim, pegaria a sua grana e a sua droga – e sumiria do mapa.

Só que, ao embicar na esquina do seu prédio, Gero viu Villapiano num orelhão. *Cazzo*. Que *cazzo* fazia o *gangster* num orelhão, naquela esquina?

Debilitado, quase num estado irrecuperável de pré-insanidade, Gero não conseguiu raciocinar. Pediria ajuda a Villapiano? O buldogue, afinal, era o seu sócio. Mas, que merda fazia Villapiano, àquelas horas, bem debaixo do seu apê? Pauroso, Gero optou por esperar que o *gangster* sumisse das imediações. Villapiano, porém, continuou vagando pela calçada, aparentando impaciência, até que uma BMW chegou. Gero não reconheceu o condutor do veículo – nem mesmo quando o motorista desceu do carro, trocou de lado e cedeu a direção a Villapiano. Tudo bem, que o buldogue e o cara da BMW se danassem.

O carro zarpou. Gero entrou no edifício, pediu uma chave sobressalente ao zelador – e subiu ao seu apartamento. Em casa, imediatamente investigou o seu tesouro. Diabos, nada do seu pó, e nada dos seus dólares. Desesperado, Gero se afundou num sofá e desandou a chorar. Então, inopinadamente, o seu fôlego falhou. A sua cabeça principiou a rodar e a rodar. Com um esgar, numa golfada, vomitou uma década de vícios – e, pesadamente, desfaleceu.

Despertaria apenas na tarde seguinte, sobre uma poça de fedor. Atirou-se num banho gelado. Foi quando lhe martelaram na cabeça, como uma dúzia de bate-estacas, algumas frases que ouvira na discoteca, logo depois de Tony desnudar Bruna Maria e escarrar nas faces de Ciccio Tucci e Marco Iago:

– Pai, pai! Vocês ainda não compreenderam, porra! A *N'Dranghetta* e o Khwyis montaram aquela campana no sítio só pra pegarem a Gigi e a Lídia. E eu, um imbecil descomunal, só percebi isso agora! Agora! Tarde demais...

Num embalo, num rompante, verdades e alucinações desordenadamente se embaralharam no juízo danificado de Gero. *N'Dranghetta*, Khwyis, e uma campana no sítio? Ora, que *cazzo* significava a palavra *N'Dranghetta*? E que merda significava a expressão Khwyis? Gero não sabia, ou não se recordava. De todo modo, já havia deduzido que uma guerra eclodira entre o mano Tony, os Tucci e Villapiano. Sim, sim, aqueles Tucci, desaparecidos e ressuscitados, os Tucci, claro, claríssimo, os assassinos de Mariù e dos seus três sobrinhos. Por isso Tony tinha cuspido nos Tucci, no escritório da boate. Daí, apavorado com as conseqüências da detenção dos Tucci, o buldogue decidira se antecipar à desforra de Tony. Claro, descarregando a sua ira sobre ele, Gero. Villapiano tinha roubado a sua droga, a sua grana. E tinha planejado o seqüestro da sua caçulinha, Gigi. Em troca de dinheiro, e de paz, Gigi nas mãos do buldogue. Num devaneio, Gero se impôs que salvaria Gigi. Sim, Gero, enfim, se tornaria um herói, um herói tardio – e recuperaria o amor e o respeito da Família.

No seu VCR, fisgou os papelotes de coca que escondera no escaninho de gravação. Cafungou um delco. Daí, num outro cofre, bem camuflado atrás de uma parede falsa do seu *closet*, não detectado pelos homens de Tony e por Villapiano, capturou um pacotão de dinheiro e um revólver, Rossi, calibre 38, niquelado, de cano curto e cinco tiros. Prencheu os bolsos com mais balas e mais papelotes. E jurou: sim, arrancaria Gigi dos seus malfeitores. Ainda que, na chefia deles, estivesse o seu ex-sócio, quase dono, Brodie Villapiano.

De um criado-mudo em seu quarto, Gero retirou as chaves da sua moto, parada na garagem do edifício. Localizou no *closet* o seu blusão de couro e o seu capacete. Desceu. Montou na moto. E correu, celeremente, até o edifício de Villapiano. Ninguém. *Càspita*, onde estaria Villapiano? Talvez, na mansão dos Tucci, na Cantareira. Gero encontrou a propriedade escancarada, todas as suas luzes acesas. Cadê os Tucci? Que fizera o seu mano com os Tucci depois de vilipendiá-los em L'Omertà. As reminiscências, indecisas, gaguejavam no raciocínio de Gero. E Villapiano? Então, subitamente, Gero se lembrou de um outro casarão, mais nos altos da Serra, no qual participara de surubas com o *gangster* dos Gotti. Reacelerou a moto. E aportou no casarão, às 20h47.

Com a meticulosidade possível, naquele seu estado de quase insanidade, Gero investigou os arredores. Claro, não divisou os carros e nem os detetives que atocaiavam a propriedade, sob as ordens de Tony. Numa fresta do batente do portão, porém, vislumbrou que, no pátio, dormitava o Uno de Gigi. Bravo Gero, imaginou que ninguém, além de ele mesmo, encontraria o cativeiro da sua mana caçula. Buscou mais um pouquinho de coca. Aspirou. Esperou que a droga o estimulasse. E então, maluco, perdido Gero, bolou um plano grotesco, inacreditavelmente grotesco. Sem suporte, nenhum *back-up*, tentaria pular o muro e desafiar, sozinho, todos os bandidos acantonados na mansão.

Patético Gero. Sequer realizou o seu primeiro movimento. Mal encaixou o pé num buraco do muro, a fim de escalá-lo, e um cano gelado de espingarda fez pressão na sua nuca – enquanto uma voz soturna lhe determinava:

– Estátua! Nem um pio. Os braços na parede...

Pobre Gero, se submeteu, sem imaginar quem o detinha.

Freneticamente, duas mãos lhe arrancaram o capacete da cabeça.

O cano da espingarda, então, subiu ao céu e redesceu com violência.

Acertou Gero bem no topo do cocuruto.

▼

De volta ao sítio, Tony discretamente se alojou com os seus homens e com Fábio Monarco, mais os dois bandidos da *N'Dranghetta*, manietados, no salão de jogos ao lado da piscina. Lá, como um demônio, o *capo* arremessaria a sua derradeira ameaça ao capanga já espezinhado de Brodie Villapiano:

– Você quer viver, ahn, seu filho da puta? Você quer?

Fábio Monarco imaginou que passaria por mais um flagelo.

Velozmente assentiu com a cabeça. Sim. Sim.

O *capo* lhe desferiu dois tabefes no rosto – e fulminou:

– Então, doutor, você vai fazer uma ligaçãozinha pra mim, OK?

Tony queria que Monarco conectasse o buldogue na mansão da Serra – e lhe garantisse: sim, sim, a grana toda já estava a caminho. Sim, Monarco dispunha do número da mansão. Sim, obedientemente, Monarco realizaria a ligação. Daí, passaria o aparelho ao *capo*. E Tony, humildemente, sim, claro, solicitaria mais algumas horas para completar a coleta das doletas nos cofres que a Família Castellamare mantinha em diferentes locais da cidade.

Monarco topou, sem mais pensar na fortuna que perdera, ou no futuro que desperdiçara. Naquelas circunstâncias, devastado, depredado, o advogado se sentia felicíssimo por haver assegurado, ao menos, a sua masculinidade.

O *consigliere* e o delegado se opuseram à idéia. Consideraram um risco gigantesco permitir que Monarco papeasse com Villapiano. E se o advogado, num rompante, por estupidez ou por genialidade, emitisse um sinal, um código capaz de intrigar o *gangster* buldogue? Villapiano seguramente ordenaria a imediata execução de Lídia e de Gigi. Tony, de todo modo, firme, insistiu. Os seus argumentos dobrariam todos os temores de Meira e de Garzya:

– Ponto um, caso descubra que eu capturei o Monarco, o Villapiano vai me propor um outro acordo. Não vai machucar as meninas enquanto imaginar que existe uma chance de eu pagar o resgate. O Villapiano precisa de dinheiro, desesperadamente, pra sumir das minhas vistas. Ponto dois, nós necessitamos de mais tempo pra programar a invasão do cativeiro. Nenhum de nós conhece o lugar – e nós apenas sabemos que três caras da *N'Dranghetta* e três outros jordanianos estão na guarda da Lídia e da Gigi. Parece pouco, *càspita*, mas são seis profissionais. Ponto três, em qualquer das circunstâncias, obviamente, nós temos de amaciar o Villapiano, fazer o filho da puta crer que venceu, e que vai receber a sua grana – pra que ele afrouxe a sua guarda, relaxe as suas defesas. Ponto quatro, sinto muito dizer isto, mas, *cazzo*, nós ainda precisamos passar um aviso à Lídia e à Gigi, a fim de que elas se preparem, quando a invasão acontecer. E eu sei, ahn, como notificá-las da invasão. Confiem em mim...

Meira e Garzya sucumbiram. À lógica de Tony – e à sua comovedora segurança no sucesso da sua estratégia. Os três circundaram Fábio Monarco e lhe explicaram como tocar o passo-a-passo da sua conversa com Villapiano. Uma vacilação e o advogado retornaria à bandeja de carne e aos pastores.

Com o máximo de cuidado, Monarco lutou para salvar a sua pele.

Chamou Villapiano na mansão da Serra e, economicamente, afirmou:

– Brodie, nós ganhamos. Só que o Tony quer falar com você...

Villapiano não leu nada de estranho na entonação do advogado:

– Pois mande bala, Fabiotto. Será um prazer falar com o Tony...

O *capo* assumiu o aparelho, com uma voz de fracassado:

– Don Villapiano, o senhor me desculpe este incômodo. Mas para que o nosso acordo dê certo, eu preciso de dois enormes favores do senhor...

O *gangster* não desconfiou. Tony, afinal, lhe implorava favores. Em vez de se preocupar, Villapiano abusou como pôde da sua safadeza obscena:

– Antes de mais nada, meu caro Tony, os meus sinceros parabéns pela reportagem a seu respeito no "Perfil" de hoje. Parabéns. Você me fez lembrar do Elliot Ness. *Cazzo*, Tony, você desvendou completamente os mistérios das mortes dos Kennedy e da Marilyn. Achei perfeita a sua descrição das missões do Roselli, do Gianola e do Tortorella. Gente do meu tempo, caro Tony. Hoje, ah, já não se fazem mais caras como o Roselli, o Gianola e o Tortorella...

Tony fingiu impaciência:

– É verdade, Don Villapiano. E os dois favores?

O buldogue continuou dominador:

– Pela ordem, meu caro Tony. Diga. O primeiro deles?

– Tempo, Don Villapiano. Tempo para recolher, de vários lugares, e de várias fontes, todo o dinheiro que eu, aqui, pessoalmente, com a minha palavra de honra, estou me comprometendo a lhe entregar. Eu sei, havia assegurado, ao doutor Monarco, que conseguiria os doze milhões até as seis da tarde. Mas só levantei uns nove milhões, Don Villapiano. O senhor pode aceitar os nove, agora. Ou me conceder mais algumas horas para obter os outros três...

Brilhante Tony. Confiava na avidez daquele buldogue.

Villapiano acedeu. Não tinha tanta pressa, afinal, para enriquecer. Aliás, já havia comprado a sua fuga, num Lear-Jet fretado, com as valises repletas de doletas. Escapuliria, apenas, na madrugada seguinte. Acalmou Tony:

– OK, meu caro Tony. De quanto tempo você necessita?

– Pouco, Don Villapiano. Até, digamos, as duas da manhã...

O boldogue gargalhou. Ironia. Imaginava um prazo mais longo:

– Você vai abrir alguma casa de câmbio, à noite, meu caro Tony?

O *capo* fingiu uma risota:

– Não, não se preocupe, Don Villapiano. Estas coisas a gente faz com o máximo de discrição. Depois de tudo que aconteceu, nos últimos dias, eu não pretendo me expor, mais uma vez. Na verdade, saiba que o meu pai dispõe de algumas reservas, espalhadas em vários cofres da cidade. O meu pessoal está raspando todos os tachos, Don Villapiano. Não se preocupe, Don Villapiano. Para recuperar a Lídia e a Gigi, eu vou queimar todos os meus cartuchos...

Villapiano regargalhou. E inquiriu, feliz, rotundamente:

– E como você pretende fazer a entrega, meu caro Tony?

– Vou com o doutor Monarco. Passo o dinheiro, pego as garotas...

– Perfeito, meu caro Tony. E o segundo dos favores?

Tony vasculhou o fundo da sua alma em busca de uma voz convincente. Tossiu, suspirou, fingiu engasgar. Então, num arranco submisso, afirmou:

– Eu quero escutar as vozes da Lídia e da Gigi...

O buldogue de Eugene Gotti no Brasil não se espantou.

Do mesmo modo que Fábio Monarco iria checar, nota por nota, os US$ 12.000.000,00, Tony merecia o direito de conferir a sua mercadoria:

– OK. Vou chamar as duas. Me dê alguns minutos. Fui obrigado a dopálas, horas atrás. E a enclausurá-las num quarto blindado, à prova de som. Ahn, você compreende, Tony, exclusivamente pra preservá-las, e pra evitar que as duas façam alguma bobagem. Bem, acho que já posso acordá-las, OK?

O *capo* aguardou, com uma mistura de ódio e de resignação. Bosta de Villapiano, as duas meninas num quarto à prova de som. Por quê? Passou-se bem mais tempo do que alguns minutos. Na verdade, quase um quarto de hora se consumiu até que Gigi assumisse a primazia de se demonstrar viva:

– Tonino? Me tire daqui, Tonino...

O *capo* cortou a irmã, seco – e diretíssimo:

– Fique tranqüila, maninha. Ninguém vai machucar você, OK?

Num suspiro, meio aos soluços, Gigi concordou:

– Tá. Eu acredito em você, Tonino...

– Legal, maninha. Agora, preste atenção, muita atenção...

Com a sua voz na modulação mais sedutora, o *capo* prosseguiu:

– Ainda hoje, nesta madrugada, no máximo de manhãzinha, você e a Li já estarão em casa, OK? Acertei tudo com o Villapiano. Vou trocar vocês duas por dinheiro, Gigi. Fique tranqüila, maninha. Eu sou um excelente negociador. Você se lembra, uns três anos atrás, quando raptaram a esposa do Paolì, lá em Palermo? Ahn, você se lembra de como eu agi, rapidamente e sem riscos?

A esposa do Paolì? Ora, diabos, Paolo Garzya nunca se casara...

Gigi respirou fundo – e tentou navegar nos meandros do irmão:

– Uns três anos atrás, a esposa do Paolì?

Tony sabia que Villapiano acompanhava aquele diálogo, numa extensão – e que, a qualquer instante, caso desconfiasse de uma tramóia, interromperia a ligação. Paralelamente, sentiu que mais um último empurrãozinho bastaria para Gigi compreender todo o seu recado, subliminar. Decidiu enfatizar o seu código, de uma maneira que sossegasse e amortecesse o buldogue:

– Isso, maninha. Você se lembra do cursinho de sobrevivência que eu e o Paolì organizamos pra esposa dele, pra Mariú – e pra você? Ponto número um da aula: jamais confrontar os seqüestradores, respeitá-los e obedecê-los. O Villapiano não tem nada de pessoal contra você, contra a Lídia ou contra mim. Apenas está utilizando vocês como instrumento de uma transação, OK? Ponto número dois: esperar o resgate com toda a calma do universo. Correto?

Paolì. O cursinho de sobrevivência. Mesmo na cabeça dolorida de Gigi, o enigma se desfez num instante. Gigi entendeu integralmente o recado:

– Eu já saquei, Tonino. Vou seguir todas as suas recomendações. Como a esposa do Paolì fez, lá em Palermo. Você pagou o resgate e ela saiu ilesa da confusão. Ahn, e quanto eu vou custar? E quando você vai me soltar?

Ufa! Um suspiro, Tony se orgulhou da irmã. Gigi era uma Castellamare de fato. Tinha se recordado do treinamento ministrado por Tony e por Paolì, alguns anos antes, na capital da Sicília. Um treinamento que Tony organizara para manter incólumes a mulher e a irmã, caso uma delas fosse capturada pela Nova Máfia. Uma batelada de instruções capazes de mantê-las vivas, inteiras, enquanto Tony e Paolì organizassem o seu ataque ao cativeiro eventual.

O *capo* respondeu, sibilante, da única forma que poderia:

– Doze milhões. Que eu pagarei – até as duas da manhã...

Uma confirmação. Gigi só necessitava da confirmação.

– Até as duas da manhã?

Tony enfatizou:

– Marque no relógio, maninha. Duas da manhã, OK? O Villapiano terá a grana dele às duas da manhã. Agora, Gigi, me deixe falar com a Li...

Ciente do horário exatinho em que Tony detonaria a sua operação, Gigi passou o aparelho a Lídia Brandini. A jornalista se mostrou mais aflita:

– Tony? Amor, puta merda, que bom, eu falar com você...

O *capo* não quis estender aquele papo cruel. Apenas indagou:

– Li, está tudo bem com vocês?

E a jornalista respondeu, sinteticamente:

– Está. Ninguém tocou na gente. Colocaram alguma coisa no nosso café, ou na nossa comida. Mas, até agora, ninguém tocou na gente. Amor...

Tony, intempestivamente, podou a namorada.

Naquela circunstância, não pretendia confraternizar. Ao contrário, Tony tinha de enfrentar o perigo e passar o seu recado limpamente, e integralmente. Tinha de deixar claro, também a Lídia Brandini, que já havia localizado o seu cativeiro. Tinha de deixar claro que não pretendia pagar nenhum resgate:

– Li, fique tranqüila. E não se preocupe com nada, absolutamente nada. Eu já negociei a libertação de vocês duas. Converse com a Gigi. A minha irmã conhece muito bem o meu estilo. Ela sabe que, pra mim, esta complicação não passa de um detalhe num negócio. Por favor, por favor, sigam as instruções do Villapiano – e, em hipótese nenhuma, saiam do lugar em que ele prendeu vocês duas, OK? Eu juro, Li, logo você estará de novo com o seu *sciccareddu*. Li, você ainda ama o seu *sciccareddu*? Responda, Li, você ainda ama?

O *capo* imaginava que Villapiano jamais suspeitaria daquela palavra em dialeto. Bem, não suspeitaria – desde que a namorada lhe respondesse como devia. Respondesse, essencialmente, com naturalidade – e muita graça.

Sciccareddu. A curiosa expressão que Pippo Carotè havia pronunciado, no aeroporto, quando fora espancado pelos agentes da Federal. No caso, uma expressão simbólica, de ira e de vingança. Ora, por que o *capo* usaria aquela palavra, ali, naquela situação? *Sciccareddu*, uma palavra que Lídia associava a violência, não a carinho. E por que Tony determinava o óbvio: em hipótese nenhuma saiam do quarto? Era evidente, e Tony sabia disso, que Villapiano jamais permitiria, às duas, abandonarem o seu cativeiro no aposento blindado. Claro, claríssimo, havia uma mensagem camuflada nas observações do *capo*. Depois de alguma hesitação, Lídia rememorou uma frase de Tony, dias antes, à porta do chalé do sítio. Lídia havia acuado o seu namorado. Pretendera saber quando, enfim, conheceria o verdadeiro Tony. Depois de acariciar docemente o seu ventre, o *capo* lhe havia assegurado, de maneira embriagante:

– Quando eu não mais tiver de agir como um *sciccareddu*, quando eu resolver todos os meus problemas, quando eu puder voltar à minha vidinha normal – e quando o nosso filho estiver crescendo, bem aqui dentro...

Bingo. *Sciccareddu*. Claro, um código. Só podia ser um aviso.

Num *fùlmine*, mistura da sua capacidade dedutiva de repórter com a sua intuição de mulher apaixonada, Lídia Brandini compreendeu o recado de Tony na sua total intensidade. Não haveria um resgate em dinheiro, mas um resgate físico. Sim, o *capo* estava preparando a invasão da mansão e quis advertir as duas moças, para que elas se prevenissem. Lídia Brandini engoliu o terror que dominou a sua garganta e vasculhou a sua inteligência à cata de uma resposta no mesmo nível. Uma resposta melíflua, mas capaz de atestar que tinha sacado o código escondido nas frases de Tony. Decidiu exagerar na felicidade:

– Porra, Tony, cê é demais. Claro que eu ainda adoro esse *sciccareddu*! Obrigado, amor. E quando você vai pagar, ahn, esse nosso resgate?

Maravilha, o *capo* concluiu. Lídia também absorvera o seu código:

– Como eu já disse à Gigi, até as duas da manhã, no máximo...

A jornalista fingiu um apelo e completou o circuito:

– Tá. E, ahn, Tony, por favor, não atrase essa grana, tá?

▼

Com um longo suspiro de aprovação, Tony encerrou o papo, colocou o aparelho no gancho e, antes de qualquer comentário, solicitou ao delegado que retirasse do sítio dos Castellamare, imediatamente, todos os seus agentes:

– Telônio, eu preciso que eles se mandem daqui! Já!

O delegado tentou resistir:

– Por quê? Os meus homens podem nos ajudar...

Tony, porém, recusou qualquer auxílio. Na verdade, mentiu:

– Nada disso, Telônio. *Càspita*, por favor! Nós não podemos provocar o Villapiano. *Cazzo*, com certeza, o Villapiano deve ter gente nos vigiando, lá fora. Agora que eu consolidei o acordo, sem policiais aqui no sítio, OK? Aliás, peça que levem a sua viatura. Hoje, você não vai precisar do seu veículo...

Embora se imaginar o que Tony faria, Meira aderiu.

O delegado saiu do salão, a fim de dispensar os seus agentes. Ao voltar, constatou que Fábio Monarco e os dois calabreses haviam sumido. Constatou, também, que Pellegrino, Pignatello, Sissi e Pippo Carotè não mais estavam por lá, com Tony. Desorientado, fitou o *capo*. Aonde fora o advogado? E que raio de fim tinham levado os dois bandidos da *N'Dranghetta*? E que resultado Tony conseguira extrair do seu diálogo, surrealista, com as garotas?

Decidiu testar o *capo*, primeiro, numa indagação simbológica:

– Você pode me explicar essa história, ahn, do *sciccareddu*?

Tony soltou uma gorda risada de desabafo. E comentou:

– Delegado, a Gigi e a Li são absolutamente geniais. *Cazzo*, delegado, a Gigi e a Li compreenderam o meu código. As duas entenderam, *cazzo*, que eu vou entrar naquele lugar ainda hoje, de qualquer jeito – e na porrada...

Insano Tony. Porrada. Meira se recordou dos cachorros no galpão.

Desistiu de ser um cúmplice. E foi direto ao seu ponto:

– Cadê o Pippo, o Sissi, o Pellegrino e o Pignatello?

Antes que Tony se manifestasse, Telônio Meira enfatizou:

– E o Monarco, e os calabreses, cadê eles?

Àquela menção, Monarco, e os calabreses, Tony se lembrou de que não tinha arrancado, do advogado, a localização exata do esconderijo de Khwyis. Meramente descobrira que o líder dos jordanianos se instalava em algum lugar da Zona Sul. Caralho, ruminou. Acuado entre a pressão do delegado e a sua distração, Tony se empenhou em encontrar a solução mais conveniente.

A campainha do telefone partiu ao meio a sua concentração.

Vito LoRusso atendeu. Era Don Caló. Transferindo uma ligação.

LoRusso escutou e, num lampejo, empalideceu:

– Tony, você não vai acreditar...

O *capo* agarrou o aparelho, com nervosa sofreguidão.

Ao desligar, pareceu mais branco do que LoRusso.

Telônio Meira gritou:

– Que foi, Tony? Merda, que foi, agora?

O *capo* se encostou na parede e informou, bestificado:

– O Gero. Os detetives acharam o Gero. *Cazzo*, pegaram o Gero, bem no momento em que ele tentava escalar o muro do cativeiro das garotas...

▼

Inacreditável imprevisto. Tony Castellamare já tinha se preocupado com Gero, já tinha se esquecido do irmão, já tinha feito e refeito o seu projeto fatal em função da presença e do sumiço do refugo da Família. E então, de repente, inopinado, Gero reaparecia, exclusivamente para complicar a sua estratégia de libertação de Gigi e de Lídia Brandini. *Càspita*, que demônio *maledetto* e desnaturado orientava as ações do seu mano? Tony subiu à varanda com Paolì, LoRusso, Elia Grazie e o delegado. Lá, explicou ao pai o que acontecera.

Desacorçoado, aos solavancos, Don Caló reagiu:

– Mas, que *cazzo* o Gero foi fazer lá na Serra?

Tony, pasmado, se limitou a simplificar o que ouvira:

– Eu não tenho a menor idéia, papito. Só sei que o Gero apareceu por lá, de moto, de capacete, e de blusão de couro. Os detetives viram quando o Gero escondeu a moto no mato – e resolveram se aproximar. O Gero devia estar tão chumbado que não percebeu a campana. No instante em que tentava pular o muro, um dos detetives o rendeu e um outro lhe retirou o capacete. Na dúvida, os detetives nocautearam o Gero com uma pancada na cabeça. Na verdade, até então, os caras não sabiam de quem se tratava. Só quando o Gero caiu os caras olharam seu rosto e descobriram quem era. Revistaram o Gero. Encontraram um 38 e um monte de balas e de papelotes de coca nos bolsos do blusão...

A pausa de Tony se atrelou a um longo e aflitivo momento de silêncio. No sítio dos Castellamare, afinal, ninguém mais imaginava que Gero pudesse, de novo, representar algum papel naquela guerra. Tony resistiu ao impulso de se servir de um gole de Jack Daniel's. Telônio Meira se esqueceu de Monarco e dos calabreses – e lastimou, pela centésima vez, ter se tornado policial.

Elia Grazie, no entanto, ousou argumentar:

– Tonino, *scusami*, mas... Eu acho que posso explicar...

O *capo* forçou um sorriso, estimulando o grandalhão:

– É uma coisa que sai da alma, e que está no sangue, Tonino...

Com um nó repentino na garganta, Tony previu o que viria.

Don Caló, também. E Elia Grazie, satisfeito, continuou:

– Caló, o Gero é uma porcaria de pessoa. Mas é seu filho. E é *fratello* do Tony e da Gigi. *Dio mio*, eu não imagino como essa reviravolta aconteceu – e, para mim, não interessa mais ficar aqui, analisando e julgando. *Però*, depois que escapou da nossa guarda, o Gero descobriu que o *stronzo* do Villapiano havia seqüestrado a Gigi. E o Gero resolveu lutar ao lado da sua Família – e salvar a sua *sorellina*. Maluco, drogado, *cáspita*, Caló, agora não interessa. O importante, Caló, é o Gero ter ouvido a voz que sai da alma e do sangue...

Todos se emocionaram com o discurso tocante do grandalhão. Inclusive Telônio Meira. Don Caló comprimiu Elia Grazie num abraço portentoso.

Lágrimas nos olhos, Tony também enlaçou o mastodonte:
– Tem razão, Tio Elia. Tem razão...
Do fundo do salão, uma voz, saída do coração, complementou:
– Por isso, Tony, cabe a você libertar a Gigi – e perdoar o Gero...
Era a Mamma Freda. Escoltada por Nicinha e por Elisabeth.

▼

Brodie Villapiano deglutiu maciamente todas as conclusões que tirou do diálogo de Tony Castellamare com Gigi e com a namorada. Incapaz de conter a sua vulgaridade, em meio a risos e a chacotas, sordidamente ironizou:

– Quer dizer, minha mocinha, que você, na cama, chama o seu Tony de *sciccareddu?* Quer dizer que você está com saudades do seu *sciccareddu*? Por acaso o seu Tony tem um pauzão bem grandão? Ou o Tony é um *sciccareddu* porque gosta de ficar de quatro, enquanto você monta nas costas dele?

O *gangster* não denotou que Lídia Brandini adorou aquela grosseria. A jornalista ainda não sabia o que a palavra *sciccareddu* significava. E, pela rude gozação de Villapiano, não fez questão nenhuma de interpretar o seu possível sentido naquele momento, naquele lugar e naquela desagradável companhia. De todo modo, a reação obtusa de Villapiano lhe dera uma certeza: o *gangster* não suspeitava da invasão que Tony programava. Claro, a jornalista temia que uma falha qualquer no plano do *capo* pudesse colocar em risco a sua vida, ou a vida de Gigi – ou até mesmo a vida de Tony. Optou, no entanto, por fazer o jogo-do-contente. E por se organizar para o momento crucial do conflito.

Sem responder à grosseria, empurrou Gigi de volta ao quarto blindado. Tinha um dilema a solucionar: revelaria ou não o que havia descoberto no seu papo com Tony? Por um lado, sentia Gigi fragilizada em demasia. Por outro, talvez necessitasse da modelo no momento da confusão. Não pretendia que, desinformada, Gigi entrasse em pânico e conturbasse a operação. No corredor, num aparador, viu dois abajures. Pediu que Villapiano lhe permitisse levá-los ao quarto. No claro, talvez fosse bem mais fácil contar tudo à modelo.

Satisfeito com o tom abatido da voz de Tony, eufórico com a promessa de que os doze milhões de doletas estariam no seu bolso até as duas da manhã, Villapiano acedeu. Acompanhou as garotas, ajudou Lídia Brandini a encontrar as tomadas na escuridão – até instalou os abajures. Aproveitou o embalo para passar às reféns uma página do último "Perfil". Bem-humorado, gozou:

– Divirtam-se. O Tony virou Sherlock Holmes...

Villapiano gargalhou rotundamente – e retrancou o quarto por fora.

A jornalista se aboletou no sofá com Gigi. Abraçou a modelo. Aguardou alguns segundos, que lhe pareceram anos. E murmurou, maciamente:

– Gi, por favor, fique fria, mas muito fria, por favor. Não me responda nada, não fale nada, apenas acene com a cabeça se você compreender o que eu vou explicar, OK? Muito bem. Na minha conversa com o Tony, ao telefone, ele me passou um recado, por código. O Tony vem vindo pra cá. E não pra pagar o resgate. Mas, pra tirar nós duas daqui, na marra. Você entendeu?

Disciplinadamente, Gigi concordou, igualmente num sussurro:

– Eu já sabia. Bem antes de você, eu já sabia...

Lídia se impactou com aquela inopinada observação:

– Porra, Gi, como? Porra, como você já sabia?

Uma Castellamare, Gigi impressionou a jornalista:

– Você conhece o Paolì? O Paolo Garzya?

Lídia se recordava do nome, citado por Tony na entrevista:

– Não. Mas o seu irmão me falou dele. E daí?

O diálogo se inverteu. E Gigi assumiu o comando da dupla:

– O Paolì é o *consigliere*, o braço-direito do Tonino, o cara que ajuda o Tonino a pensar, especialmente nas crises. Lá por 86, ou 87, eu passei um bom tempo com o Tonino e com a Mariù em Palermo. Foi uma época difícil, muita gente da Velha Tradição desaparecendo ou morrendo na cidade. O meu irmão e o Paolì estavam preocupados com a possibilidade de um atentado, ou de alguém me seqüestrar, ou seqüestrar a Mariù. Então, o Tonino e o Paolì nos obrigaram a fazer um cursinho de sobrevivência. Li, na hora em que o Tonino, ao telefone, me pediu pra lembrar de Palermo e da Mariù, eu entendi tudinho. O Tonino vai invadir esta merda às duas da manhã. Às duas da manhã...

A jornalista se sentiu diminuída pela firmeza incrível de Gigi.

Impetuosa, todavia, bem ao seu estilo de repórter, continuou:

– Legal, Gi. Agora que você sabe, como eu, o que vai acontecer, ahn, às duas da manhã, você também sabe que nós precisaremos nos proteger. E que nós precisaremos impedir aqueles caras do Villapiano de entrarem aqui...

Gigi concordou. E se lembrou da página do "Perfil" que o buldogue deixara no quarto. Que existiria naquele pedaço de jornal? Por que Villapiano havia comparado Tony ao grande mestre das deduções? Afogueadamente, as duas garotas leram e releram o texto de Lídia com as revelações de Tony. Gigi se emocionou profundamente. Embora não considerasse seu mano um mafioso convencional, não imaginava aquele envolvimento de Tony com a DIA.

Num rompante, à la Holmes, teve uma idéia magistral:
– Já sei o que nós faremos. Li, deixe comigo. Aliás, parabéns...
Outra vez, Lídia Brandini se mostrou desnorteada por Gigi:
– Ahn? O quê? Parabéns?
Com a sobranceria de uma pantera, Gigi complementou:
– Foi ótimo, Li, você ter conseguido aqueles abajures...

▼

Uma cena de ópera, aquela, a "Cavalleria Rusticana". Música de Pietro Mascagni. Um enredo inspirado nos textos literários de Giovanni Verga, nos seus relatos sicilianos. A mãe que flagra o filho minutos antes de um duelo – o seu duelo fatal. Como a Mamma Lucia de Verga, desesperada pelas falácias do seu Turiddu, a Mamma Freda dos Castellamare acossou o seu Tony:

– Você me prometeu, *bambino mio*, e você mentiu pra mim...

O *capo* fingiu não entender, e tentou escapulir:

– Mamita, eu prometi o quê? E eu menti no quê?

De braço em riste, aquela senhora miúda se transformou num gigante. O seu olhar entre enfurecido e decepcionado, a Mamma berrou com o filho:

– *Dio*, Tony, eu estou velha. Mas eu ainda não fiquei gagá. Faz quase três dias que a nossa casa se transformou num castelo mal-assombrado, cheio de mistérios e de segredinhos. É você que troca fofocas com o seu pai e com o delegado. É a Regina que não aparece para dormir. É o Elia que desaparece na hora de fazer a feira comigo. É o Vito que também some. É o Lindy que não sai daqui. É o Caló que me obriga a me esconder no meu próprio quarto. É esse monte de homens engravatados, com instrumentos esquisitos ligados nas nossas linhas telefônicas. É esse outro monte de homens falando em dialeto. *Dio mio*, Tony, eu assisto televisão! E ontem, Tony, eu vi você e o delegado, na boate do Gero, comentando a prisão daqueles três mafiosos, os caras que mataram a Mariù e os meus três netos! Eu vi! E eu ouvi que você é um agente da promotoria de Palermo, Tony! *Dio*, eu já sei de tudo, Tony! E você ainda imagina que eu me porte como uma cretina? Ora, Tony, não me deprecie...

Tony não soube como retrucar. Nem soube como se explicar. Intrépida, a Mamma prosseguiu, a cada palavra bem mais segura, e mais furiosa:

– Isso mesmo, Tony Castellamare! Não me desrespeite e, por favor, não me trate como uma débil mental. Você, um agente da promotoria de Palermo? Desde quando, Tony? Por que você nunca me contou isso, Tony? E você não ouse, agora, me convencer de que a nossa Família não entrou numa guerra da Máfia, Tony Castellamare! Uma outra farsa? Ou uma outra *vendetta* absurda, Tony? *Porco Giuda*, Tony, você me jurou que não haveria *vendetta* e você me enganou ao fazer aquelas pazes com o Gero, aquelas pazes falsas! Tony, você me enganou, você enganou o seu irmão! E, então, para coroar a sua aventura, o Tony Castellamare, *capo* da Máfia, ou o agente da procuradoria de Palermo, você, Tony, colocou em risco a vida da Gigi e a vida da sua própria namorada. *Cáppitu*, Tony, por que essa loucura? Por quê, por que essa loucura?

Tony tentou se aproximar da Mamma. Sacou que a Mamma sabia das falcatruas de Ruggiero. Sacou que a Mamma já sabia muito mais do que ele, Tony, pudesse justificar. Fitou Nicinha, firme ao lado da velha senhora. Não, Nicinha não toparia qualquer gesto de cumplicidade. Fitou Elisabeth, perdida naquele cenário, à espera de um afago de Domi. Que merda, raciocinou Tony, só lhe faltava aquele debate extemporâneo, naquele momento crucial. Tentou, de novo, se aprochegar da Mamma, com a cautela possível. Ainda de braço em riste, a Mamma não permitiu. Pior, redirigiu a sua ira a Don Caló:

– E você, Calógero, é um cúmplice do Tony nesta velhacaria...

Cabisbaixo, estonteado, o patriarca preferiu segurar a sua reação.

Telônio Meira se refugiou na toalete. Paolo Garzya, Lindy, Elia e Vito LoRusso, constrangidos, sem opção, viraram as suas costas à discussão...

Don Caló esperou que a Mamma se acalmasse, e se sentasse.

Então, acendeu um cigarro, a sua maneira sutil de mostrar que lhe cabia a última palavra na confusão. Tragou. Empinou a cabeça. E afirmou:

– Freda, o Tony não tem culpa de nada. Você quer esculhambar alguém? Quer? Quer? Limite-se a mim. Ainda sou o chefe da Família, *capisce*?

A Mamma fez um gesto de desprezo – mas não retrucou.

O patriarca agradeceu com um rosnado. E contra-atacou:

– O Tony, apenas, está fazendo o trabalho dele. Sim, um trabalho pra procuradoria de Palermo. E o Tony está fazendo, Freda, como ele pode. E está fazendo com muita sabedoria – e com muita competência. O Gero também é meu filho, Freda. Mas, o Gero, ah, eu sinto, Freda, o Gero não merece a nossa consideração, nem a nossa preocupação. Culpa minha, Freda. Deixei o Gero se transformar num bandido, num canalha, num traficante de drogas. E culpa sua, Freda. Você mimou demais o Gero, e nunca aceitou essa verdade...

Mesmo no banheiro, Telônio Meira escutou, sem falhas de som, toda a reação de Don Caló. Gero, um traficante de drogas. Nas palavras do pai.

A Mamma desandou a chorar. Permaneceu na poltrona, porém, sem se mover, e sem perder a altivez, mudamente acarinhada por Nicinha e Elisabeth. Alguns minutos se passariam até que a senhora recuperasse o seu pique. Daí, num gesto típico de palco, a Mamma lançou ao chão o lenço que segurava – e se realçou, com os seus olhos afogueados e com um brado compungido:

– Ah, este atavismo. Ah, como eu odeio este nosso sicilianismo...

Uma pausa. E um silêncio abissal. Até que a Mamma indagou:

– E por que ninguém, jamais, me contou essa história de procuradoria? Por que vocês sempre me fizeram acreditar no Tony como um mafioso?

Paolo Garzya se imiscuiu no drama. A sua função de diplomata.

E como um bom diplomata, aliás, Garzya torceu a realidade:

– Dona Freda, sinto muito. Nem mesmo a Mariù sabia do duplo papel do Tony. Por uma questão de segurança, dela, das crianças, e do próprio Tony. Aqui, no Brasil, somente o Lindy e o Don Caló tinham conhecimento...

A Mamma interrompeu Garzya com um palavrão:

– Merda de segurança! Cadê a Mariù? E cadê os meus netos?

Um lamento de resignação. Enfim, uma brecha na couraça da Mamma. Tony intuiu. E se achegou, disposto a abraçá-la, mesmo que ela não quisesse. A senhora, no entanto, sucumbiu. Cravou os seus dedos nas costas do filho e voltou a soluçar, desesperadamente. Tocado, repleto de pesos na consciência, Tony devolveu o apertão da Mamma e, coladíssimo nela, também começou a chorar. De saída da toalete, o delegado sacou que só alguém de fora daquela Família, ele, poderia encerrar o grande impasse – e impedir que Tony perdesse mais tempo no planejamento da libertação das garotas. Cochichou qualquer coisa num ouvido de Garzya. O *consigliere* assentiu, com um trejeito discreto. Meira, então, se encheu da sua melhor ousadia profissional – e afirmou:

– Dona Freda, por favor, escute. Um instante só, por favor...

Chocados pela intromissão desabusada, Tony e a Mamma se separaram. Como, alguém de fora, e um policial, se metia nas coisas da Família?

Literalmente paralisado, o *capo* examinou o delegado. A Mamma Freda se abaixou, catou o lenço que havia atirado, enxugou o seu rosto, e o rosto de Tony – e se reafundou numa poltrona. Lá, rainha, poderosa, advertiu:

– Delegado, eu vou ouvi-lo, exclusivamente, por saber do afeto da Gigi pelo senhor. Isso, de certa forma, quase transforma o senhor num de nós...

Telônio Meira agradeceu, com uma mesura elegante. E informou:

– Eu lhe garanto, Dona Freda, eu juro, tudo, absolutamente tudo o que o Tony está fazendo agora é legítimo, autorizado pela procuradoria de Palermo, autorizado por mim, e acompanhado por mim. Eu lhe garanto, Dona Freda, que não existe nenhuma *vendetta* em marcha. Na verdade, depois da prisão, na boate do Gero, dos responsáveis pelas mortes da sua nora e dos seus netos, o Tony simplesmente passou a se defender, e a defender esta Família, de uma quadrilha de criminosos. Creia, Dona Freda, esta é a única verdade...

Pasmado, Tony fitou o delegado – e a mãe. Admirou a sensibilidade e o denodo de Telônio Meira. E se tranqüilizou com a mudança que percebeu nas feições de Dona Freda. Paulatinamente, o ódio cedeu espaço ao alívio.

A Mamma, de todo modo, necessitava de mais dados. Perguntou:

– E o Gero, e a Gigi, e a Lídia, como entram nessa história?

Tony pensou em retomar, naquele ponto, o seu posto de *capo*. Todavia, concluiu que Meira se desincumbiria da tarefa – com mais objetividade.

O delegado, de fato, se provaria um herói diante do dragão:

– Sinto, Dona Freda. Culpe a mim pelo que houve com a Lídia e com a Regina. Eu falhei na proteção que deveria oferecer às duas. Eu me preocupei demais em ajudar o Tony a localizar e a deter os assassinos da sua nora e dos seus netos. Eu me preocupei demais em colocar gente atrás dos bandidos. Eu me preocupei, até, em colocar gente, aqui, de vigia no sítio – e, infelizmente, me esqueci de que os bandidos poderiam capturar as duas em um outro lugar. As duas foram seqüestradas. Agora, estamos negociando o resgate delas...

A Mamma aceitou apenas uma parte daquele discurso:

– Sequestradas por quem, e por quê?

Para não fugir da raia, Telônio Meira preferiu sintetizar a resposta:

– Um certo Brodie Villapiano, uma espécie de sócio dos mafiosos que nós prendemos na discoteca do Gero. Infelizmente, nós deixamos o Villapiano escapar. E o Villapiano raptou as garotas. Em troca da libertação das duas, ele quer dinheiro e, evidentemente, quer que eu permita a sua fuga do país...

A dura confissão do delegado não desviou a atenção da Mamma.

Que foi radical e incisiva, como uma imperatriz:

– E o Gero, delegado, me diga, qual foi o papel do Gero? O senhor me conte apenas a verdade, delegado. Agora, chega de evasivas, por favor...

Impressionado com a coragem da Mamma, o delegado não driblou.

Correu o risco fenomenal de se expor diante de Tony. Assumiu:

– Infelizmente, Dona Freda, o Ruggiero se envolveu até o pescoço com esse tal de Villapiano. O Ruggiero era sócio, de fato, desse Villapiano...

Tony admirou a bela audácia de Telônio Meira.

À distância, com o olhar, aplaudiu e agradeceu o delegado.

Daí, se reaprochegou da mãe – e lhe beijou a testa.

Pobre Mamma. No fundo, já desconfiava do comportamento de Gero – desde aquela manhã trágica de novembro em que Lindy Regazzoni aparecera, no sítio dos Castellamare, com a notícia do atentado da Via Dante. Sem mais soluços, a senhora solicitou a Nicinha que lhe servisse um cálice de licor de anis – a bebida símbolo de Don Caló nas situações de crise. O patriarca, Tony e os seus homens estremeceram com aquela mudança no comportamento da Mamma. Ao pedir o licor, a Mamma lhes transmitiu um sinal. Assumiu o fim da sua rebelião e o seu retorno ao seu lugar de comprimária nas decisões mais graves da Família. Mansamente, a Mamma se dirigiu ao seu marido:

– Calógero, eu peço desculpas se agredi você na frente de tantas pessoas em que você e o Tony certamente confiam. Não consegui me conter...

O patriarca fez questão de abraçar a mulher e de afirmar o seu amor:

– Esqueça, Freda. Eu sempre me orgulhei dessa sua bravura. Sem você do meu meu lado, eu não passaria de um dono de armazém. Esqueça o que eu falei do Gero. Você foi sempre a mãe ideal. Para os nossos três filhos...

Brilhante Don Caló. Escancarou o espaço para a Mamma se reconciliar com Tony. A Mamma compreendeu o mote. E se dirigiu ao *capo*:

– Quanto a você, Tonino, me compreenda. Por mais que o Ruggiero seja um canalha, o Ruggiero continua o meu primogênito. Mas eu sofro pelo que ele já fez de mal. E eu quero que ele pague pelos pecados que cometeu...

Outra pausa crucial. Tony sacou a insinuação. Tranqüilizou:

– Mamita, não se aflija. O papito já lhe assegurou que eu estou, apenas, realizando o meu trabalho. O delegado já lhe assegurou que eu não estou atrás de uma *vendetta*. Não se aflija, mamita, eu não quero o mal do Ruggiero. Não me cabe fazer justiça com as minhas mãos. Sério, mamita, não se aflija...

A Mamma ainda tinha uma dúvida à espera de uma solução:

– E agora, como ficam a Gigi, a Lídia – e o Ruggiero?

Tony assumiu, então, o compromisso da sua existência:

– Eu vou trazer os três de volta. Eu já falhei, uma vez, e por isso perdi a Mariù e os nossos filhos. Agora, não posso mais errar. Confie em mim...

Exausta, a Mamma se satisfez :

– Pois, então, que Deus proteja você, meu bambino...

Numa chispa, a Mamma terminou o seu licor – e ordenou:

– Nícia, Elisabeth, de volta aos nossos quartos. Esses homens todos têm muitas coisas em que pensar. Aos nossos quartos. Nós precisamos rezar...

Nicinha não seguiu a ordem da Mamma. Pelo contrário.

Arrebatadamente, correu até Tony e enlaçou o *capo*.

Sem que ninguém mais escutasse, bem baixinho, afirmou:

– Deus proteja você, *fratello*. Confie em mim. Eu cuido da Mamma. E eu sei que, bem lá do alto, de algum jeito, o meu Max vai ajudar você...

Surpreso, tocado, comovido, Tony acariciou os cabelos de Nicinha. Daí, atrás dela, divisou Elisabeth. Que baixou a cabeça e disse, num sussurro:

– Obrigada – por mim e pelo Domi. Por favor, não se machuque...

Ah, aquela ópera, inevitavelmente, se encerraria com um final feliz.

À distância, a Mamma Freda reabençoou Tony Castellamare.

O lado feminino da Família depositava toda a sua fé naquele *capo*.

E, principalmente, lhe transmitia a sua melhor energia.

▼

No exato instante em que a Mamma saiu do salão, Tony Castellamare se aproximou do delegado Meira e lhe pespegou um beijo caloroso na bochecha. O *capo* estava honestamente enternecido com a atitude do policial, que havia absorvido, sozinho, os erros de todo o clã naquela tragicomédia – e que havia avalizado, diante da Mamma, as suas decisões, nem sempre ortodoxas:

– Por quê, Telônio, você se expôs tanto, diante da minha mãe?

O delegado se justificou, com uma objetividade cativante:

– A Mamma disse que eu estou me tornando um de vocês...

Tony riu. E reabraçou Telônio Meira. Também tocado, Don Calógero se juntou aos dois e proferiu uma frase que quase derreteu o delegado:

– Você já é um de nós, Telônio. No melhor sentido da expressão...

O delegado ainda comentou:

– Me desculpem, pelas cagadas que eu cometi...

Tony replicou com um tapinha no rosto de Telônio Meira.

Precisava devolver a sua Família ao centro do furacão:

– Muito bem, meus amigos. São dez e tanto. Dispomos de pouco tempo para organizar os nossos próximos passos – e a invasão daquele cativeiro...

▼

Telônio Meira não sabia. Mas, bem pertinho do sítio dos Castellamare, um velho amigo e protegido de Don Caló tinha montado, anos antes, uma bela pizzaria – com um empréstimo assegurado por Tony. A pizzaria, a propósito, se chamava D'Antonio, uma homenagem ao seu financiador. Em viagem à sua Sicília, por causa da morte de um primo, o proprietário havia fechado o lugar, concedido férias coletivas aos seus funcionários todos – e entregue as chaves à guarda de Don Caló. Foi numa das câmaras frigoríficas da pizzaria, à prova de som e de fuga, que Pippo Carotè, Sissi, Pellê e Domi trancafiaram, a múltiplos cadeados, Fábio Monarco e os dois pistoleiros da *N'Dranghetta.* Claro, com o sistema de congelamento desligado, para que os seus reclusos não virassem bonecos de neve. E a ventilação alerta, para que não falecessem, sufocados. Em trinta minutos, o quarteto de Tony retornou ao regaço do seu *capo.*

▼

Na varanda dos Castellamare, toda a tropa de Tony congregada, coube ao *consigliere* Paolo Garzya recorrer à sua paixão pela história – e explicar o seu projeto de ataque à mansão de Brodie Villapiano na Serra da Cantareira. Um plano simples na concepção. Mas um plano aparentemente infalível:

– Pela descrição que os nossos detetives fizeram do local, eu creio que o ideal será utilizarmos a teoria da distração do Von Clausewitz. Cercaremos a propriedade, nos seus quatro cantos. Em cada um dos cantos, colocaremos um dos nossos homens mais experientes e mais habilidosos. Na frente, o Sissi e o Pellê. Atrás, o Domi e o Vito, com o Bill e a Lola. O Domi e o Vito darão um jeito de passar o Bill e a Lola, com eles, por cima do muro. Daí, todos nós a postos, fingiremos um acidente de carro – bem diante da mansão. Fingiremos uma batida, na rua. Provocaremos uma puta explosão. Já sabemos que a Lídia e a Gigi estão num quarto à prova de som. Não à prova de uma puta explosão, porém. Ao sentirem o tremor, a Lídia e a Gigi saberão que chegamos...

O capo permaneceu calado. O *consigliere* podia continuar:

– Eu confio cegamente na Gigi, Tonino. Tenho a certeza de que a Gigi encontrará uma maneira de se proteger, e de proteger a Lídia. Muito bem, ao escutar a explosão, intrigado, o *cazzo* do Villapiano vai sair – e vai investigar. No mínimo, vai aparecer no pátio, com alguns dos seus seis homens. Talvez, chegue mesmo até o portão – e à rua. Caso o pessoal do Villapiano não atinja a rua, derrubaremos o portão, com as granadas. E entraremos na pancada, fogo cruzado. Por trás do pessoal do Villapiano, o Pellê e o Sissi. Pela frente, você, Tonino, eu, o Pippo, o Elia e o delegado Meira. Enquanto isso, com a ajuda dos cachorros, o Vito e o Domi invadirão a casa à procura das garotas...

Tony considerou perfeito o plano de Paolì. Por respeito, no entanto, o *capo* consultou os seus soldados. Inclusive Telônio Meira. Ninguém, no salão do sítio, contestou a estratégia elementar e aparentemente infalível do seu nobre *consigliere*. Só Lindy e Don Caló, descartados, se lamentaram.

Queriam participar da ação. Lindy se declarou mais frustrado:

– Porra, e eu? Eu faço o quê, nessa trolha?

Tony cortou o amigo com uma frase indispensável:

– Lindotto *mio*, se acontecer uma merda, alguém terá de tocar em frente o nosso barco. OK, tudo bem, *fratellone*, você irá conosco até a Serra. Mas ficará no *back-up*, com os detetives. Se acontecer uma merda, eu espero que você impeça a fuga do canalha do Villapiano e mobilize a polícia, OK? E, se alguém se machucar, você cuida do transporte até um médico amigo. O *babbo* pode indicar um médico da sua extrema confiança. Papito, tudo bem?

Devolvido à ação, o patriarca se aprestou, imediatamente:

– *Sicuro*, Tonino. Eu conheço um médico assim. Aliás, mais do que um. E todos nas minhas mãos. Vou deixá-los de plantão, agorinha mesmo...

O *capo* bendisse a história e as velhas amizades de Don Caló.

Entrou em cena, então, Pippo Carotè, o encarregado do arsenal:

– E que equipamentos nós levaremos, Tonino?

O *capo* raciocinou por alguns segundos – e propôs:

– Além de granadas, lanternas e armas leves. Pippo, que metralhadoras, potentes, mas bem leves, e de cano curto, você tem nos seus estoques?

Pippo Carotè não esperou nem um segundo para responder:

– Várias. Eu aconselho, *però*, as Cobray M–11/9. Pesam só um quilo e meio, num palmo grande de comprimento. Cabem num bolso de japona...

O delegado Meira não acreditou naquela revelação:

– Diabos, Tony, como vocês conseguiram, ahn, estoques da Cobray? Pô, essa é a semi-automática padrão do serviço secreto dos Estados Unidos...

Bem mais veloz do que o *capo*, Pippo Carotè se antecipou:

– No nosso caso, automática, doutor Meira. Automática. Bastam alguns minutinhos e uma lima para transformar uma semi M–11 numa automática de verdade. Eu possuo doze metralhadoras dessa geração. E, pessoalmente, eu transformei todas elas. Em vez de dezesseis tiros por segundo, minhas garotas dão mais de vinte. Eu também ampliei a capacidade dos pentes de carregação. Em vez da cápsulas normais, 32, eu uso pentes triplos, de 96 cartuchos...

Telônio Meira não curtiu a petulância de Pippo Carotè:

– Eu perguntei como vocês conseguiram estoques da Cobray?

Tony cortou o papo, para não re-humilhar o delegado:

– *Cazzo*, Meira, chega dessa investigação imbecil. Porra, é evidente que são estoques contrabandeados. Qualquer barquinho, de vela ou motor, entra e ancora, sem problemas, em qualquer marina do Brasil. Ninguém revista nada, ninguém pede documentos. Agora, *cazzo*, chega de perder tempo, tá?

Apesar do seu orgulho profissional ferido, o delegado se calou.

Paolo Garzya recuperou a supervisão do seu plano:

– Muito bem, Pippo. Todos carregaremos lanternas. Além disso, Pippo, duas metralhadoras Cobray para cada um dos homens que ocuparão os quatro cantos da propriedade – o Sissi, o Pellê, o Domi e o Vito. Mais uma com você, uma com o Tony, uma com o Elia e uma com o delegado, tá OK? Aliás, por favor, que ninguém se esqueça dos panos e dos detergentes – correto?

Preocupado com o manuseio de uma Cobray, que jamais havia utilizado em seu ofício, o delegado desprezou os dois substantivos, detergentes e panos. Mais pensava no poder de fogo da M–11. Uma arma de bem pouca precisão. Todavia, de uma cadência diabólica de disparos, como uma picotadora...

Enfim, Telônio Meira aceitou a sua responsabilidade:

– Certo, eu fico com uma Cobray. Que mais?

Satisfeito, o *consigliere* completou o seu projeto:

– Eu fico com as granadas. Só falta nós escolhermos os carros...

Vito LoRusso enfatizou, sem vacilar:

– Para a explosão, nós vamos necessitar de um hidramático...

Também sem hesitar, Pippo sancionou:

– Hidramático, obviamente. Muito mais fácil de fixar a direção, travar o acelerador, engatar o drive, sem nenhum risco de o carro empacar no caminho. Aliás, se o Tony e o Paolì me permitem, eu tenho o hidramático perfeito...

O *capo* e o *consigliere* se entreolharam. Pippo arrematou:

– Queimaremos a BMW do Monarco. Câmbio hidramático, Tony...

Eureca, uma idéia excelente. O *capo* reamarrou o plano todo:

– Brilhante, Pippo. Ao deparar com o carro do capanga em pleno fogo, o Villapiano vai se desesperar – aqueles seus doze milhões de doletas lá dentro, no porta-malas da BMW, virando cinzas. O Brodie vai correr como um louco, até debelar o incêndio. Brilhante. E nós ganharemos mais tempo, ainda...

Pela primeira vez, Vito LoRusso exibiu a sua voz.

E costurou, maravilhosamente, o resto da idéia:

– O pelotão de frente, Sissi, Pellê e Domi, sobe comigo, e os cachorros, na Mercedes de Don Caló. Um carro tão chique não vai criar desconfianças, caso o Brodie, ahn, esteja de vigia. Cronometramos tudo. Na minha opinião, a Mercedes deve passar a mansão e parar, uns duzentos metros acima do portão. Nós quatro, com o Bill e a Lola, voltamos a pé – e nos distribuímos nos quatro cantos do terreno. Isso deve demorar, pelo menos, uns cinco ou seis minutos. Daí, ficamos na espera da explosão. Paralelamente, o Tony, o Paolì e o Meira seguem na Veraneio que tem sirene. No caso de um azar, de uma emergência, o Tonino dispara a sirene e assusta o Brodie. A Veraneio precisa estacionar uns duzentos metros abaixo do portão. O Lindy segue o Tony, na outra perua, e também pára uns duzentos metros antes do casarão. Fica na liderança dos detetives, também num caso de emergência e no comando da limpeza, se tudo funcionar perfeitamente. Enquanto nós quatro, os da Mercedes, voltamos, os três da perua do Tonino escalam a colina, à pé. Pelos meus cálculos, os dois grupos devem chegar ao cativeiro no mesmo tempo. Daí, cabe ao Pippo e ao Elia produzirem a batida – ou ao Paolì destruir o portão, com as granadas...

Uníssono, o grupo aplaudiu. Tony tirou o assunto da cabeça. Uma outra preocupação afligia a sua consciência: Ruggiero. Tony desceu ao seu chalé e, do fundo de uma gaveta, recolheu o anel de brasão que havia arrancado do seu mano no ritual do julgamento da Família. Talvez necessitasse daquela jóia...

▼

Lídia Brandini e Gigi Castellamare esperaram que os asseclas de Brodie Villapiano lhes levassem o jantar – e, então, colocaram o seu plano de defesa na primeira marcha. Claro que o *gangster* buldogue, de novo, havia colocado algum soporífero nos ítens daquela refeição. Por isso, as duas garotas fingiram comer, fingiram beber – e, principalmente, fingiram dormir. Meia hora depois, o próprio Villapiano abriu a porta do quarto blindado e examinou a situação. Ao ver as suas reféns desabadas e superpostas no sofá, Villapiano sossegou. Já podia dizer a Khalid Haissa Khwyis que o terrorista embolsaria o seu quinhão do resgate em torno de três horas da madrugada. Já podia marcar um encontro com Khwyis em algum lugar público e bem seguro, onde faria o pagamento do terrorista – um bar que jamais fechava, no centro da cidade. E já podia, sem preocupações, aguardar a chegada da dinheirama numa mesa de pôquer, com os seus patos do momento, os jordanianos, de quem surrupiava piruás.

Mal o buldogue retrancou a porta do quarto, porém, Lídia Brandini e Gigi se espevitaram. Era a sua vez de jogar duro. Destemidas, as duas garotas recorreram à fantasia, à imaginação, às lembranças de alguns filmes de James Bond – e, particularmente, aos truques que Paolo Garzya ensinara a Gigi.

Passo inicial, sem um único ruído, a modelo e a jornalista carregaram o sofá até a porta, a fim de travá-la. Daí, mergulharam na etapa mais complicada e mais arriscada daquela operação. Gigi no timão e Lídia na co-pilotagem.

Gigi tirou a calça jeans e enrolou uma das barras num copo. Com uma pancada fulminante e silenciosa, quebrou o vidro. Dos seus restos, escolheu um caco bem aguçado. Puxou um dos abajures da tomada e, cuidadosamente, com o caco, cortou o fio e desencapou os seus dois lados, em cada uma das pontas. Uma das extremidades, nua, Gigi enrodilhou na maçaneta da porta. A outra, igualmente pelada, reenfiou na tomada. Preciosa, Gigi se louvou:

– *Voilà*! Eu sou demais...

Lídia Brandini concordou, embasbacada:

– Porra, Gi! Onde você aprendeu isso?

– Com o Paolì, em Palermo. Na hora da invasão, algum desses bandidos irá tentar nos agarrar, para nos utilizar como escudos. Só que, ao segurar a maçaneta, irá tomar um puta choque. Se nós tivermos sorte, e se o Tonino for bem rápido, ninguém entrará neste quarto – antes de a cavalaria surgir...

Num cenário diferente, numa outra situação, Lídia Brandini aplaudiria Gigi de pé, e aos urros. Preferiu se limitar a um abraço na cunhada:

– Puta merda, Gi! Quando a gente sair daqui, eu vou exigir que o Tony me coloque num cursinho igual ao seu. Do caralho, Gi, do caralho...

Gigi precisou colocar a mão na boca para não rir. Incrível, as duas, num quarto blindado, com mais de meia dúzia de bandoleiros ao seu redor, ainda encontravam um motivo de prazer. Claro, num instante aquela euforia voltou a se arrefecer. Gigi se ajoelhou – e pediu que Lídia Brandini a imitasse:

– Li, você acredita em Deus?

A jornalista meditou alguns segundos – e respondeu:

– Sinceramente?

A modelo deu um apertão no braço da colega de cativeiro:

– Claro que sinceramente, pô...

Lídia Brandini suspirou fundo – e admitiu:

– Eu confesso, Gi, que não penso muito em religião...

Gigi sacudiu a companheira e determinou:

– Pois comece a pensar agora. Nós vamos rezar. No mínimo, para que a nossa fé e a nossa energia ajudem o Tony a nos tirar, ilesas, deste buraco...

E juntas as duas oraram, cada qual à sua moda, cada qual ao seu estilo, durante um bom tempo. Até que, exatamente 1h47, o fragor de uma explosão, bem pertinho da mansão, estremeceu o revestimento do quarto blindado.

Ao perceber o abalo, num reflexo, Gigi examinou o relógio:

– *Càspita*, 1h47, não pode ser o Tony, ainda...

Fulminantemente, porém, compreendeu:

– Não, não, claro, só pode ser o Tony. *Cáspita*, Li, o Tony insistiu tanto naquela coisa das duas horas, exatamente, só pra enganar o Villapiano...

Noutro relâmpago mental, Gigi decidiu agir:

– Li, depressa, a tomada! Depressa, a tomada, Li...

A jornalista demorou bastante até acordar do seu torpor.

– Porra, Li, a tomada! Vamos até a tomada, Li...

Abestalhada, Lídia Brandini não entendeu.

Gigi se alçou, sozinha, e correu até a parede.

A reverberação da explosão havia arrancado o fio da tomada.

Gigi recolocou as duas pontas nos orifícios respectivos.

Irrepreensível Gigi. Era uma Castellamare. E Gigi desabafou:

– Ufa! Puta que pariu! Fique esperta, Li! O Tonino chegou...

Lídia Brandini pensou, mas não se abalou a dizer:

– Porra, que menina do capeta. Eu amo você, Gigi...

Calada, subserviente, a jornalista se limitou a agarrar Gigi.

Estava apavorada. Mas Gigi tranqüilizou:

– *Cazzo*, quietinha, o Tonino chegou...

▼

Como num comboio, a Mercedes, as duas peruas Veraneio e a BMW de Fábio Monarco escalaram a Serra, juntas, num ritmo que ninguém considerou especial, nem mesmo os últimos boêmios dos bares e das casas noturnas da região. Na liderança da frota, guiado por Pippo Carotè, o gigante Elia Grazie ao seu lado, subiu o carro do advogado. Cerca de mil metros antes da mansão dos Tucci, conforme a indicação dos detetives, havia uma curva muito fechada – e, nela, um boteco abandonado. Três dos homens lá aguardavam o pelotão de Tony, com eles Ruggiero, um braço bem algemado a um gradil do lugar.

Toda a tropa desceu para encontrar os detetives – menos Tony. O *capo* não queria sequer se aproximar de Ruggiero, o seu irmão imbecil e boca-mole, responsável indireto pelo seqüestro da própria mana. Temia se descontrolar e, num ímpeto de ódio, esmigalhar Ruggiero ali mesmo. Tony encarregou Elia Grazie de testar e de medir as novas intenções do refugo da Família. Naquela equipe, ninguém conhecia tão bem os tiques traiçoeiros do primogênito.

Apesar da neblina densa que empacotava aquele ponto da Cantareira, pela janela da perua Tony se impressionou com o rosto de Ruggiero, cheio de edemas e sujo de sangue. Também viu que o irmão, agitadamente, insistia em acenar o seu braço livre, solicitando a sua presença na conversa. Resolveu que enfrentaria Ruggiero. No meio do seu percurso, Elia Grazie o apressou:

– Tony! Tony! Rápido! O Gero quer, mesmo, nos ajudar!

Diabos, o *capo* pensou, de que forma aquele infame lhe seria útil? E de que maneira aquele renegado, abjeto, poderia auxiliá-lo, em plena crise? Tony se recordou da promessa que fizera à Mamma Freda. Decidiu escutar:

– Diga, Gero. Diga logo. Eu não posso mais perder tempo...

Com um olhar subserviente, Gero indicou as algemas. Tony autorizou – e um dos detetives soltou a mão do primogênito. Então, Gero afirmou:

– Tonino, eu conheço muito bem aquela casa. Eu já estive naquela casa, um montão de vezes. Eu sei, até, em que lugar o Brodie aprisionou as garotas. Um quarto blindado, onde ele espancava as mulheres, nas surubas que a gente compartilhava. Fica no andar de cima, fundos da casa, o último quarto...

Tony assumiu que Gero, surpreendentemente, não mentia.

De todo modo, precisava entender melhor as suas intenções.

– *Cazzo*, Gero, por que você fugiu da boate? Porra, Gero, o que você fez desde ontem? Como você veio parar aqui? Diga logo, Gero, diga logo...

Apesar da pancada na cabeça, o clima frio da Cantareira havia ajudado o primogênito a vencer a sua ressaca de álcool, de coca e de dopantes.

Gero soube se explicar – com uma simplicidade irretorquível:

– Eu não me recordo de tudo, Tonino. Eu acho, porém, que me mandei de medo, depois de ver aquele seu cara mijar na Bruna Maria, no Ciccio e no Iago. Eu só me lembro dos seus berros, Tonino, você falando da campana que o Brodie armou para pegar a Gigi. Na verdade, eu nem fugi. Voltei pra minha casa, vomitei, desmaiei. Quando acordei, os seus berros martelavam na minha cabeça. E eu decidi ajudar, Tonino. Porra, eu amo a minha irmã, Tonino...

O *capo* se emocionou. Num tom mais brando, reinquiriu:

– Gero, você está dizendo a verdade? Você tem certeza? Você sabe que a Gigi e a Lídia poderão morrer, se nós errarmos o nosso alvo? Sabe?

Sem fraquejar, e sem piscar, Gero asseverou:

– Me dê uma chance de provar que eu sou um Castellamare...

Praticamente domado, o *capo* testou, pela última vez, paternal:

– Porra, Gero, você sabe que o Villapiano só pegou as duas porque você é um boca-mole? *Cazzo*, Gero, porque você contou ao Villapiano que o Meira estava flertando com a Gigi? Porra, você percebeu o tamanho da cagada?

De novo, sem afrouxar, Gero admitiu a cretinice – e a sua culpa:

– Me perdoe, Tony. Me dê uma chance de limpar essa cagada...

O *capo* recuperou, na mente e na pele, uma frase de Elia Grazie:

– É uma coisa que sai da alma, e que está no sangue...

Tony fitou Elia Grazie, Lindy Regazzoni e Paolo Garzya.

Os três mexeram as cabeças, em gestos de aprovação.

Antes de concordar, o *capo* fez questão de advertir:

– Gero, eu faço isto pela Gigi – e pela Mamma...

Num lampejo de incrível altivez, o primogênito rebateu:

– Se for necessário, eu morro pela Mamma – e pela Gigi...

Diante daquela disposição, Tony se dobrou. Celebrou o reencontro com um abraço vigoroso no irmão. Paolo Garzya desfrutou a reinclusão de Gero na Família para reafinar o seu plano – com a participação do regenerado.

▼

Antes que a brigada de Tony, efetivamente, começasse a sua operação, LoRusso subiu a estrada, sozinho, na Mercedes, em marcha lentíssima, até as imediações do casarão de Villapiano. Localizou os outros três detetives, pediu-lhes o binóculo noturno – e escalou uma tipuana. Nem precisaria. Todos os refletores acesos. O buldogue não imaginava uma retaliação. Maravilha. Na varanda, o *gangster* se entretinha, numa peleja de baralho, com os terroristas jordanianos. Os calabreses da *N'Dranghetta* relaxavam, em longas camas-de-campanha. LoRusso não distinguiu a presença de mais bandidos na mansão. Melhor, se alegrou ao contar duas dúzias de garrafas de cerveja, de vinho e de vodca, espalhadas pelo chão. Exageradamente certo do seu triunfo, Villapiano havia permitido que os asseclas se alcoolizassem. LoRusso desceu da árvore e, por alguns instantes, conferenciou com os vigias. Descreveu o que ocorreria, em breves instantes. Recomendou aos detetives que só interferissem caso o projeto de Tony Castellamare se frustrasse. Não queria que os detetives se envolvessem numa missão tão perigosa e radical. Agiriam apenas no *back-up*, no polimento da sangueira que a brigada do *capo* certamente produziria. Daí, sempre em marcha lentíssima, voltou ao ponto de encontro no boteco:

– Tudo OK, Tonino. Podemos zerar os cronômetros. E atacar.

▼

Quase 1h31. Mansamente, Vito LoRusso na direção, a Mercedes com os três pistoleiros e os dois pastores de Tony cruzou a frente do cativeiro de Lídia Brandini e de Gigi Castellamare. LoRusso aproveitou para reexaminar o local mais de perto. Fantástico. Nada ao redor da mansão, apenas terrenos baldios cobertos de mato. Melhor, protegia a propriedade um muro simples de meros dois metros de altura e um portão de madeira, tábuas do tipo macho-fêmea.

▼

Quase 1h32. A pé, dentre as árvores da margem da estrada, desfrutando as sombras da noite fechada, Tony Castellamare, Telônio Meira, Paolo Garzya e Elia Grazie começaram a subir a colina no rumo do casarão. Alcançaram os limites da propriedade à 1h37. Tony espalhou os companheiros, em leque, do outro lado da via. Assim, o grupo melhor cobriria a entrada da mansão.

▼

Igualmente 1h37. Depois de estacionarem uns duzentos metros acima e depois de trotarem, silenciosamente, por uma trilha no mato, todo o percurso de retorno à mansão, LoRusso, os seus três homens e os cachorros atingiram o ângulo posterior da propriedade. Obviamente cauteloso, o ex-guarda-costas do general Dalla Chiesa atirou alguns pedaços de carne fresca por cima do muro. Aguardou quinze segundos. Nada. Nenhum movimento. Não havia outros cães no lugar. Confortado, LoRusso distribuiu os seus comandos. Sissi ficaria com o canto mais próximo do muro, perto da rua. Daí, no sentido anti-horário, se localizariam ele e Lola, Domi e Bill – e, enfim, no lado oposto, Pellê.

▼

Quase 1h38. Ruggiero no seu apoio, Pippo Carotè iniciou o seu trabalho de preparação da BMW. Primeiro, engenhosa precaução, esvaziou quase todo o seu tanque de gasolina – assim, a BMW não explodiria antes do momento necessário. Depois, com um cabo de aço, fixou a direção do carro. Com uma cunha de madeira, travou bem fundo o acelerador. Então, Pippo se sentou no banco do motorista enquanto Ruggiero, uma maleta metálica no colo e uma granada na mão direita, se acomodava do outro lado, no banco do carona.

Professoralmente, Pippo Carotè ministrou a sua última lição:

– Gero, não se esqueça: assim que o porra do Villapiano abrir o portão e aparecer na rua, você vai retirar o *cazzo* do pino, vai largar a granada debaixo do carro e vai começar a contar, *cazzo*, devagarinho, até treze, OK? Então, andando normalmente, em onze você vai entrar no pátio da mansão e vai se esconder atrás do muro. E não se esqueça: depois que você soltar o detonador, em treze segundos, *cazzo*, a granada vai explodir. Gero, *hai capito*?

O primogênito confirmou, num meneio de cabeça.

As duas portas abertas, Pippo ligou a ignição. O motor do carro zuniu. Pippo liberou o freio e afundou o câmbio na posição de *drive*. A BMW saiu do lugar aos trancos e, de repente, assumiu velocidade, o seu capô precisamente embicado na mira de um abrigo de ônibus, a só três metros da mansão.

▼

Quase 1h43. Segundos antes da batida, Pippo se lançou da BMW, em pleno asfalto. Gero jogou a valise e também pulou do auto, pelejando para não perder a granada. Prevenido, Pippo usava joelheiras e cotoveleiras – e pouco se machucou ao desabar. Gero, todavia, rasgou as suas calças, arruinou o seu blusão e ganhou um batalhão de equimoses. Felizmente, manteve bem presa a pequena bomba. Estóico Gero, com efeito um Gero regenerado. Mesmo cheio de dores, recapturou a maleta e, manquitolando, galopou até o portão.

Pronto. Exatamente 1h44. A BMW se esmerdeou no abrigo de ônibus. Com uma agilidade surpreendente, em relação ao seu típo físico, Pippo voou até o carro e abriu o porta-malas – claro, precisava exibir algumas das sacolas de metal, as iscas que ludibriariam a ambição de Villapiano. Enquanto Pippo reatravessava a estrada, a fim de se esconder numa moita, pertinho de Tony, Gero começou a apertar e a reapertar o botão do interfone da mansão.

▼

A inesperada coincidência daqueles sons, da trombada e da campanhia, encucou Brodie Villapiano. Na mesa de pôquer, mesmo, dentro da varanda da mansão, o *gangster* buldogue ordenou que os seus capangas pegassem as suas armas, examinou o seu relógio e aguçou os seus ouvidos. Esperou mais alguns instantes. Na rua, depois do estrondo da batida, nenhum ruído. A campainha, de todo modo, continuava a retinir, desesperadamente. Villapiano determinou que os seus asseclas protegessem o portão, alertas. E atendeu o interfone:

– Fabiotto, é você?

Villapiano escutou a única voz que não imaginava mais existir:

Uma voz aflita, neurastênica, no limiar do desfalecimento:

– Não, Brodie! Porra, Brodie! Sou eu, o Gero! Venha até aqui, depressa, Brodie. Estou com a grana do Tony, Brodie! Porra, Brodie, já! O Fábio perdeu a direção e enfiou o carro no muro, Brodie! O carro vai pegar fogo, fogo!

Gero Castellamare? Ali, na Serra? Com Fábio Monarco? Mas que faria na Serra, e com Monarco, o Gero sumido? Villapiano, aliás, sequer supunha que Monarco e Gero se conhecessem. De todo modo, entre desconfiar de uma tocaia e testemunhar, impotentemente, o incêndio dos seus milhões de doletas, o buldogue ganancioso optou por assegurar a dinheirama. Berrou para que os jordanianos catassem, nos veículos do pátio, todos os extintores disponíveis – e, quase num ataque epilético, ofegante, escoltado pelos calabreses, zarpou no rumo da estrada. Assim que abriu o portão, Villapiano viu Gero, esfarrapado, ferido, ensangüentado, uma valise na mão. Viu Gero escancarar a maleta e lhe exibir um monte de verdinhas no seu interior. E viu a BMW, estropiada, uma tonelada de vapor voando do radiador, nos restos do abrigo de ônibus.

Num reflexo, Villapiano viu também que o porta-malas da BMW estava repleto de outras enormes sacolas. Ah, US$ 12.000.000,00, o *gangster* vibrou. Ordenou aos calabreses que recolhessem, bem depressa, o seu tesouro todo – e determinou aos jordanianos que, imediatamente, cobrissem de pó químico o motor do carro. Exclusivamente concentrado na salvação da grana, Villapiano se esqueceu de Fábio Monarco. Não atinou que a BMW não tinha motorista. E não viu que Gero havia largado a sua granada – bem debaixo do motor.

Gero dispunha de treze segundos até se abrigar. Abandonou a sua valise aos pés de Villapiano e caminhou pátio adentro. Embora insólito, o gesto não intrigou o *gangster*, integralmente empenhado em orientar os calabreses na coleta dos seus milhões de doletas. Então, à 1h47, num estrondo monumental, a granada arrancou um dos lados da BMW. Dois dos jordanianos morreram, instantaneamente. O impacto arremessou o terceiro, mutilado e desmaiado, de encontro ao muro da mansão. Só Villapiano e os caras da *N'Dranghetta*, um pouco mais distantes, protegidos pelo porta-malas do carro, sobreviveram à explosão, praticamente inteiros. Atordoado, Villapiano desabou na calçada. Os calabreses deixaram as sacolas no chão e se esconderam atrás do portão.

Villapiano apenas realizou que se afundara, mesmo, numa armadilha, depois de o primeiro tiro espocar do matagal, no lado oposto da estrada.

▼

As balas de Cobray rasgaram o ar acima de Villapiano. Puta que pariu, o *gangster* entendeu. Uma emboscada, industriada pelo traidor, pelo canalha do Gero Castellamare. Bem camuflado na fumaceira da borracha carbonizada dos pneus da BMW, o buldogue se arrastou para dentro do portão. O seu corpanzil gigantesco latejava, o seu nariz e os seus olhos ardiam. Villapiano, porém, viu que Gero corria na direção da varanda da mansão. Em vez de se refugiar, Gero decidira invadir, sozinho, o casarão. Pobre Gero, pretendia, de qualquer modo, salvar a caçula Gigi. Villapiano reuniu forças para sacar o seu Colt e mirar nas costas de Gero. Com um único tiro de 45, impediu Gero de prosseguir.

▼

Vito LoRusso e Dominic Pignatello haviam afinado o faro de Bill e de Lola com algumas peças de roupa de Lídia Brandini e de Gigi Castellamare. Além disso, graças à descrição de Gero, sabiam que o cativeiro das garotas, o quarto blindado da mansão, ficava bem nos fundos da propriedade. Depois de pularem o muro e de arrombarem a porta da cozinha, LoRusso e Pignatello não encontraram nenhuma dificuldade para chegar ao pavimento de cima. No corredor, porém, um obstáculo inusitado irrompeu. Repentinamente, de um quarto, surgiu uma figura balofa – era Carlito Mronowski, descalço, de cueca, apavorado, que tentava de novo escapar. Pignatello não quis se preocupar com qualquer risco. Percebeu que o rapaz não portava arma alguma, mas entregou aos dois pastores a incumbência de retirá-lo do seu caminho. Gritou:

– *Prind! Zdamazz!*

Pega! Mata! O cozinheiro tentou se defender da agressão dos pastores. Azar, durante doze segundos, no peito e nos braços, foi quase triturado pelos cães. Incomodado com a cena, LoRusso pediu que Domi poupasse o rapaz:

– Pare com isso, Domi! Agora! Pare!

A ordem acordou Domi de antigos pesadelos. E ele bradou:

– *Dzit! Dzed! Drest!*

Quieto! Senta! Fica!

Os cachorros abandonaram Carlito no chão. LoRusso examinou o pobre cozinheiro. Embora deformado pelas mordidas, ele vivia, ainda. Bill e Lola, afortunadamente, tinham poupado o seu rosto e o seu pescoço. Vito LoRusso aproximou os lábios da cabeça do rapaz e perguntou, bem baixinho:

– Onde estão as garotas? Conte, ou eu solto os cachorros...

Desfalecendo, o cozinheiro apontou a última porta do corredor.

Como LoRusso e Domi imaginavam. Cativeiro confirmado.

LoRusso e Domi deixaram Bill e Lola na guarda de Carlito.

Ao chegarem à porta, LoRusso clamou, três, quatro vezes.

– Gi, você tá aí dentro? Sou eu, Vito. Vito. Gi, responda...

▼

Junto ao muro da mansão, dentro da propriedade, sem que a fumaceira o atrapalhasse, Sissi Sparapani viu quando Brodie Villapiano acertou as costas de Gero Castellamare. Do outro lado do pátio, também encostado no muro, Pellegrino igualmente viu quando os três calabreses escapuliram das balas que provinham da estrada. Numa rajada, Pellê cortou as pernas de dois deles.

O barulho atraiu a atenção de Villapiano, que se virou, e atirou.

Brutal, o tiro do Colt quase arrancou o braço esquerdo de Pellê. Pior, no portão do casarão, o remanescente dos calabreses engatilhou uma pistola e baleou duas vezes a coxa direita de Pellê. Torto, desequilibrado, Pellê sentiu a morte – mas ainda buscou na alma o máximo da sua *grinta*, da sua fibra, para responder, numa nova rajada, que marcou de chumbo o peito do cidadão.

A cena enfureceu Sissi. Que poderia ter fulminado Villapiano com a sua Cobray. Descontrolado, porém, Sissi preferiu degolar o *gangster* buldogue. De uma bainha na canela, extraiu um punhal saudita, de cabo longo, em forma de serpente, a quem havia batizado, romanticamente, de "*Vendetta Avrò*" – ou, "Eu Terei a Minha Vingança". O punhal na mão, Sissi galopou na direção de Villapiano e se jogou, impetuosamente, sobre o gigante. Ah, não deveria. Num reflexo, Villapiano furou o peito de Sissi com um único tiro de 45. Azar do *gangster*: por inércia, Sissi caiu em cima dele, o punhal no seu coração.

▼

Quando Gigi não respondeu ao seu quarto berro, Vito LoRusso sentiu a temperatura do seu corpo cair como numa avalancha. *Dio mio*, ele pensou, o canalha do Villapiano havia assassinado as duas garotas. Pignatello sugeriu que LoRusso arrombasse a porta numa rajada de Cobray. O ex-segurança do General Dalla Chiesa, porém, discordou. Gero lhes dissera que aquele era um aposento blindado. As balas da metralhadora talvez não penetrassem na porta. E, caso conseguissem atravessá-la, talvez ricocheteassem nas suas paredes internas. LoRusso optou pela solução mais simples: tentar a maçaneta.

▼

Quase 1h50. Em pouco menos de três minutos o tiroteio se extinguiu e um silêncio desagradável, particularmente soturno, envolveu a propriedade do alto da Serra. Tony Castellamare precisou se reconcentrar para ouvir o único ruído num raio de quilômetro, aquele das chamas que estalavam o couro dos estofamentos da BMW. A uma ordem do *capo*, e sempre formando um leque, Elia Grazie, Paolo Garzya, Telônio Meira e Pippo Carotè sairam do mato, as suas armas eretas e engatilhadas. Bem no meio da estrada, Tony gritou:

– Sissi! Pellê! Vocês estão bem?

Nada. Nenhuma resposta. Com o máximo de cuidado, o pelotão do *capo* circundou o carro incendiado. Telônio Meira verificou o estado do jordaniano que havia desmaiado na explosão do carro. Alguns estilhaços tinham capado o ombro canhoto do terrorista – que jazia, inerme, junto ao muro, numa piscina de sangue. Pippo se antecipou ao delegado e abateu o jordaniano, um tiro de misericórdia na cabeça. Meira aceitou o fato com uma resignação inevitável. Gigi Castellamare na mente e no coração, o delegado mais se preocupava com um outro problema: como impedir que a mídia soubesse daquela confusão, ou como evitar que aquela missão clandestina arruinasse a sua carreira.

Na outra ponta do grupo, Tony pensava em Lídia Brandini, no seu mano Ruggiero e nos dois homens que provavelmente perdera. Devagarinho, o *capo* se aproximou do portão, os seus reflexos acesíssimos. Pippo, o *consigliere* e Elia Grazie cobriram os movimentos do líder. Com um gesto, Tony pediu que o delegado escalasse o muro do casarão e, de lá, investigasse a situação. Meira obedeceu. Olhou e reolhou. Então, voltou ao chão e disse, pasmado:

– Tony, aparentemente, estão todos mortos. Inclusive o Gero...

Num rompante, e na pressa, que se danassem os perigos, Tony invadiu o pátio da mansão. E o que Tony viu lhe fez mal, muito mal. O corpo de Sissi Sparapani em cima de Villapiano. Um dos calabreses, com dezenas de buracos no peito. Os outros dois homens da *N'Dranghetta*, definitivamente aleijados, estrebuchando, as pernas destroçadas pela Cobray de Pellegrino. E, quase na varanda do casarão, no chão, de bruços, o seu mano Gero, imóvel. Num *sprint* digno de um velocista, o *capo* galopou até o irmão, gritando e regritando:

– O Pellê! O Pellê! Descubram onde está o Pellê!

Meira deixou a incumbência para Elia, Paolì e Pippo – e acompanhou Tony, também em disparada. O *capo* chegou primeiro. Gero ainda vivia.

Tony abraçou o irmão, segurando o choro no fundo da garganta:

– Gero! Gero! Agüente firme! Você vai ficar bem...

O delegado achou melhor procurar um telefone. Que se danassem todos os seus medos e todos os seus escrúpulos. Precisava avisar a Polícia Federal e encomendar algumas ambulâncias – e precisava encontrar Lídia e Gigi.

Respirando com uma dificuldade gigantesca, Gero alçou os seus braços e puxou Tony para mais perto do seu rosto. Tinha um pedido a fazer:

– Tonino, *per favore*, me vista. Eu não quero que a Mamma me veja nu. Por favor, *fratello*, me prometa, prometa. Por favor, Tonino, me vista...

O dique do *capo* se arrebentou e os seus soluços brotaram aos jorros, as suas lágrimas se misturando à sangueira que empapava o corpo do irmão:

– Eu prometo, Gero! Fique em paz. Eu amo você, *fratellone*...

De um bolso, Tony retirou o anelete de brasão que tomara de Gero – e, com uma constrangida delicadeza, recolocou a jóia no dedo do irmão.

Gero sorriu. E expirou.

▼

No seu quarto à prova de som, Lídia Brandini e Gigi perceberam, com alguma clareza, que alguém urlava à sua porta. Mas, apavoradas pela confusão, atrapalhadas pela blindagem, não reconheceram a voz de LoRusso. De mãos dadas, ajoelhadas atrás do sofá, Lídia e Gigi continuaram rezando. À espera de

Tony, só ele, em pessoa, ninguém mais. LoRusso segurou a maçaneta e sofreu o choque da sua vida. Um choque físico, que paralisou o seu braço:

– Merda! Merda! Que *cazzo* de porta maluca é essa?

Em vez de se enfurecer, no entanto, LoRusso começou a gargalhar:

– Fantástica! Fantástica, a Gigi! Ela eletrificou a maçaneta...

Pignatello entendeu o truque – e também caiu na risada:

– Tal *capo*, tal *sorellina*. E agora, Don Vito?

LoRusso massageou os músculos adormecidos – e determinou:

– Não saia daqui. As duas estão bem, sem dúvida. Fique de plantão, com os cachorros. Eu vou verificar como andam as coisas lá no pátio...

▼

Telônio Meira encontrou um telefone na cozinha da mansão. Dele, ligou diretamente à casa do seu superintendente na Polícia Federal. Explicou ao seu chefe, sinteticamente, sem muitos detalhes, o que havia acontecido. Implorou o máximo de discrição, solicitou apoio e as ambulâncias de socorro. O chefe lhe garantiu que iria até a Serra, imediatamente, orientar os rescaldos daquela operação. Conversariam depois sobre as regras todas que o subalterno havia desrespeitado, insanamente. Meira, ao menos, saboreou um pequeno consolo. Não havia sofrido um arranhão. E ainda podia libertar Gigi Castellamare...

Voltou ao *hall* de entrada da mansão e cruzou com LoRusso:

– E as garotas, Vito? Você achou as garotas?

LoRusso confirmou, secamente, e zuniu em busca de Tony. Achou o seu *capo* abraçado ao corpo de Gero. Despertou Tony da sua letargia:

– Tonino, eu preciso de você, agora!

O *capo*, subitamente, se recordou de Lídia e Gigi:

– As garotas, Vito? Você achou as garotas?

Com o seu líder, LoRusso foi mais gentil e mais explícito:

– Lá em cima. E elas devem estar OK...

Tony não compreendeu:

– Devem? Por que, devem?

Mais relaxado, LoRusso até riu:

– A Gigi eletrificou a maçaneta. E recebi um puta choque...

A informação aliviou o *capo*, que cerrou os olhos de Gero e se levantou. Merda, bosta, *cazzo*, tinha perdido o irmão. Como se explicaria à Mamma

Freda? Em contrapartida, brilhante Gigi, formidável Gigi, o *capo* se orgulhava da mana caçula. Gigi havia agido exatamente como Tony previra ao avisá-la da invasão do cativeiro, naquela sua conversa codificada de horas antes. Tony entendeu. Gigi não desarmaria a sua armadilha se não ouvisse a voz do irmão, na porta. Com um brado, Tony convocou Paolo Garzya e determinou:

– Chame o Lindy. E comece a limpar esta sujeira toda, OK?

O *consigliere* já tinha se antecipado. A pé, mesmo, Pippo Carotè subia a estrada em busca da Mercedes, duzentos metros acima do casarão de Brodie Villapiano. Daí, redesceria a colina, à cata de Lindy e dos detetives. Lindy e os detetives cuidariam de pegar os seus veículos e, no casarão, se incumbiriam do desfecho da missão – com os panos e os detergentes indispensáveis...

Tony pediu que LoRusso lhe indicasse o caminho. Meira seguiu. No corredor do pavimento superior do casarão, o trio deparou com o dilapidado Carlito Mronowski no chão. Tony acariciou Bill e Lola, ignorou o cozinheiro. Profissionalmente, o delegado se abaixou. Queria testar a pulsação do rapaz. Vivo, ainda. Repentinamente, Meira sentiu ânsias de vômito ao vislumbrar a carne dilacerada dos braços e do peito do rapaz. Mas, Gigi na cabeça, fez um esforço absurdo para se controlar. Em que projeto diabólico se enfiara...

Na porta, Tony urrou, bem forte e bem firme:

– Gigi? Li? Sou eu, Tony. Desliguem os fios da maçaneta, OK?

Em uníssono, as duas garotas vibraram:

– É ele, o Tony! É o Tony, mesmo!

Num instante, Gigi se levantou e arrancou os fios da tomada.

Daí, juntas, as duas garotas rearrastaram de volta o sofá.

– Pode abrir, Tony! Pode abrir!

O *capo* encostou na maçaneta. OK. Sem sustos.

Tony não tinha a chave, porém.

Rugiu de novo:

– Fiquem longe da porta! Nós vamos arrombar à bala...

LoRusso advertiu o *capo* para os riscos de um ricochete.

Sim, claro, Tony agradeceu. E determinou:

– Domi, vasculhe os bolsos do Villapiano, lá no pátio...

Pignatello ressurgiu, três minutos depois, vários molhos na mão. Tony, nervoso, necessitou de outros três minutos para encontrar a chave certa.

Assim que a porta se abriu, as duas garotas mergulharam sobre o *capo*, rindo e chorando ao mesmo tempo. O abraço triplo pareceu durar um milênio. Gigi, então, largou o irmão, enlaçou Telônio Meira e lhe pespegou um longo beijo na boca. A princípio surpreendido, o delegado logo cedeu. E retribuiu. Tony permitiu que aquela celebração se esticasse. Só muitos carinhos e muitos minutos depois, desferiu um tapa amigo nas costas de Meira – e ordenou:

– Telônio, vamos dar o fora daqui. Bem depressinha...

O delegado não compreendeu?

– Como? E as ambulâncias? Eu avisei o meu superintendente...

Mais *capo* do que nunca, Tony retrucou, duramente:

– OK, você espera por ele. Eu vou dar o fora daqui, agora...

Atônito, Meira ainda esperneou:

– Mas e os feridos? E os mortos? E o dinheiro?

O delegado ouviu a única resposta que não imaginava:

– Que feridos? Que mortos? E que dinheiro?

Tony puxou Lídia Brandini pela mão e saiu do quarto. Ao se virar, no corredor, Telônio Meira percebeu que Carlito Mronowski já não estava mais lá. Nem Pignatello. Nem os vestígios do sangue perdido pelo cozinheiro.

Em seu lugar, subia do piso um aroma enjoativo de detergentes.

Perplexo, o delegado marchou atrás do *capo*.

▼

Quando o grupo reapareceu, nos jardins do casarão, o delegado Telônio Meira realizou, integralmente, a razão da observação de Tony: "Que feridos? Que mortos? E que dinheiro?" Não havia mais mortos ou feridos no lugar. Nem mesmo se viam manchas de sangue nos diferentes lugares em que, pouco antes, tinham tombado Brodie Villapiano, Sissi, Ruggiero, os calabreses e os jordanianos. Tinham sumido os automóveis dos pistoleiros e de Gigi. Tinham evaporado Paolo Garzya, Pignatello, Pellegrino e Pippo Carotè. Do time que participara da guerra, apenas restavam Elia Grazie e Vito LoRusso, ao lado da Veraneio de Don Caló. O delegado lançou um olhar apoplético ao *capo*:

– Porra, Tony, cadê todo mundo?

Com o esforço possível, o *capo* riu – e reindagou:

– Você vai ficar, Telônio? Ou vai conosco?

O delegado reexaminou os arredores, embasbacado. Como a equipe de Tony conseguira limpar o campo daquela luta em tão poucos instantes?

De luvas espessas nas mãos, Elia Grazie exibiu a Tony um pedacinho de madeira, calcinada, e uma sobra de cabo de aço, as provas da manipulação da

BMW de Fábio Monarco. Elia Grazie, claro, não conseguira colecionar todos os estilhaços da granada que Gero utilizara para explodir a BMW. Impossível. Deixaria à perícia da polícia, caso uma perícia acontecesse, a responsabilidade de investigar aqueles detritos misteriosos. Elia ainda deu ao *capo* uma camisa nova. Tony não poderia voltar ao sítio manchado pelo sangue do irmão.

Vito LoRusso colocou os dois cachorros no porta-malas da Veraneio e se acomodou num estepe. Tony se sentou com a jornalista no banco da frente. Gigi também entrou na perua – e, docemente, convocou o delegado:

– Venha, Telônio. Venha conosco, por favor...

Sem alternativa, um cordeiro, o delegado obedeceu.

▼

Sob a direção de Elia Grazie, a Veraneio desceu a Serra, suavemente. Ao atingir a mansão dos Tucci, a perua embicou no caminho que conduzia ao portão. Paolo Garzya aguardava pelo *capo*, com as suas últimas notícias.

Em dialeto, Tony e o *consigliere* travaram um longo diálogo:

– Tonino, nós encontramos o Pellê...

– Como, Paolì?

– Felizmente, vivo. Bastante machucado – mas, felizmente, ainda vivo. Talvez o Pellê perca os movimentos do braço esquerdo. O Lindy está com ele. E, Tony, o Lindy também levou embora os corpos do Gero e do Sissi...

– Pra onde?

– Um amigo de Don Caló. Um médico – que deve muitos favores ao seu pai. Telefonei ao Don Calò, que mobilizou o doutor, imediatamente. O Lindy foi, direto, pra clínica do médico – que vai tratar dos ferimentos do Pellê e, eu espero, também vai embalsamar, ahn, os corpos do Gero e do Sissi...

Tony engoliu, num golpe seco, a sua dor e o seu remorso:

– Pensou bem, Paolì. E sobre o Gero, você disse algo ao meu pai?

– Disse que o Gero agiu como um herói...

– Ótimo! E a reação do meu pai?

– Don Caló se mostrou firmíssimo, Tonino...

– *Grazie a Dio*! E aí, na casa dos Tucci?

Paolì compreendeu. Tony queria proteger o delegado:

– Fique tranqüilo, Tonino. Ninguém, jamais, descobrirá o que ocorreu, de verdade, nesta noite. O Telônio vai se safar das pressões do superintendente dele. Em segundos, eu deixo esta merda com cara de guerra de quadrilhas...

– Lembre-se, ahn, de que o Brodie sofreu uma punhalada...
– A adaga do Sissi já está na mão de um dos jordanianos...
– E aquele cara que a granada arrebentou?
– Vai explodir, dentro do Diplomata...
– As vizinhanças?
– Nenhuma alma viva por perto, Tonino. Teremos tempo...
– Corra, Paolì, a Federal pode chegar...
– Não se preocupe, teremos tempo
A formidável competência de Paolì aliviou o *capo*:
– Bravo! E o dinheiro dos Tucci? E as sacolas do Villapiano?
– No porta-malas da Mercedes, com o Lindy...
– E os documentos, os arquivos do Iago e dos Tucci?
– Já encarreguei o Domi e o Pippo de recolherem tudinho...
– Os detetives?
– Me ajudando, por aqui, na montagem da cenografia...
– Perfeito. Dê um puta prêmio aos detetives, OK?
– OK, Tonino. Algo mais?
O *capo*, então, se lembrou de Carlito Mronowski:
– E o *cazzo* do cozinheiro?
Paolì não titubeou. Também ele pensava em quase tudo:
– Não se preocupe. *Kaputt! Finito!* O Carlito acabou...
– E como vai parecer que ele acabou?
– Atacado pelos cães dos Tucci, dois filas...
Tony não sabia que os Tucci possuíam dois filas:
– Quê?
– É, sorte nossa, dois cachorrões enormes. Cairam do céu...
Extenuado, o *capo* não entendeu:
– Cairam do céu?
Tolerante, o *consigliere* se explicou, conforme podia:

– É. Nós descobrimos que existe um canil, lá nos fundos da mansão. Vai parecer que, por um motivo qualquer, ahn, os filas atacaram o cozinheiro. E terminaram com ele, antes de serem fuzilados, ahn, pela arma do Brodie...

Tony se realiviou. Brilhante Paolì. Tinha se desvencilhado, de maneira irretocável, da única testemunha da batalha cruel dos altos da Cantareira.

Um empecilho menos na sua rota:
– É, coitado do cozinheiro. Azar dele. Notícias do Khwyis?
Infelizmente, Garzya nada sabia do líder dos terroristas:

– Esse, Tonino, vai ficar pra uma outra operação...

Tony se conformou. E entregou a Garzya os chaveiros de Villapiano:

– Higienize, também, os apês do Brodie e do Gero, OK?

– Fique tranqüilo, Tonino. O Pippo vai cuidar disso...

– Legal. E, ahn, parabéns, Paolì! Obrigadíssimo...

– Parabéns a você, Don Castellamare...

– *Bye bye, now*...

– *Ciao*, Tonino. Guarde, pra mim, uma cerveja bem geladinha...

– Fique tranqüilo, *fratellaccio*. Espero você no sítio...

O delegado e a jornalista não pescaram patavina daquela conversa. Gigi, no entanto, conhecia um tico do idioma dos seus ancestrais. E perguntou:

– Tony, aconteceu alguma coisa com o Ruggiero?

O *capo* decidiu não encompridar o sofrimento da caçula:

– O Ruggiero morreu, Gi. Morreu, tentando salvar você...

Gigi afundou o rosto no peito de Telônio Meira e, baixinho, começou a chorar. Tony repetiu a dose no colo de Lídia Brandini. O pranto dos irmãos, de todo modo, durou bem pouco. Exausto, o *capo* logo adormeceu, as mãos da jornalista afagando a sua nuca. Gigi, igualmente, sucumbiu ao sono, apertada pelos braços fortes do delegado. Meia hora depois, numa reta da estrada, Elia Grazie distinguiu luzes piscando, cem metros à sua frente. Diminuiu a marcha e enfiou a Veraneio numa viela transversal. Estacionou. Apagou os faróis da perua – e aproveitou para lançar ao mato a malha ensangüentada de Tony, o pedaço de madeira e as sobras do cabo de aço que recolhera da BMW.

Pelo retrovisor, Elia Grazie acompanhou a passagem das viaturas da Federal e de algumas ambulâncias. Não se abalou a contar quantas...

Aguardou um bom tempo, manobrou a perua e retornou à estrada. Pediu um maço a Vito LoRusso e acendeu um cigarro. Ofereceu o maço ao delegado – que aceitou, sem hesitar. Ah, Telônio Meira não fumava desde 1985.

▼

Noventa minutos depois, a perua reapareceu no sítio dos Castellamare. Telônio Meira constatou que, de alguma forma misteriosa, e bastante rápida, alguém já tinha levado, até lá, o automóvel de Gigi. Com a paciência possível, naquela circunstância, espalhados pelas espreguiçadeiras da varanda, Don Calò, a Mamma Freda, Nicinha Souza e Elisabeth aguardavam o retorno de Tony e das duas garotas sequestradas. Numa combinação insólita de felicidade e de tristeza, todos se abraçaram – eufóricos pela libertação de Lídia e de Gigi, magoados com a morte de Ruggiero. Don Caló conduziu Tony a um passeio no jardim. Filou um mentolado do filho, tragou fundo – e perguntou:

– Foi verdade, Tonino? O Gero foi mesmo um herói?

Tony alisou o rosto do pai e confirmou:

– Absolutamente verdade, papito. Sem o Gero, nós correríamos um risco gigantesco. Sem o Gero, o filho da puta do Villapiano talvez não acreditasse no truque da trombada, talvez não abrisse o portão, sei lá. Sem o Gero, eu teria de invadir o casarão na marra. E o Villapiano, talvez, matasse as meninas...

Mais patriarca do que nunca, Don Caló observou:

– Fico feliz, Tonino. No fim, o Gero voltou à Família...

Como pôde, o *capo* descreveu, ao pai, o desenrolar inteiro da operação, desde o seu reencontro com Ruggiero no boteco abandonado da Cantareira. Completou o seu relatório com a última frase que escutara do seu mano:

– Pai, eu ainda consegui falar com o Gero, antes...

Tony se agarrou ao *babbo* e caiu num pranto descompensado. De longe, Elia Grazie testemunhou a cena. Muniu-se de um copo, que encheu de Jack Daniel's e que levou ao *capo*. Tony sorveu a bebida todinha, num gole.

Mais relaxado, Tony contou ao pai o que Gero lhe pedira:

– Tonino, *per favore*, me vista. Eu não quero que a Mamma me veja nu. Por favor, *fratello*, me prometa, prometa. Por favor, Tonino, me vista...

Don Caló compreendeu a simbologia do apelo do primogênito:

– E você?

– Eu devolvi o anel do Gero, antes...

O patriarca se emocionou caudalosamente, quase ao ponto de desmaiar. Também necessitava de um uísque. Solicitou uma outra dose a Elia Grazie. Enquanto o *babbo* se acalmava, Tony lhe descreveu a morte de Sissi e lhe explicou de que forma imaginava homenagear o irmão e o amigo fiel.

Renomearia a boate L'Omertà. Nova casa: Gero & Sissi.

Don Caló adorou a idéia de Tony. Sem dúvida, depois daquela guerra, Gero e Sissi mereciam ser eternizados. Com as honrarias dos gladiadores...

▼

Quatro da madrugada. Numa mesa de bar, incomodamente cercado por boêmios e por prostitutas em fim de jornada, Khalid Haissa Khwyis começou a se impacientar com a demora de Villapiano. Observou ao seu tio Raghib:

– Merda, o Broód é meio maluco – mas não costuma se atrasar...

Mais interessado numa loira da mesa do lado, Raghib contemporizou:

– Kal, espere um pouquinho. A Cantareira fica bem longe daqui...

Khwyis não sossegou. Optou por telefonar, de um aparelho público.

Minutos depois, retornou ao seu lugar, mais preocupado ainda:

– Ninguém atende, lá na Serra. Acho melhor nós irmos até a casa...

Entre a loira e a sua grana, Raghib escolheu a fortuna:

– OK, Kal. Nesta operação, você manda...

▼

Silenciosamente, quase se arrastando, as pernas enrijecidas pelo pesar e pelo desgaste que aqueles dias tenebrosos haviam provocado, a Mamma Freda se aproximou de Tony e de Don Caló num canto do jardim. Agarrou a cintura do bambino e se apertou contra ele, fragilizada, moída. Então, perguntou:

– Como os dicionários chamam o filho que perde os pais?

Tony não entendeu a questão, absurda naquela situação.

A sua indecisão reativou a garra da Mamma.

Que repetiu, mais alto:

– Como os dicionários chamam o filho que perde os pais?

Enfim, a insistência reacendeu o *capo*.

Murchamente, pateticamente, Tony respondeu:

– Órfão, mamita. Chamam de órfão...

A Mamma libertou o bambino e, gelidamente, reperguntou:

– E como os dicionários chamam a mulher que perde um filho?

Perplexo Tony. Claro, não conhecia a definição literal:

– Sinto, mamita. Eu não sei...

Com um suspiro, a Mamma se afastou dois passos:

– Não, não existe essa definição nos dicionários, Tonino...

Um segundo de pausa. Um segundo que demorou um universo.

A Mamma, então, desferiu:

– Não existe. Mas eu vou inventar: a mãe fica mutilada...

Antes que Tony e Don Caló pudessem reagir, a Mamma virou as costas e, de novo se arrastando, voltou à varanda e se enfurnou dentro da casa.

▼

Arrasado, Tony permaneceu imóvel, ao lado do pai, no jardim, até que Telônio Meira surgisse, com uma informação incômoda e inesperada:

– O meu superintendente me bipou lá da mansão do Villapiano...

Tony não compreendeu a ansiedade do delegado:

– E daí?

Telônio Meira ficou ainda mais nervoso:

– Porra, e daí? Porra, Tony, é óbvio, ele descobriu tudinho! Imagine a cena! Eu solicito reforços, e solicito ambulâncias! Urgente! O homem aparece na mansão e não encontra ninguém, nada – além dos restos da BMW...

Num instante, Tony recuperou a sua pose de *capo*:

– Você já respondeu à chamada?

O delegado quase engoliu os seus próprios bigodes:

– É obvio que não! Porra, ele deve estar putíssimo conosco...

Calmamente, Tony pediu o copo de Don Caló e, nele mesmo, ofereceu um gole de Jack ao delegado. Esperou que Meira bebericasse. E disse:

– Conosco? Não se aflija, Telônio. Ligue já pro seu chefe. E conte a ele que você se enganou de endereço. Peça a ele que dê uma olhadinha no casarão dos Tucci. E peça a ele que não tome nenhuma providência antes de, ahn, falar comigo, pessoalmente, aqui no sítio. Diga que eu estou à espera dele...

Conosco? Não, comigo! Distinção estabelecida. Transparentemente. Era o *capo* quem mandava. Ao delegado, cabia apenas obedecer. E fazer a ponte indispensável entre Tony Castellamare e a Polícia Federal. Por mero descargo de consciência, o humilhado Telônio Meira ainda esboçou uma invocação:

– Como?

Tony recolheu o copo da mão do delegado – e comandou:

– Não discuta, Telônio. Ache, já, o *cazzo* do seu chefe...

Sem outra palavra, o delegado retornou ao salão.

O *capo*, o *babbo* e Elia se entreolharam – e foram atrás.

▼

Evidentemente, naquelas circunstâncias, Tony Castellamare não tinha o menor saco para discutir com um policial. De todo modo, precisava terminar a sua missão, completar o seu projeto – utilizar a destruição da Família Tucci e a morte de Broderick Villapiano como os vetores da queda de inúmeros outros dominós, na Sicília e até nos Estados Unidos. Precisava, também, preservar o delegado Meira das possíveis represálias do seu superintendente.

Raciocinou que, naquele cenário, a presença da mídia funcionaria como um pára-raios.

Decidiu convocar Betinho Vinhas e Zé Renato Baruel para a sua inédita reunião com o manda-chuva da Federal. Buscou e enfim encontrou os cartões em que os líderes do "Perfil" haviam escrito os seus números particulares.

Ambos dormiam. Mas, velozmente, toparam uma visita ao sítio.

▼

Num retão da subida da Serra, o carro de Khalid Haissa Khwyis cruzou com uma perua da Federal, que descia a estrada, as suas luzes piscando, numa velocidade bem acima do permitido na região. Khwyis se assustou – e quase derrapou no acostamento. A perua, porém, passou ao seu lado, celeremente, e logo sumiu na distância. O terrorista recuperou o seu fôlego e o seu trajeto – para de novo se apavorar, um quilômetro acima, perto do casarão dos Tucci. Khwyis não conhecia os Tucci. Assim, não suspeitou dos riscos que corria ao vislumbrar, no pátio daquela propriedade, um comboio de ambulâncias e de viaturas em plena ação. Diminuiu a marcha – e observou ao tio Raghib:

– Diabos, deve ter acontecido uma chacina nessa mansão...

A constatação fatal da sua desdita apenas lhe ocorreria nas imediações do casarão de Villapiano. Junto a um automóvel incendiado, estacionava uma outra perua da Federal. Khwyis desacelerou, como um motorista mais curioso faria. De relance, examinou a BMW queimada e tocou adiante. Ofegava:

– Merda! Merda! Merda! Uma cagada aconteceu, Raghib...

O tio compreendeu. Mas preferiu permanecer calado.

Khwyis seguiu mais um quilômetro, sem rumo, e parou o carro:

– Merda, Raghib! Aquela BMW pertencia ao advogado do Broód. Uma puta cagada aconteceu. A Federal descobriu tudo. Nos fodemos, Raghib...

Mesmo desalentado, Khwyis decidiu retornar à sua base, por outra rota. Não pretendia, evidentemente, provocar suspeitas nos policiais que guardavam a BMW de Monarco, muito menos nos homens que faziam a sua varredura na mansão da chacina, abaixo, na mesma estrada. Claro, Khwyis mal conhecia a região – e se perdeu. Chegaria à sua base bem depois de amanhecer.

O terrorista só conseguiria mensurar o tamanho todo da cagada dois dias depois, ao ler a longa reportagem de Lídia Brandini no "Perfil do Brasil".

▼

Paolo Garzya, Betinho Vinhas, Zé Renato Baruel e o superintendente de Meira, na Federal, apareceram praticamente juntos no sítio dos Castellamare. Quase seis horas da matina, um sol ainda tímido principiava a subir, além do muro, no lado leste da Granja. Tony mal conseguia andar, de tão esgotado. De todo modo, preciosamente assessorado pelo seu *consigliere* e por Elia Grazie, recebeu os visitantes com um desjejum perfeito, na mesa enorme da varanda. Trocara de roupa. Vestia uma calça e uma camiseta imaculadamente alvas. Embora também destruídas, Lídia Brandini e Gigi se armaram de uma absurda disposição – e se incumbiram dos queijos, dos sucos frescos e do café.

Todos os cachorros presos no canil. Tony não queria distrações.

Apaziguado por Telônio Meira, o superintendente aceitou deixar a sua escolta inteira no *cul-de-sac*. Subiu sozinho, a pé, até a casa dos Castellamare. Como Vinhas e Baruel, que estacionaram os seus carros ao lado do portal.

Tony se desculpou, com uma lógica explicação:

– Foi uma jornada horrorosa. A minha Família merece repousar...

Ofereceu charutos, que nem o superintendente recusou. E pediu:

– Paolì, você se encarrega do relatório, por favor?

Placidamente, o *consigliere* topou:

– Sem problemas, Tonino. Deixe comigo.

Daí, formalmente, o *consigliere* se apresentou:

– Senhores, eu sou Paolo Garzya, o sub direto do Tony na DIA...

O superintendente era um homem baixo, de ombros recurvados contra o peito. Usava um bigodinho bem aparado, que parecia tingido. Falava como um habitante do Interior. Fisicamente, ao menos, não ostentava a imponência que o seu cargo pressupunha. De todo modo, carregava um currículo excelente em sua função, desde a Ditadura Militar. Conseguira sobreviver a uma série de acusações aterradoras, como integrar o Esquadrão da Morte que havia atuado nos porões dos governos dos generais. Melhor, merecera o respeito de muitos dos integrantes da oposição esquerdista, que elogiavam a sua lanheza no trato com os seus prisioneiros. Uma exceção às regras daqueles tempos negros.

Oficialmente autoritário, o superintendente se intrometeu:

– Tá certo, por enquanto você fala, sub do Tony. Caralho, que merda de confusão vocês armaram lá na Cantareira? O bostalhão do Meira me acorda, em casa, desesperado, contando que aconteceu um puta tiroteio. Me solicita apoio, caralho, e me solicita ambulâncias. E eu vou até lá e não encontro nada, porra. Eu bipo o Meira. E o Meira me liga, me diz que se enganou de endereço e me manda prum outro casarão. E eu vou até o outro casarão e então encontro oito caras chacinados, um deles quase devorado por dois filas – mortos...

Com a serenidade de um monge, o *consigliere* interrompeu:

– Ahn, me perdoe, doutor. Mas, por acaso, o senhor identificou os oito homens? Ou, se não identificou, por acaso, o senhor sabe quem são eles?

Num gesto brusco, o superintendente confessou a sua ignorância.

Garzya, então, didaticamente, professoralmente, ministrou aos visitantes uma aula longa e minuciosa sobre Máfia, *N'Dranghetta* e sobre a conexão dos terroristas jordanianos com as gangues dos calabreses e dos corleoneses. Falou da ligação de Broderick Villapiano com a quadrilha de Eugene Gotti e John Gambino – os Tucci já detidos pela Polícia Federal. Falou das tarefas de Tony, avalizadas pela Justiça da Sicília. Relatou o passo-a-passo dos seqüestros de Lídia Brandini e de Gigi Castellamare, a chantagem armada por Villapiano. Descreveu, como podia, toda a operação da libertação das garotas. Justificou a sua secrecidade. Sempre com o máximo de emoção, com tantos detalhes, que o superintendente se esqueceu do pobre cozinheiro Carlito Mronowski. Enfim, Garzya se dirigiu apenas ao superintendente – e, sem desvios, observou:

– Nós sabemos, doutor, que invadimos o seu espaço sem a sua anuência e sem a sua autorização. Por isso, doutor, levamos o delegado Meira conosco. O delegado é testemunha de que nós não cometemos nenhum crime – e de que nós não desrespeitamos nenhuma lei do Brasil. Ah, lembre-se, doutor: aqueles oito homens que morreram na Cantareira são criminosos, e estrangeiros...

Espertamente, disfarçadamente, o *consigliere* depositara o cozinheiro na lista dos bandidos. O superintendente, no entanto, tinha outra preocupação:

– Tá legal. Mas quem me garante que tudo isso é verdade?

Indiretamente reintroduzido na história, Telônio Meira comentou:

– Eu já confirmei, pessoalmente, com o doutor Livatino...

O superintendente se recordou do nome peninsular. Livatino:

– Caralho, e por que você não me avisou disso antes?

Tony se levantou – e, enfim, reassumiu o seu trono:

– Doutor, me permita um comentário. Nós dois, ahn, hierarquicamente, temos cargos equivalentes – o senhor e eu. O seu é público, e escancarado. O meu, contudo, só existe e só sobrevive na mais absoluta clandestinidade. Para que desse certo o meu projeto de acabar com os Tucci, o Villapiano, e todas as ramificações da Família Gotti no Brasil, convenhamos, ninguém, obviamente ninguém, poderia conhecer a minha verdadeira identidade, a minha verdadeira função, até que me interessasse divulgá-las. Eu fiz isso, pela

TV, na noite em que entreguei os Tucci ao delegado Meira. Depois, porém, ocorreram enormes acidentes de percurso em meu projeto, os seqüestros da Lídia e da Gigi. Minha única saída: salvar as meninas do meu jeito. Convenhamos, não havia tempo para notificar o senhor, e nem ninguém. O delegado agiu corretamente...

Meira agradeceu, com um aceno discreto.

O superintendente, no entanto, continuou apertando:

– Tá. E agora, fazemos o que com aqueles mortos lá na Serra?

Brilhante Lídia Brandini. Apontaria a solução mais pragmática:

– Na minha matéria, doutor, eu vou escrever que, por ordem expressa do tal do Villapiano, furioso com as minhas reportagens a respeito do Tony, os jordanianos e os calabreses da *N'Dranghetta* me seqüestraram. Queriam saber das minhas fontes aqui no Brasil, além do Tony. No meio da operação, os dois grupos se desentenderam – e começaram a brigar. Não sobrou ninguém...

Tony se empolgou com a imaginosa cumplicidade da namorada.

Mais. Num lampejo magistral, Garzya deu um presente à Federal:

– Isso. Acabaram se matando – só que o líder dos jordanianos escapou, provavelmente levando todo o dinheiro e todo o arquivo do Villapiano e dos Tucci. Um certo Khalid Haissa Khwyis, ahn, procurado até pelo Mossad...

A informação engasgou o superintendente:

– Quê? O Mossad?

O *capo* aproveitou o mote e aumentou o tamanho da isca:

– Um tipo perigosíssimo, doutor, a quem, agora, o senhor deverá caçar. Sabemos que ele mora na Zona Sul. Amanhã, mesmo, eu posso solicitar à DIA que remeta, de Palermo, a ficha completa do cara, com descrição, fotografias et cetera e tal. A prisão do Khwyis fará do senhor um herói internacional...

Glória, glória nas alturas. Diante daquela revelação, diante da fulgurante perspectiva de um inédito sucesso mundial, o superintendente se acalmou:

– Posso corroborar eu mesmo, tudo isso, com o Livatino?

Tony respondeu em silêncio, um braço a indicar o telefone.

Telônio Meira vasculhou a sua agenda e entregou o número de Livatino ao seu chefe. Minutos depois, o superintendente afirmaria, frondoso:

– Muito bem. O Livatino, ahn, nos enviou a todos os seus mais efusivos cumprimentos pelo sucesso, ahn, da nossa missão, senhor Tony Castellamare. Agora, precisamos dormir – que já é dia. Você vem comigo, Telônio?

Antes que o delegado piscasse, Betinho Vinhas perguntou:

– E essa história toda, quando nós vamos publicar?

Tony protegeu a namorada:

– Obviamente, assim que a Lídia estiver recuperada...

Baruel puxou o saco de Vinhas:

– Quando?

A repórter se escafedeu sozinha do apertão:

– Fique frio, Baruel. Guarde um espação de capa pra mim. O Tony me deu um *lap-top*. Vou escrever a matéria aqui mesmo – e, lá pelas oito da noite, descarrego a trolha inteira no seu colo. Prometo, a você, um Prêmio Esso...

Os três visitantes se despediram. Telônio Meira beijou Gigi e seguiu o seu superintendente. Tony acariciou o rosto da irmã, abraçou com vigor Paolo Garzya e Elia Grazie – e puxou Lídia Brandini na direção do seu chalé.

Na porta, brincou com a namorada:

– Li, hoje, nem ouse me provocar...

A garota riu, relaxada e gostosamente:

– Fique frio, meu *sciccareddu*...

▼

Por volta de quatro horas da tarde, na mesma cama farta, de travesseiros opulentos, a devastada Lídia Brandini acordou de um pesadelo e constatou que Tony Castellamare não mais estava ao seu lado. Num ímpeto, a jornalista se levantou, à procura do seu namorado. Primeiro, tentou o banheiro do chalé. Em vez de Tony, porém, só encontrou um bilhete – grudado no box:

– Li, fui visitar o Pellê e fui cuidar do velório do Ruggiero e do Sissi. Não me espere. Toque a matéria. E não saia sozinha daqui do sítio. O Tio Elia vai escoltar você até o seu jornal. Encontro você na redação. Amor. *T.*

A jornalista se reimpressionou com aquele estilo invariavelmente direto e mandão. Rapidamente, porém, descartou o incômodo. Mais irritada ela ficou ao relembrar que, uma outra vez, não dispunha de roupas – ah, precisaria vestir exatamente as utilizadas desde o seu seqüestro pelos jordanianos. Lídia odiava reprisar uma calcinha. E teria de reusar, também, que droga, o mesmo sutiã de dois dias antes. Ridícula, mas única compensação, a garota tomou um banho demorado e subiu até a varanda, sonhando com um chá de jasmim.

Elia Grazie e seis homens à distância, os detetives da Família, que Lídia não conhecia, se mantinham vigilantes na segurança do sítio – todos armados com espingardas assustadoras. A Mamma Freda, Gigi, Nicinha e Elisabeth já se sentavam, silenciosas, um conclave feminino da Velha Tradição, à mesa da varanda, diante de um oceano de iguarias. Lídia cumprimentou as quatro e se comoveu, num visível arrepio, ao ganhar um beijo fervoroso da Mamma:

– E você? Dormiu bem, minha filhota, você dormiu?

Minha filhota. A jornalista sentiu a sua medula trepidar:

– Quase, quase, Dona Freda. Eu nem acredito que estou viva...

Nicinha fitou a jornalista com doçura – e lhe estendeu um bule de café. Lídia agradeceu, mas escolheu o chá que fantasiava. E uma questão:

– E você, Gi, conseguiu descansar?

A caçula dos Castellamare esfregou as olheiras – e disse:

– Quase, Li. Eu nem acredito que o Gero nos salvou...

A jornalista não segurou o seu impulso profissional:

– A Mamma não se aborrece se nós falarmos sobre o que houve?

Na ausência do marido e de Tony, a Mamma dominou o ambiente. Com um gesto condescendente, indicou Elia Grazie, os detetives, e observou:

– Minha filhota, eu carrego séculos e séculos de atavismo siciliano nos meus velhos ossos. Hoje, só me aborrece o que não eu não me permito pensar. Don Caló já me contou que o Gero, enfim, se portou como um herói...

Lídia Brandini não conhecia os detalhes todos daquele atavismo. A sua reação, o seu olhar de incredulidade, logo autorizaram a Mamma a mergulhar numa extensa, caudalosa dissertação. Didaticamente, professoralmente, à sua maneira, à sua visão de mulher, à sua visão de santa, a Mamma ministrou à jornalista uma aula longa e minuciosíssima sobre a Máfia e sobre os Mafiosos. Falou do envolvimento dos seus ancestrais, os Fragale, com a Velha Tradição. Falou do *fùlmine* que a levara a se apaixonar por Don Caló, o seu primeiro homem, o seu homem definitivo. E falou de Ruggiero, de Tony, e de Marina, dos netos que perdera na explosão da Via Dante. Falou de Lindy, de Max Regazzoni – e de Nicinha. E, enfim, enquanto as lágrimas deslizavam na pele bonita do rosto da sua futura nora, arrematou, com uma lição impiedosa:

– Nunca suspeite do Tony, minha filhota. Nunca, mas nunca, por favor, imagine o Tony capaz de mentir a você. Nunca, jamais, minha filhota. Você ficará tentada a fazer perguntas. O Tony deixará você fazer todas as perguntas que você desejar. Talvez, por hábito, por costume, por atavismo ou por autopreservação, por mandonismo, pela imperiosidade de manter o controle, ah, talvez o Tony estabeleça algum limite máximo para as suas perguntas – três, quatro, quem sabe até cinco. Nunca, jamais, *però*, espere dele as respostas que você deseja, ou as respostas de que você necessita. Nunca, jamais. O Tony lhe dirá sim no lugar de não. E não no lugar de sim. E você se frustrará. Mas você continuará amando o seu homem, sem desprezar o seu homem, pelo contrário. Porque, ao mentir a você, o seu homem lhe estará jurando o seu amor eterno, o seu homem lhe estará assegurando o seu calor, a sua proteção, a sua fidelidade – e não existe no mundo um homem mais leal à Família do que o siciliano...

Nicinha se recordou de Max. Elisabeth permaneceu atônita.

Imóvel, Lídia Brandini sequer piscou. E a Mamma retomou:

– *Hai capito*, filhota? Você compreendeu?

Mansamente, Lídia mexeu a cabeça. E a Mamma Freda finalizou:

– *Brava, ragazzina*. Você se tornou uma Castellamare...

▼

Com Paolo Garzya e Pippo Carotè a tiracolo, Tony apareceu na redação do "Perfil", nove da noite. Vestia um terno preto, risca-de-giz, igualzinho ao dos *gangsters* de Hollywood, gravata também negra, os símbolos do seu luto integral. Na portaria, tentou localizar Lídia Brandini. A recepcionista, porém, ignorou o pedido e encaminhou o trio, diretamente, ao andar da diretoria da empresa. Coisa de Vinhas, que fazia questão de receber os visitantes especiais numa saleta privativa. Na tela de um computador, Vinhas desvendou a Tony o texto de Lídia Brandini. Tony leu, tranqüilamente. E, então, solicitou:

– Senhor Vinhas, por favor, chame a Lídia, por favor...

A repórter surgiu em dez minutos. Parecia fisicamente moída.

Atrás de Lídia, marchava, coladinho, o gigante Elia Grazie.

Lídia beijou Tony na boca, de raspão – e cumprimentou os outros com um gesto esquisito, que lembrou uma continência. O *capo* estranhou a falta de efusão da namorada. Mas arquivou a sensação. E aplaudiu o texto:

– Impecável, Li. Acho que você vai ganhar, mesmo, o tal do Esso. Você me permite, porém, uma pequena sugestão? Uma sugestão construtiva?

Lídia acenou, positivamente:

– Por favor, tire o nome do Khwyis da matéria. Fale, apenas, que houve um único sobrevivente na batalha. Provavelmente, um terrorista, jordaniano, muito perigoso, procurado pelo Mossad. Não convém que o Khwyis saiba que já foi identificado. Não convém que ele se assuste, e decida fugir...

A repórter investigou a reação de Vinhas. E o diretor observou:

– OK, está no nosso manual interno, Lídia. Eu concordo com o Tony. O bem da sociedade é mais importante do que um furo como esse. Prefiro ver o tal do terrorista atrás das grades do que alertá-lo, e ajudá-lo a escapar...

Imediatamente, Lídia ativou a sua senha e reajustou o texto, lá mesmo, no micro da saleta. Daí, sorriu, mais por conforto do que por felicidade:

– É. Acho que eu mereço, mesmo, algum tipo de prêmio...

Tony não entendeu a timidez da observação. Não sabia da conversa que a garota havia travado com a sua Mamma, horas antes. Apenas engatou:

– E eu acho que, imediatamente, você merece novas férias...

Sim, imediatamente, Betinho Vinhas concordou:

– Concedo. Nenhum problema, Li. Você merece, e necessita...

A garota agradeceu murchamente – e sem nenhuma efusão, uma reação nada normal nos seus padrões, habitualmente festivos, efervescentes. Naquela sala, porém, todos aceitaram a atitude aparentemente inusitada da jornalista. Claro, todos imaginaram, Lídia ainda depurava as lembranças recentes da rude batalha da Cantareira. Engano integral, inclusive do *capo*. Nenhum dos cinco homens realizou que a jornalista, na verdade, se angustiava com o seu futuro e com a perspectiva de uma existência de mistérios – ao lado de Tony.

Paolo Garzya agiu como um diplomata:

– O senhor Vinhas janta conosco? Reservamos uma mesa no Fabrizio's. E já encomendamos um prato comemorativo: um caldo de mexilhões. Não se preocupe, senhor Vinhas. Nós estaremos seguríssimos no Fabrizio's...

Vinhas agradeceu. Precisava fechar a primeira página do "Perfil".

Surpreendentemente, Lídia também mudou o rumo da conversa:

– Tony, me desculpe. Mas, não tenho a mínima fome. Se você e os seus amigos não se incomodarem, eu prefiro ir pra minha casa. Tudo bem?

– Sem chance, amoreco. Você vai comigo pro sítio...

Lídia hesitou e re-hesitou:

– Tony, hoje, eu prefiro ficar sozinha, na minha casa...

O *capo* sentiu uma chicotada no lombo da sua alma.

Por que a garota descartava a sua companhia?

De todo modo, retomou o seu leme:

– Impossível, Li. Nem pensar. O Khwyis continua por aí...

Lídia investigou a disposição de Tony:

– Você poderia ficar comigo, na minha casa, exclusivamente você?

Paolo Garzya, Elia e Pippo, obviamente, não aconselharam.

Tony também não descartou a imperiosidade da proteção:

– Faço um trato, Li. Eu acompanho você. Dispenso o Paolì. O Pippo e o tio Elia, porém, ficam de guarda, na rua, perto da sua casa. Você aceita?

A garota suspirou. Ah, não desejava absolutamente ninguém ao seu lado naquela noite. De repente, porém, sorriu e topou, um tiquinho reanimada.

Ao menos conseguiria colocar à prova os conselhos da Mamma.

Sim, apenas com Tony, testaria o atavismo do seu *capo*.

▼

Na casa de Lídia Brandini, no bairro boêmio da Vila Madalena, Tony Castellamare subitamente se sentiu com sessenta anos de idade. Logo que os dois entraram na singela saletinha sem sofá e sem cadeiras, Lídia bruscamente se atirou sobre um dos almofadões, lá espalhados pelo chão – e desferiu:

– Tony, eu tou super-aflita. Puta merda, eu tou super-aflita...

Da sede do jornal até a Vila, na Mercedes de Don Caló, devidamente acompanhada pela Veraneio com Elia Grazie e com Pippo Carotè, tinham se passado quase trinta minutos de mudez assustadora. Tony imaginou que Lídia padecia, ainda, o terror do seqüestro e o pavor da morte. Optou por respeitar, calado, o momento difícil da namorada. Mas, ao escutar aquele rompante, se abalou. E enlaçou Lídia num abraço raro, o melhor abraço da sua vida.

Lídia se relaxou o suficiente para criar coragem, e indagar:

– Tony, eu quero saber, de verdade, o que aconteceu...

Firmeza. Imposição. Tony reagiu sobranceiramente. Sem desguiar:

– Tudo bem, amor, me pergunte – o que você quiser...

Ah, uma autorização. Mas quanto tempo aquela brecha perduraria?

Qual seria o limite máximo imposto pelo atavismo de Tony? Apenas as três questões de praxe? Quatro? Ou talvez cinco? Lídia decidiu não queimar as suas chances. Esmerou-se em utilizar a melhor prática da sua profissão.

E foi diretíssima:

– Você é um mafioso de verdade?

Tony nem suspirou:

– *Amore mio*, você já sabe que não...

Lídia insistiu no tema:

– E Don Caló, e o Paolì, e os outros, fazem parte da Máfia?

Tony permaneceu impávido:

– Li, eu já contei a você a nossa história inteirinha...

Haveria uma terceira resposta? Lídia forçou um pouco mais:

– O Lindy, o Vito, eles fazem parte da Máfia?

Suspense. Prélio encerrado?

Não. Tony não interrompeu o diálogo:

– Li, amor, o Lindy é um santo. Mais meu irmão do que o Gero. O Vito, eu também já contei, foi um dos guarda-costas do General Dalla Chiesa...

Na fronteira da tortura com o alívio, Lídia esperneou:

– Então, por que você se meteu, ahn, nessa loucura?

O capo filosofou, numa mistura de dor e de predestinação:

– Li, só um homem medíocre aceita, sem discutir, o fardo que a vida lhe impõe. Por que eu topei a proposta que me fizeram, lá em Stanford, a proposta que me refizeram em Palermo? Na entrevista, você escutou, e você gravou, eu sugeri que me tocou, então, o prazer da aventura. Mas houve mais, e muito mais, Li. Eu já sabia que o Gero não valia muita coisa. Eu já sabia que o Gero emporcalharia o sobrenome do meu pai, se alguém, Li, não interferisse. Uma coincidência, talvez. De todo modo, somei o prazer da aventura à necessidade de manter limpo o sobrenome do meu pai. Romantismo? Babaquice? Ou tudo isso junto? Não interessa mais, *amore mio*. Eis um dos grandes mistérios da vida, Li: em determinadas situações, um homem é capaz de fazer o que bem entender, sem se preocupar com os custos da sua ação. Eu me aliei aos anjos – e, por essa opção, paguei um preço que ninguém, absolutamente ninguém, um dia entenderá. Nem você, nem o Lindy, nem a Gi, a Mamma, meu pai...

Embora comovida, a jornalista não se satisfez:

– E o Gero, fazia parte da Máfia?

Tony mesclou tristeza e condescendência:

– Muito pior. O meu irmão traficava drogas, amoreco...

Quase perfeito. Sobrava uma só nuvem naquele céu azul:

– E você ainde pretende se vingar dos Tucci?

Num assopro suave, o *capo* afugentou a última ameaça:

– Os Tucci estão presos, Li. E eu não quero mais saber deles...

A garota se desvencilhou do abraço com um empurrão.

Tony se assustou com a reação, abrupta e inexplicável:

– Que foi, Li? Os Tucci estão presos. Fora do meu alcance...

Lídia cortou a frase de Tony com um beijo na boca do namorado. Mais do que um mero beijo. Um beijo raro. O melhor beijo de toda a sua vida. Ah, a garota imaginou, Tony lhe dissera a verdade, apenas e tão somente a verdade. Por bem pouco, um milímetro, o *capo* não desmaiou de prazer. E então, ainda perplexo, quando recuperou o seu fôlego, tateante, Tony reinvestigou:

– Agora, me diga você: que aconteceu com você, amoreco?

Noutro rompante, Lídia decidiu revelar as razões todas da sua angústia. Mesmo que Tony se enfurecesse com ela. Ou se enfurecesse com a sua própria Mamma. Reportou ao *capo*, frase a frase, a sua conversa da tarde com Dona Freda. Confessou que, por causa da Mamma, desconfiara do namorado.

Tony mesclou tolerância, graça – e a sua franqueza bem treinada:

– Li, tudo que a Mamma disse, à maneira dela, ao jeito dela, é verdade, apenas e tão somente a verdade. Só que, pra você, Li, eu não sei mentir...

A garota, novamente, apaixonadamente, agarrou o namorado:

– E o que você quer fazer pra mim, Tony Castellamare?

O *capo* não esperava tal domanda. Mas se esmerou na resposta.

Que saiu num sussurro, espontaneamente, emocionadamente:

– Com você, Li. Com você – eu quero fazer um filho...

▼

Redigida na primeira pessoa, a dramática reportagem que, efetivamente, propiciaria um Prêmio Esso a Lídia Brandini, foi publicada em "O Perfil do Brasil" no dia 31 de março de 1990. Com direito a manchete de capa, um furo mundial. No texto, a jornalista se colocou como a única vítima de um rapto e como a testemunha exclusiva da batalha entre duas gangues internacionais de traficantes e terroristas. Lídia Brandini ainda conectou um dos mortos, Brodie Villapiano, à quadrilha de John Gambino, por extensão Genie Gotti, em Nova York, nos EUA. Não fez menção a Gigi, Tony, Gero – ou à ação fulminante que havia libertado as duas jovens do cativeiro. Para todos os efeitos públicos, a jornalista escapulira sozinha, sortuda, no meio da confusão monumental.

No finalzinho do seu relato, sem citar o nome, Lídia Brandini explicava que os três jordanianos de uma das quadrilhas eram capangas de um terrorista perigosíssimo, procurado pelo Mossad de Israel – provavelmente, o único sobrevivente da batalha. Khalid Haissa Khwyis leu a reportagem entre atônito e feliz. Como aquela jornalista conseguira conectá-lo aos pistoleiros mortos e a Broód Villapiano? Por que Lídia Brandini não tinha sequer mencionado Gigi ou Tony Castellamare? Por que havia afirmado que o tal terrorista estivera no cenário de guerra? Ao menos, ótimo, não divulgara a sua identificação...

Raciocinou alguns minutos e, então, uma certeza impiedosa desabou na sua cabeça: sim, claro, aquele Tony Castellamare era muito mais competente, e muito mais cruel, do que Broód Villapiano imaginara. Não havia acontecido, simplesmente, uma puta cagada na mansão da Cantareira. Não. Na verdade, o tal do Castellamare havia programado tudinho, da libertação das duas garotas seqüestradas até a armação da chacina no outro casarão. Merda! Khwyis tinha perdido três homens – e jamais veria a dinheirama que pretendia receber.

Num lampejo, Khwyis pensou em se vingar do falso mafioso. Mas logo mudou de idéia. Não, não mexeria com aquele homem tão poderoso. Um falso mafioso? Não, para Khwyis, subitamente, aquele Tony Castellamare, da DIA, se transformara num *capo* de fato, um *capo* muito mais fodido do que Rocco Moràbito, os Gotti e Nitto Santapaola, juntos. Ficaria na sua, sem piar, sem se mostrar. Aguardaria a poeira assentar – e recomeçaria as suas atividades.

▼

Pelo seu impacto, a notícia do tiroteio na Serra da Cantareira recebeu um destaque maior do que outra divulgação crucial – segundo as medições do IBGE, naquele mesmo mês, apenas duas semanas de Governo Collor, o índice de inflação no país já atingia o degrau dos 84,32%. Cumulativamente, em um ano, tal índice já ultrapassara um patamar insano – precisos 4.853,90%.

Colegas da mídia gastaram o dia 31 inteirinho na caça de Lídia Brandini – furados pela garota, ao menos queriam uma suíte do episódio. A jornalista tinha se transformado no tema do momento. Houve quem tentasse conectar o seqüestro de Lídia à detenção de Iago e dos Tucci na boate L'Omertà. Houve quem tentasse arrancar uma declaração de Tony Castellamare. Além dos seus seis detetives, porém, Tony cercou o sítio da Granja com inúmeros homens da PM e da Federal – um agrado particular do superintendente de Telônio Meira. Absolutamente ninguém, na mídia, conseguiu se aproximar da propriedade de Don Caló. Curiosamente, a repercussão apaziguou Iago e os Tucci – que leram a reportagem de Lídia num exemplar amarfanhado do "Perfil", pessoalmente entregue pelo superintendente. Maravilha. Os holofotes da mídia miravam na jornalista e no *capo*. Não mais se preocupariam com Iago e os Tucci.

O superintendente esperava que Iago e os Tucci, de alguma forma, lhes passassem minúcias inéditas a respeito de Tony, da Máfia, ou da Divisão Anti-Máfia. Esperava que Iago e os Tucci lhe falassem de Khalid Haissa Khwyis. Sonhava em ordenhar uma pedra. Não retirou uma gota dos Tucci e do seu *consigliere*, agrilhoados pelas normas da *Omertà*. Aos detidos, interessava muito mais uma simples deportação, um breve retorno à Itália, sem outros compromissos com os seus infortúnios no Brasil. De volta à Bota, quem sabe, costurariam um acordo com o juiz Falcone e com a promotoria de Palermo. Daí, talvez, obtivessem algum prêmio no programa de proteção aos *pentiti*.

▼

Na tarde daquele mesmo dia 31, um advogado elegantíssimo, apesar da careca precoce, apareceu no cárcere da Polícia Federal e, com uma credencial do Consulado da Itália em São Paulo, pediu para visitar um seu cliente, Marco Iago. Na lista de visitantes da delegacia, ficou devidamente registrado o nome do advogado, Demètrio Trentotto. Ele e o *consigliere* dos Tucci conversaram durante uma hora, absolutamente isolados. À sua saída do cárcere, autorizado pelo funcionário de plantão, Trentotto deixou, com Iago, salames vários e uma garrafa de vinho excelente, o Brunello di Montalcino, safra de 1975. Caberia a Iago desfrutá-los, no seu jantar, com Francesco e com Bruna Maria Tucci.

Iago compreendeu, inteiramente, a mensagem oblíquia, mas irrebatível, daquele enviado. Sim, ainda tinha uma tarefa complexa a realizar. Relembrou um ditado torpe da sua terra: "O primeiro dever de um homem é se manter vivo. Apenas depois vem aquilo que nós convencionamos chamar de honra". Relembrou, igualmente, o que acontecera na Sicília, em julho de 1950 – o fim estúpido de Salvatore Giuliano, traído pelo seu braço-direito fiel, o seu próprio primo, Aspanu Pisciotta. E enfim relembrou que, semanas depois da morte de Giuliano, um amigão comum, o professor Hèctor Adonis, visitou Pisciotta na prisão do Ucciardone e, ao final de uma conversa rude, lhe perguntou:

– Você está tomando os seus remédios corretamente?

Tuberculoso, Pisciotta precisava da estreptomicina, diariamente:

– Sim, professor, é claro que eu estou...

Adonis, então, entregou a Pisciotta um novo frasco de remédios, muito diferente do convencional. E, com um sorriso malicioso, lhe observou:

– Aqui tem mais, bem mais, caso você necessite...

No dia seguinte, Pisciotta se suicidaria, auto-envenenado.

Muito mais prático e muito menos romântico do que Pisciotta, Iago nem beliscou os regalos do advogado. Minutos antes do jantar, fingiu agudas dores estomacais e dispensou o prazer bucólico daquele vinho e daqueles salames. Sem saberem de onde provinham os presentes inesperados, Francesco e Bruna Maria não hesitaram em devorar as quotas que caberiam ao seu *consigliere*. Encerrado o jantar, Iago limpou o cenário do banquete, jogando os restos dos salames na privada e lavando, cuidadosamente, a garrafa de Brunello.

No dia seguinte, a inspeção matinal da delegacia constatou que os dois Tucci estavam mortos. Pelo aspecto contraído dos seus rostos, o médico-patologista da Federal imaginou que ambos haviam sofrido, uma coincidência espetacular, infartos do miocárdio. Único parente mais próximo, Iago assinou um documento, dispensando a obrigatoriedade de uma autópsia e isentando a Polícia Federal de qualquer responsabilidade sobre os falecimentos. Fruto de um acordo do Itamaraty e do Ministério da Justiça com os seus congêneres na Itália, o governo brasileiro rapidamente liberou o translado dos corpos – e permitiu, sem mais debates, a imediata deportação de Iago até a Sicília.

Claro que a Federal evitou que a imprensa soubesse do caso.

De volta à Bota, Iago logo se transformou em informante da promotoria e obteve o direito de se enfurnar em algum lugar dos Estados Unidos, abrigado pelo FBI. Com os seus depoimentos, ele ajudaria a Justiça norte-americana a condenar John Gambino e a sua gangue a uma tonelada de anos de cadeia.

▼

Em 2 de abril, numa das margens do maltratado Córrego Três Pontes, na Vila Monte Belo, bairro do Jardim das Oliveiras, entre São Miguel, o Itaim Paulista e Itaquaquecetuba, zona leste de São Paulo, pertinho de uma curiosa mistura de minicentro comercial e cidadezinha de interior, alguns adolescentes que jogavam futebol, em busca de uma pelota perdida, encontraram o corpo de um cidadão de paletó e gravata, furado por várias balas na cabeça. A delegacia da região identificou o homem, um advogado, de nome Fábio Monarco, cuja BMW fora descoberta, batida e incendiada, dias antes, nos altos da Cantareira. Para a polícia, Monarco sofrera um latrocínio sem solução. Os seus matadores não seriam descobertos, jamais – outro crime típico da megalometrópole.

Paralelamente, na região sul da capital, muito além do bairro estreito e comprido do Grajaú, na Ilha do Bororé, bem no meio de um braço da represa Billings, no trajeto aquático até São Bernardo do Campo, o timoneiro de uma balsa não conseguiu dar partida à sua nau, repleta de veículos e de pedestres. O motor fraquejou duas, três vezes, como se um batalhão de algas aprisionasse as suas hélices. Ao fracassar na sua décima tentativa, o capitão convocou um resgate dos Bombeiros. Um mergulhador vasculhou os arredores e o fundo da balsa. Presos aos seus eixos locomotores, achou dois cadáveres – os capangas da *N'Dranghetta* que haviam acompanhado Fábio Monarco até o galpão fatal dos Castellamare. Os calabreses acabariam enterrados, anonimamente.

▼

A mídia também não aguçou os seus instintos 48 horas depois, quando a rede de supermercados de Don Calógero Castellamare anunciou, pelo "Perfil" e por mais uma dezena de periódicos importantes do país, que um seu diretor, Ruggiero, e um seu colaborador, Sìlvio Sparapani, falecidos num desastre de automóvel, seriam enterrados num cemitério do bairro nobre do Morumbi.

Apesar da garoa impertinente, imprevista naquela data, quatrocentas e tantas pessoas compareceram à cerimônia. Além dos parentes mais próximos e dos amigos diletos da Família, estiveram no cemitério inúmeros funcionários e fornecedores dos supermercados. Num pequeno e comovido pronunciamento, Tony ressaltou as qualidades do mano e do companheiro de pugnas, enquanto, ao fundo, um conjunto musical entoava, languidamente, o belo "*Intermezzo*", da "Cavalleria Rusticana" de Mascagni, tema sagrado dos Castellamare.

Encerrada a celebração, numa Veraneio, com Elia, Nicinha e Elisabeth, a Mamma voltou ao sítio da Família na Granja. Tony, porém, ainda tinha um último resquício de incumbência a cumprir. Carregando o seu time quase todo, Don Caló, Gigi e Lídia Brandini, mais Paolo Garzya, Lindy Regazzoni, Pippo Carotè, Vito LoRusso e Domi Pignatello, fez uma visita à clínica particular em que Pellegrino convalescia. Felizmente, graças ao médico amigo de Don Caló, Pellê preservaria o seu braço dilacerado. Demoraria algum tempo até movê-lo com alguma eficiência. OK. Claro, necessitasse das atividades plenas de Pellê, o *capo* saberia esperar. Ah, Tony gostava de Pellê, como um *fratello*...

De fato, na clínica, mesmo, Tony informou à sua brigada que passaria o controle da boate do seu mano a Pellê e a Pignatello. Uma boate reformulada e rebatizada: o seu novo nome, Gero & Sissi, a homenagem da Família às duas vítimas fatais da guerra da Cantareira. Num impulso de remorso, Domi pensou em recusar. Tinha 45 mortes entalhadas na coronha de sua vida. Ou 46, se ele considerasse Carlito Mronovski, abatido pelas presas de Bill e de Lola, à sua ordem, *zdamazz*. Em honra de Pellegrino, e de Elisabeth, porém, Domi aceitou o presente, entre lágrimas e risos. Daí, no caminho de retorno ao sítio, o *capo* acertou com os seus outros parceiros o futuro de cada um. Lindy Regazzoni e Paolo Garzya co-assumiriam os negócios de importação e de exportação da rede de supermercados, respectivamente no Brasil e na Sicília. Vito LoRusso e Elia Grazie continuariam cuidando da administração do sítio e do conforto de Don Caló e da Mamma Freda. Pippo, enfim, se tornaria o representante de Tony num novo empreendimento: uma série de restaurantes à beira-mar.

▼

Quando o grupo ressurgiu na propriedade dos Castellamare, a Mamma já tinha adiantado os procedimentos de um jantar inesquecível em homenagem aos falecidos, uma tradição siciliana. Jantar em honra, também, de um outro personagem, Telônio Meira. Idéia de Tony e de Don Caló – que pretendiam manifestar, formalmente, ao pretendente de Regina, a sua consideração.

Apesar dos protestos veementes do seu superintendente, naquela mesma manhã o delegado havia entregue a sua carta irrevogável de demissão à Polícia Federal. Depois de se apaixonar por Gigi, depois de testemunhar o encontro brutal de Tony com os Tucci e com Marco Iago em L'Omertà, de acompanhar a dilacerante tortura de Fábio Monarco entre cachorros vampirescos e pedaços de picanha em um depósito abandonado da Família, depois de participar da batalha da Serra com dez mortos, depois de intuir que o *capo* também tinha eliminado os dois guarda-costas calabreses do advogado, depois de saber, ahn, dos ataques cardíacos de Francesco e de Bruna Maria em pleno cárcere da sua repartição, depois de saber, enfim, do fuzilamento do chicaneiro de Villapiano no Córrego Três Pontes, obviamente Meira não mais se sentia competente, e muito menos confortável, para permanecer numa função de tantos poderes.

Naquela tarde, um ocaso deslumbrante emoldurava o jardim do sítio dos Castellamare. Na varanda da propriedade, obviamente triste mas compensada, a Família, inteirinha, à exceção de Ropertino Pellegrino, aguardava a abertura do banquete, entregue a uma coleção de aperitivos e de antepastos que Don Caló, pessoalmente, fizera questão de coordenar. Num momento em que vislumbrou Tony sozinho, Meira se achegou ao *capo* e, em poucas palavras, anunciou a decisão que já adotara. Tony não pareceu surpreso. Ao contrário. Imediatamente, convidou Meira a se agregar à sua brigada na DIA, aos seus negócios pessoais, ou mesmo à rede de supermercados dos Castellamare.

Em qualquer cargo. O ex-delegado escolheria.

Telônio Meira recusou, com uma frase que sensibilizou o *capo*:

– Não posso. Não vou desvalorizar o meu afeto pela Gigi...

Quase apaziguante, Tony insistiu:

– Junte-se a nós, Telônio. Ou você vai trabalhar no quê?

Meira de novo refugou, serenamente:

– Eu me viro. Procuro um outro serviço. Tenho tempo...

O *capo* se esforçou para se reaproximar do ex-delegado:

– Algum problema comigo? Com o que eu faço?

– Não. Até porque você já fez, Tony. E eu fui um cúmplice seu...

Tony assimilou a porrada – e se empertigou:

– E isso incomodou você, tanto assim, meu caro Telônio?

O ex-delegado não camuflou a sua mágoa:

– Você me enganou, Tony. Você prometeu, com a sua palavra-de-honra, que não haveria nenhum crime. OK, eu sou capaz de engolir aquele tiroteio da Cantareira. Sou capaz de engolir, ahn, o sumiço dos outros dois calabreses da *N'Dranghetta*. Mas, Tony, eu me sinto diretamente responsável pelas mortes dos Tucci e do Monarco. Era a minha obrigação preservar as vidas deles...

Polar, o *capo* retrucou – com a verdade oficial:

– Pelo que eu sei, os Tucci sofreram ataques do coração...

Meira não se irritou com a peta. Ao contrário, ironizou:

– É, mesmo. Depois de se empanturrarem com o vinho e com os salames entregues ao Marco Iago, exatamente, por um cara igualzinho, igualzinho, ao seu *consigliere* Paolo Garzya. Uma coincidência, Tony, uma coincidência...

Tony permaneceu em silêncio. O ex-delegado enfatizou:

– E o Monarco? Como foi parar naquele buraco?

O *capo* comentou, geladamente:

– Não tenho a menor idéia. Mas mereceu o fim dele...

Meira soltou a respiração – e lastimou, melancólico:

– Outro crime. E eu fui, também, um cúmplice seu...

Tony tentou contemporizar:

– Telônio, nós estávamos em guerra. A semeadura é livre. A colheita, no entanto, é obrigatória. Você compreende, ahn, a moral desse provérbio?

Sem alternativa, o ex-delegado amaciou a conversa:

– É. Os fins justificam os meios…

Diante da sintetização inadequada, o *capo* sorriu.

Sorriu, contudo, num amargo desafogo.

– Muito mais do que isso, meu caro Telônio. Você planta. E, daí, tem de cuidar da sua safra. *Cazzo*, Telônio, os Tucci, o Iago, o Villapiano, o Monarco, não entraram na minha casa, no meu lar, na minha Família, apenas para levar, de empréstimo, uma lata de azeite, um vidro de *aceto balsâmico*, um queijo, uma broa de pão. Aqueles criminosos de merda, que poderiam e deveriam me combater, exclusivamente, no meu trabalho, entraram na minha casa, no meu lar, e na minha Família, para me ferir – na alma e no coração. *Cazzo*, Telônio, não interessa que os Tucci erraram o alvo. E não interessa que o Villapiano se equivocou no plano dele. Não interessa que o Monarco tinha uma ficha limpa et cetera e tal. Eram todos homens ruins, homens embriagados pela satisfação dos seus próprios caprichos, mesmo sabendo que, pelos seus atos, queimariam no Inferno. Não fiz nada de especial. Simplifiquei as tarefas do Demônio...

Meira fingiu não entender. Aliás, não quis aceitar.

Tony aproveitou a brecha e jogou um trunfo novo na mesa:

– Um mau espírito, Telônio, só pode ser destruído por um outro...

Meira ameaçou um esperneio derradeiro:

– Ora, quem disse isso? Bonanno? Buscetta? Paolo Garzya?

Tony sorriu outra vez – inocentemente:

– Não. Algum egípcio muito sábio, de uns quatro mil anos atrás...

O ex-delegado, enfim, rascunhou uma trégua:

– Tá legal, Tony. Eu absorvo a sua justificativa. Mas...

– Mas o quê, Telônio?

– Posso lhe fazer uma última pergunta?

Num suspiro de impaciência, o *capo* concedeu:

– OK. Diga lá, ex-investigador...

Meira não se abalou com a gozação – e foi bem fundo:

– Por que você demorou tanto tempo, quinze, dezesseis meses, até agir? Tony, o que você ficou fazendo, na Sicília, durante esses meses todos?

O *capo* acendeu um cigarro – e afirmou, honestíssimo:

– Fiquei esperando a hora do bote, caro Telônio Meira. E fiquei curando as minhas feridas, reunindo as informações que me permitiriam montar, ahn, um plano infalível, com todos os desdobramentos, com quase todos os azares, devidamente previstos. Você é testemunha, Telônio: o plano funcionou...

O ex-delegado filou uma tragada do *capo*. E elogiou:

– É. Parabéns, Tony. Você montou um puta time. E agora?

Tony riu e, lealmente, definiu o seu futuro:

– Agora, eu vou reconstruir a minha vida...

Meira concordou, com um meneio de cabeça:

– Com a Lídia...

O *capo*, subitamente, se emocionou:

– Eu já disse, à Lídia, e na sua frente, Telônio. *Cazzo*, eu me apaixonei pela Li. Sinceramente, me apaixonei. Depois da morte da Marina e das minhas três crianças, eu já não tinha mais esperanças na vida, até encontrar a Li...

Sacudido, o ex-delegado abaixou a crista:

– Eu torço, Tony, para que isso dê certo, muito certo...

Tony resolveu encerrar aquele debate mortificante:

– Telônio, você aceita um último conselho meu?

O delegado estranhou a domanda. Mas precisou da resposta:

– Que conselho, Tony?

Mais uma vez, seu hábito, o *capo* recorreu às metáforas:

– Escute esta frase, Telônio. Escute, registre, e medite. Certos homens, caro *fratello*, dedicam suas vidas, integralmente, à honradez e à virtude, sem saberem que, no fundo, no fim das contas, apenas se preparam para um um ato supremo de violação da moral constituída. Essa violação, porém, não macula a sua honestidade. Afinal, Telônio, quem inventou a moral constituída?

O ex-delegado compreendeu a observação – obliquamente:

– Você acaba de desenhar o seu retrato, Tony...

O capo divergiu:

– Não, meu caro. Eu pintei o meu retrato – e o seu também. Você entrou no meu esquema, no meu plano, porque quis. Você, meu caro Telônio, aceitou aquele meu truque do gravador, exclusivamente, porque quis. E eu entendo, e eu admiro, as suas razões, os motivos que você não quis olhar, de frente. Você pensou mais no seu amor pela Gigi do que na sua carreira, meu caro. Apenas uma opção, inconsciente talvez, que não diminui a sua honradez, e nem tira a sua virtude. Saiba que eu entendo e que eu admiro essa opção, meu caro...

Telônio Meira não replicou. E Tony desfechou:

– Mais alguma coisa – agora?

Absolutamente relaxado, Telônio Meira desvendou:

– Agora? Agora, só quero que a Gigi me aceite, como eu sou...

Tony reagiu com dois beijos nas faces de Meira:
– Você acaba de valorizar o meu respeito pelo seu caráter...
Bingo. O ex-delegado gargalhou, constrangido e sem graça:
– Quer dizer que eu posso, mesmo, cortejar a sua irmã?
O *capo* também gargalhou, por causa do verbo. Cortejar?
Divertido, jocoso, Tony arrematou:
– E eu mando na Gigi? Vire-se, Telônio Meira...

▼

Dia 5 de abril de 1990. Em pessoa, escoltado exclusivamente por Pippo Carotè e por Lindy Regazzoni, o *capo* Tony Castellamare levou Paolo Garzya, na Mercedes de Don Caló, até o aeroporto de Guarulhos. Lá, fez questão de carregar uma das malas Vuitton do *consigliere*, a mais preciosa das valises, até a entrada do corredor de embarque. Tony, então, observou a Garzya:

– Estão todas aqui, *fratellone*: as agendas do Villapiano, dos Tucci e do Marco Iago. Faça uma grande farra com as agendas, lá em Palermo...

O *consigliere* ensaiou um gesto de pasmo fingido – e riu:

– Que bando de cretinos, Tonino. Tinham tudo registrado no papel. Ao menos o Gene Gotti foi moderno – guardava as informações em código, e num computador. *Bah*, outra mula. O *dottore* me contou que o FBI só precisou de uns vinte minutos pra arrombar a senha. Agora, resta pegar o Gambino...

Tony concordou:

– É. Mas, com as agendas, e a ajuda do Iago, nós conseguiremos...

Lindy Regazzoni mudou de tema – e provocou:

– *Cazzo*, e que passaporte você está utilizando, Paolì? O seu mesmo, o do Riccardo Portovenere, o do Venticinque ou o do Demètrio Trentotto?

O *consigliere* retrucou da forma mais mansa possível:

– Eu me promovi, Lindotto. Agora, eu sou o Carlo Duemilla...

O grupo inteirinho gargalhou.

Paolo Garzya abraçou Tony – e finalizou:

– Pela Velha Tradição, *'n bucca luppu,* meu irmão.

Já com saudades do seu *consigliere*, Tony replicou:

– *Crepi il lupo*, Paolì...

▼

Tony Castellamare e Lídia Brandini enfim se casaram, numa celebração discreta, três meses depois. Tony tentou, várias vezes, convencer a mulher a se mudar com ele para Palermo. Lídia, todavia, retorquiu – peremptória:

– Esqueça a Sicília, Tony! Eu quero o meu homem, inteirinho!

De fato, no rastro da destruição dos Tucci, da dilapidação dos Gotti e da infernal pressão que a Justiça da Sicília passou a exercer contra as quadrilhas dos corleoneses, eclodiu na Ilha uma sucessão de atentados tão aterrorizantes quanto a explosão da Via Dante. Tony sucumbiu aos desejos de Lídia. Optou pela precoce aposentadoria. Decidiu acompanhar Pippo, à distância, na criação da sua rede de restaurantes. Decidiu escrever um livro de memórias, relato das suas experiências clandestinas. Deu certo. O livro viraria filme, nos EUA.

Tony também tentou, várias vezes, convencer a mulher a se transferir a uma outra casa, um apartamento que fosse, longe do sítio da Granja. Lídia, no entanto, adorava o chalé, a comida da Mamma Freda, as conversas de fim-de-semana com Don Caló. Por causa do seu furo, e do seu Prêmio Esso, o Grupo Perfil, de Betinho Vinhas, triplicou o seu salário e lhe entregou a condução de um *talk show* de comecinho de madrugada, rapidamente um programa líder de audiência e de críticas elogiosas. A incumbência e o horário não incomodaram Tony, pelo contrário. Um marido orgulhoso, Tony passou a escoltar a mulher, sempre com um batalhão de guarda-costas, todas as noites, ao estúdio da TV do Grupo. Até que, paulatinamente, o risco de uma represália se esvaiu.

E até que, certa ocasião, na varanda do sítio, Lídia lhe disse:

– Amor, chegou o dia...

Tony não entendeu:

– Quê?

– Chegou o dia...

Tony continuou perplexo:

– Que dia? Dia do quê?

Meigamente, Lídia afagou o próprio ventre com as mãos do marido:

– Chegou o dia de você me contar o que significa *sciccareddu*...

Tony quase sufocou com aquela surpresa – extraordinária:

– *Cazzo*, amor, você jura? *Dio mio*, cê tá esperando um bebê?

Lídia não respondeu. Simplesmente, docilmente, sorriu.

Bastou a Tony a luz que emanou da expressão alucinante da garota.

Embasbacado, o *capo* rememorou uma frase clássica de Don Caló:

– Tonino, o nosso mundo é feito de esquinas...

Capo? Não. Naquele instante, Tony se sentiu um homem trivial.

Pensou em Marina, nas crianças que perdera na Via Dante. E concluiu que, de algum lugar, no Céu, alguém lhe garantia, sem mágoa e rancor:

– Cada dia é um dia. Pois faça do seu dia uma alegria...

Tony abraçou a mulher, como marido e como futuro pai.

Puxou Lídia pela mão – e a conduziu ao piano.

Tocou Chopin. O apaixonante prelúdio de número quatro.

Precisava ninar o bebê que Lídia já engendrava.

P. S.: No dialeto popular da Sicília, *sciccareddu* é o nome carinhoso com que as crianças do campo chamam os seus jumentos de estimação.

EPÍLOGO

O RESCALDO

A seguir, uma cronologia de episódios rigorosamente verdadeiros, todos eles acontecidos depois da *vendetta* de Tony Castellamare e da destruição da Família Tucci. Cabe ao leitor julgar se existiram apenas coincidências entre o enredo deste livro e os fatos reais – ou se os fatos reais aconteceram como uma conseqüência lógica e natural da *vendetta*. Bom quebra-cabeças. SL.

Abril de 1990

No dia 22, aos 26 anos de idade, Junior Gotti, herdeiro do *capo* John e de Vicky DiGiorgio, se casa com Kim Albanese, a filha de um instalador de carpetes de Long Island. A festança, para 250 convidados selecionadíssimos, acontece no Salão Versalhes do Helmsley Palace Hotel, em Manhattan, a um custo de US$ 50.000,00. De fato, uma barganha, pela qualidade da comida e das bebidas, que incluiu a nobre champagne Roederer Cristal. Ninguém se incomoda com o fato ostensivo de a noiva estar grávida de sete meses.

Julho de 1990

No dia 4, repetindo uma tradição de muitos anos, John Gotti promove, às portas do seu Ravenite Social Club, na Rua Mulberry, em Manhattan, uma concorridíssima festa, com milhares e milhares de fogos de artifício, para comemorar, efusivamente, o *Independence Day* dos Estados Unidos.

Condenado a dezoito anos de prisão domiciliar pela Justiça de Palermo, o siciliano Antonino Salomone, 73 de idade, consegue escapar e se refugia em São Paulo. Salomone já conhecia o País muito bem, de uma visita anterior, 1981, emissário da Máfia de Palermo para assassinar Don Tommaso Buscetta. Uma visita frustrada. Amigo velho de Buscetta, Salomone não encontrou a coragem suficiente e necessária – e poupou Don Masino. De todo modo, a estada serviu para que Salomone se apaixonasse pelo Brasil. Agora de volta, com documentos falsos, ele traz a sua segunda esposa, Girolama Grecco, também de uma família ligada à *Cosa Nostra*, e os dois filhos da mulher, Francesco e Pietro. Imediatamente, compra um apartamento monumental, de

US$ 400.000,00, no Condomínio Outeiro, no bairro do Paraíso, de vista para o Ibirapuera. Aos vizinhos, diz viver das suas rendas de aposentado. De alguma forma, Salomone consegue obter a sua naturalização – e vira brasileiro.

Agosto de 1990

Graças às direções proporcionadas pela Interpol e por informantes da DIA no Brasil, a Polícia Federal localiza e detém, em Governador Valadares, Minas Gerais, o mafioso Umberto Ammaturo. O bandido acabou preso quanto tentava obter um passaporte falso. Napolitano, Ammaturo residia desde 1988 num sítio de Juquitiba, cerca de cem quilômetros da capital de São Paulo. Acusado de assaltos, assassinatos, tráfico de tóxicos e até de seqüestros, condenado na Bota a mais de cinqüenta anos de prisão, fugira da cadeia em 1987 e, desde então, era perseguido pela Interpol. Em Minas, Ammaturo utilizava documentos em nome de Alain Amatía Valdez, cidadão peruano.

Setembro de 1990

No dia 19, Paolo Amico e Domenico Pace, dois pistoleiros sicilianos, empregados da Ai Trulli, uma pizzaria de Leverkusen, na Alemanha, viajam repentinamente de volta à sua região de nascença, no sul da Ilha. Lá, no dia 21, numa curva da rodovia estadual que conecta Canicatti a Agrigento, ambos se juntam a Giovanni Avarello e a Gaetano Puzzangaro, pistoleiros da Máfia local – e, com eles, montam uma emboscada. Seu alvo: o carro do juiz Rosàrio Livatino, esperado naquela rota. Livatino viaja sem proteção nenhuma. De todo modo, intui a tocaia e tenta escapar, fugindo a pé, desesperadamente, na correria, através de uma campina. Os pistoleiros conseguem alcançar Livatino, derrubam o magistrado e o fuzilam com vários tiros na boca. Da estrada, um transeunte, Pietro Ivano Nava, representante comercial, testemunha o crime e o denuncia à polícia. A DIA, imediatamente, entra em ação. Não salva Livatino – ao menos, porém, detém os assassinos. Ivano Nava, corajosamente, identifica Amico e Pace. Ironia: a DIA já sabia, desde 1986, que a Ai Trulli não passava de um feudo de mafiosos na Alemanha. Mobilizada, a Interpol rapidamente devasta toda a quadrilha que a pizzaria tedesca acolhia.

Outubro de 1990

Encarcerado em Brasília, mesmo vigiadíssimo 24 horas ao dia, Umberto Ammaturo consegue escapar – depois de subornar dois agentes da Polícia Federal. Foge para o Peru, onde se reencontra com Johanna Valdez, a sua mulher, a mãe de seus dois filhos. A Interpol consegue localizá-lo e prendê-lo. Por causa dos pimpolhos do casal, peruanos, não pode, porém, deportá-lo.

Novembro de 1990

Com base nos indícios já sugeridos pela primeira decupagem das fitas gravadas nos encontros de John Gotti, Frank LoCascio e Salvatore Gravano, no apê de Nettie Cirelli, dois andares acima do Ravenite Social Club, o FBI e a promotoria de Nova York consideram dispor de material suficiente para, ao menos, intimar os três a um depoimento num tribunal federal.

Dezembro de 1990

O FBI finalmente complementa o trabalho de transcrição e organização das fitas gravadas no apartamento de Nettie Cirelli – e decide solicitar a detenção de John Gotti, LoCascio e Gravano. Na tarde do dia 11, sob o comando do agente George Gabriel, o FBI invade o Ravenite e cumpre a sua tarefa sem nenhuma reação dos denunciados. Gotti traja roupas solenes, um sobretudo de pêlo-de-camelo e uma *écharpe* fulgurante de seda amarela em torno do seu pescoço – como se fosse a um concerto. Aliás, havia programado, para a noite seguinte, combinar com uma nova namorada, Lisa Gastineau, ex-esposa de um famoso jogador do futebol norte-americano, a ida a um show em homenagem a Frank Sinatra, que completaria 75 anos no dia 15. Os três *gangsters* são conduzidos, em automóveis separados, a um cárcere distrital de Nova York. Confiante na sua onipotência, Gotti abertamente sorri para a câmera do FBI que faz, de frente e de lado, a sua identificação oficial.

No dia 12, com base no RICO, a Justiça Federal dos EUA promove o indiciamento formal de Gotti, LoCascio e Gravano. São precisamente treze, um número que Gotti detesta, as suas acusações. As denúncias variam da mera conspiração até a suposta participação do trio na morte de Paul Castellano.

No dia 21, em audiência secreta, o juiz I. Leo Glasser escuta algumas amostras das fitas gravadas e decide negar aos três acusados o direito de se defenderem em liberdade, sob o pagamento de uma fiança. Atônito e perplexo, Gravano enfim toma conhecimento do portentoso conteúdo das fitas. E fica particularmente irritado com o teor de um papo datado de 12 de dezembro de 1989 – quando John Gotti, num longo e neurótico monólogo, se lastima com LoCascio do comportamento de Gravano, um "inútil gastador de grana". Pior, no mesmo papo, pelas suas costas, Gotti também ironiza a suposta ambição de Gravano e, numa cena infantil de ciúmes, diminui a competência do amigo. Depois, pior ainda, Gotti acusa Gravano de induzi-lo a autorizar a morte de Robert DiBernardo, em 1986, num ato de subversão dentro da Família.

Janeiro de 1991

No seu cárcere distrital de Nova York, John Gotti, Frank LoCascio e Salvatore Gravano permanecem em *total sep* – ou, a separação absoluta entre eles e os outros detentos. Ficam reclusos em solitárias, 23 horas por dia. Nos sessenta minutos em que os seus guardas lhes permitem fazer exercícios, no máximo conseguem caminhar, igualmente isolados, num pátio sem mais ninguém. Nos intervalos, agentes do FBI voltam a mostrar a Gravano os excertos das fitas em que Gotti, com o sempre calado LoCascio, deprecia o companheiro. A pressão perturba Gravano, que não imaginava Gotti capaz de comentários tão desprezíveis. No final do mês, os advogados do trio, Bruce Cutler e Jerry Shargel, conseguem da Justiça o fim do seu confinamento.

Daí, obviamente com intenções maliciosíssimas, o FBI sugere à direção do cárcere distrital que coloque Gotti e Gravano, juntos, numa mesma cela. Literalmente enfurecido, Gravano cobra de Gotti as declarações que escutou nas fitas: "Porra, John, ninguém, nunca, foi mais leal a você do que eu!" Gotti tenta se explicar: "OK, Sammy, eu sei que você está puto. E eu não culpo você. Vamos esquecer que eu sou o *boss* e vamos acertar essa coisa toda, ahn, de homem pra homem, OK? Vamos esquecer as bobagens que eu disse. Palavras, *bullshit*, apenas e tão somente *bullshit*". Gravano finge aceitar a trégua. Meramente, apenas finge. Depois de um certo tempo, Gotti e Gravano voltam a ocupar compartimentos separados, no décimo-primeiro andar do cárcere metropolitano. Continuam, porém, a se encontrar, e a se enfrentar, verbalmente, nos momentos de recreação. Gravano flerta com a traição.

Fevereiro de 1991

No dia 22, a promotoria do caso Gotti apresenta uma moção, ao juiz federal I. Leo Glasser, solicitando a desqualificação dos advogados Bruce Cutler e Jerry Shargel. Seus argumentos: os dois aparecem, em citações, e mesmo em viva-voz, várias vezes, nas fitas gravadas pelo FBI no Ravenite Social Club, o que caracterizaria obstrução de justiça e também transformaria Cutler e Shargel em testemunhas potenciais num julgamento – embora, como advogados, ambos não pudessem depor contra seus clientes. No contra-ataque, Cutler e Shargel pedem que Glasser não admita as fitas como provas.

Março de 1991

Bruce Cutler convoca a mídia para uma entrevista e, abusando do seu estilo cinematográfico, acusa o Governo dos Estados Unidos de "perseguir" John Gotti. Imediatamente, o juiz I. Leo Glasser proíbe Cutler de qualquer atitude mercadológica que possa influenciar num futuro julgamento.

Maio de 1991

Rocco Moràbito, um dos líderes mais violentos e mais poderosos da *N'Dranghetta*, o equivalente calabrês da Máfia, desembarca em São Paulo com um passaporte falso e uma intenção objetiva: conseguir sócios para a construção de uma rede de tráfico de drogas – conectando Brasil, Estados Unidos e Itália. Entre os parceiros possíveis, Moràbito elege Waleed Issa Khmaiys, um terrorista jordaniano, procurado pela Interpol, pela DIA, pelo FBI e até mesmo pelo Mossad, o serviço secreto de Israel. Consta que, depois de organizar diversos atentados políticos na Itália e de contrabandear armas e heroína da Turquia para a Velha Bota, o jordaniano se ligou à *Cosa Nostra* e se refugiou no Brasil – provavelmente entre os anos de 1989 e 1990.

Julho de 1991

No dia 4, mesmo com John Gotti detido, seus homens, liderados por um amigo milionário, Lewis Kasman, tentam realizar a festa do *Independence Day* na Rua Mulberry. A celebração, porém, pateticamente fracassa. Muitos dos fogos falham – e alguns, inclusive, explodem, ferindo três dos presentes, um deles gravemente. Em vez de uma manifestação em favor de John Gotti, as câmeras de TV exibem feridos e sangue. Profético recado. No dia 19, o juiz I. Leo Glasser nega o pedido da defesa para a supressão das fitas gravadas no apartamento de Nettie Cirelli. E, no dia 26, em outro golpe contra as defesas de John Gotti, LoCascio e Gravano, o juiz Glasser também veta a participação dos seus advogados diletos, Bruce Cutler e Jerry Shargel, no julgamento.

Agosto de 1991

Rocco Moràbito e Waleed Issa Khmaiys abrem uma empresa de importação e de exportação com sede no bairro do Itaim-Bibi, em São Paulo, a fachada da sua operação de tráfico de drogas. Como auxiliares, Issa Khmaiys recorre a um sobrinho seu, Aymahn Rahteb, e a um sobrinho de Moràbito, Francesco Sculli. Na época, Khmaiys mora com Sandra, sua mulher brasileira, e seus dois filhos, num discreto apartamento de Perdizes, na Rua Cayowaa.

Em meses, incrível, a sua operação coleciona uma enorme fortuna em dólares e o jordaniano se obriga a instalar mais duas outras fachadas – uma madeireira no Butantã e uma lapidadora de pedras preciosas na Rua Sete de Abril, centro da cidade, através das quais passa a lavar a grana arrebatada com as drogas. Enfim, não resiste ao apelo da fortuna. Adquire uma mansão na Rua Luís Dib Zogaib do Morumbi, uma Mercedes-Benz e o impactante iate "Piu-Piu", de quase dez metros, que era de um famoso apresentador de televisão.

No dia 28, Albert Krieger e Benjamin Brafman são apresentados como os novos advogados de John Gotti, Frank LoCascio e Salvatore Gravano. O calvo Krieger, apelidado de "Kojak", já circulava desde os anos 60 no mundo dos mafiosos – havia defendido, algumas vezes, o *capo* Joe Bonanno em seus processos. No ritual de introdução dos dois advogados ao tribunal, Gravano surpreende os presentes ao saudar, sorridente, o promotor Andy Maloney. Naquela data, Gravano já tinha decidido testemunhar contra Gotti em troca da proteção do FBI – e de uma redução radical no rol das suas acusações.

Setembro de 1991

Secretamente, através de Matty Tricorico e Frank Spero, dois agentes do FBI, ambos de origem peninsular, Gravano insinua, pela primeira vez, oficialmente, a sua disposição de auxiliar a promotoria no processo contra John Gotti. Havia estabelecido uma relação de confiança e de respeito com os dois agentes, na noite da sua prisão, em dezembro de 1990 – em vez de confiscarem a grana que Gravano carregava, US$ 2.000,00, os agentes tinham topado entregar a quantia, pessoalmente, a Debra, mulher do *gangster*. Frank Spero e Matty Tricorico prometem levar a proposta do acordo adiante.

Outubro de 1991

No dia 24, em nome do governo, John Gleeson, da promotoria de Nova York, formaliza um acordo com Sammy Gravano. No dia 27, na ala 29-Norte do cárcere distrital de Nova York, John Gotti celebra o seu quinquagésimo-primeiro aniversário. Detentos levam presentes ao *capo*, desde salgados até doces de sobremesa. De repente, um guarda informa Gotti que ele recebeu uma ligação telefônica. O interlocutor de Gotti lhe diz que sente no ar um cheiro de rato – na gíria da Máfia, cheiro de traição. Coincidência, Gotti sai da ala 29-Norte em busca do *hall* da ala 29-Sul e, ao abrir a porta, depara precisamente com Gravano – que falava em um outro aparelho público.

Novembro de 1991

Detido desde 1974, o *capo* Luciano Liggio decide se aposentar e deixa de comandar, da prisão, a *Cosa Nostra* da Sicília. Liggio indica, como o seu lógico sucessor, o seu braço-direito de várias décadas, Totò Riina. Adoentado, Liggi prefere se dedicar a um hobby recente – a pintura. Quem vê os quadros do *capo* se surpreende. Consta que são de excelente qualidade artística.

Janeiro de 1992

No dia 21, sob a direção do juiz I. Leo Glasser, começa no Brooklyn, Nova York, o julgamento de John Gotti, Frank LoCascio e Sammy Gravano. Trata-se do quarto processo contra John Gotti em seis anos. A mídia denomina o evento de "*The Gangster Case of the Century*". Muito mais, porém, tratase da primeira vez, em um século, que um subchefe da Máfia depõe contra o seu *capo*. Para conquistar a simpatia da mídia e intimidar os eventuais jurados, o clã Gotti organiza uma série de manifestações nos arredores do tribunal.

Fevereiro de 1992

Por toda Nova York, de Manhattan ao Brooklyn e até Queens, amigos de Gotti começam a espalhar filipetas e *folders* que denunciam Gravano como um *rat*, um rato, um reles e vil traidor. No tribunal, o juiz Glasser diz a Gotti que a distribuição de tais folhetos pode criar uma espécie de "envenenamento" dos eventuais jurados. Gotti se indigna com a insinuação do juiz e se declara não-responsável pela distribuição. Numa reação intempestiva, o *gangster* fita a bancada da promotoria e lhe aponta a mão, o seu dedo maior em riste.

No dia 5, o juiz Glasser decide que, em qualquer circunstância, o caso terá um júri anônimo. Absolutamente ninguém, da promotoria, da defesa ou da imprensa, conhecerá os nomes e, claro, os endereços dos convocados.

No dia 6, absolutamente exausto e irritado com as pressões da Família Gotti, o juiz Glasser ameaça transferir o julgamento para uma outra cidade qualquer. No plenário, abusado e provocador, Gotti comenta, em voz alta, com Frank LoCascio: "E para onde o cara vai levar esta trolha? Stuttgart?" Naquela mesma data, Gotti havia recebido uma carta de um fã seu da Alemanha.

No dia 12, o promotor Andy Maloney apresenta ao tribunal os seus argumentos iniciais contra John Gotti. Num terno acinzentado, a gravata nas cores da bandeira norte-americana, o promotor acusa Gotti de "morder a sua própria língua" e de se "enforcar em suas próprias declarações", aquelas das fitas gravadas no apartamento de Nettie Cirelli. Na sua réplica, Albert Krieger se esforça para caracterizar Sammy Gravano como um homem motivado pelo rancor e pela autopreservação. Frase de Krieger: "Nesta sala, não dispomos de espaço suficiente para acomodar tantas pessoas como as vítimas de Gravano". Sobre o linguajar agressivo de John Gotti nas fitas gravadas, Krieger justifica: "Um homem não pode ser punido apenas por ignorar as boas maneiras".

Muitas celebridades preenchem a platéia do tribunal. Dentre elas, dois atores celebrados: Mickey Rourke e Anthony Quinn – que inclusive se achega a John Gotti e o cumprimenta com efusão. Anos depois, Quinn iria representar Aniello Dellacroce num filme sobre a queda da Família Gambino/Gotti.

Joe Armone, o primeiro *underboss* de John Gotti, morre de causas naturais, numa prisão federal, aos 74 anos de idade. Armone assumira o seu encargo logo depois de Gotti herdar a posição que fora de Paul Castellano. Preso no Natal de 1987, Armone se recusou a testemunhar contra a Máfia e contra os seus companheiros de clã, se mantendo religiosamente fiel ao código da *Omertà*. Armone seria enterrado, sem qualquer platéia, em 1/03/92.

Março de 1992

No dia 2, depois de semanas de prolegômenos e de manobras formais, enfim Salvatore Gravano se apresenta ao tribunal como a principal testemunha da acusação contra John Gotti e Frank LoCascio. Em nove dias tensíssimos de depoimentos, inquirições e contra-inquirições, no meio dos quais mal celebra o seu quadragésimo-sétimo aniversário, Gravano evita cruzar os olhos com o *capo*. Mas não perde sua fleugma, nem sua firmeza. Apertado por Al Krieger, admite que se tornou um *rat*. Admite ter participado de dezenove assassinatos, sim ou não como integrante do clã Gotti. E conecta o seu ex-*capo* na morte de Paul Castellano e numa imensidão de outros crimes e de contravenções.

No dia 23, pela promotoria, John Gleeson, um dos assistentes de Andy, Maloney, encerra os seus trabalhos conclamando o júri à condenação. Frase de Gleeson: "As evidências contra Gotti e contra LoCascio são sufocantes".

No dia 24, a defesa também conclui as suas refutações.

Os sumários finais das duas equipes se arrastam até o dia 31 de março – então, numa tréplica, Andy Maloney comete um inacreditável escorregão, que poderia destruir a sua acusação. Chama John Gotti de líder de uma Família de assassinos e completa: "Os senhores do júri seriam menos do que humanos se não se sentissem pessoalmente preocupados diante de figura tão nefanda".

Imediatamente, Al Krieger solicita a anulação do julgamento, afirmando que Maloney se utilizara de tal frase, propositadamente, para apavorar o júri: "A promotoria acaba de lançar uma granada no cenário das deliberações".

O Juiz Glasser discorda, assegurando ao júri: "Jamais, na história deste tribunal, um jurado sofreu por ter cumprido as suas obrigações legais".

No mesmo dia 31, o júri se reúne, para dar o seu veredito.

Abril de 1992

No dia 2, depois de 36 horas de deliberações, o júri condena John Gotti e Frank LoCascio em todos os treze ítens apresentados pelos acusadores da procuradoria. Troy, um dos filhos de LoCascio, grita: "Injustiça!" Ao lado de Al Krieger, embora murcho pelo resultado, John Gotti afirma, alto o suficiente para a mídia escutar: "Tudo bem. Nós vamos recorrer, vamos!" O juiz Glasser dispensa o júri e anuncia que pronunciará a sua sentença em dois meses.

Graças às informações fornecidas por alguns agentes secretos da DIA no Brasil, a Polícia Federal fica sabendo que Rocco Moràbito voltou ao país, desembarcando no aeroporto de Guarulhos, exatamente no dia 10. A Federal, porém, não consegue rastrear os passos do comandante da *N'Dranghetta*.

Maio de 1992

Filippo Abbate, um proeminente mafioso, sempre presente na lista dos criminosos mais procurados do mundo, se instala em São Paulo, num bairro da Zona Sul, e abre uma empresa de comércio de couro e de calçados.

No dia 23, nas vizinhanças de Capaci, na auto-estrada entre Palermo e Punta Raisi, uma bomba de controle remoto, administrada à distância e colocada num automóvel largado no acostamento, destrói a Croma blindada em que viajavam o magistrado Giovanni Falcone e a sua mulher, a juíza Francesca Morvillo. A brutal detonação, absolutamente cirúrgica, produzida por mais de uma tonelada de explosivos, abre no local uma cratera gigantesca, de cinqüenta passos de diâmetro, e arrebenta cerca de cem metros do concreto da rodovia. Os três agentes que escoltavam o casal, num outro carro, também morrem, instantaneamente. Aliás, o veículo dos guarda-costas é arremessado, pelo impacto, a um quarteirão de distância. Falcone não deixa herdeiros. Costumava dizer: "Eu não quero ter filhos. Para não fazer órfãos".

Junho de 1992

De novo, informantes da DIA no Brasil notificam a Polícia Federal da presença, em algum lugar do país, de Antonino Salomone, prestes a sofrer mais um julgamento, como revel, ou ausente, na cidade de Palermo. Salomone acaba condenado a quase oito anos de detenção. Continua livre, porém.

No dia 23, o juiz I. Leo Glasser sentencia John Gotti e Frank LoCascio a múltiplas penas perpétuas, cumulativas, sem nenhuma chance futura de uma comutação. De acordo com a Lei, Glasser concede a Gotti a possibilidade de falar – mas o *capo* abdica do seu direito. LoCascio, de todo modo, não refuga: "Eu sou culpado de ser um bom amigo de John Gotti. Houvesse mais homens como John Gotti no mundo, nós viveríamos numa nação muito melhor".

No dia seguinte, exatamente às 7h35, agentes federais conduzem Gotti, por avião, ao seu lar definitivo, a Penitenciária de Marion, em Illinois.

No dia 25, em Howard Beach, morre o pai senil de John Gotti.

Julho de 1992

Sob o pretexto de comprarem uma casa de praia no Ceará, nordeste do Brasil, Waleed Issa Khmayis e o seu sobrinho, Aymahn Rahteb, levam o "Piu-Piu", rebatizado de "Bruno", por mar, até Fortaleza. Na verdade, o jordaniano viaja em busca de uma carga de cocaína puríssima, importada da Bolívia por um seu colaborador, Dion Luiz Marques, conhecido estelionatário, também procurado pela polícia. O plano de Khmayis: encher o "Bruno" com as drogas, seiscentos quilos de cocaína, e navegar até bem além do limite oficial das duzentas milhas náuticas, cerca de 360 quilômetros, fora da jurisdição da Marinha do Brasil. Então, transferiria a sua carga a um barco pesqueiro, que a conduziria no rumo da Itália. Em Fortaleza, o jordaniano se encontra com Dion Luiz Marques, com Francesco Sculli, com um outro líder da *N'Dranghetta*, Antonio Sanguedolce, e com os libaneses Mounir Georges El Khadamani e Ali Ajaj Jaafar. O grupo checa toda a carga, que um motorista de confiança, Laércio Penafiel, havia transportado por automóvel. Mas acaba flagrado pela Federal. Preso, Khmayis é condenado a nove anos de cadeia.

No dia 19, numa Croma blindada, o magistrado Paolo Borsellino chega à Via Mariano D'Amelio, em Palermo, onde mora sua mãe. A escolta do juiz, sempre cartesiana, não considera suspeita uma vetusta Fiat 600, estacionada nas imediações. Borsellino desce tranqüilamente da Croma e, num velho portão, entre os números 19 e 21, aperta o botão da campainha. Ao mesmo tempo, à distância, alguém aciona um detonador por controle remoto. A Fiat, com cerca de cinqüenta quilos de explosivos no seu interior, se inflama de maneira devastadora e se desintegra, voando no ar por trinta metros. O juiz falece instantaneamente, de tal forma destruído que, depois, será impossível a reconstituição do seu corpo. Também morrem cinco agentes que acompanham Borsellino. Mais de três dezenas de outros carros se arruinam. Os vidros das janelas, no bairro, se estilhaçam, até, a cinco quarteirões de distância.

No dia 20, Aldo Rizzo, prefeito de Palermo, e Vittorio Teresi, o juiz-suplente de Paolo Borsellino, pedem as suas demissões. O governo da Itália anuncia severas medidas de exceção para combater o crime organizado.

No dia 21, bem à frente da Catedral de Palermo, ao fim da missa em homenagem à memória do juiz Paolo Borsellino, manifestantes anti-Máfia insultam e ameaçam de agressão Oscar Scàlfaro, o presidente da Itália, e o seu primeiro-ministro, Giuliano Amato, presentes à cerimônia. Uma greve geral paralisa a cidade durante oito horas. Acontecem protestos equivalentes, contra o terrorismo, em praticamente todas as principais cidades da Bota.

Sempre com o seu invariável olhar valente e com o seu topete rebelde, Leoluca Orlandi, ex-prefeito de Palermo, concede uma radical entrevista ao jornal "El País", de Madrid, Espanha. Nela, Orlandi verbera a corrupção que contamina a sua pátria – e não poupa os políticos tradicionais, como Giulio Andreotti, proeminente líder do Partido Democrata Cristão, senador vitalício, sete vezes premiê da Bota, e o socialista Bettino Craxi, também um ex-premiê. "Chega dessas mesmas caras", ele lastima. "Chega dos elos que conectam os políticos e os Mafiosos. Chega da impunidade que nos corrói e nos mata".

Outubro de 1992

Também no signo de Escorpião, como o seu avô, nasce o primeiro filho homem de Junior Gotti e Kim Albanese – que é batizado de John, claro.

Novembro de 1992

Em uma entrevista a Eduardo Tessler, o correspondente de "O Globo", em Roma, o deputado Luciano Violante, do Partido Democrático da Esquerda, presidente da comissão anti-Máfia do parlamento da Bota, afirma a respeito do Brasil: "Por causa do seu alto nível de instabilidade, os países da América Latina servem perfeitamente ao depósito de dinheiro, ao seu trânsito e à sua lavagem. Mas esse dinheiro sempre retorna a uma nação mais segura".

No dia 17, a "Operação Leopardo", mobilização gigantesca da DIA, com mais de dois mil policiais em ação, consegue prender, simultaneamente, em toda a Bota, 86 pessoas suspeitas de ligação com o crime organizado. Outras 106 recebem notificações judiciais para não saírem de seus domicílios, enquanto esperam por posteriores e mais profundas investigações.

Dezembro de 1992

No dia 3, apenas 72 horas depois de ser acusado de cúmplice da Máfia por Gàspare Mùtolo, um *pentito*, a quem ele próprio havia ajudado a condenar a dezessete anos de prisão, Domenico Signorino, um promotor-adjunto de Palermo, se mata com uma bala na cabeça. Num bilhete, que dirige a Velia, a sua mulher, Domenico Signorino lhe pede perdão e se declara inocente.

No dia 24, a véspera de Natal, em Palermo, a DIA detém Bruno Contrada, um portentoso ex-integrante do serviço secreto da Bota na batalha contra o crime organizado. Entre outras coisas, Contrada é acusado de trair a sua causa e de colaborar com a Máfia nos atentados contra os juízes Giovanni Falcone e Paolo Borsellino. Contrada havia se destacado, em 1984, pela violência desnecessária com que tratara o *pentito* Don Masino Buscetta, recém-rendido ao magistrado Falcone. Num inútil interrogatório, na prisão do Ucciardone, na capital da Sicília, não acontecesse a interferência de Giuseppe Russo, um auxiliar direto de Falcone, os dois literalmente se engalfinhariam. Já existia, então, uma suspeita das ligações de Contrada com os corleoneses de Luciano Liggio e, inclusive, com o supertraficante John Gambino.

Janeiro de 1993

No dia 15, enfim, a DIA prende Totò Riina, foragido das forças da Lei, na Itália, desde 1969. Um revel, condenado à prisão perpétua, *in absentia*, em 1987, junto com o seu sub, Giovanni Brusca, pela morte de um traficante rival, o *capo* entrava placidamente em Palermo quando o seu carro acabou cercado por uma patrulha de policiais. Encarcerado na prisão de Rebibbia, em Roma, Riina aceita conceder uma entrevista coletiva, inclusive com a presença das câmeras da RAI, a rede estatal da Bota. Na entrevista, com um sorriso maléfico, ele ironiza o conceito do *pentito*: "Essa coisa de arrependimento, essa coisa de fazer uma auto-crítica em público, é uma invenção dos nossos maiores inimigos, os comunistas camuflados no governo. O *pentito* não passa de um mentiroso, que tenta salvar a pele". Detido Riina, os corleoneses se alvoroçam – e se fragilizam. Nitto Santapaola, o *capo* da Máfia em Catânia, no lado leste da Sicília, assume o comando provisório da *Cosa Nostra*.

Ah, crudelíssimo Santapaola: certa ocasião, ao saber que quatro garotos, numa *piazza* de Catânia, haviam arrancado, abruptamente, a bolsa de sua mãe, determinou o imediato estrangulamento dos pivetes. Logo, ao menos dois outros *gangsters* se insurgem contra Santapaola: o já veterano Mariano Tullio Troia, de 60 anos, e o jovem Pietro Aglieri, de 34. A polícia, aliás, vem tentando a captura de Tullio Troia e de Aglieri desde o final de 1989. A DIA prevê uma imediata e sangrenta guerra entre as três facções. Ocorre, no entanto, bem o contrário: uma cautelosíssima retração da Máfia na Itália.

Fevereiro de 1993

Graças às direções proporcionadas por alguns informantes da DIA no Brasil, a Polícia Federal prende, no Jabaquara, bairro da Zona Sul de São Paulo, um dos principais chefes da *Camorra*, a Máfia dos napolitanos – Paulo Àngeli, de 34 anos. Acusado de assaltos, de assassinatos e de seqüestros, Àngeli estava condenado, na Itália, a quinze anos de cadeia. Afortunado, o *gangster* imediatamente consegue evitar a sua extradição – por ter-se casado com uma brasileira, Janete Silveira, com quem tinha, então, dois filhos.

Abril de 1993

Num depoimento à Justiça da Itália, Tommaso Buscetta oficialmente acusa Giulio Andreotti de ligações com a Máfia. De mentor do assassinato do jornalista Mino Pecorelli, em 20 de março de 1979. Do atentado que destruiu o general Carlo Alberto Della Chiesa e a sua jovem esposa, Emmanuela Setti, ao voltarem da sua lua-de-mel, 3 de setembro de 1982. Graças às denúncias de Buscetta, a promotoria solicita, ao parlamento da Bota, licença para indiciar Andreotti – um senador vitalício. O parlamento hesita, mas concede a licença. A promotoria inaugura dois processos contra o ex-premiê: o Caso Máfia e o Caso Pecorelli. Não consegue construir, porém, um Caso Della Chiesa.

Embora aos 75 anos, Antonino Salomone repete a sua rotina diária e, de manhãzinha, sai do seu prédio, no Condomínio Outeiro, para realizar o seu *cooper* entre os arvoredos do Parque do Ibirapuera. Quando retorna à sua casa, porém, pouco antes do almoço, é preso pela Federal no *hall* de entrada do edifício. Segue, algemado, até o cárcere da PF. Por causa da sua idade, e dos seus documentos de naturalização, escapa da deportação – e é meramente obrigado, pelo Supremo Tribunal Federal, ao prazer da prisão domiciliar.

Maio de 1993

Numa atitude inédita até então, a Igreja Católica, várias vezes acusada de tolerância e inclusive de cumplicidade com a Máfia, faz uma manifestação pública contra o crime organizado. O evento, viril, acontece em Agrigento, onde havia morrido, em 1990, o juiz Rosàrio Livatino. Presente, o Papa João Paulo II se compromete, num pronunciamento, a liderar uma reação.

Junho de 1993

Por causa do refluxo da Máfia, a DIA também captura Nitto Santapaola e Giuseppe Madonìa, outros colaboradores de Luciano Liggio e de Totó Riina. Santapaola é preso nos arredores de Catânia. Madonìa é interceptado enquanto tenta escapulir para a Alemanha, via Suíça. Numa semana, a DIA fica sabendo que Giovanni Brusca, autorizado à distância por Riina, assumiu a posição de novo *capo* dos corleoneses. Brusca, aliás, lidera uma violentíssima retaliação à prisão dos seus amigos, explodindo bombas através da Itália inteira. Na mais estúpida das suas ações, quase destrói a Galleria degli Uffizzi, em Florença.

Numa veloz represália, a Justiça da Itália inaugura vários processos paralelos contra Giuseppe Madonìa, Totò Riina e mais 22 outros líderes dos corleoneses, alguns deles ainda em liberdade, escondidos. Um dos processos ressuscita, onze anos depois, o Caso Pio La Torre – importante parlamentar, líder do Partido Comunista, assassinado em 30 de abril de 1982. Outro dos processos resgata o Caso Falcone. Um terceiro, o Caso Borsellino. Antes de os julgamentos começarem, a Justiça consegue despojar os corleoneses de uma fortuna descomunal – o arresto sumário de 63 empresas supostamente legais, de 250 contas bancárias, de 202 edifícios, 43 lotes de terra, 262 carros e seis iates majestosos, sossegadamente ancorados numa marina de Palermo.

Agosto de 1993

Graças às direções proporcionadas por alguns informantes da DIA no Brasil, a Polícia Federal prende, no Rio de Janeiro, um dos personagens mais na moda na cidade, o siciliano Marco Pugliesi, freqüentador de colunas sociais e dono do restaurante I Pagliacci, em Ipanema. Condenado, na Itália, por assaltos, por tráfico de drogas e até por seqüestros, Pugliesi se exibia nas noites cariocas como um herdeiro milionário e um *playboy* internacional.

Setembro de 1993

Filippo Abbate se muda para a Bahia e, no litoral, começa a investir, pesadamente, em hotéis, bares, restaurantes – e em fazendas de cacau.

Outubro de 1993

No dia 8, uma corte federal fulminantemente rejeita uma apelação judicial de John Gotti e Frank LoCascio, reclamando contra a exclusão de seus advogados diletos, Bruce Cutler e Jerry Shargel, do seu time de defesa.

O FBI prende e indicia o traficante John Gambino.

Dezembro de 1993

Finalmente, o *gangster* Marco Pugliesi é extraditado para a Itália.

Janeiro de 1994

No dia 1º, Rudolph Giuliani presta juramento como o centésimo-sétimo prefeito de Nova York, apoiado por uma coligação de três partidos, o Liberal, o Republicano e o Independente. Exclusivamente pelo Republicano, Giuliani já havia se candidatado ao cargo em 1989 – perdendo a eleição, porém, para o democrata David Dinkins, uma diferença de apenas 47.000 sufrágios.

Testemunha dos processos que a Justiça da Bota move contra Totò Riina, Giuseppe Madonìa e outros 22 chefes importantes da Máfia na Sicília, o deputado Nando Della Chiesa, filho do general Carlo Alberto, assevera ao tribunal que, já em 1982, algum tempo antes de morrer, seu pai lhe havia dito: "Giulio Andreotti faz jogo duplo". O deputado afirma que, na época, não conseguira entender completamente a observação do general, apenas aclarada depois de Masino Buscetta, em seu depoimento, acusar Andreotti de mentor do atentado que exterminou o general e a sua mulher, Emmanuela Setti.

Março de 1994

Em campanha eleitoral pela prefeitura da vila de Corleone, o professor Giuseppe Cipriani se compromete a varrer a Máfia da sua região – 12.000 habitantes. Mesmo sob ameaças de morte, Cipriani ganha o pleito com larga vantagem e, arriscadamente, começa a visitar as esposas dos mafiosos do lugar. Nas suas conversas com as mulheres, o professor pede a elas que sejam fortes e impeçam os filhos de seguirem as carreiras criminosas dos pais. Numa ostensiva provocação, Cipriani rebatiza a praça principal de Corleone com os nomes de Falcone e de Borsellino. A Máfia reage, vandalizando as placas com os nomes dos magistrados. Sempre que isso acontece, porém, Cipriani coloca novas placas no lugar – encenando uma reinauguração simbólica da praça.

Abril de 1994

No dia 12, com o máximo de cobertura da mídia da Itália, e até mesmo de fora dela, começa, em Palermo, o julgamento de Bruno Contrada. Os seus acusadores pedem ao tribunal uma pena mínima de quinze anos de prisão.

Junho de 1994

Nos EUA, impiedosamente, uma corte federal sentencia Bruce Cutler, o advogado favorito de John Gotti, a noventa dias de prisão domiciliar – e mais uma multa de US$ 5.000,00. A corte ainda retira de Cutler o direito de exercer a sua profissão, em todo o Distrito Leste de Nova York, por seis meses.

Agosto de 1994

Em troca de proteção para si mesmo, para a sua mulher e para os dois filhos do casal, Umberto Ammaturo enfim decide colaborar com a Justiça da Itália. Ammaturo aceita a extradição e vira uma testemunha anti Máfia.

Setembro de 1994

No dia 26, na mesma sala e no mesmo tribunal em que John Gotti fora condenado à prisão perpétua, Salvatore Gravano recebe do juiz I. Leo Glasser uma punição de meros cinco anos de cadeia, contados a partir da data da sua detenção, em dezembro de 1990. Apesar dos dezenove crimes que admitiu no julgamento de Gotti, Gravano escuta elogios do FBI como "a mais importante testemunha a ostensivamente cooperar com o governo dos Estados Unidos em toda a história da luta anticrime no país". O juiz Glasser declara Gravano capaz de obter a sua libertação – incondicional – já em março de 1995. No entretempo, Gravano escreve um livro particularmente ousado e agressivo, *Underboss: Sammy The Bull Gravano's Story of Life in The Mafia*, em parceria com o jornalista Peter Maas, a ser publicado tempos depois. Consta que Debra, a mulher de Gravano, e os seus filhos, Karen e Gerard, humilhados pelas revelações do processo, repudiam Sammy e desaparecem de cena.

Outubro de 1994

John Gleeson deixa a promotoria e se torna juiz federal, nomeado pelo presidente Bill Clinton. O seu juramento, no cargo, acontece no dia 24, exatos três anos depois de Gleeson fechar o seu acordo com Sammy Gravano.

John Gambino é condenado a quarenta anos de cadeia.

Janeiro de 1995

Graças às direções proporcionadas por alguns informantes da DIA no Brasil, a Polícia Federal localiza, no Estado de São Paulo, dois perigosos pistoleiros da Máfia dos corleoneses, ambos fugidos da Justiça da Itália, cada um deles condenado a dezoito anos de prisão pelos assassinatos de *carabinieri* de Palermo. Gaetano Sant'Angelo, que se escondia num sítio de São Roque, a meia hora da capital, onde trabalhava como caseiro, acaba preso. Vincenzo

Ferrantelli, que se fingia de primo de Sant'Angelo, escapa ao cerco e desaparece novamente. Sant'Angelo e Ferrantelli já estavam no Brasil, provavelmente, desde 1993. Consta que ambos entraram no país via Paraguai, com passaportes falsos e com a ajuda de um piedoso frade franciscano.

Março de 1995
De fato, funciona perfeitamente o acordo de Sammy Gravano com o FBI e com a Justiça dos Estados Unidos. Menos de sete meses depois da sua suavíssima condenação, Gravano ganha o prêmio da liberdade incondicional e, imediatamente, entra para o plano de proteção das testemunhas do FBI.

Julho de 1995
Antonino Salomone consegue se livrar da prisão domiciliar.

Julho de 1995
Bruno Contrada sai da prisão. Um recurso lhe permite responder ao seu processo em liberdade, apesar dos protestos das entidades anti-Máfia.

Agosto de 1995
Graças às direções fornecidas por alguns informantes da DIA no Brasil, a Polícia Federal localiza, em Salvador, na Bahia, o *gangster* Filippo Abbate. A Justiça da Itália pede a sua deportação. Abbate, afinal, tem a cumprir, na Bota, uma pena de 24 anos de cadeia. Enfim, é extraditado.

Setembro de 1995
Um relatório oficial da Interpol, remetido ao Ministério da Justiça do Brasil, informa que, naquela época, ao menos cinqüenta importantes membros da Máfia dos corleoneses estavam instalados em diversas cidades do país – exatos 25 deles na capital de São Paulo. No dia 29, Enzo Portaccio, um diretor da Interpol na Itália, concede uma rara entrevista à repórter Assimina Vlahou, de "O Estado de S. Paulo", e garante que existe um acordo entre as polícias do Brasil e da Bota para a detenção dos criminosos fugidos da Sicília.

Janeiro de 1996
No dia 4, John Gotti apresenta mais uma apelação à Justiça Federal dos EUA, alegando a improbidade de Sammy Gravano como a testemunha básica de seu julgamento. A corte rejeita a apelação e mantém Gotti em Marion.

Depois de 22 audiências, a promotoria de Palermo solicita e consegue a condenação de Bruno Contrada – não quinze, mas doze anos de cadeia.

Abril de 1996

Principiam, na Itália, os dois julgamentos paralelos em que a promotoria e a DIA acusam Giulio Andreotti da morte do jornalista Mino Pecorelli e de envolvimento com a *Cosa Nostra*. Por razões de segurança, a Justiça decide realizar os julgamentos não em Palermo – mas em Pádua e em Perúgia, duas cidades do norte da Bota. Teme que a Máfia elimine a principal testemunha da acusação, o *pentito* Tommaso Buscetta, sob a proteção, inclusive, do FBI.

Maio de 1996

A DIA consegue prender Giovanni Brusca, escondido numa fazendola dos arredores de Corleone, e o acusa de participar do atentado que trucidou o juiz Falcone. Eufórico, o prefeito Giuseppe Cipriani sai às ruas da sua cidade, seguido por cerca de setecentos estudantes, aplaudindo a DIA pela missão.

Junho de 1996

Numa aparição audaciosamente inédita, insólita, sem nenhuma espécie de proteção, inclusive sem a tradicional tela escura que camuflava as faces das testemunhas anti-Máfia, o *pentito* Tommaso Busceta se apresenta diante de um tribunal, em Pádua, no Vêneto, cerca de 1.300km ao norte de sua cidade, Palermo, para depor contra Giulio Andreotti no Caso Pecorelli. As denúncias de Buscetta também envolvem Clàudio Vitalone, um ex-ministro do Comércio Exterior da Itália; dois poderosíssimos *capi* da Máfia da Sicília, Gaetano Badalamenti e Giuseppe Calò; e mais dois pistoleiros procurados pela polícia, Michelangelo La Bàrbera e Màssimo Carminati. A promotoria pede a prisão perpétua para os seis acusados, alegando que Andreotti e Vitaloni solicitaram à Máfia a morte do jornalista. Diz que Pecorelli havia descoberto as conexões de Andreotti e de Aldo Moro, outro ex-premiê do PDC, com a *Cosa Nostra*. Segundo a promotoria, as revelações de Pecorelli destruiriam os democratas-cristãos. Na sua defesa, Andreotti diz não passar de vítima em um complô.

Novembro de 1996

No dia 18, durante um encontro promovido pela Universidade de São Paulo, o senador italiano Pino Arlacchi, presidente da Comissão Parlamentar

Anti-Máfia da Bota, também autor do livro "Adeus à Máfia: As Confissões de Tommaso Buscetta", adverte que a presença de figuras do crime organizado no Brasil é coisa antiga. Frase textual de Arlacchi: "Os mafiosos escolheram o Brasil para limparem e para aplicarem, nele, o seu dinheiro sujo". No mesmo evento, Nélson Jobim, o ministro da Justiça do governo de Fernando Henrique Cardoso, promete tomar providências para que todas as pessoas envolvidas em lavagem de dinheiro tenham os seus bens devidamente seqüestrados.

Abril de 1997

Com o rosto completamente modificado por várias cirurgias plásticas, aparentando bem menos do que os seus efetivos 51 anos de idade, Sammy Gravano faz uma aparição bombástica no programa de TV da apresentadora Diane Sawyer. O assunto empolga tanto que, encerrada a hora regular do programa, a jornalista promete repor Gravano no ar, em um especial, no dia seguinte. Gravano não poupa o público de Sawyer das partes mais violentas de sua carreira mafiosa – mas jura que, em apenas um dos dezenove assassinatos a ele imputados, o primeiro, em 28 de fevereiro de 1970, pessoalmente deu os tiros fatais. Frase dramática do *gangster*, para explicar a sua participação nos outros dezoito episódios: "Quando você se envolve num negócio desses, não interessa a posição que ocupa". O programa bate recordes de audiência.

Junho de 1997

No dia 6, numa atordoante entrevista, divulgada pelo *website* do diário "The Washington Post", dos Estados Unidos, o jornalista Pierre Salinger, ex-secretário de imprensa do governo de John Kennedy, declara que o presidente e o seu mano Robert foram assassinados pela Máfia. Dois dias depois, o texto desaparece, misteriosamente, sem rastros, dos arquivos do *website*. Salinger se nega a desmentir a entrevista. E o "Post" se recusa a comentar o episódio.

Graças às direções proporcionadas por alguns informantes da DIA no Brasil, em três ações paralelas, e fulminantes, a Interpol, a Polícia Federal e um grupo de elite de oficiais dos *carabinieri*, especialmente enviados pela Justiça da Bota, prendem três criminosos italianos refugiados no país. No Rio de Janeiro, Loredana Mingardini, de 32 anos, acusada de coordenar uma operação de tráfico de drogas entre o Brasil e a Itália. Em Pernambuco, no Recife, Franco Palmerini, 41, que se apresentava como investidor no ramo de restaurantes e de hotéis – mas que não passava do chefe de uma quadrilha de assaltantes de bancos. E, em Maceió, Alagoas, Domenico Verde, 49, autor de um golpe fraudulento de US$ 45.000.000,00 na estatal peninsular de ferrovias. Verde já havia obtido a sua naturalização como brasileiro e curtia a construção de um palacete formidável na praia da Guaxuma, perto da casa de veraneio de P. C. Farias, o tesoureiro da campanha presidencial de Fernando Collor.

Na Sicília, a DIA e a promotoria enfim capturam o *capo* Pietro Aglieri, procurado desde 1989. Armados inclusive com granadas, cinqüenta policiais cercam o esconderijo do *gangster* – enquanto outros 250 permanecem no seu *back-up*, a retaguarda da operação. Aglieri, porém, não oferece resistência.

Agosto de 1997

O governo dos Estados Unidos enfim repassa adiante o velho imóvel da Rua Mulberry em que se localizava o Ravenite Social Club – no qual a gangue de John Gotti costumava se reunir. Desapropriado em meados de 1992, sem direito a indenização, o edifício ficou abandonado por sete anos, até ser vendido, por cerca de US$ 1.300.000.000,00, a uma empresa especializada em recuperação de construções, a mesma firma proprietária da famosa discoteca Studio 54. No dia 12, graças ao alvará de código 16193866-OYECOT, uma equipe de restauradores começa a transformar o Ravenite em butique.

Setembro de 1997

No dia 26, a Justiça da Bota sentencia, com a prisão perpétua, Giuseppe Madonìa, Totò Riina e mais 22 mafiosos acusados de participarem, direta ou indiretamente, do brutal atentado que trucidou o juiz Falcone. Dentre os 22, se incluem Giovanni Brusca e Pietro Aglieri. Os condenados apelam. E pedem um novo julgamento, enfim marcado para cerca de quinze meses depois.

Novembro de 1997

Graças ao seu sucesso formidável na redução dos índices de violência e de criminalidade em Nova York, o ex-promotor Rudolph Giuliani consegue a sua reeleição ao cargo de prefeito de Nova York, o primeiro bi de um membro do Partido Republicano – desde Fiorello LaGuardia, na década de 30.

Dezembro de 1997

As famílias de pelo menos quatro das dezenove vítimas assumidas por Sammy Gravano, nos seus depoimentos contra John Gotti, decidem processar o ex-*consigliere*, civilmente. Cumprida a sua pena, Gravano já não pode mais ser condenado pelos crimes que cometeu ou que testemunhou. De todo modo, as famílias pedem à Justiça indenizações de vários calibres – por exemplo, o seqüestro dos lucros obtidos com o seu livro *best-seller* de memórias.

Janeiro de 1998

No dia 21, na cadeia de Westchester, subúrbio de Nova York, o FBI indicia Junior Gotti, acusado de extorsão e de ser um novo líder da quadrilha que o seu pai ainda comandaria, mesmo dentro da Penitenciária de Marion.

Março de 1998

Quase quinze anos depois dos primeiros depoimentos de Tommaso Buscetta à Justiça de Palermo e à Justiça dos EUA, tiros de carabina matam Domenico, um seu sobrinho, sem relação com a Máfia. No total, chegam a 33 as pessoas assassinadas pelos corleoneses na sua *vendetta* contra Buscetta.

Junho de 1998

Antonino Salomone morre, em São Paulo, de ataque cardíaco, aos 81 anos de idade. Pouquíssimas pessoas vão ao enterro. Consta que, em toda a sua vida de mafioso, Salomone participou de exatos 119 homicídios.

Setembro de 1998

No dia 15, em Palermo, numa operação conjunta eficientíssima, a DIA e os *carabinieri* prendem, enquanto dormia, o *capo* Mariano Tullio Troia.

O militar romano Angiolo Pellegrini, um coronel do exército da Bota, superintendente do Centro de Operações da DIA em Reggio Calabria, 56 anos de idade e 32 de experiência na guerra contra o crime organizado, faz uma palestra em Guarulhos/SP, Brasil. Trata-se da sua oitava visita ao país em duas décadas. Nas sete anteriores, com o beneplácito do Ministério da Justiça e da Polícia Federal, o coronel, integrante da equipe de Giovanni Falcone e de Paolo Borsellino, viera em busca de mafiosos que haviam obtido a cidadania brasileira, aqui montando empresas diversas, principalmente restaurantes. Sua primeira tarefa: co-escoltar Don Masino Buscetta. Também coube a Pellegrini tentar a captura e a deportação de Antonino Salomone, uma missão frustrada. Na sua palestra, Pellegrini aponta o Brasil como o terreno mais apetitoso para o franco desenvolvimento dos negócios do crime organizado no planeta: "É uma nação em desenvolvimento, onde se lava muito fácil o dinheiro sujo."

Numa entrevista coletiva improvisada e bastante conturbada, à saída de um hospital penitenciário em Springfield, Missouri, onde o seu pai, John

Gotti, acaba de se submeter a uma série de exames, Victoria Gotti admite, oficialmente, que o ex-*capo* sofre de câncer na garganta – e que, em dias, será submetido a uma complicadíssima operação. Autora de vários livros de suspense, com um sucesso razoável em seu mercado, Victoria revela, textualmente, uma fase do progenitor: "Ainda bem que não aconteceu com algum dos meus netos, ou com algum dos meus filhos". Victoria também diz que, ao se despedir de Gotti, disse a ele: "Eu amo você". Resposta do pai: "E eu amo você, mais ainda". A conversa se encerrou com a tréplica da garota: "*Daddy*, por favor, deixe pra lá. Hoje, não vou discutir nada com você".

No dia 27, John Gotti se submete a uma delicada cirurgia de garganta para extirpar um tumor alojado entre as suas amígdalas e a parte superior da sua faringe. Numa rápida ligação telefônica, Victoria Gotti, filha do *capo*, manifesta ao advogado Bruce Cutler a esperança de que o seu pai conseguirá se recuperar integralmente: "O meu ídolo vai sobreviver, inteirinho". De fato, Gotti passa por 36 rudes sessões de radioterapia – e o seu câncer regride.

Outubro de 1998

No dia 9, graças a uma fiança de US$ 10.000.000,00, paga por sua mãe, por sua mana e por um batalhão de amigos, Junior Gotti recupera a liberdade. Sai da cadeia a bordo de uma alva Mercedes S-420, da irmã. Ao chegar em sua casa, na Oyster Bay de Queens, arrabaldes de Nova York, é recebido pelos quatro filhos – que o saúdam com cartazes: "*Welcome home, Daddy*".

Abril de 1999

No dia 19, num julgamento de segunda instância, a Justiça de Palermo volta a solicitar uma sentença de prisão perpétua para Giuseppe Madonìa, Totò Riina e os outros 22 mafiosos acusados de envolvimento no atentado que trucidou o juiz Falcone. Dentre eles, Giovanni Brusca e Pietro Aglieri. No julgamento, uma testemunha, de identificação não divulgada, diz que Brusca fez questão de, pessoalmente, detonar a megabomba – por controle remoto.

Maio de 1999

No dia 3, num outro processo, a Justiça de Palermo sentencia, também à prisão perpétua, vários mafiosos acusados da morte, dezessete anos antes, em 30 de abril de 1982, de Pio La Torre, importante parlamentar, líder do Partido Comunista. Dentre eles, novamente, Giuseppe Madonìa e Totò Riina.

Julho de 1999

Dennis Wagner, 46 anos de idade e 23 de profissão, repórter policial do "Arizona Republic", da cidade de Phoenix, descobre que Sammy Gravano está vivendo na região, sob outro nome, concedido pelo programa de proteção do FBI. Gravano implora a Wagner que não publique o seu furo. Inclusive, solicita a interferência do FBI, através do agente George Gabriel. O agente, literalmente, diz a Wagner: "Se essa matéria sair, o Gravano será um homem morto". Wagner, no entanto, revela o seu achado num texto de 2.800 palavras. Segundo o repórter, Gravano possui uma empreiteira de construções, trabalha doze horas ao dia e vive, prosaicamente, sozinho, num pequeno bangalô. Suas únicas companhias: um cachorro *cocker* e um saco-de-areia no formato e no tamanho de um corpo de homem, usado nos seus exercícios diários.

Wagner destaca que pelo menos trezentas pessoas, em Phoenix, sabem que Gravano mora por lá. Diante do inevitável, Gravano aceita participar de uma entrevista, na qual assegura não temer a vingança da Família Gotti: "Mais me incomoda a invasão da minha privacidade por outros jornalistas". Gravano também ironiza as várias cirurgias plásticas a que se submeteu: "Eu queria me tornar igualzinho ao Robert Redford – mas, como você pode perceber, não deu certo". Sobre o seu cotidiano, Gravano admite: "Ah, é um pé no saco..."

Setembro de 1999

No dia 3, o juiz Barrington Parker sentencia Junior Gotti a 77 meses de cadeia na prisão de Ray Brook, norte do Estado de Nova York. Caso tenha um bom comportamento, o filho de John Gotti será solto em meados de 2004.

No dia 24, no hospital City of Hope Cancer Center de Duarte, subúrbio de Los Angeles, falece a polêmica Judith Campbell Exner – que, quase quatro décadas antes, fora amante, simultaneamente, de Frank Sinatra, do presidente John Kennedy e do *gangster* Sam Giancana. Judith Exner tinha 65 anos de idade e padecia de um tumor inoperável em uma das suas mamas.

No dia 25, em Pádua, impactantemente, apesar das portentosas provas em contrário, a Justiça da Bota libera o *democristiano* Giulio Andreotti das acusações de haver ordenado o assassinato do jornalista Mino Pecorelli. Com Giulio Andreotti, são absolvidos seus companheiros de julgamento: o colega político Clàudio Vitalone, os mafiosos Gaetano Badalamenti e Giuseppe Calò – e os pistoleiros Michelangelo La Bàrbera e Màssimo Carminati.

No dia 26, a Justiça da Itália assevera que, apesar do controvertido veredito do dia anterior, Giulio Andreotti continua indiciado, em Perúgia, num outro processo – cumplicidade com a Máfia. A promotoria federal pede uma sentença de quinze anos e a cassação dos direitos políticos do *democristiano*. Logo, porém, Andreotti se verá livre, igualmente, dessa segunda acusação.

No dia 29, a Justiça da Bota sentencia Paolo Amico, Giovanni Avarello, Domenico Pace e Gaetano Puzzangaro, os assassinos do juiz Rosàrio Livatino, à prisão perpétua, sem direito a um recurso. No julgamento, encerrado quase uma década depois do crime, também são punidos, com a mesma pena, outros quatro mafiosos, os mentores e organizadores do atentado. O tribunal elogia a valentia e o sacrifício da testemunha principal, Pietro Ivano Nava, obrigado a mudar de nome, de profissão e de cidade – e, ainda assim, jurado de morte.

Janeiro de 2000

No dia 20, finalmente, a Justiça de Palermo anuncia a sua sentença no julgamento, em segunda instância, do Caso Falcone. Condena Pietro Aglieri, Giovanni Brusca, Giuseppe Madonìa, Totò Riina, mais outros vinte mafiosos, a penas de prisão perpétua, sem nenhuma possibilidade de nova apelação.

Fevereiro de 2000

No dia 24, em Tempe, uma cidade ao sul de Phoenix, Arizona, agentes estaduais e federais prendem o supostamente recuperado Sammy "*The Bull*" Gravano, então com 54 anos de idade. As acusações: posse ilegal de armas e de dezenas de caixas de pílulas de *Ecstasy*, o proibido estupefaciente da moda nos EUA. Com Gravano são detidos a sua mulher, Debra (48), e os seus filhos Karen (27) e Gerard (23). Desde o seu explosivo testemunho no julgamento de John Gotti, em 1992, Gravano vivia sob codinomes e sob a proteção direta do FBI, supostamente trabalhando como um construtor e supostamente repudiado pela mulher e pelos dois filhos. Aparentemente, porém, mantivera intactas as suas relações com os seus familiares – e, não conseguindo tolerar a indolência de um cotidiano distante do crime, havia induzido a esposa e os bambinos ao tráfico de drogas. Consta que a nova Família Gravano estava negociando cada pastilha de *Ecstasy* a US$ 25,00 – e que distribuía, apenas em danceterias e em boates, 25.000 delas por semana. Agraciadas com fianças pequenas, Debra e Karen conseguem manter a liberdade. Gerard e Gravano, todavia, acabam punidos com quantias mais significativas, respectivamente US$ 100.000,00 e US$ 5.000.000,00. Gravano corre o risco de uma sentença de trinta anos.

Março de 2000

Desenganado pelos médicos, com um câncer múltiplo e generalizado, Tommaso Buscetta admite receber a visita de um jornalista, o seu amigo italiano Giuseppe D'Avanzo, do "Corriere della Sera", um diário de Milão, para uma entrevista derradeira. Hospeda o amigo na sua residência secreta dos Estados Unidos, um bucólico e verdejante recanto de Nova Jersey, onde vive, desde 1986, aos cuidados do programa de proteção às testemunhas do FBI. D'Avanzo trata Buscetta por "Roberto", o nome que o *pentito* adotou como a sua nova identidade. Na cozinha da residência, diante de um janelão enorme, através do qual se vê um impactante carvalho, dominando o jardim, Tommaso/Roberto confessa ao amigo jornalista que não mais agüenta as dores provocadas pela doença: "Me disseram que o câncer já comeu a minha medula e que a minha medula já devorou os meus rins. Pior, também o meu coração está fodido. Só me salva um transplante. Mas eu não tenho mais saco para um transplante. Eu vou morrer, *caro mio*. Eu vou morrer. Azar, só descobriram o meu câncer com dois anos de atraso – quando o câncer já tinha se espalhado. Ironia. Eu lutei décadas contra os riscos, as tocaias, as emboscadas. E, agora, vou morrer porque alguma coisa me destrói, bem aos poucos, dentro de mim. Ao menos a Cristina encontrou trabalho e as minhas filhas se casaram. Deixo a família tranqüila. Posso me despedir, em paz com a minha consciência".

Abril de 2000

No dia 2, um domingo, depois de 23 meses de bastante sofrimento, Tommaso Buscetta morre, aos 71 anos de idade, na ala de oncologia do Sloan Kettering Memorial Hospital de Nova York. Por óbvias razões de segurança, o FBI programa o funeral para o dia 4 – como a casa do *pentito*, também num lugar secreto. Consta que um cemitério nos subúrbios de Newark. Nome esculpido na lápide: Roberto Cavallaro. Na Bota, autoridades da Justiça e da DIA reagem com solenidade e com respeito à notícia. Frase de Guido LoForte, da promotoria de Palermo: "O nosso governo lhe deve uma homenagem. Sem as suas informações, nós não teríamos ferido a Máfia tão profundamente, como fizemos". Luigi Ligotti, o advogado de Buscetta, revela à mídia que o *pentito* se manteve lúcido até poucos instantes antes de expirar: "No dia 1º, Masino presenciou, pela TV, uma partida entre a sua Juventus de Turim e a Lázio de Roma. E ficou furioso com a derrota da Juve, 0 X 1".

Maio de 2000

Depois de liderar, durante meses, todas as pesquisas de opinião, Rudolph Giuliani desiste de disputar, com Hillary Clinton, primeira-dama dos EUA, o encargo de senador por Nova York. Motivo oficial: se tratar de um câncer na próstata. Motivo secundário: as denúncias de que viveria um caso extraconjugal. Até então, Giuliani já havia arrecadado uma fortuna como fundo financeiro para a sua campanha – cerca de US$ 20.000.000,00.

Junho de 2001

John Gotti continua encarcerado na penitenciária de Marion, em Illinois, cumprindo as suas penas de prisão perpétua numa cela de segurança máxima. John Gotti arrasta a sua existência de modo pateticamente solitário. Não tem o menor contato com nenhum outro recluso de Marion – e passa 23 horas, em cada dia, absolutamente confinado. Antes de Gotti, fora de apenas três anos o recorde de permanência de um prisioneiro na segurança máxima da penintenciária. Nesta data, contado também o tempo em que o ex-*"Teflon Don"* aguardou o seu julgamento e a sua sentença, Gotti soma mais de dez anos de cadeia. Pior, de acordo com os seus médicos, o câncer de garganta retornou, inexorável. Ao menos lhe permitem ver TV, escutar rádio, ouvir música num *CD Player*, ler livros e ler jornais, comer algumas iguarias que a Família lhe remete – e receber visitas de parentes (cinco vezes ao mês), assim como cartas, obviamente pré-censuradas pela direção da penitenciária. Caso alguém se interesse por escrever ao ex-*capo*, eis o seu endereço oficial:

Gotti # 18261-053
U.S. Penitentiary
P.O. Box 1000
Marion, Illinois 62959
USA.

Glossário

Quem-é-quem

Por uma ordem rigorosamente alfabética de sobrenomes, do suposto *big capo* Joe Adonis até um chefão de fato, Don Calógero Vizzini, pioneiro na estrututração da *Cosa Nostra* na Sicília, todos os personagens reais que este livro citou têm ou tiveram a sua história bem documentada. Têm, aqueles que continuavam vivos no mês de junho de 2001. Tiveram, aqueles que faleceram antes da data do fechamento deste texto. Nos dois segmentos, remanescentes e mortos, ao autor pareceu indispensável completar o seu trabalho com algumas singelas considerações – minibiografias, que localizam as pessoas verdadeiras em seu mundo e em seu tempo. De novo, cabe o julgamento ao caro leitor.

ADONIS, Joseph *(1902-1972)*

Na verdade, o italiano Giuseppe Doto, que entrou nos Estados Unidos, ilegalmente, na década de 10 – e que adotou o codinome Adonis por se considerar muito bonito. Um dos fiéis associados de Vito Genovese, Lucky Luciano e Albert Anastasia, com direito a desfrutar lucros no subúrbio do Brooklyn, Nova York. Extremamente leal, mas modesto nas suas ambições, não cobrou dos seus amigos nenhum prêmio por participar da morte de Joe Masseria. Consta que, na década de 30, Adonis patrocinou as campanhas de Fiorello LaGuardia para a prefeitura da cidade de Nova York, abastecendo os caixas do candidato com US$ 25.000,00, uma fortuna, então. Detido em 1951, por violar as leis do jogo no Estado, conseguiu se safar da prisão, mas, em 1956, aceitou ser deportado à Itália. Faleceu, rico e confortabilíssimo, em Milão.

AIELLO, Joseph *(1891-1930)*

Nascido na Sicília, em Castellamare del Golfo, era o principal *capo* de Chicago quando Al Capone resolveu tomar conta da cidade, no finalzinho da década de 20. Certa noite, em pleno Bella Napoli Cafè, um dos restaurantes prediletos de Capone, Aiello tentou colocar algumas gotas de ácido prússico no *minestrone* do rival. Capone, no entanto, descobriu a tramóia e, alguns meses depois, em outubro de 1930, fuzilou Aiello numa avenida da cidade.

ANASTASIA, Albert *(1903-1957)*

Também nativo da Sicília, desembarcou nos Estados Unidos em data não confirmada, entre 1917 e 1920, com os pais e mais oito irmãos. Logo se tornou líder nas operações das docas de Nova York e se aproximou da *Cosa Nostra*. Adorava reagir à minima provocação – e não hesitava em executar os desafetos. No comecinho da década de 20, assassinou um colega de trabalho e foi condenado à morte, em Sing Sing. Conseguiu, de todo modo, um novo julgamento – e acabou absolvido quando as quatro testemunhas cruciais do caso desapareceram sem vestígios. Protegido por Tommy Lucchese e por Lucky Luciano, se tornou um dos chefes da *Murder Inc.*, a radical equipe de extermínio da Máfia na década de 30. Consta que, pessoalmente, participou do time que fuzilou Joe Masseria em 1931. Na manhã de 25 de outubro de 1957, seria assassinado, numa barbearia de Nova York, por dois homens mascarados – com certeza sob as ordens do seu então sub-*capo*, Carlo Gambino.

BÀRBARA, Joseph *(1905-1959)*

Outro siciliano, nos Estados Unidos desde 1921. Aderiu à Máfia de Buffalo e, nos anos 40, comprou um rancho no vilarejo de Apalachin, a noroeste de Nova York – onde adorava hospedar os encontros secretos dos chefes da *Cosa Nostra*. Em 1957, abrigou a fracassada convenção da entidade em que 113 representantes de todas as Famílias do país compareceram e 63 acabaram detidos e fichados. Imediatamente, Bàrbara vendeu a propriedade. Foi processado, porém. Morreu do coração, pouco antes de depor.

BATÍSTA y Zaldívar, Fulgêncio *(1901-1973)*

Ditador cubano e aliado corrupto da Máfia, particularmente dos clãs de Meyer Lansky e Lucky Luciano. Militar, Batísta considerava Meyer Lansky "um gênio" da estratégia e da tática – e sempre lhe garantia as honras de um diplomata quando em visita à sua Havana. Acossado pelos revolucionários de Fidel Castro, covardemente fugiu de sua pátria, na madrugada de 1º de janeiro de 1959, em plena festa de *réveillon*. Além da grana que reunira em bancos da Suíça, por quase catorze anos recebeu uma mesada da Máfia, até falecer.

BILOTTI, Thomas *(1940-1985)*

O motorista, guarda-costas e braço-direito de Paul Castellano, acabou assassinado com o então *capo* da Família Gambino quase à porta da Sparks Steak House, Manhattan, no entardecer de 16 de dezembro de 1985.

BONANNO, Giuseppe/Joseph *(1905-)*

Um siciliano de Castellamare de Golfo, desembarcou com os pais, em Nova York, em 1908 – mas, adolescente, voltou à sua pátria. Perseguido pelos acólitos do *duce* Benito Mussolini, fugiu da Ilha em 1922, viveu três anos em Cuba e, em 1925, se instalou no Brooklyn. Em 1927, quando o seu conterrâneo Salvatore Maranzano se entronizou em Nova York e instituiu a sua própria Família mafiosa, aderiu a ela e logo se tornou o protegido do novo *capo*. Depois da morte de Maranzano, em 1931, assumiu o comando do seu time, o mais jovem líder da *Cosa Nostra* em todos os tempos. Foi Bonanno o inspirador da idéia da Comissão da Máfia, uma entidade capaz de dirimir todas as questões polêmicas que envolvessem os diversos clãs dos EUA.

O seu ciclo de poder perdurou até meados dos anos 60. Bonanno, então, tentou fazer do filho Salvatore, o primogênito, apelidado Bill, seu sucessor. A sua decisão incomodou os outros chefes, que optaram por destruí-lo. Algumas peripécias depois, Bonanno sobreviveu – mas, já bilionário, em torno de 1968, ao sofrer um segundo infarto, preferiu se aposentar. Em 1983, lançou um livro autobiográfico, "A Man of Honor", de parceria com o jornalista Sergio Lalli. Tal obra, cândida, desabrida, e suficientemente polêmica, levou a promotoria federal a processá-lo. No tribunal, estoicamente, apesar da idade avançada, se recusou a responder quaisquer perguntas sobre o seu trabalho e sobre a *Cosa Nostra* – e acabou nove meses engaiolado por desrespeito à Justiça. Hoje, vive em Tucson, Arizona, cercado pelos seus netos e pelos seus bisnetos.

BONNANO, Salvatore/Bill *(1932-)*

O mais velho dos filhos de Giovanni Bonanno. Apelidado Bill. Sobre ele, o jornalista Gay Talese escreveu um livro admirável – "Os Honrados Mafiosos". Consta que, também em Bill, o autor Mario Puzo se inspirou para criar Michael Corleone, personagem de Al Pacino na novela e na trilogia cinematográfica "The Godfather". Embora considerado, no seu mundo, um incompetente, forçado pela ansiedade do pai a escalar os degraus do poder na Máfia, na verdade Bill Bonanno sempre demonstrou sensibilidade e discrição na sua conduta. Na autobiografia "Bound by Honor", não hesitou em assumir os seus problemas no casamento, todos os seus casos extraconjugais – e, principalmente, numa confissão comovedora, admitiu a sua impossibilidade de se livrar do estigma de ser filho de um *gangster* famoso. Foi preso diversas vezes, por usura, perjúrio, fraude postal. Hoje, também mora em Tucson, com a mulher, os filhos e os netos, sustentado pelos rendimentos de sua obra.

BUCHALTER, Louis *(1897-1944)*

Também conhecido como Lepke Buchalter – ou como Louis Lepke. Seu apelido, Lepke, derivava do diminutivo *yiddish* para Louis. Russo de origem polonesa, em Nova York desde bebê, na sua infância sobrevivia surrupiando as carteiras dos seus patrícios judeus, mais abonados, no bairro do Lower East Side de Manhattan. Depressa se tornou uma espécie de *office-boy* da Máfia, um leva-e-traz entre os chefes maiores da *Cosa Nostra* e os primeiros líderes do sindicalismo que, na década de 20, começava a ganhar força nos EUA.

No departamento dos subornos, se transformou num verdadeiro czar – e, graças às comissões que obtinha nas transações, ficou milionário. Parceiro e amigo de Meyer Lansky e de Lucky Luciano, no comecinho da década de 30 assumiu o encargo de supervisor da *Murder Inc.* Era um homem miudinho e muito magro, 1m65 de altura, 50kg de peso, que adorava se vestir de maneira conservadora e que facilmente se passava por executivo de negócios. Dono de um apartamento exuberante em Manhattan, proprietário de vários carros de luxo, cada qual com um diferente chofer, desperdiçava fortunas nas corridas de cavalos e nos cabarés das redondezas da Broadway. Sempre um cavalheiro afável diante das damas, com os homens ostentava, porém, um temperamento de urso. Bastava um olhar esquisito para levá-lo a reagir impetuosamente.

No seu apogeu, acabaria usado e traído por Luciano, que o incumbiu de eliminar um companheiro perigoso, Arthur Flegenheimer, ou Dutch Schultz – e, depois, o induziu a se entregar ao procurador Thomas Dewey. Sentenciado à morte pela cadeira elétrica, em 1942, Buchalter consumiu dois anos intensos em sucessivas apelações, até esgotá-las, em março de 1944. Na sua derradeira tentativa de sobrevivência, prometeu revelar a Dewey, já então o governador de Nova York, os nomes de inúmeros políticos e magistrados com que a Máfia negociava. A denúncia certamente abalaria o prestígio do presidente Franklin Roosevelt e facilitaria a eleição de Dewey para a Casa Branca. Dois dias antes da execução, Dewey chegou a suspender a condenação. Seu caráter rigoroso, no entanto, falou mais alto – e o governador desistiu de comutar a pena.

Testemunhas contaram que, ao se aproximar da cadeira fatal, derrotado, Buchalter literalmente se atirou sobre ela. Entraria para as antologias da Máfia como o único *gangster* de fato significativo a receber uma sentença capital.

BUSCETTA, Tommaso *(1928-2000)*

Siciliano de Palermo, apelidado Masino, o caçula de um vidraceiro e fabricante de espelhos que já tivera outros dezesseis bambinos. Absolutamente precoce, conseqüência do seu ambiente familiar, cedo se tornou independente. Aos quinze anos, durante a II Guerra Mundial, fugiu de casa e foi para Nápoles, com um grupo de moleques de seu bairro, Porta Nuova. Na Terra da Pizza, aderiu aos *scugnizzi*, os trombadinhas que fustigavam os ocupadores nazistas. De volta a Palermo, aos dezessete se casou com Melchiorra, a sua primeira paixão de fato. Então aos 21, se tornou membro da pequenina célula mafiosa da *Cosa Nostra* de Porta Nuova, apenas cerca de 25 integrantes.

A sua história, desse episódio em diante, sozinha atesta que, no correr de sua vida, não existiu o tempo suficiente para Buscetta cometer todos os crimes a ele imputados – crimes, aliás, que ele sempre negou. Entre 1949 e 1951, morou em Buenos Aires, na Argentina, com um passaporte legal. Entre 1952 e 1954, morou em São Paulo, Brasil, onde montou uma fracassada loja de espelhos e de molduras. Daí, retornou à Ilha, praticamente forçado pela mulher, exaurida com as ironias que o seu sobrenome obviamente sugeria.

Em Palermo, também sem opção, se reintegrou à *Cosa Nostra*. Foi mais um diplomata, ou um *consigliere*, porém, do que um *gangster* de rua. Adorava planejar missões de contrabando de cigarros. Ganhou bastante grana, chamou a atenção da polícia e, em 1958, estreiou na cadeia. Solto, em 1959, se tornou um agregado da *Cùpola*, a Comissão da Sicília, e logo deparou, preocupado, com a brutal ascensão, na hierarquia da *Cosa Nostra*, dos selvagens Luciano Liggio, Salvatore Riina e os seus bandidos corleoneses da Nova Máfia.

Batalhou para impedir tal crescimento. Em 1963, porém, achou melhor fugir da briga e, talvez, até da morte. Perambulou pela Suíça, pelo México, pelo Canadá e, enfim, abrigado por Don Carlo Gambino, que lhe financiou a compra de uma pizzaria, se fixou nos Estados Unidos. Acabou expulso, em 1970, por não ostentar o *green card*, documento de permanência no país.

Reprocurou o Brasil. No Rio, se uniu a Cristina, uma universitária, filha de Homero Guimarães, respeitado advogado trabalhista, muito ligado ao ex-presidente João Goulart – e virou sócio do novo sogro. Com Guimarães, chegou a fazer uma visita ao ex-presidente no Uruguai. Começou em tal visita a tragédia de Buscetta. Os serviços de informação da ditadura militar do Brasil passaram a vigiá-lo ferrenhamente, temendo que Goulart e a Máfia estivessem tramando a derrubada do governo do general Emílio Garrastazu Médici.

Na dúvida, a ditadura ordenou a captura de Buscetta, sob o pretexto de tráfico de drogas. A fim de justificarem o seu gesto, os serviços de informação espalharam inúmeras petas a respeito de Buscetta, conectando-o aos franceses Lucien Sarti e Christian David, o "*Beau Serge*", ambos da *Union Corse*, uma entidade que os sicilianos jamais suportaram. A ditadura também plantou uma inverdade risível: Buscetta teria instalado o seu QG em Ilhabela, no litoral de São Paulo onde pessoalmente fuzilara o dono do Bordelão, um hotel local. Na realidade, coube exatamente à *Union Corse* a eliminação do infeliz caiçara.

Mesmo sob tortura, e mesmo diante do seviciamento de Cristina, à sua frente, Buscetta não confessou o que não sabia, ou o que não existia. Incapaz de provar o absurdo, um golpe idealizado por João Goulart com o auxílio da Máfia, em 3 de dezembro de 1972 a ditadura deportou Buscetta. De novo na Itália, acusado de integrar a cúpula da *Cosa Nostra*, permaneceu na cadeia até 1980, quando ganhou a liberdade vigiada, desde que não saísse de Turim. Buscetta, todavia, não agüentou o formalismo da cidade e a pressão da polícia, que não lhe dava um instante de paz. Além disso, pairava sobre ele a constante ameaça de uma vingança dos cruéis corleoneses de Liggio e de Riina.

Preferiu se tornar, outra vez, um foragido. Em janeiro de 1981, Buscetta reapareceu no Brasil, disposto a seguir uma vida normal com Cristina e com os filhos. Mesmo à distância, porém, a *vendetta* dos corleoneses se mostrou radical e impiedosa. Liggio e Riina imaginavam que, em seus anos de cadeia, Buscetta houvesse se transformado num dedo-duro. E desandaram a assassinar quem ostentasse um mínimo de genes da Família Buscetta em seu sangue.

Buscetta se escondeu da vingança durante quase três anos. Até ser outra vez detido, no dia 22 de outubro de 1983, em São Paulo. Participava da ação, com gente da Polícia Federal, um rapaz, que se apresentou a Buscetta como o filho de um imponente figurão do governo do general João Figueiredo – e que propôs deixá-lo escapulir em troca de US$ 1.000.000,00. Busceta recusou.

No Brasil, mesmo, visitado pelo juiz Giovanni Falcone, decidiu resgatar a sua consciência, detonar os sucessores de Don Carlo Gambino, detonar os corleoneses, os seus contatos no governo da Bota e, principalmente, no Partido Democrata Cristão. Aceitou testemunhar contra os seus inimigos, nos Estados Unidos e na Itália – em troca da sua inclusão no programa de proteção às testemunhas do FBI. Graças aos depoimentos de Buscetta, mais de seiscentos mafiosos foram julgados e foram condenados em Palermo e Nova York.

Desde o princípio da década de 90, depois de várias plásticas e sob o nome de Roberto Cavallaro, morava numa propriedade verdejante do interior do Estado de Nova Jersey. Morreu de câncer, em 2 de abril de 2000.

CAPONE, Alphonse *(1899-1947)*

Natural de Williamsburg, distrito do Brooklyn, em Nova York, um descendente de imigrantes napolitanos, o quarto de um batalhão de nove filhos, começou a demonstrar seu gosto pela violência ainda na adolescência. Aos doze anos, na sexta série, espancou um professor, levou uma surra de outro e foi expulso da escola. Nunca mais estudou, logo se introduzindo numa quadrilha juvenil do seu bairro, a James Street Gang, sob o comando de um criminoso mais velho, Johnny Torrio. Aos dezoito, num bar, numa briga por causa de uma garota, recebeu do pistoleiro Frank Galluccio uma navalhada no rosto. Por causa da cicatriz, ganhou o apelido de *Scarface*. Posteriormente, Capone adotaria o mesmo Galluccio como o seu guarda-costas preferido.

Em 1919, envolvido em dois assassinatos, se refugiou em Chicago e, sempre a serviço de Johnny Torrio, mergulhou no contrabando de uísque e de outras bebidas alcoólicas, proibidos pela Lei Seca. No percurso, implacável, destruiu todos os obstáculos que encontrou à sua frente, como os três *gangsters* mais importantes da cidade – Big Jim Colòsimo, Dion O'Banion e Joseph Aiello. No princípio de 1925, os bandos rivais emboscaram Torrio que, apavorado, decidiu se aposentar no Brooklyn, entregando a Capone um império avaliado em US$ 30.000.000,00. Capone se tornou tão audacioso que, em certa ocasião, publicamente espancou o prefeito de Cícero, lugar vizinho a Chicago, na porta da Câmara Municipal, diante de dezenas de policiais.

Seu feito mais famoso, e mais estúpido, pelo equívoco monumental, o Massacre de São Valentim, aconteceu em 1929 – na tentativa de apagar um outro inimigo, Bugs Moran, o *Scarface* ordenou o fuzilamento de sete pistoleiros indefesos numa parede de garagem. Moran, porém, não estava entre os prisioneiros. Irrompeu em Chicago uma virulenta guerra de bandoleiros e o FBI resolveu interferir na segurança da cidade. Não conseguiu capturar Capone pelos seus crimes – mas colocou o *capo* na cadeia por evasão fiscal, cinco anos numa penintenciária da Geórgia, mais seis em Alcatraz.

Capone reobteve a sua liberdade em 1939. Padecia, no entanto, de uma sífilis intratável, doença que o deixou semiparalisado e precocemente senil. Morreu, numa elegante mansão da Flórida, no dia 25 de janeiro de 1947.

CASCIOFERRO, Vito (*1862-1932*)

Filho de um camponês, colono da fazenda de um aristocrata siciliano, o barão Empèdocle Inglese, na vila de Bisaccino. Preso pela primeira vez em 1884, acusado de assalto e de reagir aos policiais que procuravam prendê-lo. Em 1889, frustrado na tentativa de raptar uma das filhas do barão, fugiu para Nova York, onde morava uma irmã, dona de uma pequena mercearia na Rua 103. Consta que em Nova York, ao menos participou de um crime, a morte de um desafeto, esfaqueado, esquartejado e, enfim, aos pedaços, enfurnado num barril de azeitonas. Perseguido, fugiu para Nova Orleans, se envolvendo com uma quadrilha de falsificadores de dólares. Retornou à Sicília, no comecinho do século XX, e montou o seu próprio bando de mafiosos em Palermo.

Em 1909, Joe Petrosino, um legendário detetive de Nova York, viajou até a Ilha para negociar a detenção e a deportação de vários bandidos que transitavam entre a Itália e a América. Determinada noite, na Piazza Marina de Palermo, três homens fuzilaram o detetive. Imediatamente, Cascioferro passou a espalhar que fora um dos autores do atentado – embora, no momento do crime, estivesse num jantar solene, oferecido por um parlamentar corrupto.

Cascioferro, de todo modo, soube se locupletar da lenda que criara e, paulatinamente, desandou a amealhar mais e mais poderes na *Cosa Nostra*. Em 1929, sem uma saída efetivamente legal para contê-lo, o governo fascista de Benito Mussolini armou contra Cascioferro um processo repleto de acusações forjadas, principalmente contrabando – e conseguiu condená-lo. No seu julgamento, Cascioferro observou, ironicamente: "Cavalheiros, desde que os senhores não foram capazes de encontrar qualquer evidência a respeito dos delitos efetivamente cometidos por mim, aqui se obrigam a me sentenciar pela única contravenção que eu não pratiquei". Confinado na prisão do Ucciardone, em Palermo, acabou falecendo de causas naturais, numa cela solitária.

CASTELLANO, Paul *(1915-1985)*

O mais incompetente dos líderes que a *Cosa Nostra* produziu desde Joe Masseria, na década de 20. Castellano não se tornou um *capo* graças aos seus méritos na organização – mas, apenas, porque era casado com uma irmã do poderosíssimo Don Carlo Gambino. No seu leito de morte, em outubro de 1976, o "Rei do Vulcão" desprezou a lealdade e a capacidade de um antigo companheiro de lutas, Aniello Dellacroce, o preferido de praticamente todo o clã, e apontou Castellano, um balofo, como o seu herdeiro e sucessor.

Mero homem de gabinete, sem a menor experiência na prática das ruas, Castellano adorava se definir, vaidosamente, como um mafioso moderno, um *businesman*, e não um *gangster*. Obviamente, em seu período como chefe, a Família Gambino se enfraqueceu, parou de se expandir. Pior, Castellano se envolveu afetivamente com a sua própria doméstica, a pequenina e feiosa Glória Olarte, colombiana de temperamento difícil – e, pateticamente, ainda foi grampeado, pelo FBI, em pleno *hall* de sua casa em Staten Island.

Castellano só continuou vivo, e no seu cargo, porque Dellacroce, um legalista, um tradicionalista, conteve todas as ameaças de revolta dentro da quadrilha, principalmente aquelas do seu mais dileto protegido – John Gotti. Inacreditavelmente, depois do falecimento do doente Dellacroce, no dia 2 de dezembro de 1985, Castellano não adotou nenhuma providência para se proteger dos opositores. E acabou assassinado logo em seguida, dia 16.

COHN, Roy M. *(1927-1986)*

Advogado, filho de um magistrado de Nova York, graças ao pai se transformou no assessor mais proeminente do senador Joseph Raymond McCarthy (1908-1957). No princípio da década de 50, Roy Cohn coordenou todas as investigações que celebrizariam McCarthy como um colérico perseguidor de supostos comunistas, infiltrados no governo e nos meios culturais dos Estados Unidos, principalmente na indústria do cinema. Enfim, isolado pelo fracasso das acusações, na maioria forjadas por Cohn, em 1954 o senador perdeu o apoio do seu partido, o Republicano, e acabou indiciado num duro processo por conduta contrária às tradições do parlamento. Em 2 de dezembro, McCarthy foi condenado por seus pares, 67 votos a 22.

Obviamente descartado pelo Congresso, Cohn logo se retransferiu de Washington a Nova York – e lá, no "Vulcão", se aproximou da Máfia, para quem começou a trabalhar como um consultor legal. Entre outros episódios, a mando de Carlo Gambino, em 1973, defendeu John Gotti no caso da morte de James McBratney, que havia raptado e assassinado um sobrinho do velho *capo*. Depois, emaranhado nas suas conexões criminosas, teria a sua licença profissional cassada. Um homossexual, Roy Cohn morreu de Aids.

COLOMBO Sr., Joseph *(1914-1978)*

Filho de Anthony Colombo, um pistoleiro famoso na Máfia da década de 30, tinha apenas 24 anos quando foi marcado para morrer pela primeira vez. Em 1938, conseguiu fugir de uma emboscada que acabou custando a vida do pai, garroteado ao lado da amante, em um carro, num subúrbio de Nova York. Tratava-se de uma punição. O pai havia desrespeitado alguns princípios da *Cosa Nostra*. A organização, porém, se satisfez com o fim de Anthony e perdoou o jovem Joseph, que logo passou a integrar o grupo de Joe Profaci e de Joe Maglicco, aliados de Joe Bonanno. Matador eficientíssimo, Colombo se juntou à equipe dos irmãos Gallo, a quem a Máfia considerava os melhores do mundo em seu ofício. Consta que o time de Colombo e dos Gallo, sozinho, colecionou cinqüenta assassinatos na sua agitada carreira de maldades.

Em 1963, punido pela Comissão, o *capo* Joe Magliocco se aposentou – e Colombo assumiu a posição de novo chefe. Imediatamente, enfrentou e superou uma rebelião dos doidos Gallo. E, aos poucos, tentou dar o máximo de legitimidade à sua Família, exigindo dos seus integrantes que obtivessem empregos oficiais. Ele próprio fundou uma empresa de compra e venda de imóveis, a Cantalupo Realty, no Brooklyn – e, insolitamente, iniciou uma campanha pública de preservação da imagem dos seus patrícios de origem, criando a Liga Ítalo-Americana dos Direitos Civis, entidade destinada a valorizar as tradições dos descendentes de imigrantes peninsulares. Dentre outras coisas, Colombo solicitou que a mídia deixasse de utilizar as palavras Máfia e mafiosos para configurar os bandidos e as bandidagens em geral.

O movimento se tornou tão vigoroso que, no dia 29 de junho de 1970, em Nova York, cerca de 50.000 pessoas compareceram a uma passeata organizada por Colombo, inclusive o governador Nelson Rockefeller, a quem interessava o apoio político da Liga. O prestígio de Colombo, porém, começou a incomodar a Comissão da *Cosa Nostra*, que decidiu eliminá-lo. Em maio de 1971, Don Carlo Gambino convidou Colombo a uma reunião secreta em que o instou a "abandonar aquela bobagem de Liga". Petulante, cheio de vanglória, Colombo reagiu com uma cusparada na face de Gambino. No dia 28 de junho de 1971, quando liderava uma nova passeata da Liga, Colombo receberia três tiros desferidos por um negro, Jerome Johnson, integrante do bando dos Gallo. Os guarda-costas de Colombo fuzilaram Johnson. Colombo, porém, jamais recuperaria a sua consciência até expirar, cerca de sete anos depois.

CORALLO, Anthony (*1913-2000*)

Um nativo do bairro do East Harlem, bem antes de as suas redondezas se transformarem num gueto negro, na sua adolescência Tony Corallo já integrava a Família Gagliano/Lucchese. Com somente quinze anos, pegou a sua primeira detenção, seis meses de reformatório, por esconder um pacote de narcóticos no valor monumental, então, de US$ 150.000,00. Logo depois, aos dezesseis, de novo foi detido, acusado de furto e de apropriação indébita.

Graças à sua ousadia, rapidamente evoluiu na gangue e, entre as décadas de 30 e de 50, se destacou como o principal administrador da Família nos sindicatos dominados por Gagliano e Luchese. Indiciado e processado em 1958, num depoimento, sucessivamente, 83 vezes invocou a Quinta Emenda, se recusando a responder as perguntas que pudessem incriminá-lo. Em 1962, contudo, tentou subornar um juiz e um promotor, oferecendo US$ 35.000,00 em troca de uma sentença branda para um colega de clã. Acabou flagrado e condenado a dois anos de galera. Enfim, com a morte do *capo* Tommy Lucchese, em 1967, Corallo assumiu o comando da quadrilha – só que não conseguiu permanecer em liberdade. Pateticamente, durante a licitação em que se escolheriam os encarregados da limpeza, da reforma e da manutenção do imenso reservatório de águas de Nova York, de novo tentou subornar um alto funcionário da prefeitura e de novo acabou na cadeia, sete anos de pena.

De todo modo, mesmo recluso, Corallo continuou na chefia da Família através de um interino fiel, Càrmine Tramunti, seu amigo dos idos do East Harlem. Daí, pairou mais de uma década incólume, no topo do clã, até que, em meados de 1984, o FBI instalou um minimicrofone em seu Jaguar. Os papos francos de Corallo com o seu motorista, os seus guarda-costas e os seus companheiros de bando, embasariam parte do megaprocesso movido em 1986, por Rudolph Giuliani, contra os líderes da Máfia em Nova York. Nele, Corallo recebeu uma sentença de cem anos de prisão, sem chance de condicional. Morreu em plena cadeia, praticamente senil, em setembro de 2000.

COSTELLO, Frank (*1891-1973*)

Calabrês de Lauropoli, no sul da Itália, originalmente batizado como Francesco Castiglia. Tinha apenas quatro anos de idade quando os seus pais atravessaram o Atlântico, num navio repleto de imigrantes paupérrimos, em busca de alguma sorte na América. A família se instalou onde podia, no East Harlem de Nova York – e, industriado por um irmão, Edoardo, uma década mais velho, o garotinho rapidamente se envolveu com as gangues do bairro. Praticou o seu primeiro crime já em 1905 – mascarado, um lenço preto no rosto, invadiu o apartamento da zeladora do seu prédio e lhe roubou o dinheiro todo dos aluguéis do mês. Apesar do disfarce, a zeladora conseguiu reconhecê-lo. Costello, entretanto, forjou um álibi e escapou da condenação. Posteriormente, em 1908 e em 1912, seria detido por assalto e, de novo, se livraria das acusações. Só em 1915 ele conheceria uma prisão de fato, sentenciado a uma pena leve, porte de arma sem licença. Daí, se manteria incólume até 1952, quando se emaranhou num caso de fraude fiscal.

No percurso, se tornou amigo e braço-direito de Lucky Luciano e de Meyer Lansky, dois dos mais engenhosos e mais criativos *gangsters* do país naqueles tempos. Enquanto Luciano e Meyer Lansky se encarregavam da organização dos negócios, Costello se incumbia de contatar e de subornar políticos e oficiais da polícia. Relacionou-se pessoalmente com o patriarca Joseph Kennedy, parceiro da *Cosa Nostra* no contrabando de bebidas durante a Lei Seca. Comumente hospedava Kennedy na sua propriedade de Sag Harbor, um recanto bucólico de Nova York. Em 1931, montou uma fábrica pioneira de máquinas caça-níqueis, a Mills Novelty Co., instalada em Chicago, equipamentos falcatrueiros, que faturavam cerca de US$ 100.000,00 de lucro líquido por dia – e ficou milionário. Numa época de crise econômica terrível nos Estados Unidos, encomendava os seus ternos sob medida por US$ 350,00 a unidade. Ostentava hábitos tão luxuosos que inclusive freqüentava um psicanalista, Richard H. Hoffman, na Park Avenue da "*Big Apple*".

Enfim, em 1946, com a deportação de Luciano para a Itália, assumiu o seu lugar de *capo* e um posto na Comissão dos líderes do crime na América. Graças à sua habilidade nos bastidores, dos próprios colegas ganhou o apelido de "Primeiro Ministro do Submundo". No começo da década de 50, porém, ferozmente se multiplicaram os seus atritos com um dos seus subs, Vito Genovese, a quem desprezava pela vulgaridade. No dia 2 de Maio de 1957, quando Costello entrava no *hall* do edifício em que morava, junto ao Central Park de Manhattan, um pistoleiro, Vincenzo Gigante, enviado por Genovese, tentou matá-lo. Gigante errou o alvo. O incidente, no entanto, apavorou Costello, que decidiu se aposentar. Passaria o restante da vida como um nababo, torrando dinheiro sozinho, ou com a mulher, Bobbie, até falecer de causas naturais. A pedido de Bobbie, nenhum dos seus antigos companheiros de Máfia foi ao velório ou remeteu as coroas de flores convencionais.

DELLACROCE, Aniello (*1914-1985*)

Personagem ao mesmo tempo fascinante e discretíssimo na história da *Cosa Nostra* dos Estados Unidos, em particular de Nova York. Praticamente nada se sabe das suas origens na Máfia e da sua carreira na organização – até os entornos da década de 70, quando um seu filho, Armond, se tornou viciado em drogas. Dellacroce adotou um certo John Gotti, já bem famoso pelo estilo direto e violento, como o seu protegido dileto no clã. Daí, ganhou notoriedade mais por patrocinar a carreira de Gotti do que pelas suas próprias atividades. Efetivamente, Dellacroce viveu sempre nas sombras de Don Carlo Gambino, a quem dedicou uma lealdade extraordinária. Especula-se que foi o pistoleiro preferido do *capo*. Um matador singular, quase sempre disfarçado de padre, só atirava de frente, depois de claramente anunciar o destino do condenado.

Os escalões inferiores do clã literalmente idolatravam Dellacroce e, em outubro de 1976, liderados por John Gotti, ensaiaram uma rebelião quando Don Carlo indicou Paul Castellano, o seu cunhado balofo, para sucedê-lo na chefia da Família. Dellacroce, todavia, religiosamente defendeu o respeito à hierarquia e conseguiu conter os ímpetos de Gotti até falecer, de um tumor cerebral, no dia 2 de dezembro de 1985. Num filme sobre a vida de Gotti, Anthony Quinn representou, admiravelmente, o papel de Dellacroce.

GALANTE, Càrmine (*1910-1979*)

Um dos soldados mais violentos da Família Maranzano/Bonanno, inaugurou a sua carreira no crime com meros onze anos de idade. Jamais se soube, precisamente, quantas pessoas Galante matou, ou mandou assassinar. A sua ascensão na hierarquia do clã principiou em meados da década de 40, quando Bonanno o aceitou como seu motorista e como seu guarda-costas. Logo depois, contudo, seduzido por Vito Genovese e pela volúpia dos lucros velozes, Galante se envolveu no tráfico de drogas e foi encostado por Bonanno. Em 1962, preso e condenado num processo por posse de tóxicos, recebeu uma pena de vinte anos de cadeia. Enfim solto em 1974, por bom comportamento, imediatamente se reintegrou à *Cosa Nostra*, numa das várias dissidências em que a Família Bonanno tinha se espatifado. Tornou-se então *capo* de um pequeno grupo de escroques, violou a condicional, voltou à cadeia em 1978 – mas o advogado Roy Cohn lhe conseguiu um *habeas corpus*.

Suspeitoso de que a sua detenção fora armada por inimigos dentro da organização, Galante aproveitou a liberdade para promover vários massacres nas quadrilhas rivais. Um conclave de líderes da Máfia acabaria aprovando a sua radical eliminação. Que aconteceu no dia 12 de Julho de 1979, ao ar livre, no jardim do Joe & Mary's Restaurant do Brooklyn, a tiros de espingarda. Ao lançar o livro "A Man of Honor", em 1983, Bonanno demonstraria todo o seu desprezo por Galante: não citou o seu nome uma só vez em toda a obra.

GALLO, Joey (*1929-1972*)

Um caráter basicamente maligno. Com essa simples e direta expressão, os inimigos e até mesmo os amigos definiam o temperamento de Joey Gallo, o integrante mais abusado de um trio brutal de assassinos – além dele, os seus irmãos Albert e Larry. Apesar da sua absurda insanidade, o "*Crazy Joey*", ou "Maluco Joey", era um homem bastante inteligente. Como Meyer Lansky, nas décadas de 20 e de 30, Joey Gallo tinha a raríssima capacidade de intuir, antecipadamente, as mudanças todas que aconteceriam no seu universo.

Embora pertencesse ao clã de Joe Profaci, com quem, aliás, pouco se entendia, fazia trabalhos clandestinos para Carlo Gambino. Consta que, sob as ordens de Don Carlo, pessoalmente se incumbiu da missão que exterminou Albert Anastasia no dia 15 de outubro de 1957. Foi o primeiro *gangster* dos EUA a contratar pistoleiros negros para os trabalhos sujos do seu bando, como Jerome Johnson, o homem que fuzilou Joe Colombo, um sucessor de Profaci, em 28 de junho de 1971. Um leitor de Balzac, Camus, Hemingway, Kafka e Jean-Paul Sartre, um freqüentador das *vernissages* e das estréias solenes de espetáculos de teatro na Broadway, Gallo adorava escrever enormes e prolixos relatórios sobre as suas paixões culturais e as suas atividades no crime.

No dia 7 de abril de 1972, a data do seu aniversário, depois de uma noitada no Copacabana Club, estupidamente resolveu se expor a um prato de mariscos num restaurante da Little Italy – sem seguranças, só com os seus familares. Atacado por um pistoleiro, fugiu correndo mas acabou fulminado, na calçada, diante do seu Cadillac, inúmeros tiros nas costas e na cabeça.

GAMBINO, Carlo (*1902-1976*)

Siciliano de Palermo. Sem perspectivas na sua terra, em 1921 emigrou em busca de uma vida melhor na América, como clandestino, em um navio de carga. Amigos do clã Masseria facilitaram o seu desembarque em Nova York e o introduziram na *Cosa Nostra*. Nos começos da sua carreira no submundo, um homem pequenino, sempre calado, dono de um nariz disforme e de uma voz roufenha, muitas vezes foi considerado um inútil, até mesmo um covarde, pelos seus companheiros de bando. De todo modo, invariavelmente intuitivo e inteligente, Gambino soube superar todas as críticas, todas as desconfianças, e se provou um mestre nos bastidores, capaz de realizar, sem contestações, as tarefas mais complexas e absurdas que os seus superiores lhe solicitavam.

Depois de Masseria, morto em 1931, trabalhou com os manos Màngano e com Albert Anastasia, a quem desprezava pela vulgaridade. Em outubro de

1957, apoiado por Vito Genovese, que lhe emprestou os pistoleiros, conseguiu eliminar Anastasia e assumir o cargo de *capo* do bando. Conservador radical, logo cunhou um lema que a sua quadrilha deveria obrigatoriamente obedecer: "*You deal, you die*". Ou: você vende drogas, você morre. Pelas suas costas, muitos dos seus subordinados traíram tal imposição. Dentre eles, nos anos 70 e 80, o seu próprio primo John Gambino – o principal comerciante dos tóxicos produzidos pelos corleoneses e remetidos aos Estados Unidos. Don Carlo, no entanto, soube preservar a unidade da Família e, graças a uma infinidade de conexões no governo federal e na polícia, pôde multiplicar o seu poder.

Em 1968, com a aposentadoria de Joe Bonanno, Don Carlo rapidamente se tornou o líder mais influente da Comissão – e chegou mesmo a ser chamado de o *capo di tutti i capi* da América. *Gangsters*, autoridades e até jornalistas o admiravam pela sua incolumidade. De fato, fora preso uma única vez, na sua vida inteira; de 1936 a 1937, uma sentença de 22 meses, por assalto à mão armada. Posteriormente, em 1970, a Suprema Corte chegou a decretar a sua deportação, sob o pretexto de entrada ilegal nos EUA – mas uma seqüência de infartos lhe propiciou as benesses de um adiamento e de um perdão.

Naqueles tempos, era tão formidável a sua influência que, mesmo diante dos desmentidos do autor, Mário Puzo, parte da mídia insistiu em afirmar que Don Carlo servira de modelo para o belo livro "The Godfather", na realidade inspirado em Bonanno. Tolice. Don Vito Corleone, o personagem do romance, entregou o bastão de comando ao filho Michael – como Bonanno tentou fazer com o seu Bill. Ao contrário, num equívoco crucial, Don Carlo administrou pessimamente a sua sucessão, descartando o seu sub fiel, Aniello Dellacroce, e escolhendo Paul Castellano, seu cunhado, um incompetente, que não detinha o apoio da Família. A morte de Don Carlo, por insuficiência cardíaca, em 1976, iria provocar, em médio prazo, a decadência do seu clã e de toda a tradição da *Cosa Nostra* nos EUA. Ao menos, consolo que a História lhe assegurou, Don Carlo faleceu livre, e de causas naturais – e não fuzilado, ou numa cadeia.

GAMBINO, John (*1940-*)

Filho de um certo Tommaso Gambino. Primo em terceiro grau de Don Carlo, o *capo* que decretou: "*You deal, you die*" – ou, você trafica drogas, e você morre. Batizado Giovanni, nunca seguiu as determinações de Don Carlo. Pelo contrário, ao passar a sua adolescência na Sicília, depressa se envolveu com o negócio das drogas e com a quadrilha dos corleoneses. Habilidoso, foi um pioneiro nas conexões de fato eficientes entre a Itália, os Estados Unidos e a América do Sul. Em 1971, com outros *gangsters*, em Barinas, na Venezuela, pertinho da fronteira da Colômbia, instalou uma suposta fazenda de gado – na verdade, a fachada do seu gigantesco comércio de tóxicos. Depois da morte de Don Carlo, em 1976, chegou mesmo a instituir, com Eugene Gotti, irmão de John, uma espécie de Família clandestina – paralelamente ao clã oficial.

Cada vez mais ascendente, e mais seguro, John Gambino montou o seu QG em pleno bairro de Bensonhurst, dentro do Brooklyn, num reduto de Nova York que, historicamente, pertencia ao time do velho Joe Bonanno. Então, já repassava 50% dos seus lucros à tal Família clandestina que fermentava nos bastidores de John Gotti, a trupe dirigida por Eugene, por Angie Ruggiero e por John Carneglia. O bando de Bonanno não reagiu à invasão. A história da traição de Gambino, de todo modo, logo se espalhou. Em 1982, seguramente informada por integrantes irritados dos Bonanno, já ligados à DEA e ao FBI, a procuradoria de Palermo decidiu acusar John Gambino, e outros 76 mafiosos, de formação de quadrilha e de seus correlatos. Incrível: ironicamente, a Justiça da Itália não conseguiu que o governo dos EUA extraditasse o traficante.

John Gambino reuniu tanto poder que, no seu livro "Octopus", de 1990, a normalmente bem-informada pesquisadora Claire Sterling, num absurdo e imperdoável escorregão, afirmou ser ele, e não John Gotti, o efetivo chefe da Família que sobrara de Don Carlo. Graças ao seu perfil sempre discreto, e às inúmeras confusões que o seu sobrenome propiciava, durante um bom tempo a DEA e o FBI, nos EUA, além da DIA, na Bota, acreditaram que fosse Tommy Gambino, um filho de Don Carlo, o efetivo elo de ligação da Família com os bandoleiros corleoneses. Quando Gene Gotti acabou processado e condenado, entre 1989 e 1990, John Gambino conseguiu se safar das pressões. Porém, em outubro de 1993, o FBI o flagrou. E, exatamente um ano depois, em outubro de 1994, unanimemente um júri o considerou culpado de vender heroína e cocaína. John Gambino recebeu uma sentença irrecorrível de 45 anos.

GENOVESE, Vito (*1897-1969*)

Italiano de Rosiglino, um vilarejo nas imediações de Nápoles, emigrou com os pais, para Nova York, em 1913 – e logo aderiu à aguerrida gangue juvenil da Rua 107, em Manhattan, quadrilha em que já pontificavam alguns pré-bandoleiros como Albert Anastasia, Tommy Lucchese e Lucky Luciano. Depressa se tornou uma espécie de sombra de Luciano, a quem idolatrava.

Um dos primeiros defensores da idéia do tráfico de drogas na Máfia dos Estados Unidos, no seu percurso não poupou os inimigos que se interpunham às suas intenções. Consta que, pessoalmente, ordenou as mortes de uma dúzia deles. E que, também pessoalmente, se encarregou de eliminar cinco ou seis. Em 1937, Peter LaTempa, integrante de um outro clã, aceitou uma proposta da polícia e, num depoimento oficial, acusou Genovese de assassinar um rival. Antes de ser detido, Genovese escapuliu dos EUA – e se refugiou na Bota.

De volta à sua pátria, endinheirado, conseguiu se aproximar de figurões do governo fascista e, incrivelmente, virou amigo do *duce* Benito Mussolini, que detestava a Máfia. Durante a II Guerra Mundial, ao intuir que Mussolini acabaria derrotado, Genovese se ofereceu para trabalhar como intérprete para os serviços de segurança do exército norte-americano. Aproveitou muito bem a sua chance e, oportunista, passou a vender mercadorias militares no mercado negro. Acabou preso e recambiado aos Estados Unidos, onde o aguardava um indiciamento no processo inaugurado com a denúncia de Peter LaTempa.

De todo modo, jamais foi a julgamento. Dias antes de testemunhar em juízo, LaTempa faleceu, envenenado, seguramente por ordem de Genovese – e o processo se desmilinguiu. Com a deportação de Luciano, em 1946, assumiu a segunda posição na hierarquia de seu clã, logo abaixo de Frank Costello, e passou a fustigá-lo. O conflito se arrastou durante quase uma década, até que, em maio de 1957, Genovese encomendou a Vincenzo Gigante, um pistoleiro de sua equipe, ex-boxeador, apelidado "*Chin*", ou "Queixo", a destruição de Costello. O atentado falhou, má pontaria de Gigante. Costello, entretanto, se apavorou, preferiu se aposentar, e entregou o cargo de *capo* a Genovese.

A Comissão da Máfia dos EUA fingiu engolir a ascensão de Genovese. Mas, paralelamente, começou a tramar a sua destruição. Pagou a fortuna de US$ 100.000,00 para que Nelson Cantellops, um dedo-duro porto-riquenho de terceira categoria, envolvesse Genovese num caso de tráfico de cocaína. Claro que Genovese nem conhecia Nelson Cantellops. A Justiça, porém, igualmente conluiada com a Comissão, ignorou os apelos do *capo*, as provas eventuais da sua inocência, e o condenou a uma pena brava, quinze anos de reclusão.

Mesmo na cadeia, mesmo à distância, Genovese ainda tentou se manter no comando da sua Família. Aos poucos, todavia, o seu poder se diluiu e o seu clã se enfraqueceu. Morreria na prisão, do coração, em fevereiro de 1969.

GIANCANA, Momo Salvatore (*1908-1975*)

Nasceu num bairro paupérrimo de Chicago, um gueto superpovoado por imigrantes, lugar tão horroroso que os seus próprios moradores apelidaram de "*Hell*", o "Inferno". Nasceu, aliás, odiado pelo pai, um quitandeiro, que não desejava mais filhos. Tudo servia de pretexto para que o pai o espancasse. Foi naturalíssimo, assim, que Giancana se enfronhasse, ainda menino, na gangue juvenil da Rua 42, a mais agitada e violenta da cidade na década de 20.

O seu currículo de prisões se inaugurou em 1925 – e, daquela data em diante, Giancana foi detido ao menos setenta vezes, por uma multidão imensa de delitos, do prosaico jogo clandestino ao assassinato puro e simples. De todo modo, Giancana apenas cumpriu três termos de prisão, e por crimes triviais: furto de automóvel, posse de um alambique ilegal e invasão de domicílio.

Trabalhou com Al Capone, ganhou poder e muita grana na *Cosa Nostra* – e cresceu o suficiente para, na década de 50, se transformar numa espécie de ponte entre a Máfia norte-americana e Hollywood. Particularmente, Giancana se tornou um grande amigo de Frank Sinatra e, graças a ele, se aproximou da Família Kennedy. Ao mesmo tempo, cooptado pela CIA, durante quinze anos desenvolveu vários projetos geopolíticos, de extensão multinacional, como o fracassado plano de invasão de Cuba, na Baía dos Porcos, abril de 1961.

No empolgante livro "Double Cross: The Explosive Inside Story of the Mobster Who Controlled America", de 1998, assinado pelo seu filho Sam e pelo seu mano Chuck, fica aberta e definitivamente estabelecido que Giancana participou, de forma direta, das mortes de John Kennedy, de Marilyn Monroe e de Robert Kennedy. Uma afirmação, aliás, paralelamente atestada e provada por vários outros documentos, como a declaração de Johnny Roselli, o homem que atirou no presidente, e como as confissões de Needles Gianola e de Mugsy Tortorella, os matadores da atriz – jamais checadas pelo governo dos EUA.

Quando, enfim, em 1975, subiram à tona as relações de Giancana com a CIA, com o FBI e com os políticos de plantão em Washington, o *gangster* já vivia, escondido, num refúgio mexicano. Giancana topou, porém, retornar aos EUA, para depor numa comissão parlamentar de investigação de atentados no país. Em 19 de junho, na cozinha de sua residência em Oak Park, Illinois, uma semana antes de se apresentar à comissão, foi fuzilado enquanto cozinhava um molho de macarrão. Recebeu um tiro na nuca e outros cinco na boca.

GIGANTE, Vincent (*1926-*)

Mafioso de Nova York, da Família Luciano, posteriormente Genovese.

Também, paralelamente, um pugilista medíocre, sofredor crônico de nocautes, apesar da proteção dos amigos da *Cosa Nostra* que, obviamente, nem sempre tinham como assegurar as suas vitórias no ringue. Conseqüência das porradas que recebeu, ganhou o apelido pouco louvável de "*Chin*" – o "Queixo".

Gigante se tornou famoso, na História da Máfia, mais por um acidente do que por um triunfo. Em maio de 1957, a mando de Vito Genovese e, ao que consta, de Carlo Gambino, tentou matar o seu *capo* direto, Frank Costello, em pleno *hall* de entrada do edifício do chefe, na Park Avenue de Nova York. Gigante errou a pontaria. Costello sobreviveu – mas, apavorado, se aposentou e transferiu o comando da Família a Genovese. Denunciado pelo porteiro do prédio, Gigante foi indiciado e preso. No tribunal, contudo, temeroso de uma represália, o porteiro negou conhecê-lo. Quanto a Costello, se manteve fiel ao princípio da *Omertà* e disse que jamais vira Gigante, antes daquela data.

A vingança de Costello aconteceria em 1959, quando Genovese acabou preso e condenado por tráfico de drogas. Graças aos seus contatos na Justiça e na polícia, Costello conseguiu incluir Gigante no processo e o "Queixo" pegou uma sentença de sete anos. De volta às ruas, apoiado por Don Carlo, Gigante se tornou o *consigliere* do que restava da Família Genovese. Consta que, em abril de 1986, pessoalmente determinou a colocação de uma bomba no carro de Frankie DeCicco, aliado de John Gotti – a quem o atentado efetivamente se destinava. Gotti, porém, não entrou no veículo. DeCicco explodiu sozinho. Daí, Gigante optou por permanecer nos bastidores, discretamente, até 1987, data da prisão do *capo* Tony Salerno, a quem substituiu no topo do bando.

Desde então, passou se comportar de maneira imprevisível. Saía às ruas de seu bairro, a "Little Italy", apenas de *robe-de-chambre*, balbuciando frases incoerentes e desconexas. Fingimento, uma forma de escapar de uma eventual detenção, resguardado numa suposta insanidade? Talvez. De qualquer modo, enfim acusado da morte de DeCicco, em Agosto de 1996, não conseguiu pagar a fiança de US$ 1.000.000,00 – e retornou à cadeia. Em dezembro do mesmo ano, se submeteu a uma cirurgia de coração. E, em junho de 1997, enfrentou o julgamento, que lhe propiciou uma pena de 144 meses de reclusão. A mídia do caso batizou Gigante com dois codinomes singulares – "*The Oddfather*" (ou, o "Padrinho Extravagante") e "*The Lost Don*" (o "Chefe Desatinado").

GOTTI, John (*1940-*)

Filho de um biscateiro de sangue napolitano, um homem cronicamente beberrão e jogador, também pai de outros onze rebentos, John Gotti viveu uma infância paupérrima no gueto italiano do Harlem, bairro da zona sul do Bronx, em Nova York. Na adolescência, se mudou para o Brooklyn e, com dezesseis anos, abandonou a escola e se integrou a um bando de delinqüentes da região, os Fulton-Rockaway Boys, celeiro de futuros mafiosos. Aos 19 já fazia parte da Família Gambino. E, aos 21, já tinha uma garotinha, fruto do namoro com Victoria DiGiorgio, a quem somente desposaria em meados de 1962.

No princípio, o casamento atravessou inúmeras atribulações. A mulher não aceitava o trabalho de Gotti e, constantemente, se queixava aos vizinhos do temperamento rude do marido. Chegou mesmo pedir a separação de corpos e a processá-lo por não prover o seu sustento. Paulatinamente, porém, os dois se reaproximaram, produziram mais quatro crianças – e o matrimônio, enfim, se estabilizou. Victoria, ou Vicky, acabou se transformando numa esposa discreta e paciente, capaz de tolerar em silêncio as constantes noitadas do marido.

Dentro da *Cosa Nostra*, Gotti se especializou em roubar caminhões que transportavam cargas para o aeroporto John Fitzgerald Kennedy. Flagrado uma vez, em 1968, cumpriu pena de 36 meses de cadeia. Depois, em 1974, acusado de participar do assassinato de James McBratney, membro de uma quadrilha de irlandeses que havia seqüestrado e morto um sobrinho de Don Carlo, pegou mais três anos de prisão. Daí, enquanto escalava os pináculos do seu clã, graças a advogados excelentes, ao amedrontamento de testemunhas e até ao suborno de jurados, conseguiu se safar de um batalhão de acusações – o que lhe valeu o apelido de "*The Teflon Don*". Ou, o *capo* indestrutível.

Com efeito, Gotti apenas receberia uma condenação, em 1992, porque o seu braço-direito Sammy Gravano o traiu. Gravano fez um acordo com o FBI e com a promotoria de Nova York – e aceitou testemunhar contra Gotti, num processo que resultou numa sentença perpétua, em Marion, Illinois.

GOTTI Jr., John (*1964-*)

Ao contrário do pai, invariavelmente elegante e charmoso, Junior Gotti sempre se destacou pelo estilo desleixado e pelos modos rudes, típicos de um halterofilista. Consta, aliás, que é um habitual consumidor de esteróides.

Nos seus idos de *capo*, John Gotti sempre se esforçou para manter a sua mulher e os seus filhos afastados do noticiário. Em 1986, porém, Junior surgiu nas manchetes, pela primeira vez, depois que, aos gritos, ameaçou decepar as cabeças de dois jornalistas do "New York Daily News", de plantão na calçada de sua casa, em Howard Beach. Tornou-se mafioso, formalmente, em 1988, numa cerimônia de iniciação apadrinhada por Frank LoCascio, um *consigliere* do clã Gambino. Em 1989, já era um milionário por conta própria, graças a um negócio de demolições que montou na Pennsylvania. Enfim, em 1990, ganhou o cargo de *caporegime*, um dos subcomandos da Família.

Com a prisão do pai e de LoCascio, em 1992, assumiu o posto de *acting boss* da quadrilha. Recebia as suas orientações sempre que visitava John Gotti na penitenciária de Marion. Embora as suas conversas fossem monitoradas, o *capo* e o filho se entendiam através de metáforas e de frases cifradas. O FBI, obviamente, passou a vigiar Junior bem de perto, à espera de um escorregão. O rapaz, contudo, permaneceu incólume, levando uma vida sossegada na sua belíssima mansão colonial de Oyster Bay, em Long Island, comprada por US$ 717.800,00, à vista – uma propriedade com quadra de tênis e com piscina.

Só em 21 de janeiro de 1998 a Justiça conseguiria detê-lo. Denunciado por extorsão e por ser um novo líder do clã, Junior acabou preso, sem fiança. Mais tarde, a Justiça estabeleceu um valor descomunal para que ele pudesse se defender em liberdade – US$ 10.000.000,00. Parentes e amigos demoraram quase nove meses até reunirem a dinheirama. Junior permaneceu confinado na sua mansão até a data do julgamento. Então, autorizado pelo pai, em troca de uma pena branda, se declarou culpado. No dia 3 de setembro de 1999, foi condenado pelo juiz Barrington Parker a meros 77 meses de cadeia.

GRAVANO, Salvatore (*1945-*)

Seu pai possuía uma fábrica de roupas – Sammy Gravano, apelidado de "*The Bull*", ou "O Touro", jamais poderá utilizar o pretexto de uma infância pobre para justificar a sua carreira de crimes. De todo modo, na meninice, era o menorzinho de sua turma e sofria de dislexia, circunstâncias que o tornaram um mau estudante e o fizeram abandonar a escola na oitava série. Logo virou um moleque de rua. Para se afirmar, começou a praticar pequenos furtos, que se transformaram em assaltos à mão armada – antes dos dezesseis anos.

Em 1962, flagrado num roubo, lhe ofereceram uma troca: no lugar do reformatório, o serviço militar. Gravano topou, teve a sorte de não ser enviado ao Vietnam – e, por 24 meses, ficou longe das confusões. Com um cunhado, Eddie Garòfalo, montou uma empreiteira e começou a ganhar muito dinheiro no departamento da construção civil. Vivia no bairro do Brooklyn, porém. E, no Brooklyn, se fazem amizades com a Máfia por geração espontânea. Natural que Gravano se aliasse a uma Família, aquela dominada por Joe Colombo.

Naqueles idos, as academias de musculação e os esteróides já tinham transformado o seu porte franzino num corpo portentoso, apesar da sua pouca altura, 1m64. Foi quando alguém da quadrilha lhe encomendou a primeira das dezenove mortes em que se envolveria. O fato aconteceu em 28 de fevereiro de 1970. Segundo Gravano, o único assassinato que cometeu diretamente, dois tiros na testa de Joseph Colucci, um traficante acusado de enganar o clã.

Meses depois, Gravano se casou com Debra Scibetta e passou a levar uma existência prosaicamente doméstica. Inquieto, todavia, não resistiu a um convite de Salvatore Toddo Aurello, um subchefe da Família Gambino, que precisava de alguém organizado para administrar os seus negócios. Deu certo. Gravano se provou um financista maravilhoso, multiplicando a grana do *capo* em investimentos legítimos. Paralelamente, também se provou um excelente planejador de achaques, subornos – e, principalmente, atentados. Num deles, supervisionou a eliminação de Nicky Scibetta, um ladrão, irmão de Debra. Em outro, determinou a morte do seu próprio ex-sócio, Eddie Garòfalo.

Quando Paul Castellano assumiu a liderança da quadrilha, Gravano se alinhou com os rebeldes de John Gotti, que preferiam Aniello Dellacroce no posto de comando. Ajudou John Gotti a projetar o assassinato de Castellano e a tomar conta da Família, como seu sucessor. Claro, se transformou no mais confiável parceiro do novo *capo* – até escutar as fitas gravadas no apartamento de Nettie Cirelli, conversas em que Gotti abusou das considerações irônicas e depreciativas sobre a conduta e o temperamento de Gravano. Num acordo com o FBI e a promotoria de Nova York, recebeu a garantia de imunidade, topou testemunhar contra Gotti e, enquanto o ex-amigo era sentenciado com a prisão perpétua, ganhou uma pena brandíssima, de apenas cinco anos de cadeia.

Durante o processo, Debra solicitou e obteve o seu divórcio, vendeu as propriedades que detinha em Nova York – e desapareceu com os filhos. Então, se imaginava que a mulher estivesse indignada com a revelação escandalosa dos inúmeros crimes do marido. Publicamente, Gravano se declarou arrasado pelo sumiço da esposa. Mas, com a ajuda do jornalista Peter Maas, desfrutou o interregno para escrever um livro, "Underboss: Sammy The Bull Gravano's Story of Life in The Mafia". Em 1995, recuperou a liberdade, sofreu várias plásticas – e foi morar no Arizona, sob o programa de proteção do FBI.

Em fevereiro de 2000, levava uma existência supostamente solitária, e supostamente legal, proprietário de uma empreiteira em Tempe, cidade ao sul de Phoenix, quando acabou preso, de novo, por posse de armas e por tráfico de *Ecstasy*. Impactantemente, na companhia de Debra – e dos filhos.

LANSKY, Meyer (*1902-1983*)

Na verdade, Maier Suchowljansky, um judeu originário de Grodno, uma cidade da fronteira da Polônia com a Ucrânia e com a Lituânia. Pouco antes da I Guerra Mundial, em 1909, seu pai, temeroso do conflito, emigrou para os Estados Unidos. Dois anos depois, importou a mulher e os três filhos – além de Maier, mais uma garota e um menino. Já rebatizada de Lansky, grafia bem mais fácil do que Suchowljansky, a família, afortunadamente, conseguiu se instalar em um apartamento de Manhattan, num lugar muito melhor do que os bairros depauperados do Brooklyn ou do Bronx. Diariamente, porém, Lansky ia até os subúrbios de Nova York para tomar as suas aulas de ferramentaria.

Numa determinada tarde de 1916, ao passar pela Rua 107, ouviu ruídos estranhos num beco. Diante de uma prostituta, Lucky Luciano e Bugsy Siegel, também adolescentes, brigavam aos socos. Intuitivamente, sem conhecer os dois desafetos aparentes, Lansky optou por auxiliar Siegel, seu companheiro de etnia. Desmaiou Luciano com um golpe de chave-inglesa. Claro, depressa se arrependeu da violência e tentou despertar o desfalecido. No fim das contas, os três se tornaram amicíssimos. Luciano e Siegel entronizaram Lansky na sua quadrilha de delinqüentes juvenis. E, rapidamente, pela sua inteligência e pela sua capacidade de organizar e de planejar, Lansky ganhou fama na Máfia.

Jamais foi iniciado na *Cosa Nostra*. No entanto, até falecer, de causas naturais, invariavelmente auxiliou a entidade no que pôde, respeitado como o gênio da administração. Cunhou uma frase formidável: "Nós somos maiores do que a U. S. Steel", então a maior e mais imperialista indústria do planeta. Na sua ficha do FBI, alguém anotou: "Tivesse um trabalho legítimo, Meyer Lansky atingiria, no mínimo, o cargo de presidente da General Motors".

Foi Lansky quem bolou as bases do contrabando de bebidas que violou a Lei Seca na América. Foi Lansky quem substituiu o álcool pelas drogas mais pesadas como fonte de renda da Máfia. Foi Lansky quem inventou o envio de grana pesada a países que aceitassem as contas bancárias numeradas, sem a devida identificação do correntista. E foi Lansky quem levou a *Cosa Nostra* para Cuba, quando a sua sobrevivência se complicou nos Estados Unidos.

Na sua carreira na entidade, Lansky criou uma imagem de não-violência – aliás, absolutamente verdadeira. Seu único gesto brutal: supervisionar o fim de Siegel, seu super-amigo, em 1947. Em 1970, conseguiu se asilar em Israel, onde permaneceria quase dois anos, até ser extraditado. Daí, tentou morar no Paraguai e no Panamá, infrutiferamente. Na marra, retornou aos EUA. Em

1973, depois de se submeter a uma cirurgia de coração, sofreu uma indiciação por sonegação de impostos, Acabou absolvido. Naquele tempo, se estimava a sua fortuna em cerca de U$ 300.000.000,00. Faleceu dez anos depois, sem que a mulher e os filhos, um deles militar, diplomado na rigorosíssima Academia de West Point, sequer imaginassem quanto dinheiro herdariam. Lansky jamais envolveu os seus parentes na sua carreira de falcatruas ou de crimes.

Curiosamente, tinha o apelido de "O Pequeno Homem".

LIGGIO, Luciano (*1925-1993*)

Siciliano de uma casta tradicional de camponeses de Corleone, lugarejo localizado nos altos das áridas montanhas da Serra da Cammarata, um clássico feudo de mafiosos, a cerca de setenta quilômetros de Palermo. O décimo filho de um casal de pobres analfabetos, absorveu o prazer da violência com os seus ancestrais. Abandonou os estudos no quarto primário e, na juventude, passou a ganhar o seu sustento roubando as colheitas dos seus vizinhos. Por causa de uma doença na sua espinha dorsal, batizada de Moléstia de Pott, uma espécie de tuberculose medular, mal se locomovia sem uma armação de madeira – que impedia a sua coluna de se dobrar, irrecuperavelmente. Quando começou a ganhar dinheiro, trocou a proteção de madeira por outra, de prata pura.

Aos dezenove anos, foi preso pela primeira vez, e matou o policial que o deteve. O julgamento do caso, todavia, se arrastou por quase duas décadas – ninguém ousava testemunhar contra Liggio. Natural que, ao redor da década década de 50, Liggio se transformasse num *capo*, chefe de uma quadrilha de virulentos bandidos rurais. Michele Navarra, o principal líder da Velha Máfia de Corleone, também um respeitadíssimo parlamentar naqueles idos, ingênua e tolamente permitiu a sua ascensão – até mesmo alugando os seus serviços, quando necessitava de alguém determinado e impiedoso para uma tarefa suja. Azar de Navarra. Em 1958, tombou, fuzilado por asseclas do protegido.

A façanha tornou Liggio famoso na Ilha inteira. Obviamente, chefes da *Cosa Nostra* que então mandava na província, a Máfia urbana de Palermo, o convidaram a planejar a constituição de uma *Cùpola*, uma Comissão aos moldes da norte-americana. Seguros de que controlariam Liggio, ciosos para tê-lo como aliado e não como opositor, os mentores da idéia, Stèfano Bontade e Gaetano Badalamenti, rapidamente o aceitaram como membro do primeiro triunvirato dirigente da entidade. Apoiado por Salvatore Riina, um colega de infância, igualmente sanguinário, Liggio logo mergulhou no tráfico de drogas e logo se transformou no *capo* mais temido e mais poderoso da Itália.

Na guerra que antepôs a Velha Máfia e os corleoneses, durante a década de 60, Liggio e Riina eliminaram cerca de mil adversários dos seus conceitos e dos seus negócios. Várias vezes indiciado e, em todas elas, absolvido por falta de testemunhas, apenas em 1974 Liggio seria preso e condenado – quando um ex-subalterno o acusou, em juízo, da morte de Navarra. Mesmo encarcerado, Liggio continuou dando ordens aos seus subordinados. Em 1991, no entanto, já enfraquecido, com graves problemas circulatórios, passou o cargo formal de *capo* a Riina e se aposentou. Permaneceria na cadeia até morrer, de infarto, em 15 de novembro de 1993. Nos seus anos derradeiros de vida, Liggio virou pintor. Consta que são excelentes as suas obras, sempre paisagens a óleo.

LoCASCIO, FRANK (*1936-*)

Neto de imigrantes sicilianos. Homem refinado e elegante, formado em Direito, ingressou na Família Gambino no comecinho da década de 50, levado por Aniello Dellacroce. Mais tarde, já nos anos 70, se tornou muito amigo de John Gotti e passou a fazer parte do seu subclã. Participou do planejamento da trama que provocou o assassinato de Paul Castellano. Enfim, em abril de 1986, depois da explosão que matou Frankie DeCicco, assumiu oficialmente os cargos de *underboss* e *consigliere* da Família, compartilhados por Sammy Gravano. Participou de praticamente todas as conversas gravadas pelo FBI no apartamento de Nettie Cirelli. As exaustivas transcrições das fitas atestaram que LoCascio mais escutou o *capo* do que falou. De todo modo, no processo que levou Gotti à prisão perpétua, LoCascio foi punido com pena igual.

Paralelamente ao seu trabalho na quadrilha, morava, sozinho, numa casa do Bronx – e aproveitava as horas vagas para criar lindos cavalos de corrida na sua fazenda, ao norte do Estado de Nova York. Antes da sua condenação fatal, apenas fora indiciado por crimes menores, e sem condenações.

LUCCHESE, Gaetano/Tommy (*1900-1967*)

Nascido em Palermo, emigrou com os pais, para os Estados Unidos, em 1911. Seguramente, o bandido mais bem educado de toda a história da *Cosa Nostra* na América. Recebeu o apelido de Tommy, ou "*Three Fingers*", "Três Dedos", embora tivesse quatro, na sua mão direita – em 1915, havia perdido o indicador numa caixa registradora primitiva. Cresceu e evoluiu na quadrilha de adolescentes da Rua 107 de Manhattan, com Bugsy Siegel, Meyer Lansky e Lucky Luciano. Na década de 20, foi o guarda-costas predileto de Luciano.

E, também, o seu assassino de plantão, um cartel de trinta mortes. Isso, enquanto participava de uma outra Família, sob as ordens do *capo* Tom Gagliano.

Particularmente carinhoso com seus subordinados, que o idolatravam, Lucchese se destacou também como um ótimo administrador. Meyer Lansky adorava conversar com Lucchese, de quem extraía algumas idéias excelentes. Foi Lucchese, por exemplo, ao lado de Luciano, o inspirador de uma entidade batizada de *Murder Inc* – ou, o Sindicato do Crime na América do Norte.

Um especialista na corrupção de policiais, de políticos, e até de juízes, Lucchese pessoalmente negociou, com o patriarca Joseph Kennedy, o apoio da Máfia ao seu filho John, na convenção do Partido Democrata em 1959 e nas eleições presidenciais de 1960. Excessivamente vaidoso, porém, ele fantasiava se transformar no *capo di tutti i capi* da Máfia no planeta. Não realizou o seu sonho. Na década de 60, começou a sofrer problemas circulatórios. E, por volta de 1966, os seus médicos descobriram que tinha um tumor cerebral.

Vitimado pelo câncer, Lucchese faleceu em 13 de julho de 1963. Cerca de mil pessoas estiveram no seu funeral – dentre elas, muitos magistrados e importantes milionários de Nova York. Aliás, mesmo correndo o perigo de serem fotografados ou filmados pelo FBI, mafiosos como Don Carlo Gambino e Aniello Dellacroce não se recusaram a comparecer à cerimônia final.

Lucchese batera um recorde: 44 anos de Máfia sem uma prisão.

LUCIANO, Charles/Lucky (*1897-1962*)

Na verdade, Carlo Lucania. Originário dos arredores de Palermo, viajou com seus pais aos Estados Unidos em 1906. Em Manhattan, foi preso pela primeira vez aos dez anos de idade, por furtar bugigangas numa farmácia. Daí, passou a vender proteção a colegas de escola que costumavam apanhar dos mais velhos no seu caminho de casa. Por volta de 1916, com Meyer Lansky, Tommy Lucchese e Bugsy Siegel, já possuía a sua própria gangue juvenil, batizada de "*Five Points*", os "Cinco Pontos", nas imediações da Rua 107. De 1920 em diante, na Lei Seca, começou a contrabandear bebidas alcoólicas.

Frank Costello introduziu Luciano na *Cosa Nostra* e o apresentou a Joe Masseria. Depressa, porém, Luciano passou a sentir asco pelo chefe, apelidado de "Mongol", conseqüência das suas feições rudes e dos seus modos brutais. Em 1931, durante a *Guerra Castellamarese*, que antepôs Masseria e Salvatore Maranzano, traiu o seu líder e, com a ajuda de Lansky e Siegel, organizou o seu assassinato. Imediatamente procurou Maranzano, confessou o seu crime e lhe pediu ajuda. Maranzano absorveu Luciano como um *capo* em seu clã.

Luciano, todavia, ostentava ambições extraordinárias. E, em setembro de 1931, coordenou um atentado contra Maranzano. Daí, com Joe Bonanno, convenceu todos os outros grandes bandos que operavam em Nova York a se congregarem numa entidade reguladora des suas atividades e de suas condutas – a Comissão da Máfia. Graças à Comissão, a *Cosa Nostra* viveu um longo período de paz, de placidez e de tranqüilidade, até os entornos de 1960.

Ao contrário de Bonanno, porém, Luciano e a sua turma logo aderiram ao tráfico de drogas, o que causou uma cisão não-declarada na entidade. Pior, lhe custou a perseguição da Justiça e do FBI. Em 1936, um promotor federal, Thomas E. Dewey, o futuro governador de Nova York e o futuro candidato derrotado, por Harry Truman, em 1944 e em 1948, à presidência dos Estados Unidos, elegeu Luciano o "Inimigo Público Número Um da América". Em 1936, incapaz de flagrar Luciano no comércio dos tóxicos, Dewey, ao menos, conseguiu condená-lo num processo obscuro, por incentivar a prostituição.

Luciano foi punido com uma pena gigantesca para aquele tipo de crime, entre trinta e cinqüenta anos de cadeia. Mas, durante II Guerra Mundial, pôde se recuperar, auxiliando o governo federal a proteger o porto de Nova York – e, principalmente, graças aos seus contatos com a Máfia da Sicília, facilitando o desembarque dos fuzileiros norte-americanos nas praias ao sul da Ilha.

A eficiente prestatividade de Luciano lhe propiciou o perdão de Dewey – que libertou o bandoleiro e lhe assegurou uma confortável deportação à Itália, em 1946. Mesmo à distância, Luciano continuou influenciando a Máfia, até morrer, no aeroporto de Nápoles, em 1962, de um súbito ataque cardíaco. O governo dos EUA autorizou o translado de seu cadáver. Luciano, enfim, foi enterrado, com toda a pompa, no cemitério de São João, em Nova York.

Ah, o apelido, "*Lucky*", proveio da sua sorte nos dados.

MAGGADINO, Stèfano/Steve (*1891-1974*)

Os analistas da *Cosa Nostra* utilizam duas adjetivações para caracterizá-lo – ou um mero imbecil, ou um ingênuo absoluto. Siciliano de Castellamare del Golfo, como o seu primo Joe Bonanno, conseguiu criar um bando mafioso em Buffalo, noroeste do Estado de Nova York, perto das cataratas do Niagara. Sem outras grandes ações no seu currículo, Maggadino se celebrizou por ter sequestrado Bonanno, entre outubro e dezembro de 1964. Sua tola intenção: descobrir se Bonanno, de fato, queria eliminá-lo. Em vez de eliminar o perigo, Maggadino acabou liberando o primo – que, espertamente, permaneceu quase dois anos sumido, um truque para elaborar, gloriosamente, sua reaparição.

Consta que subornava J. Edgar Hoover, do FBI – e que, por isso, jamais sofreu qualquer tipo de pressão das autoridades policiais. Entre as décadas de 60 e de 70, decidiu não mais pagar completamente as participações que devia à Comissão da Máfia. Sua explicação: seus negócios davam prejuízo. Morreu desmoralizado, inclusive dentro do seu próprio clã. Frase de uma nora, ouvida no seu velório: "Quando lhe pedimos que nos pagasse as férias dos netos na Flórida, sumariamente disse que estava quebrado. Diabos, era um cretino".

MAGLIOCCO, Joseph (*1898-1963*)

Robusto, na verdade enorme, foi um dos principais aliados do *capo* Joe Bonanno, nos tempos em que a Comissão conseguiu manter a paz entre todas as Famílias da Máfia dos Estados Unidos. Tinha uma irmã, casada com Joe Profaci, o seu sócio – que também cultivava sólidos laços de parentesco com o clã Bonanno. Começou a sua carreira em 1928, e viveu sempre nos bastidores. Em 1962, quando Profaci morreu de câncer, herdou sem querer o comando da Família. Logo depois, em 1963, numa fútil e frustrada tentativa de deleitar Bonanno, planejou as mortes de Carlo Gambino, Tommy Lucchese e Stèfano Maggadino. Incompetente, fracassou. A Comissão o obrigou a aparecer diante dela e a se desculpar, abertamente. Um covarde, Magliocco topou. Pagou uma multa de US$ 50.000,00 – e entregou o seu comando a Joseph Colombo. Logo depois, morreria, vitimado por um infarto arrasador. Parentes suspeitaram de um envenenamento. Depois de duas autópsias sucessivas, porém, descartaram a possibilidade de um crime. O fim de Magliocco permanece um mistério.

MÀNGANO, Vincent (*1888-1951*)

Originalmente, pertencia à quadrilha de Lucky Luciano. No começo dos anos 30, depois de um expurgo promovido pelo *capo*, conseguiu sobreviver e debandou para a gangue de Al Mineo, onde crescia o seu amigo Joe Profaci, com quem havia emigrado à América em 1922. Depois da morte de Mineo, na *Guerra Castellamarese*, em 1931, mesmo bastante jovem, patrocinado por Joe Bonanno, assumiu o comando da Família. Seu maior trunfo: a brutalidade do mano Phil Màngano, que matava por simples prazer, não por vingança ou por dinheiro. Vincent Màngano se tornou um desafeto ostensivo de Al Anastasia, que determinou a eliminação de Phil, no dia 19 de abril de 1951. Ao mesmo tempo, Vincent desapareceu. Foi substituído, obviamente, por Al Anastasia.

MARANZANO, Salvatore (*1868-1931*)

Já era um *capo* com tendências esquerdistas em Castellamare del Golfo, no ano de 1918, quando fugiu para os Estados Unidos. Fanático pelos escritos de Maquiavel, ao desembarcar na América, ciente da impossibilidade de fazer política, decidiu dominar a *Cosa Nostra* que então fermentava, principalmente em Nova York. Frontalmente enfrentou Joe Masseria, que via a Máfia apenas como uma ponte para o enriquecimento através do crime. Ganhou a briga.

De todo modo, era um intelectual, capaz de citar longos textos em latim, excessivamente culto para os padrões de Lucky Luciano e Tommy Lucchese. Era um tipo ambicioso, obviamente interessado no cargo de *capo di tutti i capi* – e os seus rivais decidiram destruí-lo. No dia 10 de setembro de 1931, quatro bandidos, pessoalmente coordenados por Lucchese, invadiram o escritório de Maranzano, esfaquearam o seu estômago e ainda atiraram em seu peito e na sua face. Luciano assumiu o crime. E prometeu se explicar ao resto da Máfia. Do acordo que, então, surgiu, nasceria a primeira Comissão administradora da *Cosa Nostra*. Bonanno e Luciano dividiriam o poder na tal Comissão.

MARCELLO, Carlos (*1910-1993*)

Na verdade, Calògero Minicari, nascido em Túnis, norte da África, filho de sicilianos – que emigraram à América quando ele ainda era um bebê de oito meses. Seus pais se instalaram em Nova Orleans, Louisiana, sul dos EUA. A sua primeira prisão aconteceria em 1930, Marcello acusado de assalto a um banco. Sem provas, a promotoria da cidade foi obrigada a libertá-lo. Melhor, por causa das conexões da *Cosa Nostra* com os políticos regionais, Marcello acabou ganhando o perdão pleno do governador Huey Long (1893-1935), que adorava realizar obras inúteis, faraônicas, sempre superfaturadas. Daí, as suas relações com o poder político regional apenas se multiplicaram e, graças à sua amizade com Long, que se tornou senador e continuou mandando na Lousiana até ser assassinado, Marcello virou uma espécie de donatário do Estado.

Entre outras falcatruas e ilegalidades, Marcello intermediou, para Long, a instalação das máquinas caça-níqueis de propriedade das grandes quadrilhas de Nova York. Enriqueceu, como enriqueceu o governador e senador. Durante décadas, até os anos 50, o FBI e a promotoria federal tentaram prendê-lo e/ou deportá-lo. Marcello, porém, tinha contatos preciosos inclusive em ministérios da Itália – que sempre se recusou a recebê-lo, alegando não ser o *gangster*, de fato, um cidadão peninsular. Mais: Marcello foi um instrumento essencial nos acordos da *Cosa Nostra* com o patriarca Joe Kennedy, determinado a eleger o seu filho John à presidência dos Estados Unidos. De qualquer modo, a Justiça norte-americana conseguiu extraditar Marcello em 1959. Para onde? Sem uma autorização da Velha Bota, remeteu o *gangster* à Guatemala, que não aceitou o presente, e a El Salvador. Bingo. Marcello simplesmente tomou um avião de volta e, sem que ninguém conferisse os seus documentos, reentrou nos EUA.

Ironicamente, a aliança de Marcello com o patriarca dos Kennedy fez de Bobby, irmão de John, um inimigo intransigente do bandido. Bobby passou a odiar Marcello. Em 1960, já no cargo de procurador geral do país, Bobby se esforçou para destruir Marcello. Inutilmente. Cooptado pela CIA, o *gangster* participaria da fracassada montagem do projeto de invasão de Cuba, através da Baía dos Porcos, abril de 1961. Depois, participaria da organização do bem-sucedido atentado contra John Kennedy, em 22 de novembro de 1963.

Morreria de causas naturais, bem idoso – e multimilionário.

MASSERIA, Giuseppe (*1880-1931*)

Apelidado "*Joe, the Boss*" e também "Mongol", respectivamente pelos seus amigos e pelos seus inimigos. Na sua vida, aliás, não houve um tom cinza – era tudo preto, ou era tudo branco. Um siciliano miúdo, mas bastante atacarrado, 1m57 de altura, 70kg de peso, feições orientais, os olhos gelados, uma expressão imutável no rosto, Masseria fugiu da Ilha em 1903, acusado de assassinato. E conseguiu se refugiar entre os imigrantes peninsulares de Nova York. Rapidamente ganhou o respeito dos quadrilheiros da cidade e começou a trabalhar no bando de Nick Morello, um capo pioneiro na "*Big Apple*".

Por volta de 1920, já possuía o seu próprio clã. Um adversário, de nome Ruocco Valenti, tentou matá-lo em 1921. Fato incrível, Valenti ostentava uns vinte fuzilamentos em seu currículo – mas, quase à queima-roupa, errou todos os tiros desferidos sobre Masseria, que ganhou o apelido de "O Homem Capaz de se Desviar das Balas". Vingança obrigatória, "*The Boss*" eliminou Valenti, utilizando como pistoleiro um certo Lucky Luciano. Depois, quando eclodiu a sua guerra contra o clã *Castellamarese* de Salvatore Maranzano, o mesmo Luciano trairia Masseria – e iniciaria a sua carreira-solo na *Cosa Nostra*.

PÈRSICO Juniore, Càrmine (*1937-*)

De Nova York, aderiu muito jovem à quadrilha de Joe Profaci – na qual se celebrizou pela velocidade e pela brutalidade com que cumpria suas tarefas. Cresceu no bando ao lado dos manos Gallo e, quando Profaci e o seu sucessor, Joe Magliocco, respectivamente faleceram, em 1962 e em 1963, se tornou um dos principais colaboradores do novo *capo* do clã, Joe Colombo. No percurso, num bar deserto, certa madrugada, tentou matar Larry Gallo por enforcamento – exatamente a mesma cena do assassinato de Luca Brasi no primeiro filme da saga "*The Godfather*". Ao contrário do que ocorreu na tela, Pèrsico falhou e acabou jurado de morte por Larry e seus irmãos malucos. Afortunado, porém, sobreviveu a várias represálias e assumiu a posição de Colombo em 1971. No mais grave atentado que sofreu, bombardeado por vários tiros enquanto guiava o seu carro, conseguiu se safar incólume. Cinematograficamente, ao descer do veículo, cuspiu em público, na rua, uma bala que se alojara em sua boca.

Exerceu um reinado particularmente bizarro, em que envolveu um filho, Alphonse, nas coisas da sua Família, e praticamente arruinou a sua vida. Além disso, entre 1972 e 1985, passou dez anos na cadeia. Preso, se tornou um leitor fervorosíssimo, principalmente de livros de Direito. Daí, decidiu abdicar dos advogados e passou a se defender, ele mesmo, sem ajuda, em todos os seus processos na Justiça. No seu mais importante julgamento, em 1986, acusado por Rudy Giuliani, fracassou definitivamente e pegou uma pena de um século de reclusão. A sua frase lapidar, ao comentar a punição: "Se não existisse a tal de Máfia, sequer haveria esta audiência". Ninguém deu risada no tribunal.

PROFACI, Joseph (*1896-1962*)

Entre as décadas de 30 e de 50, o principal aliado do *capo* Joe Bonanno nas decisões da Comissão da *Cosa Nostra*. Mais do que isso, quase parente de Bonanno – a sua sobrinha Rosalie se casou, em 1956, com Salvatore, o filho primogênito do então grande líder da entidade. As semelhanças de ambos, no entanto, se confinavam ao seu relacionamento pessoal. Enquanto Bonanno era admirado e praticamente idolatrado pelos subalternos, Profaci não merecia a mesma afeição. Um chefe lento e preguiçoso, pouco afeito aos novos negócios e ao risco dos investimentos, preferia cobrar um pedágio compulsório dos seus soldados – uma taxa que variava do mínimo de US$ 25,00 ao mês, para quem não participava de roubos ou da venda de proteção, até uma comissão de 20% em todos os casos maiores, como os assaltos aos caminhões de carga.

Morava numa propriedade majestosíssima, de quase 140km^2, na região de Long Island, dotada de um cais, de um aeroporto privado e até mesmo de uma linda capelinha. Aliás, Profaci se vangloriava das soberbas doações que fazia à Igreja Católica. Em 1949, um grupo de religiosos, bispos e um cardeal inclusive, chegaram a solicitar a Pio XII que lhe concedesse a honra de uma comenda como recompensa pelas suas benemerências. Na época, ninguém, no mundo inteirinho, contribuía com mais dinheiro para as obras assistenciais do Vaticano. Uma campanha na mídia impediu o papa de autorizar o laurel.

Profaci, no entanto, se manteve fiel à sua causa. Logo depois, um louco cometeu a heresia de roubar a coroa de uma imagem santificada na paróquia de Santa Bernadette – que Profaci freqüentava. O *gangster* determinou à sua quadrilha que encontrasse o ladrão, recuperou a jóia e ordenou a eliminação do rapaz, estrangulado com um rosário. A sua fé, no entanto, não o livrou das rebeldias em seu bando, muitas delas industriadas pelos manos Gallo. Acabou falecendo de câncer, em 1962, sem resolver a pendenga com os irmãos.

RASTELLI, Philip *(1918-1991)*

Desde a sua tenra juventude, um soldado fiel do clã Bonanno. Em 1962, porém, perdeu o respeito do *capo* ao encomendar a eliminação de Connie, a sua própria mulher, suspeita de denunciá-lo ao FBI como traficante. Quando Joe Bonanno decidiu se aposentar, nos meados daquela década, e a sua Família se desmilingüiu, Rastelli dividiu os despojos com Càrmine Galante. Foi sempre um chefe incompetente, marcado pelo estigma da truculência desnecessária. De 1976 em diante, passou mais tempo na prisão do que fora dela. No final de 1985, depois da morte de Paul Castellano, solicitou garantias de vida ao FBI – o que não evitou uma nova detenção, em 1986, e uma condenação a doze anos de cadeia. Morreria na penitenciária, vitimado por um câncer no fígado.

REINA, Thomas *(1889-1930)*

O primeiro *capo* da Família Gagliano/Lucchese. Quando Joe Masseria e Salvatore Maranzano começaram a se indispor, no finalzinho da década de 20, Reina tentou se manter eqüidistante. Simultaneamente, tramava com Masseria, enquanto fingia ser aliado de Maranzano. Descoberta a sua dubiedade, Lucky Luciano resolveu eliminá-lo, missão que entregou a Vito Genovese, no dia 26 de fevereiro de 1930. Posteriormente, o delator Joe Valacchi se casaria com a única filha de Reina. Consta que Reina ostentava um nível cultural bem acima dos seus colegas de *Cosa Nostra*. Falava três idiomas e conhecia o latim.

RIINA, Salvatore (*1924-*)

Também um rebento rebelde de uma casta tradicional de camponeses de Corleone, amigo de infância de Luciano Liggio e seu parceiro de bandidagens infanto-juvenis. Discretíssimo, apesar dos quase mil crimes que acumulou em seu currículo, ganhou o apelido de "Homem sem Rosto". Depois que Liggio foi introduzido na *Cùpola* da Ilha, nos entornos da década de 60, Riina passou trinta anos nas sombras, sem permitir, sequer, uma foto prosaica de família.

Totò para os íntimos, Riina foi um adversário crônico, figadal, de Don Masino Buscetta, a quem acusava de ironizar a sua falta de cultura, de modos e de educação – e a quem louca e descontroladamente odiava. Pessoalmente se encarregou de eliminar mais da metade dos parentes e agregados que Buscetta perdeu na guerra contra os corleoneses, inaugurando um comportamento novo e particularmente negro na história da Máfia: o massacre de civis – ou, de pessoas não-iniciadas na organização. Também pessoalmente, se incumbiu da morte de Stèfano Bontade, em 1981 – numa ação que aterrorizou Gaetano Badalamenti e o levou a se refugiar nos Estados Unidos. Badalamenti, aliás, acabou preso, em Nova Jersey, em 1984. Lá, cumpre uma pena de 45 anos.

Em 1987, Riina supostamente teria participado de uma reunião secreta com o ex-premiê Giulio Andreotti, encontro em que os *democristiani* e a *Cosa Nostra* revitalizaram o seu pacto de apoio mútuo. Segundo alguns *pentiti* que, sempre supostamente, testemunharam o episódio, Andreotti e Riina selaram o seu acordo com beijos nas faces. Não existem outras provas de que a reunião e os beijos aconteceram. Por isso, a denúncia não foi aceita nos tribunais. Ainda em 1987, foi condenado, à revelia, junto com seu sub, Giovanni Brusca, pelo assassinato de um traficante rival. A sentença mais e mais o fez refluir.

Riina acabou preso, pelos carabinieri e pela DIA, em 1993. Indiciado e condenado, hoje cumpre, cumulativamente, várias sentenças perpétuas.

ROSELLI, John (*1905-1976*)

Na verdade Filippo Sacco, tinha seis anos quando a sua mãe o levou da Itália aos Estados Unidos, em busca do pai – então já instalado na região leste de Boston, Massachusetts. O pai, porém, logo morreu, a sua mãe se casou de novo, com um maluco beberrão, e o garoto, aos treze de idade, se emaranhou num episódio inusitado. A sua casa se incendiou, por culpa do padrasto – que acusou o moleque. Furioso, Filippo fugiu de casa, para nunca mais voltar.

Viajou até Chicago e, lá, se aproximou da quadrilha de Al Capone, que lhe propiciou a sua nova identidade, Johnny Roselli. Uma combinação insólita de matador e diplomata, rapidamente evoluiu na gangue e se transformou no seu embaixador na crescente Hollywood. Durante toda a década de 30, Roselli reuniu cerca de US$ 1.000.000,00, extorquindo os magnatas do cinema.

Flagrado numa chantagem mal-sucedida, pegou 36 meses de prisão, mas retornou a Hollywood com força total. Chegou mesmo a investir em filmes de certa classe, como "*He Walked by Night*", datado de 1948, *thriller* dirigido por Alfred L. Werker, com Richard Basehart e Scott Brady nos dois principais papéis. Posteriormente, tal fita inspiraria "*Dragnet*", uma série de TV em que os mocinhos, no fim das contas, sempre detêm ou eliminam os bandidos.

Amicíssimo de Sam Giancana, era, também, o seu braço-direito. Ajudou Giancana a costurar as ligações da Máfia com a CIA, na época da fracassada tentativa de se assassinar Fidel Castro, a "Operação Mangusto", e também da frustrada invasão da Baía dos Porcos, em Cuba. Na sua ação mais audaciosa, conforme admitiu a vários companheiros da *Cosa Nostra*, como Bill Bonanno, Roselli desferiu os tiros que efetivamente mataram John Kennedy. Embora os seus informantes no submundo do crime já tivessem, desde 1963, disseminado a maioria dos detalhes da sua história, o governo e a Justiça dos EUA jamais checaram a veracidade ou a procedência da confissão de Roselli – enfim escancarada, publicamente, em 1999, no livro autobiográfico de Bonanno.

Em 1968, Roselli disputou uma acirrada peleja de pôquer com astros de Hollywood, os comediantes Phil Silvers, Tony Martin e Zeppo Marx. Graças a alguns orifícios perpetrados no forro do apartamento em que o jogo aconteceu, espiões de Roselli lhe transmitiam todos os detalhes das mãos dos adversários – e o pistoleiro, em poucas horas, tirou dos outros US$ 400.000,00. Honre-se a competência de Roselli. No universo do cinema, Zeppo já ostentava a fama nada louvável de falcatruar todas as mesas de baralho em que se envolvia.

No apogeu do Caso Watergate, em 1974, o Senado dos EUA encarregou um subcomitê de investigar alguns episódios suspeitos na história recente do país. O subcomitê distribuiu uma tonelada de intimações, inclusive para Sam Giancana e para Roselli. Giancana foi fuzilado no dia 19 de junho de 1975, cinco dias antes de testemunhar. Roselli depôs na mesma data – assumindo, sem muitas minúcias, a sua participação na "Operação Mangusto". Ninguém lhe perguntou nada a respeito da morte de Kennedy. À saída do Congresso, o seu advogado o aconselhou a contratar alguns seguranças. Roselli refutou, com uma gargalhada: "Quem vai querer o fim de um velho, como eu?".

Morava pertinho de Miami, em julho de 1976, quando, em determinada noite, resolveu comprar cigarros – e sumariamente desapareceu. Uma patrulha da Guarda Costeira norte-americana encontraria parte do seu corpo, dentro de um galão de óleo, flutuando nas águas da baía Biscayne da Flórida.

ROTHSTEIN, Arnold *(1882-1928)*

Filho de um pequeno industrial de Nova York, dono de uma empresa de processamento de algodão, nasceu abonado e, certamente, não precisaria do crime para enriquecer. A sua paixão pelo pôquer e o seu namoro escondido com uma cristã, porém, forçaram seu pai, um judeu ortodoxo, a expulsá-lo de casa, aos dezesseis anos de idade. Rothstein rapidamente se associou a Meyer Lansky e, aos dezoito, já era co-proprietário de um belo cassino clandestino na cidade. Consta que planejou a maior tramóia de toda a história do esporte nos EUA – o suborno que fez alguns craques dos Chicago Black Sox entregarem a decisão das *World Series* do beisebol, em 1919, aos Cincinatti Reds. Jamais se atestou a participação de Rothstein na safadeza. De todo modo, se sabe que ele embolsou ao menos US$ 270.000,00 em uma aposta no time dos Reds.

Um diplomata brilhante, na era da Lei Seca se transformou no principal negociador da Máfia com as autoridades corruptas do governo, da polícia e da Justiça na cidade. Dos 6.902 casos de contrabando de bebidas que chegaram aos tribunais naqueles idos, quatrocentos foram abandonados antes mesmo de um julgamento, exatos 6.074 se encerraram com a absolvição dos acusados. No percurso, Rothstein construiu a maior rede de prostituição em todo o país. E, antes de completar trinta anos, já tinha reunido o seu milhão de doletas.

A sua autoconfiança produziria a sua desdita. No dia 8 de setembro de 1928, num apartamento da Broadway, entrou numa partida de pôquer que só terminaria sessenta horas depois. No cotejo, perdeu US$ 320.000,00, que se recusou a pagar, acusando os seus três adversários de trapacearem. Morreria fuzilado, no dia 4 de novembro, na sua suíte do Park Central Hotel.

SALERNO, Anthony *(1911-1992)*

Um descendente de napolitanos, nasceu e cresceu na região do Harlem e lá se tornou um dos auxiliares mais confiáveis de Vito Genovese. Inicialmente um pistoleiro aterrorizante, na década de 60 se transformou em *consigliere*, uma função semi-administrativa, que lhe propiciou absorver 5% de tudo que o clã arrecadava. Sem correr riscos na rua, virou milionário. Passou a dividir o seu tempo entre Miami Beach, um luxuriante apartamento no Gramercy Park de Manhattan, e uma estupenda propriedade de 400.000m2 em Rhinebeck, ao norte do Estado de Nova York. Consta que, já naqueles idos, administrava um bolo de negócios estimado no absurdo de US$ 50.000.000,00 ao ano.

Impressionada pelos números, efetivamente gigantescos, em novembro de 1986, a revista "Fortune" colocou Salerno na sua capa e o indicou como o *capo* mais rico da América. De fato, ele já possuía uma grana estratosférica – havia vários outros mafiosos à sua frente, porém. Paralelamente, a promotoria de Nova York, liderada por Rudolph Giuliani, movia um maxiprocesso contra três das grandes Famílias da cidade, o clã de Salerno inclusive. Impedido de fumar os seus charutões cubanos no tribunal, o *capo* se compensou devorando barras e mais barras de cholate. Num dos intervalos do julgamento, um amigo lhe ofereceu um quitute naturalista, à base de cereais. Salerno recusou o regalo com um gunhido: "Por que eu necessitaria de saúde? Vou morrer na cadeia, mesmo". Efetivamente, Giuliani conseguiu sentenciá-lo a uma pena fatal, um século de detenção – e Salerno faleceria na prisão, praticamente senil.

SCHULTZ, Dutch *(1902-1935)*

Na verdade, Arthur Flegenheimer, natural do bairro do Bronx, em Nova York. No comecinho da década de 20, não passava de um trombadinha – até se tornar um protegido de Arnold Rothstein, que o apresentou a Meyer Lansky e a Lucky Luciano. Soma de estupidez com ferocidade, sempre que a entidade precisava de algum trabalho particularmente exemplar, ou apavorante, Schultz era o convocado a executá-lo. Pagava, aos seus soldados, os piores salários da *Cosa Nostra.* Não existia, afinal, quem ousasse lhe implorar um aumento.

Vestia-se mal, só utilizava um palavreado vulgar – mas nunca exibia os seus sentimentos em público. Costumava rir de quem o ofendia. E se vingava, depois, com requintes de extrema crueldade. Em 1935, sem o aval de Luciano, desenvolveu um plano para matar o procurador-especial Thomas Dewey, que acossava o seu clã. Luciano descobriu a trama e se assustou com o risco que o seu pistoleiro errático poderia causar à Máfia toda. Resolveu se antecipar. Na noite de 23 de outubro daquele ano, Schultz se reuniu com três companheiros de bando no Palace Chop House and Tavern, de Newark, Nova Jersey, para um jantar de negócios. Foi fuzilado no banheiro, enquanto fazia xixi e os amigos sucumbiam no salão do lugar. Incrivelmente, sobreviveu aos tiros por cerca de dois dias, consciente – sem denunciar, porém, os seus matadores.

SIEGEL, Benjamin *(1905-1947)*

Um dos integrantes mais precoces do crime organizado nos EUA. Tinha somente catorze anos quando montou a sua própria gangue juvenil no Lower East Side de Manhattan, aceitando contratos de morte quase uma década antes da instituição oficial da *Murder Inc.* Amicíssimo de Meyer Lansky, com ele se envolveu em inúmeras atividades ilegais independentes – roubo de cargas, contrabando de bebidas, exploração de mulheres, tráfico de drogas, extorsão e assassinatos a granel. Não tinha o brilho intelectual, o cérebro de Lansky. Era, todavia, simpaticíssimo e muito charmoso. Por isso, foi aceito, tranqüilamente, no clã de Lucky Luciano, que costumava chamá-lo de italiano honorário.

Consta que conquistou a confiança integral de Luciano ao participar da criação e da execução do plano que detonou Joe Masseria. Na década de 30, Luciano o remeteu à Califórnia para instalar um ramo do bando na florescente costa oeste dos Estados Unidos. Lá, recebeu o apelido de Bugsy, que odiava. Lá, também, começou a circular entre os astros e as estrelas do *show biz* – e até mesmo com gente da mais alta sociedade. Num dos seus audaciosos casos de amor, se enganchou numa condessa italiana, Dorothea DiFrasso, e com ela viajou até Roma. Certa ocasião, numa festa que a condessa ofereceu a Benito Mussolini, conheceu dois enviados de Adolf Hitler, os líderes nazistas Joseph Goebbels e Hermann Goering. Um judeu, Siegel imediatamente detestou os dois, por causa do seu anti-semitismo radical. Contou à mulher que pretendia matá-los. A condessa conseguiu dissuadi-lo. Ironia: Siegel poderia ter livrado o seu povo do Holocausto – e poderia ter impedido a II Guerra Mundial.

Na década de 40, convenceu a Máfia a abrir um hotel-cassino no deserto de Las Vegas, em Nevada, o Flamingo. Nele, torrou US$ 8.000.000,00, muito além do que a entidade lhe permitira investir – um terço da grana, aliás, desviado por sua então namorada, Virginia Hill. Pior. Torrencialmente choveu na semana de abertura do estabelecimento, um fracasso retumbante. Os chefes mafiosos passaram a pressionar Siegel, exigindo o reembolso da grana. Siegel solicitou que a Máfia lhe concedesse mais algum tempo. E, de fato, por volta de maio de 1947, o Flamingo começou a dar lucro. De todo modo, a sua sentença de morte fora proclamada – com os votos favoráveis de Luciano e de Lansky, que já não acreditavam na fidelidade do amigo. Na noite de 20 de junho de 1947, vários balaços de carabina, desferidos através da janela de uma das salas da bela mansão que Siegel ocupava em Beverly Hills, na Califórnia, encerrariam a sua história. Siegel jamais veria a sua Las Vegas fulgurar.

TRAFFICANTE Jr., Santo *(1914-1987)*

Filho de Santo Trafficante Sr., um siciliano nascido em 1886 e falecido de causas naturais em 1954, o primeiro *capo* mafioso da Flórida, com sede na cidade de Tampa. O herdeiro assumiu o trono paterno imediatamente e muito jovem para os padrões da *Cosa Nostra*. Representava a principal conexão da entidade com a Havana corrupta do ditador Fulgêncio Batista – quando Fidel Castro tomou o poder pelas armas, em Cuba, em pleno *rèveillon* de 1958.

Efetivamente, Trafficante Jr. morou em Havana, entre 1946 e 1959. E, ao contrário de outros bandidos, que fugiram de Cuba logo depois do golpe, lá permaneceu mais algum tempo, certo de que Fidel não duraria. Acabou preso e, então, foi repentinamente libertado, levando até mesmo todo o seu dinheiro de volta a Tampa. O episódio provocou suspeitas na Máfia. Teria Trafficante Jr. se tornado um agente de Fidel na Flórida? Nunca se provou tal ligação. De qualquer modo, Trafficante Jr. se envolveu diretamente com Sam Giancana, Johnny Roselli e Carlos Marcello no complô que conduziu ao assassinato de John Kennedy. Em 1978, num depoimento diante de um comitê especial do Senado dos EUA, utilizou uma *boutade* para negar, peremptoriamente, a sua participação no atentado: "Ora, por que matar John Kennedy em 1963 se ele seria destruído, vivo, pelos votos dos republicanos nas eleições de 1964?"

Ninguém mais o incomodaria até sofrer um infarto, em 1987.

VALACHI, Joseph M. *(1903-1971)*

O mais desonesto dos mafiosos a quem uma carreira no crime deu fama. Desonesto com a *Cosa Nostra*, com o FBI – e com ele mesmo. Adolescente, na década de 20, se juntou ao clã de Salvatore Maranzano. De acordo com a sua própria e fantasiosa imaginação, se entronizou na Máfia, durante um ritual secreto, em 1930. Detalhe: tais eventos não existiam naqueles idos. Apenas se iniciariam bem depois, nas gangues de Tommy Lucchese e de Vito Genovese, que precisavam impressionar os comprimários noviços à sua disposição.

De todo modo, depois do assassinato de Maranzano, aderiu ao bando de Lucky Luciano, começou a cortejar a filha de Tom Reina, se casou com ela e, em 1959, capturado em flagrante num episódio confuso de tráfico de drogas, acabou na cadeia, sentenciado a uma pena entre quinze e vinte anos de prisão. Covarde crônico, curiosamente ganhou o privilégio de ocupar a mesma cela de Genovese numa penitenciária de Atlanta, na Geórgia. Claro, Valachi já tinha, naqueles tempos, se transformado num informante remunerado do FBI.

Cerca de 36 meses se passaram até que Genovese começasse a suspeitar de Valachi. Absolutamente aterrorizado, o dedo-duro imaginou que um certo detento de nome Joe Saupp havia recebido a encomenda de matá-lo. Acabou esmagando a cabeça de Saupp com um pedaço de cano de ferro. Julgado pelo crime, abiscoitou uma punição perpétua – e se considerou traído pelo FBI. Na Máfia e no governo lhe deram o apelido de Joe Cargo, ou de Joe Cago –

sim, isso mesmo, o Cagão. Pois Valachi, desesperado para manter a pele, desandou a revelar o que sabia sobre a Máfia, muito pouco, e o que não conhecia, quase tudo, na tentativa torpe e estabanada de se safar da possível eliminação.

Enfim, entre setembro e outubro de 1963, no plenário do Senado dos EUA, acobertado pelo procurador-geral, Bob Kennedy, e protegido por uma guarda absurda de 250 delegados federais superarmados, testemunhou diante do Comitê McClellan, onde identificou exatas 317 pessoas como integrantes da cúpula da *Cosa Nostra.* O episódio lhe valeu a providencial co-autoria de um livro fragilérrimo – mas, aparentemente fascinante, "The Valachi Papers". Fragilérrimo pela falta de provas. E fascinante pelo texto do autor real da obra, o jornalista Peter Maas, um pesquisador elogiável dos assuntos da Máfia.

Nos anos seguintes, Maas engoliria a seco uma imensidão de dolorosos equívocos, todos induzidos pelas falsas confissões de Valachi. Tarde demais. O dedo-duro já havia enriquecido com os direitos autorais e já vivia debaixo da segurança caríssima do FBI. De qualquer forma, o governo dos EUA usou e abusou das revelações de Valachi para, de novo, acuar a Máfia – na primeira das suas ações genericamente intensivas desde Thomas Dewey, anos 30.

Desastrosamente, nenhuma das denúncias de Valachi conduziu à prisão de um único mafioso que fosse. O bandido de boca larga, contudo, sobreviveu, incólume, solitário, na cadeia, até 1971, quando morreu de causas naturais.

VIZZINI, Calògero (*1877-1954*)

Efetivamente, o primeiro grande *capo* da Máfia em toda a Sicília. Tinha o apelido de *Il Pizzu*, o dialetal da Ilha para bico, conseqüência do seu nariz protuberante e de uma expressão que ele mesmo cunhou, no começo do século XX, *fari vagnari u pizzu* – ou, essencialmente, "molhar o bico", uma metáfora dos subornos que pagava a gente de governo e da polícia, como compensação pela grana arrecadada na ostensiva venda de proteção aos comerciantes e aos camponeses da sua região, Villalba. De tudo o que se produzia por lá, Vizzini absorvia uma fatia bem robusta de taxações informais, que ele preferia chamar de doações voluntárias. Quem não contribuía, claro, Vizzini executava.

Il Pizzu começou a sua carreira de violências ainda na sua adolescência, na sua cidade natal, espancando um funcionário do governo da Ilha, por causa de uma garota. Um tio, padre muito influente em Villalba, porém, convenceu a pobre vítima da surra a retirar as acusações. Daí, aos poucos, evoluiu na Ilha inteira o poder de Vizzini, um homem de fato portentoso, na inteligência e na crueldade. Na década de 20, ele traiu as suas origens e se aliou aos fascistas de Benito Mussolini, permitindo que Cèsare Mori, feitor do *duce*, dilapidasse a Velha Tradição. Então, centenas e centenas de jovens rapazes, nos seus 20, 25 anos, fugiram de sua pátria, questão de sobrevivência. Na imensa maioria, os adversários de *Il Pizzu* emigraram aos Estados Unidos. Depois, durante a II Guerra Mundial, Vizzini auxiliou os norte-americanos a invadirem a Itália.

A queda do *duce*, ironicamente, solapou a sua força e a sua liderança. Até que, na década de 50, prudentemente, Vizzini optou por se afastar, aos poucos, do topo da *Cosa Nostra*. No percurso, indiretamente, a sua abdicação permitiu a ascensão dos bandoleiros corleoneses de Luciano Liggio e de Totò Riina. *Il Pizzu* acabou morrendo de velhice, solitário e desmoralizado.

Índice remissivo dos personagens reais

Este catálogo apenas inclui os personagens, reais, que foram citados no corpo principal do livro. Não engloba aqueles mencionados no Capítulo IX, o rescaldo dos episódios que ocorreram entre abril de 1990 e janeiro de 2001. Nem aqueles referidos nas minibiografias do "Quem-é-Quem" do Capítulo X.

A

ADONIS, Hèctor, 458
ADONIS, Joseph (Joe), 307, 494
AIELLO, Joe, 127, 130
ALESSIO, Joe, 324, 341
ALOI, Vincenzo, 343
ANASTASIA, Albert, 133, 252, 306, 309, 311, 494, 507, 509
ANDREOTTI, Giulio, 344, 353, 357, 478, 480, 482, 485, 490, 526
ARCACHA-SMITH, Sérgio, 326
ARMONE, Joe, 24, 25, 475
ARMSTRONG, John, 330
ARTIME, Manuel, 326, 329
AZZOLINI, Lauro, 353

B

BADALAMENTI, Gaetano, 344, 485, 490, 517, 526
BANNISTER, Guy, 326, 329, 331
BÀRBARA, Joseph (Joe), 311
BATÍSTA Y ZALDÍVAR, Fulgéncio, 258, 306, 325
BATTAGLIA, Gus, 310
BERTRAND, Clay (Shaw), 326
BILOTTI, Thomas, 25, 26
BONANNO, Giuseppe (Joseph), 38, 133, 134, 171, 203, 250, 251, 253
BONANNO, Salvatore (Bill), 40, 187, 251, 313, 323, 496, 527, 535
BONTADE, Stèfano, 344, 517
BORSELLINO, Paolo, 16, 192, 477, 478, 479, 488
BOUVIER, Jacqueline (Kennedy), 309
BUCHALTER, Louis (Louis Lekpe), 261
BUSCETTA, Tommaso, 349, 353, 355, 357, 468, 480, 485, 486, 488, 492
BUSCETTA, Melchiorra, 350

C

CAPONE, Alphonse (Al), 127, 129, 130, 171, 307, 312, 331, 494, 511, 526
CARNEGLIA, John, 23, 27, 139, 347, 348, 509
CASCIOFERRO, Vito, 118
CASTELLANO, Paul 24, 25, 27, 133, 203, 312, 346, 348, 470, 475, 496, 506, 508, 515, 518, 525
CASTRO, Fidel, 325, 495, 527, 531
CESAR, Thane Eugene, 341
CIRELLI, Mickey, 22
CIRELLI, Nettie, 22, 349, 470, 472, 474, 515, 518
COHN, Roy M., 25
COLOMBO Sr., Joseph, 133, 339, 521
COOK, Fred J., 307
CORALLO, Anthony (Tony), 134, 343, 347, 503
COSTELLO, Frank, 134, 257, 264, 306, 510, 512, 519
CRENSHAW, Charles, 333

CRISPI, Francesco, 119
CROSBY, Bing, 328
CUCCIA, Francesco, 124
CUTLER, Bruce 347, 349, 471, 472, 481, 482, 489

D

DALLA CHIESA, Carlo Alberto, 206, 353
DALLA CHIESA, Nando, 363
D'ANGELO, Smitty, 325
DAVIES, Marion, 322, 323
DECICCO, Frankie, 25, 512, 518
DeCONCINI, Dennis, 307
DeCONCINI, Evo, 307
DeGENNARO, Gianni, 356
DELLACROCE, Aniello, 23, 25, 26, 27, 475, 502, 508, 515, 518, 519
DEWEY, Thomas E., 260, 520
DI BERNARDO, Robert, 19, 27
DULLES, Allen 327

E

EISENHOWER, David Dwight (Ike), 310, 312, 320, 324
EXNER, Judith Campbell, 321, 490

F

FALCONE, Giovanni, 192, 355, 476, 479, 488, 499
FATICO, Danny, 345
FAVARA, John, 26
FLEGENHEIMER, Arthur (Dutch Schultz), 261, 497, 529
FLEURY, Sérgio Paranhos, 352, 362
FRANKEL, Marvin, 340

G

GABRIEL, George, 203, 470, 490
GAGLIANO, Tom, 134, 308, 519
GALANTE, Càrmine, 340, 525
GALLIONE, Ralphie, 24, 25
GALLO, irmãos, 339, 340, 343, 503, 507, 523-525
GAMBINO, Carlo , 19, 23, 27, 133, 204, 311, 312, 321, 339, 340, 343, 345, 348, 351, 495, 498, 499, 501-503, 506, 507, 512, 519, 521
GAMBINO, John, 19, 23, 27, 51, 139, 150, 151, 152, 154, 174, 175, 177, 178, 182, 204, 216, 243, 295, 344, 348, 349, 372, 381, 448, 456, 459, 479, 481, 483, 508, 509
GAMBINO, Manny, 24
GANDY, Helen, 342
GARIBALDI, Giuseppe, 41, 119, 123
GARRISON, Jim, 310
GENOVESE, Vito, 134, 252, 262, 306, 309, 311, 343, 494, 505, 506, 508, 512, 525, 528, 531
GIACALONE, Diane, 345, 346, 349
GIANCANA, Diane, 511
GIANCANA, Momo Salvatore (Sam), 321-329, 331, 332, 339, 341, 343, 490, 511, 527, 531
GIGANTE, Vincenzo (Chin), 505, 510
GIROTTI, Vera, 350, 351
GIULIANI, Rudolph, 347, 349, 482, 487, 493, 504, 529
GIULIANO, Salvatore, 458
GOTTI, Eugene, 19-21, 26, 27, 29, 34, 51, 53, 55, 56, 82, 87, 139, 152, 208, 209, 299, 318, 348, 372, 374, 375, 408, 448, 509
GOTTI Jr, John Joseph, 15, 20-33, 34, 51, 53, 54, 133, 139, 151, 152, 154, 203, 204, 208, 213, 345-349, 381, 468, 470-476, 477, 481, 483, 484, 487-491, 493, 502, 506, 509, 512-515, 518,
GOTTI, Victoria Di Giorgio, 21, 22, 489, 513
GOULART, João, 351, 498, 499
GRAVANO, Salvatore (Sammy), 22, 24, 26, 347, 349, 470-475, 483, 486 , 487, 490, 513, 514, 518

GUIMARÃES, Cristina, 351, 352, 354-356, 492, 498, 499
GUIMARÃES, Homerinho, 355
GUIMARÃES, Homero, 351, 352, 498

H

HILL, David, 203
HILL, Virginia, 306, 530
HOGAN, Frank, 263
HOOVER, J. Edgar, 312, 320, 325, 342, 521
HUMPHREY, Hubert Horatio, 321

J

JOHNSON, Lyndon Baines, 312, 321, 322, 323, 329, 333, 334, 341

K

KEE, Wah, 257
KEFAUVER, Estes , 37, 310
KENNEDY, Família, 254, 255, 320, 327, 328, 334, 511
KENNEDY, John F., 11, 258, 265, 275, 305, 309, 310, 312, 321, 323- 331, 333, 334, 339, 342, 386, 486, 490, 511, 523, 527, 531
KENNEDY, Joseph, 505, 519
KENNEDY, Patricia, 321
KENNEDY, Robert F. (Bobby), 307, 313, 320, 321, 323, 326-329, 334, 340, 341, 386, 511
KLEINDIENST, Richard, 342
KURINS, Andris, 203

L

LaGUARDIA, Fiorello Henry, 258
LALLI, Sergio, 39, 496, 535
LANSKY, Meyer, 252, 254, 255, 264, 306, 495, 497, 505, 507, 516, 518, 519, 528, 529
LATORRE, Pio, 125, 357
LAWFORD, Peter, 321, 327
LEPKE, Louis, 261, 497
LIGGIO, Luciano, 28, 145, 344, 345, 349, 350, 474, 479, 481, 498, 525, 533
LIVATINO, Rosàrio, 363, 469, 480, 491
LoCASCIO, Frank, 349, 470-471, 473- 477, 481, 513
LOFARO, Dominick, 346
LUCCHESE, Gaetano (Tommy), 130, 134, 2 52, 308, 309, 311, 320, 321, 323, 339, 340, 341, 343, 495, 504, 509, 519, 521-531
LUCIANO, Charles (Lucky), 18, 130, 132, 252, 306, 494, 495, 497, 505, 509, 516, 518, 521-523, 525, 529-531

M

MAAS, Peter, 340, 483, 515, 532, 537
MAGGADINO, Stèfano (Steve), 312, 340, 521
MAGLIOCCO, Joseph (Joe), 339, 503, 523
MAIONE, Louis, 262
MÀNGANO, Vincent, 252, 521
MARANZANO, Salvatore, 40, 126, 132, 251, 496, 519, 523, 525, 531
MARCELLO, Carlos, 258, 321, 326, 531
MASSERIA, Giuseppe (Joe), 126, 252, 494, 495, 501, 519, 522, 525, 530
MATTEI, Enrico, 333
McBRATNEY, James, 24, 502, 513
McCARTHY, Joseph (Joe), 25, 313
McGUIRE, Patty, 327
MINEO, Al, 126, 133, 252, 521
MONROE, Marilyn, 11, 321, 328, 386, 511
MORÀBITO, Rocco, 302, 457, 472, 476
MORGENTHAU, Robert, 348
MORI, Cèsare, 124, 125, 533
MORO, Aldo, 353, 485
MORTILLI, Dino, 355
MOUW, Bruce, 349
MURPHY Jr., Edward, 253
MUSSOLINI, Benito, 40, 110, 123, 496, 501, 510, 530, 533

N

NICKERSON, Eugene, 347
NIXON, Richard, 312, 324, 341
NOTARBÀRTOLO, Emanuele, 120

O

O'BRIEN, Joseph F., 203
O'BRIEN, Skip, 320
OCKHAM, William de, 252, 253
O'CONNOR, John, 348
OLARTE, Glória, 26, 502
ORLANDI, Leoluca, 17, 478
OSWALD, Harvey (Lee), 329, 330

P

PALIZZOLO, Raffaele, 118
PAPE, George, 347
PÈRSICO Juniore, Càrmine, 133, 343, 347
PETROSINO, Joe, 118, 501
PIECYK, Romual, 346
PISCIOTTA, Aspanu, 458
PROFACI, Joseph (Joe), 126, 133, 251, 263, 306, 339, 503, 507, 521, 523
PROFACI, Rosalie, 309

R

RASTELLI, Philip, 340, 525
REAGAN, Ronald, 346
REBOZO, Bebe, 324
REINA, Thomas (Tom), 126, 130, 134, 252, 531
RIINA, Salvatore (Totó), 18, 144, 145, 344, 345, 350, 474, 479, 481, 482, 487, 489, 491, 498, 517, 533
ROOSEVELT, Franklin D., 256, 262, 312, 497
ROSELLI, Johnny, (Filippo Sacco), 331, 343, 511, 526, 531
ROTHSTEIN, Arnold, 255, 529
RUBY, Jack, 326, 331, 332
RUGGIERO, Angie, 27, 30, 139, 347, 348, 509
RUSSO, Benedetto, 309

S

SALERNO, Anthony (Tony), 134, 343, 347, 512
SANTAPAOLA, Benedetto (Nitto), 266, 268, 295, 383, 457, 479, 481
SARACINO, Salvatore, 40
SCHULTZ, Dutch (Arthur Flegenheimer), 261, 262, 497
SCIACCHITANO, Giusto, 15, 192, 207
SETTI, Emmanuela, 357, 480, 482
SHARGEL, Jerry, 349, 471, 472, 481
SHAW, Clay (Bertrand), 326, 329, 342
SIEGEL, Benjamin (Benny/Bugsy), 252, 255, 264, 306, 516, 518, 519
SINATRA, Frank, 321, 327, 470, 490, 511
SIRHAN, Bishara Sirhan, 341
STEVENSON, Adlai Ewing, 310
SULLIVAN, William C., 320

T

TIPPIT, Jefferson Davis, 332
TOLSON, Clyde, 313, 342
TRAFFICANTE Jr., Santo, 321, 324, 326, 329, 530, 531

V

VALACHI, Joseph M. (Joe), 130
VIZZINI, Calógero, 120, 263, 494

W

WARREN, Relatório, 329, 333
WATTS, Joe, 22
WEISS, Mendy, 262

Bibliografia

Obras consultadas

ARLACCHI, Pino. *Addio Cosa Nostra: La Vita di Tommaso Buscetta.* RCS Libri, 1994.

BALSAMO, William, George Lapozi e John S. Dunphy. *Crime Incorporated or Under the Clock: The Inside Story of the Mafia First Hundred Years.* New Horizon, 1991.

BARZINI, Luigi. *From Caesar to the Mafia.* Library Press, 1971.

BLOK, Anton. *The Mafia of a Sicilian Village, 1860-1960: A Study of Violent Peasant Entrepeneurs.* Waveland, 1988.

BLUM, Howard e Rebecca Todd. *Gangland: How the FBI Broke the Mob.* PocketBooks, 1995.

BLUMENTHAL, Ralph. *The Last Days of the Sicilians: The FBI's War Against the Mafia.* PocketBooks, 1994

BONANNO, Bill. *Bound by Honor: A Mafioso's Story.* St. Martin's, 1999.

BONANNO, Joseph e Sergio Lalli. *A Man of Honor: The Autobiography of Joseph Bonanno.* Simon & Schuster, 1983.

CAPECI, Jerry e Gene Mustain. *Gotti, Rise and Fall.* Onyx, 1996.

COOK, Fred. J. *The Secret Rulers: Criminal Syndicates and How They Control the U.S. Underworld.* MacMillan, 1966.

CRENSHAW, Charles, J. G. Shaw e J. Hansen. *JFK, Conspiracy of Silence.* Signet, 1992.

CUMMINGS, John e Ernest Volkman. *Goombata: The Improbable Rise and Fall of John Gotti and His Gang.* Avon, 1992.

DAVIS, John H. *Mafia Dinasty: The Rise and Fall of the Gambino Crime Family.* Harper, 1994

______ John H. *Mafia Kingfish: Carlos Marcello and the Assassination of John F. Kennedy.* McGraw-Hill, 1998.

——— John H. *The Kennedy Contract: The Mafia Plot to Assassinate the President.* Harper, 1993.

FEDER, Sid e Joachin Joesten. *The Luciano Story.* Da Capo, 1994.

GAMBETTA, Diego. *The Sicilian Mafia: The Business of Private Protection.* Harvard University Press, 1996.

GIANCANA, Sam e Chuck Giancana. *Double Cross: The Explosive Inside Story of the Mobster Who Controlled America.* Warner, 1998.

HESS, Henner. *Mafia & Mafiosi: Origin, Power and Mith.* New York University Press, 1998.

HIGGINS, Jack. *Luciano's Luck.* William Collins Sons, 1981.

HINCKLE, Warren, William W. Turner e Bill Turner. *Deadly Secrets: The Cia-Mafia War against Castro and the Assassination of JFK.* Thunders Mouth, 1993.

HOBSBAWM, E. J. *Bandits.* 1969.

KATCHER, Leo. *The Big Bankroll: The Life and Times of Arnold Rothstein.* Da Capo, 1994.

LAMBERT, Patricia. *False Witness: The Real Story of Jim Garrison's Investigation (and Oliver Stone's Film 'JFK').* National Book Network, 1999.

LIVINGSTONE, Harrison Edward. *High Treason 2: The Great Cover-Up: The Assassination of President John F. Kennedy*. Carrol & Graf, 1998

MAAS, Peter. *Underboss: Sammy The Bull Gravano's Story of Life in the Mafia*. Harper Collins, 1997.

MCDONALD, Hugh. *Appointment in Dallas: The Final Solution to the Assassination of JFK.* Zebra, 1992.

MUSTAIN, Gene e Jerry Capeci. *Murder Machine: A True Story of Murder, Madness and the Mafia*. Onyx, 1993

O'BRIEN, Joseph F. e Andris Kurins. *Boss of Bosses: The Fall of the Godfather*. Simon & Schuster, 1961.

PILEGGI, Nicholas. *Wiseguy*. Corgi, 1987.

PUZO, Mario. *The Sicilian*. Simon & Schuster, 1984.

ROCKAWAY, Robert A. *But He Was Good to His Mother: The Lives and Crimes of Jewish Gangsters*. Gefen, 1997.

ROEBURT, John. *Al Capone.* Allied Pictures Corp., 1959.

ROEMER, William F. e William F. Roemer Jr. *Accardo: The Genuine Godfather*. Ivy, 1996.

SHEIM, David F. *Contract on America: The Mafia Murder of President John. F. Kennedy*. Kensington, 1991.

SIFAKIS, Carl. *The Mafia Encyclopedia*. Checkmark, 1999.

STERLING, Claire. *Octopus, the Long Reach of the International Sicilian Mafia*. Touchstone, 1991.

————Claire. *Thieves' World*. Simon & Schuster, 1994

STILLE, Alexander e Sarah Burnes. *Excellent Cadavers: The Mafia and the Death of the First Italian Republic*. Vintage, 1996.

TURKUS, Burton B. e Sid Feder. *Murder, Inc.: The Story of the Syndicate*. Da Capo, 1992.

TWYMAN, Noel. *Bloody Treason: On Solving History's Greatest Murder Mistery: The Assassination of John F. Kennedy*. Laurel, 1997.

VOLKMAN, Ernest. *Gangbusters: The Destruction of America's Last Mafia Dinasty*. Faber and Faber, 1998